Philippa Gregory est l'autrice de nombreux succès de librairie, et plusieurs de ses romans historiques ont été adaptés à la télévision. Historienne reconnue de la condition des femmes, elle est diplômée de l'université du Sussex et a soutenu sa thèse de doctorat à l'université d'Édimbourg. Elle est docteur *honoris causa* de l'université de Teeside, et chargée de recherches auprès des universités du Sussex et de Cardiff. Retrouvez-la sur son site : philippagregory.com.

De la même autrice :

La Dernière Reine
Reines de sang
La Princesse d'Aragon
La Sorcière de Sealsea

Ce livre est également disponible
au format numérique

www.editions-hauteville.fr

Philippa Gregory

LA SORCIÈRE DE SEALSEA

Traduit de l'anglais (Grande-Bretagne) par Mathias Lefort

Hauteville

Hauteville est un label des éditions Bragelonne

Titre original : *Tidelands*
Publié pour la première fois en Grande-Bretagne
par Simon & Schuster UK Ltd, 2019.
A CBS COMPANY

Cette édition est publiée avec l'accord de l'éditeur d'origine Atria Books,
une division de Simon & Schuster, Inc. New York.

ISBN : 978-2-38122-437-4

Bragelonne – Hauteville
60-62, rue d'Hauteville – 75010 Paris

E-mail : info@editions-hauteville.fr
Site Internet : www.editions-hauteville.fr

Pour Anthony

Sealsea, Sussex,
Veille du solstice d'été, juin 1648

La silhouette grise de l'église se détachait sur le ciel à peine plus pâle, et le clocher se fondait presque dans la noirceur des nuages. La jeune femme percevait le léger roulement des galets que la marée montante faisait s'entrechoquer et glisser sur la vasière avant de s'échouer doucement sur la plage.

C'était au plus fort de l'été, à la veille du solstice, le point culminant de l'année ; mais elle frissonnait malgré la chaleur nocturne, car elle était venue voir un fantôme. C'était la seule nuit où les esprits revenaient fouler cette Terre – en plus du jour de leur saint patron, toutefois elle ne pensait pas que sa brute ivrogne de mari avait jamais bénéficié de la protection d'aucun saint. Elle ne pouvait pas imaginer qu'un ange ait veillé avec bonté sur lui lors de ses trajets chaotiques entre la mer et la taverne. Elle ne savait absolument pas s'il s'était enfui ou s'il était mort, ou encore s'il avait été enrôlé dans la Marine qui avait trahi son roi et naviguait désormais sous le drapeau du Parlement renégat. Si elle le voyait ce soir-là, alors elle saurait avec certitude qu'il était mort ; elle pourrait se dire veuve et se considérer libre. Elle ne doutait pas un instant qu'il lui apparaîtrait s'il s'était noyé. Elle allait voir son spectre dégoulinant sortir de la brume qui planait sur le cimetière pendant cette nuit blanche au cœur de l'été, cette lueur blafarde à l'ouest témoignant d'un soleil qui refusait obstinément de se coucher. Tout était chamboulé au cours de cette veille de solstice sous la pleine lune. Un soleil obstiné, un trône renversé, un monde transformé : un roi en prison, les rebelles au pouvoir, et une lune pâle, aussi blanche qu'un crâne sur les bannières grises des nuages.

Elle se dit qu'elle ressentirait une joie qu'elle n'avait plus connue depuis son enfance si elle voyait le fantôme de son mari flotter tel un brouillard côtier au milieu des ifs. S'il s'était noyé, cela signifiait qu'elle était libre. Et s'il était parmi les revenants, elle était sûre de le voir car elle possédait le don de vision, comme sa mère et sa grand-mère avant elle – et ainsi de suite au fil des générations, de mère en fille, qui toutes avaient vécu là, sur l'estran au milieu de la côte saxonne.

Le porche de l'église abritait de vieux bancs en bois, de part et d'autre des portes, fabriqués avec la charpente d'un vieux bateau. Elle resserra son châle autour de ses épaules et s'assit, adossée à la pierre froide, en attendant que la lune, parfois dissimulée derrière les nuages qui s'étiraient dans le ciel, atteigne son zénith au-dessus du toit de l'édifice. Elle avait vingt-sept ans, mais elle était aussi harassée que si elle en avait soixante. Elle ferma les yeux et ne tarda pas à céder au sommeil.

Elle fut brusquement réveillée par le grincement des battants du portillon du cimetière, suivi du bruit de pas rapides sur le chemin de galets, et elle se leva d'un bond. Elle ne s'était pas attendue à voir le fantôme de son époux arriver en avance – de son vivant, il avait toujours été en retard en toute circonstance. S'il était présent, cependant, elle devait lui parler. Elle sortit donc du couvert du porche, le souffle court, se préparant à affronter le spectre qui allait sortir des ténèbres de ce cimetière, accompagné par le souffle lancinant de la mer montante. Elle pouvait sentir les embruns et savait qu'il avançait, peut-être trempé d'eau salée et couvert d'algues. Puis un jeune homme apparut à l'angle du porche, se figea devant son visage blême, et s'écria :

— Seigneur, aidez-moi ! Êtes-vous de ce monde ou de l'au-delà ? Répondez !

Elle demeura pétrifiée, sous le choc et incapable de parler, à le dévisager comme si elle pouvait voir à travers lui, les yeux plissés pour tenter de percer le voile qui séparait les mondes. Peut-être faisait-il partie des égarés : ni noyés, ni pendus, arpentant la Terre lors de cette nuit qui leur appartenait, sous cette lune de solstice qui était la leur. Il était aussi beau qu'un prince du monde magique tout droit sorti des contes, avec de longs cheveux foncés attachés à la nuque et des yeux noirs contrastant avec un visage au teint laiteux. Elle serra les pouces entre ses doigts derrière son dos en signe de protection, sa seule défense pour ne pas être envoûtée ou emportée, et se retrouver le cœur brisé par ce jeune seigneur de l'autre royaume, de l'autre monde.

— Répondez ! insista-t-il à bout de souffle. Qui êtes-vous ? Qu'êtes-vous ? Une vision ?

— Non, non ! s'exclama-t-elle. Je suis une femme, une mortelle. Je suis la sœur du passeur, la veuve de Zachary, le pêcheur disparu.

Bien plus tard, elle se rappellerait qu'elle s'était d'abord présentée à cet homme comme une femme mortelle, une épouse, une veuve, ancrée à ce monde par le pouvoir d'un homme.

— Qui ? Quoi ? bafouilla-t-il.

Il était étranger et ces gens qu'elle citait lui étaient inconnus, même si n'importe quel habitant de l'estran aurait immédiatement compris de qui il s'agissait.

Elle devinait à sa veste noire superbement taillée et à la dentelle à sa gorge qu'il était un aristocrate.

— Qui êtes-vous ? demanda-t-elle. Que faites-vous par ici, monsieur ?

Elle chercha derrière lui ses serviteurs, ou son garde.

Le cimetière désert s'étendait dans une pénombre inquiétante jusqu'au muret de silex taillé qui luisait dans la lumière fantomatique de la lune, comme si la pierre était mouillée. Les arbres denses se penchaient en avant, plongeant certaines parcelles dans une obscurité plus profonde. On ne voyait rien hormis les ombres des stèles projetées par la lune sur les touffes d'herbe rase, et l'on n'entendait rien d'autre que le bruissement de la marée montante sous la pleine lune.

— Personne ne doit me voir, murmura-t-il.

— Il n'y a personne ici pour vous voir.

Il fut surpris de sa réaction si abrupte face à ses craintes, et cela le poussa à l'observer plus attentivement ; elle avait un visage ovale, avec des yeux gris foncé. Elle avait la beauté d'une madone, mais ternie par la semi-obscurité surnaturelle, son foulard élimé lui couvrant les cheveux, et son corps disparaissant sous de piteux vêtements informes.

— Que faites-vous ici à cette heure de la nuit ? lui demanda-t-il d'un air suspicieux.

— Je suis venue prier.

Elle n'allait tout de même pas lui raconter l'histoire bien connue selon laquelle une veuve pouvait rencontrer son défunt mari si elle l'attendait dans le cimetière la veille du solstice d'été.

— « Prier » ? s'étonna-t-il. Que Dieu vous bénisse pour votre piété. Entrons, dans ce cas. Je prierai avec vous.

Il tourna le lourd anneau de la porte et retint le loquet de l'autre côté afin qu'il ne fasse pas de bruit. Il entra en premier dans l'église silencieuse, avec la discrétion d'un voleur. Elle hésita, mais il patienta en lui tenant la porte sans rien ajouter, et elle ne put donc qu'accepter de le suivre. Quand il eut refermé derrière eux, seul un faible halo de lumière pénétrait par les vieux vitraux, projetant de l'or et du bronze sur le sol de pierre. Les sons de la mer montante étaient étouffés.

— Laissez la porte ouverte, lui demanda-t-elle nerveusement. Il fait si sombre ici.

Il l'entrouvrit et un rai de pâle lumière traversa l'allée jusqu'à leurs pieds.

— Que faites-vous ici ? lui demanda-t-elle. Êtes-vous un gentleman de Londres ?

C'était la seule explication à ce jabot et à ces luxueuses bottes de cuir, à ce petit sac qu'il transportait et à toute l'intelligence qui transparaissait sur son visage.

— Je ne peux pas le dire.

Elle supposa qu'elle avait affaire à un des agents qui parcouraient le pays à la recherche de recrues pour le roi ou le Parlement. Pourtant, personne ne venait jamais sur l'île de Sealsea, et cet homme voyageait sans compagnons, ni même cheval, comme s'il était tombé du ciel tel un porteur de tempête, tout droit sorti des nuages pour fondre sur les hommes, prêt à s'éloigner déjà dans une bourrasque d'été.

— Êtes-vous un contrebandier, monsieur ?

Il partit d'un rire qu'il étouffa en l'entendant résonner lourdement dans cette église étrangement vide, mais qui suffit à réfuter l'hypothèse.

— Qu'êtes-vous donc, alors ?

— Vous ne devrez dire à personne que vous m'avez vu.

— Vous devrez en faire autant, répliqua-t-elle.

— Pouvez-vous garder un secret ?

— Dieu sait que j'en garde beaucoup, soupira-t-elle dans un nuage de vapeur qui se dissipa dans l'air froid et stagnant.

Il hésita, comme s'il ne savait pas s'il devait lui faire confiance.

— Êtes-vous de la nouvelle religion ? s'enquit-il.

— Je ne sais pas ce qui est juste ou non, répondit-elle avec précaution. Je prie comme le pasteur me dit de le faire.

— J'appartiens à l'ancienne foi, la seule véritable, avoua-t-il dans un chuchotement. J'ai été invité ici, mais ceux que je devais rencontrer ne sont pas présents et leur demeure, où j'aurais pu être à l'abri, est fermée, sans personne pour m'y accueillir. Je dois me cacher pour cette nuit et, si je ne peux pas trouver ces gens, alors je devrai trouver un moyen de rentrer à Londres.

Alinor le dévisagea comme s'il était réellement un seigneur du monde féerique, et un danger pour toute femme mortelle.

— Vous êtes donc un prêtre, monsieur ?

Il hocha la tête comme s'il se méfiait des mots.

— Un prêtre envoyé de France pour procéder aux offices hérétiques avec les papistes cachés parmi nous ?

— Nos ennemis diraient cela, répondit-il en grimaçant. Pour ma part, je dirais que je suis au service des véritables croyants en Angleterre, et je suis loyal envers le roi oint.

Elle secoua la tête sans comprendre. La guerre civile n'avait pas dépassé Chichester, à six miles plus au nord, quand la petite bourgade était tombée après un court siège des forces du Parlement.

— Ils ont dénoncé tous les papistes quand Chichester est tombée, l'avertit-elle. Même l'évêque a pris la fuite. Tout le monde soutient le Parlement, par ici.

— Mais pas vous ?

— Personne n'a jamais rien fait pour moi ou les miens, répondit-elle dans un haussement d'épaules. Mais mon frère est du côté de l'armée, et il lui est très fidèle.

— Pour autant, vous ne me livrerez pas ?

Elle hésita un instant.

— Vous me promettez que vous n'êtes pas un Français ?

— Anglais de pure souche, et loyal envers mon pays.

— Mais vous espionnez pour le compte du roi ?

— Le roi Charles a été sacré, et je lui reste fidèle, dit-il. Cela devrait d'ailleurs être le cas de tout Anglais.

Elle secoua la tête, comme si les grands mots n'avaient pour elle que peu d'importance. Le roi avait été arraché à son trône et ne régnait plus désormais que sur sa maisonnée, dans son seul petit palais qu'était le château de Carisbrooke, sur l'île de Wight. Alinor ne connaissait personne qui clamerait sa loyauté envers un roi qui avait plongé son royaume dans la guerre pendant six longues années.

— Est-ce que vous deviez vous rendre au prieuré, monsieur ?

— Je ne peux pas vous dire qui était censé m'offrir l'asile. Ce secret ne m'appartient pas.

Elle émit un petit grondement impatient face à ce secret excessif. L'île de Sealsea était une communauté très restreinte d'à peine cent familles – qu'elle connaissait toutes. Il était évident que seul le seigneur du manoir aurait pu offrir l'asile à un prêtre papiste et espion royaliste. Seul le prieuré, l'unique grande demeure de l'île, possédait la literie et le linge dignes d'un gentleman comme celui-là. Seul le seigneur du manoir, sir William Peachey, oserait caresser l'idée de soutenir le roi déchu. Tous ses tenanciers étaient du côté du Parlement et en faveur d'une suppression des taxes si lourdes imposées par le roi et les seigneurs. Elle trouvait aussi que cela ressemblait tout à fait à sir William de prendre un tel risque pour ensuite manquer si indifféremment à sa promesse, laissant son invité secret courir un danger mortel. Si ce jeune homme était pris par les sous-fifres du Parlement, il serait pendu comme espion.

— Quelqu'un sait que vous êtes ici ?

Il secoua la tête.

— Je me suis rendu à la demeure que l'on m'a indiquée, celle où j'aurais été en sécurité, mais il n'y avait aucune lumière et les portes étaient fermées. On m'a dit de passer par le jardin et de frapper à la porte d'une certaine manière, mais personne n'a répondu. J'ai aperçu le clocher entre les arbres, et je suis venu ici pour attendre dans l'espoir que mes hôtes seraient simplement endormis et qu'ils m'accueilleraient plus tard. Je ne voyais pas d'autre endroit où aller. Je ne connais pas ce lieu. Je suis venu en bateau à marée haute et cela ressemblait à un désert de mer et de vase s'étendant à l'infini. Je n'ai même pas de carte !

— Oh, c'est parce qu'il n'y en a pas, lui apprit-elle.

— Cet endroit n'est pas cartographié ? s'étonna-t-il d'un air éberlué. Comment se peut-il ?

— C'est l'estran, répondit-elle simplement. Le cordon de galets à l'entrée, comme tout le port en lui-même, change à chaque tempête. Les gens de Chichester l'appellent « le havre mouvant ». La mer engloutit les prés-salés et gagne du terrain. Les fossés sont inondés et créent de nouveaux lacs. Rien ne reste pareil suffisamment longtemps pour être mesuré. C'est l'estran : à moitié mer, et à moitié terre, on ne peut rien y faire pousser ; tout à l'ouest jusqu'à New Forest, et tout à l'est jusqu'aux falaises blanches.

— Celui qui officie dans cette église appartient-il au nouveau clergé ?

— Il est ici depuis de nombreuses années et il fait comme on le lui ordonne ; maintenant, il obéit au nouveau Parlement. Il n'a pas encore blanchi les murs à la chaux, ni cassé les vitraux, mais il a enlevé les statues, laisse l'autel dans la croisée du transept, et il prie en anglais. Il affirme que le bon roi Henri nous a délivrés de Rome il y a cent ans et que le roi Charles tente de nous ramener sous ce joug, mais qu'il ne le pourra pas. Il a été vaincu ; il est défait, et le Parlement a remporté la guerre contre lui.

— Il n'a rien remporté, se rembrunit subitement l'étranger. Ils ne gagneront jamais. Ils ne le peuvent pas. Ce n'est pas encore fini.

Elle demeura silencieuse, songeant que tout était déjà fini depuis bien longtemps pour le roi, prisonnier, dont l'épouse avait dû fuir en France en abandonnant deux jeunes enfants, et dont le fils, le prince héritier, avait dû rejoindre les Pays-Bas.

— Oui, monsieur.

— Me dénoncerait-il, ce ministre du culte ?

— Je pense qu'il n'aurait pas d'autre choix.

— Savez-vous si un fidèle de l'ancienne foi se trouve par ici ? Quelqu'un qui se cacherait ? Sur cette île ?

Elle écarta les bras pour signifier son ignorance et il vit que ses paumes étaient éraflées et couvertes de cicatrices dues aux carapaces de homards et de crabes, ainsi qu'aux mailles rêches des filets de pêche.

— Je ne sais pas ce que les gens gardent dans leur cœur, répondit-elle. Beaucoup soutenaient le roi à Chichester, et certains étaient papistes, mais ils ont été tués ou se sont enfuis. Je ne connais que quelques vieilles bonnes femmes qui se souviennent encore de l'ancienne foi. La plupart des gens sont comme mon frère : des fervents défenseurs de la foi actuelle. Mon frère a combattu dans la nouvelle armée sous les ordres du général. Le général Cromwell, qu'il s'appelait. Vous avez bien dû entendre parler de lui ?

— Oui, en effet, confirma l'homme d'un air sombre avant de réfléchir. Puis-je me rendre à Chichester cette nuit ?

— Non, répondit-elle. La marée monte en ce moment et sera au plus haut cette nuit pour le solstice. Vous ne pourrez pas franchir le gué qui mène à la route de Chichester avant demain matin, et alors vous serez repéré. Votre bateau ne reviendra pas vous prendre ?

— Non.

— Dans ce cas vous allez devoir vous cacher jusqu'à la marée basse demain soir, puis traverser à la nuit tombante. Vous ne pouvez pas emprunter le bac. C'est mon frère qui est le passeur, et il vous arrêterait sur-le-champ.

— Comment saurait-il que je suis un Cavalier, fidèle au roi ?

— Monsieur, lui dit-elle avec un sourire qui illumina son visage. Personne ne vous ressemble ici, sur l'île de Sealsea ! Même sir William n'est pas aussi bien habillé.

Il rougit de cette remarque.

— Si je dois demeurer sur cette île, dans ce cas, où puis-je me cacher ?

Elle réfléchit un instant.

— Vous pouvez vous reposer dans la cabane de mon époux jusqu'à demain soir, proposa-t-elle. C'est tout ce qui me vient en tête, même si ce n'est pas un endroit digne de vous. C'est là qu'il rangeait ses filets et ses pièges, mais il a disparu depuis des mois et personne n'y va jamais. Je pourrais vous apporter de quoi manger et boire au matin. Et quand il fera jour, vous pourrez peut-être aller au prieuré, là-bas. Vous pourriez y aller discrètement de bonne heure et demander à voir l'intendant. Sir William est absent pour le moment, mais l'intendant pourrait vous accueillir. En revanche, je ne connais pas du tout leur opinion sur tout ça.

Il hocha la tête en remerciement.

— Que Dieu vous bénisse, dit-il. Je pense que le Seigneur vous a envoyée pour me sauver.

— Je vais d'abord vous montrer la cabane, avant de vous laisser me remercier. Ce n'est pas un endroit pour quelqu'un comme vous. L'odeur de poisson y est affreuse.

— Je n'ai pas d'autre endroit, dit-il simplement. Vous me sauvez la vie. Voulez-vous que nous priions ensemble ?

— Non, refusa-t-elle abruptement. Il vaut mieux aller vous cacher tout de suite. Je ne pense pas que qui que ce soit d'autre vienne ici à cette heure, mais on ne sait jamais. Certains se prétendent très pieux, et ils pourraient venir prier à l'aube.

— Vous êtes venue pour prier, lui rappela-t-il. Êtes-vous très pieuse ? Êtes-vous une fervente croyante ?

— Je ne suis pas vraiment venue pour ça, admit-elle en rougissant de son mensonge.

— Pour quoi, alors ?

— Aucune importance.

Il ne tint pas compte de sa gêne, supposant qu'elle était venue rencontrer son amant dans une de ces aventures sordides de village.

— Où se trouve la cabane ? et votre maison ?

— Tout au fond du port, pas loin de la maison du passeur, de l'autre côté du Rife depuis le moulin.

— « Le Rife » ?

— Broad Rife, précisa-t-elle. La rivière qui se jette dans le port. Il suit le cours des marées, mais il ne s'arrête jamais de couler. Son niveau est haut pour le moment. On a eu un été si pluvieux que le chemin n'est plus à sec depuis des semaines.

— Votre frère fait traverser ce cours d'eau à marée haute ?

— Oui, et à marée basse, il y a un gué que les gens peuvent emprunter.

— Je ne voudrais pas vous mettre en danger. Je pourrai trouver le chemin si vous m'indiquez la direction. Vous n'avez pas besoin de me guider.

— Vous n'y arriverez pas. Les marais sont un vrai labyrinthe, et il y a beaucoup de profondes bâches et de canaux, expliqua-t-elle. La mer monte plus vite qu'un cheval au trot et envahit tout plus vite qu'un homme ne peut courir. Vous pouvez vous retrouver coincé dans la vase, ou dans une impasse, ou encore être rattrapé par l'eau. Il y a aussi des sables mouvants que vous ne pouvez pas repérer avant de sentir votre pied s'enfoncer et que vous ne puissiez plus vous dépêtrer. Seuls ceux qui sont nés et ont toujours vécu ici osent traverser l'estran. Je vais devoir vous accompagner.

Il accepta d'un hochement de tête.

— Dieu vous bénira pour votre aide. Il doit vous avoir envoyée pour me guider.

Elle sembla dubitative, comme si le Seigneur ne lui avait pas accordé beaucoup de bénédictions au cours de sa vie.

— Si nous partions, maintenant ? Ça va nous demander du temps pour faire le chemin.

— Allons-y, accepta-t-il. Comment dois-je vous appeler ? Je suis le père James.

— Je ne peux pas vous appeler comme ça ! se récria-t-elle avec une mine effrayée face à ce titre interdit. Autant aller me livrer moi-même et affronter le jugement ! Quel est votre vrai nom ?

— Vous pouvez m'appeler James.

Elle esquissa un léger haussement d'épaules, comme si sa discrétion l'offusquait.

— Je porte le nom de mon mari, répondit-elle. Les gens m'appellent la mère Reekie.

— Et comment souhaitez-vous que je vous appelle ?

— Comme ça, répondit-elle avec malice. Puisque vous ne me dites pas votre vrai nom, pourquoi je devrais vous le donner, moi ?

Il la dévisagea, médusé, mais elle se détourna et se dirigea vers la sortie, attendant patiemment qu'il ait terminé de s'incliner respectueusement devant l'autel, un genou et une main au sol. Elle l'entendit chuchoter une prière pour que Dieu le protège ce soir, ainsi qu'elle et tous ceux qui étaient au service de la véritable religion en Angleterre, et pour qu'Il veille sur le roi, qui subissait un emprisonnement terrible, et sur le prince exilé.

— Mon époux a disparu, lui dit-elle lorsqu'il la rejoignit à la porte. Ça fait plus de six mois, maintenant.

— Que Dieu le garde, et qu'Il vous garde aussi, répondit-il en faisant le signe de croix pour elle.

Elle n'avait jamais vu personne faire cela et ne savait pas qu'elle aurait dû incliner la tête et se signer aussi. Personne en Angleterre n'avait plus fait publiquement le signe de croix depuis près de cent ans. Les gens avaient perdu l'habitude, et ceux qui étaient encore fidèles à la foi catholique romaine prenaient garde à ne pas l'exposer au grand jour.

— Merci, répondit-elle, mal à l'aise.

— Avez-vous des enfants ?

Elle ouvrit la lourde porte donnant sur le porche, passa la tête pour s'assurer que le cimetière était désert, puis lui fit signe de la suivre. Ils marchèrent l'un derrière l'autre, entre les tombes aux stèles tant couvertes de mousse et de lichen que seules quelques lettres restaient visibles.

— Deux encore en vie, lui dit-elle par-dessus son épaule. Je remercie Dieu pour leur présence. Ma fille a treize ans, et mon fils douze.

— Votre fils pêche-t-il à la place de son père ?

— Mon mari a disparu avec le bateau, répondit-elle comme s'il s'agissait de la plus grande perte. On ne peut pas pêcher autrement qu'avec une ligne depuis le rivage.

— Notre Seigneur a appelé un pêcheur avant qui que ce soit d'autre, dit-il avec douceur.

— Oui, mais ce pêcheur a au moins laissé la barque, rétorqua-t-elle.

Il laissa échapper un éclat de rire face à cette irrévérence et elle se tourna vers lui, puis rit avec lui. Il vit alors une nouvelle fois toute la chaleur de son sourire, si puissant et éblouissant qu'il aurait voulu lui prendre la main et faire en sorte qu'elle continue de lui sourire.

— C'est que le bateau est tellement important, vous comprenez ?

— Je comprends tout à fait, dit-il en posant les mains sur les bretelles de son sac pour résister à la tentation de les poser ailleurs. Comment faites-vous sans bateau, ni mari ?

— Comme je peux, répondit-elle laconiquement.

Quand ils eurent atteint le muret de silex qui délimitait le cimetière, elle remonta sa jupe marron et son tablier de chanvre, puis grimpa l'échalier avec la souplesse d'un jeune homme. Il l'imita et se retrouva face à la plage, sur un étroit chemin guère plus large qu'une sente, bordé des deux côtés par des haies d'aubépine qui se rejoignaient au-dessus de leur tête, si bien qu'ils évoluaient comme dans un tunnel d'épais feuillage et de branches épineuses et biscornues. Elle ouvrait la marche, la tête baissée et les coudes rentrés sous son châle, avançant d'un bon pas dans ses sabots de bois, suivant les zigzags de l'étroit chemin. Les bruits de la mer se firent plus proches lorsqu'elle descendit avec précaution sur la grève, puis ils se retrouvèrent subitement à terrain découvert, sur une plage de galets blancs, sous la lumière blafarde d'une lune à la faveur des nuages intermittents. La berge derrière eux était surplombée d'un grand chêne dont les racines serpentaient dans la boue, et dont les branches plongeantes semblaient vouloir caresser la plage. Devant eux s'étendait le marais : de l'eau stagnante, des bancs de sable, des mares résiduelles, de la vase, des îlots de roseaux, ainsi qu'un large cours d'eau sinuant allégrement, se ramifiant en saignées d'eau saumâtre remuant la boue sur laquelle elle glissait, venant en petites vagues s'écraser à leurs pieds.

— Le « marais du fou », annonça-t-elle.

— Je pensais qu'on l'appelait le « havre mouvant ».

— C'est comme ça qu'ils l'appellent à Chichester, parce qu'il change. Ils ne savent jamais où sont les îlots, ni les écueils ; les cours d'eau changent de lit à chaque tempête. Mais nous qui vivons ici, on suit tous ses changements, on change de chemin suivant son humeur, et on le hait comme un terrible contremaître. Nous, on l'appelle le « marais du fou ».

— En rapport à l'oiseau ? Le fou de Bassan ? Est-ce qu'il vient se nourrir ici ?

— Non, en rapport à la boue, dont le fou ne se méfie pas, et qui n'attend qu'une occasion de le prendre au piège pour le livrer à la mer, qui l'engloutira sans pitié.

— Est-ce que vous avez toujours vécu ici ? demanda-t-il en s'interrogeant sur son ton amer.

— Oh, oui, confirma-t-elle. Je suis prise dans le marais, incapable de m'en défaire, comme un tenancier avec un seigneur négligent. Je ne peux pas partir. Je suis l'épouse d'un homme disparu et je ne peux pas me marier ; je suis la sœur du passeur, et il n'acceptera jamais de me faire traverser vers la terre pour me rendre ma liberté.

— Toute la côte est-elle comme cela ? s'enquit-il en songeant à son arrivée en bateau, avec ce capitaine naviguant entre les écueils dans le noir, ouvrant l'œil pour repérer les bancs de sable. Est-ce que le littoral est toujours aussi incertain ?

— L'estran, dit-elle en guise d'explication. Ni mer, ni terre. Un endroit jamais sec, mais jamais inondé, d'où personne ne s'échappe.

— Vous pourriez vous échapper. J'ai un navire, déclara-t-il sur un ton désinvolte. Quand j'aurai fini mon travail ici, je rentrerai en France. Je pourrais vous faire traverser.

Elle se tourna vers lui et il fut à nouveau surpris, mais cette fois par la gravité de son expression.

— Dieu sait combien je souhaite pouvoir m'en aller, mais je n'abandonnerai jamais mes enfants. Et puis, l'eau profonde me terrifie.

Elle se remit en marche, ses pas faisant crisser les galets qui formaient une étendue reliant le rivage à la vasière, où l'eau commençait à remonter. Une mouette nicheuse tourbillonna dans les airs au loin devant eux dans un cri effrayant, et il suivit sa progression grâce à son ombre sur les galets blancs, la vase et le bois flotté, mouvement accompagné par le chuintement constant du flot, quelque part sur sa droite, se rapprochant toujours, lavant les bancs de boue et engloutissant les roseaux, dans son inexorable progression.

Elle gravit la berge pour se retrouver sur un chemin plus haut que la laisse de pleine mer, et il la suivit entre des buissons d'ajoncs dont les fleurs avaient perdu tout leur éclat sous la lune, qui leur conférait une teinte argentée plutôt qu'or. Il pouvait néanmoins toujours sentir leur parfum entêtant flotter dans l'air. Une chouette ulula non loin, ce qui le fit sursauter, et il vit le rapace, ombre noire dans l'obscurité, s'envoler en silence dans de grands battements d'ailes.

Ils marchèrent longtemps ainsi, jusqu'à ce que le sac qu'il portait lui semble lourd et qu'il se sente comme dans un rêve, traversant un monde qui avait perdu tout son sens aussi bien que toutes ses couleurs, sur une piste sinueuse à travers un désert, les yeux rivés sur les semelles de bois des sabots de sa guide et le bas crotté de sa jupe. Il se redressa et murmura un «*Ave Maria*» en se rappelant l'honneur dont il se trouvait chargé de porter la parole de Dieu, les précieux objets pour la liturgie, et la rançon d'un roi ; il était heureux d'avoir à souffrir ainsi sur ce chemin boueux d'un littoral non cartographié.

La mer gagnait du terrain et semblait ne jamais vouloir cesser de monter. Il pouvait voir l'eau submerger les bancs de bois de grève et de paille sur les galets en contrebas ; sur l'autre rivage, les bâches et mares résiduelles gonflaient, comme si cet endroit était effectivement entre terre et mer, et que le paysage lui-même allait et venait en vagues incessantes au gré des marées. Il prit alors conscience d'un étrange bruit qui depuis quelque temps déjà accompagnait le ressac : c'était comme si le contenu d'une gigantesque marmite bouillonnait sur un brasier.

— Qu'est-ce ? D'où vient ce bruit ? demanda-t-il tout bas en lui posant une main sur l'épaule pour qu'elle s'arrête. Est-ce que vous entendez ? Quel bruit terrifiant ! Et étrange, comme de l'eau qui bout.

Elle s'immobilisa, sans paraître apeurée le moins du monde.

— Ah, ça ? Regardez là-bas, au milieu du marais, dit-elle en tendant le doigt dans cette direction. Vous voyez les bulles à la surface ?

— Je ne vois rien d'autre que les vagues. Dieu nous vienne en aide ! Qu'est-ce donc ? On dirait une fontaine.

— C'est le puits frémissant, dit-elle.

— Qu'est-ce donc ? s'enquit-il d'un air affolé. Qu'est-ce donc que cela ?

— Personne ne le sait, répondit-elle avec indifférence. C'est un trou au milieu du marais où la mer bout quand elle le remplit, à chaque marée montante, alors on n'y fait plus attention. Il arrive parfois qu'un étranger s'y intéresse. Un homme a raconté à mon frère que c'était probablement une sorte de grotte sous le marais et que les bulles remontent à la surface quand la mer monte. Mais personne ne sait vraiment. Personne n'est jamais allé voir.

— On dirait une marmite sur le feu ! s'exclama-t-il, horrifié par l'étrangeté de ce bruit. Comme si c'étaient les feux de l'enfer qui faisaient bouillir la mer !

— Oui, je suppose que ça peut paraître inquiétant, dit-elle avec un extrême détachement.

— À quoi cela ressemble-t-il quand la mer se retire ? Est-ce que le sol est chaud ?

— Personne n'y est jamais allé à marée basse, répéta-t-elle avec patience face à sa curiosité. On ne peut pas s'y rendre à pied, parce qu'on s'enfoncerait et qu'on resterait coincé jusqu'à se faire engloutir par la prochaine marée. Peut-être que c'est une grotte et qu'on tomberait dedans. Qui sait ? Peut-être qu'il y a vraiment une grotte qui contient toute la mer, et toutes les eaux qui montent des entrailles du monde. Peut-être que c'est la fin du monde, cachée ici dans le marais du fou, et qu'on vit aux portes de l'enfer depuis toutes ces années.

— Mais, et ce bruit ?

— Vous pourriez y aller en bateau, suggéra-t-elle. Des bulles montent à la surface comme une soupe sur le feu, et un sifflement vous assourdit. Le bruit est parfois si fort qu'on peut l'entendre jusqu'à l'église dans le silence de la nuit.

— On peut s'y rendre en bateau ?

— Moi, je ne le ferais pas, précisa-t-elle, mais c'est possible, si vous n'avez rien de mieux à faire.

Elle lui tourna alors le dos pour se remettre en marche. Elle se fichait éperdument de cet affreux sifflement qui se faisait plus menaçant à mesure que la mer s'étendait vers les berges, et plus distant à mesure qu'ils s'éloignaient.

— Êtes-vous déjà allée à l'école ? demanda-t-il.

Il essayait de se représenter comment elle vivait ici, dans ce paysage désolé, aussi innocente qu'une fleur. Il accéléra l'allure pour se retrouver à côté d'elle quand le chemin s'élargit suffisamment.

— Pendant quelques années. Je sais lire et écrire. Ma mère m'a transmis son livre de recettes, et ses connaissances sur les herbes et comment les utiliser.

— Elle était cuisinière ?

— Herboriste et guérisseuse. C'est moi qui fais son travail, maintenant.

— Est-ce que quelqu'un vous a déjà parlé de l'ancienne foi ? Est-ce que l'on vous a appris les prières ?

— Ma grand-mère préférait prier à l'ancienne, dit-elle dans un haussement d'épaules. Quand j'étais jeune, il arrivait qu'un prêtre errant vienne au village pour écouter les confessions en secret. Certains anciens font encore les prières d'antan.

— Quand nous serons arrivés à la cabane, j'aimerais beaucoup prier avec vous.

— Vous feriez bien de prier pour avoir un déjeuner, dit-elle avec l'ombre furtive d'un sourire. Nous n'avons pas grand-chose.

Le chemin se rétrécit de nouveau et ils durent marcher l'un derrière l'autre, les ronces tentant de leur barrer la route. Il pouvait entendre, quelque part dans les bois plus loin sur sa gauche, un rossignol lancer son chant perçant dans le ciel pâle.

Il se dit qu'il n'avait jamais voyagé dans une contrée aussi étrange avec un guide si local. Sa vocation l'avait amené à travers toute l'Angleterre, d'une riche demeure à l'autre, pour entendre les confessions et célébrer la messe, souvent à couvert, mais toujours dans un grand confort. Sa beauté ténébreuse lui avait maintes fois servi. Il avait été choyé par les plus riches dames du royaume, respecté par leurs pères et leurs frères pour les risques qu'il prenait dans l'intérêt de sa foi. Plus d'une superbe demoiselle s'était jetée à genoux pour lui confesser avoir rêvé de lui de manière peu catholique. Leur désir l'avait toujours laissé indifférent. Sa vie était dédiée à Dieu et il ne s'était jamais laissé distraire. Il était un jeune homme de vingt-deux ans, impatient de prouver la ferveur de ses convictions et de savourer la certitude du juste.

Il était voué à l'Église depuis sa naissance, et ses professeurs lui avaient fourni enseignement et inspiration, avant de le lâcher dans le monde pour voyager secrètement à la rencontre des royalistes et partager leurs projets, allant d'un palais assiégé à l'autre, avec l'or de la reine en exil, les plans du roi emprisonné et les promesses du prince. Il s'était rendu dans des endroits dangereux et effrayants – et il avait dormi dans des trous-aux-prêtres[1], trouvé refuge dans des celliers et célébré la messe dans des greniers et des étables –, mais jamais auparavant il n'avait passé un jour entier sans refuge, seul perdu sur un rivage qui n'existait sur aucune carte ; il n'avait jamais non plus été guidé par une femme du peuple, qui détenait entre ses mains calleuses la clé de sa survie.

Il porta la main à la croix en or cachée sous sa belle chemise de linon et serra les doigts sur ses contours estompés par le tissu. Dans un accès de superstition, il vérifia la boue au sol pour s'assurer que la femme laissait bien des empreintes de pas. Il vit les marques laissées par ses durs sabots, mais il se signa tout de même en se disant qu'elle ressemblait à un guide surnaturel dans des terres éloignées de Dieu, et, sans la force de sa foi, il se serait senti véritablement perdu dans ce monde fait des éléments ancestraux : l'eau, l'air et la terre.

Ils poursuivirent leur route en silence pendant environ une heure avant qu'elle bifurque soudain à gauche pour grimper

1. Après le schisme anglican à l'époque de Henri VIII, c'est une nouvelle Église qui voit le jour en Angleterre, et les persécutions débutent contre les catholiques, en commençant par les prêtres. Certains nantis, restés fidèles à l'ancienne foi, font construire dans leur demeure une cachette destinée à abriter un prêtre catholique qui pouvait alors conduire la messe en secret pour la famille. (*NdT*)

sur la berge. Ce fut alors qu'il vit un cabanon délabré, presque perdu dans la pénombre, fait de bois flotté attaché à l'aide de roseaux du marais et colmaté avec de la boue séchée. On aurait dit une épave jetée par la marée. La femme poussa la porte de guingois, qui grinça longuement.

— C'est le cabanon où on range les filets, déclara-t-elle.

L'obscurité à l'intérieur était impénétrable, car la seule lumière provenait des rares rayons de lune qui filtraient par les craquelures dans les murs.

— Auriez-vous une bougie ?

— Seulement chez moi. Vous ne pouvez pas allumer de bougie ici, parce qu'on verrait la lumière depuis le moulin à l'autre bout du marais. Il faudra rester dans le noir, mais il fera bientôt jour et je vous apporterai de quoi manger, et un peu de bière.

— Habitez-vous près d'ici ? s'enquit-il en appréhendant de rester seul dans l'obscurité.

— Un peu plus haut sur la côte. L'aube sera bientôt là, le rassura-t-elle. Je reviendrai dès que je pourrai. Je vais devoir allumer le feu et aller chercher de l'eau, puis réveiller mes enfants et leur préparer leur déjeuner. Je reviendrai quand ils seront partis pour la journée. Vous pouvez vous asseoir là, sur les filets. Vous pouvez dormir.

Elle lui prit la main et tira dessus pour l'amener à s'accroupir, puis elle la lui posa sur le tas de filets. Il remarqua la dureté de sa paume couverte d'éraflures.

— Ici, dit-elle. Ce n'est pas assez confortable pour vous, mais je ne sais pas ce que vous pourriez faire d'autre.

— C'est tout à fait confortable, au contraire, lui assura-t-il avec empressement et sans beaucoup de conviction. Je ne sais pas ce que j'aurais fait si je ne vous avais pas rencontrée. J'aurais dû dormir dans les bois et j'aurais été emporté par les eaux bouillonnantes.

Il tenta un rire, mais elle demeura grave.

— Si vous entendez qui que ce soit approcher, ou si on essaie d'entrer, vous pouvez casser le mur du fond. Il y a un fossé derrière et vous pouvez vous cacher dedans. Si vous remontez le rivage sur la droite, vous vous enfoncerez dans les terres jusqu'au bac et au gué, et si vous prenez à gauche, vous atteindrez les bois. Mais personne ne vient jamais ici, alors il ne devrait pas y avoir de risque.

Il hocha la tête, mais dans le noir elle ne vit rien.

— Je sais que ce n'est pas approprié pour vous, dit-elle, un peu gênée.

— J'en suis reconnaissant. Je vous en suis reconnaissant.

Il se rendit alors compte qu'il lui tenait toujours la main et il la porta à ses lèvres. Elle la retira brusquement et il rougit dans l'obscurité. Il était idiot de lui montrer ainsi une courtoisie dont elle n'était pas coutumière. Les grandes dames des refuges qu'il avait traversés étaient habituées au baisemain. Elles tendaient leur bras laiteux en plaçant leur éventail devant leur visage afin de cacher le rose qu'elles avaient aux joues. Parfois elles se mettaient à genoux devant lui dans d'amples mouvements de leurs jupes de soie et lui baisaient la main, la pressaient contre leurs joues moites dans un acte de pénitence pour un péché sans importance.

— Pardonnez-moi, je voulais simplement vous faire comprendre que je mesure l'importance de ce que vous m'offrez, tenta-t-il de se justifier. Dieu se souviendra de ce que vous avez fait pour moi.

— Je vous apporterai du gruau, déclara-t-elle sur un ton bourru.

Il l'entendit ensuite reculer vers la porte, puis l'ouvrir, laissant ainsi entrer un peu de lumière nocturne.

— On n'a pas grand-chose, ajouta-t-elle.

— Seulement si vous en avez suffisamment, lança-t-il.

Il savait toutefois qu'elle n'avait aucune idée de ce que c'était que d'avoir suffisamment à manger, et qu'elle se priverait pour qu'il puisse se nourrir.

Elle referma silencieusement et il chercha à tâtons la pile de filets, tirant légèrement le tas pour former une assise plus large. La puanteur du poisson pourri et de la vase du marais monta brutalement avec le bourdonnement de mouches dérangées dans leur sommeil. Il serra les dents pour résister à la nausée et s'assit, puis ramena les jambes contre la poitrine pour s'envelopper dans sa cape, convaincu que des rats rôdaient dans les parages. Il s'aperçut que malgré son extrême fatigue, il n'avait pas le cran de s'allonger sur ces filets nauséabonds.

Il se réprimanda pour sa bêtise, lui le prêtre indigne sans sagesse ni expérience, un jeune nigaud envoyé accomplir une si grande tâche en une période si décisive. Il avait peur de l'échec, surtout alors que tant dépendait de lui. Il devait entendre les confessions et garder des secrets, et il devait conserver farouchement, au fond de lui, ce plan pour libérer le roi. Il craignait de n'avoir ni le courage ni la détermination pour aller au bout, et il était sur le point d'entamer une prière pour être un émissaire fort et un bon espion quand il se rendit compte qu'il se fourvoyait ; il ne craignait pas l'échec ; il avait simplement peur, comme un enfant, de tout : des rats dans la cabane, du puits frémissant dehors, puis, au-delà, des armées vengeresses de Cromwell et du regard impitoyable du tyran.

Il resta assis dans le noir et attendit.

Alinor hésita sur le seuil de la porte, tendant l'oreille pour l'écouter, dans le noir, comme s'il était un étrange animal qu'elle venait d'enfermer dans son enclos. Quand il cessa de remuer, elle tourna les talons et courut le long de la berge jusqu'à sa propre demeure, face au marais. C'était une petite bicoque avec un toit de chaume en roseaux, entourée d'un jardin aromatique fermé par une clôture en bois de grève.

À l'intérieur, tout était comme elle l'avait laissé : les braises dans la cheminée rassemblées sous un couvercle en terre cuite, les runes tracées dans la cendre pour empêcher le feu de s'étendre, les enfants dans leur lit dans un coin de la pièce, la marmite de gruau près de l'âtre avec un lourd couvercle pour empêcher les rats d'y accéder, et les poules qui couvaient dans leur coin et qui caquetèrent doucement dans leur sommeil ainsi perturbé lorsque l'air frais, charriant l'odeur de la vase et des embruns, entra avec elle.

Elle s'empara d'un seau posé près de la cheminée et sortit, puis longea le rivage par les terres, tandis que les vagues léchaient la vase et les roseaux. Elle grimpa une pente et redescendit de l'autre côté, empruntant des marches creusées grossièrement, pour atteindre la mare d'eau douce. Elle se tint à un poteau usé pour remplir son seau, qu'elle rapporta chez elle en essayant d'en renverser le moins possible. Elle mit de l'eau dans un bol qu'elle posa sur la table, enleva sa longue cape, puis se lava le visage et les mains à l'aide d'un pain de savon gris qu'elle avait fabriqué elle-même, insistant sur ses mains ; elle savait pertinemment qu'en les portant à ses lèvres, le prêtre avait dû sentir l'odeur de poisson, de fumée, de sueur et de crasse dont elles étaient depuis si longtemps imprégnées.

Elle les sécha avec un morceau de chiffon et s'assit quelques instants face à la porte ouverte pour contempler le ciel – si pâle lors de cette nuit lumineuse – de plus en plus clair. Elle se demanda alors pourquoi – puisqu'elle n'avait pas pu voir de fantôme – elle se sentait si envoûtée.

Elle secoua la tête comme pour s'extirper du monde des ombres, puis se leva du tabouret pour aller s'agenouiller devant le feu, se servant d'un torchon pour enlever sans se brûler le couvercle de terre cuite qui protégeait les braises, tandis que du dos de l'autre main elle effaçait les runes tracées dans la cendre froide. Elle ajouta des brindilles sur le cœur rougeoyant pour raviver les flammes, qu'elle nourrit ensuite avec du bois flotté. Quand le feu eut bien pris, elle plaça au-dessus la marmite à pieds, y versa de l'eau et touilla le gruau jusqu'à ébullition.

Les préparatifs ne réveillèrent pas les enfants couchés dans le seul lit de la maison. Elle dut donc les tirer de leur sommeil en leur posant doucement la main sur l'épaule. Sa fille sourit sans ouvrir l'œil et roula sur le côté pour se mettre face au mur de bois, mais son fils se redressa et demanda :

— C'est déjà le matin ?

Elle se pencha pour le prendre dans ses bras, enfouissant son visage dans la chaleur de son cou. Son odeur était unique et douce comme celle d'un chiot.

— Oui, dit-elle. Il est l'heure de se lever.

— P'pa est rentré ?

— Non, répondit-elle sur un ton neutre. (Cette éternelle question ne lui causait désormais plus autant de chagrin pour son fils.) Pas aujourd'hui. Habille-toi.

Rob pivota sur le matelas et enfila sa veste par-dessus sa chemise de nuit en lin sans discuter. Il remonta ses culottes et les attacha à sa veste avec des lacets. Il irait travailler pieds nus et en culottes, car il était chargé d'aller effrayer les corbeaux à la ferme du moulin après l'école. Il s'assit à table et elle lui remplit un bol de gruau.

— Pas de bacon ? demanda-t-il.

— Pas aujourd'hui.

Il saisit sa cuillère et commença à manger, soufflant sur chaque bouchée avant d'avaler bruyamment. Elle lui servit un gobelet de petite bière – personne dans le marais des fous ne buvait jamais l'eau. Alinor retourna jusqu'au lit, s'assit sur le bord et toucha une nouvelle fois l'épaule de sa fille.

Alys se tourna et ouvrit ses yeux bleu foncé, observant sa mère comme si elle faisait partie d'un rêve troublant.

— Est-ce que tu es sortie ? s'enquit-elle.

— Je pensais que tu dormais, répondit Alinor avec surprise.

— Je t'ai entendue rentrer, dit la jeune fille en soupirant comme si elle était sur le point de se rendormir. Dans mon rêve.

— De quoi as-tu rêvé ?

— Que tu rencontrais un chat dans le cimetière.

Elles échangèrent un regard appuyé.

— De quelle couleur ?

— Noir.

— Que s'est-il passé ?

— Rien. C'est tout. Tu te tenais devant lui et il t'a vue.

Alinor réfléchit un instant, utilisant sa clairvoyance.

— Il m'a vue ?

— Oui. Il voyait tout.

Elle hocha la tête d'un air entendu.

— N'en parle pas, ordonna-t-elle à sa fille.

— Bien sûr que non, assura celle-ci.

Alys repoussa alors les couvertures et se redressa de toute sa taille. Elle arrivait à l'épaule de sa mère, avait des cheveux blonds tressés, et la pâleur des Saxons. Elle se tourna vers une pile de vêtements au pied du lit et mit sa jupe de feutre à l'ourlet taché de boue séchée, puis une chemise rapiécée. Elle s'assit sur son tabouret devant la table pour se laver le visage et les mains, puis prit le bol et se rendit à la porte pour jeter l'eau sur les plantes à l'extérieur.

Alinor approcha son tabouret et joignit les mains.

— Notre Père, nous te remercions pour notre pain quotidien, dit-elle tout bas. Préserve-nous du péché maintenant et à jamais. Amen.

— Amen, répondirent ses enfants à l'unisson.

Elle servit alors sa fille et elle-même, réservant une portion dans la marmite.

— Est-ce que je pourrais l'avoir ? demanda Rob.

— Non, lui répondit-elle.

Il recula son tabouret et s'agenouilla pour recevoir la bénédiction de sa mère, qui posa la main sur ses cheveux bouclés et emmêlés, avant de dire :

— Que Dieu te bénisse, mon fils.

Il alla alors sans un mot récupérer son chapeau accroché à la patère derrière la porte, l'enfonça sur sa tête et sortit. On entendait les cris des mouettes entrer en même temps que l'air salin. Il referma vivement et s'éloigna.

— Il va être en avance à l'école, déclara Alys. Il va encore jouer au ballon contre la porte de l'église.

— Je sais.

— Tu as l'air bizarre. Tu es différente.

Alinor se tourna vers sa fille et lui sourit.

— En quoi ? demanda-t-elle. Je suis la même qu'hier.

Alys décela le mensonge de sa mère dans sa façon de voiler son regard grâce à un battement de cils.

— Tu avais le même air dans mon rêve. Où est-ce que tu es allée ?

— À l'église, prier pour ton père, dit-elle en rassemblant les bols en une pile sur la table.

— Et est-ce que tu l'as vu ? demanda tout bas la jeune fille, qui connaissait la particularité de la veille du solstice d'été.

— Non, répondit Alinor.

— Alors peut-être qu'il est encore en vie ? Si tu ne l'as pas vu, c'est qu'il ne peut pas être mort. Il pourrait encore revenir à la maison.

— Ou peut-être que je n'ai pas le don de vision.

— C'est une possibilité. Et peut-être aussi que tu as rencontré un chat noir et qu'il t'a véritablement vue.

— N'en parle à personne, la prévint encore sa mère dans un sourire.

Elle songea au prêtre, qui attendait son gruau dans la cabane de pêcheur, et se demanda s'il l'avait véritablement vue, comme le chat noir du rêve de sa fille.

Cette dernière passa une main dans ses épais cheveux blonds, les rabattit vers l'arrière, puis mit son chapeau par-dessus sa tresse avant de s'asseoir pour enfiler ses bottes.

— Seigneur ! Comme j'aimerais en avoir le cœur net, dit-elle avec une certaine frustration. Il ne me manque pas, mais j'aimerais bien savoir pour ne plus avoir à le chercher partout où je vais. Ce n'est pas non plus juste pour Rob.

—Je sais. Chaque fois qu'un bateau accoste au quai du moulin à marée je demande de ses nouvelles, mais personne ne peut m'en donner.

Alys leva une de ses bottes et inséra le doigt dans un trou de la semelle.

—Je suis désolée, m'man, mais j'ai besoin de nouvelles bottes. Celles-ci sont complètement usées au bout et sur la semelle.

Alinor regarda la chaussure maintes fois raccommodée.

—La prochaine fois que j'aurai un peu d'argent, et que je devrai aller au marché, promit-elle.

—Avant l'hiver, quoi qu'il en soit, dit la jeune fille en chaussant sa botte limée. Je vais peut-être rapporter un lapin ce soir. J'ai posé un piège hier.

—Pas sur les terres de sir William ?

—Pas où le gardien va, en tout cas, répondit-elle d'un air espiègle.

—Si tu en ramènes un, j'en ferai un ragoût, déclara Alinor en songeant à la bouche supplémentaire à nourrir si le prêtre ne partait pas avant la marée haute du soir.

Alys s'agenouilla devant sa mère, qui posa la main sur la peau si douce de sa nuque.

—Que Dieu te bénisse et te protège, dit-elle en songeant à la beauté juvénile de sa fille, ainsi qu'au meunier et à ses hommes qui la regardaient passer dans la cour en plaisantant au sujet du mari qu'elle se trouverait dans quelques années.

Elle leva le visage vers sa mère et lui sourit comme si elle avait conscience des craintes qui la taraudaient.

—Je sais me défendre toute seule, dit-elle d'une voix douce avant de s'en aller en chassant les poules de la maison.

Elle leur ouvrit ensuite le portail pour qu'elles puissent aller vagabonder jusqu'au rivage.

Alinor attendit que se taise le crissement des galets sous les pieds de sa fille qui s'éloignait en direction du bac pour traverser le Rife. Quand elle n'entendit plus rien d'autre que le cri des oiseaux de mer, elle versa le reste du gruau dans le dernier bol, puis prit la cuillère en bois sculpté et le gobelet en bois de son mari disparu, qu'elle remplit de petite bière, et apporta tout cela jusqu'à la cabane.

Elle toqua à la porte et entra, se baissant pour franchir le linteau de travers. Le prêtre était endormi, étendu sur les filets, sa cape en laine de bonne facture étalée sous lui, et ses beaux cheveux bouclés lui tombant devant les yeux. Elle contempla son visage si pâle et ses longs cils noirs, ainsi que la force de son corps au repos – son torse bombé, ses bras sveltes et ses longues jambes disparaissant dans d'onéreuses bottes de cavalier. N'importe qui verrait en lui un étranger qui ne connaissait rien de cette pauvre île coupée de la côte sud de l'Angleterre. Il suffisait d'un seul regard pour comprendre qu'il était noble. Il n'était pas plus à sa place ici, allongé sur ces filets puants entassés au fond de ce vieil abri, qu'elle l'aurait été au milieu des soies et des parfums de la Cour, au temps jadis, quand le roi avait encore sa Cour à Londres.

Elle se dit qu'il serait irrespectueux de le réveiller mais, en voyant que le gruau commençait à refroidir, elle comprit qu'elle ne pourrait pas laisser son déjeuner là, car s'il trouvait à son réveil une bouillie froide, il allait en être écœuré. Elle se pencha donc et déposa le gobelet de bière au sol, puis secoua délicatement le jeune homme du bout de sa botte.

Elle le vit battre instantanément des cils et ouvrir les yeux tout en se levant d'un bond.

— Ah ! Madame, s'exclama-t-il.

Elle lui tendit le bol et le gobelet.

— Du gruau, dit-elle. Je sais que ce n'est pas assez bien pour vous.

— Cela vient de vous, et de Dieu, et j'en suis reconnaissant, assura-t-il.

Il posa alors sa pitance au sol et s'agenouilla pour dire tout bas le bénédicité en latin. Alinor, ne sachant pas quoi faire, pencha la tête et murmura un « Amen » lorsqu'il eut terminé, même si le pasteur lui avait dit – comme à tout le monde – que le Seigneur ne parlait pas en latin, qu'il s'adressait à eux en anglais et qu'il fallait donc lui parler en anglais ; il affirmait que le reste n'était qu'imposture, hérésie et travestissement par les papistes de la vérité de la Parole.

Il s'assit en tailleur sur les filets comme s'ils n'étaient pas infestés par la vermine, et il mangea son gruau comme un homme affamé. Il racla le bol avec la cuillère en bois et but jusqu'à la dernière goutte de bière.

— Je suis désolée de ne pas avoir plus, dit-elle, gênée, mais je vous apporterai un peu de soupe de poisson si vous êtes encore là à l'heure du dîner.

— C'était succulent. J'avais faim, admit-il. Je vous suis reconnaissant d'avoir partagé votre nourriture. J'espère que vous ne vous êtes pas privée pour moi ?

Elle pensa avec un accès de culpabilité à son garçon, qui aurait voulu manger davantage avant sa journée.

— Non, répondit-elle. Et ma fille rapportera peut-être de la viande ce soir.

Il plissa les paupières en réfléchissant au calendrier, pour déterminer s'il était tenu de respecter une fête religieuse ou un jeûne, puis il sourit.

— C'est la Saint-Jean. Je serais heureux de partager un repas de fête, mais si vous avez trop peu, je vous supplie de le garder pour vos enfants et vous. Vous me rendez déjà un grand service, ainsi qu'à Dieu, en m'offrant un abri. Je ne voudrais pas vous ôter le pain de la bouche. J'ai l'habitude de jeûner.

Le visage de la jeune femme s'illumina et elle partit d'un rire franc. Il fut une fois de plus désarçonné par son changement subit d'expression.

— Je vous parie que j'en ai plus l'habitude que vous !

Il dut se retenir de caresser son visage souriant.

— Vous avez raison, concéda-t-il. Je jeûne par choix, dans le respect de ma foi.

— Je me disais que je pourrais vous accompagner au prieuré ce matin, proposa-t-elle. Si vous voulez voir avec l'intendant s'il accepte de vous recevoir.

— Je serais heureux de votre aide. J'aimerais le rencontrer. Allons-nous retourner par le même chemin ?

— Oui.

— Dans ce cas, je pourrai le retrouver moi-même. J'irai seul. Je refuse de vous faire courir davantage de risques.

— C'est le marais, lui rappela-t-elle. Je dois vous guider. Je peux marcher loin devant pour qu'on ne nous voie pas ensemble.

Il acquiesça.

— Mais vous devez vous tenir à bonne distance.

— Très bien.

Ils demeurèrent silencieux l'espace d'un instant.

— Voulez-vous vous asseoir ? lui proposa-t-il. Prenez place et discutons un peu.

— C'est que j'ai du travail, dit-elle d'un air hésitant.

— Restez seulement un petit instant, insista-t-il à sa grande surprise.

Il ne comprenait pas lui-même pourquoi il cherchait sa présence alors qu'il aurait dû profiter de ce moment de solitude pour prier.

Elle s'assit à même le sol, ramenant ses pieds sous sa jupe de laine grossière. La pièce était plongée dans la pénombre, et il y flottait l'odeur du sel et des algues, avec un léger relent de vase. Le sol était en terre tassée et les filets avaient été négligemment jetés les uns sur les autres, tandis que les casiers à homards pourrissaient dans un coin avec leur pêche d'algues et de coquillages.

— Qu'auriez-vous à faire, si je ne vous retenais pas ? s'enquit-il.

— Ce matin, je dois désherber le jardin, nettoyer la maison, ramasser des herbes pour les faire sécher ou les distiller, et j'aurais sans doute filé un peu de laine. Cet après-midi, je me rendrai chez mon frère, le passeur, pour commencer à malter l'orge dans la brasserie pour notre bière. Je récupérerai la levure pour faire du pain. Je travaille parfois à la ferme du moulin – soit à la laiterie, soit à la boulangerie – ou alors je désherbe, je laboure ou je moissonne, suivant la saison. (Elle haussa les épaules pour indiquer que les tâches étaient bien trop nombreuses pour qu'elle les cite toutes.) Comme c'est le solstice d'été, je cueillerai encore d'autres herbes ce soir, dans mon propre jardin et aussi celles que je fais pousser à la maison du passeur, et je les distillerai grâce à l'alambic là-bas. Il arrive parfois que quelqu'un vienne me chercher pour un accouchement ou une maladie. Je me rends certains soirs à l'église. Ça fait du bien d'aller s'asseoir, juste quelques instants.

— Vous devez vous sentir seule.

— Non… Même si ma mère me manque un peu, admit-elle.

— Mais pas votre mari ?

— Je suis contente d'être débarrassée de lui, répondit-elle simplement. Sauf que j'ai aussi perdu le bateau.

— Il était dur avec vous ? demanda-t-il en enfonçant ses mains entre ses genoux pour s'empêcher de prendre les siennes.

Il se dit alors que cet homme devait être un monstre pour faire du mal à une femme comme elle. Et pourquoi son frère ou le pasteur qui veillait sur cette paroisse n'avaient-ils rien fait pour la protéger ?

— Pas plus que bien d'autres maris, répondit-elle en secouant la tête. Je ne me suis jamais plainte. En revanche, il mangeait beaucoup, et il fallait tout le temps s'occuper de lui. C'était fatigant d'être sa femme, très fatigant. Sans lui, par contre, on a très peu d'argent, peu de façons d'en gagner et aucune d'en mettre de côté. Je crains pour ma fille – qui doit travailler tous les jours à la ferme du moulin –, belle comme elle est. Elle devra se marier d'ici deux ou trois ans et je ne sais pas du tout où je vais pouvoir trouver l'argent pour sa dot. Je crains aussi pour mon garçon, qui grandit vite et qui n'a même pas un bateau à hériter de son père. Il reprendra le bac après mon frère, je suppose, mais ce ne sera pas avant des années, et ce n'est pas une vie facile. Je ne sais pas ce qu'ils vont devenir tous les deux. (Elle secoua la tête comme si elle s'était de nombreuses fois penchée sur la question.) Et moi non plus, d'ailleurs. Que Dieu nous préserve de la mendicité.

— Vous ne pouvez pas demander l'aumône, s'exclama-t-il d'un air outré. Vous ne pouvez pas être réduite à cela.

— Ma foi, nous empruntons, avoua-t-elle.

Il comprit à l'ombre d'un sourire qu'elle voulait dire qu'ils braconnaient sur les terres de sir William.

— Dieu ne défend pas d'emprunter tant que ce n'est guère plus que des lapins, lui dit-il. (Il eut le plaisir de recevoir un sourire malicieux.) Mais vous devez prendre garde…

— On fait attention, l'interrompit-elle. Et sir William ne s'intéresse qu'aux cerfs et aux faisans. Peut-être qu'un jour on arrivera à s'acheter un bateau. Peut-être qu'on connaîtra des jours meilleurs.

— N'y a-t-il pas un homme prêt à prendre la place de votre époux ? demanda-t-il en la revoyant dans le cimetière, la veille du solstice, attendant quelqu'un.

Il fut stupéfait du dédain avec lequel elle détourna la tête. Il avait connu des duchesses avec moins de morgue.

— Plus jamais je ne me marierai.

— Pas même pour un bateau ? s'enquit-il en souriant.

— Aucun homme qui possède un bateau n'accepterait de me prendre avec mes deux enfants, rétorqua-t-elle. Trois bouches à nourrir.

— Votre fille est-elle comme vous ? demanda-t-il en l'imaginant plus belle que toutes les princesses des contes, comme un ange affublé de guenilles.

— Pas vraiment, répondit-elle avec un sourire. Elle a de grands rêves et elle écoute ce que dit son oncle, comme quoi tout le monde peut devenir ce qu'il veut, comme quoi le monde s'offre à elle et que tout est différent, maintenant. Elle ne jure que par le Parlement et le peuple. Je ne l'en blâme pas. Je ne peux pas m'empêcher d'espérer le meilleur pour elle, et pour Rob.

— Votre fils ?

Son visage s'éclaira d'une vive passion en parlant de lui.

— Il est né pour soigner. Il a hérité du don de ma mère. Déjà petit, il m'accompagnait dans le jardin aromatique, apprenant les noms des plantes et leurs vertus. Après, je lui ai appris comment s'en servir, et il vient parfois avec moi pour traiter une maladie ou s'occuper d'un mort. Si seulement je pouvais le laisser à l'école pour qu'il devienne érudit ! Un guérisseur possédant des connaissances peut s'en sortir facilement dans un endroit où les gens ont de l'argent, comme en ville. (Elle haussa les épaules.) Pas ici. On me paie en nourriture et avec quelques piécettes pour les herbes, et mes patients sont tous de pauvres gens. Les seuls riches se trouvent au prieuré. Je me suis occupée de madame avant sa mort, et j'ai soigné son fils il y a quelques mois. Deux fois par an, je me rends à la distillerie pour ranger et faire le plein d'herbes, mais quand monsieur tombe malade, il fait appel au médecin de Chichester.

— Vous êtes une guérisseuse ? s'étonna-t-il. Quel genre de choses pouvez-vous faire ?

— Je sais seulement utiliser les herbes et soigner, répondit-elle avec prudence.

Elle supposait qu'il n'était pas au fait des nombreuses différences qui existaient entre les guérisseurs qui utilisaient des remèdes naturels et les leveuses de sorts qui puisaient dans les forces obscures et pouvaient déclencher une épidémie dans un village.

— Je suis une accoucheuse. Avant, j'avais une autorisation, quand l'évêque était encore dans son palais pour en délivrer – avant qu'il soit chassé et obligé de fuir. Je peux arracher une dent et réparer un os, enlever un abcès et guérir un ulcère, mais je ne fais rien d'autre. Je guéris et je trouve ce qui est égaré.

— Vous m'avez trouvé, moi.

— Vous étiez égaré ?

— Je pense que c'est l'Angleterre qui s'est égarée, répondit-il gravement. Nous ne pouvons pas détrôner le roi, ni choisir comment vénérer Dieu. Nous ne pouvons pas placer le Parlement au-dessus de tout. Nous ne pouvons pas déclarer la guerre au roi élu par Dieu pour nous gouverner.

— Je ne sais pas.

— Vous avez dit hier soir que votre frère soutenait le Parlement ? demanda-t-il après un instant de réflexion.

— Il est allé se battre sans hésiter et il serait resté dans l'armée parlementaire, mais il a dû rentrer à la mort de mon père pour conserver ses droits sur le bac. C'est notre famille qui le gère depuis plusieurs générations, et on occupe la maison du passeur.

— On ne peut traverser qu'avec le bachot de votre frère ?

— Ce n'est pas un bachot, plutôt une sorte de radeau accroché à une corde entre les rives du Broad Rife, précisa-t-elle. La rivière sépare l'île de Sealsea de la terre ferme. Elle n'est pas profonde, et on peut la traverser à gué quand la mer est basse. Il y a un chemin pavé pour ne pas rester coincé dans la vase. Mon frère garde le gué et fait traverser les gens qui ne veulent pas se mouiller les pieds, ou les femmes qui se rendent au marché avec leur laine filée ou toute autre marchandise ; et à marée haute, quand on ne peut plus traverser à pied, il embarque les cochers, ou sir William avec sa voiture et ses chevaux.

— Il les fait traverser à la rame ?

— Non. Il tire sur une corde. C'est comme un gros radeau, une sorte de pont flottant, suffisamment grand pour porter un chariot. À mi-marée, le courant est très fort. Le bac est accroché des deux côtés à une corde suspendue pour ne pas être emporté dans l'estran, puis en mer.

Il la vit blêmir à cette pensée.

— Avez-vous toujours eu peur de l'eau ? s'enquit-il avec curiosité. Comment faites-vous pour vivre ici, sur la côte ?

— Fille de passeur et femme de pêcheur, ironisa-t-elle avec un sourire. Je sais très bien que c'est idiot, mais j'en ai toujours eu une peur bleue.

— Dans ce cas, comment irez-vous pêcher quand vous aurez votre bateau ?

Elle lui sourit et haussa les épaules avant de se lever, puis de récupérer son bol et son gobelet.

— Il faudra bien que je trouve le courage, dit-elle. Je sais ramer et lancer un filet, et les enfants pourront m'aider. Je ne sortirai jamais au large et resterai dans les limites de l'estran. Puis, si jamais c'est votre camp qui l'emporte, que le roi retrouve sa couronne et que l'Église retourne à Rome, je pourrai vendre du poisson au marché et aux portes tous les jours de jeûne.

— Je vous enverrai de l'argent pour acheter un bateau quand je serai rentré, promit-il.

Elle lui sourit comme si c'était une promesse en l'air.

— Où vivez-vous ?

Il hésita à lui répondre, mais il voulait la croire digne de confiance.

— Dans mon séminaire, en France, répondit-il. Ma famille m'a envoyé au collège anglais à Douai quand j'avais douze ans et j'y suis resté, puis j'ai été ordonné prêtre. Quand la guerre a éclaté, ils étaient heureux que je sois en sécurité, loin de là. Mon père s'est battu contre le Parlement et a été vaincu, blessé à Naseby. Aujourd'hui, ma mère et lui sont en exil, avec la reine à Paris, et je suis un prêtre du séminaire ayant prêté serment de venir en Angleterre pour ramener le peuple sur le chemin de la véritable religion.

— Est-ce que ce n'est pas dangereux de venir en Angleterre ?

Il hésita, car il risquait la peine de mort pour espionnage ainsi que pour hérésie. Son collège était fier du nombre de ses martyrs et veillait à ce qu'il y ait toujours des cierges allumés devant le mur où étaient gravés leurs noms. Plus jeune, il avait trépigné d'impatience à l'idée de mourir ainsi en odeur de sainteté.

— Mon collège a envoyé beaucoup de martyrs en Angleterre, et ce depuis que le roi Henri s'est détourné de la véritable Église. L'Église a changé, à l'encontre de la volonté du peuple, il y a plus de cent ans ; mais nous, nous n'avons jamais vacillé. Je suis les pas de nombreux saints hommes. (Il sourit en la voyant le dévisager d'un air interrogateur.) C'est un choix que j'ai fait, je vous l'assure. Il se trouve de nombreux refuges et de nombreux amis pour m'aider. Je pourrais traverser le pays sans jamais quitter le sol catholique romain. Je peux prier chaque nuit dans des chapelles consacrées. Le Parlement est allé trop loin avec le roi, cette fois, et l'armée encore plus. C'est notre chance. Partout dans le royaume, des villes et des villages soutiennent ouvertement le roi et les gens disent qu'ils veulent le voir remonter sur le trône. Ils veulent la paix et la liberté d'exercice de leur culte.

— Vous ne retournerez pas à votre collège avant que ça n'arrive ? demanda-t-elle d'un air dubitatif en songeant qu'il pourrait attendre très longtemps.

— Non. J'ai une chose à faire avant de pouvoir rentrer – une chose cruciale.

Il s'arrêta là, réprimant son envie de tout lui raconter.

— Vous n'allez quand même pas aller sur l'île de Wight ? devina-t-elle dans un murmure. Vous allez rencontrer le roi ?

Son silence lui fit comprendre qu'elle avait vu juste.

— Vous comprenez donc pourquoi il ne faut pas que l'on vous voie avec moi. Je nierai catégoriquement vous avoir jamais rencontrée, ou avoir accepté de vous le refuge. Quoi qu'il se passe, quoi qu'il m'arrive, je ne vous trahirai jamais.

Elle hocha la tête d'un air grave.

— Si vous voulez vous rendre au prieuré, il vaut mieux traverser l'estran à marée basse. On pourra aller trouver l'intendant pendant qu'il prend son déjeuner, et s'il ne veut pas vous accueillir, on aura encore le temps de revenir avant que la mer remonte.

Il se leva de sa banquette de filets, épousseta sa veste et attacha sa cape autour de ses épaules.

— Nous allons traverser l'estran ?

— Oui. On ne devrait rencontrer personne. C'est rare que quelqu'un passe par ici. Sur le chemin du prieuré, on sera dissimulés par les buissons. Vous n'aurez qu'à sauter par-dessus la digue et vous cacher dans le fossé si vous voyez quelqu'un. Si vous devez vous enfuir, remontez le canal. Ça vous mènera à l'intérieur des terres, où vous pourrez vous cacher dans les bois.

— Et vous, que ferez-vous ?

— Je dirai que je n'avais pas remarqué que vous me suiviez, que je me rendais sur la plage pour glaner des œufs de sterne. (Elle se tourna et alla ouvrir la porte.) Attendez là.

Il entendit soudain un vacarme assourdissant exploser, un grand brassage d'eau, puis un terrible grondement mécanique.

— Qu'est-ce donc ? s'inquiéta-t-il en protégeant instinctivement son précieux paquetage.

— Seulement le moulin, le rassura-t-elle calmement. Ils ont ouvert le bief et les meules se sont mises à tourner. Ça fait beaucoup de bruit dans le silence.

Il lui emboîta le pas pour sortir dans la lumière vive du soleil. Les bancs de vase et les mares résiduelles luisaient comme de l'argent terni et s'étendaient à perte de vue, formant un étrange désert aveuglant. Le fracas continua et c'était comme si quelqu'un faisait racler le portail de l'enfer sur des pavés.

— C'est tellement assourdissant ! s'exclama-t-il.

— On s'y habitue, répondit-elle.

Elle ouvrit la marche et descendit jusqu'à une petite étendue de galets qui conduisait dans la boue du marais jusqu'à se transformer en un petit ruisseau. Il marcha à côté d'elle, son sac à l'épaule, les talons de ses bottes de cavalier s'enfonçant dans la vase collante dont il se dépêtrait dans un affreux bruit de succion. L'eau monta brusquement dans le fossé à côté de lui et il sursauta, ce qui la fit rire.

— C'est ce qui est rejeté par le moulin à marée.

— Tout est si étrange, ici, dit-il en rougissant d'avoir été apeuré par cette eau qui coulait à présent en torrent régulier dans un paysage inerte. J'habite dans le Nord, dans les hautes collines et la lande, où il fait très sec. Cette terre m'est aussi étrangère que les plaines.

— Le meunier ouvre les vannes du bassin pour que l'eau s'écoule et fasse tourner la roue, lui expliqua Alinor. Ensuite, l'eau retourne à la mer.

— À chaque marée basse ? demanda-t-il en épiant le torrent à côté de lui.

— Il ne moud pas à chaque marée. Il n'y a pas assez de demande en farine. Mais il conserve le grain et l'envoie à Londres quand le prix est suffisamment élevé.

— Vous voulez dire qu'il cherche à faire du profit ? demanda-t-il en percevant l'amertume dans son ton. Il achète le maïs à bas prix et l'envoie à Londres pour le vendre aux prix qui ont cours là-bas ?

— Il n'est pas pire que les autres, dit-elle. Mais ce n'est pas facile de regarder le bateau mettre les voiles pour emporter tout ce grain quand on n'a pas les sous pour une miche de pain et qu'on a à peine de quoi s'acheter de la farine.

— Ce n'est pas le seigneur qui fixe le prix du pain ? Cela devrait être le cas.

Elle haussa simplement les épaules. Un bon propriétaire fixait les prix et s'assurait que le meunier ne gardait pour lui qu'une mesure de blé comme salaire.

— Sir William n'est pas toujours là. Il est à Londres. Il ne le sait probablement pas.

Il ne parvenait pas à voir la piste qu'elle empruntait, qui s'éloignait du canal dans lequel s'écoulait l'eau du moulin pour remonter jusqu'à une série d'îlots de galets, entourés d'une vaste étendue de vase détrempée. L'eau du port était constamment chassée vers la mer. Ils avançaient parfois d'un pas sûr le long des cordons de galets, avec un large bassin résiduel du côté mer où il voyait des bancs de minuscules poissons abandonnés là par le jusant ; d'autres fois, ils s'enfonçaient dans le sable déposé en petites dunes par les vagues ; se rappelant alors la menace des sables mouvants, il prenait garde à marcher dans les traces de sa guide. Il songeait souvent qu'elle ne pourrait jamais trouver le bon chemin pour leur faire traverser ces larges mares ponctuant ce morne marais, mais elle bifurquait ci et là dans un trajet sinueux, passant tantôt au cœur de l'estran, tantôt dans un massif de roseaux, tantôt sur la plage changeante où des pieux à moitié submergés et des épis ensevelis sous la vase montraient que quelqu'un avait jadis bâti une digue pour repousser la mer, mais que celle-ci avait impitoyablement fait valoir ses droits.

Quand, après plus d'une heure de marche, elle tourna en direction de l'intérieur des terres, ils s'engagèrent sur un chemin étroitement bordé d'aubépine qui formait une arche. Il s'assura d'être suffisamment en retrait pour pouvoir disparaître à la seconde où il verrait une personne approcher, ou qu'il l'entendrait saluer quelqu'un, tout en restant assez proche pour pouvoir la suivre le long de ce chemin qui serpentait aléatoirement dans la direction générale des hauts toits du prieuré, à peine visibles au-dessus des arbres massifs. Des ronces poussaient en travers du chemin et s'accrochaient à ses vêtements. Cette voie était rarement empruntée : les ouvriers de ferme préféraient la route ; du temps où le roi était encore sur le trône et sir William un personnage en vue, ses éminents visiteurs avaient l'habitude de passer par la terre ferme, arrivant en carrosse à marée basse pour passer par le gué et franchir le portail ornemental, se présentant devant les doubles portes où des serviteurs en livrée s'inclinaient pour les saluer à leur passage sous la porte cochère. Ces mêmes serviteurs, toutefois, s'étaient enfuis pour rejoindre l'armée parlementaire et aucun visiteur de marque n'était venu depuis le début de la guerre, quand sir William avait pris parti pour le mauvais camp.

Les arbres laissèrent la place à un champ mal fauché et bordé d'une haie broussailleuse, et ils se dépêchèrent de traverser ce terrain à découvert pour gagner l'abri d'un haut mur de silex surmonté de briques rouges. Alinor s'arrêta, la main sur l'anneau de la porte en bois.

— Est-ce que c'est ici que vous deviez trouver refuge ? Vous étiez attendu ? Est-ce que je dois donner votre nom à l'intendant ?

— C'est ici que j'espérais venir, admit James. Sir William m'a fait savoir qu'il me rencontrerait ici. Je ne sais cependant pas ce qu'il a révélé à son intendant. Je ne sais pas s'il est sans danger pour vous de lui parler de moi. Je devrais peut-être y aller seul.

— Ce serait plus sûr que vous restiez ici. Je pourrais dire que je vous ai rencontré par hasard et que je vous ai amené jusqu'à lui. Attendez là-bas, dit-elle en désignant une botte faite négligemment avec le mauvais foin d'un champ de front de mer. Allez vous cacher derrière et ouvrez l'œil. Si je ne suis pas de retour dans l'heure, alors c'est que quelque chose ne s'est pas bien passé et que vous devez fuir. Dans ce cas, redescendez le long du rivage et restez sur la berge. Vous pourrez vous cacher jusqu'à la prochaine marée basse ce soir, et traverser le gué au crépuscule.

— Que Dieu vous protège, dit-il nerveusement. Je n'aime pas vous faire courir ce risque. Sir William m'a assuré que je serais en sécurité, ici. Je ne sais simplement pas s'il a parlé de moi à son intendant.

— S'il m'envoie pour vous piéger et vous faire arrêter, j'enlèverai mon tablier pour vous prévenir, dit-elle. Si je l'ai à la main en revenant, fuyez.

Elle avait le visage blême et les lèvres pincées à cause de la peur. Elle tourna les talons sans un autre mot et franchit la porte donnant sur le potager. Elle remonta l'allée entre les carrés soignés d'herbes et de légumes jusqu'à la porte de la cuisine du prieuré, enleva ses sabots de bois et frappa à la porte.

La cuisinière ouvrit le vantail supérieur, sourit en reconnaissant Alinor, puis lui dit :

— Je n'ai besoin de rien aujourd'hui, ma bonne dame. Monsieur ne reviendra pas avant demain et je ne fais de tourte d'anguille pour personne d'autre.

— Je suis venue voir M. Tudeley. C'est au sujet de mon garçon.

— Il n'y a pas de travail, trancha la cuisinière sur un ton bourru en soulevant le couvercle d'une énorme casserole pour en touiller le contenu. Pas avec le monde qui part ainsi à vau-l'eau sans que personne sache de quoi demain sera fait, et sans que ça profite à personne ; et puis le roi qui a disparu, le Parlement qui est armé jusqu'aux dents et notre bon monsieur qui ne cesse de faire des allers et retours à Londres chaque jour de la semaine pour essayer de les raisonner, quand personne n'écoute qui que ce soit d'autre que le diable en personne.

— Je sais, compatit Alinor en entrant dans la chaleur étouffante de la cuisine. Mais je dois quand même lui parler.

Elle sentit la faim la tirailler soudain en sentant la bonne odeur du bouillon de bœuf, et elle serra les dents pour s'empêcher d'avoir trop l'eau à la bouche. La cuisinière leva les yeux de son plat, essuya la sueur de son visage avec son tablier, puis cria un ordre pour que quelqu'un aille voir si M. Tudeley acceptait de recevoir la mère Reekie. Alinor attendit à la porte et entendit un serviteur poser la question à l'intendant, puis un valet passa la tête dans l'embrasure de la porte et lui dit :

— M. Tudeley vous attend.

Elle le suivit le long d'un couloir qui passait devant les réserves jusqu'à atteindre la porte à panneaux de bois du bureau de l'intendant. Le valet ouvrit et elle entra. M. Tudeley était assis à la table bouillotte, des papiers étalés devant lui.

— Madame Reekie, la salua-t-il sans vraiment lever les yeux sur elle. Vous vouliez me voir ?

— Bonjour, monsieur, dit-elle en lui adressant une révérence. Oui, tout à fait. Je voudrais vous parler.

Le valet se retira en fermant la porte et l'intendant patienta, supposant qu'elle allait lui demander un délai pour le loyer de ce trimestre. Tout le monde savait que ses enfants et elle vivaient au jour le jour ; personne ne compatissait beaucoup avec la femme abandonnée d'un ivrogne.

— J'étais à l'église la nuit dernière et j'ai rencontré un homme qui m'a dit s'appeler James, déclara-t-elle avec une boule au ventre. Père James. Je l'ai amené ici. Il attend derrière une botte de foin dans le pré-salé.

— L'avez-vous amené pour que j'arrête ce prêtre réfractaire ? demanda froidement M. Tudeley en joignant les mains par le bout des doigts.

Alinor déglutit, la bouche sèche et le visage figé.

— Comme vous voudrez, monsieur. Je ne sais pas ce qu'il est juste de faire dans ces circonstances. Il m'a dit qu'il voulait être amené ici, et c'est ce que j'ai fait, sans que personne le sache. S'il est un ami de M. Peachey, alors je dois lui obéir ; s'il est un ennemi, dans ce cas considérez que je vous le livre.

M. Tudeley, en la voyant si blême, lui adressa un petit sourire.

— Vous n'agissez donc pas par principe ? Vous ne vous rangez pas du côté de votre frère, madame Reekie ? Vous n'êtes pas devenue une de ces femmes qui prêchent la bonne parole ? Souhaitez-vous le voir brûler pour hérésie ? Voulez-vous qu'il soit pendu et écartelé pour trahison ?

— Je ne veux de mal à personne, répondit rapidement Alinor. Et je crois comme M. Peachey, quoi qu'il estime juste.

Ce n'est pas à moi de juger. Je ne veux pas juger. Je vous l'ai amené afin que vous fassiez ce qui est juste, monsieur Tudeley.

Sa franchise et sa pâleur le rassurèrent et il se leva.

— Vous avez très bien fait, dit-il en extirpant de sa poche une poignée de pennies. (Il en choisit douze, équivalant à un shilling en cuivre, soit deux jours de travail pour une employée de ferme comme Alys.) Voici pour vous : pour avoir servi votre seigneur alors que vous ne saviez pas – et ne savez toujours pas – ce qu'il veut, pour être une bonne servante dans la plus grande ignorance (il partit d'un petit rire), et pour avoir fait ce qui était juste alors que vous ne saviez pas ce qu'il convenait de faire, avec toute l'innocence d'un oisillon !

Alinor ne put détacher son regard de la pile de pièces.

L'intendant ouvrit le tiroir de la table et en sortit une bourse. Il en desserra les liens et en retira une petite pièce d'argent qu'il déposa à côté des pennies.

— Et regardez, reprit-il. Un shilling d'argent, pour acheter votre silence. Vous êtes pauvre, mais vous ne manquez ni de jugeote ni de discrétion. Pas un mot de tout ceci, ma bonne dame. C'est d'une importance capitale. Nous sommes toujours en guerre, et personne ne peut prédire qui vaincra.

» Si quiconque en parle, vous en pâtirez, pas moi : je nierai tout et ma parole a plus grande valeur que la vôtre. Monsieur sera aussi protégé, car il n'est pas ici. Cet homme qui attend derrière la meule de foin non plus ne sera pas inquiété, car il aura détalé plus vite qu'un lièvre devant les chiens. Ce sera vous que l'on plongera dans l'eau pour hérésie, pour tromperie et pour calomnie. C'est vous que l'on traitera d'espion, de traître, ou *a minima* de commère ; c'est vous qu'ils jetteront dans le Rife avec vos jupes qui vous entraîneront par le fond à mesure que la marée montera. Me comprenez-vous ?

— Oui, répondit Alinor d'une voix étranglée. Prions Dieu que ça n'arrive pas. Je jure de ne rien dire, ça oui, monsieur.

— Nous dirons donc que vous êtes venue aujourd'hui voir si j'avais du travail pour votre garçon, et que j'ai accepté que vous veniez tous les deux désherber le jardin de plantes aromatiques, cueillir ce qui doit être séché cet été, puis ranger la distillerie. Nous vous paierons le prix habituel, soit six pence par jour chacun. Vous prendrez garde à dépenser cet argent avec soin, penny par penny, sans jamais dire d'où il provient ; et vous garderez le shilling de côté sans dire à personne que c'est moi qui vous l'ai donné.

— Oui, monsieur.

— Et je vous fais grâce du paiement de votre loyer pour ce trimestre, ajouta-t-il.

Il tourna la table sur son pied central jusqu'à avoir accès au tiroir voulu, puis il prit le livre de comptes concernant Alinor et cocha une case à côté de son nom.

— Voilà.

— Merci, dit encore la jeune femme avec un intense soulagement. Que Dieu vous bénisse, monsieur.

— Vous pouvez y aller, à présent. Dites à l'homme qui attend d'entrer discrètement par la porte que les locataires utilisent pour s'acquitter de leur paiement. Est-ce compris ? Dites-lui de s'assurer que personne ne le voie. Ensuite, vous et moi ne parlerons plus jamais de cela, et pas un mot à qui que ce soit.

— Oui, monsieur, dit-elle une dernière fois avant de récupérer l'argent plus vite qu'un voleur et de le fourrer dans sa poche.

Puis elle quitta la pièce en silence.

Elle sortit par la porte de service qu'ils utilisaient le jour du loyer, afin de s'assurer qu'elle était bien déverrouillée, puis elle retourna dans le potager pour récupérer ses sabots, qu'elle enfila avant de ressortir de la demeure pour rejoindre le pré. Quiconque la verrait là penserait simplement qu'elle prenait le plus court chemin pour rentrer chez elle, à l'autre bout du port. Le père James, derrière sa meule de foin, la vit franchir la petite porte de bois dans le mur de silex, le pas léger, la tête haute, son tablier noué autour de la taille, sa jupe caressant l'herbe coupée qui dégageait une odeur de foin et de fleurs des champs séchées. Il comprit à cet instant même, à sa démarche tout en grâce, qu'il était en sécurité. Aucun Judas ne pouvait adopter une attitude aussi désinvolte. Elle était aussi lumineuse qu'un saint resplendissant au milieu d'un vitrail.

— Je suis là, lui dit-il quand elle arriva à sa hauteur.

— Vous êtes attendu, dit-elle avec le souffle court. Vous ne craignez rien. Passez par la porte dans le mur, d'où je viens, puis tournez à gauche et traversez le potager. Vous verrez une petite entrée – une porte en chêne noir – sur le côté de la maison, sur la gauche. Entrez par là, c'est ouvert. Le bureau de l'intendant est deux pas plus loin dans le couloir, à droite. Sa fenêtre donne sur le potager. Il vous attend. Il s'appelle M. Tudeley.

— Il n'a pas… Il n'était pas… Il ne vous force pas à faire quelque chose ?

— Non, répondit-elle en secouant la tête. Il m'a payée pour vous avoir amené ici. Il est de votre côté. Et il m'a payée pour mon silence. Je suis bien plus riche de vous avoir rencontré.

— Tout comme moi, dit-il en lui prenant les mains.

Ils demeurèrent ainsi pendant quelques instants avant qu'il la lâche.

— Que Dieu vous bénisse et vous guide sur le chemin de la prospérité, dit-il solennellement. Je prierai pour vous, et je vous enverrai de l'argent quand je serai de retour en France.

— Vous ne me devez rien, assura-t-elle. Et M. Tudeley m'a déjà donné deux shillings, rien de moins !

Il songea à son séminaire, aux plats en or sur l'autel, aux diamants et rubis scintillants sur les reposoirs, à la croix en or qu'il portait autour du cou. Ce soir, il aurait droit à de l'argenterie et se coucherait dans de somptueux draps tandis que quelqu'un s'occuperait de laver sa chemise et de cirer ses bottes. Le lendemain, ou le surlendemain, il verrait sir William et ils s'occuperaient ensemble de louer les services de marins pour une traversée, le tout grâce à la petite fortune qu'il transportait. Et cette femme, elle, se réjouissait d'avoir gagné deux shillings.

— Je prierai pour vous. (Il réfléchit un instant.) J'ai besoin de votre nom pour la prière.

— Je m'appelle Alinor, dit-elle dans un sourire. Alinor Reekie.

Il hocha simplement la tête. Il ne trouvait aucun prétexte pour la retenir, mais il s'aperçut qu'il n'avait pas envie de la voir partir.

— Je prierai pour vous, et pour que vous ayez votre bateau.

— Ça se pourrait.

Un silence s'installa, qu'ils brisèrent en même temps :

— Est-ce que vous pensez… ?

— Si jamais je reviens…

Puis le père James reprit :

— Je ne pense pas revenir un jour, avoua-t-il. Je dois me rendre là où l'on m'envoie.

— Je ne m'attendrai pas à vous revoir, lui assura-t-elle. Je sais que ce n'est pas un endroit pour vous.

— Vous êtes…

Il s'arrêta là, car il n'avait pas les mots.

— Quoi donc ? demanda-t-elle.

Elle sentit une intense chaleur lui remonter dans la nuque, juste au niveau du col de la pauvre robe qu'elle s'était confectionnée.

— Je ne savais pas…, tenta-t-il.

— Quoi donc ? répéta-t-elle dans un murmure. Qu'est-ce que vous ne saviez pas ?

— Je ne savais pas qu'il était possible de trouver une femme comme vous dans un endroit comme celui-ci.

Il vit un sourire poindre lentement dans le gris foncé de ses yeux, puis gagner ses lèvres et apporter du rose à ses joues.

— Adieu, lança-t-elle abruptement comme si elle voulait clore la conversation sur ces mots-là.

Puis elle tourna les talons et traversa le pré en direction de la mer qui montait déjà, dessinant une ligne sombre sur un ciel chargé de nuages.

Le bonheur qu'elle avait ressenti à ces mots – « une femme comme vous dans un endroit comme celui-ci » – ne faiblit pas pendant plusieurs jours, l'accompagnant dans son labeur en cette période estivale : le désherbage, la récolte et le séchage des plantes à la distillerie de la maison du passeur et le trajet jusqu'au village de Sealsea pour rendre visite à la femme d'un fermier qui devait accoucher de son premier enfant après les moissons. Le mari, le fermier Johnson, était un homme aisé, qui possédait ses propres terres et avait aussi en métairie certaines parcelles du manoir. Il paya Alinor un shilling d'avance pour venir vérifier l'état de santé de sa femme tous les dimanches, et il lui promit un autre shilling pour s'occuper de l'accouchement. Elle enveloppa les deux pièces d'argent dans un morceau de tissu qu'elle noua, avant de cacher le tout sous une pierre de l'âtre. Et tout au long de ces longues heures d'été, elle entendit chanter à ses oreilles les mêmes mots : « Une femme comme vous dans un endroit comme celui-ci. » Elle se dit que lorsqu'elle aurait économisé trois shillings, elle irait trouver son frère pour qu'il l'aide à acheter un bateau. « Une femme comme vous dans un endroit comme celui-ci. »

Elle les répéta si souvent que leur sens finit par s'estomper. Qu'était-ce donc, une femme comme elle ? Et à quoi ressemblait cet endroit, pour que sa présence soit si incongrue à ses yeux ? Était-ce possible qu'il ait voulu dire que cet endroit était beau et qu'elle n'en était pas digne ? Ce fut alors qu'elle se rappela son regard porté sur le col de sa robe, ainsi que la douceur dans ses yeux marron, et elle sut avec certitude ce qu'il avait voulu dire ; ses mots, alors, recouvrèrent tout leur sens.

Il ne lui vint jamais à l'esprit que cela avait été pour lui douloureux, que c'était un péché de les prononcer, et même de les penser. Elle avait été baptisée dans une église où les pasteurs avaient le droit de se marier ; il n'y avait plus eu de prêtre célibataire ni de monastère en Angleterre depuis cent ans. Elle ne comprenait pas que le simple fait de regarder une femme était un péché pour lui, sans parler de lui susurrer de telles paroles. Elle avait entendu ces mots qu'il s'était arrachés à lui-même, comme s'il n'avait pas pu s'empêcher de les prononcer. Mais elle ne se doutait pas un instant qu'il allait devoir se confesser à son retour au monastère ; il allait devoir avouer à son confesseur qu'il avait succombé à un péché mortel et avait éprouvé du désir.

Alinor ne savait pas elle-même ce qu'elle ressentait. Elle s'était mariée jeune et avait eu deux enfants ; tout ce qu'elle connaissait était la douleur. Elle ne savait pas ce qui la poussait à murmurer les mots du père James comme s'ils étaient une invocation, ni ce qui faisait tourner cette phrase dans sa tête comme s'il s'agissait d'une mélopée qui s'adressait à son âme, inlassablement.

Son fils Rob rentra de sa journée de travail avec trois pence en poche, et sa fille Alys ramenait son salaire de la semaine, soit deux shillings et six pence. Ils les lui reversèrent sans rechigner, sachant qu'il leur fallait payer comptant pour tout ce dont ils avaient besoin : de la laine à tisser, du beurre et du fromage puisqu'ils n'avaient pas de vache, du lard et du bacon puisqu'ils n'avaient pas de cochon, la redevance pour pouvoir utiliser le four du moulin afin de cuire leur pain, la part du meunier pour moudre un quart de boisseau de blé, un tribut au prieuré pour le droit de ramasser du bois de grève sur le rivage et des œufs de sterne sur la plage, l'amende pour n'avoir pas contribué à entretenir les chenaux du port au printemps ; et le loyer la prochaine fois, ainsi que la dîme mensuelle due à l'église, et la somme à verser au cordonnier pour réparer les bottes d'Alys.

— Je vais acheter un bateau, annonça-t-elle à ses enfants. Si je peux.

Sealsea, dimanche, juillet 1648

Le premier dimanche de juillet, toute la paroisse se rendit à l'église et contempla les sobres murs blancs pendant que le pasteur récitait les mots austères qui étaient tout ce qu'il restait du livre de la prière depuis que le Parlement avait tranché dans son contenu. Il prêcha ainsi pendant plus de deux heures, les exhortant tous à devenir des saints et à être les témoins de la venue du Seigneur. Il leur affirma que le roi, terré dans son château de Carisbrooke sur l'île de Wight, était mortifié par ses péchés et que Dieu aurait raison de son entêtement, qu'Il l'amènerait à se soumettre au saint Parlement. Tous devaient avoir foi en Lui pour empêcher les Écossais d'envahir le royaume – malgré l'appel du roi félon, auquel ils se préparaient en ce moment même à répondre dans le but de piller et ravager les villages d'innocents en Angleterre. Dieu les arrêterait, et Il frapperait particulièrement les Irlandais, si ceux-ci venaient à tenter aussi de venir au secours du roi. Ses ouailles ne devaient aucunement avoir peur. Alinor, épiant discrètement les visages de ses voisins, nota que cette affirmation les mettait particulièrement mal à l'aise. C'étaient des gens simples : quand quelqu'un leur affirmait qu'ils n'avaient rien à craindre, ils savaient que les ennuis n'étaient pas loin.

Il était vrai, insistait le pasteur, « en vérité », que les traîtres prenaient les armes dans tout le pays et que des royalistes s'insurgeaient dans chaque comté, en plus de la menace d'invasion de deux armées ; mais la sainte armée du Parlement saurait les vaincre, car les Cavaliers du roi ne pouvaient pas l'emporter face à des hommes dignes, bons et pieux. Il n'y aurait plus de papistes à la Cour. Le roi implorerait le pardon et serait autorisé à remonter sur le trône. Quant à la reine papiste, il lui faudrait apprendre à marcher sur le chemin de Dieu sans pouvoir faire appel à ses prêtres hérétiques. Sa chapelle, qui avait été l'épicentre de l'hérésie et du chaos, allait être condamnée et le roi devrait se détourner de ses travers et accepter la décision d'honnêtes conseillers. La famille royale serait réunie comme toute bonne famille fidèle à Dieu ; le père ordonnant à la mère et aux enfants, les fils lui obéissant ; les jeunes prince et princesse, qui avaient été abandonnés par leurs parents, leur seraient rendus. Rien ne pourrait empêcher cela, promit le prêcheur, malgré les mauvaises nouvelles en provenance d'Essex et du Kent, où les traîtres du roi soumettaient des villages pour le compte de leur maître. Pis encore, toute la flotte avait rejoint le camp du roi, et c'était désormais le prince qui la menait, avec l'intention d'envahir l'Angleterre grâce à la flotte anglaise. Malgré tout cela, néanmoins, et malgré des chances de victoire qui s'amenuisaient, la cause des justes l'emporterait. L'issue de la guerre était déjà certaine, le roi était défait et il devait le reconnaître. Il était tenu par l'honneur de capituler.

Alinor était consciente que sir William Peachey, récemment rentré de Londres où il s'en était allé prouver une dévotion toute nouvelle au Parlement, était assis dans son siège imposant, raide comme un piquet, très attentif, sa maisonnée alignée derrière lui. Il ne secoua pas une seule fois la tête, et aucune ombre ne passa sur son visage las – il ne cilla même pas. Elle aurait pu jurer qu'il soutenait corps et âme le Parlement tellement il demeurait impassible alors que leur victoire était louée comme étant la volonté de Dieu.

Le pasteur récita la prière finale et leur rappela qu'il n'y aurait pas de jeux dans l'enceinte de l'église, et que les festivités et activités sportives dominicales étaient désormais interdites. Le jour du Seigneur serait désormais passé en dévotion, dans le calme et la réflexion – et pas en buvant de la bière d'église et en dansant pendant les fêtes religieuses. Tout manquement de la part de quelque membre de la paroisse que ce soit serait rapporté aux marguilliers. Les femmes, particulièrement, devaient se montrer obéissantes et discrètes. Pour une divine victoire, il fallait un peuple dévot. Ils étaient tous des soldats de l'armée parlementaire, à présent, et ils marchaient au pas vers la terre promise.

La congrégation sortit de l'église d'un pas léthargique, assommée par l'ennui. M. Tudeley, l'intendant, se tenait derrière sir William près du portail, nommant chaque locataire qui passait en s'inclinant ou en esquissant une révérence. Alinor attendit son tour, suivie de ses enfants. En tant qu'épouse abandonnée vivant à l'extrémité du marais, une miséreuse parvenant à peine à subsister, elle venait après quasiment tout le monde. Elle adressa en silence une révérence à sir William et à son intendant. Le seigneur de ces terres la contempla de la tête aux pieds sans sourire, hocha la tête, puis se détourna d'elle, mais M. Tudeley, d'un doigt, lui fit signe d'approcher.

— Sir William va désigner un chapelain pour officier dans sa chapelle privée et pourvoir à l'éducation de son fils, commença-t-il.

Alinor garda les yeux rivés au sol sans dire un mot.

— Votre garçon a le même âge que maître Walter Peachey, n'est-ce pas ?

— Un peu plus jeune, répondit-elle en désignant d'un geste de la main son fils parfaitement immobile.

— Quel travail fait-il, en dehors de vous assister avec les plantes ?

Elle lui répondit calmement, cachant sa surprise face à ce soudain intérêt pour Rob.

— Il va à l'école au matin, et après il va travailler à la ferme du moulin, où il désherbe et chasse les corbeaux. C'est un garçon intelligent. Il sait lire et écrire. Il viendra avec moi à la distillerie du prieuré la semaine prochaine, comme vous me l'avez demandé, et ce sera lui qui étiquettera les fioles. Il connaît le nom des plantes en anglais et en latin, et il a une belle écriture.

— Lui arrive-t-il de s'attirer des ennuis ? (Alinor secoua la tête.) Il intégrera le personnel de monsieur, annonça l'intendant. Il suivra les leçons avec maître Walter, sera son valet personnel et son compagnon jusqu'à ce que maître Walter parte pour Cambridge. Il recevra quinze shillings par trimestre, dont cinq payables d'avance. (Alinor en eut le souffle coupé.) Le tuteur a demandé que maître Walter ait un compagnon, poursuivit-il avec une grande politesse. J'ai suggéré que ce soit votre garçon. Considérez ceci comme une faveur de la part de M. Peachey, pour vous venir en aide étant donné la disparition de votre époux. Voilà ce qu'il en est d'être au service d'un grand seigneur. Souvenez-vous-en.

— Je suis très reconnaissante, dit-elle en effectuant une profonde révérence.

— Si qui que ce soit vous pose des questions, enchaîna-t-il en lui adressant un regard appuyé, vous direz que M. Peachey est généreux avec ses locataires les plus pauvres.

— Oui, monsieur. J'en ai conscience, monsieur, affirma-t-elle avec une autre révérence.

Puis elle fit demi-tour et se dirigea vers le portail avec Alys d'un côté et Rob de l'autre. Mère et fille gardèrent le regard baissé et leur tête couverte inclinée en signe de parfaites obéissance et soumission.

— Donc, il ne sait pas pour le lapin, murmura Alys avec satisfaction.

Sealsea, juillet 1648

Rob n'avait pas de vêtements adéquats pour se rendre au prieuré et s'entêta à grommeler pendant les préparatifs, arguant qu'il n'avait aucune envie d'être mis au service du fils héritier des Peachey, qu'il ne le connaissait pas et qu'ils ne pourraient jamais jouer ensemble – car comment le fils Peachey pourrait-il jouer à la bagarre avec le fils d'un pêcheur, ou jouer à la course de grenouilles ? Quand sa mère lui parla des repas auxquels il aurait droit dans la grand-salle, toutefois, et des cinq shillings qu'ils recevraient immédiatement – ce qui suffirait à payer le prochain trimestre de loyer, acheter un bateau et les tirer de la misère qui menaçait chaque jour de les engloutir telle une lame de fond –, il cessa de se plaindre et se rendit à la maison du passeur après le dîner pour emprunter la veste qui avait jadis appartenu au père d'Alinor, ainsi qu'une vieille paire de bottes de Ned.

Ce dernier raccompagna son neveu au jusant, Red – un chien d'eau au poil d'un roux vif – trottinant à ses pieds.

— Alinor, la salua-t-il en lui effleurant le front du bout des lèvres.

— Ned, répondit-elle.

Elle lui servit un gobelet de petite bière, qu'il but assis sur le banc près de la porte, adossé au mur de la maison, face à l'estran. Red se posta à ses pieds, observant d'un œil envieux les poules qui picoraient dans la laisse de pleine mer.

— Je t'ai rapporté un de ces petits trésors que tu aimes tant, dit-il en fouillant la poche de sa veste pour en tirer un rond de métal aux bords mangés et à l'aspect terni.

— Oh, merci, Ned, s'exclama-t-elle avec joie. Où est-ce que tu as trouvé ça ?

— Dans la mare derrière la maison. Il a tellement plu qu'elle a dû être apportée là depuis un des canaux. J'ai été attiré par un éclat. Comment peut-on perdre une pièce près d'une mare ?

— Ça remonte à si loin, dit-elle en tournant la pièce sans valeur entre ses doigts. C'est à se demander ce qu'ils faisaient là, pas vrai ? Tant d'années ont passé. Debout avec ça à la main ; peut-être qu'elle l'a jetée en faisant un vœu.

C'était une pièce du temps des Saxons, de l'époque où ils régnaient sur l'estran, naviguant entre les roseaux et les bancs de vase dans leurs longues embarcations, construisant leurs fermes sur les îles. Alinor collectionnait ce genre d'objets depuis qu'elle était petite, et elle les conservait dans sa boîte à trésors. Sa mère s'était moquée d'elle, disant qu'elle veillait sur son butin de pacotille avec l'avarice d'un dragon, mais elle l'avait félicitée pour son excellente vue et l'avait encouragée à continuer de chercher au cas où elle trouverait un jour quelque chose de valeur. Alinor n'avait jamais trouvé qu'une seule pièce en argent toute déformée, et ils l'avaient apportée à Chichester pour la faire évaluer et peser. L'orfèvre lui en avait donné six pence, ce qui représentait une véritable fortune pour une petite fille. Toutes les autres pièces de sa collection étaient en bronze ou en argent émaillé, tout métal précieux ayant été érodé avec le temps. Ce n'était cependant pas leur valeur pécuniaire qui l'attirait. Elle les aimait pour leur ancienneté, leur appartenance à un passé oublié, à un peuple dont plus personne ne se souvenait, ces pièces gravées d'étranges symboles dont les formes s'estompaient peu à peu.

Les gens de l'île de Sealsea appelaient ces pièces « or des fées » et racontaient des histoires de trésors fabuleux composés de pièces inestimables gardés par des cavaliers noirs capables d'aveugler les voleurs et de leur sceller les paupières avec de l'argent fondu ; mais tout le monde savait que ce n'étaient que des pièces tirées des épaves et malmenées par les vagues jusqu'à être rejetées sur le rivage, dans la vase, sans plus aucune valeur.

— Pourquoi notre bon seigneur prendrait-il Rob à son service ? demanda Ned alors que sa sœur crachait sur la pièce pour la nettoyer avec le revers de sa robe avant de la lever dans le soleil couchant pour tenter de déchiffrer l'image polie par la mer. Et pourquoi le payer autant ?

— On dirait un lion, déclara-t-elle en admirant son trésor. C'est vrai. Tu penses qu'il s'agit d'une pièce de la vieille Angleterre ?

— Peut-être bien. Mais pourquoi Rob ?

— Et pourquoi pas ? rétorqua-t-elle. Tu ne te souviens pas que j'ai guéri maître Walter d'une forte toux en mai dernier ? Rob était avec moi. Il a cueilli les herbes dans le jardin et m'a aidée à la distillerie du prieuré. On y est allés plusieurs fois depuis la mort de Mme Peachey. On y retourne demain pour faire la récolte des plantes à sécher. M. Tudeley a dit que c'était pour nous aider, maintenant que Zachary a disparu.

— Ils auraient pu vous aider avant, ça fait plus de six mois qu'il a disparu.

— Ils ne comptent pas les jours comme nous, dit-elle dans un haussement d'épaules.

— Ils ne comptent rien du tout, maugréa-t-il amèrement.

— Je sais, mais si Rob peut gagner tout cet argent et recevoir une éducation en même temps, alors il pourra peut-être faire mieux que son père. Il pourra peut-être partir d'ici, pourquoi pas jusqu'à Chichester, qui sait ?

— S'ils ne l'attirent pas dans le péché. Sir William était pour le roi, pas pour le Parlement. D'accord, il a capitulé et a imploré le pardon, mais il ne travaille pas avec le nouveau Parlement, et il ne sert pas dans la nouvelle armée. Il devrait normalement appeler ses gens aux armes et marcher vers le nord pour combattre les Écossais. Si la parole qu'il a donnée au Parlement a un tant soit peu de valeur, c'est sa seule occasion de le prouver. Moi, je doute que sa famille soit très pieuse.

Alinor lança à son frère un regard de côté, observant son épaisse chevelure brune et ses épaules massives. Il avait beaucoup de mal à accepter d'avoir dû quitter l'armée alors qu'elle marchait vers la victoire, et d'avoir été contraint de revenir pour tirer le bac sur cette maudite rivière alors qu'il avait réussi à s'échapper de l'île et pensait que le monde changerait à tout jamais, lui avec.

— Ce sera toujours toi qui le guideras, le rassura-t-elle. Il n'oubliera pas ce que tu lui as appris. Il sait d'où il vient et ce en quoi on croit.

— En quoi est-ce que tu crois ? demanda-t-il d'un air de défi. Je ne sais pas, moi, en quoi tu crois.

Elle détourna lentement le regard.

— Ah, je suis comme notre mère et notre grand-mère, Ned. Je ne comprends pas toujours ; mais des fois, j'ai le sentiment que…

— Il ne sera jamais un soldat, regretta-t-il. Il ne servira jamais sous les ordres de Cromwell. Il a laissé passer cette chance. Et maintenant, tu le mets au service d'un seigneur Cavalier...

— M. Peachey a reçu le pardon et a payé l'amende pour avoir soutenu le roi, dit-elle en chassant de son esprit l'image du prêtre entrant au prieuré avec la certitude qu'il s'agissait d'un refuge pour un espion papiste et royaliste. Rob tient de toi. Il n'oubliera pas ce qui est juste. Et sir William servira un Parlement qui marche avec Dieu, même s'il regrette le temps révolu. C'en est fini du roi et de ses seigneurs. Tu me l'as dit toi-même.

— Je ne lui fais pas confiance, pas plus qu'à tous ceux qui se disent désolés pour pouvoir récupérer leurs terres comme s'ils n'avaient rien fait de mal alors que des centaines de valeureux soldats ne rentreront jamais auprès des leurs. J'aurais voulu que Rob s'engage dans l'armée, qu'il aille à la guerre se battre pour Dieu. S'il était mon garçon, je l'emmènerais maintenant rejoindre mon vieux régiment. Il y a encore des chances pour que les Écossais essaient de nous envahir. Certains disent que les Irlandais sont en chemin.

— Pourtant la guerre est finie.

— Elle ne le sera pas tant que le roi n'aura pas signé de bonne foi un traité de paix.

— Ned, je ne peux pas laisser partir mon garçon, se justifia-t-elle d'un air penaud.

— Même pas pour servir Dieu ?

— Il est tout ce que j'ai.

— Et maintenant, puisqu'il va prendre la livrée des Peachey, il ne reprendra même pas le bac après moi, lâcha-t-il sur un ton de reproche. Ça veut dire que je suis revenu pour rien récupérer le bac et la maison.

— Tu pourrais encore avoir un fils, dit-elle avec douceur.

Il haussa les épaules d'un air dubitatif, car il était veuf et avait trente ans.

— Pas moi. Nous, les passeurs, faisons de piètres maris.

— Ah, que Dieu ait son âme, dit doucement Alinor. Qu'Il me pardonne de n'avoir pas su…

L'épouse de Ned, Mary, était morte en couches, et Alinor avait été incapable de la sauver.

— C'était il y a longtemps, répondit-il en se raidissant face à la douleur. Mais je refuse de prendre une nouvelle femme pour lui faire endurer la même chose.

— Une autre femme n'aurait pas forcément…

— Donc, c'est Rob qui devrait être mon héritier et reprendre le bac !

— Ça se pourrait encore ! Il ne restera pas au service des Peachey toute sa vie. C'est seulement jusqu'à ce que maître Walter s'en aille pour Cambridge. Quelques mois d'école seront déjà bénéfiques pour lui. Il pourra aller où il voudra, dans n'importe quelle famille, partout en Angleterre. Ça vaudra mieux pour lui que de rester coincé ici.

— Mais toi et moi, on reste coincés ici !

Elle fronça les sourcils en entendant l'amertume dans son ton, et elle posa une main sur la sienne.

— Je n'ai jamais espéré mieux, je n'ai pas d'espoir de m'en aller. Mais maintenant, avec ce que Rob va gagner, je vais pouvoir acheter un bateau de pêche et commencer à mettre de côté pour la dot d'Alys. Ce n'est pas parce qu'on est coincés ici qu'on ne peut pas rêver mieux pour notre garçon.

— Oui, sans doute, admit-il à contrecœur. Mais rêve aussi pour Alys, parce que c'est une fille qui a de grands espoirs ! Elle ira loin, dans la vie.

— Peut-être, admit Alinor, mal à l'aise, mais il y a peu de place dans ce monde pour les espoirs d'une fille.

Ils demeurèrent assis en silence pendant quelques instants. Red, le chien, les regarda tour à tour comme s'il se demandait si l'un d'eux allait lui lancer dans l'eau quelque chose à rapporter.

— Tu n'avais jamais réfléchi comme ça avant de t'en aller, fit-elle remarquer. Avant, tu n'aurais jamais dit qu'on était « coincés » ici.

— C'est vrai. Parce que, à l'époque, je ne savais pas qu'il existait un monde au-delà de Chichester. Et puis je suis allé à Naseby avec l'armée, j'ai parlé à d'autres hommes – qui venaient de partout, des quatre coins du royaume. On était tous réunis pour défendre ce en quoi on croyait, sachant que Dieu nous guidait, et qu'on vivait un instant de grâce. Alors, ça m'a fait réfléchir. Pourquoi est-ce que le roi devrait tout posséder, chaque are de ces terres, pendant que toi et moi on reste perchés sur cet éperon de galets au milieu d'un marais ? Pourquoi les Peachey devraient être les maîtres de tous les champs et de tous les bois ? Est-ce que la terre ne devrait pas être au peuple ? Tu ne penses pas que chaque Anglais devrait avoir son lopin de terre pour pouvoir cultiver sa propre nourriture, afin que personne ne meure de faim dans un royaume aussi riche ?

— C'est ce que disent les soldats ? demanda-t-elle avec curiosité.

— C'est même la raison pour laquelle ils se battent, répondit-il. Ces disputes commencées à Londres par les riches, qui se plaignaient de devoir payer des taxes, se sont transformées en grondement de la part des pauvres de toute l'Angleterre, qui se sont demandé ce qui était juste. Et eux, là-dedans ? Si le roi ne possède pas tout, alors les seigneurs non plus, ni les évêques.

Si le roi ne possède pas tout, alors chaque Anglais devrait avoir son propre jardin et le droit de pêcher dans sa rivière.

— Tu ne m'en as jamais parlé, dit-elle, surprise par sa véhémence.

— Mon neveu n'avait jamais été apprenti au service d'un royaliste ! s'exclama-t-il avec colère. Avec le roi retenu prisonnier, mais qui manigance comme s'il n'avait jamais perdu de bataille, et les Cavaliers armés jusqu'aux dents partout dans le pays, les Écossais prêts à fondre sur nous, et les Irlandais qui lèvent des troupes ! Est-ce que tu as entendu les nouvelles d'Essex ?

— Seulement ce qu'a dit le pasteur, répondit-elle en secouant la tête.

— Ils se sont rangés du côté du roi, ces imbéciles. L'armée a dû marcher sur Colchester et assiéger les royalistes.

— Ils n'ont quand même pas recommencé à se battre ? s'inquiéta Alinor.

— Et la flotte du Parlement a changé de camp. On a perdu le vaisseau amiral et près d'une dizaine d'autres navires.

— Qu'est-ce qu'ils vont faire ? Est-ce qu'ils vont faire voile pour Londres ?

— Qui sait ce qu'ils comptent faire, ces traîtres ? Rejoindre l'Irlande ? Aller au secours du roi sur l'île de Wight ?

— Oh, Ned, ne me dis pas que c'est la guerre ! Pas encore.

— La guerre ne finira jamais tant que le roi n'acceptera pas la paix, et de tenir parole, prédit son frère. Il dit une chose au Parlement, puis il appelle les Écossais et les Irlandais. Et même les Gallois. L'armée devrait le mettre aux arrêts elle-même et le forcer à promettre la paix, puis à tenir sa promesse.

— Je pensais qu'il était déjà enfermé au château de Carisbrooke.

Ned secoua la tête d'un air dépité.

— Il se pavane au milieu de sa Cour comme s'il était encore à Whitehall. Il se promène en carrosse sur toute l'île, rendant visite aux gentlemen et aux ladies comme s'il venait d'accéder au trône. On raconte qu'il est bien accueilli où qu'il aille. Il n'arrête pas d'envoyer des lettres pour préparer son évasion. Je remercie le Seigneur que le commandant du château soit Robert Hammond, un homme bien. Je le connais personnellement, parce qu'il commandait son propre régiment dans notre armée. On peut au moins lui faire confiance pour surveiller le roi, et je jure qu'on finira bien par le juger pour avoir déclaré la guerre à son propre peuple.

— De quoi est-ce qu'il serait accusé ? Ce n'est pas le Parlement qui s'est soulevé contre le roi ?

— Il a été le premier à lever l'étendard. Il a pointé ses pistolets sur des apprentis et des clercs. Il a armé ses seigneurs et leur a donné de grands chevaux pour nous attaquer. Il s'est retourné contre nous. Tu donnes ton garçon aux mauvaises personnes, chère sœur. Plus personne n'aura de sympathie pour aucun Cavalier à la fin de cet été, quand viendra leur défaite.

— Je ne veux pas qu'il rejoigne un camp, se récria-t-elle avec angoisse. Je veux simplement qu'il ait une bonne place, et que ma fille ait une dot, et acheter un bateau pour pouvoir gagner ma vie.

Il se calma quelque peu et but une longue gorgée de bière. Red posa son menton sur le genou de son maître.

— Bah, je peux bien parler. C'est tout ce que je fais, maintenant. J'ai beau avoir rejoint l'armée, prié et combattu, je suis revenu prendre la place du passeur dès que papa est mort. J'étais du côté des vainqueurs, et mon cœur était à la victoire, mais voilà que je m'abaisse à faire passer un seigneur Cavalier dès qu'il me hèle. Et il ne me verse jamais le moindre penny, parce qu'il est le seigneur ; il pense d'ailleurs probablement que toute l'eau du marais lui appartient aussi, avec la vase en dessous et la mer au-delà.

— Il fallait que tu reviennes, dit-elle pour tenter de réconforter celui qui était son unique frère et voisin. D'ailleurs, on aurait perdu le bac si tu ne l'avais pas fait, avec la maison et tous nos revenus. J'en connais beaucoup qui auraient sauté sur l'occasion pour prendre la place de papa. Plusieurs dizaines rien qu'à Sealsea. Ils auraient fait la queue devant le portail du prieuré pour supplier d'avoir les droits. Tu as fait en sorte qu'on ne les perde pas, et la maison non plus. D'ailleurs, sans ça, je serais devenue mendiante après la disparition de Zachary. C'est grâce à toi si on peut manger, et c'est grâce à la brasserie de la maison si on a de la bière.

— Ah, c'est chez toi, pas chez moi. Je n'en veux même pas, de cette maison. Mon bataillon marche vers le nord pour affronter les Écossais sans moi. J'ai l'impression d'être un lâche.

— Tu n'es pas un lâche, repartit-elle avec ardeur. Il faut du courage pour prendre les bonnes décisions. C'était la bonne décision, de revenir pour conserver le bac et la maison dans la famille. Où est-ce qu'on serait aujourd'hui, si tu ne l'avais pas fait ?

— On dépendrait tous de toi, répondit-il avec un rictus moqueur. De toi et de ton nouveau bateau. Mais je suis rentré, et j'ai conservé le bac, et tu n'as pas besoin de sortir en mer si tu ne peux pas le supporter. Je sais que c'est la dernière chose que tu veux faire – une femme comme toi.

Elle entendit comme en écho les mots du père James – « une femme comme vous dans un endroit comme celui-ci » – et il fut surpris de voir son visage s'illuminer dans une expression qu'il ne lui avait pas vue depuis leur tendre enfance.

— Tu dis que le monde entier a changé, dit-elle sans aucune trace de peur. Peut-être que moi aussi, je changerai.

Sealsea, juillet 1648

Alinor remonta avec son fils le sentier côtier qui menait au prieuré, traversant des nuées de moucherons et de moustiques qui prenaient la fuite chaque fois que le bois de grève et les roseaux séchés de la laisse de pleine mer craquaient sous leurs pieds. La marée était montante et ils entendirent le bouillonnement du puits frémissant alors qu'ils bifurquaient vers l'intérieur des terres pour s'éloigner de la mer et de ses dangers. Ils traversèrent le pré du prieuré, les bottes de foin aussi claires que la paille sous le soleil de fin d'été.

— Tu rentreras pour la Saint-Michel et je te verrai tous les dimanches à l'église, lui dit-elle.

— Je sais, rétorqua-t-il sèchement avec le visage livide. Tu l'as déjà dit une dizaine de fois.

— Je viendrai à la cuisine et je demanderai à te voir ce vendredi. Tu pourras dire à la cuisinière si tu veux me voir avant, elle me passera le message.

— Tu l'as déjà dit.

Elle hocha la tête.

— Si tu ne veux vraiment pas y aller, tu n'es pas obligé. On peut s'en sortir autrement.

— J'ai dit que j'irais.

Elle tourna le loquet de la porte en bois dans le mur de silex et se rappela soudain avoir laissé le prêtre, le père James, se cacher derrière une meule pendant qu'elle allait trouver M. Tudeley. Le soleil avait chauffé l'anneau en fer, et le bois de la porte était sec au toucher, exactement comme ce jour-là, un mois plus tôt. Elle eut le sentiment que c'était mal de repenser à cet instant, à cet homme, alors qu'elle envoyait son propre fils servir la famille du seigneur.

— On y va, alors, dit-elle en lui adressant un sourire d'encouragement.

Elle chassa ensuite de ses pensées ce jour où un prêtre l'avait regardée avec désir en disant : « Une femme comme vous. »

Ils traversèrent le jardin et s'arrêtèrent devant la porte. La cuisinière leva les yeux de l'énorme pâton qu'elle pétrissait, de la farine jusqu'aux coudes.

— Vous êtes attendus. (Elle regarda Rob de la tête aux pieds.) Bon garçon, lui dit-elle. Si tu te comportes bien, ce sera une grande opportunité pour toi.

— Oui, maîtresse, répondit-il en se découvrant respectueusement.

— On dit : « Oui, maîtresse Wheatley », le corrigea-t-elle.

— Oui, maîtresse Wheatley, répéta-t-il.

— Stuart va t'emmener à l'étage, déclara-t-elle. (Elle se tourna vers le couloir pour l'appeler.) Où est-il encore passé ?

L'intéressé apparut dans l'encadrement de la porte. C'était un homme maigre portant la livrée des Peachey et des chaussures limées.

— Regarde un peu dans quel état tu es ! le réprimanda-t-elle d'un air désabusé. Emmène le garçon de Mme Reekie voir M. Tudeley, il l'attend – dans son bureau. Après, tu reviens tout de suite, parce qu'il faut que tu descendes les plateaux.

Il adressa un signe de tête à Rob, puis se tourna vers la porte qui menait au bureau de l'intendant.

—Attends! Dis-moi au revoir, dit Alinor en attrapant le bras de son fils qui emboîtait déjà le pas à son guide avec obéissance, sans même adresser un dernier mot à sa mère.

Il se tourna face à elle, le visage blême et fermé, puis posa un genou à terre devant elle. Elle posa la main sur ses cheveux bouclés en signe de bénédiction, puis se pencha pour l'embrasser.

—Sois sage, dit-elle simplement, ne trouvant pas les mots pour lui faire comprendre combien elle l'aimait et souffrait de devoir le laisser seul. Que Dieu te bénisse, mon fils. Je te verrai à l'église dimanche.

Il se releva, rouge d'embarras face à l'émotion contenue dans la voix de sa mère mais soucieux de dissimuler au mieux ses propres sentiments, puis prit le petit sac qui contenait ses effets personnels. Il ne possédait quasiment rien : un change de linge, sa cuillère et son couteau. Il suivit Stuart hors de la pièce.

Mme Wheatley rit de voir Alinor retenir ses larmes en regardant son fils partir.

—Ah, laissez couler, lui dit-elle avec gentillesse. Il ne prend pas la mer pour aller combattre le prince. Il n'a pas été enrôlé de force pour aller au nord se battre contre les Écossais.

—Je remercie Dieu pour ça.

Mme Wheatley flanqua la pâte dans un bol qu'elle recouvrit d'un linge avant de placer le tout devant la fenêtre ouverte pour que la pâte monte au soleil.

—Vous voulez un verre de petite bière avant de repartir? lui proposa-t-elle. Ça vous ramènera peut-être un sourire sur ce joli minois.

— Merci, accepta Alinor en s'asseyant sur le banc devant la table. Est-ce que je peux venir à la fin de la semaine pour voir comment il va ?

— Oui, et vous pourrez m'apporter de la salicorne.

— Très bien. Madame Wheatley, vous voulez bien garder un œil sur lui ?

La cuisinière hocha la tête.

— C'est une grande chance pour lui.

— Je sais, mais est-ce que vous voulez bien m'envoyer quelqu'un pour me prévenir s'il ne convient pas, ou s'il y a le moindre signe que tout ne va pas bien ?

— Qu'est-ce qui pourrait aller mal ? Il va recevoir une éducation gratuitement – et avec un tuteur, pas à l'école – et il sera nourri, et même payé, alors qu'il n'aura qu'à bien s'entendre avec le jeune maître.

— Est-ce un enfant difficile ? Je l'ai vu l'année dernière quand il était malade et il a été doux comme un agneau, mais…

— C'est un Peachey, répondit laconiquement la cuisinière. Il sera le prochain seigneur. Il est né pour être difficile. Mais il n'est pas vicieux. Votre garçon a trouvé une bonne place, ça c'est sûr.

Elles entendirent des bruits de pas sur la pierre du corridor qui desservait la cuisine et Mme Wheatley se tut instantanément, saisissant une carafe de babeurre pour en verser une mesure dans un bol. M. Tudeley passa la tête par la porte.

— Ah, je pensais bien que vous seriez encore là, madame Reekie. Je vous dois ceci pour le premier trimestre de votre fils.

Alinor accepta la bourse, lourde de cinq shillings, et la fourra dans la poche de son tablier.

— Merci, dit-elle. Et merci du fond du cœur pour la chance que vous donnez à Rob…

L'intendant fit un geste de la main pour couper court à ses remerciements et s'en fut. Mme Wheatley adressa à la jeune femme un hochement de tête approbateur.

— C'est amplement mérité, affirma-t-elle résolument. Avec deux jeunes enfants à élever et pas de mari dans les parages. Et Rob est un bon garçon, j'en suis sûre. Je veillerai sur lui, ne vous inquiétez pas.

— Oui, je sais, affirma Alinor sans pouvoir encore se résoudre à partir.

Mais elle esquissa une révérence à l'intention de Mme Wheatley, puis passa la porte qui donnait sur le potager entouré de murs et le traversa avec un dernier regard en direction de la demeure, scrutant les fenêtres au cas où son fils la regarderait partir. Elle ne vit rien. Les carreaux de verre renvoyaient le reflet éclatant du soleil de midi, l'empêchant de voir quoi que ce soit. Elle leva la main au cas où il serait tout de même là, puis elle tourna les talons pour reprendre le chemin de chez elle avec le sentiment de sacrifier une partie d'elle-même.

Le vendredi matin, Alinor laissa sa fille dormir dans les draps chauds et sortit à l'aube pour ramasser de la salicorne sur le rivage de galets pendant qu'elle était encore fraîche, mouillée et salée par le brouillard côtier. C'était le jusant et elle pouvait voir les vaguelettes s'écraser contre les bancs de sable, au loin. L'horizon formait une ligne dorée, de gros nuages captant la lumière du soleil levant. Les petits oiseaux couraient en tous sens dans l'eau peu profonde, s'envolant parfois en bandes pour aller se poser un peu plus loin sur la plage. À 6 heures, d'après l'horloge des écuries, elle toqua à la porte de la cuisine du prieuré. Stuart lui ouvrit, les mains noires des cendres de la cheminée, et elle entra, puis déposa son panier sur la commode.

— Ah, vous voilà, l'accueillit Mme Wheatley, le visage rouge à cause de la chaleur du four à pain dans lequel elle enfournait des pâtons à l'aide d'une pelle à long manche.

Elle referma le four avec un épais gant de laine, puis alla vérifier le contenu du panier, soulevant les belles algues vertes sur le dessus pour s'assurer que ce qui se trouvait en dessous était de qualité équivalente.

— Deux pence ? lui en proposa-t-elle.

— Très bien, accepta aimablement Alinor malgré le prix fort bas.

— Vous voulez sûrement voir votre garçon, devina la cuisinière. Vous n'avez qu'à monter à la chapelle avec moi pour les prières du matin, ainsi vous le verrez.

Alinor secoua à l'extérieur son châle humide, puis le suspendit à un crochet avant d'enfoncer son bonnet sur ses cheveux blonds.

— Volontiers, répondit-elle.

— Je savais que vous seriez impatiente de le voir, annonça la cuisinière avec perspicacité. Mais il va bien. Il ne se morfond pas. En tout cas, on peut dire qu'il mange bien. Il n'a pas un appétit d'oiseau.

— Ça, c'est sûr ! intervint Stuart dans un petit éclat de rire.

— On t'a demandé quelque chose ? rétorqua Mme Wheatley.

L'autre rentra la tête dans les épaules et s'en alla remplir le panier à bois, tandis qu'une cloche dans le couloir sonnait trois coups.

— On peut y aller, déclara la cuisinière en allant se rincer les mains à la pompe de la cuisine avant de se les sécher avec le chiffon qu'elle avait à la ceinture.

Elle enleva son tablier sale, en dévoilant un autre propre qu'elle portait en dessous, puis guida Alinor hors de la cuisine. Elles descendirent le couloir au sol pavé en direction du vestibule. Trois laitières attendaient en silence devant la porte sculptée de la chapelle privée des Peachey, alignées contre le mur. Les deux femmes se joignirent à elles. Le valet de monsieur, Stuart, un autre valet de pied, quelques garçons d'écurie et deux jardiniers se rangèrent devant le mur opposé.

Alinor entendit la famille Peachey descendre le grand escalier de bois. Venait d'abord le père, superbement habillé de velours rouge foncé avec une fraise de belle dentelle, un haut chapeau sur la tête, une canne à la main, vêtu en trop grande pompe pour un matin à la campagne et les prières dans sa propre chapelle. Il lança de rapides coups d'œil indifférents à ses gens de maison et d'écurie ; il ne remarqua même pas la présence d'Alinor. Derrière lui venait son fils, habillé plus modestement d'un costume marron constitué de hauts-de-chausses et d'une veste par-dessus une chemise blanche en lin à col court. Il avait la tête découverte et ses cheveux châtain clair soigneusement peignés lui tombaient sur les épaules. Il reconnut Alinor, qui l'avait soigné lors de deux maladies, et il lui sourit avant de se tourner pour parler au garçon qui le suivait dans l'escalier. Il s'agissait de Rob, et sa mère l'aurait reconnu dans n'importe quelle situation, cependant il était transformé. Il portait un complet vert foncé qui avait jadis appartenu à Walter, avec un col blanc immaculé bordé d'une petite dentelle, des bas de laine qui lui arrivaient aux genoux et des chaussures noires à boucle. L'ensemble était légèrement trop petit pour ses longues jambes et sa carrure en plein développement. Les manches de sa veste laissaient apparaître ses poignets décharnés, les hauts-de-chausses remontaient un peu trop, mais Rob ne ressemblait en rien à ce garçon qui avait l'habitude de quitter la maison sans s'être lavé, pieds nus, pour jouer devant l'église avant d'aller à l'école.

Quand il vit sa mère, elle put constater que son sourire, lui, n'avait pas changé, et elle le lui rendit avec bonheur. Il fit un petit mouvement d'épaules pour qu'elle puisse admirer sa veste et son beau col blanc, et Alinor lui adressa un hochement de tête épaté. Quand sir William atteignit le bas de l'escalier, M. Tudeley, son intendant, fit un pas en avant pour saluer son maître et Rob alla trouver sa mère, s'agenouilla pour obtenir sa bénédiction, puis se releva d'un bond et la serra dans ses bras.

— Je savais que tu viendrais, lui glissa-t-il à l'oreille avec une certaine jubilation. Je le savais.

— Il fallait que je te voie. Je ne pouvais pas attendre jusqu'à dimanche. Est-ce que tout va bien ?

— Oui, dit-il. Très bien.

Puis il la laissa pour aller reprendre sa place derrière les Peachey. Le patriarche descendit le couloir, ses talons hauts claquant sur la pierre, et sa canne ornée de rubans frappant un contrepoint dans ce cérémonial d'entrée à la chapelle. Il fut suivi par son fils, M. Tudeley et Rob. Tous les serviteurs s'inclinèrent ou firent une révérence sur son passage, puis rejoignirent la file en respectant scrupuleusement l'ordre de passage lorsque les doubles portes de la chapelle s'ouvrirent en grand pour les accueillir. Là, dans l'encadrement, s'inclinant devant le seigneur, vêtu d'un habit noir et de l'austère col blanc des prêtres réformés, se trouvait le père James.

Il se redressa et précéda les Peachey jusqu'aux bancs délicatement sculptés de la chapelle. Il alla ensuite se placer derrière la table de communion, installée précisément au centre de la croisée, sur laquelle se trouvait uniquement la bible en anglais et le livre de la prière approuvé par le Parlement, qui était ouvert à la page de l'office du matin. Rien chez lui ne pouvait laisser penser qu'il était un prêtre de l'Église catholique romaine : pas de parements, pas de cierges, pas d'encens et pas d'ostensoir. Cette chapelle était aussi épurée que n'importe quelle autre dans le pays. Oliver Cromwell aurait pu prier sur le banc des Peachey sans se douter de rien.

Le seigneur prit place, son fils à côté de lui, Rob un peu plus loin ; tout son personnel se rassembla derrière eux. Alinor, assise à côté de la cuisinière quelques rangées plus loin, ne put détacher son regard du père James lorsqu'il pencha la tête en avant pour réciter une intercession. Il releva ensuite les yeux, et ce fut à cet instant qu'il la repéra.

Elle vit son expression se métamorphoser et se rendit compte qu'elle-même était restée comme pétrifiée. Le voir après avoir songé à lui de si douce et secrète manière, pendant si longtemps, était comme recevoir un coup de massue. Elle avait cru qu'ils ne se reverraient jamais, mais il était là, sous le même toit que son fils, à quelques miles à peine de chez elle. Elle pencha dévotement la tête et répéta les nouvelles prières tout en l'observant discrètement tandis qu'il procédait à l'office avec sérénité et assurance, de l'exhortation à la déclaration de foi.

Quand il releva les yeux et que leurs regards se croisèrent de nouveau, il sembla uniquement concentré sur la liturgie, comme s'il ne la reconnaissait pas. Elle conserva, quant à elle, la tête penchée pour faire en sorte de ne pas le regarder, et elle se demanda s'il avait fait placer Rob chez les Peachey comme une faveur ou s'il l'avait simplement mis en grand danger au sein d'un foyer royaliste et auprès d'un prêtre réfractaire.

Toute la maisonnée procéda à la communion, toujours selon l'ordre de préséance le plus strict. Ils prirent le pain – mais pas le vin – à la grande table en bois sans fioritures disposée au centre de la chapelle comme s'il s'agissait d'une salle à manger pour des hommes ordinaires. Sir William était en tête, suivi par son fils, puis par l'intendant. Alinor sourit en voyant que son garçon était le prochain. En tant que compagnon du jeune seigneur, il était plus important que tous les serviteurs. Alinor passa après la cuisinière et se retrouva face au père James, les mains en coupe pour recevoir le pain consacré, qu'elle avala avant de dire « Amen » d'une voix claire, puis de s'éloigner. Sa mère avait toujours suivi scrupuleusement les rituels du service religieux. Une guérisseuse devait montrer à tous qu'elle avait avalé le pain et qu'elle ne l'avait pas mis de côté pour l'utiliser dans sa magie curative. Alinor, en retournant se placer derrière les Peachey, put presque entendre la voix de sa mère : *« Prends garde. Tu ne dois rien faire pour éveiller les soupçons. Tu dois toujours rester, en toutes circonstances, blanche comme neige. »*

Elle s'agenouilla et enfouit son visage entre ses mains. Elle qui avait secouru un papiste, l'avait amené en sécurité dans une demeure royaliste, avait mis son garçon au service d'un seigneur Cavalier et menti à son frère craignait d'être bien loin de la blancheur de la neige.

Mme Wheatley lui donna un petit coup de coude avant de lancer d'une voix claire :

—Amen.

—Amen, dit Alinor avant de se redresser avec les autres.

Cette intercession marqua la fin de l'office. Sir William se leva et prit garde à ne pas s'incliner devant le vieil autel de pierre délaissé, dépouillé de ses riches ornements d'or et d'argent, sous le vitrail est de la chapelle. Il tourna alors le dos à cet endroit sacré, comme si sa famille n'avait pas prié là depuis longtemps, et ouvrit la marche au sortir de ce lieu saint. Tout le monde le suivit, et seul le prêtre resta en arrière, la tête inclinée en prière dans cette pièce aux murs blanchis à la chaux.

—Je vais déjeuner, maintenant, déclara Rob en arrivant devant sa mère alors que la maisonnée se dispersait pour reprendre ses tâches.

Alinor le prit dans ses bras et lui déposa un baiser sur le dessus du crâne.

—Est-ce que tout va bien ? s'empressa-t-elle de lui demander. Est-ce qu'on te traite bien ?

—Oui, oui, répondit-il. J'ai droit à du bœuf au petit déjeuner, et à du jambon si j'en ai envie.

—Alors va, lui dit-elle. Je te verrai à l'église dimanche.

Il lui adressa un petit sourire avant de s'en aller, rejoignant Walter au trot. Quand il arriva à côté de lui, il lui donna une bourrade et le jeune garçon le repoussa en souriant, comme s'ils étaient deux enfants du village qui jouaient à se chamailler. Alinor, en voyant cela, comprit que son fils était heureux et que son amitié avec le fils du seigneur du manoir n'était pas feinte.

Mme Wheatley la ramena à la cuisine, prit la pelle à pain et sortit la fournée fraîchement cuite. Elle tendit une miche à Alinor, qui la prit et la mit dans la poche de son tablier, appréciant la chaleur contre sa hanche.

—Merci, lui dit-elle avec une reconnaissance qui allait au-delà de ce don de pain.

— Je savais que vous vous languissiez de lui, s'exclama la cuisinière. Mais il n'est pas à plaindre, comme vous avez pu le voir, et maître Walter est un garçon amical. Il n'est pas malveillant pour un sou.

Alinor, suivant son instinct, déposa un baiser sur la joue de son aînée.

— Merci, lui dit-elle encore avant de récupérer son panier.

Elle déposa la salicorne dans le cellier, puis quitta la cuisine par le potager, qu'elle traversa d'un pas traînant, faisant semblant de vérifier les pousses luxuriantes de cette fin d'été. Elle atteignit la porte qui donnait sur le pré-salé, et ce fut seulement au moment où elle posa la main sur l'anneau et se retourna pour voir le père James sortir de la demeure qu'elle s'avoua avoir délibérément traîné dans l'espoir qu'il viendrait la trouver.

Elle se rendit compte qu'elle rougissait et avait très chaud, et pire, qu'elle ne trouvait rien à dire. Elle se rappela qu'il ne fallait pas parler de leur première rencontre, car c'était un secret d'une grande importance. De quoi d'autre pouvait-elle bien lui parler, toutefois ? Elle pouvait le saluer avec déférence, comme s'ils étaient de parfaits étrangers et qu'il était un simple invité de son seigneur, un bon pasteur. S'ils ne se connaissaient pas, pourtant, il ne viendrait pas dans le potager à sa rencontre, la joie se lisant clairement sur son visage. Elle ne savait même pas comment s'adresser à lui. Il fut cependant si rapide à la rattraper, et lui prit si vivement les mains dans une étreinte chaleureuse, qu'elle ne put rien dire d'autre que :

— Oh.

— Je savais que je vous reverrais, déclara-t-il en hâte.

— Je…

Elle fit mine de retirer ses mains des siennes et il la lâcha immédiatement.

— Sir William m'a engagé comme chapelain. Je joue les pasteurs de la foi réformée. Personne ne connaît la vérité dans sa maison hormis M. Tudeley et lui. Votre fils ne sait rien et ne participe pas à la messe – pas plus que Walter. Celle-ci se déroule dans le plus grand secret, seulement la nuit quand tout le monde dort. Il ne court aucun risque. Il ne sait pas ce que je suis, s'empressa-t-il de la rassurer.

— Il ne doit pas savoir, parvint-elle difficilement à dire. Il a été élevé… Et son oncle a servi sous Cromwell lui-même. Il ne doit pas…

— Je sais. M. Tudeley nous a avertis quand j'ai suggéré que Robert partage l'éducation de Walter.

— Vous avez fait engager Rob pour moi ?

— Je vous dois énormément, répondit-il. Vous m'avez hébergé en secret, et vous m'avez amené ici en sécurité.

Elle hocha la tête en réponse à son ton formel. Il parlait comme si elle était une des fidèles, moralement tenue d'assister un prêtre, et comme s'ils n'avaient pas vécu un instant de proximité dans ce pré – comme s'il ne lui avait jamais dit : « Une femme comme vous. »

— Ce n'était rien, affirma-t-elle avec un certain détachement. Je n'ai fait que mon devoir envers sir William. Je sais que je ne dois jamais en parler.

— Qui plus est…, enchaîna-t-il.

— Quoi donc ?

Ce fut au tour du père James de se retrouver à court de mots.

— Je voulais… Je veux… J'espérais pouvoir faire quelque chose pour vous aider. Je vous aurais bien envoyé de l'argent, mais j'ai pensé que ce serait mieux ainsi.

— C'est gentil de votre part, monsieur, mais je n'ai besoin de rien.

— Parce que je…

Il hésita, cherchant ses mots.

— Parce que vous… ?

Il prit une profonde inspiration.

— Jamais auparavant je n'ai connu de femme comme vous.

— Une femme comme moi « dans un endroit comme celui-ci », le cita-t-elle.

— C'était idiot de dire ça, bafouilla-t-il en rougissant.

— Non ! Ça m'a fait tant plaisir ! Ça voulait dire que…

— Je ne voulais pas dire qu'il y avait quoi que ce soit à reprocher à l'île de Sealsea.

— C'est un endroit très pauvre, dit-elle simplement. Ça doit vous paraître misérable, à vous qui êtes habitué à tellement mieux – à plus élégant.

— Je n'ai jamais rencontré de femme plus élégante que vous !

Ils restèrent tous les deux pétrifiés par sa soudaine franchise. C'était comme si, après avoir entendu cela, il leur faudrait partir chacun de leur côté, en silence, pour réfléchir à la signification de ces mots.

— Je ferais mieux d'y aller, déclara-t-elle en gardant la main sur l'anneau de la porte sans pour autant tourner le loquet.

— Oui, acquiesça-t-il. Pourrez-vous acheter un bateau de pêche, maintenant ?

Il la vit sourire, puis elle leva les yeux pour les plonger dans les siens.

— Je l'achèterai la semaine prochaine, dit-elle avec une gratitude tout en sobriété. J'irai avec mon frère voir un skiff à Dell Quay.

— Reviendrez-vous directement par la mer ?

— Oh, non. On ne va pas faire tout le tour de l'île. Je n'oserais pas. On empruntera un chariot au moulin à marée et on le ramènera par la route. Ce n'est pas très loin par voie de terre, cinq miles.

— Et aurez-vous le courage de sortir en mer avec ?

— Il faudra bien, répondit-elle avec assurance. Je n'ai pas le choix.

— M'emmènerez-vous ? Je pourrais venir avec les garçons. Votre fils doit savoir pêcher, et il pourrait apprendre à Walter.

Tous deux y réfléchirent un instant, contemplant ensemble cette prochaine étape.

— Je ne vois pas quel mal il y aurait à cela, déclara-t-elle lentement. (Elle imagina ce que penseraient les serviteurs du prieuré, et ce qui se dirait au moulin s'ils les voyaient tous les quatre sur le bateau.) Est-ce que sir William autoriserait maître Walter à monter à bord d'un petit esquif ?

— Pourquoi pas ? Par ailleurs, Robert pourra nous guider jusque chez vous. Cela n'aurait rien d'inconvenant.

— Tout à fait, concéda-t-elle.

Elle esquissa une révérence avant de passer la porte pour rejoindre le pré-salé, songeant à l'incongruité qu'il y avait à affirmer qu'il n'y aurait rien d'inconvenant à une telle situation quand ils savaient tous les deux que c'était faux : il était inconvenant de sa part d'espérer que son fils guiderait le père James jusqu'à elle, et lui savait pertinemment qu'il ne devait plus la revoir.

Sealsea, août 1648

Rob guida le chapelain et le jeune Walter le long du chemin de la plage jusqu'à la maison, dans la chaleur de l'après-midi, sautant comme un cabri par-dessus les mares saumâtres et passant allégrement de la grève à la berge, ou d'îlots de roseaux à des îlots de terre. Walter, chaussé d'onéreux souliers à boucle, glissait et patinait derrière lui, maudissant la vase et la marée montante. Le père James fermait la marche. Le flot lapait l'estran, se rapprochant inexorablement, engloutissant la plage si rapidement qu'ils durent grimper sur le sentier côtier quand ils furent presque arrivés. Ils pouvaient entendre le bouillonnement qui provenait du puits frémissant.

Rob s'extasia de voir le skiff amarré au bout du fragile ponton à l'extérieur de la maison, puis de voir sa mère marcher vers eux avec un grand sourire aux lèvres, un bonnet d'un blanc immaculé dissimulant ses cheveux attachés en une tresse enroulée, et un tablier propre autour de la taille. Le jeune garçon courut vers elle, s'agenouilla pour recevoir sa bénédiction, puis bondit pour l'embrasser.

— Tu te souviens de maître Walter, dit-il. Et voici notre tuteur et chapelain, monsieur Summer.

Alinor fit une révérence à Walter.

— Comment allez-vous, monsieur ? lui demanda-t-elle. Vous semblez en bien meilleure forme qu'au printemps dernier.

— Je vais bien, répondit-il. Père affirme que je suis fort comme un bœuf.

La jeune femme fit une autre révérence à l'intention du père James, mais celui-ci s'avança et lui prit la main, puis s'inclina comme s'ils étaient égaux.

— Je suis ravi de faire votre connaissance, dit-il. J'ai beaucoup entendu parler de vous par votre fils, et j'ai eu l'occasion d'admirer votre travail à la distillerie du prieuré.

— Oh, elle a été négligée, l'informa Alinor. Nous avons fait très peu de choses là-bas depuis la mort de lady Peachey.

Elle lança un coup d'œil en coin à Walter en mentionnant le décès de sa mère, mais Rob et lui descendaient déjà vers le petit ponton auquel était amarrée l'embarcation, qui ballottait sur les eaux profondes de la rivière, cognant les pieux de bois pourri à chaque poussée de la marée.

— L'avez-vous déjà sorti en mer ? En avez-vous trouvé le courage ? lui demanda discrètement le père James.

— Mon frère m'a emmenée la première fois. Je n'étais pas sortie en mer depuis la disparition de Zachary.

— Votre époux ?

— Oui. Avant, c'était moi qui ramais quand il pêchait le homard au casier.

— Et pensez-vous que vous y arriverez seule ?

— J'en suis capable, affirma-t-elle en ravalant sa peur afin que sa voix ne tremble pas. Tant que l'eau n'est pas trop profonde et que les courants ne sont pas trop forts.

Il faillit rire de voir son visage pétri de détermination.

— Ah, madame Reekie, même moi je peux dire que vous n'êtes pas née pour être sur l'eau.

— C'est vrai, admit-elle en souriant, mais je sais que je peux manier ce bateau et pêcher à la traîne pour prendre du maquereau, et je sais me servir d'un filet, et je peux ramer jusqu'aux îles où nichent les mouettes pour prendre leurs œufs, ce qui veut dire que ma situation ne peut que s'améliorer. Je dois être courageuse. C'est une belle opportunité pour moi, et pour mes enfants. Je ne quitterai jamais le port, je n'irai jamais en haute mer, mais c'est comme ça qu'on vit ici. Tous les habitants de l'île pêchent. Je dois le faire aussi ! Et si jamais j'avais la chance d'attraper un saumon, j'irais le vendre à sir William, et alors j'aurais remboursé le bateau en une seule journée.

— Je pensais que vous aviez déjà gagné l'argent nécessaire pour le bateau en une seule journée, la taquina-t-il.

Elle ne sut plus où poser les yeux.

— C'est grâce à un très gros poisson…, répondit-elle avec espièglerie.

Il partit d'un rire franc. Ils étaient devant la marche qui menait au ponton et, sans réfléchir, il passa la main dans le creux de son coude pour l'aider à grimper, comme si elle était une grande dame et lui son soupirant. Elle sentit la chaleur de sa main sur son bras et elle ne fit rien pour empêcher ce contact, mais ils gardèrent le regard religieusement fixé sur leurs pieds jusqu'à ce qu'elle ait monté la marche et qu'il l'ait lâchée.

— Les lignes sont dans le bateau, dit-elle aux garçons. Les appâts aussi.

Rob monta à bord avec beaucoup d'aisance, puis maintint l'embarcation pour éviter qu'elle cogne le ponton, et ainsi faciliter la tâche à Walter. James hésita et se tourna vers Alinor.

— Après vous ? proposa-t-il en lui tendant la main.

Elle s'assit sur les planches du ponton afin de pouvoir descendre dans le bateau sans aide, puis elle s'installa au milieu. James défit l'amarre et monta à bord avant de prendre place à côté de la jeune femme et de s'emparer d'une des rames.

— Ramerons-nous pendant que les garçons pêchent ? suggéra-t-il.

Elle acquiesça et détourna la tête, mais il put voir le rose à ses joues alors qu'ils étaient épaule contre épaule, leurs gestes synchronisés, éloignant le bateau du rivage pour naviguer sur la rivière. L'eau était calme, même s'ils pouvaient tout de même entendre le frémissement du puits au centre. La marée montait et les courants étaient forts, mais ils avancèrent aisément jusqu'au milieu de l'estran, où ils immobilisèrent l'embarcation tandis que les garçons accrochaient un ver à leur hameçon, puis lançaient leur ligne.

— C'est dégoûtant ! s'exclama Walter en jubilant. Où est-ce que vous avez trouvé les vers ?

— J'ai creusé la terre, répondit Alinor avec un sourire. Et si vous voulez encore attraper du poisson, vous pourrez les déterrer vous-même, même si ça vous dégoûte.

Le petit bateau tangua avec le flot qui le poussait vers l'intérieur des terres et le rôle des deux adultes fut de contrebalancer ce mouvement.

— Est-ce la maison du passeur ? demanda James en désignant d'un signe de tête la petite bâtisse tout au bout du port.

— Oui. C'est notre maison de famille, où vit maintenant mon frère en tant que passeur. Il y a un ponton devant, et le bac est amarré de l'autre côté. Et là, voyez ? Sur l'autre rive du Rife, sur la terre ferme, c'est le grenier sur le quai, et là le moulin à marée, et puis la maison du meunier.

— Est-ce qu'il va moudre aujourd'hui ?

— Non. Il lance le moulin pendant le reflux. La mer remplit le bassin en montant et, au jusant, il ouvre les vannes pour que l'eau s'écoule et fasse tourner la roue. Il a moulu hier après-midi. J'étais à leur laiterie aujourd'hui, à baratter le beurre. Alys, ma fille, y va tous les jours ; elle travaille à la maison, au moulin et à la ferme.

— Ça mord ! s'exclama soudain Rob.

Il tira sur sa ligne et ramena un maquereau luisant qui se débattait furieusement. Il lui retira l'hameçon avec assurance et le jeta dans le panier de roseau tressé dans le fond du bateau.

— C'est à ça qu'ils ressemblent ? demanda curieusement Walter en observant la prise de son compagnon. Je les ai toujours vus cuits.

— Il y en a encore, lui affirma Alinor. Ils voyagent en bande, comme les bandits. Donnez des petits à-coups à votre ligne, maître Walter.

James l'observa tandis qu'elle maniait délicatement sa rame pour maintenir le bateau immobile et l'imita afin que le flot ne les emmène pas dans le profond canal qui remontait jusqu'à la maison du passeur.

— Là, vous pouvez voir le bac de mon frère, dit-elle en désignant l'endroit où la grande embarcation était amarrée devant la maison. Et un peu plus haut sur le canal, vers les terres, se trouve le gué. Il est englouti pour le moment, alors on ne voit plus que les pavés sur la berge qui y mène.

Il vit l'eau tourbillonner là où la rivière, après la maison du passeur, rencontrait la marée montante.

— Est-ce vraiment profond ?

— Plus de six pieds, et le courant est fort. Tout le monde peut traverser à marée basse, et les gens passent en chariot ou à cheval, mais tout le monde emprunte le bac à marée haute, ou alors il faut contourner par les terres. Il faut détacher les chevaux pour les faire traverser dans le bac, puis retourner chercher le chariot séparément, alors ça fait beaucoup de travail.

— Je suis surpris que sir William n'ait pas fait construire un pont.

Elle secoua la tête et une mèche dorée s'échappa de sous sa modeste coiffe.

— Le sol n'est pas assez stable pour soutenir un pont, dit-elle. Il n'y a que du sable jusqu'au quai du moulin. En plus, la vasière change à chaque tempête. Le gué est emporté à chaque marée d'équinoxe ou pendant les tempêtes d'hiver. Le père de maître Walter passe tout son temps à le remettre en état, n'est-ce pas monsieur ? On n'arriverait jamais à garder un pont debout, dans tout ce sable et ce limon.

— Votre frère est donc le gardien des portes de l'île, en conclut James. Comme le soldat dans la guérite gardant le pont-levis.

— Oui, répondit-elle en souriant. Comme notre père avant lui, et son père encore avant.

— Depuis quand ?

— Depuis le Déluge, je suppose, répondit-elle avec irrévérence avant de se rappeler qui était son interlocuteur. Oh ! Excusez-moi…

— Vous ne m'avez pas offensé, la rassura-t-il en riant. Je suis honoré d'être dans le même bateau qu'une descendante de Noé.

— Je crois que j'en ai un ! s'écria Walter. Il faut tirer ?

— Comme ça, dit Alinor. Ramenez-le doucement, tout doucement, puis sortez-le d'un coup sec pour le faire sauter dans le bateau.

Mais il tira trop fort et le poisson vola dans les airs en direction du visage de la jeune femme.

—Attention! s'écria le père James en attrapant la ligne pour l'éloigner tandis que le garçon tendait la main pour saisir sa prise.

Il sursauta toutefois quand le poisson se mit à gigoter au bout de l'hameçon.

—Je ne peux pas…

—Si vous voulez le manger, il vaut mieux l'attraper, lui conseilla Alinor.

—Elle a raison, rit le tuteur. Saisissez-le et retirez-lui l'hameçon.

Le jeune garçon, avec une grimace, décrocha l'animal et poussa un petit cri quand il lui échappa des mains et tomba dans le panier. À ce moment-là, Rob s'exclama:

—Un autre! J'en ai ferré un autre!

Ils étaient au milieu d'un banc de poissons et ils les sortaient les uns après les autres dès qu'ils avaient fixé un appât à l'hameçon. James et Alinor maintinrent l'embarcation au centre du canal tandis que les garçons pêchaient, jubilant à chaque prise et comptant les points à mesure que le panier se remplissait. Après quelque temps, Alinor déclara:

—Ça suffit, on en a assez pour manger aujourd'hui et pour les sécher.

—Vous ne les vendez pas frais? s'étonna James.

—Quand mon mari revenait avec une belle prise le vendredi, j'allais faire le marché du samedi à Chichester, mais ça représente deux heures de marche aller, et deux heures retour. On ne peut pas vendre de poisson à Sealsea, parce que tout le monde fait sa propre pêche, même si j'en vends parfois au moulin. Les femmes des fermiers en achètent quand elles viennent faire moudre leur maïs ; et des fois, quand vient un bateau pour le grain, ils en prennent avec. La plupart du temps, je les fais sécher pour les vendre, ou alors je les sale.

— Rentrons-nous, à présent ?

— Est-ce qu'on ne pourrait pas aller voir le puits frémissant ? demanda Rob. Walter ne l'a jamais vu.

Alinor refusa d'un mouvement de tête, puis James et elle ramèrent ensemble pour ramener le bateau au ponton. Elle rentra sa rame et attrapa les planches pour rapprocher l'embarcation tandis que Rob se levait pour lancer l'amarre autour d'un pieu ébréché.

— Il faudra attendre de savoir ramer vous-mêmes pour y aller, dit Alinor à Walter.

— Pourquoi refusez-vous d'y aller, maîtresse Reekie ? lui demanda-t-il.

Elle stabilisa le bateau pour que les garçons puissent débarquer, suivis par le père James. Elle se leva ensuite et leur tendit le panier de poissons, le pied sûr malgré le tangage.

— Je suis une idiote et j'ai horreur de l'eau profonde, avoua-t-elle.

Le père James lui offrit sa main pour l'aider à monter sur le ponton, et elle l'accepta.

— Mais vous avez vécu toute votre vie sur l'eau, fit remarquer Walter.

— Pas sur l'eau, sur l'estran, précisa-t-elle. Ni terre, ni mer, mais sec et inondé deux fois par jour, jamais englouti longtemps, mais jamais asséché totalement. Je ne vais jamais en mer – je ne me rends déjà pas dans les parties profondes du port. Mon travail a toujours été sur le littoral, avec les plantes, les herbes et les fleurs. Je viens tout juste d'avoir mon bateau, grâce à votre père qui a engagé Rob. (Ce dernier attacha lâchement le bateau afin que celui-ci puisse descendre avec le niveau de la mer.) Et si je vous préparais ce poisson, maintenant ? demanda-t-elle aux garçons.

— Est-ce qu'on ne pourrait pas le faire cuire nous-mêmes au-dessus d'un feu ? supplia Rob.

— Bon, d'accord, céda-t-elle en souriant. (James fut frappé par l'amour qu'elle portait à son fils.) Mangerez-vous avec eux ? lui demanda-t-elle.

— Si vous me le permettez, accepta-t-il. Pourquoi ne pas manger tous ensemble ?

— Vous pourriez le regretter, Rob espère nous faire manger autour d'un feu comme des sauvages.

Il se retint au prix d'un grand effort de lui passer derrière l'oreille une boucle de cheveux qui se balançait librement.

— Comportons-nous alors comme des sauvages, lança-t-il avec un sourire.

Rob et Walter ramassèrent du bois flotté tandis qu'Alinor apportait les braises des restes du feu de sa cheminée. James, qui l'accompagnait pour l'aider, observa l'unique pièce, le lit qu'elle partageait avec sa fille, les tabourets sur lesquels ils s'asseyaient et la table autour de laquelle ils mangeaient. C'était une maison typique pour une famille de pauvres travailleurs, et il fut frappé par l'écart qu'il y avait entre l'aspect miteux de cet environnement et la douce odeur qui flottait partout. C'était un parfum de lavande et de basilic, comme dans la distillerie du prieuré. D'ordinaire, une cahute comme celle-ci devait sentir la nourriture avariée et les excréments, avec les odeurs corporelles mélangées d'une famille qui dormait dans les mêmes draps sales, dans leurs habits de travail. Ici, l'air salin soufflait par la porte ouverte et la pièce avait l'odeur champêtre des herbes sèches. Des cordelettes étaient tendues entre les poutres dans un coin, auxquelles pendaient des bouquets de fleurs et de feuilles. En dessous se trouvait un placard contenant une collection de bocaux en verre, avec des étagères sur le côté soutenant des plateaux en métal remplis de cire pour extraire les essences parfumées.

— Votre distillerie ? demanda-t-il.

— Mon coin, répondit-elle dans un haussement d'épaules. J'ai plus de place à la maison du passeur. J'utilise la distillerie de ma mère, comme je le faisais avec elle. Ici, c'est seulement pour ce que j'ai dans le jardin dehors, pour ce qui est frais.

James, suivant ses indications, découpa quatre tranches de pain dans la miche réservée sous une marmite renversée sur la table et les apporta en guise de tranchoirs pour le poisson. Les flammes dans l'âtre étaient vives.

— Votre fille rentrera-t-elle suffisamment tôt pour manger avec nous ? demanda-t-il.

— Non. Elle finit tard l'été, répondit Alinor. Elle ne sera pas rentrée avant le coucher du soleil. Je lui mettrai un maquereau de côté.

La jeune femme découpa et vida chaque poisson, jetant les entrailles dans un pot pour les utiliser plus tard comme appâts, mais laissant la tête et la queue. Elle les donna ensuite à Rob, qui les embrocha sur un bâton et les distribua. Alinor retourna à l'intérieur pour nettoyer le sang et les écailles qu'elle avait sur les mains, puis revint avec quatre gobelets de petite bière. Son fils la regarda tendre celui de son père disparu à James, mais il ne fit aucun commentaire.

Quand la peau du poisson fut bien noire et craquante, la chair à l'intérieur chaude et juteuse, elle déclara :

— C'est prêt, vous pouvez manger.

Walter grignota le poisson directement sur le bâton, mais Rob le déposa sur son pain et le mangea à grandes bouchées. Quand le repas fut terminé, ils restèrent assis en silence, contemplant le feu tandis que le soleil se couchait à l'horizon et que la mer haute semblait vouloir s'attarder, lapant le ponton sans chercher à l'engloutir davantage. Les poules remontèrent à la hâte du rivage et se précipitèrent vers Alinor, sachant le bon accueil qu'elles recevraient, et espérant pouvoir récupérer des miettes. Elle les salua toutes par leur nom et leur donna à chacune un morceau de son pain, qu'elles picorèrent autour d'elle en caquetant doucement.

— On doit rentrer, dit Rob.

Il leva les yeux sur sa mère et fut surpris de la voir se tourner vers son tuteur pour demander :

— Ah, vraiment ?

James se leva comme s'il ne savait pas très bien ce qu'il faisait. Les poules s'éparpillèrent, méfiantes envers cet étranger, mais lui ne les vit pas.

— Oui, oui, je suppose qu'il nous faut rentrer. Le soir tombe déjà.

— Je vais vous raccompagner jusqu'au prieuré, proposa-t-elle.

James aurait voulu accepter, mais il n'y avait aucune raison qu'elle les accompagne alors que son fils était présent.

— Je peux les guider, rétorqua Rob d'un air interloqué.

Elle se leva lentement de sa place près du feu et son fils vint dans ses bras. Elle le serra et posa la main sur sa tête quand il s'agenouilla, puis murmura une prière et se pencha pour lui déposer un baiser sur le crâne. Elle effectua ensuite une petite révérence à l'intention de Walter.

— Je suis heureuse que vous soyez venu, lui dit-elle. Revenez quand vous voudrez, je serai ravie de vous accueillir, en la mémoire de votre mère comme pour le plaisir de vous voir.

— Merci, répondit le jeune garçon en rougissant d'un air gêné. (Elle était tenancière des Peachey et le poisson, après tout, lui appartenait.) Rob et moi reviendrons.

Ils s'engagèrent tous les deux sur le chemin du prieuré, côte à côte, dans un silence complaisant, laissant Alinor seule avec James.

— Est-ce que vous reviendrez ? lui demanda-t-elle sur un ton résolument neutre.

— Oui, répondit-il de manière précipitée. Oui. Je veux… Je veux vraiment… Est-ce que je peux revenir ? Est-ce que je peux revenir ce soir, après les avoir ramenés ?

Elle eut la subite impression que le monde se mettait à tourner trop vite autour d'elle. Elle leva la tête et éprouva un accès de désir quand ses yeux marron se posèrent sur les siens.

— Vous ne pouvez pas revenir tout seul par le marais.

— Dans ce cas je ferai le détour et suivrai la route, dit-il.

— Oui, vous pouvez revenir ce soir, accepta-t-elle.

Puis, comme pour renier ses paroles, elle lui tourna le dos et éteignit les braises du pied afin de les laisser refroidir, avant de remonter le long du rivage en direction de chez elle sans un dernier regard.

La lune croissante, dans son éclat doré, conférait à l'eau du marais une teinte jaunâtre tout en laissant les terres dans une obscurité grise. James quitta la route principale au niveau de la maison du passeur, passa discrètement devant le jardin à l'arrière, puis allongea le pas le long du rivage jusqu'à la maison d'Alinor. Il avait laissé les garçons dans la salle de classe après les prières du soir avec un peu de lecture et des exercices de mathématique, qu'ils devraient faire avant d'aller se coucher. Il ne savait pas ce qui l'attendait. Il ne savait même pas s'il allait trouver Alinor seule ou si sa fille serait là. Il ne savait pas plus quoi lui dire s'il s'avérait qu'elle était seule, ni quoi faire, ni même ce qu'elle le laisserait éventuellement faire. Il ne comprenait pas ce qui l'avait poussé à demander la permission de retourner la voir, ni la raison pour laquelle elle avait accepté. Il savait qu'il ne devait en aucun cas briser son vœu de chasteté. Son existence était vouée à l'Église : il ne pouvait pas considérer une femme comme son amante, ni même se retrouver seul avec une femme en dehors du confessionnal. Il savait pourtant aussi qu'il ne pouvait pas s'empêcher de chercher à la voir.

En parcourant la route depuis la maison de son frère, se baissant pour passer sous les branches de prunellier, la mer haute léchant la digue, il ne songea pas une seule fois à ce qu'il était en train de faire, mais seulement au fait qu'il ne pouvait pas faire autrement. Il se trouvait bien sot de courir dans le crépuscule pour aller rejoindre une femme qui n'était qu'une paysanne, une miséreuse, nettement en dessous de lui aux yeux du monde. Il savait pourtant qu'il n'avait pas le choix, et il savourait sa propre impuissance face à ses sentiments. Il était promis à Dieu, engagé dans une conspiration pour sauver le roi d'Angleterre, et il ne devrait donc pas avoir le temps de tomber amoureux. Mais, alors qu'il courait la rejoindre, il comprit que c'était pourtant ce qui était en train de se passer. Il ne put refréner un élan de joie en admettant qu'il tombait irrémédiablement amoureux d'une femme, comme s'il était un chevalier tout droit sorti d'un poème et elle la plus grande dame du château.

Elle l'attendait. En voyant sa svelte silhouette tout au bout du frêle ponton en bois, sa robe gris foncé sur une étendue de mer gris pâle, son bonnet blanc se découpant sur la pénombre du ciel nocturne, il sut qu'elle s'était postée là afin de pouvoir surveiller le chemin du littoral et ainsi le voir marcher vers elle. Elle l'avait cependant vu courir, tel un amant épris. Il ralentit en la voyant descendre du ponton, avançant précautionneusement sur les planches vermoulues, et il lui offrit son aide lorsqu'ils se rejoignirent devant la marche, si bien qu'ils se retrouvèrent main dans la main avant même d'avoir échangé un mot.

À ce contact, en sentant sa paume rêche et abîmée, il ne put se retenir : il l'attira vers lui et lui passa un bras autour de la taille, éprouvant la chaleur de son corps à travers son vêtement cousu main. Elle ne résista pas à ce geste et se pressa au contraire entre ses bras, levant le visage vers le sien. Ils se regardèrent ainsi dans les yeux sans rien dire puis, comme si ce regard avait été un vœu échangé, il approcha ses lèvres des siennes pour l'embrasser.

Elle accepta le baiser. Il se rappellerait plus tard ce moment, comme s'il trouvait en cela une certaine absolution. Elle avait envie d'être aimée – par lui.

Elle l'embrassa tendrement. Ce fut pour lui un tout premier baiser, et il sentit le désir le submerger et menacer de faire céder ses jambes sous lui. Il la sentit se détendre contre lui comme si elle aussi éprouvait cette sensation d'être emportée par quelque chose d'aussi puissant que la marée.

— Je ne devrais pas, dit-elle quand elle eut repris son souffle. Je ne sais même pas si mon mari est vivant ou mort.

— Je ne devrais pas, dit-il. (Il trouva ces mots fort étranges, comme si le langage n'avait plus cours, cédant la place au toucher.) Je suis un prêtre ordonné.

Elle ne s'écarta pas pour autant, et ne détacha pas son regard de son visage, de sa bouche et de son regard ténébreux.

— Embrassez-moi encore, demanda-t-elle dans un murmure.

Il accéda à sa requête et ils restèrent enveloppés dans les bras l'un de l'autre, corps contre corps, lèvres contre lèvres, tandis qu'il la serrait davantage. Puis elle s'écarta légèrement et il la laissa brusquement s'en aller. À un demi-pas de distance l'un de l'autre, dans le silence, ils attendirent de voir s'ils allaient être encore attirés l'un vers l'autre, s'il allait lui prendre la main et l'emmener à l'intérieur de la petite maison pour faire l'amour dans le lit de son mari disparu. Elle secoua la tête, comme s'il avait avoué tout haut son désir, mais elle ne dit rien.

— Je reviendrai vous voir le mois prochain, à cette même heure de la soirée, lui dit-il comme si se tenir à l'écart pendant tout ce temps allait pouvoir lui inculquer quoi dire et faire en sa présence quand pour l'heure ils étaient tous les deux étourdis par leur proximité.

— « Le mois prochain » ? répéta-t-elle, incrédule, avec l'impression que c'était une éternité. Pas avant ?

— Je dois me rendre quelque part demain, expliqua-t-il.

Elle fit mine de lui prendre la main pour l'empêcher de partir.

— Pas en France, si ?

— Non, non. Mais je dois servir… J'ai fait une promesse… J'irai et je reviendrai.

Elle comprit immédiatement qu'il s'agissait des plans secrets de son Église, et du roi emprisonné sur l'île de Wight.

— Est-ce dangereux ? Courrez-vous un risque ?

— Oui, admit-il, mais j'espère pouvoir rentrer pour être auprès de vous sous un mois.

Alinor entendit, comme une femme éprise entendra toujours, la promesse d'amour plus que la signification des mots.

— « Auprès de moi » ? répéta-t-elle.

— Sans faute.

— Vous ne pouvez pas refuser de partir ? demanda-t-elle. Vous ne pouvez pas dire que vous avez changé d'avis ?

Il sourit.

— Mais je n'ai pas changé d'avis, répondit-il. Je pense toujours la même chose à tout point de vue, et je ne peux pas briser ma promesse. Certaines personnes s'en remettent à moi ; un grand homme dépend de moi. Rien n'a changé… hormis… (elle demeura silencieuse, dans l'expectative) mon cœur, termina-t-il.

Sealsea, août 1648

Alinor continua de travailler comme d'habitude durant les semaines suivantes, entre les orages d'été et les soudaines chaleurs qui jetaient sur le marais des mirages de palais, de rues et de grands bâtiments. Ces visions lui faisaient se demander ce que pouvait voir James, s'il était accueilli dans de vastes demeures ou arpentait de superbes rues, bien plus larges et propres que tout ce que l'on trouvait à Chichester, et plus somptueuses que tout ce qu'elle avait pu voir ; les portes des palais s'ouvraient-elles devant lui, et se trouvait-il une porte pour accéder au potager de ces belles demeures ?

Elle se rendit à pied au marché de Chichester et acheta à l'étal du revendeur de vêtements une paire de bottes pour Alys, presque neuve et avec une bonne semelle qui garderait ses pieds au chaud et au sec durant tout l'automne qui s'annonçait et l'hiver ensuite. Elle acheta des chemises en lin et des bonnets pour elles deux, ainsi qu'un nouveau jupon pour sa fille, en plus d'un ruban pour le coudre dessus, étant donné qu'elle n'avait que très peu de belles choses à porter. Il faisait trop chaud pour anticiper le froid mordant de l'hiver, mais les vêtements de seconde main étaient moins chers en août, ce qui poussa Alinor à acheter un châle épais et une cape cirée pour Alys afin qu'elle ne soit pas trempée quand il lui faudrait prendre le bac pour rejoindre le moulin, ou travailler dehors.

Alinor se rendit à l'église, où elle vit Rob, cueillit des fruits dans le jardin de la maison du passeur, puis alla travailler à la laiterie de la ferme du moulin. Elle livra des écheveaux de laine filée au marchand et reçut en retour un peu d'argent et une nouvelle balle de laine à filer. Elle traversa les jours, le regard baissé, se faisant discrète – comme si aucun feu ne lui brûlait les entrailles –, un bonnet blanc enfoncé sur son front fiévreux, sa robe grise aussi serrée que l'étreinte d'un bras d'homme. Elle sortit en mer à l'étale et posa quatre casiers à homard, tenant bon malgré le tangage de l'embarcation lorsqu'elle se pencha par-dessus bord. Elle alla les relever le lendemain, tirant sur la corde rêche pour remonter tout ce poids, et fut récompensée par deux belles prises aux pinces acérées. Elle remit des appâts de poisson à l'odeur infecte, remit les casiers à l'eau, puis rama jusqu'au quai du moulin avec les fruits de sa pêche pour les vendre à deux femmes de fermier pour quatre pence chacun.

— Vous avez bonne mine, lui dit Mme Miller en dévisageant Alinor, qui rangeait ses pièces avec un sourire enjoué.

— Je n'ai pourtant pas changé, rétorqua-t-elle malgré le tambourinement de son cœur.

— Je ne sais pas comment vous faites pour supporter ce travail, déclara Mme Miller en faisant passer son regard sur les vêtements trempés de la jeune femme et le pot d'appâts à l'odeur fétide. Surtout ce genre de travail, et surtout par cette chaleur.

— Ah, répondit Alinor comme si elle n'avait pas remarqué.

Elle se rendit ensuite à sa ruche et observa les abeilles aller et venir avec détermination et assurance depuis la petite entrée à la base de la cloche de paille.

—Il m'est arrivé quelque chose, leur dit-elle. Quelque chose de très important.

Elle écouta ensuite le bourdonnement apaisant de la ruche, comme s'il s'agissait d'une confirmation du fait que cela avait aussi pour les petites bêtes une grande importance ; mais elle ne leur en dit pas plus. Elle s'agenouilla dans son potager pour désherber avec sa houe, le soleil lui brûlant le dos. Elle se releva avec un soudain sentiment de vertige, les mains vides, comme si elle marchait dans son sommeil, et elle se rappela ce matin où elle avait regardé par la porte de la petite maison le ciel d'une blancheur spectrale et qu'elle s'était crue envoûtée.

Le blé sur les pourtours du port était comme une mer dorée agitée par la houle. Il était prêt pour la récolte, et le meunier craignait de plus en plus un gros orage, avec cette année si pluvieuse. Mme Miller finit par annoncer que les moissons allaient débuter, et tous les pauvres paysans des environs furent appelés à la ferme du moulin en renfort.

Alys faisait partie des ramasseuses qui suivaient les faucheurs et rassemblaient le blé en bottillons avant de les charger dans un chariot. C'était un travail dur et harassant, et la jeune fille rentrait avec les bras écorchés par les tiges et le dos cassé à force de se pencher, de soulever les bottillons et de les jeter dans le chariot. Elle commençait à l'aube – les jours de moisson étaient les plus longs – et revenait blanche de fatigue. On lui payait les heures en plus avec une petite miche de pain de blé cuit dans le grand four du moulin, lors de la fournée des moissons. Chaque faucheur et ramasseuse en recevait une en plus de son revenu quotidien. C'était un luxe auquel les Reekie ne goûtaient qu'en période de récolte. Le reste de l'année, ils devaient fabriquer leur propre pain fait comme ils pouvaient avec plusieurs céréales mélangées.

Alinor appliqua de l'eau de fleur de sureau sur les bras de sa fille, puis lui prépara une soupe d'ortie pour calmer les douleurs dans son dos et ses muscles. Alys mangea sa soupe et son pain en silence.

—Je vais bien, assura-t-elle dès qu'elle eut terminé. (Elle se leva de table et alla jusqu'au lit, puis retira sa jupe et sa chemise crasseuses.) Ce n'est pas pire que d'habitude. On oublie vite combien c'est un travail ingrat. Les champs s'étendent à l'infini.

—C'est bientôt terminé, la rassura Alinor en récupérant les bols. Je vais laver tes vêtements cette nuit. Demain, tu pourras porter ta nouvelle chemise.

—Je jure que c'est la dernière année que je fais ça, déclara Alys en s'allongeant d'un geste las, prête à s'endormir. Je jure que l'année prochaine, j'aurai du travail ailleurs : quelque chose de facile et pas salissant. À l'intérieur. Tu sais, je serais prête à vendre mon âme pour pouvoir travailler à l'intérieur.

—J'espère que ce sera le cas, la rassura tendrement sa mère.

Elle n'imaginait cependant pas quel genre de travail Alys pourrait trouver qui paierait suffisamment pour qu'elle gagne sa vie.

—Et puis cette Jane Miller…, commença la jeune fille sans terminer, presque trop éreintée pour parler.

—Jane ?

—Toujours à regarder les travailleurs de haut, simplement parce que le moulin appartient à son père. Et elle n'arrête pas de glousser avec Richard Stoney. Quelle stupide bécasse rabougrie… Je rêve de pouvoir la pousser dans le bassin de retenue.

—Endors-toi avec des pensées plus agréables, lui conseilla sa mère en souriant. Pour faire de doux rêves.

— Oh, mais c'est très agréable, comme pensée, murmura Alys.

Alinor alla récupérer la bassine à l'extérieur pour laver les vêtements de sa fille. Alors qu'elle les essorait et les étendait sur le romarin buissonnant, elle vit son frère, Ned, traverser le marais en bondissant sur les îlots de galets et les bancs de sable sec qui formaient un raccourci entre leurs deux demeures. Il avait dans les bras une demi-meule de fromage – un paiement pour avoir fait traverser aller et retour un chariot qui se rendait au marché de Chichester. Ils s'assirent ensemble dehors, sur le banc face à l'estran, tandis que le reflux emportait l'eau toujours plus loin jusqu'à découvrir toute la terre, la mer réduite à une ligne argentée à l'horizon, loin vers le cordon de galets à l'embouchure du port. Il la regarda manger une maigre tranche de fromage.

— Tu es malade ? lui demanda-t-il. La fièvre des marais ?

Tous ceux qui vivaient en bordure de la vasière souffraient de la fièvre des marais trois ou quatre fois dans l'année. Ils étaient habitués à ressentir ces sueurs glacées et ces bouffées de chaleur qui duraient en général une semaine avant de disparaître. Alinor donnait à ses patients des tisanes de saule et de menthe pour la calmer, et elle faisait pousser des soucis et de la lavande devant la porte et sous les fenêtres pour repousser les moustiques qui transmettaient la maladie par leur piqûre.

— Non, je vais bien, répondit-elle malgré des joues rouges et des yeux brillants qui la contredisaient.

Ils entendirent le grincement aigu des vannes du moulin qui s'ouvraient, de l'autre côté de cette vaste étendue de vase, puis l'écoulement bruyant de l'eau passant dans le bief. La roue se mit à tourner dans un craquement de bois, et les meules de pierre se mirent en action. L'eau, ensuite, jaillit soudain et se jeta dans le canal à sec du marais.

— Pas de nouvelles de Zachary ? demanda Ned en pensant qu'elle aurait peut-être appris quelque chose sur son mari disparu. Tu as l'air fébrile.

— Non, répondit-elle en esquissant un sourire tout en le regardant dans les yeux. Rien du tout. C'est moi, c'est tout ! Je trépigne. C'est comme si j'avais la fièvre printanière à la mauvaise saison. Ce doit être le fait que Rob a quitté la maison, et de savoir que je peux commencer à mettre de côté pour la dot d'Alys, et que j'ai un bateau à moi. J'ai l'impression d'être de nouveau jeune et libre, et de pouvoir aller où ça me chante, faire ce que je veux.

Il hocha la tête, mettant l'enthousiasme de son discours et le feu qui brûlait dans ses yeux sur le compte de cette ardeur qui menaçait toujours chez les femmes, même les plus exemplaires. Elles ne pouvaient pas faire autrement. Elles étaient comme des hirondelles qui tournaient dans le ciel plus vite que l'éclair, s'amusant à raser la surface ou à plonger dans l'eau du bassin, dansant avec les courants chauds, construisant de minuscules et parfaites maisons dans les demeures et les granges : à la fois sauvages et apprivoisées, présentes tout l'été mais ailleurs en hiver, l'image même de l'inconstance. Il se dit que sa si jolie sœur était pareille à une hirondelle et qu'elle n'aurait jamais dû être enchaînée à un seul endroit sur Terre. En premier lieu, elle n'aurait jamais dû être mariée à un homme tant attaché à cette terre, qui s'était sans doute jeté à la mer et qui devait pourrir dans les profondeurs, sous les bernacles.

Mais elle n'avait jamais vraiment eu le choix : c'était une femme et elle devait se marier, comme toutes les femmes ; c'était surtout une pauvresse, qui ne verrait jamais d'autre endroit que celui-ci, en dépit de sa beauté stupéfiante. Leur mère, sentant que sa fin était de plus en plus proche, avait insisté pour qu'Alinor se marie, espérant ainsi la mettre à l'abri du besoin, et n'ayant pas conscience que Zachary était tout aussi peu fiable que le marais et les sables mouvants de l'estran.

— Tu n'arriveras jamais à marier Alys si elle a hérité de ton côté indompté, la tança-t-il sévèrement.

— Ah, c'est une fille bien, déclara-t-elle par instinct de protection envers sa fille qui dormait non loin. Elle travaille si dur, Ned. Elle veut une vie meilleure, mais on ne peut pas lui en vouloir ! Et, tu vois, je ne fais que rêver.

— Ça ne sert à rien de rêver, décréta-t-il. Mais bref, comment tu trouves le bateau ?

Elle lui adressa un sourire si radieux que sa joie ne pouvait pas être seulement due à sa nouvelle acquisition.

— Rob est venu du prieuré il y a deux semaines avec maître Walter et son tuteur, et on est allés pêcher ensemble.

Il ne voyait rien en cela qui aurait pu expliquer un tel degré d'émerveillement.

— De belles prises ?

— Oui. On a fait un feu, dit-elle en montrant du doigt le rivage. On a mangé ensemble. On s'est installés là-bas.

Elle partit d'un petit rire, ce qui acheva de le méduser. Il termina son gobelet de bière et se leva dans une grimace de douleur causée par ses rhumatismes, dus à une enfance passée à tirer sur les cordages trempés du bac, par tout temps, à chaque marée haute.

— Ne fais pas l'idiote, la mit-il en garde. (Ses rêves et l'étincelle qu'il voyait dans son regard le préoccupaient.) N'oublie pas où tu es et qui tu es. Ici, rien ne change à part l'estran. Le reste du pays peut bien devenir fou, marcher sur la tête, mais ici seule la mer change chaque jour et il n'y a que le marais qui va où il veut.

Le roulement du moulin, aussi menaçant qu'un orage éclatant sur cette vaste étendue de terres inondées, apportait une certaine gravité à cet avertissement.

— Je sais, dit-elle d'un air rassurant. Je sais. Il n'y a aucun espoir ; il ne peut rien se passer.

Mais la brillance de son regard la contredisait.

— Si seulement ton garçon voulait bien travailler au bac jusqu'à la fin de l'été, je me porterais volontaire aux côtés d'Oliver Cromwell dans le nord, reprit Ned. On raconte qu'il a pris la tête des troupes pour marcher sur les Écossais. Un trajet long et dur depuis le pays de Galles. Il aura besoin d'hommes qui savent s'y prendre. Le général Lambert empêche les Écossais d'avancer, mais il ne pourra pas les repousser seul.

— Rob ne peut pas reprendre le bac, lança-t-elle prestement. Il doit rester au prieuré jusqu'à ce que Walter parte pour Cambridge.

— Il me semblait que son tuteur était parti.

— Il rentre dans quelques jours à peine, d'après Rob. Il leur a laissé des leçons.

— Je vendrais mon âme au diable pour pouvoir retrouver mon régiment et me battre encore aux côtés de mes frères, vaincre les ennemis du royaume et traîner le roi devant la justice, déclara Ned. Le roi Charles doit répondre de ses actes. Il a appelé les Gallois à se soulever contre nous, et maintenant il a aussi demandé aux Écossais de nous envahir. Dieu sait ce qu'il a promis aux Irlandais. Il se sert d'eux contre nous, contre les Anglais, son propre peuple. Il faut l'arrêter une bonne fois pour toutes.

Alinor pinça les lèvres, partagée.

— Je ne sais pas, dit-elle. Je ne peux pas dire de mal de lui.

— De lui ?

— Du pauvre roi.

— Alors tu ne comprends rien, trancha-t-il avec tout le mépris d'un frère. Tu sais peut-être beaucoup de choses sur les plantes, les fleurs et l'art de guérir, mais tu es une idiote si tu ne comprends pas que Charles est un homme sanguinaire qui ne nous a apporté que le malheur. Il a beau dire qu'il veut la paix, il ne le pense pas un instant. Il ne voit même pas qu'il est vaincu alors qu'on lui a arraché l'épée des mains. Il faut l'arrêter ! Je le jure devant Dieu, j'ai l'impression qu'on ne pourra jamais l'arrêter.

Elle se leva précipitamment en voyant la colère monter chez son frère.

— Je sais, je sais, l'apaisa-t-elle. C'est juste que je ne veux pas voir Rob partir se battre, ou Alys être piégée dans un pays en guerre. Je ne veux pas que tu repartes, et il y a bien sûr aussi le fait que je ne sais pas où est Zachary en ce moment même. (Elle sentait les larmes lui brûler les yeux.) Il y a tant d'hommes bons qui vont affronter le danger, qui se mettent en péril… (Elle s'arrêta là, incapable de parler de James et de cette conspiration qu'elle savait être la raison de son départ loin d'elle.) Je ne sais pas pour quoi prier, déclara-t-elle dans un soudain élan de franchise. Je ne sais même plus quoi espérer, à part la paix… Et que tout ça s'arrête… Et que je sois libre.

— Ah. Tu pries pour la paix, dit-il en se calmant instantanément à la vue de ses larmes. Tu as raison. Et tu n'as rien à craindre : le colonel Hammond gardera le roi enfermé au château de Carisbrooke. Le Parlement et l'armée vont décider ensemble de ce qu'il faut faire de lui, et même si le Parlement a la bêtise d'essayer de signer un accord avec lui, il ne le laissera pas lever d'autres troupes pour verser encore plus de notre sang. On a vaincu le roi, et aussi sans doute les Écossais, car je suis sûr qu'on apprendra bientôt que la bataille est engagée. Elle est peut-être même déjà finie, alors que, comme un idiot, je rêve de marcher vers le nord en pensant à l'époque où j'étais entouré de mes camarades, dirigés par Cromwell sous l'égide de notre Seigneur. Tout est sans doute déjà terminé.

— Oui, dit-elle, je peux prier pour que ce soit terminé.

Alys eut de la peine à se réveiller, et elle avait mal aux bras et au dos. Mère et fille mangèrent le reste du pain blanc avec le fromage de Ned.

— C'est délicieux, dit la jeune fille en récupérant la moindre miette. Je pense que je vais épouser le meunier pour pouvoir manger du pain de blé tous les jours.

— Il faudra que tu te débarrasses de Mme Miller, fit remarquer Alinor. Et je pense qu'elle ne se laissera pas faire.

— Comme j'aimerais me débarrasser d'elle ! Je devrais les balancer, elle et son bon à rien de mari, par-dessus la digue et épouser leur fils pour hériter du moulin.

Le fils du meunier était un petit garçon de six ans prénommé Peter. C'était Alinor qui s'était occupée de l'accouchement.

— Et Jane deviendrait ta belle-sœur, s'extasia-t-elle avec ironie. Quelle joyeuse famille.

— Je la donnerais bien en mariage au premier venu, affirma Alys. Sauf que personne ne voudrait d'elle.

— Oh, la pauvre fille, la plaignit Alinor. Ne sois pas méchante, Alys. Bon, est-ce que les moissons sont bientôt terminées ?

— Bientôt. Plus qu'un champ à faire. J'ai ramassé et fait des bottillons toute la journée. Est-ce que tu viendras cet après-midi pour le glanage ?

— Oui. J'apporterai ton repas, promit sa mère.

Alys pencha la tête dans une prière de remerciement puis se leva de table.

— Ça fait tout drôle de ne pas avoir Rob ici, dit-elle. Tu ne te sens pas trop seule toute la journée ?

— Je suis tellement occupée que je n'ai pas le temps de me sentir seule.

— Je dis ça parce que tu as l'air de guetter quelque chose.

— Quoi donc ?

— Je ne sais pas, comme si tu attendais quelque chose.

Alinor, honteuse, se rappela le moment où elle avait regardé James courir sur le sentier de la berge, sautant par-dessus les mares comme un garçon se précipitant dans les bras de sa dulcinée.

— Je n'attends personne, mentit-elle.

— Je n'ai pas dit « quelqu'un » mais « quelque chose ».

— Je sais.

— Je ne pensais pas que p'pa te manquait encore, dit la jeune fille avec douceur. Il ne nous manque plus, à Rob et moi. Tu n'as pas à t'en faire pour nous.

— Il ne me manque pas, lâcha vivement Alinor.

— Tu ne souhaites pas, parfois, que tout soit différent ? Tu n'en as pas des fois assez de tout ça ? Pas le roi et le Parlement, parce que je m'en fiche complètement, mais je voudrais que les choses soient différentes pour nous. Qu'on ait quelque chose de vrai, pas des promesses de sermons.

— Ce que j'aimerais, c'est pouvoir voir ton avenir, répondit sérieusement Alinor. Je sais que tu ne devrais pas être coincée ici, du côté des marais, sans aucune chance de pouvoir épouser qui que ce soit d'autre qu'un garçon de ferme ou un pêcheur, et guère plus de gagner davantage que quelques pennies. Mais je n'ai pas l'argent pour te payer une place comme apprentie, et je ne sais pas au service de qui je pourrais t'envoyer. D'ailleurs, je ne pense pas que tu sois faite pour être au service de quelqu'un. J'aurais trop peur pour toi.

— Là, tu as raison ! affirma Alys dans un éclat de rire. Je ne veux pas être la servante de qui que ce soit – ni d'un mari, ni d'un maître.

— Alys, j'aimerais tant que tu aies plus.

— Tu « aimerais » ! Seigneur, je me mets à genoux pour que Dieu me donne plus ! Est-ce que toutes ces batailles et ces disputes entre les hommes n'ont laissé aux femmes que l'espoir de trouver un mari qui vaudrait un peu plus qu'un animal, et de gagner plus de six pence par jour ? Où il est, ce nouveau monde dont parle oncle Ned ? Où elle en est, cette idée d'un lopin de terre pour chacun ?

— Je sais, dit tristement Alinor en dévisageant sa fille au visage si lumineux. Il y a beaucoup de beaux discours, mais il n'y a pas de nouveau monde pour les gens comme toi et moi.

— Tu veux dire pour les femmes ? rétorqua Alys avec amertume. Pauvres femmes. Rien ne change jamais pour nous.

Alinor se dit alors qu'elle était fautive d'avoir donné naissance à cette douce fille dans un monde qui favorisait les hommes.

— C'est vrai, dit-elle.

Sa fille s'agenouilla pour recevoir sa bénédiction et la jeune femme se baissa pour déposer un baiser sur son bonnet blanc immaculé. Alys se releva et quitta la maison. Alinor demeura quelques instants encore assise sur son tabouret devant la table, face au coin de la pièce où elle conservait ses herbes et ses huiles, ainsi que le petit coffret en bois dans lequel elle rangeait ses trésors. Celui-ci contenait aussi le livre de recettes de remèdes de sa mère, le contrat pour la maison entre son mari disparu et M. Tudeley, et la bourse de cuir rouge contenant ses vieilles pièces sans valeur. Cela ne représentait pas beaucoup pour l'œuvre d'une vie. Elle murmura pour elle-même :

— « Une femme comme vous dans un endroit comme celui-ci. »

Puis elle se leva, prit son panier et son petit couteau, et sortit couper des herbes tant qu'elles étaient encore mouillées de rosée.

L'aube était fraîche, avec des bandes grises de brume flottant au-dessus des canaux du marais, brouillant les limites entre eau, terre et air. Alinor frissonna dans le froid matinal et resserra son châle sur sa tête tout en chassant les poules de la maison pour qu'elles rejoignent le rivage. Elle regarda au-delà de son jardin le port, où la mer se retirait petit à petit, vidant les mares et s'écoulant rapidement par les fossés, laissant des arpents de vase trempée, de bancs de sable et d'îlots de roseaux. Alors que l'estran se vidait, les petits oiseaux de vasière, maubèches et bécasseaux, poursuivaient la mer, courant dans et hors de l'eau sur leurs longues pattes, s'envolant brusquement dans un cri chevrotant, puis atterrissant plus loin dans un battement d'ailes pour recommencer leur course effrénée. À l'embouchure du port, Alinor pouvait voir la bande de mer plate et grise, ainsi que la ligne indigo de l'horizon lointain. Elle entendait aussi, de l'autre côté de l'estran, pareil au roulement du tonnerre, le grondement sourd de la roue du moulin. Si James était déjà arrivé en France et était en ce moment sur le chemin du retour, alors il profiterait d'une traversée tranquille. S'il s'était rendu auprès du roi au château de Carisbrooke, il pourrait rentrer au port de Sealsea en trois ou quatre heures. S'il avait rejoint la flotte du prince de Galles en mer, alors il pourrait avoir fait l'aller et retour dans la journée. Étant donné qu'elle ne savait pas où il était allé, il ne servait à rien de scruter l'horizon obscur à la recherche des voiles qui le ramèneraient. Elle qui était femme de pêcheur le savait bien, mais cela ne l'empêchait pas de le chercher du regard.

La journée s'annonçait encore chaude, dès que la brume serait levée. Il avait dit qu'il serait de retour dans le mois, mais elle le connaissait si peu, et elle ne savait pas s'il était le genre de jeune homme à tenir une promesse faite à une femme, surtout quand celle-ci était pauvre et insignifiante. Peut-être était-il en danger et ne pouvait-il pas décider du moment de son départ ? Il se pouvait aussi qu'il n'ait pas de parole, comme tous les hommes, et qu'il ne compte pas les jours comme elle le faisait. Il était encore possible que leur baiser n'ait pas eu d'importance pour lui, pas plus que ses mots.

Elle tourna le dos au port et se pencha sur ses parterres d'herbes, cueillant les jeunes pousses qui se déployaient, les attachant en petits bouquets avant de les placer dans son panier. Quand elle eut terminé la récolte d'un parterre après l'autre, prélevant tout ce qui était prêt, elle retourna à l'intérieur et attacha les bouquets aux fils accrochés entre les poutres. Elle décrocha les plantes qui avaient fini de sécher et les rangea dans des boîtes en bois que Rob avait pris soin d'étiqueter de sa belle écriture. Il y avait le nom de la plante, parfois en latin, et parfois encore sous l'ancien nom qu'elle tenait de sa propre mère : luminet, herbe de la Trinité ou herbe aux cuillères.

Elle alla jeter les miettes dans l'assiette par la porte d'entrée et sentit que l'air se réchauffait. Le soleil dissipait la brume. Elle observa les oiseaux de jardin qui venaient se nourrir – le rouge-gorge qui vivait là toute l'année, et un couple de merles qui nichait et élevait ses petits dans la haie de prunelliers derrière la maison. Elle rinça les deux gobelets de son déjeuner avec Alys dans ce qu'il restait d'eau propre, qu'elle jeta ensuite sur les plantes à côté de la porte. Elle prit le seau vide et l'emporta jusqu'à la mare d'eau douce, un peu plus loin dans les terres, se tenant au poteau usé pour garder l'équilibre tandis qu'elle le remplissait. Elle remonta les marches avec sa charge, déposa le seau près de la porte ouverte et versa de l'eau dans la marmite à pieds posée sur le feu. Alinor prit alors un bouquet de plantes fraîches et le mit à bouillir. Il fallait du miel pour préparer la recette de sa mère, et elle en prit une mesure avec soin dans le pot où un rayon s'égouttait. Elle laissa le tout mijoter pendant qu'elle ressortait avec un vieux sac de farine vide récupéré au moulin, puis elle alla ramasser du bois flotté pour le feu. Elle marcha le long de la ligne de la marée haute et prit du petit bois pour faire partir le feu, puis de plus grosses sections pour le nourrir. Quand son sac fut plein, elle le hissa sur son dos et rentra.

L'eau dans la marmite s'était presque entièrement évaporée, les herbes étant réduites à une bouillie verte au fond. Alinor versa la préparation sur un plateau et la laissa sécher sur la table, la recouvrant d'un linge pour empêcher les mouches de s'y poser.

Le soleil se levait entre les épais amas de nuages noirs, et il commençait à faire chaud. Alinor mit son chapeau de travail, dont les larges bords lui procuraient un peu d'ombre, et dont le rabat de tissu à l'arrière lui protégeait la nuque de la morsure du soleil matinal. Puis elle alla dans le potager sur le côté de la maison, où elle faisait notamment pousser des petits pois, des haricots et des choux. Elle creusa pour déterrer les profondes racines d'une patience ; ses poules, en la voyant faire, remontèrent depuis le rivage pour l'accompagner et fouiller la terre retournée à la recherche de vers et de petits insectes, caquetant paisiblement en la regardant.

— Ouste, retournez sur la grève, les réprimanda-t-elle avec douceur. N'allez pas abîmer mes plants.

Une poule d'un brun cuivré attrapa un petit ver dans un profond gloussement de délectation. Alinor, seule sous l'immense ciel, face au port vide, se mit à rire comme si elle était entourée de ses amis.

— Alors, maîtresse Brunette, c'était bon ? demanda-t-elle à sa poule. Savoureux ?

La jeune femme travailla tout le matin et, quand le soleil passa le zénith, elle rentra, coupa quatre tranches de pain de seigle de la veille, prit deux poissons fumés sur la grille de la cheminée, un pichet de petite bière dans le coin le plus frais et humide de la pièce, et mit le tout dans un sac pour manger avec Alys avant de commencer le glanage.

La marée remontait et le puits frémissant n'émettait qu'un doux bruissement quand Alinor emprunta la rive pour rejoindre la maison de son frère. Elle le trouva occupé à cueillir des prunes.

— Tu en veux ? lui proposa-t-il.

— Je vais en prendre pour le repas d'Alys. Je reviendrai demain ramasser le reste pour les mettre en bocaux et les faire sécher.

— C'est une bonne année. Regarde ça.

Ils admirèrent le prunier aux branches ployant sous le poids des fruits, et Alinor en goûta un.

— Très sucré, commenta-t-elle. Parfait.

— Tu vas au moulin pour le glanage ?

Elle hocha la tête et posa le regard sur le bac qui tanguait, poussé par le flot rencontrant le courant inverse de la rivière.

— Je t'emmène, lui proposa-t-il.

Il la guida vers l'escalier jusqu'au quai où le bac était arrimé à un poteau, tirant sur son amarre, malmené par les courants. Il défit le cordage et le passa autour de la corde tendue au-dessus du profond cours d'eau.

— Les courants sont forts, observa Alinor.

— Oui, l'été a été si pluvieux, répondit-il. Je n'ai jamais vu le Rife aussi haut pendant les moissons. Allez, viens.

Elle posa le pied dans l'embarcation et se cramponna à la rambarde. Son frère sourit de la voir aussi paniquée.

— Tu as toujours peur ? Toi, la fille du passeur ?

— Je sais, répondit-elle avec un petit geste indifférent face à sa moquerie. Je rentrerai par le gué.

— Tu vas te mouiller les pieds, la prévint-il. La marée ne sera pas basse avant le crépuscule.

— Tiens bien l'amarre, le supplia-t-elle alors que le courant les entraînait plus haut sur la rivière, tendant la corde au-dessus de leur tête et secouant le bac.

Ned tira à deux mains pour tracter l'embarcation dans ce courant rapide. Ils atteignirent l'autre côté en quelques instants et Alinor bondit hors du bac, puis grimpa vivement l'escalier pour retrouver la sécurité de la terre ferme, avant même qu'il ait eu le temps de jeter l'amarre.

— À ce soir, lui lança-t-il. Tu ferais bien de rentrer avec moi. Ça ne sert à rien que tu ailles te mouiller.

— Merci, répondit-elle avant de s'engager sur le chemin longeant la rive jusqu'au grenier du moulin, à côté de la digue léchée par le flot.

Pour une fois, la cour du moulin était paisible. La roue à aubes était inerte, le bief était à sec. Le bassin de retenue se remplissait tranquillement, les vannes poussées à fond par la marée montante, et les vaguelettes s'écrasaient contre la digue, le niveau de la mer grimpant doucement. À l'intérieur du bâtiment, les meules en pierre étaient décrochées et les rouages en merisier détachés. Le meunier remplissait des sacs de farine que ses aides apportaient sur le quai afin de faciliter le transport à bord des bateaux des marchands qui viendraient à marée haute.

— Bonjour, monsieur Miller, le salua Alinor en franchissant la porte ouverte.

Il était blanc comme un fantôme, de ses cheveux saupoudrés de farine jusqu'à l'ourlet de son tablier blanc. Il lui adressa un sourire chaleureux.

— Bonjour, madame Reekie ! Vous venez glaner le blé ?

— Oui, et j'apporte le repas d'Alys.

— Elle a de la chance de vous avoir comme mère. Est-ce que vous vous joindrez à nous pour le banquet des moissons ? Vous m'accorderez une danse ?

La jeune femme sourit de cette vieille blague.

— Vous savez bien que je ne danserai pas. Mais je viendrai, évidemment.

Elle lui fit un signe de la main et poursuivit son chemin, traversant la cour qui séparait le moulin de la maison. Puis elle se dirigea vers le portail au nord qui donnait sur les champs de blé. Tout était fauché, les bottillons disséminés sur le chaume. À son arrivée, une volée de corbeaux quitta le sol devant elle, un par un, tels les grains d'un rosaire noir.

Alys se trouvait dans la ligne des ramasseuses qui suivait les faucheurs. La plupart des hommes étaient torse nu, de grandes cloques sur le dos causées par le soleil, mais les autres – ceux qui étaient de fervents croyants, certains même puritains – avaient conservé par modestie leur chemise rentrée dans le pantalon et boutonnée autour de leur cou en sueur. Les hommes avançaient en ligne dans le champ, à un rythme d'esclave : ils attrapaient une poignée de tiges, se penchaient et tranchaient net avec leur faucille, puis se redressaient et jetaient le blé derrière eux. Alys et les autres femmes le récupéraient, le rassemblaient en brassées qu'elles attachaient ensemble à l'aide d'une tige, avant de les entasser dans le chariot. Très régulièrement, Mme Miller ou sa fille, Jane, sortait de la maison et traversait la cour pour se planter devant le portail donnant sur les champs, une main en visière pour se protéger du soleil. Elle épiait tout ce petit monde pour s'assurer que les faucheurs faisaient bien leur travail au lieu de laisser des tiges sur place aux glaneurs.

Alys était blanche, à bout de forces, ses mains et ses bras entaillés d'avoir tant récupéré de bottillons ; son tablier était sale et ses cheveux complètement détachés sous son bonnet. Elle avançait en ligne avec les autres ramasseuses, se baissant pour récupérer le blé fauché, se relevant pour l'attacher, puis le jetant à l'arrière du chariot, avant de répéter inlassablement ces gestes. Elle travaillait en compagnie des femmes de l'île de Sealsea qu'elle connaissait depuis l'enfance ; mais il y avait aussi des travailleuses journalières qui venaient de plus loin dans les terres, et une demi-douzaine étaient des itinérantes, allant d'une ferme à l'autre pendant tout l'été afin de faire les récoltes. Elles étaient payées à la tâche et non à la journée, et elles imposaient donc un rythme éreintant qu'Alys peinait à suivre, mais elle n'avait pas d'autre choix.

Alinor attendit au portail et fut rejointe par quelques autres femmes autorisées à glaner le blé dans les champs du moulin. Elles se regroupèrent, commentant l'abondance de la récolte et la chaleur harassante, jusqu'à ce que Jane sonne une cloche dans la cour, après quoi tous ceux qui étaient dans les champs délaissèrent leur travail pour rejoindre l'ombre d'une haie et prendre leur repas. Les glaneuses entrèrent dans le champ, certaines pour apporter de quoi manger à leur mari ou à leurs enfants. Alinor traversa le chaume dru et tendit le pichet de petite bière à sa fille sans un mot. Celle-ci prit une grande gorgée.

— Ça donne soif, dit sa mère en regardant la jeune fille d'un air inquiet.

— Ça donne surtout envie de se pendre, rétorqua Alys d'un air las.

— Bientôt fini. Allez, viens t'asseoir.

Les hommes se réunirent, faisant tourner les outres de bière en mangeant ce qu'ils avaient apporté. Les femmes se rassemblèrent un peu plus loin. L'une d'entre elles décrocha de son dos son enfant emmailloté pour lui donner le sein. Alinor lui sourit. C'était un des bébés qu'elle avait aidé à mettre au monde au printemps.

— Est-ce qu'il se nourrit bien ? demanda-t-elle.

— Loué soit le Seigneur, oui, répondit la femme. Et je vous cite encore dans mes prières pour m'avoir assistée lors de mon accouchement. Est-ce que vous voulez le voir ?

La guérisseuse prit le bébé dans ses bras et lui déposa délicatement un baiser sur le front, s'émerveillant de la chaleur de son petit crâne et de ses minuscules mains potelées.

Personne d'autre ne parla durant ce repas tant attendu. Quand Alys eut terminé ses larges tranches de pain et le restant du poisson fumé, Alinor rendit le bébé à la jeune mère et partagea avec sa fille les prunes cueillies chez Ned.

— Ça m'étonne de vous voir manger des fruits en plein soleil, maîtresse Reekie, dit une des femmes. Vous n'avez pas peur de la colique ?

— Elles viennent du jardin de mon frère. On en mange tous les étés sans jamais être malades, lui expliqua-t-elle.

— Moi, je ne mangerais jamais un fruit comme ça, déclara une autre.

— Je les fais mijoter la plupart du temps, concéda Alinor. J'en fais d'autres au vinaigre, je prépare de la confiture, et j'en sèche beaucoup.

— Je vous achèterai deux pots de prunes séchées. On a goûté vos groseilles à Noël et tout le monde en redemandait. À combien les ferez-vous cette année ?

— Deux pence le pot, répondit Alinor en souriant. Je vous les apporterai volontiers. La saison a été bonne aussi pour les groseilles.

— J'en prendrai une livre, déclara une autre femme.

Les ramasseuses étirèrent leurs jambes fatiguées et certaines s'adossèrent contre les branches épineuses.

— Fatiguée ? demanda discrètement Alinor à sa fille.

— Fatiguée de faire ça, répondit-elle avec mauvaise humeur.

La cloche signalant la reprise du travail sonna depuis la cour du moulin. Mme Miller était très stricte sur les horaires. Les hommes se levèrent, nettoyèrent leur faucille et se dirigèrent vers le moulin. Ils allaient amener le chariot, récupérer les bottillons avec leur fourche et les emmener dans la grange pour le battage.

Alinor tendit à Alys une besace. Les femmes qui étaient autorisées à glaner le blé au moulin formèrent une ligne au début du champ. Elles firent bien attention à se répartir uniformément pour qu'aucune n'ait une bande plus large que les autres et elles s'assurèrent que personne ne soit avantagé. Mères et filles, comme Alys et Alinor, firent en sorte de se tenir bien à l'écart afin de couvrir le plus de terrain possible. Puis la ligne se mit en mouvement.

Les femmes qui avaient travaillé toute la matinée pour un salaire le faisaient pour elles-mêmes, à présent, malgré la fatigue. Elles se baissaient pour ramasser chaque épi de blé, et même chaque grain qu'elles trouvaient. Dans certains sillons, il arrivait qu'un faucheur inexpérimenté ait oublié des tiges entières, ou qu'il en ait écrasé en marchant dessus, et les glaneuses pouvaient alors récupérer des poignées de blé. Elles avancèrent lentement comme une ligne d'infanterie sur un champ de bataille, sans jamais dépasser les autres ni se laisser distancer, et en veillant toujours à maintenir l'écart entre elles. Alinor, les yeux rivés sur le sol, se penchant pour ramasser tout ce qu'elle trouvait, fut presque surprise en arrivant à la haie de prunelliers au bout du champ. Son sac était rempli d'épis jaune pâle.

— Un autre passage, décréta une des aînées.

Alys grommela, mais Alinor hocha la tête. Il ne fallait rien gâcher, ni rien laisser sur place. Les glaneuses firent demi-tour et changèrent de couloir afin que celles qui s'étaient trouvées près de la haie à gauche et celles à l'extrémité droite du champ soient dorénavant au centre, pour que personne ne s'occupe du même sillon deux fois. Là encore, elles avancèrent en ligne, scrutant le sol, s'emparant de tous les épis qui leur tombaient sous la main, et déterrant même les grains, fourrant le tout dans leur besace, et certaines se servant d'un pli de leur tablier. Ce ne fut qu'une fois revenues à la haie en bout de champ qu'elles se redressèrent et regardèrent autour d'elles.

Le soleil plongeait à présent derrière des bancs de nuages or et rose. Alinor observa le sac bien rempli d'Alys et le sien.

— Bien, se contenta-t-elle de dire.

Elles rentrèrent ensemble jusqu'à la cour du moulin. Mme Miller avait sorti la balance et pesait le blé des glaneuses, marquant chaque mesure sur un bâton de comptage pour s'en souvenir. Mère et fille versèrent le contenu de leur besace sur le plateau et enlevèrent les quelques tiges restantes. Mme Miller ajouta les poids, puis déclara à contrecœur :

— Trois livres et deux onces.

Sa fille, Jane, marqua le bâton de noisetier de trois épaisses entailles à une extrémité et deux plus petites à l'autre. Elle le fendit ensuite en deux dans le sens de la longueur à l'aide d'une hachette. Alinor récupéra leur moitié en remerciant les Miller, puis la rangea dans son sac. Jane jeta l'autre moitié dans le coffre contenant les bâtons de comptage afin de savoir exactement la quantité de farine qui était due à la famille Reekie une fois que le blé serait moulu.

— Apportez un peu de votre sirop demain quand vous viendrez pour la fête des moissons, lança Mme Miller à Alinor tout en se tournant pour peser la récolte d'une autre glaneuse. J'ai le dos en bouillie à force de me courber en deux toute la journée.

— Je viens glaner le blé dans l'après-midi, alors j'en apporterai à ce moment-là, accepta-t-elle.

La mer était basse, le bassin de retenue plein à ras bord, les vannes s'entrechoquant doucement, refermées par le poids irrésistible de l'eau profonde. Alors que les deux femmes se dirigeaient d'un pas éreinté vers le portail peint en blanc de la cour, un des aides du meunier apparut au détour du bassin, en équilibre sur le mur comme un acrobate, l'eau lui léchant les pieds. Il cria sans aucune gêne à Alys :

— Bonne soirée ! À demain !

Toutes les traces de fatigue chez elle semblèrent s'effacer en un instant. On aurait dit une princesse recevant ses éloges. Elle ne lui répondit pas, mais inclina la tête en souriant très légèrement avant de passer son chemin. Alinor l'observa, étonnée de voir sa fille ainsi transfigurée.

— Qui était-ce ? s'enquit-elle en allongeant le pas pour rattraper Alys.

— Qui ?

— Ce jeune homme.

— Oh, je crois que c'est le fils du fermier Stoney, Richard, répondit la jeune fille.

— Le fermier Stoney de Birdham ?

— Oui.

— C'est un beau jeune homme.

— Ah, je n'ai pas remarqué, dit Alys avec une infinie dignité.

— Je me doute, lâcha ironiquement sa mère en cachant son sourire. Moi oui, par contre, et je peux te le dire, que c'est un très beau jeune homme. C'est leur fils unique, n'est-ce pas ?

— Oh, pour l'amour de Dieu ! se récria Alys en accélérant brusquement l'allure à l'approche du bac.

Quand elle l'eut rejointe, sa fille avait déjà embarqué et l'attendait, à côté de son oncle Ned, une main sur le cordage.

Alinor hésita sur la digue tandis que d'autres femmes et certains faucheurs la dépassaient pour pouvoir embarquer à leur tour afin de rentrer chez eux sur l'île de Sealsea. Alys passa parmi eux pour collecter les pièces de cuivre et relayer les promesses de ceux qui ne pouvaient pas payer tout de suite. Ce ne fut qu'une fois le bac plein et prêt à partir qu'Alinor se décida à descendre l'escalier et à se cramponner fermement à la rambarde. Ce fut la première à poser le pied à terre de l'autre côté, sous les rires des autres femmes.

— Heureusement qu'elle ne travaille pas pour toi ! lancèrent-elles à Ned. Personne ne prendrait le bac en voyant la tête que fait ta sœur !

Alinor leva la main à cette vieille blague.

— Je viendrai cueillir les prunes demain avant le glanage, dit-elle à son frère.

— Je suis toujours ici, répondit-il dans un hochement de tête. Le bon Dieu peut en témoigner, je ne bouge jamais d'ici.

Alys et Alinor effectuèrent leurs tâches en silence dans la maison obscure, lasses. La jeune fille ouvrit la porte aux poules, qui s'empressèrent d'aller rejoindre leur espace à l'intérieur de la pièce pour se percher. Les deux femmes se servirent un gobelet de petite bière, puis Alinor se lava le visage et les mains dans un récipient d'eau. La jeune fille l'imita, puis jeta l'eau à l'extérieur pour arroser la lavande et les soucis. Elle s'agenouilla ensuite devant sa mère, qui brossa ses cheveux blonds et les tressa pour la nuit, puis lui posa la main sur la tête en signe de bénédiction. Alys, toujours à genoux, se tourna vers le lit et dit ses prières, puis s'enfouit sous les draps comme une taupe dans son terrier.

— Fais de beaux rêves, lui dit tendrement sa mère.

Elle vit la jeune fille esquisser un sourire sous les couvertures. Elle se fit une natte, qu'elle fourra sous son bonnet de nuit, puis posa sa tunique et sa robe à plat sur le tabouret et se mit au lit, dans sa chemise de lin, à côté d'Alys.

— Je suis fourbue, déclara cette dernière avant de s'endormir à poings fermés.

Alinor demeura silencieuse dans le noir, les yeux grands ouverts. Peut-être rentrerait-il le lendemain, ou peut-être le jour suivant. Elle finit par trouver le sommeil.

Juste après minuit, un grand coup à la porte la réveilla en sursaut. Sa première pensée, dans la panique, fut que son mari, Zachary, était de retour et tambourinait à la porte dans une colère induite par la boisson, comme cela lui était souvent arrivé. Puis, en sautant du lit pour se précipiter à la porte et ouvrir le loquet, le cerveau encore embrumé, elle fut certaine que la guerre avait recommencé et que c'étaient des soldats de l'armée ou la cavalerie du roi qui tentaient d'enfoncer sa porte. Sa dernière hypothèse, alors qu'elle ouvrait, fut qu'il s'agissait de James venu pour elle. Elle trouva cependant sur le pas de sa porte le fermier Johnson de Sealsea.

— Dieu merci vous êtes là. C'est Peg, dit-il vivement. Vous devez venir, madame Reekie. Le bébé arrive plus tôt que prévu, je crois. On a besoin de vous immédiatement. Je suis venu aussi vite que j'ai pu. Est-ce que vous pouvez me suivre tout de suite ?

— Fermier Johnson, s'étonna-t-elle alors que ses rêves et ses craintes s'évaporaient.

— J'ai une selle pour que vous puissiez monter en croupe derrière moi, sur mon cheval que j'ai laissé à la maison du passeur. Venez ! Je vous en prie !

— Un instant, dit-elle avant de refermer la porte.

Elle enfila dans le noir la robe et la tunique posées sur le tabouret, trouva son bonnet et le mit sur sa tête.

— Qu'est-ce qui se passe ? demanda Alys, à moitié endormie.

— C'est le bébé de Mme Johnson, il arrive plus tôt que prévu, répondit Alinor en chaussant ses bottes.

— Tu veux que je vienne avec toi ?

— Non. Toi, tu vas travailler demain matin. Si tout va bien – avec l'aide de Dieu – je te rejoindrai pour le glanage et la fête des moissons. Si je suis retenue la nuit prochaine, va dormir chez ton oncle.

Alys hocha la tête dans l'obscurité, se retourna et se rendormit immédiatement. Alinor récupéra sa besace, une boîte d'herbes sèches et quelques fioles dans le placard, puis sortit dans l'air frais de la nuit. La marée montait, gagnant sur la vase et mordant la plage en contrebas de la maison où sa fille dormait.

— Faisons vite, lui enjoignit le fermier Johnson. Quelle est la route la plus sûre ?

— Suivez-moi, répondit la jeune femme en le guidant d'un pas sûr le long du rivage, les vagues clapotant dans l'obscurité un peu plus bas. Ils virent bientôt la maison du passeur, dans laquelle elle avait grandi, large bâtisse se découpant à l'horizon. Son frère, qui avait été réveillé par le galop empressé du cheval du fermier Johnson, levait une lanterne pour les aider à contourner la maison en bordure des eaux noires du Rife et rejoindre la route, puis mena la monture du fermier jusqu'à la pierre qui servait de montoir en marge du sentier menant au village de Sealsea.

Le fermier Johnson se hissa en selle et Alinor monta sur la pierre afin de pouvoir s'installer derrière lui, son pied sur l'étrier, calée sur l'assise.

— Tiens-toi bien, lui dit son frère.

Elle acquiesça et agrippa la large ceinture du fermier.

— Alys va passer par ici demain matin, déclara-t-elle. Elle travaille au moulin. Assure-toi qu'elle ait mangé.

— Sans faute. Que Dieu te bénisse, pour le saint travail que tu accomplis.

Le fermier fit claquer sa langue pour indiquer à sa monture de se mettre en route, et l'animal se lança progressivement dans un petit galop qui secoua les cavaliers. Alinor tint bon, une main serrée sur la ceinture du fermier, l'autre sur la sangle de la besace contenant ses précieuses herbes et fioles qui s'entrechoquaient. Le chemin de boue jusqu'au village était une succession d'ornières et de flaques, mais ils restèrent sur le côté, dans l'herbe, et ils purent bientôt voir dans le ciel plus clair le chemin qui se déroulait devant eux. Après deux miles, le cheval commença à reconnaître son environnement et ralentit au pas, puis s'engagea dans l'entrée de la ferme. Face à eux, les cavaliers purent voir les lumières passer devant les fenêtres des escaliers du bas tandis que les serviteurs s'agitaient en tous sens. Alinor sentit monter en elle cette excitation qui préludait à son travail : l'angoisse de devoir affronter une naissance compliquée, la confiance en cette vocation héritée de sa mère, à laquelle elle s'était perfectionnée seule, et pour laquelle elle était faite. C'était comme une révélation, comme se tenir sur le seuil entre la vie et la mort sans en ressentir aucune crainte.

Le fermier tira sur les rênes de son cheval et se tourna vers elle pour lui tenir son sac tandis qu'elle descendait de selle sur le montoir. Il le lui rendit ensuite et descendit à son tour.

— Par ici, venez, dit-il en laissant la monture devant la porte pour la mener chez lui. Voici la guérisseuse Reekie, déclara-t-il à une dame âgée qu'Alinor reconnut comme la mère du fermier.

— Ce n'est pas trop tôt ! répondit-elle de façon peu amicale. Vous en avez mis, du temps !

— Bonjour, maîtresse Johnson, la salua poliment Alinor. Comment se porte Margaret ?

— Mal, répondit l'autre. Elle ne peut pas s'asseoir et ne veut pas non plus s'allonger. Elle s'épuise à rester debout à faire les cent pas.

— Pour l'amour de Dieu ! s'écria le fermier. Pourquoi ne l'as-tu pas forcée à se reposer ? Madame Reekie, faites-la se reposer !

— Laissez-moi la voir, dit-elle calmement. Fermier Johnson, voudriez-vous demander que l'on m'apporte une jatte d'eau chaude ? Avec du savon et un linge ? Ah, et aussi de la bière épicée pour elle. Auriez-vous également du vin qu'elle pourrait boire chaud ?

— Je m'en occupe, je vous rapporte tout ça ! affirma-t-il. Une jatte d'eau chaude, et de la bière et du vin épicés. J'y vais.

Il fonça aux cuisines de la ferme, appelant des serviteurs à grands cris, tandis que sa mère emmenait Alinor par l'escalier en bois pour rejoindre la chambre principale.

Il régnait dans la pièce une chaleur étouffante. Des bûches étaient entassées dans la cheminée et les fenêtres étaient fermées et recouvertes par des tapisseries. Margaret Johnson se trouvait au centre, une main agrippant le poteau de bois du lit, le visage blême, et vêtue d'une robe de nuit tachée. Sa mère tentait en vain de la tirer par la main pour l'inciter à s'allonger sur le lit et se reposer, car assurément cela pouvait encore durer des jours entiers, et elle finirait par mourir d'épuisement avant la venue du bébé, ou de faim pendant l'accouchement.

— Alinor ! s'exclama la future mère dans un hoquet de douleur en la voyant entrer.

— Alors, Margaret, comment vous sentez-vous ? demanda-t-elle d'une voix douce.

— J'ai perdu les eaux, mais il ne se passe plus rien depuis, dit-elle. Et j'ai si chaud, et je suis si mal. J'ai l'impression d'avoir attrapé la fièvre... Est-ce que c'est possible ? Je manque de souffle.

— Vous pourriez avoir de la fièvre, admit la guérisseuse. (Elle nota le désordre qui régnait dans la pièce, la panique difficilement contenue par les deux aînées et la servante qui jetait une autre bûche dans le feu.) Mais il fait très chaud ici, et il est normal de manquer de souffle quand on ne cesse de tourner en rond et de parler.

— Je le lui ai dit, intervint sa mère, mais elle ne veut écouter personne, et il y a des heures que l'on demande à vous faire venir, mais Mme Johnson a dit non, et maintenant elle s'est fatiguée...

— Auriez-vous de la lavande dans le jardin ? demanda Alinor à la mère du fermier. Pourriez-vous aller m'en chercher quelques brins frais pour les mettre au sol ? (Elle se tourna ensuite vers la mère de Margaret.) Et vous, pourriez-vous aller vérifier que l'on apporte bien l'eau que j'ai demandée ?

— Les gens de maison courent dans tous les sens, répondit-elle. Je suppose qu'ils ont laissé le feu s'éteindre aux cuisines et que rien ne sera fait correctement.

— Je ne vois vraiment pas pourquoi ils seraient incapables de gérer la naissance d'un enfant, déclara Mme Johnson sur un ton acariâtre. J'en ai mis dix au monde dans ce même lit. L'un d'eux était mort-né, et un autre est né en avance…

Alinor chassa les deux femmes avant que Mme Johnson ait le temps de raconter encore d'autres histoires terrifiantes, puis le silence tomba soudain dans la pièce, seulement perturbé par le craquement du bois sec dans la cheminée.

— Il fait très chaud, dit Alinor. Ne rajoutez pas de bois.

La servante eut un mouvement de recul lorsque la guérisseuse tira la tapisserie qui obstruait la fenêtre, qu'elle ouvrit.

— Aérer la nuit ? s'inquiéta Margaret.

Alinor laissa retomber la tapisserie afin que personne ne voie que la fenêtre était ouverte, tout en permettant à l'air d'entrer dans la chambre, et la future mère poussa un soupir de soulagement.

— Les esprits vont entrer, se récria la servante en chuchotant. Ne laissez pas les esprits entrer !

— Ils n'entreront pas, trancha Alinor. Et si nous vous aidions à enfiler une robe de nuit propre ? (La mère de Margaret entra avec un bol d'eau.) Merci, lui dit-elle en le récupérant à la porte. Et la bière épicée ?

— Nous aurions tous bien besoin d'en prendre un verre, acquiesça la femme avant de retourner aux cuisines tandis qu'Alinor refermait la porte.

— Pourquoi ne pas vous asseoir pour me laisser vous laver le visage et les mains ? suggéra-t-elle.

Margaret protesta faiblement, avançant que cela pouvait s'avérer dangereux dans son état, mais elle la regarda ajouter de l'huile de lavande dans l'eau chaude. La vive odeur fraîche emplit la pièce et Alinor se mit à tamponner délicatement les tempes et la nuque de Margaret avec le mélange, puis elle lui lava les mains, les frottant doucement avec de l'huile avant de les rincer.

La future mère poussa un soupir, puis s'agrippa le ventre dans un grognement de douleur.

— J'ai l'impression d'avoir les entrailles qui se retournent.

— C'est parfaitement normal, assura Alinor avec satisfaction.

— Je ne veux pas m'allonger dans le lit d'accouchement, résista Margaret.

— Rien ne vous y oblige, lui dit la guérisseuse avec amabilité. Vous pouvez rester debout, vous asseoir, ou bien vous accroupir, c'est comme vous le souhaitez. Simplement, restez tranquille et calme.

— Il faut que je marche. Je ne peux pas rester immobile !

— Vous marcherez dans un moment, négocia-t-elle. Mais restez calmement assise pour l'instant, le temps qu'on vous apporte de la bière.

— Est-ce que ce sera long ? demanda nerveusement la pauvre femme avec nervosité. Est-ce que ce sera une torture ?

— Oh, non, la rassura Alinor. Imaginez une poule qui pond son œuf. Il se peut que ce soit aussi facile.

Margaret, dont les craintes avaient été exacerbées à l'extrême par ses aînées, regarda la jeune accoucheuse d'un air incrédule et vit son sourire confiant.

— « Facile » ? répéta-t-elle.

— Possible, oui, affirma Alinor en souriant toujours. Peut-être.

Ce ne fut pas aussi aisé que de pondre un œuf, mais ce ne fut pas non plus une torture, et Margaret ne vit pas les portes du paradis s'ouvrir devant elle, comme sa belle-mère le lui avait prédit avec certitude. Elle donna naissance à un garçon, exauçant le vœu secret de son mari, et Alinor, recevant ce miraculeux nouveau-né couvert de sang, son petit corps tout chaud se contorsionnant entre ses mains fermes, l'emmaillota dans un linge propre et le déposa sur le sein de sa mère.

— Est-ce qu'il va bien ? demanda la jeune femme dans un murmure alors que les autres femmes présentes – les deux grands-mères et trois amies venues leur tenir compagnie – buvaient de la bière à la santé de la mère et de l'enfant.

— Il est parfait, répondit Alinor en coupant le cordon avant de le nouer. Vous vous en êtes très bien sortie.

— Le baptiserez-vous ?

— Non, il ne court aucun danger et le nouveau clergé n'aime pas que ce soient les accoucheuses qui baptisent.

Elle nettoya discrètement et soigneusement l'entrejambe de Margaret et y appliqua de la mousse.

— Je reviendrai plus tard dans la journée, et chaque jour pendant une semaine, avec de la mousse fraîche, lui promit-elle.

— Et puis vous resterez ? insista la jeune mère. Vous m'aiderez avec lui ?

— Oui, accepta Alinor. Autant de temps que vous le voudrez. Mais vous verrez, bientôt vous ne voudrez plus que personne d'autre s'occupe de lui. C'est vous qu'il préférera.

Margaret sembla partagée entre la peur et la tendresse.

— Vraiment ? Est-ce qu'il ne préférera pas… (son regard se porta sur sa tyrannique belle-mère) quelqu'un qui sait comment s'y prendre ? Mieux que moi ?

— Vous verrez qu'il sera tout à vous, prédit la guérisseuse avec assurance. Pour lui, personne ne sera meilleur que vous. Et vous apprendrez tous les deux ce que vous préférez ensemble.

— Est-ce que je peux voir mon fils ? Est-ce que je peux le voir ? cria instamment le père derrière la porte de la chambre.

Il ne pourrait pas entrer ni voir son épouse pendant encore quatre semaines, mais sa mère prit l'enfant pour le lui apporter. Ils entendirent les vives exclamations et les remerciements adressés au ciel, puis ses mots d'amour pour sa jeune femme, avant que Mme Johnson ne revienne avec le nouveau-né.

— Il refuse de faire baptiser l'enfant à l'église, déclara-t-elle à Alinor dans un murmure effaré tandis que la nouvelle mère somnolait. Il dit que c'est un rite papiste et qu'un père qui craint le Seigneur nomme son enfant chez lui. Qu'en pensez-vous, madame Reekie ?

Alinor secoua la tête, refusant de se laisser attirer dans ce nouveau débat.

— Je ne sais pas ce qu'il faut ou ne faut pas faire.

— Et il dit que ma fille ne doit pas être purifiée, ajouta la mère de Margaret. En quoi est-ce une bonne chose ?

La guérisseuse resta silencieuse : tous les cultes de la nouvelle Église tendaient résolument à se débarrasser de ces rituels, à couper avec les traditions qui ne figuraient pas dans la Bible.

— C'est un homme pieux, dit-elle enfin avec diplomatie. Il doit savoir ce qui est juste.

— Il dit qu'il a prié pour la réponse, répondit la mère de Margaret d'un air méprisant. Et donc ma fille va devoir sortir du lit et reprendre le travail sans relevailles. Qu'en est-il de remercier le Seigneur pour avoir échappé à la mort et au danger ?

— Nous pouvons tous lui rendre grâce de l'avoir épargnée, ainsi que l'enfant, répondit Alinor. Que ce soit à l'église ou en privé.

— Nous devons vous remercier, vous aussi, reprit l'aînée. Vous avez hérité de tous les dons de votre mère. Vous savez si bien vous y prendre avec une femme sur le point d'accoucher que c'en est presque de la magie.

C'était un terme fort dangereux à prononcer, même en compliment. Les deux grands-mères se tournèrent vers elle et l'épièrent, curieuses de savoir ce qu'elle allait admettre.

— Cela n'a rien de magique, répondit-elle fermement. Non, ce n'est pas de la magie. Ne dites pas ce genre de choses ! Ce n'est qu'une question de confiance en notre Seigneur et en moi-même après que j'ai assisté à tant de naissances.

— Et pourtant vous n'avez pas d'autorisation de l'évêque ?

— J'en avais une, bien entendu, mais Sa Grâce n'est pas revenue à son palais de Chichester depuis des mois, depuis le siège. Je n'ai pas arrêté de demander, mais personne ne sait comment une accoucheuse peut obtenir une autorisation ces jours-ci.

Les deux aînées secouèrent tristement la tête.

— En tout cas, il vous faut une autorisation, décréta Mme Johnson, parce que je ne connais pas une seule femme sur l'île de Sealsea qui ferait confiance à qui que ce soit d'autre que vous pour l'assister lors de son accouchement.

Après un instant, elle ajouta :

— Même si ce qui est arrivé à votre belle-sœur est regrettable.

Alinor fut transpercée par le chagrin.

— Oui, concéda-t-elle. Certaines choses restent un mystère. Il s'agit de la volonté de Dieu, pas de la nôtre. Je suis si heureuse que Margaret soit saine et sauve.

— Et avoir un homme pour accoucheur, quelle chose peu chrétienne ! Quel genre de femme légère pourrait vouloir d'un homme dans ces moments-là ?

— Je suis heureuse que tout se soit si bien passé, répéta Alinor en rassemblant ses affaires.

Elle mit dans son sac le couteau aiguisé servant à couper le cordon, le fil propre pour faire le nœud, les fioles d'huile, la teinture d'arnica et l'herbe de la Saint-Jean pour les coups et la douleur.

— Je reviendrai cet après-midi, ajouta-t-elle.

— Vous reviendrez au matin ? s'enquit Margaret d'une voix ensommeillée.

— Nous sommes déjà au matin, lui répondit la guérisseuse en soulevant un coin de la tapisserie pour voir la lumière vive d'un nouveau jour d'été. Votre premier matin en tant que mère. La première aube de votre fils.

— Vous verrez beaucoup d'autres levers de soleil, prédit funestement la belle-mère. Tous les enfants de notre famille se lèvent à l'aurore.

La jeune mère sombrait déjà dans le sommeil, confortablement installée sur son oreiller dans le meilleur lit.

— Ne tardez pas, insista-t-elle en ouvrant un œil et en souriant à Alinor. J'attendrai votre arrivée cet après-midi.

— Je ne tarderai pas, vous pouvez compter sur moi.

Le fermier Johnson la renvoya chez elle au point du jour, en selle derrière un valet qui la ramènerait jusque chez son frère. Alinor, assise haut sur le cheval de trait, levait les yeux sur le fin croissant de lune semblable à un morceau de pièce d'argent dans le ciel pâle, l'eau montant dans le Rife, quand elle vit une silhouette sur l'autre rive. Un cavalier faisait route vers le bac, et elle le reconnut immédiatement. James Summer, l'homme qu'elle aimait, lui était revenu sous un mois comme il l'avait promis.

Alinor descendit de selle, remercia le garçon d'écurie et se tourna pour voir son frère tirer de toutes ses forces le bac d'une rive à l'autre grâce à la corde suspendue. Elle vit James mener sa monture pour lui faire descendre la digue, puis l'animal avancer avec hésitation sur le bac instable. Les deux hommes firent la traversée en silence, puis se positionnèrent chacun d'un côté du cheval pour le débarquer et lui faire grimper les pavés sur l'île.

— Il devrait être habitué, depuis le temps. Il a traversé une bonne dizaine de fois, dit Ned à James tout en caressant le museau de l'animal. J'ai vu des chevaux se faire aux bruits des canons et des mousquets en une seule journée. C'est un cheval de l'île, alors il connaît le bac. Il se moque de vous, voilà tout.

— Avez-vous vu la cavalerie à la guerre ? demanda James avant de tourner la tête vers elle pour lui adresser par-dessous son chapeau un sourire rien que pour elle. Le bonjour à vous, madame Reekie. Vous vous levez de bien bonne heure.

— Oui, à Marston Moor, répondit Ned en nommant la première grande victoire d'Oliver Cromwell. Tout reposait sur la cavalerie. Beaucoup d'entre nous n'avaient jamais vu de combat et s'étaient seulement entraînés dans les champs à tenir une position sans battre en retraite face à une charge, à faire des quarts de tour et à se replier pour reformer les rangs. Les chevaux, eux, agissaient comme si c'était naturel.

— C'est ce que j'ai entendu dire, répondit platement James.

Il paya le penny de sa traversée et Ned glissa la pièce dans sa poche.

— Il me semble que votre seigneur était dans le camp d'en face, provoqua-t-il son passager. Sir William. Dans le camp des perdants. Dieu a donné la victoire à ses fidèles et sir William était du mauvais côté. Il n'était pas le seigneur et maître, ce jour-là.

— Je ne le connaissais pas, à ce moment-là, esquiva James. Je n'ai pris que le mois dernier mes fonctions à son service en tant que tuteur pour son fils afin de le préparer pour Cambridge.

— Et avant ? l'interrogea Ned d'un air suspicieux.

— Je vous demande pardon ?

— Qu'est-ce que vous faisiez avant ?

— J'enseignais au sein d'une autre famille, mentit James sans hésiter.

— Et vous êtes aussi le tuteur de mon neveu, n'est-ce pas ? Je suis l'oncle de Rob et le frère de Mme Reekie.

— C'est vrai, dit James avec enthousiasme. Et j'ai bien sûr entendu parler de vous, monsieur le passeur. Robert est un jeune homme à l'esprit très affûté. Quand maître Walter partira pour l'université, je pense que Robert pourrait se trouver un apprentissage, peut-être comme aide d'un médecin. Il en sait plus que moi sur les remèdes, les herbes et les huiles. C'est un jeune homme tout à fait épatant.

Il adressa en douce un sourire à Alinor, qui était toujours à côté du cheval du fermier et regardait la scène entre les deux hommes.

— La pomme ne tombe jamais loin de l'arbre, répondit Ned avec fierté. D'ailleurs, Alinor a tout appris de notre mère, qui elle-même tenait ses connaissances de ses aïeux.

James sourit une nouvelle fois à la jeune guérisseuse, la dévisageant en tentant d'interpréter son silence. Elle n'avait encore pas dit un seul mot. Il n'aurait jamais pu le deviner, mais elle remerciait intérieurement le Seigneur de pouvoir le revoir, s'émerveillant qu'il soit bien revenu, comme il l'avait promis ; elle était consciente de la joie simple qu'elle éprouvait en voyant son beau visage, les épaisses boucles de ses cheveux foncés et la splendide courbe de ses lèvres. Il avait tenu parole et était revenu – c'était ce qui la surprenait le plus. Il avait tenu sa promesse, et la chaleur du désir qu'elle éprouva alors ressemblait à de la gratitude d'avoir face à elle un homme conforme à ses espoirs, digne de son amour, qui lui semblait aussi naturel et incontrôlable que les grandes marées d'été.

— Elle a passé toute la nuit à s'occuper d'une naissance, déclara Ned à sa place avant de se tourner vers elle. Est-ce que tout va bien ? Dieu a veillé sur eux pendant l'accouchement ?

— Oui. Elle a eu un garçon, répondit-elle en revenant à la réalité. Il est fort et bien fait. Elle aussi va bien. Je retournerai les voir plus tard.

— Allez-vous vous reposer, pour le moment ? s'enquit James.

— Oh, non. Bien sûr que non, dit-elle en souriant de son ignorance. J'ai tout mon travail à faire à la maison et dans le jardin. Et cet après-midi je viendrai cueillir les prunes, je retournerai rendre visite à la mère et à son enfant, puis j'irai au moulin pour le glanage et la fête des moissons. Est-ce que sir William viendra voir le résultat des récoltes ?

Il comprit tout de suite qu'il s'agissait d'une excuse parfaite pour la voir.

— Je ne sais pas. Je me rends de ce pas au manoir, mais si sir William s'y rend, je l'accompagnerai avec Walter et Robert.

— J'aimerais beaucoup voir Rob, dit-elle. Sir William assiste d'ordinaire à la fête des moissons au moulin, parce que c'est la plus grande ferme sur ses terres.

— J'espère pouvoir venir, dans ce cas. Vous retrouverons-nous là-bas ?

— Oui, à la tombée de la nuit.

— Y aura-t-il des danses ? demanda-t-il comme s'ils étaient simplement un garçon et une fille, et qu'il pouvait s'incliner devant elle pour lui prendre la main et l'inviter à danser.

— Après le repas, confirma-t-elle. Simplement un violon et les danses traditionnelles de la moisson.

Il n'osa pas lui demander si elle accepterait de lui en accorder une.

— J'aimerais tant…

— Quoi ? demanda-t-elle avec un soudain intérêt.

Elle l'imagina poser la main sur sa taille et la guider, leurs pas coordonnés.

— … vous voir à la fête des moissons, termina-t-il bêtement.

Puis il adressa un signe de tête à son frère, s'inclina devant elle, posa le pied sur le montoir et sauta en selle avant de lancer sa monture sur le chemin menant au prieuré sans un regard en arrière.

— Quelqu'un d'agréable, même s'il a tout l'air d'un grand seigneur, déclara Ned en épiant sa sœur avec attention.

Elle se tourna vers lui avec une expression parfaitement neutre.

— Je suis tellement contente qu'il enseigne à Rob, se contenta-t-elle de dire. C'est une si grande chance pour lui.

— Il commence son travail et part seulement une semaine plus tard. Étrange.

— Il leur a laissé des leçons. Rob m'a dit qu'ils allaient à la bibliothèque tous les matins pour lire et faire les exercices qu'il leur a préparés : traductions, mathématiques et lecture de carte – toutes sortes de choses.

— Est-ce qu'il respecte la Parole de Dieu ? lui demanda-t-il avec insistance.

— Oh, je pense que oui. Son sermon à la chapelle de sir William était très bon et il s'est tenu devant une table. Il n'a pas utilisé l'autel une seule fois, et tous les objets en or et en argent, avec toutes les belles étoffes brodées, ont dû être remisés. Il n'y avait aucune tapisserie, ni aucune statue, ni aucun autre signe de richesse. Il fait partie du nouveau clergé.

— Ça va, alors, dit-il. (Il tentait de passer outre au malaise qu'il ressentait en la voyant si rayonnante, et en repensant à la façon dont cet étranger avait posé les yeux sur elle – comme s'il était surpris de trouver une femme comme elle dans un endroit comme celui-ci.) Ça va, je suppose.

Elle acquiesça en conservant parfaitement son calme. Ned n'était pas comme elle, et il ne pouvait pas la comprendre.

— Il se montre très amical, ajouta-t-il comme s'il s'agissait d'un défaut.

— Je ne trouve pas. Il est simplement le tuteur de maître Walter. Son travail est de faire découvrir à son élève tout ce qu'il doit savoir, et il le fait avec Rob aussi.

— Il est bel homme, déclara Ned.

— Tu trouves ? s'étonna-t-elle avec le même air qu'Alys quand elle lui avait parlé du fils du fermier Stoney au moulin. Je n'avais pas remarqué.

Dès que James Summer arriva à la ferme du moulin en compagnie de sir William, maître Walter, Rob et le valet, il comprit qu'il n'aurait jamais dû venir. Il était pleinement évident qu'ils étaient la grande famille du manoir, celle à qui appartenaient ces terres : ils arrivaient sur leurs chevaux, prêts à se laisser divertir par les fêtes paysannes. Sir William était sur le dos de son destrier et Walter montait le cheval de chasse de son père ; James chevauchait un pur-sang noir, et même Rob s'était vu attribuer le splendide cob qui avait jadis servi à tirer le carrosse des dames. Tous les quatre, suivis par le valet, franchirent le portail blanc de la cour du moulin en trop grande pompe, dans de trop beaux habits, comme s'ils faisaient partie de la famille royale : ils s'abaissaient à respecter les coutumes du bas peuple, finançant les loisirs des petites gens.

M. Miller arriva dans la cour et s'inclina profondément devant son seigneur, son tout jeune fils Peter à côté de lui. Son épouse sortit en trombe de la cuisine, jetant précipitamment son tablier souillé et essayant de se faire passer pour une dame raffinée, et non une matrone venant d'arroser son rôti de jambon. Jane la suivait en courant, enfonçant son plus beau bonnet sur ses cheveux foncés. James fut saisi par la blancheur éclatante des meilleurs tabliers de la mère et de la fille Miller, par la raideur de leurs dentelles, et par la fausseté de leur sourire.

Les travailleurs qui se disaient les fidèles de Dieu, et savaient parfaitement que sir William avait été dans le camp du roi, se découvrirent avec réticence au passage de leur seigneur, puis lui tournèrent le dos. Ils ne le portaient pas dans leur cœur, et n'avaient aucune pitié pour le monde d'avant ou les traditions. Il n'y aurait pas pour eux de bouquets de moisson, ni de danses pour célébrer la fin de la récolte. Ceux qui aimaient les traditions, et qui ne refusaient jamais un verre, attendaient avec impatience le début des festivités et accueillirent sir William par des hourras, espérant qu'il paierait la bière des moissons. Les femmes sourirent et firent de grands signes à Walter après avoir adressé de belles révérences à sir William. Aucune ne put détacher son regard de James Summer, perché sur son cheval noir, ressemblant à une de ces sculptures d'ange que l'on trouvait dans les vieilles églises.

Alinor prit une grande inspiration et détourna son regard de lui. Elle essaya de sourire à son fils, mais elle se rendit compte qu'elle rougissait, honteuse de sa jupe cousue main couverte de la poussière des champs jusqu'aux genoux, et de sa chemise auréolée de transpiration au niveau des aisselles.

— Madame Miller, salua sir William avec amabilité. (Elle fit une révérence si brusque et maladroite qu'on aurait dit un sac de maïs qui tombait au sol.) Je prendrai un verre de votre bière maison.

La femme retourna à l'intérieur sans attendre pour rapporter le plus beau broc tandis que son époux attrapait les rênes de la monture du seigneur en attendant que celui-ci daigne mettre pied à terre.

— Les récoltes ont-elles été bonnes ? s'enquit sir William en regardant à l'intérieur du grenier les bottillons, entassés sur le sol soigneusement nettoyé en attendant d'être battus.

— Moyennement, répondit le meunier avec précaution.

Il lui faudrait payer son dû à son seigneur pour les récoltes, et un autre à l'Église, alors il ne servait à rien de se vanter.

— Resterez-vous manger, sir William ? demanda Mme Miller, à bout de souffle, en tendant à sa fille le précieux broc avant de lui faire signe de verser la première bière des moissons. Vous, et bien sûr maître Walter, et aussi...

Elle coupa court à son invitation lorsque son regard s'arrêta sur cet étranger qui avait tant de prestance, et attendit impatiemment les présentations.

— Voici M. Summer, annonça le seigneur à l'assemblée. Il est venu de Cambridge pour enseigner à mon fils.

Il y eut un sursaut d'intérêt. Le fait qu'il vienne de Cambridge suggérait qu'il était pieux. Tout le monde savait que le cœur de la réforme était Cambridge, tandis qu'Oxford avait été le quartier général des armées du roi. James Summer inclina son chapeau pour accepter l'attention de la foule et prit garde à ne pas poser les yeux sur Alinor. Celle-ci avait le regard soigneusement porté sur ses chaussures poussiéreuses attachées à l'aide d'un cordon.

— Soyez tous les bienvenus, s'exclama généreusement le meunier en essayant d'oublier ce que cela lui coûterait à la fin d'offrir le couvert à tous ces gentlemen.

Sir William descendit lourdement de selle et son valet récupéra sa monture. L'aide du meunier, Richard Stoney, s'avança et s'occupa d'emmener les autres chevaux aux écuries. Rob rejoignit sa mère et sa sœur au milieu des glaneuses, s'agenouilla pour recevoir la bénédiction de la première, puis se releva pour la prendre dans ses bras.

Alinor l'embrassa, consciente d'avoir le visage couvert de sueur et les mains sales, puis adressa une révérence à maître Walter, sir William et le tuteur. James la regarda brièvement, mais il lui était impossible de traverser la cour pour l'approcher à la vue de tout le monde.

— Nous finissons justement de ramener le dernier chariot, annonça Mme Miller avec satisfaction. Vous pouvez le voir qui arrive, monsieur. Monsieur Summer, vous devez savoir que nous faisons pousser ici le meilleur blé du Sussex.

— Mais la récolte n'a été que moyennement bonne, s'empressa d'ajouter son époux. Beaucoup de rouille cette année, avec la pluie… Des pluies terribles. Et c'était avant même que les rats s'attaquent au blé.

— Je vois cela, répondit James avec bonhomie en regardant par les portes ouvertes du grenier.

— Et c'est Alys Reekie qui a été élue reine des moissons, dit Mme Miller à regret. Les jeunes l'ont choisie. Ils ne voulaient personne d'autre, même si certaines étaient mieux placées, Dieu m'en est témoin.

James, observant avec intérêt la jeune demoiselle, comprenait aisément que le titre de reine des moissons n'ait été aucunement disputé. Avec ses traits fins et réguliers, et ses yeux bleu foncé, elle était de très loin la plus belle fille parmi les glaneuses. On lui avait enlevé son modeste bonnet blanc, et ses cheveux blonds lui tombaient en vagues sur les épaules. On avait passé un sarrau blanc brodé par-dessus ses vêtements de travail, et placé une couronne de blé sur sa tête, or sur or.

— Et c'est Richard Stoney qui est le roi des moissons.

— Est-ce que nous sommes prêts ? demanda M. Miller alors que le dernier chariot entrait dans un grand fracas.

Les hommes se dépêchèrent d'aller le décharger, et Richard Stoney sortit des écuries. On lui remit une couronne de blé tressé, que l'on plaça sur ses cheveux bruns bouclés.

M. Miller ferma les portes de la grange dans un geste cérémonieux, puis les jeunes glaneuses, Jane Miller parmi elles, et les jeunes faucheurs formèrent une ligne devant comme pour en barrer l'accès. Alys et Richard allèrent se placer à l'autre bout de la cour, les garçons de ferme les chahutant et les jeunes filles chantonnant le nom d'Alys. Sir William, qui connaissait bien ces jeux des moissons, attendit que le couple se tienne côte à côte, puis leur lança :

— Prêts ?

— Oui ! répondit Richard pour eux deux.

— Partez ! déclara le seigneur.

Le roi et la reine des moissons s'élancèrent dans la cour pavée en direction des portes de la grange, esquivant et se tortillant afin d'échapper à leurs camarades qui fondaient sur eux en leur jetant des jarres d'eau et des poignées de balle pour essayer de les empêcher de franchir les portes. Le couple lutta, poussant, feintant et plongeant. Richard attrapa Alys par la main et la délivra d'un groupe de jeunes garçons sous les acclamations des adultes, puis le roi et la reine parvinrent enfin à poser chacun une main sur le grand anneau de fer des portes, qu'ils ouvrirent en déclarant la récolte en sécurité.

Tout le monde applaudit. Alinor remarqua le regard brillant qu'échangèrent les deux jeunes gens, ainsi que leur façon de se détourner l'un de l'autre pour rejoindre leurs amis, Richard retournant avec le torse bombé vers le groupe des garçons de ferme qui le bousculèrent gaiement et tirèrent sur sa couronne de paille, tandis qu'Alys courait vers les filles en gloussant, les joues rouges. Mme Miller servit la bière en tendant le premier gobelet à sir William, et les moissonneurs assoiffés se rassemblèrent autour d'elle pour récupérer le leur. Alinor tourna la tête et vit que James se tenait à côté d'elle.

— Votre fille est très belle, dit-il.

— C'est vrai, renchérit-elle doucement.

Ils souffraient de ne pas pouvoir parler plus intimement devant tout le monde, car tout ce qu'ils avaient à se dire ne pouvait s'avouer au grand jour ; mais on ne devait pas les voir échanger à voix basse.

— Vous êtes rentré sans encombre ? finit-elle par lui demander.

— Oui, répondit-il avec une certaine gêne. Oui, oui. Êtes-vous retournée auprès de la jeune mère ? Se porte-t-elle bien ?

— J'y suis allée cet après-midi, et j'y retournerai encore demain. J'aime bien rendre visite à celles qui ont un nouveau-né, même si elles ont leur mère auprès d'elles.

Il était sur le point de lui demander si elle accepterait qu'il vienne la voir chez elle ce soir-là, après la fête, mais il se retint. Son frère descendait le sentier qui reliait le bac au moulin en compagnie de son vieux chien Red, qui lui tournait autour.

— J'ai besoin de vous voir, déclara James avec insistance. Ailleurs. Pas devant tous ces gens. Seule.

— Je sais, je sais, répondit-elle dans un souffle.

— Est-ce que je peux venir ce soir ? s'enquit-il tout bas.

Elle n'eut toutefois pas le temps de répondre, car Ned arriva et le salua d'un bref signe de la tête.

— Bonjour, monsieur, dit abruptement le passeur. Je vois que vous êtes venu rendre visite aux pauvres de la paroisse. Je suppose que vous êtes en faveur des traditions : la reine et le roi des moissons ?

— Tant que les jeux ne sont pas trop décadents, répondit James en essayant de retrouver une certaine contenance.

— J'imagine que tu ne danseras pas ? demanda Ned en se tournant vers sa sœur.

— Non, mais Alys peut, n'est-ce pas ?

Son frère fronça les sourcils, sur le point de refuser.

— Rien n'interdit quelques danses à la fête des moissons, intervint James. Oliver Cromwell lui-même ne s'oppose pas à un verre de vin et à des célébrations dans le respect de Dieu.

— Mais il ne tolérerait pas les danses païennes, rétorqua sèchement Ned. Et la fête des moissons, avec le roi et la reine des moissons, est à la fois païenne et royaliste.

James tenta de réprimer un éclat de rire, mais Ned, rouge de colère, s'insurgea :

— La situation de ma sœur est délicate. Vous ne pouvez pas comprendre, monsieur Summer, mais c'est une petite île où personne n'a rien de mieux à faire que parler.

— Personne ne parle dans mon dos, dit Alinor, et tout le monde sait qu'Alys est ta nièce et une enfant pieuse. Elle peut danser avec ses amis, Ned. Ce n'est rien de grave !

— Comme tu voudras, céda-t-il d'un air bougon, mais vous devrez partir toutes les deux avant que les faucheurs aient trop bu.

— Bien entendu. Tu sais bien que je le fais tout le temps.

Les tables avaient été installées sur les tréteaux dans la cour du moulin et les plateaux de nourriture avaient été apportés. Sir William se tenait à un bout de la table tandis que le meunier et sa femme étaient à l'autre extrémité.

— Voulez-vous bien dire le bénédicité, monsieur Summer ? demanda le seigneur.

James dut laisser Alinor sans un dernier mot pour aller prendre sa place et joindre les mains pour dire la prière.

Ned écouta attentivement, essayant de déceler des traces de l'ancienne doctrine, mais James Summer s'exprima dans un anglais simple et compréhensible, sans aucune fioriture, comme n'importe quel pasteur de l'armée.

— Amen ! dirent-ils tous en chœur avant de s'asseoir comme ils pouvaient sur les bancs et les tabourets.

Seul sir William eut droit à la grande chaise à dossier apportée expressément pour lui. À côté de lui étaient assis le meunier et James Summer, tandis que Rob avait pris place un peu plus loin, en face de Walter. Mme Miller était à l'autre bout, sa fille sur sa droite. Sir William but un verre de la bière des Miller, mais il ne mangea pas. Il resta assis quelque temps, puis fit signe à son valet d'aller chercher son cheval.

— Je vous adresse encore mes vœux de prospérité et je vous laisse, à présent, annonça-t-il avant de se tourner vers James. Les garçons peuvent rester pour danser s'ils le souhaitent.

— Ils ne resteront pas trop longtemps, promit le tuteur.

Sir William lui adressa un clin d'œil complice.

— Laissez-les donc boire un verre de bière ou deux, et profiter de quelques danses avec une jolie fille, dit-il. Pourquoi pas aussi un baiser et quelques cabrioles derrière un tas de foin si le père a le dos tourné !

Certains hommes à proximité s'esclaffèrent de cette allusion grivoise, mais la plupart se raidirent.

James n'osa pas regarder Ned, qui tremblait d'indignation.

— Non, non, répondit-il sur le ton de la réprimande. Ils se comporteront dignement.

Le seigneur partit d'un éclat de rire, comme pour dire qu'il se fichait éperdument de la dignité à la fête des moissons, et il alla se poster sur le montoir en attendant que son valet avance son destrier, puis le tienne pour qu'il se hisse en selle. Sir William récupéra alors les rênes et adressa un dernier signe de tête à l'intention des Miller et de tous ceux attablés là.

— Bonnes récoltes ! lança-t-il en souriant lorsqu'ils levèrent leurs chopes et gobelets pour lui rendre la politesse.

Puis il s'éloigna sur son cheval, suivi par son valet. Alinor sentit le regard de son frère peser sur elle.

— Qu'est-ce qu'il y a ? lui demanda-t-elle.

— Ça me met les nerfs en pelote de l'entendre parler comme ça, s'exclama-t-il. Il a perdu la guerre, on détient son roi, mais il se promène partout comme si tout lui appartenait – parce que tout lui appartient toujours ! Comment est-ce possible que tout ait changé, mais que ça n'ait rien changé ? Comment est-ce qu'il peut suggérer que maître Walter trousse une fille derrière une botte de paille comme si elles étaient toutes tenues de lui obéir au doigt et à l'œil ? Comme si les filles d'ici étaient aussi légères que la maîtresse londonienne de ce vieux bouc.

— Tais-toi, se récria-t-elle vivement. Ne va pas gâcher la fête.

— Elle est déjà gâchée, en ce qui me concerne, rétorqua-t-il, furieux.

— Allons Ned, pourquoi cette tête de six pieds de long ? le piqua le forgeron de Birdham. Je pensais que les nouvelles du Nord t'auraient mis en joie.

Ned leva brusquement la tête, comme un chien de chasse au son du cor.

— Je n'ai pas reçu de nouvelles du Nord, s'exclama-t-il. Qu'est-ce que tu as entendu dire ?

Quelques hommes se tournèrent vers le forgeron.

— Et d'abord, qu'est-ce que t'en sais ? lui demanda l'un d'eux d'un air dubitatif.

— C'est parce que j'ai ferré le cheval d'un bougre qui transportait les journaux, et il m'en a donné un. Il avait le *Moderate Intelligencer* à vendre. Il me l'a montré et lu. Puis il me l'a donné en paiement, déclara le forgeron en brandissant le journal mal imprimé plié en quatre.

— Lis-le-nous ! lança quelqu'un.

— Je ne sais pas très bien lire, avoua-t-il, mais il m'a dit que c'étaient de bonnes nouvelles pour le Parlement.

— Tiens, donne-le-moi, décida Ned avec impatience. Je vais lire.

Les hommes se réunirent autour de lui alors qu'il étalait le journal sur la table sans prêter attention aux plats que l'on apportait depuis les cuisines, et il se mit à lire lentement :

À Warrington, le 20 août. La victoire de la foi.

— La victoire pour l'armée ? demanda quelqu'un.

—Dieu soit loué. Attendez, attendez, je lis. Oui. On dirait un rapport précis des événements. C'est quelqu'un qui raconte comment la bataille s'est déroulée. Il est dit qu'Oliver Cromwell a rejoint la troupe de John Lambert – c'est la cavalerie – à temps pour affronter les Écossais à Preston et les couper en deux. C'est une victoire. Dieu nous a sauvés : les Écossais sont défaits.

—Dieu nous bénisse. Nous ne craignons plus rien ?

—Est-ce qu'il y a des détails ?

—Beaucoup de morts ?

—Mauvais temps, mmmh… mmmh… Ah, écoutez… Je vous lis.

> Après une marche ardue et éreintante, semée d'obstacles et d'embûches, par un temps trop mauvais pour la saison et des routes rendues impraticables, le lieutenant général Cromwell rejoignit la brigade du Nord et jeudi, très tôt dans la matinée, notre armée marcha sur Preston, où l'ennemi était positionné, Écossais et Anglais mélangés. Ceux-ci furent grandement effrayés par l'avancée confiante de nos troupes, qui formèrent les rangs dans la lande à deux miles à l'est de Preston. Nos enfants…

—Quoi ? s'inquiéta soudain une des femmes.

—Nos « enfants perdus ». C'est notre avant-garde, ceux qui ont le travail le plus dur, expliqua Ned avant de reprendre sa lecture :

> … avec un vaillant courage, malgré la difficulté du terrain et les haies qui jouèrent beaucoup contre nous, continuèrent d'avancer, de charger plusieurs troupes ennemies pour les mettre en déroute et ainsi gagner du terrain.

— Ils se sont battus seuls ?

— Désespérément seuls, répondit Ned en fronçant les sourcils.

Ils affrontèrent l'ennemi à plusieurs reprises et firent preuve d'un grand courage. Puis, vers 16 heures, quand le champ se fut suffisamment élargi, notre infanterie se jeta avec une férocité extraordinaire dans la bataille au secours de notre avant-garde.

— À Preston ?

— C'est ce qui est dit.

— C'est très loin au sud pour les Écossais, s'exclama quelqu'un avec nervosité. Ils étaient presque à Manchester ?

— Oui, répondit gravement le passeur. C'est inquiétant. Nous pouvons tous remercier le Seigneur d'avoir envoyé le général Cromwell pour les arrêter avant qu'ils n'aient pu avancer encore plus.

— Il a réussi à les arrêter ? C'est sûr ? C'est écrit qu'il les a vaincus ?

— Je vais lire la suite…

Le combat fut rude et amer, certains de nos hommes ayant été blessés et des chevaux abattus, car nous gagnâmes haie après haie, celles-ci étant chaque fois lourdement gardées, et une portion de route après l'autre, dans une abondance de dangers et de courage…

Ned s'arrêta une nouvelle fois.

— On dirait qu'ils ont combattu dans de profondes ornières, qu'ils ont dû franchir des haies épaisses qui rendaient la progression des troupes difficiles, et que l'ennemi a tiré profit de ce terrain compliqué. Mais écoutez…

> L'ennemi continua de céder du terrain, repoussé par notre cavalerie jusqu'à Preston, qui fut libérée.

— Preston ? s'étonna encore quelqu'un.

— Oui.

— Que Dieu nous protège ! dit une des femmes.

— C'est une victoire, conclut Ned après avoir lu encore quelques lignes. Même si on était très inférieurs en nombre, on les a pourchassés jusqu'à Warrington et on a mis fin à leurs jours. (Il rayonnait de bonheur.) Il est dit ici que…

> Notre devise fut d'abord « la Vérité » ; au cœur de la bataille, nous changeâmes pour « la Vérité et la Foi ». Ce fut pour la Vérité et par la Foi que nous agîmes.

— Seigneur, comme j'aurais aimé y être, regretta Ned en relevant la tête. Mais le simple fait de lire ce récit me rapproche de Dieu… Ah ! « La Vérité et la Foi » comme devise, et le général Cromwell aux commandes !

— Monsieur le passeur, je vous saurais gré de bien vouloir ôter ce vilain journal de ma table, l'interrompit sèchement Mme Miller, et de cesser de vous ridiculiser en gâchant la fête des moissons avec vos histoires de guerre. Et puis dites à votre chien de quitter ma cour.

Rien n'aurait pu moucher la joie de Ned, mais il récupéra le journal comme on le lui ordonnait et dit à Red de filer, avant de marmonner :

— C'est une grande nouvelle pour le Parlement et l'armée.

— Ce sont encore d'autres nouvelles de la guerre, et certains d'entre nous en ont assez, trancha-t-elle. De plus, nous avons des invités qui pourraient ne pas s'émouvoir autant que vous de vos grandes nouvelles.

Walter rougit et sembla mal à l'aise, mais James Summer ne trahit aucune réaction.

— Au moins n'y aura-t-il pas de combats ici, dit-il habilement. Tous les hommes bons doivent prier pour la paix. Peut-être, monsieur le passeur, accepteriez-vous de faire la lecture de ce journal à ceux qui le veulent après le repas ? Je serais, pour ma part, heureux d'entendre les nouvelles.

— Vous ne les savez pas déjà, monsieur ? s'enquit abruptement Ned. Vous avez été absent pendant des semaines, et vous venez à peine d'emprunter vous-même la route de Chichester. Personne ne vous a dit quoi que ce soit en chemin, depuis là où vous étiez ?

— Non, je n'ai rien entendu dire, mentit James.

On lui avait appris la terrible nouvelle de la défaite écossaise dans un refuge à Southampton. Son hôte, livide, lui avait annoncé : « Les Écossais ont battu en retraite. Ils ne le sauveront pas. Que Dieu protège le roi. Qu'Il le protège, car je pense qu'il est perdu, à présent. »

James avait maudit le sort s'acharnant sur ce roi qui s'en était remis à un allié aussi peu fiable que les Écossais, mais qui n'avait pas voulu engager la flotte sous le commandement de son propre fils. Menée par un général compétent, cette invasion aurait pu renverser le cours de la guerre, mais les meilleurs généraux royalistes étaient morts ou révoqués, et le roi n'était pas sur le champ de bataille avec son étendard, mais en prison à rédiger toutes sortes d'ordres contradictoires.

— Je suis en fait venu par la côte, je ne m'en viens pas de Londres, ajouta-t-il en cachant sa tristesse. Je savais que l'armée était partie dans le nord pour affronter les Écossais, mais cette victoire est une nouvelle pour moi.

— Et puis un gentleman n'a nul besoin de se justifier auprès d'un passeur, intervint Mme Miller. Très cher monsieur Summer, voudriez-vous nous faire l'insigne honneur de couper la viande ?

Un énorme jambon fut posé devant James, qui était désormais l'invité d'honneur, et celui-ci le trancha. Le meunier, quant à lui, découpait des parts de tourte de gibier, pendant que Mme Miller versait du bouillon de poulet dans des bols en bois qu'elle faisait passer autour de la table. Jane, elle, se rendit à la laiterie pour chercher plus de beurre.

— Pas trop épaisses, imposa Mme Miller en veillant jalousement aux portions.

— C'est un jambon impressionnant, la félicita-t-il.

— Je le fais moi-même, dit-elle. Et j'en aurai quatre autres dans la cheminée cet hiver. Je ne suis pas peu fière de mes jambons.

James réprima un sourire narquois. Il n'osa pas se tourner vers Alinor pour voir si elle avait entendu la meunière se vanter.

— Vous avez une très belle ferme, la complimenta-t-il pour changer de sujet tout en passant le plateau chargé de fines tranches.

— Certains vont goûter de la viande ce soir à ma table et n'en auront plus avant Noël, déclara-t-elle avec complaisance. Je pense qu'il faut continuer à faire comme dans le temps : payer peu mais nourrir généreusement. C'est comme ça qu'on tient une bonne ferme.

— Je suis sûr que vous avez raison, dit-il en se disant que la paie devait être effectivement très maigre.

— Certains de nos voisins… Ah, je ne sais pas comment ils font pour s'en sortir, confia-t-elle. Ils dépendent des bocages pour avoir de quoi manger, imitant les oiseaux en picorant des baies et des plantes ramassées où ils peuvent.

Son regard jaloux glissa le long des rangs de convives jusqu'à Alinor et sa fille. Tout le monde autour d'eux se servait en nourriture, se passant les plats de viande, le pain, le bouillon, les légumes, et versant gobelet après gobelet de cette bière des moissons, un brassin spécialement préparé avec des épices pour l'occasion.

— Les temps sont durs, répliqua simplement James.

— Prenez Mme Reekie, par exemple…

Malgré son instinct qui lui criait de faire taire cette mégère, James ne put s'empêcher de se pencher en avant pour écouter la suite du ragot.

— … L'hiver dernier, elle était au bord de la famine, je le jure. Elle venait toquer à la porte pour qu'on lui donne du travail, n'importe quoi. Je lui achetais ses herbes par charité. Mais maintenant, elle s'est payé un bateau avec de l'argent sorti de nulle part, et son fils a été engagé au prieuré, et sa fille fait les yeux doux à Richard Stoney, qui est un fils de fermier – et fils unique, donc il héritera forcément de la ferme ! Comment est-ce possible ? Parce que je sais de source sûre que son frère ne possède rien d'autre que le bac et ce qui lui reste de sa solde, et tout le monde sait que son mari a disparu depuis des mois.

— Je suis le tuteur de Robert, dit-il avec méfiance. Il est un bon compagnon pour maître Walter et on le paie pour ce service. Mme Reekie est très appréciée au prieuré.

— Par qui ? s'exclama-t-elle comme pour le prendre en défaut. Qui pourrait bien apprécier une pauvresse au point d'engager soudain son fils comme compagnon pour maître Walter ? Il y a deux mois encore, son garçon travaillait pour moi à effrayer les corbeaux après l'école, et il était content d'avoir un travail. Il allait pieds nus la plupart du temps. Alors où est-ce qu'elle aurait pu trouver l'argent pour le bateau, quand elle n'avait même pas de quoi lui acheter des chaussures ?

James, sachant fort bien que cet argent était le prix du silence d'Alinor sur sa véritable identité, avança timidement qu'elle avait peut-être des économies.

— Quelles économies ? rétorqua l'autre dans un rire dédaigneux. Elle n'a rien du tout ! Je dis toujours à mon mari qu'il faut prier Dieu pour qu'elle ne demande jamais l'aumône, parce que nous sommes une pauvre paroisse et que nous ne pouvons pas aider tout le monde, surtout les femmes qui ne sont ni veuves ni épouses, et qui ont un fils et une fille à nourrir. Nous ne pouvons pas prendre en charge une femme qui est peut-être belle, mais qui n'a pas suffisamment de jugeote pour garder son homme auprès d'elle.

— Elle possède son savoir, son bateau et ses plantes, dit-il. Je suis sûr qu'elle peut se débrouiller seule.

— Elle n'a pas à se débrouiller seule ! protesta Mme Miller. Elle n'est ni veuve ni épouse et, quand elle traverse la cour, le travail s'arrête brusquement comme si la reine de Saba dansait chez moi. Si son mari est parti, elle devrait se déclarer veuve et se remarier – si quelqu'un veut bien d'elle, avec tout ce qu'on dit sur son compte. Si son mari est vivant, elle devrait faire en sorte qu'il rentre. Alors, nous saurions tous à quoi nous en tenir. En l'état, elle n'apporte que des soucis à toutes les bonnes épouses des environs. Qui lui donnerait de l'argent pour un bateau ? Et pourquoi ? Il vaudrait mieux que ce ne soit pas M. Miller, ça je peux vous le dire !

James comprit enfin la raison de cette animosité envers Alinor.

— Allons, elle ne représente certainement pas une menace pour une épouse accomplie telle que vous, la cajola-t-il. Vous n'êtes en rien comparables. Regardez ce festin que vous avez servi ce soir ! Regardez où vous en êtes dans la vie ! Voyez le respect que l'on vous témoigne ! Vous êtes véritablement bénie. M. Miller doit bien savoir que vous êtes pour lui un soutien désigné par Dieu.

— Ce n'est pas facile pour moi, se défendit-elle en rougissant légèrement de tous ces compliments. Tout ce que j'ai, que ce soit le respect ou les jambons dans ma cheminée, je l'ai obtenu à la sueur de mon front. Chaque penny de mes maigres économies, je l'ai gagné moi-même. Des années à économiser. La dot de Jane est prête pour le premier bon mari qui nous demandera sa main. Vous ne me verrez jamais sans un sou à moi ! Mais la guérisseuse Reekie, où le trouve-t-elle, son argent ? Son propre mari jurait qu'elle avait la chance des fées ; peut-être disait-il vrai, pour une fois. Comment peut-elle s'acheter un bateau si ce n'est par la ruse ? Je vais vous dire une chose : dès qu'elle a quelque chose à vendre, mon mari en achète par dizaines – comme s'il avait besoin de sachets de lavande !

James partit d'un rire faux, feignant de trouver amusante la générosité forcée des Miller envers Alinor. Mme Miller sourit aussi malgré elle.

— Bah, dit-elle en recouvrant son calme. Personne n'est plus charitable que moi envers nos pauvres voisins. Je suis fière d'être si chrétienne en ce sens.

— Cela vous fait honneur, approuva James en acquiesçant. Une femme aussi importante que vous par ici doit faire preuve de compassion envers ceux qui ont moins.

— Est-ce M. Tudeley qui a choisi son garçon pour servir maître Walter ? demanda-t-elle à voix basse. J'ai pensé que ça devait être lui.

— Vraiment, je n'en sais rien.

— Mais pourquoi un homme comme lui, l'intendant du seigneur, donnerait-il une telle chance à un garçon comme Rob ? (Elle lui lança un regard en coin.) J'espère et je prie pour qu'elle n'ait pas fait quelque chose à M. Tudeley. Il se dit qu'elle peut... (James s'enferma dans un silence décourageant) invoquer.

C'était un étrange choix de mot.

— Rob a été choisi pour ses connaissances des plantes, insista James, et aussi parce qu'il est un garçon très intelligent.

— Je sais qu'elle est quelqu'un de bien, dit-elle après un instant d'hésitation. J'ai moi-même fait appel à elle pour la naissance de mon garçon. Mais les temps changent et si elle n'arrive pas à obtenir un permis pour exercer en tant qu'accoucheuse, que fera-t-elle ? Elle est peut-être une honnête femme pour le moment, mais qu'est-ce que ce sera plus tard ?

James leva la tête et aperçut Alinor qui les regardait fixement, comme si elle pouvait entendre chacune de ces paroles malveillantes. Il ne pouvait cependant pas lui offrir de sourire rassurant pendant que Mme Miller déversait son fiel à son oreille.

— Si elle ne peut pas obtenir de permis auprès de l'évêque, n'est-ce pas simplement parce qu'il n'y a plus d'évêques au sein du nouveau Parlement ?

— Oui, c'est ce qu'elle dit, concéda Mme Miller de mauvaise grâce. Mais tout le monde sait qu'elle a perdu plus d'une bougresse, mortes en couches. Sa propre belle-sœur...

— Elle aurait son permis s'ils en délivraient encore ?

— Sauf qu'ils n'en délivrent plus ! Et elle n'en a pas ! Et tout le monde peut dire ce qu'il veut sur elle.

— Est-ce que quelqu'un médit d'elle ? s'enquit James.

Il aurait voulu avoir le courage d'ajouter : « Hormis les épouses jalouses et les femmes moitié moins belles qu'elle ? »

— Ce serait tout naturel. Les hommes étant de tels idiots, et elle allant et venant chez les autres quand les pauvres femmes sont alitées. Et avec un physique si… (elle s'arrêta là, se refusant à reconnaître l'indéniable beauté d'Alinor) comme le sien, termina-t-elle lamentablement.

— Je n'avais pas remarqué, affirma-t-il catégoriquement.

— Vraiment ? Je pensais que vous étiez allé pêcher avec elle.

James était horrifié d'être pris dans le tourbillon de commérages autour d'Alinor.

— Non, j'ai emmené maître Walter pêcher en compagnie de Rob sur son bateau, la corrigea-t-il. Elle ramait.

— Oui, et ensuite ? insista-t-elle sur un ton rustre.

Il la fustigea du regard, se disant qu'il ferait mieux de clouer le bec à cette mégère sans tarder. Il fallait l'empêcher de répandre des rumeurs, sans quoi les espions du Parlement finiraient tôt ou tard par apprendre sa présence au prieuré et par le soupçonner, avec sir William et tous ceux qui participaient à la conspiration.

— Rien du tout.

— Je sais très bien qu'elle a fait cuire vos prises sur la plage.

On l'avait donc espionné ; mais il ne pouvait pas deviner ce que cette femme savait exactement de lui et de sa cause.

— Effectivement, admit-il platement. Tout comme Mme Wheatley cuisinerait pour nous au prieuré. Imaginez-vous maître Walter ou moi-même préparer nos propres repas ?

Elle affecta un air penaud devant ce mépris qu'avait coutume d'afficher un gentleman pour réduire au silence une femme du peuple.

— Oui, bien sûr, pardonnez-moi. Bien entendu, je comprends.

— Sir William n'aimerait pas que de vilaines rumeurs circulent sur le compte du compagnon de maître Walter, ajouta-t-il.

Elle acquiesça, mais ne put s'empêcher de poursuivre :

— Vous comprenez cependant qu'elle est une pauvresse ; elle n'est pas une compagnie convenable pour maître Walter, ni pour vous-même. D'ailleurs, comment l'avez-vous rencontrée ?

— Nous avons loué ses services quand maître Walter a voulu apprendre à pêcher, répondit-il en niant leur rencontre pour protéger son secret.

— Son propre mari disait qu'elle avait la chance des fées, et que ses enfants étaient arrivés au monde tout beaux et sans douleur.

— Il a dit cela ?

— Nés comme des fées, en silence et avec un rire comme premier souffle. Je ne lui souhaite que le meilleur, la pauvre petite, dit-elle. Je suis contente qu'on lui ait acheté ses sachets de lavande. C'est triste qu'elle soit tombée si bas. Mais vous devez garder à l'esprit qu'elle est une pauvresse, à la limite de l'indigence, qui descend d'une lignée de femmes qui ont le don.

— Des accoucheuses et des herboristes, rectifia James.

— Qui sait ce qu'elles font ? Et sa fille, je ne la supporte pas.

Il prit une tranche de jambon du plat qu'on lui passa, maintenant le regard baissé pour ne pas voir Alinor. Cette fête ne lui inspirait rien d'autre que la nausée, et les Miller le dégoûtaient.

— Je m'en doute bien.

Dès que le repas fut terminé, toutes les femmes aidèrent à apporter la vaisselle aux cuisines et à la laver, tandis que les hommes rangeaient les tables et les tréteaux pour vider la cour et pouvoir danser. Ils installèrent une vieille porte sur des tonneaux pour faire office d'estrade pour les joueurs de violon et de tambourin, qui entonnèrent des airs pour les anciennes rondes – les hommes à l'extérieur et les femmes à l'intérieur, tournant lentement dans un sens, puis dans l'autre, tirant doucement d'un côté, puis de l'autre, tandis que les garçons et les filles se mettaient en place pour être en face du partenaire choisi. Alys et Richard Stoney se donnèrent la main et remontèrent l'allée formée par les autres, bras levés, comme s'ils dansaient pour leur mariage. Richard était un grand brun dégingandé avec un sourire jovial, et il ne décrocha pas une seule fois son regard de cette grande demoiselle blonde à ses côtés.

Alinor observa ce gaillard, puis tourna la tête vers la mère de celui-ci, qui souriait avec beaucoup de fierté pour son petit. Elle se promit alors que la semaine suivante, ou celle d'encore après, elle irait à pied jusqu'à la ferme Stoney afin de savoir quelle dot ils attendaient pour Richard. Il était leur fils unique, et la ferme lui reviendrait donc quoi qu'il arrive. Ses parents pourraient alors chercher une épouse bien plus riche qu'Alys, même s'ils n'en trouveraient aucune d'aussi jolie qu'elle dans tout le Sussex. Ils étaient cependant des parents indulgents, et s'il s'agissait du choix de leur fils, alors ils accepteraient peut-être une partie de la dot en avance pour les fiançailles, et le reste étalé sur les prochaines années selon ce qu'Alinor pourrait leur reverser.

James était coincé avec les Miller à surveiller maître Walter et Rob qui se joignaient au cercle. Les danseurs riaient, tournaient en rond et sur eux-mêmes tandis que le violoniste jouait un air entraînant. Alinor savait qu'il était impossible au tuteur de se défaire de ses hôtes pour aller danser comme les deux garçons. Tous les hommes les plus religieux et leurs épouses étaient rentrés chez eux après le repas, et un pasteur de l'Église réformée ne devait rien faire de plus qu'observer les quelques premières danses avant de rentrer à son tour – mais elle ne put s'empêcher de penser qu'il viendrait peut-être la trouver. Elle se laissa aller quelques instants à rêver qu'il la prenait par la main pour lui faire rejoindre le cercle. Elle songea à l'envie que cela déclencherait, à la jalousie rageuse qui colorerait de rouge les joues de Mme Miller, à la façon dont les jeunes femmes de la paroisse se mettraient à murmurer entre elles que, de toutes les filles qu'il aurait pu choisir, de toutes les épouses qu'il aurait pu honorer, de toutes les matrones rotondes qui se seraient pâmées s'il leur avait pris la main pour une danse campagnarde – de toutes celles qui étaient là –, c'était Alinor Reekie qu'il avait choisie ; la grande et svelte, excessivement belle Alinor Reekie, qui gardait les yeux baissés comme une femme modeste, puis les levait sur lui en souriant comme une femme amoureuse.

Elle était si perdue dans sa rêverie de triomphe social qu'elle sursauta légèrement en voyant James à côté d'elle. La juxtaposition de l'imaginaire et du réel lui fit tourner la tête. Elle fut persuadée qu'il était venu lui demander de danser, qu'il la prendrait malgré tout par la main, qu'il lui passerait le bras autour de la taille, sourd à ses timides protestations, et que leurs pas se coordonneraient. Elle laissa échapper un petit gémissement de bonheur et s'avança vers lui, la main tendue, une étincelle dans le regard, un sourire chaleureux sur les lèvres.

— Je vais ramener maître Walter et Robert au prieuré sans plus attendre, annonça-t-il froidement.

— Vous… Vous ne dansez pas ? bégaya-t-elle.

— Bien sûr que non, répondit-il avec une certaine sévérité. Et vous ne le devez pas non plus.

— Mais je ne le fais jamais ! se récria-t-elle. Je n'en avais pas du tout l'intention ! Je pensais simplement… (Elle se rapprocha légèrement de lui.) Vous ne restez pas ? demanda-t-elle tout bas. Restez encore un peu.

— Non. Certainement pas, dit-il d'un air dur en se reculant.

Elle demeura interdite.

— Qu'est-ce qu'on vous a raconté ? demanda-t-elle. Je sais que vous parliez de moi avec Mme Miller. Qu'est-ce qu'elle vous a dit ?

Il fut désarçonné, honteux d'avoir été pris à échanger des ragots comme un voisin malveillant.

— Rien. Elle n'a rien dit que je ne sache déjà, à savoir que votre époux vous a quittée et que vous avez du mal à vous en sortir.

— Si elle vous a affirmé que je n'étais pas chaste, c'est un mensonge ! se défendit-elle avec virulence. Si elle vous a dit que son mari, M. Miller, me montre de l'intérêt, c'est encore un mensonge. Je ne lui parle jamais que dans la cour devant tout le monde ! Il ne dit jamais rien que tous ne peuvent entendre. C'est ça qu'elle vous a dit, pour que vous soyez si… si…

Il était mortifié de constater qu'elle l'avait vu attentif, et qu'elle avait deviné ce qui se disait.

— Elle n'a absolument aucune influence sur moi. Je ne l'écoutais pas. Je ne prête pas l'oreille aux rumeurs de village.

— Elle a peur que je vive aux crochets de la paroisse, mais elle a les mêmes craintes pour tout le monde, affirma-t-elle vivement. Son mari est marguillier : c'est lui qui doit lever des fonds pour aider les pauvres. C'est sa hantise, qu'ils doivent pourvoir aux besoins des miséreux, des pauvresses…

— Calmez-vous. Ce qu'elle dit n'a aucune importance…

— Si, ça a de l'importance ! Si ! Ça en a pour moi ! Elle se fiche de la réputation de qui que ce soit d'autre qu'elle, mais si elle vous a dit qu'elle avait peur de me voir mettre au monde un bâtard sans le sou, alors elle me calomnie ! (Ses larmes s'amoncelèrent et elle fut saisie d'un sanglot étranglé.) Je la connais depuis que je suis petite et elle ne m'a jamais témoigné la moindre gentillesse…

— Taisez-vous, l'implora-t-il. Tout le monde nous regarde !

Il aurait voulu la prendre dans ses bras et lui dire qu'aucune honte ne pouvait la menacer. Il avait cependant bien plus envie de s'éloigner d'elle avant qu'elle se mette à pleurer ouvertement. Il voulait se retrouver très loin de cette femme engagée dans une inutile querelle de poissonnières avec sa voisine et qui pleurait devant tout le village à la fête des moissons – une femme pauvre, avec les ongles sales, la robe couverte de boue, la plus indigente des locataires de son ami, peut-être la catin désignée de l'intendant du manoir, entourée de voisins tout aussi pauvres, qui les regardaient curieusement. Seuls les jeunes les ignoraient, tant ils étaient occupés à leurs rondes, Walter Peachey folâtrant avec la fille d'un homme sans importance, comme s'il n'existait plus dans ce monde de statuts ni d'ordre, comme si la défaite à Preston avait anéanti, en même temps que le dernier espoir des royalistes, la distance nécessaire entre les maîtres et les hommes – entre les gentlemen et le bas peuple. C'était insupportable.

— Pour l'amour de Dieu, veuillez cesser !

Elle se figea en l'entendant jurer et elle lui lança un regard atterré par-dessous ses cils mouillés de larmes.

— Il ne faut pas que l'on me remarque, lui rappela-t-il instamment dans un murmure. Vous savez bien que je dois passer inaperçu. Je dois servir ma cause. Je ne peux pas me permettre d'être scruté. Je dois partir, à présent. Je ne dois pas être vu avec vous quand vous êtes dans cet état. Tout le monde nous regarde. Je ne peux pas vous laisser attirer l'attention sur moi.

Elle se métamorphosa brusquement, sa beauté pâlissant soudain sous le coup du mépris, ses larmes glacées.

— Allez-y, lui rétorqua-t-elle. Je m'en fiche. Partez sur-le-champ. Votre cause n'a aucune importance pour moi. Vous en aviez, mais c'est fini. On ne m'y reprendra plus.

Sans un autre mot, et avec tout le dédain d'une reine piquée au vif, elle tourna les talons et s'éloigna pour aller rejoindre son frère, laissant James hébété, proie impuissante des regards de toute l'assemblée réunie dans la cour du moulin. Tous se demandaient comment Alinor Reekie – la plus miséreuse des femmes présentes à la fête des moissons – avait osé manquer ainsi de respect à l'invité d'honneur.

Il ne trouvait pas le sommeil et se retournait entre les draps de coton doux du somptueux lit du prieuré, gagné par une agitation grandissante, jusqu'à ce qu'il soit touché par la fièvre qui coulait dans ses veines, lui brûlant tout le corps. Alors il se rendit à la chapelle privée, pieds nus, et s'allongea sur la pierre froide devant l'autel en position de pénitence : pieds joints et tendus, le visage au sol, les bras écartés, à l'image du Christ crucifié. Il ressentait son désir pour elle comme une douleur dans le ventre. Il pressa la paume contre le sol glacé et imagina la courbe de sa joue sous sa main. Son sexe était aussi dur que la pierre contre laquelle il l'appuyait, et il éprouva un grand soulagement lorsque le froid le fit ramollir. Il lui était interdit de penser à elle avec désir, par le serment qu'il avait prêté envers son Dieu, son roi, sa cause, sa caste et son propre honneur. Mais alors même que la fraîcheur mouchait le feu qui brûlait en lui, il se sut infidèle envers son Dieu, son roi, sa cause, sa caste et son honneur. Il ne parvenait pas à penser à autre chose que la brillance de ses yeux et la rougeur de ses joues quand elle lui avait lancé au visage qu'il avait eu de l'importance pour elle, mais qu'on ne l'y reprendrait plus.

Même ainsi fiévreux et démuni, il ressentait un certain sentiment de triomphe à la suite de l'aveu de la jeune femme. Il le savait déjà – il l'avait compris quand elle s'était si facilement abandonnée contre lui sur ce ponton délabré – mais il était un érudit et aimait les mots ; il aimait l'avoir entendue dire qu'il avait eu de l'importance pour elle.

Il savait devoir s'en tenir là. Il devait se sentir soulagé qu'elle lui ait avoué un amour qu'elle avait fini par lui retirer. Il devait se satisfaire du fait qu'elle l'ait banni de sa vie, même si sa fierté avait été entièrement déplacée – elle en avait oublié l'ordre social qui la plaçait tellement plus bas que lui. Une femme comme Alinor Reekie ne pouvait pas se plaindre du comportement d'un gentleman tel que lui. Mais il valait toujours mieux, en ces temps périlleux, qu'elle se soit détournée de lui, plutôt que de les trahir bêtement tous les deux par un doux regard. Il valait mieux qu'ils restent éloignés l'un de l'autre. Elle viendrait peut-être pendant le service au prieuré se présenter à la table de communion, mais il ne devrait rien faire d'autre qu'agir en tant qu'officiant à la chapelle privée. S'il ne cherchait pas à la revoir, alors ils ne se reverraient plus.

Il allait bien sûr la croiser le lendemain matin à l'église Saint-Wilfrid, puisque c'était dimanche, mais il serait tout devant, derrière sir William, tandis qu'elle serait là où était sa place – tout à l'arrière dans la tribune, avec les autres pauvres femmes, une légère odeur de sueur et de poisson émanant de leur châle humide. Elle n'oserait jamais l'approcher ; et lui ne la chercherait pas du regard. Il ne lui parlerait plus jamais en privé ; et ce besoin qu'il ressentait de le faire se dissiperait avec le temps. Des hommes des deux camps dans cette guerre avaient perdu un membre, estropiés à vie pour avoir défendu leurs croyances. Il se dit qu'il avait fini – lui dont le combat s'était déroulé de manière bien plus privilégiée et dissimulée – par être aussi grièvement blessé qu'eux.

Il s'en remettrait. Sa guerre était ailleurs : son devoir était de l'autre côté du Solent, avec le roi au château de Carisbrooke. Il n'aurait jamais dû songer à elle. Il avait été fou de la regarder simplement parce qu'elle était belle, de ressentir pour elle de la tendresse parce qu'elle s'était mise en danger pour le secourir. Il confesserait le péché de désir envers elle, et il lui serait pardonné d'avoir frôlé à ce point la tentation. Il devait considérer les calomnies haineuses de Mme Miller comme un avertissement impératif et prier pour que sa folie cesse, et aussi pour guérir rapidement de cette maladie d'amour.

— Tu es blanche comme un linge. Tu es malade ? demanda Alys à sa mère.

— Quelque chose qui est mal passé au repas chez les Miller, répondit Alinor.

— L'envie ? Elle en sert à toutes les sauces, ironisa la jeune fille. C'est pour ça que tu es partie tôt ?

— Oui, mais ça va mieux maintenant.

— Tu ne trouves pas que c'était la plus belle fête des moissons qu'on ait eue ? Même la mère Miller n'a pas réussi à la gâcher. Richard a dit que…

— Qu'est-ce qu'il a dit ?

— Que j'étais aussi belle qu'une véritable reine, termina Alys en rougissant.

— Ce n'est que la vérité ! Tu étais très belle, et tu as très bien dansé.

Le visage de sa fille s'illumina.

— Et ça fait du bien de voir Rob.

— Oui.

— Tout le monde n'avait d'yeux que pour son tuteur, M. Summer, non ? Mary n'a rien pu avaler tellement elle s'extasiait devant lui. Et Jane Miller n'arrivait pas à prononcer une phrase.

Alinor esquissa un sourire forcé.

— C'est un beau jeune homme, et un gentleman nouveau venu. Est-ce que tu as encore dansé avec Richard Stoney après mon départ ?

Alys baissa timidement la tête.

— Je n'ai dansé avec personne d'autre. Je ne pouvais tout simplement pas. Et il n'a demandé à personne d'autre de danser. Je l'aime, m'man. Je l'aime vraiment.

— Ma petite fille, amoureuse ? dit-elle dans un murmure plein d'émotion.

— Je serai toujours ta fille, mais je l'aime. Et il m'aime.

— Il te l'a dit ?

— Oh, maman, s'écria Alys en rougissant profondément. Il a parlé à ses parents. Ça fait des semaines qu'il leur en a parlé. Il veut m'épouser ! Il m'a demandée en mariage hier soir, m'man. Il m'a donné sa promesse.

— Il aurait dû venir me trouver avant de t'en parler. Tu n'as pas encore quatorze ans. Je pensais aller voir ses parents pour leur proposer des longues fiançailles et…

— Ça fait des semaines qu'il me courtise, déclara fièrement la jeune fille. C'est suffisant pour que je sois sûre. Et je l'aime bien depuis le tout début. Mais bon, eux, ils voudraient une fille avec des terres, des meubles, un service en étain et un héritage – des choses que je n'aurai jamais.

— On peut économiser, assura Alinor avec volonté.

Elles regardèrent toutes les deux la pièce dans laquelle elles se trouvaient, leurs maigres possessions, les tranchoirs en bois sur le meuble simple, la table et les tabourets qu'Alinor avait hérités de sa mère, les bouquets d'herbes sèches, la boîte à trésors renfermant le contrat de location, et la bourse en cuir rouge qui ne contenait que de vieilles piécettes sans valeur.

— Tout ce qu'on a à économiser, c'est des feuilles séchées et de l'or des fées, résuma la jeune fille.

— Je pourrais discuter avec eux, suggéra Alinor.

— C'est mon père qui devrait le faire, rétorqua amèrement Alys. Ça ne devrait pas être toi, toute seule.

— Je sais bien, concéda sa mère. Nous n'avons pas de chance de ce point de vue.

Elles enfilèrent leur cape et leurs sabots de bois pour se rendre à l'église. Derrière elles, sur le chemin longeant le rivage, elles virent arriver Ned, son chien trottinant à ses pieds ; puis derrière encore quelques fermiers avec leur famille venant de plus loin dans les terres. Elles attendirent que Ned les rattrape et ils marchèrent de front, puis en file quand les ronces se resserrèrent.

— Tu dois être heureux des nouvelles de Preston, Ned, dit sa sœur. Ça ressemble à une grande victoire.

— Dieu soit loué, s'exclama-t-il, parce que si les Écossais avaient réussi à passer Cromwell, je ne sais pas où ils se seraient arrêtés. Ils auraient pu envahir toute l'Angleterre, et ils auraient rendu le trône au roi. Mais Dieu soit loué, on a gagné et ils ont été repoussés, et le roi saura qu'il n'a plus un seul allié au monde.

— Un roi sans alliés, dit pensivement Alinor comme si elle compatissait avec le monarque.

— Il n'a jamais eu aucun ami, repartit durement son frère. Seulement des courtisans et des favoris payés de sa poche. Ce sont certains des hommes parmi les plus vils et vicieux qui sont à son service.

Ils s'arrêtèrent sur le chemin et contemplèrent la mer, et les vagues blanches qui se brisaient à l'entrée du port.

— Juste là devant, dit Ned, perdu dans ses pensées. Imagine-le, si près, à quelques heures de bateau à peine, sur l'île de Wight. Il doit bien savoir, maintenant, que personne ne viendra le sauver. Les navires de son fils ne peuvent pas accoster, les Écossais retournent se terrer à Édimbourg, sa femme n'arrive pas à lui apporter le soutien des Français et les Irlandais n'ont pas traversé. Il va devoir implorer le pardon et régner avec notre permission.

— Et si quelqu'un le faisait évader ? demanda Alinor.

— Personne ne pourra le faire évader et lui faire rejoindre la flotte de son fils, décréta Ned. Personne n'a suffisamment de courage et de ruse pour le faire.

—Alors il n'a plus aucun espoir ? s'enquit sa sœur en songeant à James Summer, l'allié d'un roi qui n'en avait plus.

—Il est perdu, déclara Ned comme une sentence, sans rien savoir des pensées d'Alinor. C'est un véritable enfant perdu.

Ils franchirent en silence l'échalier dans le muret qui enceignait l'église, puis passèrent devant les tombes de leurs parents, leurs grands-parents et des générations de passeurs. Le porche où Alinor avait attendu le fantôme de son mari était, à présent, encombré de gerbes de maïs doré, même si les plus fervents religieux de la communauté se plaignaient du fait qu'il s'agissait là d'une tradition païenne. La vieille porte noire de l'église était grande ouverte. Red, le chien de Ned, se coucha là où il le faisait tout le temps, devant le porche, sa langue rose dépassant d'entre ses babines. Les villageois gagnèrent leur place habituelle sans rien dire : Ned au fond à gauche avec les autres hommes, derrière les familles riches, et Alinor et Alys en haut dans la tribune comme toutes les autres femmes pauvres. Personne ne s'inclinait plus devant l'autel, ni ne faisait le signe de croix.

Sir William et sa maisonnée entrèrent dans l'église et tous les hommes se découvrirent pendant que les femmes faisaient une révérence, hormis les plus zélés croyants, qui refusaient de s'incliner devant un autre seigneur que l'Éternel. Alinor chercha son fils du regard, vit le sourire qu'il lui adressa à la dérobée, et ignora le tuteur qui avait le regard résolument fixé sur ses bottes bien cirées. Les Peachey prirent place sur leur banc et M. Miller, le marguillier, ferma le portillon derrière eux avec un respect exagéré. Le pasteur de l'église se campa devant la table de communion et entama le service, récemment revu par les autorités, avec une prière personnelle dans laquelle il remerciait Dieu d'avoir accordé la victoire à Son armée contre ces fâcheux Écossais dans le Lancashire.

L'office fut long et le sermon interminable. Alinor et Alys, assises sur les bancs durs de la tribune tout au fond de l'église, gardèrent la tête baissée et ne trahirent aucun signe d'ennui. Derrière les ailettes de son bonnet, Alinor ne baissa qu'une seule fois les yeux en direction du banc des Peachey et vit James pencher dévotement la tête, les mains jointes sur les genoux. Soit il était plongé en pleine prière, soit il faisait semblant alors qu'il nourrissait des idées hérétiques et dangereuses. Elle ne se demanda même pas ce qu'il en était réellement. Elle avait l'impression qu'il était parti très loin d'elle, comme s'il avait déjà levé l'ancre pour une destination inconnue afin de prendre part à un complot secret. Il lui avait dit – et elle l'avait cru – que sa cause était plus importante que le désir qu'ils s'étaient découvert l'un pour l'autre. Alinor, abandonnée par son mari, connaissait déjà le rejet et avait l'habitude de passer après tout le reste. Elle baissa la tête et pria pour que la douleur cesse.

À la fin du sermon, alors que les plus dévots de la congrégation s'exclamaient « Dieu merci ! » et « grâce au Seigneur ! », le pasteur s'avança vers le banc des Peachey, attendit que sir William se lève, puis ils se tournèrent vers l'assemblée pour une remontrance, garants de la vertu morale : l'un représentant le pouvoir temporel, l'autre l'autorité spirituelle.

— Et en ce jour de sabbat, que le Seigneur nous demande de respecter, il nous faut appeler une sœur devant l'autel pour sa pénitence, déclara le pasteur. C'est notre devoir et une décision de la justice ecclésiastique.

Alys lança un rapide regard en coin à sa mère, dont les yeux écarquillés manifestaient son ignorance de l'affaire. Elles se raidirent et attendirent de voir ce qui allait suivre, curieuses de savoir qui avait été reconnue coupable.

— Une femme a fait l'objet de plaintes de la part de ses voisins, et son propre mari affirme qu'il lui est impossible de la faire obéir, poursuivit l'homme d'Église. C'est par elle qu'arrive le scandale, et certains disent qu'elle n'aurait pas été chaste. Qui a présenté des preuves contre elle au tribunal ecclésiastique ?

— C'est moi, dit Mme Miller en se levant du banc réservé aux riches paysans, au centre de l'église.

Sa fille et son fils l'entouraient.

— Évidemment que c'est elle, murmura Alys à sa mère. Elle a toujours du mal à dire de tout le monde.

— Madame Miller, du moulin à marée, se présenta-t-elle bien inutilement à tous ces voisins qui la connaissaient depuis l'enfance.

— Et qu'avez-vous affirmé à ce tribunal ? demanda le pasteur. Brièvement, précisa-t-il.

Tout le monde savait combien elle était difficile à arrêter une fois lancée.

— J'ai dit que je l'avais vue lors du glanage se faufiler derrière une haie avec un homme de cette paroisse, puis revenir avec la robe et les cheveux défaits.

Tous les gens présents spéculèrent tout bas sur l'identité de l'homme « de cette paroisse », mais son nom allait de toute évidence être tu. La femme pécheresse serait dénoncée, mais la réputation de son complice demeurerait intacte. De toute manière, ce n'était pas un péché pour un homme – c'était simplement dans sa nature.

— Et avant cela, poursuivit Mme Miller, elle a médit de son mari en le traitant de vieux fou, et le jour du marché à Sealsea, elle lui a arraché sa bourse des mains, puis lui a donné un coup en lui disant qu'elle allait lui faire passer l'envie.

— Quelqu'un d'autre a-t-il témoigné contre elle devant le tribunal ? demanda sir William.

— Oui, moi, déclara la femme d'un fermier de l'île de Sealsea en se levant. Elle est venue chez moi le soir où je file la laine avec mes amies, et elle m'a traitée de pauvre sotte parce que c'est mon mari qui garde l'argent de ce que je file. Elle m'a giflée et m'a arraché mon bonnet quand je lui ai dit que son enfant n'était pas de son mari, ce que tout le monde sait.

— J'ai aussi témoigné contre elle, déclara la cuisinière des Peachey, Mme Wheatley, en se levant du banc derrière celui de son maître. Elle s'est présentée à la porte du prieuré avec quatre œufs en moins que ce qu'elle devait, et elle a dit que s'il n'y avait pas de roi, et pas d'évêque, alors il n'y avait pas non plus de seigneur et qu'elle n'avait donc pas à vous payer, que vous pouviez bien faire sans vos œufs.

— Et puis il y a eu la chevauchée, lança quelqu'un depuis le fond, parmi les pauvres. Il ne faut pas oublier ça.

— Il y a eu une chevauchée de l'âne, expliqua Mme Miller à sir William. Des garçons ont monté un âne à l'envers et sont passés devant chez elle, l'un d'eux portant un jupon sur sa tête pour montrer qu'elle avait été infidèle et qu'elle faisait honte au village.

Sir William arbora un air si grave que personne n'aurait pu croire à cet instant qu'il entretenait une maîtresse fort onéreuse, logée à Londres, près du marché aux foins.

— C'est très mal, jugea-t-il.

— C'est pour cela que le tribunal ecclésiastique l'a condamnée à se tenir devant cette congrégation en simple chemise, un cierge allumé à la main pour montrer sa repentance, et à rester ainsi tout le jour jusqu'au coucher du soleil, annonça rapidement le pasteur pour couper court au résumé du procès et déclarer la sentence.

Les marguilliers, dont M. Miller, ouvrirent les portes de l'église et firent entrer Mme Whiting, vêtue de sa plus belle chemise en lin, tenant un cierge allumé, pieds nus et les cheveux détachés en signe de pénitence. C'était une femme à la moitié de sa vie, avec des hanches larges et un gros ventre, ses longs cheveux striés de gris. Elle était livide, mortifiée.

— Ah, que Dieu la garde, la pauvre, souffla Alinor bien au-dessus d'elle dans la tribune. Quelle humiliation !

— Isabel Whiting, vous comparaissez devant vos voisins et cette congrégation pour expier vos fautes. Vous repentez-vous ?

— Oui, répondit-elle tout bas.

— Et promettez-vous de ne plus être ni concupiscente ni violente à l'avenir ?

— Oui.

— Et d'obéir à Dieu, ainsi qu'à votre mari, qui a été placé au-dessus de vous par le Seigneur, en tant que maître et guide ?

On pouvait presque l'entendre soupirer dans son malheur et l'anticipation de ce que son époux lui ferait endurer.

— Oui, dit-elle encore.

— Alors vous devrez rester ici, debout, à l'intérieur de l'église jusqu'au soir, quand les marguilliers viendront vous délivrer de votre sentence. Vous resterez pieds nus, dans la honte, tandis que votre cierge fondra, et tous ici pourront venir vous conspuer, mais vous ne pourrez ni répondre ni prononcer le moindre mot. Sondez votre cœur, ma sœur, et n'offensez plus ni le Seigneur ni vos voisins.

Le pasteur se tourna alors vers la congrégation, écarta les bras et marmonna une intercession. La femme se tint devant lui, face aux voisins qui l'avaient dénoncée, la mine sévère et mauvaise, la flamme de son cierge vacillant dans ses mains tremblantes, alors que son mari, qui l'avait battue, et l'homme qui l'avait prise derrière les buissons, assis quelque part dans l'assemblée, attendaient, mal à l'aise, d'être libérés.

Après l'office, sir William se positionna dans l'enclos de l'église le temps que ses tenanciers passent devant lui en s'inclinant ou en lui faisant une révérence. Alinor et Alys suivirent Ned pour aller le saluer, et le seigneur fit signe à Rob d'aller s'agenouiller devant sa mère pour recevoir sa bénédiction, puis de se relever pour un baiser sur le front. Alinor, le visage blême, était préoccupée par le sort de la pauvre femme jugée infidèle que l'on avait laissée en pénitence, pieds nus dans l'église, simplement vêtue d'une chemise, un cierge à la main. Alinor était très consciente du pouvoir qu'avaient les Miller et la communauté quand ils présentaient un front commun, et elle savait qu'ils se laissaient guider par leur humeur, s'attaquant à quiconque s'attirait leur mépris ; et une femme ne pouvait pas se défendre elle-même.

— On va aller naviguer ! annonça Rob à sa mère. On va en mer.

Elle ne put s'empêcher de tourner la tête vers James, mais elle détourna rapidement le regard sur l'intendant, M. Tudeley.

— « En mer » ?

— M. Summer emmène les garçons pour une visite sur l'île la semaine prochaine, annonça-t-il. Sur l'île de Wight.

— Ah, répondit simplement la jeune femme en ramenant son attention sur son fils, qui sautillait presque sur place.

— D'abord, on ira à Newport, exulta Rob. On y passera la nuit. Peut-être deux nuits.

— Mais pourquoi ? s'enquit Alinor. Pour quoi faire ?

— De la géographie, répondit fièrement son fils. Et de la cartographie. M. Summer dit qu'on pourra peut-être aussi voir le roi ! Tu t'imagines ? Sir William le connaît, mais Walter ne lui a jamais été présenté. On ne pourra pas lui parler, bien évidemment, mais on pourrait le croiser dans la rue. M. Summer dit qu'il se promène en ville.

— Je pensais qu'il était au château de Carisbrooke, s'étonna la jeune femme en conservant résolument les yeux sur son fils et refusant de les porter sur son frère ou James. (Elle savait très bien qu'ils écoutaient tous les deux très attentivement ce qui se disait.) Je pensais qu'il était prisonnier.

— Sa Majesté a rejoint une demeure privée de Newport dans le but de rencontrer les gentlemen du Parlement afin de trouver avec eux un arrangement, lui apprit M. Tudeley.

— Et nous, on le verra sans doute ! ajouta Rob avec enthousiasme.

— Je préférerais que tu n'y ailles pas, dit-elle sur un ton insistant en passant un bras autour des épaules de son fils pour le détourner du cercle qui entourait sir William. Tu sais que ton oncle Ned n'appréciera pas du tout !

— Je dois accompagner Walter, se défendit-il. Je suis son compagnon. Je dois aller avec lui !

— Oui, mais…

— Et ce n'est pas comme si le roi était toujours en guerre. Il est à Newport pour rencontrer les parlementaires. La paix est assurée, maintenant. Ils vont le rencontrer à Newport pour régler les détails du traité, et il sera ensuite relâché. J'aimerais le voir, maintenant que tout est fini. Imagine-moi rencontrer le roi d'Angleterre !

— Je préférerais tout de même que tu n'y ailles pas, persista Alinor.

Rob se figea soudain, attentif. Il observa de près son visage blême.

— Pourquoi ? Qu'est-ce qui ne va pas ? Est-ce que c'est ton don, m'man ? lui demanda-t-il tout bas.

— Non, ce n'est pas ça, répondit-elle en secouant la tête. C'est juste que…

— Quoi ?

— Oh, pauvre Mme Whiting, qui doit rester debout dans l'église…

— Mais ça n'a rien à voir avec nous, fit-il justement remarquer.

— Je la connais, mais je n'ai rien dit pour la défendre.

— Il n'y avait rien à dire, déclara Alys en les rejoignant discrètement. Tout le monde se serait retourné contre toi, et contre nous trois, si tu avais osé dire quelque chose pour sa défense. En plus, elle y est allée, derrière cette haie. Je l'ai vue.

— D'accord, mais…

— Mais qu'est-ce que ça a à voir avec mon voyage sur l'île de Wight ?

— Rien du tout ! admit Alinor. Tu sais ce que je pense, Rob… C'est juste…

— Est-ce que c'est à cause de la mer ? avança-t-il. Du large ?

— « La mer », répéta-t-elle.

Elle avait proféré ce mot comme si sa terreur de l'océan pouvait expliquer cette terrible appréhension qui la tenaillait à l'idée que son fils parte pour Newport afin de voir le roi déchu – le tout en compagnie de son tuteur, qui était par ailleurs l'espion dudit roi.

Sealsea, septembre 1648

James Summer, Rob et Walter embarquèrent au quai du moulin sur un caboteur qui ferait escale sur l'île de Wight, puis à Southampton, avant de longer la côte vers l'ouest. Richard Stoney, Alys et quelques-unes des employées du moulin les regardèrent lever l'ancre. Quand le voilier à deux mâts descendit lentement le chenal, l'équipage réparti des deux côtés pour surveiller les bancs de sable et sonder la profondeur, Rob fit de grands signes, de manière aussi théâtrale que s'il s'en allait pour les Amériques et pouvait ne plus jamais revenir.

James se campa à tribord pour regarder en direction de la petite maison perchée sur le rivage du port, qui avait l'air aussi délabrée que si elle avait été jetée là par la marée. La porte était béante et il se demanda si Alinor regardait le bateau partir depuis l'intérieur plongé dans l'obscurité. Il se doutait qu'elle ne devait pas être contente de voir son fils voguer vers l'île, mais elle n'était pas venue le trouver pour lui demander de ne pas emmener son garçon. Elle ne lui avait plus du tout adressé la parole – pas même après l'office, quand elle avait présenté ses hommages à sir William et avait surpris le regard de James sur elle alors qu'elle se relevait. Elle avait conservé l'attitude qu'il avait espérée d'elle : distante et froide. Elle s'était éloignée de lui, comme si elle ne l'avait jamais connu, jamais tenu dans ses bras, ne s'était jamais abandonnée à son baiser passionné. Il avait prié pour être délivré et elle l'avait laissé partir sans attendre, comme si elle ne lui avait jamais murmuré son désir d'être avec lui et lui seul. Même en lui adressant une révérence, elle était loin de lui. Il aurait pu croire qu'il n'était rien, qu'il n'avait jamais rien représenté pour elle. Il aurait pu croire qu'elle ne le voyait pas.

Et, bien sûr, il avait suffi qu'elle s'éloigne pour qu'il veuille la rattraper, l'appeler pour qu'elle porte encore ses yeux gris sur lui. En tant que locataire la plus pauvre et femme sur laquelle il avait daigné poser le regard, elle aurait dû être à l'affût du moindre signe de son pardon. Mais c'était comme s'il était invisible à ses yeux. Il avait dû rester planté à côté de sir William et laisser cette femme, cette pauvresse, lui tourner le dos comme s'il n'existait pas.

À présent que les voiles se gonflaient sous l'effet du vent, poussant le navire un peu plus vite, il regardait en direction de cette pauvre demeure qui était la sienne, qu'elle lui avait ouverte en guise de refuge quand il n'avait nulle part où aller. Il pouvait voir de la fumée s'élever de la cheminée et, par la porte ouverte, il put déceler un mouvement dans la pénombre : l'éclat blanc de son bonnet. Puis, alors qu'il observait avec attention, elle sortit dans la lumière et se tint sur la pierre fendue de son perron pour qu'il puisse la voir. Elle leva la main – cette main calleuse et couverte de cicatrices – en visière. Il n'en revenait pas : c'était lui qu'elle cherchait du regard. Elle le trouva ; elle voyait le navire qui menait son fils bien-aimé vers le danger, simple prétexte à une mission secrète, subterfuge pour détourner l'attention de lui dans cette fabuleuse trahison qu'il s'apprêtait à commettre. Il se dit qu'elle devait le maudire de faire la chose qu'elle craignait certainement plus que tout : emmener Rob en eaux profondes. Mais il la vit alors lever la main dans la direction du navire en signe de bénédiction, comme l'aurait fait n'importe quelle femme de marin en voyant son mari sortir en mer, chuchotant dans le vide : « Que Dieu te garde ! Reviens sain et sauf ! » Elle resta là à le regarder. Il n'y avait pas de doute. Elle l'aimait, d'un amour plus grand et plus profond que le sien, car elle lui avait pardonné sa bêtise et sa méchanceté, et elle le recommandait à Dieu pour son voyage en mer, même s'il était au service du roi et qu'il emmenait son fils au large.

Il bondit pour se tenir sur le bastingage, attrapant un cordage pour se pencher en avant au-dessus des eaux noires que la proue fendait. Il pouvait entendre l'inquiétant bruissement du reflux qui les emportait vers le large, mais il voulait qu'elle le voie. Il leva le bras pour lui faire signe. Il voulait lui faire savoir qu'il avait à l'esprit, en quittant le marais des fous, non pas sa cause, qu'il faisait pourtant passer avant elle, ni son roi, qui devait passer avant tout le reste, mais bien elle : Alinor.

Newport, île de Wight, septembre 1648

La ville de Newport était en ébullition comme lors d'un jour de fête ; rien de tel ne s'était jamais produit sur l'île auparavant. L'arrivée du roi à la demeure du riche propriétaire M. Hopkins conférait à la rue provinciale le même statut que le palais de Whitehall. À l'arrivée des négociateurs du Parlement, Newport deviendrait le cœur des affaires du royaume – et « du monde » comme le clamaient les royalistes de Newport, qui n'en revenaient pas. Tous les nobles de la campagne environnante se massaient en ville, demeurant chez des amis ou des cousins, pour flâner dans les ruelles avec l'espoir d'apercevoir le roi. Ils se rendaient à l'église Saint-Thomas ; ils jouaient des coudes pour atteindre les premiers bancs et pouvoir s'agenouiller derrière Sa Majesté pendant la prière ; ils envoyaient leurs serviteurs faire le tour de la maison des Hopkins, pour sentir aux cuisines ce qui était préparé pour le repas royal. Les gentlemen avec leur dame effectuaient la traversée sur leur propre bateau ou bien se faisaient déposer pour pouvoir faire leurs hommages au roi qui, bien que défait, ne pourrait jamais être vaincu. Tous les royalistes qui avaient composé la Cour du roi à Londres ou à Oxford, dans la victoire ou la défaite, réapparaissaient en apprenant qu'il avait été libéré. Malgré ce que certains pouvaient en dire, et malgré ce que lui-même pouvait faire, le roi restait le roi, et il était évident pour tout le monde qu'il regagnerait Londres et son trône tôt ou tard.

N'allait-il pas de soi, d'ailleurs, qu'il se rappellerait celles et ceux qui l'avaient soutenu quand il était en difficulté ? Ne récompenserait-il pas ceux qui lui avaient offert de le recevoir chez eux et qui se vantaient sur toute l'île de la promesse qu'ils avaient reçue en échange ; et ceux qui lui faisaient parvenir du gibier de leurs terres et des fruits de leurs serres ? Ne se montrerait-il pas redevable envers ces rares privilégiés qui l'avaient escorté dans son gigantesque carrosse royal, expédié à grand-peine par bateau, bloquant les rues étroites de l'île ? Quand il serait de nouveau Charles le roi, ne serait-il pas tenu de se souvenir de ceux qui l'avaient traité avec le plus obséquieux respect quand il n'était que Charles le prisonnier ?

Il était aussi aisé de pénétrer dans la demeure de M. Hopkins que cela l'avait été d'entrer à la Cour dans les glorieux jours à Londres, quand n'importe quel homme riche pouvait venir voir le monarque et sa famille. Le roi était d'avis que sa table à manger devait être à la vue de tout le monde dans la grand-salle, comme un autel devait être bien en vue dans une église. Le caractère divin des deux était irréfutable. À Newport, malgré une garde postée à chaque porte, pas un soldat ne refusait l'entrée à quiconque était bien habillé. Le roi était libre d'aller et venir à sa guise, tenu par sa seule parole de ne pas quitter l'île. La rue devant la maison était bondée tout le jour de sympathisants royalistes aux habits somptueux qui formaient un cortège incessant foulant les pavés fraîchement balayés – commentant sans gêne la simplicité de la ville et la pauvreté des constructions –, de gens du peuple souhaitant apercevoir cet homme qui se disait à moitié divin, et de mendiants et malades qui arpentaient le pâté de maisons. Le roi Charles était renommé pour le pouvoir de guérison de ses longs doigts blancs. Un malade pouvait s'agenouiller devant lui et guérir d'un simple toucher et d'une bénédiction murmurée. Personne ne se voyait refuser les pouvoirs de guérison du roi. Déjà une jeune femme proclamait que sa grâce divine l'avait guérie de sa cécité. Tout le monde savait que le roi n'était pas un simple mortel. Il portait l'huile sainte sur son torse sacré, il était le descendant de rois de droit divin, et il était juste en dessous des anges.

James prit garde à tenir les garçons à l'écart des miséreux et des malades, et il donna une pièce à un garde pour qu'il les laisse rester sous la fenêtre derrière laquelle, on le leur avait assuré, le roi étudiait des documents que le Parlement lui avait envoyés. Tout le monde disait que la délégation de parlementaires arriverait dans la semaine pour travailler sur les nombreuses clauses d'un arrangement avec le roi afin qu'il retrouve son trône et gouverne avec le consentement des chambres du Parlement. À présent que les Écossais étaient vaincus, le roi et le Parlement allaient devoir trouver un terrain d'entente : il avait perdu sur son dernier coup de dés. Il serait toujours roi, mais il ne pourrait plus imposer sa volonté au peuple. Il lui faudrait bien finir par trouver un accord. La paix, après deux guerres civiles, régnerait sur le royaume et sur la Cour.

Les garçons attendirent, se hissant sur la pointe des pieds pour tenter d'apercevoir quelque chose par la fenêtre en surplomb ; les cloches de Newport sonnèrent 6 heures partout en ville. Un murmure extatique monta de la foule lorsqu'un battant au cadre en plomb s'ouvrit et que le roi aux cheveux grisonnants passa la tête par l'ouverture. Charles regarda les gens amassés qui l'attendaient, leur adressa un sourire las et leva la main à leur intention, ses lourdes bagues bien visibles.

— Est-ce que c'est lui ? demanda Rob – neveu de soldat et Tête-Ronde[1] invétéré – avec un certain degré de déception.

— Oui, confirma James en retirant son chapeau avant de lever solennellement la tête.

Il avait espéré éprouver un vif élan de loyauté, de dévotion passionnée, mais ne ressentait rien d'autre que de l'anxiété.

— Pas de couronne ?

— Seulement quand il est sur le trône, il me semble.

— Dans ce cas, comment est-ce qu'on peut être sûr que c'est lui ? insista Rob. Sans sa couronne, ça pourrait être n'importe qui, non ?

James ne lui avoua pas qu'à son séminaire, l'on montrait toutes sortes de portraits du mélancolique roi aux novices pour les aider à prier pour lui. Il ne dit pas non plus qu'il avait rêvé du jour où cette complexe conspiration serait enfin mise en œuvre, avec les loyalistes sur l'île, le prince de Galles et sa flotte attendant au large, et un capitaine loyal engagé pour assurer la traversée d'un mystérieux passager sur les coups de minuit.

— Je dirais que je le sais simplement, répondit-il. Personne d'autre ne ferait signe depuis sa fenêtre.

— Hourra ! s'écria soudain Walter en sautant partout tout en faisant de grands signes. Hourra !

Le roi posa son regard languide sur la source de cette vive acclamation et il leva encore la main pour saluer directement

---

1. Les partisans du Parlement sont surnommés « Têtes-Rondes », à cause de la coupe courte des puritains, contrastant avec la longue chevelure qui était la norme chez les aristocrates et donc les partisans du roi. (*NdT*)

la fervente loyauté du garçon. Puis il rentra la tête, la fenêtre se referma brusquement, et les volets furent rabattus.

— C'est tout ? demanda Rob.

— C'est la même chose tous les jours, lui répondit une femme à côté d'eux. Que Dieu le bénisse. Et je viens tous les jours voir son saint visage.

— Venez. Allons manger, décida James avant qu'ils ne se fassent trop remarquer.

Ils rentrèrent au *Old Bull* dans la grand-rue, où James avait réservé des chambres individuelles, et ce dernier commanda un copieux repas pour les deux jeunes garçons, avec même un verre de vin.

— Je dois me rendre quelque part pendant que vous mangez, déclara-t-il. Je voudrais voir les environs et chercher un bateau pour nous ramener demain ou après-demain.

— On ne peut pas venir ? s'enquit Walter. Moi aussi, je voulais voir les environs.

— Je reviendrai vous chercher, promit James. Nous irons sur le marché et longerons la rivière avant d'aller nous coucher.

Il enfonça son chapeau sur sa tête et sortit discrètement. Les rues étroites qui le menèrent au port étaient encore animées. Une fois sur place, il observa les bateaux qui tanguaient le long des quais. Le doux claquement des taquets contre les mâts en bois lui rappela tous les autres ports, et tous les bateaux qu'il avait pris au cours de sa jeune existence faite de voyages. Tous les ports avaient la même musique de gréements, tout comme chaque village résonnait des cloches de ses églises. Il se dit qu'un jour il serait peut-être capable d'entendre ces bruits sans que cela lui rappelle le danger et le secret de ses missions. Il espérait un jour pouvoir écouter cette musique sans avoir peur.

— Le *Marie* est-il à quai ? demanda-t-il à un homme qui passait à côté de lui et qui avait un cordage enroulé sous le bras.

— Il l'était, mais il est reparti, répondit l'autre sur un ton bourru. Vous deviez embarquer ?

— Non, mentit James avec naturel. Je pensais qu'il était toujours dans les parages.

— Je dis ça parce que le capitaine du *Marie* a annoncé à tout le monde qu'il n'attendrait finalement pas son bon ami, et il a mis les voiles ce matin.

— Ah, lâcha James.

Il glissa une pièce au marin, qui la rangea rapidement dans sa poche, avant de remonter le cordage sur son épaule et de reprendre son chemin.

— Sauriez-vous où je pourrais trouver un autre bateau ?

— Demandez autour de vous, se contenta de répondre l'autre avant de filer.

James resta un instant figé, sonné par cette catastrophe. Tout reposait sur ce bateau qui devait quitter le port à minuit, comme convenu, mais voilà que le capitaine lui faisait faux bond. Son seul réconfort était que la nature publique de cet échec laissait supposer que le plan n'avait pas été ébruité. Le capitaine avait eu peur à l'idée de secourir le roi d'Angleterre et avait levé l'ancre, mais il n'avait pas été arrêté. Le plan pouvait donc toujours fonctionner avec un autre bateau. James allait devoir trouver un autre capitaine suffisamment loyal envers le roi pour accepter de prendre le risque, ou si facilement corruptible qu'il accepterait de le faire par appât du gain. Il observa chaque bateau à quai en se disant qu'il n'avait aucun moyen de savoir, ni même de demander, sans courir un terrible risque.

Il craignait d'attirer l'attention en arpentant les quais avant le dîner, et il jugea préférable de revenir plus tard faire le tour des tavernes du port pour trouver un moyen d'engager une conversation plus discrètement. Il ferma les yeux un instant pour ne pas voir cette forêt de mâts. Il vivait depuis si longtemps sur le fil du rasoir qu'il ne trouvait plus palpitant de s'engager dans une nouvelle aventure. Il se sentait simplement harassé. Il voulait par-dessus tout mener à bien cette évasion pour que tout soit fini. Il n'entrevoyait pas même pour le lendemain un sentiment de triomphe. Il s'était résolu à délivrer le roi, avait apposé son nom sur des lettres et des contrats, et s'était entièrement dévoué à la tâche. Il était loyal ; et il pensait que Dieu le guiderait. Il quitta donc le port pour retourner à la demeure de M. Hopkins. La porte dans le mur à l'arrière, qui donnait sur le jardin, était déverrouillée et aucun garde n'était posté devant. James se faufila par celle-ci et avança silencieusement en direction de la porte des cuisines, qui avait été laissée ouverte pour faire entrer l'air frais.

Le chaos régnait à l'intérieur. Le roi était très pointilleux sur la nourriture, mais il fallait se montrer à la hauteur de son importance et servir vingt plats différents à chaque repas. C'était là une tâche bien ardue pour les cuisiniers de province, qui arrivaient à court de recettes et d'ingrédients. Il y avait quelques gardes, que James pouvait apercevoir par la porte ouverte sur la salle à manger, mais leur tâche était de suivre le roi où qu'il aille, et non d'empêcher quiconque d'entrer dans la maison. C'étaient les propres serviteurs du roi qui étaient chargés de tenir tout indésirable hors des appartements de leur maître, ainsi que d'escorter les nobles invités, mais ils n'avaient été engagés à son service que très récemment et ne s'étaient encore pas bien familiarisés avec cette demeure aux airs de labyrinthe. Ils ne pouvaient donc pas encore différencier les invités des étrangers. Le roi avait ajouté à son entourage près d'une dizaine de courtisans depuis qu'il avait été libéré du château, et eux aussi avaient des serviteurs et des suivants qui allaient et venaient sans encombre. Il y avait trop d'inconnus dans cette maison pour en remarquer un de plus.

James attendit quelques instants dans le jardin, observant le ballet désorganisé des serviteurs et leur façon de courir en tous sens depuis les cuisines jusqu'à la salle à manger ou dans les escaliers pour rejoindre les appartements du roi. Puis il enleva son chapeau, rajusta sa veste et entra avec aplomb par la porte de derrière, comme si sa présence était tout à fait naturelle. La chaleur était étouffante : un rôti tournait sur une broche au-dessus du feu, des saucières frémissaient sur les braises rougeoyantes de petits fourneaux, des légumes mijotaient près de la cheminée et l'on sortait tout juste du pain des fours. Les serveurs se succédaient à un rythme soutenu, passant commande pour leur table, récupérant parfois un plat préparé pour celle de M. Hopkins. La cuisinière personnelle du maître de maison était au beau milieu de tout cela, tentant de maintenir l'ordre, son tablier couvert de saleté, le visage dégoulinant à cause de la chaleur autant que de l'angoisse.

— Trancheur du roi, se présenta James avec respect. Puis-je vous assister, cuisinière ?

— Messire, je ne sais même pas ce qu'il a mangé jusqu'à maintenant, répondit-elle en se tournant vers lui avec soulagement. Est-ce que vous lui avez déjà monté le rôti ?

— Je venais justement le chercher, rétorqua James avec habileté.

— Prenez-le ! Prenez-le ! s'exclama-t-elle en désignant d'un geste affolé la cuisse d'agneau sur la table, qu'un serveur dressait à la va-vite avec des bouquets de cresson.

— C'est pour la table des gentlemen ! se récria ce dernier.

— Prenez-le, dit-elle à James en lui fourrant le plat dans les mains. Et dites-moi s'il manque quelque chose à sa table.

James s'inclina et quitta la pièce, puis passa sous le nez des gardes au pied de l'escalier et monta jusqu'aux appartements du roi. Les soldats aux portes ne surent pas quoi faire, mais James leur présenta le plat et leur dit sur un ton autoritaire :

— Vite, avant que ça ne refroidisse !

Il avança sans attendre leur réaction, si bien que les deux hommes s'empressèrent de lui ouvrir les portes et de les refermer derrière lui. James, toujours sans hésiter le moins du monde, entra dans la salle à manger du roi et déposa le plat sur la table.

Le serviteur derrière la chaise du monarque, le valet qui tenait ses gants, l'échanson avec le vin et son compagnon chargé de l'eau le regardèrent à peine tandis qu'il s'emparait du long couteau aiguisé et se mettait à découper des tranches d'agneau d'une grande finesse avant de les disposer délicatement sur le plus beau plateau en argent des Hopkins. Il s'inclina et posa le plateau devant le roi en se penchant par-dessus son épaule. Son visage était si proche de l'oreille du souverain qu'il put sentir les bouclettes grisonnantes le frôler, et l'odeur de la pommade française lui emplir les narines. Il chuchota :

— À minuit, ce soir. Laissez votre porte ouverte.

Le roi ne tourna pas la tête vers lui et resta de marbre.

— « Clarion », ajouta James.

C'était le mot de passe qu'on lui avait donné en France, celui qui signifiait que le plan était celui de la reine Henriette-Marie elle-même.

Le roi pencha la tête comme pour dire le bénédicité, et fit discrètement un signe de la main sous la table pour assurer qu'il avait compris. James recula jusqu'à la porte, s'inclina profondément, puis se retira.

Quand il fut de retour à l'auberge du *Old Bull*, les garçons, occupés à manger des prunes confites avec des noix, se levèrent d'un bond.

— Est-ce qu'il y a une fête ? demanda Rob. Il y a tellement de bruit.

— Il y a un marché et des baladins, répondit-il. Voulez-vous aller voir cela ?

Il s'aperçut qu'il avait un grand sourire, tout soulagé qu'il était après le succès si aisé de la première étape du plan : entrer en contact avec le roi. Il avait tout planifié, et travaillé avec de grands hommes pour anticiper chaque phase, mais il lui avait finalement suffi de marcher avec assurance pour que le portier lui ouvre. Il ne se souciait presque plus de ne pas avoir de bateau. Puisque la chance était de son côté, elle le resterait jusqu'à ce qu'il atteigne le point de rendez-vous en mer avec la flotte du prince.

— Est-ce que le roi fera une autre apparition ce soir ? s'enquit Walter.

— Non. Il ne salue la foule qu'avant le dîner, puis ils ferment les volets pour la nuit. Mais il se pourrait qu'on le voie demain. Il me semble qu'il sort faire un tour au matin, pour aller à l'église.

Il savait cependant que le roi serait à bord du vaisseau du prince à l'aube.

— Est-ce qu'il est libre d'aller où il veut ? demanda Walter.

— Quand le Parlement a décidé de trouver un accord avec lui, il a dû le libérer pour qu'il puisse signer les documents en homme libre. Maintenant, il peut aller partout où il veut sur l'île ; mais il a donné sa parole de ne pas la quitter.

— Est-ce qu'il y a un ours qui danse ? demanda Rob. Je n'ai jamais vu d'ours.

— Je ne pense pas, répondit James. Nous sommes dans une ville puritaine, ou elle l'était encore jusqu'à récemment. Nous pouvons cependant faire le tour du marché, où vous pourrez acheter un petit cadeau à votre mère – peut-être quelques rubans pour ses cheveux.

Il s'aperçut alors qu'il avait soudain la bouche sèche en songeant aux beaux cheveux blonds de la jeune femme.

— Non, elle porte toujours un bonnet, répondit Rob. Mais si on trouve un étal avec des babioles, je lui en achèterai. Elle aime les petites pièces sans valeur. Allez, en route.

Les deux garçons traversèrent le marché, regardant chaque étal et riant devant les tours accomplis par un petit chien dressé à sauter dans un cerceau et à se tenir sur ses pattes arrière dès qu'il entendait « Ironsides[1] ! ». Le marché s'étendait le long des rues étroites en direction du port, où la rivière déployait ses méandres à travers la ville, les bateaux amarrés dodelinant sur son lit. James cherchait les embarcations nouvellement arrivées ou prêtes à repartir quand Rob s'exclama soudain :

— P'pa ! C'est mon père !

James tourna brusquement la tête et vit un homme au visage hâlé et aux cheveux foncés dresser la tête en entendant cette voix familière. Il put apercevoir brièvement le visage de

1. « Ironsides » pourrait se traduire par « côtes de fer ». Oliver Cromwell était surnommé « Old Ironsides », et ce nom a été repris pour désigner son régiment de cavalerie, admiré pour sa bravoure au combat. (*NdT*)

l'homme abasourdi avant qu'il tourne vivement les talons et se fonde dans la foule.

— C'était mon père ! C'était lui ! s'écria Rob. P'pa ! C'est moi, Rob ! Attends-moi !

Il s'élança droit devant, se faufilant dans la masse de badauds, et, malgré son retard sur l'homme, il fut plus rapide. Quand James et Walter le rattrapèrent, il avait réussi à lui mettre la main dessus et s'était jeté dans ses bras.

— C'est moi ! s'exclama-t-il encore, persuadé que son père allait l'accueillir à bras ouverts. C'est moi, p'pa ! C'est Rob !

Le regard coupable de l'homme se posa sur James par-dessus la tête de son fils.

— Rob, dit-il en lui tapotant le dos. Oh, Rob.

Le jeune garçon se pressait contre son père tel un chiot abandonné.

— Où est-ce que tu étais ? demanda-t-il. On ne savait pas ! On a attendu, tellement attendu ! On pensait que tu t'étais noyé !

James vit que l'autre le regardait avec une sorte de désespoir, en quête de solidarité masculine pour l'excuser d'avoir failli à son devoir de père.

— Ils pensaient que vous aviez été enrôlé de force dans la Marine, lui dit-il pour lui tendre une perche.

— Ah ! Mais oui, je l'ai été. Ça oui ! expliqua le père avec une soudaine énergie. (Il serra son fils dans ses bras et fit un pas en arrière pour le contempler.) Je ne t'avais pas reconnu, tellement tu as grandi. Et comme tu es bien habillé ! Je vois que tu t'en es bien sorti sans moi !

— On ne s'en est pas bien sortis du tout ! Où tu étais ? insista Rob.

— C'est une longue histoire, répondit son père. Et un jour je te raconterai tout.

— Pourquoi tu n'es pas rentré ?

— Pourquoi je ne suis pas rentré ? Parce que je ne pouvais pas, pardi !

— Mais pourquoi ça ?

— Parce que j'ai été enrôlé de force, fiston. Les racoleurs sont venus me prendre sur mon bateau pour me faire entrer au service de la Marine pour le Parlement. D'abord j'ai commencé matelot, et je suis monté en grade parce que je connais bien les eaux autour de l'île de Sealsea et jusqu'aux falaises à l'est.

— Mais pourquoi tu n'as pas envoyé un message à m'man ?

— Ah, mon petit, c'est parce qu'ils ne laissent personne débarquer ! Dans la Marine, t'as pas le droit à ton jour de congé, même les jours de fête ! J'étais sur mon navire et je ne parlais à personne à part les autres pauvres bougres qu'ont été enrôlés comme moi.

James observa le fils d'Alinor, élevé dans l'amour et la confiance mutuelle, se faire violence pour croire son père.

— Tu ne pouvais même pas nous faire parvenir un message ? Parce qu'on a attendu très longtemps que tu reviennes, et m'man ne sait toujours pas si tu es vivant ou mort. Il faudra que je lui dise quand je rentrerai. Elle ne va pas me croire ! Elle t'a attendu. On a tous attendu que tu rentres !

— Oh, elle le sait, t'en fais pas. C'est mieux pour elle de faire comme si elle savait pas, mais tu connais ta mère, fiston. Une femme comme ça… elle le sait dans ses tripes ; elle le sait dans ses os. Elle a pas besoin de message pour savoir ce qu'il en est. C'est le vent et les vagues qui le lui disent. La lune lui murmure à l'oreille. Les oiseaux dans les haies sont ses messagers. Dieu seul sait ce qu'elle sait ou pas, mais faut pas que tu t'inquiètes pour elle, ça non.

James sentit une haine glaciale lui emplir les veines en voyant le pauvre garçon tenter de trouver du sens à ces paroles, les sourcils froncés sur son visage juvénile, tandis que le mauvais père lui affirmait que sa mère n'était guère meilleure.

— Je ne pense pas qu'elle soit au courant, contra timidement Rob. Elle nous l'aurait dit quand on lui demandait où tu étais.

— Bah, tu te débrouilles très bien tout seul, de toute façon, s'exclama son père avec joie. De riches habits, et de riches amis. (Il se tourna vers James.) J'suis Zachary Reekie, se présenta-t-il. Capitaine du caboteur le *Jessie*.

— James Summer, répondit-il sans lui tendre la main. Je suis le tuteur de maître Walter Peachey, que voici, et de votre fils, son valet et compagnon.

— Pour les Peachey ? s'étonna le père. Je t'avais pas dit qu'il fallait pas s'en faire pour ta mère ? Qu'est-ce qu'elle a bien pu faire pour te faire engager là-bas ? J'ai bien ma petite idée ! Est-ce que M. Tudeley est toujours intendant au manoir ?

— M'man entretient la distillerie du prieuré, bégaya Rob en rougissant furieusement.

— C'est moi-même qui ai demandé que Rob devienne le compagnon de maître Walter, expliqua James en s'assurant de ne pas trahir dans son ton la rage qui bouillait en lui. Mme Reekie a eu le bon sens d'accepter qu'il entre au service de la famille Peachey. Il est payé par trimestre et, quand maître Walter partira pour l'université, j'espère pouvoir placer Rob comme apprenti auprès d'un médecin. Il est doué avec les plantes et les remèdes, et je lui apprends le latin.

— Ah, d'accord, disons ça, rétorqua Zachary de façon peu amicale. Je suis content que les choses tournent bien pour nous tous.

Puis il se retourna comme s'il pensait qu'ils en resteraient là, mais Rob lui attrapa immédiatement le poignet.

— Mais tu vas revenir à la maison, maintenant, hein ? Maintenant que tu n'es plus dans la Marine.

— J'peux pas pour le moment, répondit-il en cherchant encore de l'aide auprès de James. J'ai quitté l'armée quand la flotte a rejoint le prince. Quand les navires ont rejoint le côté du prince Charles, j'ai fichu le camp. J'aurais jamais pu regarder ton oncle Ned dans les yeux si je m'étais battu pour le roi ! Imagine un peu. Mais j'ai dû m'engager sur le *Jessie*, et donc je dois encore rester un an. C'est un caboteur qui fait le tour de l'Angleterre et de la France. Je suis jamais dans le coin. Toujours en mer. Mais dès que mon contrat sera terminé, je reviendrai, c'est sûr.

— Qu'est-ce que je vais dire à m'man, moi ? demanda Rob.

— Tu lui dis ça ! Demande à ton tuteur de le lui expliquer. Il comprend, lui. Pas vrai, m'sieur ?

— Je comprends très bien, répondit platement James.

— Vraiment ? s'étonna le jeune garçon en le regardant avec espoir.

— Je comprends que votre père était lié à la Marine et qu'il est désormais lié à un navire marchand. Cela n'a rien d'inhabituel. Il sera libre de rentrer quand son contrat sera arrivé à terme, mais nous pourrons déjà dire à votre mère qu'il est en vie, qu'il se porte bien et qu'il rentrera.

— Si ça lui va, précisa Zachary.

Il tourna la tête vers lui et lui adressa un clin d'œil entendu sans être vu par son fils. James ravala son dégoût.

— Mais vous devez prendre un verre avec nous et discuter avec votre fils, puisque nous avons eu l'immense chance de vous trouver, l'invita-t-il gaiement. C'est une occasion en or !

Nous ne sommes venus que pour visiter l'île et apercevoir le roi, et c'est vous que nous trouvons.

Walter ne semblait pas y voir une si grande chance, mais Zachary se réjouit de cette invitation à boire.

— Oui, allons là-bas, dit-il en désignant une des tavernes du front de mer. J'y ai une ardoise et je serais pas mécontent de leur apporter quelques clients. (Il adressa un nouveau clin d'œil à James.) Et du beau monde, avec ça. Avec une bourse bien remplie. Ça va leur faire un coup.

— Certainement, confirma gaiement James avant de passer devant.

Il inspecta les lieux pour s'assurer que malgré la modestie de la taverne, qui servait marins et marchands officiant dans le port, ce n'était pas un endroit malfamé et non indiqué pour des jeunes garçons.

Walter et Rob prirent place autour d'une petite table dans un coin tandis que les deux hommes allaient à l'entrée des cuisines pour commander à boire. Zachary échangea brièvement à voix basse avec le patron, mais James les interrompit sans tarder en déclarant :

— Dites-lui que je paierai ce que vous devez.

— C'est bien aimable, répondit Zachary d'un air soudain suspicieux.

— Il se pourrait que j'aie du travail pour vous, expliqua-t-il.

— Je s'rais ravi d'aider un ami des Peachey. Ou peut-être que vous êtes un ami de ma femme ?

James ne trahit aucune réaction face à cette insulte envers Alinor.

— C'est pour les Peachey, dit-il. Je pense pouvoir vous fournir du travail.

— Ah oui ? se radoucit Zachary. Les garçons, ça vous dit une tranche de bœuf et du pain ? Je sais que les garçons ont toujours faim.

Walter, l'air mal à l'aise, secoua la tête.

— Nous venons de dîner, expliqua James. Ils prendront un verre de petite bière, puis nous rentrerons à l'auberge.

— Très bien, céda le marin. Je prendrai un broc, puisque c'est vous qui régalez.

Il fit signe au patron, qui sortit une bouteille noire de sous le comptoir et remplit un gobelet en terre cuite. Zachary leva son verre à la santé de son fils.

— C'est bon de te voir, fiston, dit-il affectueusement. Et de voir que tu vas si bien !

Les garçons à table semblaient mal à l'aise. Rob ne détachait pas son regard de son père, mais ne posa plus de question. Après un moment, James les autorisa à retourner à l'auberge pour aller se coucher.

— Je vais m'arranger avec votre père, promit-il à Rob.

— Vraiment, monsieur ? dit le garçon en le dévisageant avec une confiance absolue. Est-ce qu'on le reverra demain ?

— Je lui demanderai de déjeuner avec nous.

— Merci, monsieur. Parce que… je dois lui demander… Je dois trouver comment tout expliquer à ma mère.

James pensa à la pauvreté dans laquelle vivait Alinor et au terrible péril pour sa réputation depuis que cet homme l'avait abandonnée avec leurs deux enfants.

— Je lui parlerai, promit-il encore.

Sa fourberie lui fit honte lorsqu'il vit le visage de Rob s'illuminer.

Les deux hommes attendirent que les garçons soient partis avant de reprendre leur conversation.

— Qu'est-ce que vous me voulez ? demanda Zachary sans ambages. Pas besoin d'essayer de me coincer.

— J'ai besoin de votre bateau, répondit James. Je devais rencontrer un capitaine ici, mais il n'est pas venu. J'ai besoin de faire un trajet en mer.

— Dans quelle direction ? railla Zachary. Vous savez qu'on est sur une île ? La mer, elle est partout autour.

— Vers le sud, en direction de la France.

— Je le fais une fois par semaine.

— Vous êtes le commandant, non ? Vous pouvez donc décider des trajets.

— Du moment que j'ai un chargement et que ça peut me rapporter. Le propriétaire de mon bateau me fait confiance pour gérer son affaire.

— Je voudrais que vous rencontriez un navire en mer pour un transfert de précieuse marchandise, déclara James. Vous n'avez pas besoin d'en savoir plus.

— De la contrebande ? demanda Zachary tout bas. C'est pas impossible, mais ça coûte cher.

— Je vous paierai, promit James. Grassement.

— Cette cargaison, ça sera plutôt un baril, un coffre, ou une personne ?

— Vous n'avez pas besoin de le savoir. Tout ce que vous devez retenir, c'est que vous serez bien payé pour lever l'ancre quelques minutes après minuit. Je vous accompagnerai, mais pas les garçons.

— Et combien que je serai payé pour ce travail de nuit, avec Sa Sainteté comme second, et cette cargaison ?

— Vingt couronnes en partant, vingt autres sur le quai une fois revenus ; et personne n'en saura rien.

Zachary poussa sa chaise en équilibre sur les deux pieds arrière et balança les jambes sur le tonneau qui servait de table.

— Non, je crois que je ne vais pas accepter, dit-il en souriant à James par-dessus sa chope. C'est trop pour un simple transfert de contrebande, et je ne suis pas contrebandier, je dois vous avertir. Par contre, c'est pas assez pour faire évader le roi de l'île. Si c'est ce que vous avez en tête, sachez que vous serez pendu haut et court.

— C'est le prix que j'aurais payé pour l'autre bateau, répondit calmement James. C'est un prix équitable.

— Non. Parce que, voyez, votre capitaine a pas voulu le faire pour ce prix. Votre bateau : disparu. Vous savez pas pourquoi ? (Zachary lança un regard attentif à son interlocuteur et en déduisit que ce beau jeune homme n'avait pas la moindre idée de la raison qui avait poussé le capitaine à revenir sur sa promesse.) Alors si lui il a pas voulu le faire pour ce prix, moi je pense pas que je vais accepter non plus.

— Et moi je pense que si, rétorqua James. Parce que je pourrais prévenir la garde pour qu'elle vous arrête, et je pourrais dire au magistrat que vous avez abandonné votre femme et laissé vos enfants dans la misère à Sealsea. Je pourrais lui dire que vous avez déserté la Marine parlementaire et que vous êtes un contrebandier. Je pourrais lui dire que vous êtes infidèle et possiblement bigame. Je pourrais lui dire que vous êtes recherché sur l'île de Sealsea, et peut-être même ailleurs. Votre propre fils témoignerait du fait que sa mère attend votre retour et que les responsables de la paroisse vous recherchent pour payer vos dîmes.

— C'est pas vrai ! s'emporta Zachary en frappant la surface du tonneau du plat de la main. Elle m'attend pas ! Dites ce que vous voulez, mais pas ça. Je lui manque pas, elle veut pas de moi. Le gamin a sans doute envie que je revienne, mais pas elle.

— Je sais qu'elle vous attend, affirma James sereinement en songeant à cette femme au teint pâle qui avait attendu que le fantôme de son mari vienne lui parler la veille du solstice d'été.

Zachary se pencha en avant comme pour lui faire une confidence.

— Elle m'attend pas, parce que c'est une catin, déclara-t-il vulgairement. Entre hommes honnêtes, je vais vous dire : c'est une catin et une sorcière. Ils m'ont marié à elle, malgré mes doutes, mais sa mère – une sorcière, elle aussi – voulait mon bateau et mes filets, et le fruit de ma pêche, et elle s'est dit que je protégerais sa fille quand les temps seraient durs. Elle me voyait déjà riche. Peut-être que j'ai juré que je ferais fortune. Peut-être que j'ai fait tout un tas de promesses. J'étais sous son charme… Et qui je tiens responsable pour ça, hein ? J'ai construit notre maison juste à côté de chez sa mère à la maison du passeur pour qu'elles puissent continuer leur travail de leveuses de sorts ensemble, et j'ai regardé ailleurs quand elles faisaient leurs affaires. Je ramenais du poisson, je l'envoyais le vendre au marché, et je récoltais l'argent. J'avais prévu d'acheter un autre bateau, mais j'ai manqué plusieurs fois de chance. J'ai été un aussi bon mari que n'importe quel homme sur cette île. Je ne savais pas les tours qu'elles me joueraient, ma femme et sa mère – que Dieu les maudisse.

» On a eu un enfant : une fille aussi belle qu'une fée. Comment je pouvais savoir, moi, qu'elles m'avaient fourré un changeling dans les bras avant que je pose les yeux sur elle ? Puis on a eu Rob. Regardez-le ! Il pouvait lire avant de savoir marcher, alors que moi je ne sais même pas épeler mon nom. Il connaissait déjà les plantes au moment où il a appris à marcher dans le jardin. Il arrivait déjà à les reconnaître à l'odeur. Qui s'amuse à sentir les plantes, à part un enfant du peuple des fées ? Ils ne sont pas de moi. Personne ne pourrait jamais croire qu'ils sont de moi ! Regardez-les !

— De qui sont-ils, dans ce cas ? demanda James d'un air pincé.

— Demandez-le-lui ! C'est elle qui sait qui elle va voir quand elle s'en va à la pleine lune, ou à la veille du solstice d'été, ou quand elle va danser sous un ciel sans étoiles au beau milieu de l'hiver. Il n'y a qu'elle qui peut dire comment elle les a eus. Moi je vous le garantis, ils ne sont pas de moi.

James se raidit pour réprimer un tressaillement dû à la superstition. Il s'efforça de répondre sur un ton égal :

— Cela n'a aucun sens. Êtes-vous en train de me dire que vous l'avez abandonnée pour une raison aussi absurde ?

— Qu'elle soit damnée ! C'est elle qui m'a abandonné ! se récria Zachary. C'est peut-être moi qu'on a tiré de force d'une taverne pour rejoindre la Marine, mais c'est elle qui m'a abandonné il y a des années de ça. Elle m'a émasculé ; elle peut le faire d'un seul regard. Je ne pouvais rien faire avec elle. Je l'ai attrapée un jour et j'allais la forcer, mais mon bras a flanché et mon sang s'est glacé. J'allais la forcer à faire son devoir envers moi – vous voyez ce que je veux dire : un homme a des droits sur sa femme, qu'elle le veuille ou non – mais je n'ai rien pu faire. Elle m'a regardé, et je jure qu'elle m'a maudit, parce que je suis devenu aussi mou qu'un poisson mort. Je vous jure, elle me tuait. Je ne pouvais rien faire avec elle : ni la battre, ni lui faire son affaire. Elle me l'a coupée et m'a pendu avec.

— Vraiment ?

— Elle a aspiré toute ma vie, je vous le dis. Je ne pouvais plus être un mari avec elle, et quand je voulais faire ça avec une fille de rien, je pouvais pas non plus, juste à penser à elle. Si ça c'est pas une malédiction qu'elle m'a lancée ! Et après la mort de sa mère, ça a été pire. Je pensais que lorsque la vieille aurait disparu, elle perdrait son pouvoir, mais en fait elle a hérité en plus de celui de la vieille sorcière. J'étais comme un bébé dans ma propre maison. J'étais encore plus démuni que Rob, et j'avais encore moins mon mot à dire qu'Alys. Les racoleurs m'ont embarqué de force, mais Dieu que j'étais content de partir !

— Est-ce que vous envisagez de rentrer un jour ? lui demanda James.

— Jamais ! Jamais ! Je préférerais encore mourir que d'y retourner. Je préférerais être englouti par les flots. C'est une catin, je vous le dis. C'est une catin du peuple des fées. C'est une sorcière, je vous le dis. Elle peut faire un enfant sans homme ; elle peut éviter d'avoir un enfant et ce quel que soit l'avis de son mari. Elle peut tuer un enfant dans le ventre et geler la queue d'un homme d'un seul souffle mortel.

— Grand Dieu, que racontez-vous là ?

James ne parvenait plus à dissimuler son effroi. Ce qu'un homme craignait par-dessus tout était une femme capable de racornir son sexe et de tuer ses enfants.

— Je la connais ! reprit-il. C'est impossible pour une femme comme elle. C'est impossible pour n'importe quelle mortelle !

— Facile à dire, prêtre, pour quelqu'un qui ne l'a jamais vue nue, qui n'a jamais caressé son corps si chaud, qui ne l'a jamais désirée, rétorqua Zachary à voix basse. Mais le premier baiser sur ses lèvres, c'est comme goûter à l'absinthe – on en veut toujours plus, jusqu'à sombrer dans la folie.

— Je ne suis pas prêtre, se défendit promptement James sans prêter attention à ce que Zachary disait sur la femme de son cœur.

— Comme vous voudrez, répondit l'autre avec un rictus mauvais. Mais je vous dis que ça pue l'encens ici, et que c'est pas moi.

Un silence s'installa entre eux.

— Qu'à cela ne tienne, enchaîna James en essayant de retrouver son aplomb et son autorité ainsi que de conjurer l'image d'Alinor offrant son corps à un seigneur démoniaque. Je n'ai pas le temps pour ce genre de balivernes. Je vous donne le choix entre une traversée ou la prison. Que décidez-vous ?

— Vingt couronnes pour emmener la cargaison jusqu'à un point de rendez-vous en mer, et vingt couronnes pour vous ramener ?

— C'est cela, confirma James.

— Et on en parle plus, et vous ramenez mon garçon auprès d'elle en lui disant que vous ne m'avez jamais rencontré ?

— Je ne peux pas le forcer à mentir, mais je peux toujours vous inventer une excuse.

— Pour qu'elle arrête de me chercher ?

— Elle ne viendrait jamais vous chercher.

— Elle a le don de vision, pauvre fou. Elle peut me voir quand ça lui chante, à moins qu'il n'y ait la haute mer qui nous sépare. Elle ne peut pas me voir au-delà des eaux profondes, ça je le sais. Elle a peur des abysses parce que ça annule son pouvoir. Mais si jamais je faisais voile vers Sealsea, le marais se mettrait à bouillir sous ma quille et m'enverrait dans les airs comme un débris d'épave juste devant sa porte, et elle m'anéantirait d'un seul regard.

— Vous parlez comme un fou.

— Qu'est-ce qui a tué sa belle-sœur, à votre avis ? repartit brusquement le marin.

—Quoi ? s'étonna James, une nouvelle fois désarçonné. Quelle belle-sœur ?

—Vous voyez que vous ne la connaissez pas, dit-il avant de tourner la tête pour commander à boire d'une voix tonitruante.

Le patron arriva en silence, et James attendit sans rien dire qu'il soit servi et ait pris une grande lampée.

—Poursuivez, dit-il d'un air crispé.

—Alors vous ne savez pas ça non plus ! Sa belle-sœur. La femme de Ned. Une femme qu'elle aimait pas. Comment qu'elle est morte, à votre avis ?

—J'ignorais qu'elle...

—Parfaitement. Vous ne savez pas. Elle lui a pris la vie par jalousie. Pour que la pauvre femme ne puisse pas mettre son enfant au monde.

—Elle ne ferait jamais une chose pareille.

—Elle l'a pourtant fait. Je le sais. Parce qu'il était de moi.

—Vous avez mis la femme d'Édouard, le passeur, enceinte ?

—Oui, et ma femme a tué le gamin par méchanceté.

Il y eut un long silence. Zachary vida son gobelet et le poussa vers James dans l'espoir d'en avoir encore. Ce dernier prit une inspiration tremblante, bouleversé par ces horreurs, puis dit avec nonchalance :

—Arrêtez ces vilenies, elles n'ont pas le moindre poids pour moi. Je ne connais pas ces gens et ils ne sont rien à mes yeux. Nous sommes ici pour passer un marché à propos d'une traversée.

—Vous êtes ici pour un marché ; moi je suis ici pour boire.

James tourna la tête vers le patron et lui fit un signe de tête pour qu'il apporte de quoi étancher la soif du marin.

—Alors, acceptez-vous ou non ? demanda-t-il tout bas.

— J'accepte.

— Et si je lui dis que vous ne reviendrez jamais, acceptez-vous de vous tenir loin d'elle ?

— Avec joie. Vous m'avez pas écouté ? J'y retournerai jamais.

Zachary lui tendit une main poisseuse, que James serra par obligation. En sentant la paume chaude, calleuse et couverte de cicatrices du marin, cela le ramena brusquement au souvenir d'Alinor.

— Ah, vous l'avez touchée, alors, devina l'autre avec une cruelle satisfaction en voyant James blêmir. Vous l'avez touchée, et elle a mis le grappin sur votre âme aussi.

James rentra à l'auberge du *Old Bull* et monta l'escalier branlant pour rejoindre la chambre mansardée des garçons. Ils étaient tous les deux dans le lit, en chemise de nuit.

— J'ai prié pour mon père, lui confia Rob.

— C'est très bien, répondit James. Nous le reverrons demain. Il viendra pour le déjeuner. Dormez, à présent.

Il les regarda : Walter étendu de tout son long dans le lit, les bras tendus, un pied à chaque coin, tandis que Rob était roulé en boule. Puis James sortit silencieusement de la pièce pour rejoindre la salle à manger.

Deux hommes étaient assis autour du feu. Ils se levèrent à son approche et lui serrèrent la main, mais n'échangèrent aucun nom.

— Vous l'avez vu ?

— Oui. Je lui ai dit que nous opérerions à minuit. Et j'ai rencontré le marin, avec lequel nous sommes convenus du prix, confirma James. Avez-vous pu soudoyer les gardes ?

— Ce n'était pas difficile, répondit l'autre. Il n'est pas aussi bien surveillé qu'au château de Carisbrooke. Cela faisait partie de l'accord passé avec le Parlement, et ils s'y sont tenus. Ils ont accepté de lui rendre sa liberté, seulement tenu par sa promesse. Ils pensent que son seul espoir est de signer un accord – les imbéciles.

— Si je me fais prendre à la demeure des Hopkins, ne m'attendez pas. Emmenez-le le plus vite possible. Le bateau s'appelle le *Jessie*, il est amarré dans le port, prêt à lever les voiles.

— Je pensais que ce devait être le *Marie* ? s'étonna le second inconnu.

— Il n'a pas respecté son engagement. Ce sera le *Jessie*.

— Vous l'avez payé ?

— Vingt couronnes à l'aller, et vingt quand nous serons en sécurité au port.

— Moi, je rentre avec lui en France, déclara le premier. S'il accepte. Je ne reviendrai pas.

— Je dois revenir avec le capitaine pour terminer ma mission ici, annonça James en fouillant dans sa poche pour en sortir une lourde bourse qu'il tendit au troisième conspirateur. Mais vous pouvez garder cela pour moi. Soyez sur le quai pour payer le *Jessie* quand il reviendra.

— Vous ne voulez pas garder l'argent sur vous ? (James secoua la tête.) Vous craignez qu'il le vole et vous jette par-dessus bord ? se récria l'autre d'un air atterré. Quel genre de complice est-ce là ? Pour une mission aussi cruciale ?

James resta un instant silencieux.

— Je ne fais confiance à personne, répondit-il avec une sincérité qui le frappa lui-même. Je ne fais confiance à personne dans cette contrée qui est la mer, dans ces ports qui ne sont pas des havres, dans ces terres englouties par intermittence.

— Que dites-vous ?

— Qu'importe. Si vous ne me voyez pas sur le quai, faites embarquer notre passager et payez le capitaine pour qu'il l'emmène.

— Pourquoi ne seriez-vous pas avec lui sur le quai ?

— Si je me fais prendre, répondit platement James. Si je suis mort.

Cinq minutes avant minuit, les trois hommes mirent leur haut chapeau et accrochèrent leur épaisse cape autour du cou. James supposait que ses tremblements étaient dus à l'humidité de l'air, et il rechigna à s'éloigner du feu, souhaitant en profiter encore un tout dernier instant.

— Je pars devant, déclara-t-il. Vous me suivrez et m'attendrez sous sa fenêtre, et vous, vous irez sur les quais.

— Comme convenu, rétorqua son premier acolyte avec une certaine irritation due à la peur. Pour l'amour de Dieu, pouvons-nous y aller ?

Pas une lumière ne brillait chez les Hopkins. Aucun garde n'était en vue, mais James avait l'intuition que le commandant du château de Carisbrooke, un soldat aguerri, avait dû poster des hommes devant les portes d'accès, malgré toutes les promesses que le Parlement avait pu faire au sujet de la liberté du roi. Le portier principal des Hopkins avait été payé pour regarder ailleurs sur les coups de minuit, mais il n'y avait aucun moyen de savoir si des espions ne se tapissaient pas dans les alcôves ou bien dans l'ombre des murs. James quitta précipitamment la rue principale et pénétra par la porte donnant sur le jardin avec une assurance feinte. Puis il contourna les carrés de légumes et d'herbes pour rejoindre la porte de la cuisine. Elle était déverrouillée pour permettre les livraisons matinales. James tourna la poignée et entra dans la pièce silencieuse.

Le tournebroche se redressa dans son lit gigogne près de la cheminée.

— Qui est là ? demanda-t-il.

— Ce n'est rien. Ce n'est que moi, répondit James avec naturel. Je ne savais pas si quelqu'un s'était occupé de sa trempette.

— Quoi ?

— Le roi. Il prend du pain trempé dans le vin chaque soir à minuit. Est-ce que quelqu'un lui a monté ça ?

— Non ! s'exclama l'autre. Seigneur ! Ça m'arrive tout le temps. Et ses serviteurs qui sont partis à l'auberge, et la cuisinière qui dort.

— Je vais le faire, rouspéta James. Il faut toujours tout faire soi-même, ici.

— Vous avez la clé du cellier ? Est-ce qu'il faut que je réveille le maître d'hôtel, M. Wilson ?

— Non. Le roi ne boit pas le vin de votre cave. Il a le sien, dans ses appartements. J'ai la clé. Rendormez-vous, je m'occupe d'aller le servir.

Il récupéra un verre et une carafe dans l'armoire installée dans le couloir et monta l'escalier. La porte de la chambre du roi était fermée de l'intérieur, mais quand il approcha sur le plancher grinçant du palier, il entendit les cloches de l'église Saint-Thomas sonner, et en même temps le loquet parfaitement huilé tourner doucement. Il ressentit alors une euphorie indicible. Il était sur le seuil de la chambre du roi, qui lui ouvrait sa porte, et un bateau les attendait.

Le triomphe est à portée de main, se dit-il. *On est proches de la victoire.*

Le roi ouvrit la porte et jeta un coup d'œil dans le couloir.

— « Clarion », lança James en posant un genou à terre.

— Relevez-vous, répondit le roi avec indifférence. Je ne viendrai pas.

— Votre Majesté ? souffla James en dévisageant le roi d'un air abasourdi.

Celui-ci recula dans la pièce et lui fit signe d'entrer avant de lui indiquer de refermer la porte. Son visage ridé respirait l'amusement ; c'était un homme acculé qui se riait de son sort.

— Pas ce soir, dit-il.

— Le portier a laissé le champ libre. Votre fils, Son Altesse Royale, vous attend avec sa flotte. J'ai posté un homme sous votre fenêtre et un autre sur les quais, et un bateau attend de vous conduire jusqu'à votre fils. La voie est libre…

— Oui, oui, l'interrompit le roi avec un geste désinvolte de la main. C'est très bien, vraiment très bien, mais nous le ferons un autre jour si besoin est. Je les mène par le bout du nez, voyez-vous. Ils vont me présenter un accord.

James sentit le désarroi lui faire tourner la tête, mais il se rappela bien vite l'homme anxieux qui patientait sous la fenêtre du roi.

— Je dois dire à mes hommes de partir, déclara-t-il. Ils vous attendent et sont en danger. Moi-même, je ne peux rester si vous décidez de ne pas m'accompagner. Mais je vous implore de venir, Sire. C'est votre meilleure occasion…

— C'est moi qui créée mes propres occasions, trancha le roi en se détournant déjà. Vous pouvez disposer.

— Je vous en supplie, insista James. (Il entendit sa voix trembler et rougit de honte face à son roi.) Je vous en conjure, Sire… Sa Majesté la reine m'a donné l'argent nécessaire pour payer la traversée. Elle m'a chargé de vous délivrer. Je suis sous ses ordres.

Le roi fit volte-face, son sourire évanoui.

— Je n'ai nul besoin d'être délivré, lâcha-t-il avec agacement. Je suis seul juge de mes actions. Je sais ce qu'il se passe. Sa Majesté la reine est limitée par les capacités de son sexe : elle ne peut pas savoir. Ils viennent à moi et se prosternent pour me présenter des propositions plus que généreuses. L'invasion des Écossais leur a appris la nécessité de se plier à ma volonté, sans quoi ils me verront abattre sur eux le marteau irlandais. Ils ont vu que le royaume se soulevait pour me soutenir. Ils commencent à entrevoir l'étendue de mon pouvoir, qui est infini et éternel. Ils peuvent bien remporter mille batailles, mais ils ne peuvent pas m'enlever ma couronne. Le Parlement sait qu'il ne peut pas régner sans roi – sans moi.

James sentit monter en lui une rage dangereusement proche de la trahison. Il aurait voulu saisir cet homme par le collet et l'emmener de force en lieu sûr.

— Dieu m'en est témoin, Votre Majesté, je jure que vous devriez venir avec moi ; vous pourrez ensuite négocier en toute sécurité, entouré de votre épouse et de votre fils. Leur avenir dépend de vous, comme celui de nous tous. Quel que soit l'attrait de leur proposition, quoi qu'il vous soit promis par le Parlement, il serait plus sûr de négocier depuis la France.

— Je n'abandonnerai jamais mon royaume, s'exclama fermement le roi en se redressant de toute sa taille. Et mon royaume ne peut pas m'abandonner. Dieu a décidé de me faire roi, et personne ne peut s'opposer à Sa décision. Nous trouverons un accord, mes sujets et moi. Je retournerai à Londres et Sa Majesté la reine me rejoindra au palais de Whitehall. Je ne disparaîtrai pas dans la nuit tel un voleur. Dites-le-leur.

Il indiqua ensuite la porte à James d'un signe de la tête pour le congédier.

— Je ne peux pas partir sans vous ! J'ai juré !

— Je vous l'ordonne.

— Votre Majesté, s'il vous plaît !

Charles fit un petit geste de la main pour empêcher ses protestations. James n'avait plus d'autre choix que partir : il recula en respectant précautionneusement le protocole face à un roi, sans jamais lui tourner le dos, jusqu'à sentir l'anneau de cuivre de la porte.

— Votre Majesté, j'ai risqué ma vie pour venir vous secourir, dit-il avec calme. Un homme loyal vous attend sur les quais pour vous accompagner en France. Il a fait ses adieux à sa famille et à son pays. Il partira en exil et restera avec vous jusqu'à ce que vous soyez en sécurité. Nous avons un bateau et allons vous emmener auprès de votre fils. Il vous attend avec sa flotte en haute mer. Votre sécurité et votre liberté vous attendent. Votre avenir – et le nôtre à tous – dépend de votre départ aujourd'hui même.

— Je vous remercie pour votre service. (Mais le roi s'était déjà assis et retournait à son courrier.) Je vous suis reconnaissant. Et quand je retrouverai ma place, je vous récompenserai. Soyez-en sûr.

James s'inclina bien bas tout en se disant qu'il ne serait plus jamais sûr de rien. Il sortit de la chambre du roi et entendit bientôt le verrou se refermer. Ce fut pour lui comme entendre un effroyable glas, comme la hache qui s'enfonce dans le billot après avoir tranché une tête.

Dans la rue en bas, l'anonyme sursauta comme un chien effrayé quand il vit la silhouette sortir de sous un porche.

— Votre Majesté, souffla-t-il avant de poser un genou à terre.

— Relevez-vous, ce n'est que moi, dit James en soulevant son chapeau pour découvrir son visage. Il ne viendra pas.

— Sainte Marie, mère de Dieu !

— Venez, lui dit-il dans un murmure. Rentrons à l'auberge.

Ils avancèrent rapidement, empruntant un chemin détourné passant par de sombres ruelles pour remonter les quais et chercher leur compagnon caché dans l'obscurité d'une porte. Ils rentrèrent tous les trois jusqu'à l'auberge et rejoignirent la salle à manger. Dès que la porte fut refermée, James enleva son chapeau et jeta sa cape au sol. Il se laissa choir sur une chaise et s'enfouit le visage entre les mains.

— Pourquoi est-ce que vous ne l'avez pas convaincu de venir ? demanda l'un de ses complices.

— Comment ?

— Seigneur ! Vous auriez dû lui expliquer !

— Mais je l'ai fait.

— Ne comprend-il pas le danger qui le guette ? Qui nous guette tous ? Comment peut-il nous laisser courir ces risques pour lui et décider simplement de ne pas venir ? Cela fait des semaines que nous préparons tout !

— Des mois. Il pense qu'ils lui proposeront un accord.

— Pourquoi n'avez-vous pas insisté ?

— Il est le roi. Qu'aurais-je pu dire ?

— Que se passera-t-il s'il n'obtient pas un accord du Parlement ?

— Il est certain d'en obtenir un, répondit James en serrant les dents. Je l'ai supplié de venir. Je l'ai prévenu. J'ai fait tout ce que j'ai pu. Il était déterminé. Je prie Dieu pour qu'il ait raison.

— Mais pourquoi ne pas venir ? Pourquoi avoir fui la prison à Hampton Court, manquant à sa parole et à sa promesse, mais refuser de le faire aujourd'hui alors qu'un bateau l'attend pour l'emmener retrouver son fils en mer ?

— Dieu sait que je n'en ai pas la moindre idée ! jura James, pris de désespoir. Je ne serais pas ici si je ne pensais pas que c'était la meilleure chose à faire, la chose la plus sûre, et même la seule option qu'il ait. Mais comment aurais-je pu le contraindre à venir ? Comment ?

Le troisième homme n'avait pas retiré son chapeau, ni défait sa cape.

— Je m'en vais, s'emporta-t-il. Je ne ferai plus jamais une chose pareille. N'essayez pas de me retrouver ou de me solliciter à nouveau. Ne venez plus me demander mon concours. Je ne souhaite plus jamais revivre une nuit pareille. C'était la dernière fois. Je ne soutiens plus cette cause. Qu'il ne compte plus sur moi. Je ne peux pas le servir. On m'avait prévenu qu'il était aussi inconstant et porté au verbiage qu'une femme, mais je n'aurais jamais cru qu'il laisserait ses amis, des hommes ayant prêté allégeance à sa cause, seuls dans la nuit en proie à un péril mortel, et décréterait simplement qu'il s'en contrefichait.

James acquiesça en silence alors que l'homme passait la porte, traversait discrètement la salle principale et quittait l'établissement.

— Reviendrez-vous ? demanda l'autre d'un air maussade. Allez-vous faire une autre tentative ?

— Si l'on m'en donne l'ordre, je devrai obéir. Mais je ne ferai plus la même chose. Plus jamais. Forcer des gens à le servir, leur faire prêter serment pour sa cause. J'ai même emmené deux jeunes garçons dans cette périlleuse entreprise pour me couvrir. J'ai mis ma vie en danger, les vôtres aussi, et même celle de ce scélérat sur le *Jessie*. J'ai tout risqué en vain pour un homme qui ne veut pas de mon aide, qui ne m'a même pas demandé mon nom, qui n'a même pas laissé de message pour sa femme – elle qui a vendu ses bijoux pour financer cette opération. Je vais devoir retourner auprès d'elle et lui expliquer qu'il a refusé de venir. J'ai échoué. Je n'ai pas réussi à le sauver ; par sa faute à lui, je n'ai pas réussi à accomplir la mission qu'elle m'avait confiée.

— Bonne nuit, lança abruptement l'autre. Je prie Dieu pour que jamais nous ne nous revoyions. Je jurerai sur ma vie ne vous avoir jamais rencontré, et je ne parlerai jamais de tout cela. Si je suis capturé, je nierai tout, et vous ferez de même.

— Amen, dit James en s'enfonçant dans sa chaise.

L'homme s'arrêta à la porte et ajouta :

— Même sur le bûcher, j'ose espérer que vous ne mentionnerez pas mon nom, car je ne dirai pas le vôtre. Je ne veux pas mourir pour rien.

— C'est entendu, accepta amèrement James.

C'était comme si cela ne signifiait rien, que la loyauté n'avait pas d'importance, pas plus que la perspective de mourir sur le bûcher. Son dernier complice s'en fut dans la nuit.

James resta assis en silence auprès du feu mourant, laissé torpide par cet épisode qui l'avait vidé de tout son courage. Il se rendit compte que ses mains tremblaient et qu'il ne voyait plus rien d'autre, le regard perdu dans les braises, que l'air triomphant sur le visage lugubre du roi au regard si triste. Il se sentit idiot d'avoir remis sa vie entre les mains d'un homme tel que lui, pour l'accomplissement d'un plan aussi fantaisiste.

Le roi qu'il avait juré de servir ne voulait pas entendre parler de sa loyauté, et la femme qu'il avait désirée donnait son corps au petit peuple, et avait assassiné la femme de son propre frère avec son enfant. Il se sentit très éloigné de Dieu et de la grâce, ainsi que de son propre foyer.

À l'aube, à une heure convenable pour être debout, James descendit au port. L'air était frais et une légère brise charriait les embruns. Le ciel était rose orangé. La journée s'annonçait belle. S'ils avaient effectué la traversée dans la nuit comme prévu, ils auraient bénéficié d'un bon vent pour le retour, le soleil leur réchauffant le dos. Ils auraient jeté les amarres sur un quai paisible, payé Zachary, et seraient partis chacun de leur côté pour regagner leur foyer. Personne n'aurait su que le roi s'était évadé jusqu'à ce qu'on lui serve son déjeuner, tard dans la matinée. Le roi, lui, aurait pris son repas en France, la lignée des Stuart saine et sauve en exil, prête à revenir en force. La rébellion de Cromwell aurait été vouée à l'échec. James tourna la tête en direction des nuages roses à l'est et se dit qu'il n'avait jamais de sa vie contemplé un lever de soleil dans une si sombre humeur.

Zachary était endormi, roulé en boule sous une voile à la poupe du petit navire marchand. Il ouvrit les yeux et se redressa en entendant les pas de James sur les pavés du quai.

— Le plan est mort dans l'œuf, devina-t-il. Comme les bébés qu'elle dit vouloir mettre au monde et qui sortent tout bleus. Je vous vois mécontent, comme elle l'est tout le temps.

— Oui, répondit sèchement James. Mais je ne sais rien de quelque bébé que ce soit.

Zachary se râcla bruyamment la gorge avant de cracher par-dessus bord.

— Elle a leur sang sur les mains, déclara-t-il sur un ton égal. C'est leur odeur qu'elle porte sur elle : le nourrisson mort. Vous n'avez pas remarqué ? Mais, bon, à part ça, qu'est-ce qui vous est arrivé ? Rien de bon. Vous avez été pris ? Quand vous alliez récupérer votre « cargaison » ?

— Non.

— La moitié de l'île doit le savoir, de toute façon, dit le marin avec pessimisme. Il n'est pas connu pour sa discrétion, votre patron. Tous ceux que je connais ont déjà reçu une lettre de lui et ont appris son code « secret ».

— Je ne pense pas.

— Bah, vous allez quand même me payer mes quarante couronnes pour que je me taise, décréta Zachary.

— Vingt, rétorqua platement James.

Il sortit sa bourse et la lui lança. Le marin la rattrapa habilement et la fourra précipitamment dans une poche de sa veste râpée.

— Donc, vous avez échoué, dit-il avec cruauté. Votre mission est un échec, et vous aussi.

— En effet, admit James, mais personne n'en saura jamais rien, et aucun tort n'a été fait.

— Ah, mais moi je sais. Je vous connais, et je sais d'où vous êtes venu – et qui vous a envoyé. Je sais où vous vivez. Je pense que vous vous fourrez le doigt dans l'œil si vous croyez qu'il ne s'est rien passé de mal.

— Vous avez raison, concéda James, mais j'en sais autant sur vous, et nous sommes donc à égalité. Voudriez-vous venir prendre le déjeuner à l'auberge pour voir votre fils ce matin ?

— Ça non, répondit Zachary en secouant la tête.

— Que suis-je censé lui dire ?

— Dites-lui que je suis sorti en mer la nuit dernière et que j'ai coulé.

— Je ne peux pas faire cela.

— Alors inventez le mensonge qui vous fera le moins honte. Apparemment, vous êtes pas tellement attaché à la vérité. Vous avez trahi vos vœux et vous avez menti à ceux qui vous faisaient confiance. Vous mentez à vos hôtes et à leurs serviteurs. Si vous avez une amante, et je pense qu'on sait tous les deux qui c'est… (Il s'arrêta et le regarda méchamment en songeant à Alinor) alors c'est sûr que vous lui avez menti aussi, parce que c'est pas une royaliste. Elle ne peut être fidèle à aucune cause ni à aucun mortel. Vous êtes pas mieux que moi. D'ailleurs, vous êtes même pire, parce que j'ai fui une sorcière pour survivre, mais vous, vous courez la rejoindre. Et elle sucera votre âme de menteur et elle volera votre enfant.

— Je ne cours pas la rejoindre !

— Alors vous vous mentez aussi à vous-même.

— Et il n'y a pas d'enfant.

— Il y en aura un si elle le veut.

James marqua une pause et serra les dents dans un accès de haine.

— Je ne l'aiderai en aucun cas à vous retrouver, et je dirai à votre fils que je vous ai confié un message à transporter et que vous n'êtes pas encore revenu.

Zachary hocha la tête, indifférent.

— De toute façon, je prends le large avec la marée de ce matin, déclara-t-il. Je serai parti pour plusieurs jours, peut-être des semaines. Si le gamin vient me chercher, je serai plus là.

— Adieu, lança sèchement James en lui tournant le dos et en s'éloignant.

— Bon vent, prêtre, cracha Zachary avec une pointe de menace dans ce dernier mot.

James eut l'esprit embrumé toute la journée. Les garçons voulaient voir le roi se rendre à l'église, mais il ne pouvait pas supporter l'idée de revoir ce visage mélancolique, et il les invita donc à y aller seuls. Ils revinrent tout excités en expliquant que le roi avait salué la foule venue lui rendre hommage, que quelqu'un l'avait invectivé et que des Cavaliers avaient commencé une bagarre, puis que le roi avait ri avant de s'en retourner chez lui, et de saluer une nouvelle fois la foule depuis sa fenêtre. Ils lui apprirent que la rumeur courait que le Parlement arriverait la semaine suivante pour lui rendre sa couronne.

— Est-ce que vous voulez chevaucher jusqu'à Cowes ? leur demanda James, pour qui chaque minute passée à Newport était insoutenable. Nous pourrions prendre un bateau de là-bas jusqu'à Portsmouth, puis louer des chevaux pour rentrer par la route.

— Vraiment ? s'extasia Walter en joie avant de prendre Rob par le cou dans le crochet de son bras. Dis oui !

— Oui ! Oui ! s'exclama ce dernier. Mais est-ce que vous savez si mon père viendra manger avec nous ce matin ? Est-ce que je le reverrai avant de partir ?

— Je l'ai chargé de porter un message pour moi à Southampton et il n'est pas encore revenu, mentit aisément James. Il a dit qu'il pourrait avoir du retard. Nous pourrions le voir à Cowes, mais rien n'est certain. Je crains cependant qu'il ne rentre pas auprès de votre mère, Robert. Il a dit qu'il ne le ferait pas. Je suis navré.

—Mais qu'est-ce qu'elle va pouvoir faire? s'inquiéta le garçon. Qu'est-ce qu'il se passera s'il ne revient jamais ? Elle ne peut pas continuer à survivre grâce aux plantes et à son travail d'accoucheuse. Est-ce qu'il a dit s'il enverrait de l'argent ? Et puis il faut penser à Alys. Elle a besoin d'une dot. C'est son père qui devrait fournir la dot, monsieur.

—Je parlerai à votre mère, répondit James en résistant à une vague de désespoir. (Il était de toute manière impatient de pouvoir lui parler.) Si nous parvenons à vous faire engager comme apprenti, alors vous aurez un bon salaire. Vous pourriez avoir une belle vie, Robert. Vous pourriez aider votre sœur. Si elle parvient à s'offrir un bon mariage, alors votre mère aurait besoin de moins pour vivre. Elle a un bateau, à présent ; elle peut gagner sa vie. Elle ne dépend pas de votre père. Elle a de grandes connaissances, et quand elle trouve du travail, elle est bien payée.

—Aucune femme n'emploiera une accoucheuse qui n'est ni une épouse ni une veuve, rétorqua Rob rouge de colère. Ils pensent que ça porte malheur.

—Je ne le savais pas, dit James doucement en comprenant qu'il en savait très peu sur Alinor et sa vie. Elle pourrait peut-être aller vivre plus loin dans les terres, où personne ne la connaît et où elle pourrait prétendre être veuve ?

—Pourquoi est-ce qu'il ne peut pas rentrer et tout arranger ? s'enquit le garçon sur un ton implorant et déchirant.

—Ce sont des affaires entre un mari et son épouse, répondit bêtement James sans pouvoir le regarder dans les yeux. Je suis navré pour vous et votre mère. Mais si votre père refuse de faire son devoir, je ne peux pas l'y forcer ; et vous non plus, Robert. Ce n'est pas votre faute.

— Les marguilliers pourraient l'y forcer !

— Ils pourraient, mais il ne se présentera jamais devant eux.

— Elle sera humiliée, se lamenta tristement le jeune garçon. Et ils me traiteront de bâtard.

Ils chevauchèrent jusqu'à Cowes, Walter plein d'entrain, mais Rob très sombre. Là, ils passèrent la nuit dans une auberge du front de mer, puis ils payèrent pour la traversée du Solent. Le trajet fut aisé et, quand ils débarquèrent à Portsmouth, ils louèrent des chevaux pour redescendre le long de la côte, vers l'est, traversant des champs et des villages avec de petites églises en bord de mer. Ils passèrent une nuit à Langstone, dans une vieille auberge de pêcheur. James se réveilla au son des mouettes, l'odeur de la mer flottant dans la pièce, et il songea que pour le restant de sa vie, ce son lancinant resterait gravé en lui comme celui de la défaite. Ils reprirent la route vers l'est à travers les marais salés du Hampshire et franchirent la frontière du comté du Sussex. Quand ils arrivèrent sur la route menant au sud vers le bac de Ned et le gué, James plissa les paupières pour ne pas être ébloui par le soleil qui sombrait à l'horizon, cherchant Alinor du regard, là où il l'avait vue à leur départ.

La marée était descendante et l'eau de la rivière scintillait d'un éclat aveuglant. Il pensait presque qu'elle l'attendait, que son pâle visage resplendirait de joie en le voyant. La lumière qui se reflétait à la surface de l'eau était si vive, et il était si persuadé qu'elle viendrait l'accueillir qu'il la vit, sa capuche rabattue laissant apparaître son bonnet blanc, l'observant depuis l'autre côté de la vasière. C'était toutefois un mirage, une illusion dans la vapeur de l'eau, une chimère. Ce fut son frère qu'il vit approcher depuis chez lui, son chien à ses pieds, et tirer le bac à la force de ses bras. Puis il les aida à faire monter les chevaux loués.

— Vous pouvez aller voir votre mère, si vous le souhaitez, dit James à Rob alors que Ned les faisait passer de l'autre côté. Walter et moi rentrons au prieuré. Je peux prendre votre monture.

Rob accepta d'un signe de tête.

— Pourquoi ? Qu'est-ce que t'as ? demanda Ned en percevant l'accablement dans le ton de James et en remarquant l'air abattu de son neveu. Est-ce que t'es malade, Rob ? Il y a quelque chose qui va pas, monsieur Summer ?

— Simplement la fatigue, répondit James en comprenant que le désespoir qui lui tordait les entrailles se lisait sur son visage. Je pense que nous sommes tous les trois fort éreintés.

— Alors ça ne vous a pas réjouis de voir le roi ? ironisa le passeur. Il ne vous a pas guéris de tous vos maux par son simple toucher ?

James se rappela que personne ici ne savait qu'il avait échoué dans sa mission et qu'il avait perdu son seul but dans la vie.

— Non. Les garçons ont apprécié de le voir.

— T'es un royaliste, maintenant, Rob ? plaisanta son oncle alors que le bac touchait la rive.

— Non, mon oncle, répondit le garçon d'un air effacé, mais j'étais content de voir le roi en personne.

— Et son manteau ! s'exclama Walter. Vous auriez dû voir son chapeau !

Les garçons firent descendre leur monture du bac.

— On dirait qu'il va négocier une éternité avec la délégation du Parlement, déclara Ned à James. Mais je suis sûr que l'armée aura son mot à dire, quel que soit l'accord qu'ils trouvent. Il n'embobinera pas l'armée, même s'il arrive à le faire avec le Parlement. Les soldats ne lui pardonneront pas d'avoir déclaré une autre guerre alors qu'on se croyait enfin en paix. Le peuple est contre lui comme jamais avant, à cause de ça. Personne ne le lui pardonnera.

— Je ne sais pas, lança James avec lassitude en posant le pied à terre tout en tenant son cheval par la bride. Dieu sait quel arrangement ils trouveront, et ce que cela nous coûtera à tous.

— N'invoquez pas le Seigneur en vain sur mon bac, le sermonna Ned.

— Mes excuses, dit James avec raideur en emmenant sa monture en direction du montoir pour pouvoir grimper en selle, puis récupérer les rênes de son élève. Mes hommages à votre mère, Rob.

Alinor descendait le chemin jusqu'à la maison du passeur pour cueillir des mûres quand elle aperçut au loin dans le soleil couchant son fils chéri approcher depuis la rivière. Il ne courut pas en la voyant mais avança comme avec des semelles de plomb, la tête basse tel un chien battu.

— Hé ho ! cria-t-elle en se précipitant vers lui.

Elle comprit dès qu'elle l'eut pris dans ses bras que quelque chose n'allait pas, et elle le renifla tel un animal détectant une maladie : elle sentit les différents établissements dans lesquels il avait logé, la fumée des différentes cuisines dans ses cheveux, un empois différent sur son col et l'odeur de la mer et des embruns du port sur son manteau. Puis elle recula d'un pas et le dévisagea ; et elle vit qu'il avait les épaules basses, le visage maussade.

— Qu'est-ce qu'il y a, mon fils ? demanda-t-elle avec douceur. Qu'est-ce qui ne va pas ?

— Oh rien, rien, répondit-il d'un air morne.

— Viens, rentrons à la maison, dit-elle en le prenant par la main.

Elle comprenait instinctivement qu'il refuserait de lui parler là, sous le regard des mouettes qui criaient dans le ciel, à côté de la mer qui toisait le rivage comme si elle allait engloutir les terres et faire du monde entier un estran.

— Tu allais quelque part ? demanda-t-il.

— Juste cueillir des mûres. Je peux y aller à un autre moment.

Elle ne ferma pas la porte d'entrée pour pouvoir apercevoir son visage dans la vive lumière de cette fin de journée. Il se laissa tomber sur son tabouret. C'était là qu'il s'était assis enfant, pleurant après quelque petite blessure. Elle aurait voulu le prendre dans ses bras comme à l'époque.

— Où est Alys ? demanda son fils.

— Elle dîne chez les Stoney, et elle passe la nuit là-bas. Elle va bien. Mais toi, qu'est-ce qu'il y a ?

— Je… C'est… On a vu…

Elle maudit intérieurement ce prêtre qui avait arraché son fils à son foyer pour l'emmener si loin en mer, le réduisant au silence par une trop grande détresse.

— Est-ce que tu as faim ? lui demanda-t-elle pour leur laisser un peu de temps à tous les deux.

— Non ! s'exclama-t-il en refusant qu'elle gâche sa nourriture pour lui puisqu'elle aurait bien du mal à en gagner quand tout le monde apprendrait que son mari l'avait abandonnée.

— Prends un gobelet de petite bière, au moins, proposa-t-elle gentiment avant d'aller chercher la cruche pour les servir tous les deux. (Elle s'assit ensuite à côté de lui et croisa les mains sur ses genoux pour s'empêcher de les triturer.) Raconte-moi, Rob. Ce n'est sans doute pas si grave que ça. Ça n'est jamais aussi grave que…

— C'est grave, l'interrompit-il. Tu n'as pas idée.

— Dis-moi, alors, lui enjoignit-elle. Explique-moi.

— J'ai vu p'pa, annonça-t-il d'une petite voix en baissant la tête. À Newport, sur l'île. Il avait un bateau, et il est capitaine d'un caboteur qui s'appelle le *Jessie.* (Il observa sa réaction à la dérobée.) Tu le savais ?

— Non, bien sûr que non. Je te l'aurais dit.

— Il aurait pu rentrer il y a des mois, reprit-il. Mais il ne l'a pas fait.

— Ça ne me surprend pas, avoua-t-elle dans un soupir dépité. Et ça ne me blesse pas non plus.

— Je l'ai vu, et je l'ai appelé, et lui il est parti en courant quand il m'a vu, expliqua Rob d'une voix légèrement tremblante. Je ne m'en suis pas rendu compte sur le moment, mais maintenant je crois qu'il m'a reconnu tout de suite et qu'il a cherché à m'éviter. Mais j'ai couru après lui comme un idiot, et Walter et M. Summer m'ont suivi.

Elle devint soudain rouge de honte.

— Maître Walter et M. Summer étaient là aussi ?

— Évidemment ! Ils ont fait sa connaissance.

— Oh, non !

— Si, dit-il en hochant tristement la tête. C'est terrible. On est allés tous les trois avec lui dans une taverne toute petite et toute sale où il avait une ardoise – je crois que M. Summer a tout payé – et il a raconté qu'il avait été enrôlé de force dans la Marine, celle du Parlement, puis qu'il s'était échappé quand la flotte est passée du côté du prince. Après, il a été engagé sur un caboteur. Il a dit qu'il mangerait avec nous le matin suivant, mais il n'est pas venu. Il était allé livrer un message pour M. Summer et il n'est pas revenu. On pensait le croiser à Cowes, mais je ne l'ai pas trouvé au port, et personne n'avait vu son bateau. M. Summer a dit qu'il ne reviendrait pas à la maison.

Il lui tendit la main, l'autre devant les yeux pour ne pas avoir à la regarder, et elle la serra avec amour.

— Je ne sais même pas s'il devait vraiment porter un message, reprit-il en se plaquant la main sur le visage. Peut-être qu'ils m'ont menti, pensant que je suis trop jeune et trop bête. Peut-être qu'il s'est juste enfui et que M. Summer a menti pour le couvrir.

— Tu n'y es pour rien. (Elle aurait pu fondre en larmes à la pensée que quelqu'un pouvait délaisser Rob, que son propre père était capable de l'abandonner.) C'est la faute de l'homme qu'est devenu Zachary, pas celle du garçon que tu es. Il ne peut pas vivre avec moi ; peut-être que c'est à cause de moi. Mais tu n'es absolument pas coupable. Tout le monde serait fier de t'avoir comme fils, et d'avoir Alys comme fille. Zachary est incapable de vivre avec moi, et moi avec lui, mais c'est notre faute. Vous n'y êtes pour rien.

— Est-ce que tu as déjà pensé qu'il rentrerait ?

— Je ne savais pas, lui confia-t-elle. Au fil des mois, je me suis dit que c'était de moins en moins probable, mais je ne savais pas. Rien que la veille du solstice, je suis allée au cimetière en espérant croiser son fantôme, comme ça j'aurais su qu'il était mort. Que Dieu me pardonne, Rob, j'ai espéré qu'il était mort pour qu'on n'ait plus à penser à lui. Mais je n'ai rien vu, et j'ai su qu'il devait être encore en vie, qu'il avait dû choisir de ne pas revenir auprès de nous. Mais ça ne change rien, ce n'est pas ta faute.

Elle sentit une certaine honte d'avoir, alors qu'elle aurait dû chercher le fantôme de son mari, trouvé le prêtre. Les deux hommes avaient fini par se rencontrer ; et ils avaient discuté à propos d'elle. Elle n'osait même pas imaginer ce que Zachary avait pu dire. S'il avait répété ses accusations habituelles – qu'elle était payée en or des fées pour vendre son corps dans l'autre monde, qu'elle était une sorcière et qu'elle l'avait émasculé –, alors elle serait humiliée à tout jamais aux yeux de James Summer. S'il l'avait persuadé que la femme de Ned était morte à cause d'une négligence d'Alinor – ou pire, qu'elle l'avait volontairement tuée –, alors il se pourrait qu'elle soit accusée. Elle ferma les yeux en entrevoyant la honte et le danger que pouvait encore lui faire endurer Zachary. Son fils et elle restèrent assis l'un à côté de l'autre pendant un long moment, tous les deux aveuglés par l'angoisse.

— Ce n'est pas ta faute, Rob, continuait-elle de répéter. Et ce n'est en grande partie pas ma faute non plus.

— Qu'est-ce qu'on va faire ? s'enquit le garçon d'un air anxieux. Qu'est-ce qu'on fera s'il ne revient pas ? Tu as un bateau maintenant, mais tu ne peux pas vendre du poisson aux pêcheurs, et quand Walter partira pour l'université, il faudra que je trouve un autre travail, et je ne trouverai rien qui paie aussi bien. Et Alys ne peut pas se marier sans dot.

— Je ne sais pas très bien ce qu'on va faire, admit-elle en essayant de paraître optimiste. Mais j'ai les plantes et les accouchements. Le fermier Johnson m'a payée. Il continuera toujours à y avoir des bébés, Dieu merci. Et si la paix revient et que l'évêque retourne à son palais, alors je pourrai avoir un permis et ainsi me faire payer plus, et avoir plus de travail.

— Pas quand ils sauront que p'pa nous a abandonnés, la contredit Rob. Pas quand ils sauront que tu n'es ni une épouse ni une veuve. Tu ne pourras plus jamais avoir de permis, même si l'évêque revient. Tu ne seras plus considérée comme une femme de bonne réputation. Ils ne te laisseront même plus entrer à l'église – tu devras rester sous le porche. Tu ne pourras plus participer à la communion.

— Peut-être que ça ne dérangera pas tant que ça. Personne n'aimait Zachary.

— Ils me traiteront de bâtard ! s'étrangla-t-il.

— Ils auront tort, affirma-t-elle avec véhémence. Et tu n'auras pas à répondre à ces accusations.

Il demeura silencieux l'espace d'un instant.

— Est-ce qu'on devrait partir ? demanda-t-il. Aller quelque part où tu pourrais dire que tu es veuve, où Alys pourrait trouver du travail, et où les gens ne sauraient pas ?

— Aucune paroisse ne voudrait de nous ! répondit-elle en essayant de sourire. (Mais il vit toute la douleur qui l'animait.) Aucune paroisse n'accueillerait une veuve avec deux enfants ! Ils auraient trop peur qu'on demande l'aumône et qu'on leur coûte cher. Mme Miller en a déjà peur alors qu'on est nés et qu'on a toujours vécu ici, et qu'on paie nos dîmes depuis plusieurs générations. En plus, tu sais, les rumeurs nous suivraient, et ce serait pire aux oreilles d'étrangers qui n'ont pas connu Zachary et ne savent pas comment il est.

— Je ne pourrai pas supporter ça ici.

— Oui, je comprends. Je t'assure que je comprends, Rob, mais au moins ici nous avons le jardin et le bateau, et ton oncle. J'ai la distillerie, la laiterie et la brasserie à la maison du passeur. Je travaille avec ton oncle dans le jardin. Il y a toujours du travail au moulin. Ils ont bonne estime de toi au prieuré, et Mme Wheatley, la cuisinière, est gentille avec moi. Il faudra simplement se préparer à devoir expliquer à tout le monde que Zachary m'a abandonnée pour que les gens arrêtent de se demander s'il est mort ou pas. La situation sera dure pendant un mois ou deux, mais il finira par se passer quelque chose d'autre et tout le monde s'habituera. (Elle tenta de lui offrir un sourire rassurant.) Tu verras. Une pauvresse aura le malheur de sauter par-dessus l'échalier et devra faire pénitence devant toute la congrégation. Ils trouveront à médire de quelqu'un d'autre.

— Ils diront que c'est ta faute et ils te jugeront, même si tu n'as rien fait de mal ! s'emporta-t-il.

— Oui, sans doute, concéda-t-elle en hochant la tête d'un air grave. Mais j'ai la réputation de travailler dur et d'avoir de bonnes connaissances, et ça ne changera pas. Zachary n'était pas très apprécié et il ne manquera à personne. Il ne me manquait déjà pas à moi, à part pour le bateau et ce qu'il gagnait.

— Tu devras vivre sans mari pour le restant de tes jours, ajouta son fils. Et tu as… quoi… trente ans ?

— J'en ai vingt-sept, répondit-elle en souriant. Oui, je serai une femme sans mari pour le restant de mes jours, mais ça ne sera pas si terrible. Je vous ai, toi et Alys, et c'est tout ce qu'il me faut.

— Tu pourrais trouver quelqu'un que tu aimerais, dit-il timidement. Ou quelqu'un pourrait te trouver.

— Personne ne me trouvera jamais ici, rétorqua-t-elle en désignant d'un geste la pièce avec la porte ouverte sur la vasière au-delà et les mares d'eau saumâtre, tandis que le moulin se mettait en marche dans un roulement de tonnerre, déversant un torrent dans la rivière. Personne ne trouvera jamais une femme comme moi dans un endroit comme celui-ci.

James était allé retrouver sir William dans la bibliothèque une fois Walter au lit. Les bougies avaient presque entièrement brûlé sur les bougeoirs et le lévrier dormait tranquillement devant la cheminée. Sir William était installé dans son fauteuil près du feu, et lui sur un siège plus modeste en face. Les deux hommes profitaient d'un verre de brandevin importé par des contrebandiers qui accostaient au moulin lors des marées de nuit noire et repartaient sans allumer aucun feu. James relatait avec lassitude le plan du roi pour se jouer du Parlement, ainsi que son refus de fuir.

— Il n'a pas voulu vous accompagner ? Pas même quand vous lui avez donné le mot de passe ? s'étonna son hôte incrédule.

— Non, monsieur, il n'a pas voulu, confirma James en secouant tristement la tête.

— Vous l'avez bien prévenu des risques ?

— Je l'ai fait, et je lui ai dit que ce plan avait été commandité par son épouse, et que son fils l'attendait sur son vaisseau au large. Je l'ai supplié. Il n'a pas voulu m'écouter.

— Que Dieu le garde, c'est une terrible erreur.

Sir William leva alors son verre au malheur, et James trinqua avec lui avant de s'adosser à sa chaise.

— Êtes-vous malade ? demanda le seigneur en remarquant le teint pâle de son jeune ami.

— Peut-être un peu de fièvre. Rien de grave.

— Alors, pensez-vous qu'il y ait la moindre chance pour qu'il ait raison et que le Parlement ait bien décidé de lui proposer un arrangement ?

— Newport regorge de royalistes clamant que ce qu'il signe n'a pas d'importance, qu'il signera tout ce qu'on lui présentera, et qu'une fois de retour à son palais, il vengera les conseillers que le Parlement a fait exécuter, rendra la couronne à sa reine et ramènera la famille royale à Londres. Il reprendra le pouvoir et détruira ses ennemis. Tout le monde estime que ce qu'il signe aujourd'hui n'a aucune valeur, car il sera seul à dicter les conditions de son retour au pouvoir.

— J'en doute sincèrement. Les parlementaires ne sont pas idiots. Il leur en a coûté cher pour en arriver là. Ils ont perdu des fils et des frères aussi. Ils ne balaieront pas cela d'un revers de la main en lui présentant un arrangement caduc quand il leur a donné si peu de raisons de lui faire confiance. Mon propre passeur ne lui fait pas confiance ! Ils ne lui proposeront rien qui ne soit pas contraignant. Ils vont lui lier les mains et les pieds par des serments. Ils ne lui laisseront jamais les clés de la trésorerie et de l'armée en échange de simples promesses.

— Il m'a été rapporté qu'il ne consentira à rien de moins, répondit James d'un air désabusé.

— Impossible ! lâcha sir William sur un ton sec. Du reste, ce n'est plus son armée. Il s'agit de la *New Model Army*, composée d'hommes de Cromwell. Ils ne se laisseront jamais commander par un roi ; ils suivent leurs propres principes ! Ils sont un pouvoir à part entière, qui pense par lui-même. Même le Parlement n'a aucun contrôle sur eux, alors comment le roi pourrait-il les commander ?

James serra les accoudoirs sculptés de son siège de toutes ses forces pour essayer de dissiper la brume qui lui engluait l'esprit.

— Oui, monsieur, mais c'est la raison même pour laquelle il faudra que le Parlement trouve un accord avec lui : pour éviter de devoir suivre les exigences de l'armée. Certains parlementaires détestent l'armée plus qu'ils ne se méfient du roi. Certains préféreraient un tyran sur le trône à une armée tyrannique – et qui pourrait leur donner tort ? Leurs rangs sont divisés, tandis que lui est déterminé…

L'aîné acquiesça lentement.

— C'est un pari, dit-il. Un pari risqué. Tenter un tel coup est admirable.

James sirota son brandevin, loin de ressentir de l'admiration.

— Je ne sais pas ce que cela signifie pour nous, avoua-t-il. Je ne sais pas ce que cela signifie pour moi.

— J'attendrai que l'on vienne de nouveau me chercher pour le servir, opina sir William. Mais plus jamais je ne mettrai mon fils en danger. Il est difficile d'accepter qu'il nous laisse venir jusqu'à sa porte pour ensuite refuser de nous suivre au moment fatidique. N'a-t-il donc pas songé au danger que nous courions ? Mais, et vous ? Devrez-vous rentrer à votre séminaire pour y attendre vos ordres ?

— Je suppose que oui, répondit James en portant la main à son front, où il fut surpris de sentir perler la sueur. Ils ne comprendront jamais comment j'ai pu échouer. J'ai reçu l'ordre de libérer un lion ; jamais je n'aurais cru qu'il préférerait rester en cage. De toutes les choses dont j'ai craint l'issue, jamais je n'aurais pu anticiper celle-ci. Je suis perdu. J'étais supposé le conduire en sécurité sur le navire de son fils, puis rentrer à

Londres. J'ai reçu pour ordre de me présenter là-bas dès qu'il aurait été libéré et aurait rejoint le large. Je suppose que je vais, à présent, devoir y aller pour leur annoncer qu'il a décidé de rester, et que j'ai échoué. Je vais devoir aller trouver la reine et lui dire que j'ai dépensé en vain la fortune qu'elle m'avait confiée.

— Vous pouvez, bien entendu, rester ici aussi longtemps que vous le voudrez. La chapelle a besoin de son chapelain, et Walter de son tuteur. Personne ne vous soupçonne. Vous êtes en sécurité ici.

— Je serai heureux de pouvoir rester cette nuit, mais j'ai prêté serment. Demain, je devrai rallier Londres.

— Vous ne me semblez pas en état de voyager.

James avait effectivement mal partout.

— Je dois absolument faire mon rapport. Un nouveau plan sera échafaudé. D'autres périples m'attendent, sur des chemins secrets. On me confiera une autre tâche, et j'ai juré obéissance.

— Eh bien, plaise à Dieu qu'ils ne vous demandent pas davantage que de rester discret en attendant des jours meilleurs. Cela fait des mois que vous côtoyez le danger et vous m'avez l'air malade comme un chien.

— Cette mission fut rude, concéda James.

— Que se passera-t-il s'ils vous renvoient auprès de lui, pour essayer une nouvelle fois ?

— J'ai juré obéissance, répéta James avec une amertume et un ressentiment qu'il n'avait jamais connus. Je prie pour que la paix s'installe.

— Comme nous tous, assura sir William. Tant que nous en dictons les termes. Souhaitez-vous que nous allions prier, à présent ?

— Matines, suggéra James en jetant un coup d'œil à l'horloge française qui battait le temps sur le manteau de la cheminée.

Il était minuit passé.

— Oui, accepta le seigneur en se levant. Et partirez-vous demain ?

— À l'aube, répondit James.

Il songea alors à ses deux élèves, à ses projets pour eux, qui tombaient à l'eau désormais, et à la femme qu'il avait juré de ne plus revoir, comprenant qu'il n'en aurait plus jamais l'occasion.

James, qui avait gardé sa chemise blanche et ses culottes d'équitation, mais qui avait passé son étole autour du cou, fit le tour de la chapelle privée en silence pour allumer des bougies. Sir William s'agenouilla devant son imposant siège, les yeux fermés, le visage entre les mains. Tournant le dos à sa congrégation d'une personne, le prêtre prépara le pain et le vin pour la messe sur le vieil autel de pierre à l'extrémité est de la chapelle, énonçant les prières en latin en un simple murmure monotone. Sir William n'avait nul besoin d'entendre les mots. Il participa à la confession et à la préparation de l'eucharistie en latin, paroles qu'il connaissait par cœur après une enfance passée au sein d'une famille qui n'avait jamais renié sa foi au cours des règnes d'Élisabeth, d'Édouard et de Henri.

Le sentiment de désespoir qu'avait éprouvé James d'avoir passé des mois à préparer l'évasion d'un roi qui n'avait pas voulu le suivre le quitta peu à peu à mesure qu'il manipulait les coupes et le ciboire, tournait les pages, versait le vin et rompait le pain. Il se tourna, vit sa seule ouaille agenouillée sur les marches du chœur, et lui donna le corps et le sang du Christ. Il sut sans l'ombre d'un doute qu'à cet instant précis

Jésus-Christ, le Christ ressuscité, était dans le pain et dans le vin, que sir William et lui-même avaient dîné à sa table lors du dernier repas, et qu'ils avaient transcendé la mort elle-même. Il se savait pécheur et pétri de doutes ; mais il se savait tout de même sauvé et absous.

Il marmonna la dernière prière en latin : « Reste avec nous Seigneur » ; et il entendit sir William répondre : « car le soir tombe et le jour déjà touche à sa fin. »

— Comme les gardes cherchent le matin…

— Ainsi te cherchons-nous, Ô Jésus-Christ.

— Viens avec le lever du jour…

— Et manifeste-Toi lors de la fraction du pain.

James sentit une douleur dans les côtes et pensa que ce devait être son cœur qui se brisait, comme celui de Jésus sur la croix. Il avait délaissé la femme qu'il aimait pour le roi qu'il devait sauver, mais il avait failli à sa mission et avait appris de terribles choses sur elle. Il ne reverrait plus jamais son roi ; il ne reverrait plus jamais cette femme. Il la laisserait dans sa misère, et le roi dans sa prison. Il n'avait que vingt-deux ans, mais il avait échoué dans tout ce que son devoir et son cœur lui dictaient de faire.

— Dieu, pardonne-moi, dit-il.

Alors, ses genoux flanchèrent et il tomba au sol en perdant connaissance.

Ils envoyèrent Stuart, le valet de pied, chercher Alinor. Celui-ci dut parcourir les trois miles pour contourner l'estran, car il ne connaissait pas les chemins qui traversaient le marais et craignait que la marée l'emporte, le fantôme des disparus le poursuivant à la nage pour l'entraîner par le fond. Quand il tambourina à la porte de sa petite maison, il la trouva debout avec Rob, dans la faible lueur d'un feu mourant, plusieurs heures après le coucher de tout bon chrétien. Il frémit d'effroi face à cette guérisseuse éveillée au plus noir de la nuit, son fils à ses côtés.

— Vous ne dormez pas ? demanda-t-il d'un air craintif. Vous restez éveillés toute la nuit ?

— Est-ce que quelqu'un est malade ? s'enquit Alinor pour toute réponse.

— Le tuteur, répondit Stuart. Sir William vous demande de venir de toute urgence.

Rob tendit à sa mère son panier de remèdes déjà rempli d'huiles et de plantes, enfila sa veste et son chapeau, puis ouvrit la marche à travers le marais jusqu'au prieuré, empruntant la berge, la plage et des chemins secrets, sous la lumière blafarde de la demi-lune qui se reflétait à la surface de la mer montante. Ils atteignirent le pré-salé au moment où la lune sortait de derrière un amas de nuages, projetant ses rayons sur les vagues du port, et ils traversèrent le potager dans cette étrange lumière.

La chapelle était fermée et silencieuse, tout l'or et les cierges cachés par M. Tudeley et le seigneur. Ils avaient transporté James jusque dans la bibliothèque, lui avaient retiré son étole et l'avaient laissé sur le tapis devant la cheminée, n'osant pas le porter dans l'escalier.

— A-t-il dit quoi que ce soit avant de s'évanouir ? demanda Alinor sans oser le regarder.

Il était livide, étendu sur le tapis comme il l'avait été sur les filets de pêche la nuit où il avait dormi sous son toit et où elle l'avait vu comme un splendide ange venu du ciel.

— Il a dit : « Dieu, pardonne-moi », répondit sir William. Mais il ne pouvait pas être possédé par quelque esprit malin. C'est un homme pieux et il était… dans un état de grâce.

Elle lui adressa un regard fugace pour lui faire entendre qu'elle comprenait ce que le prêtre harassé et le seigneur de cette maison faisaient ensemble à minuit.

— S'est-il plaint de fièvre ou de frissons ? demanda-t-elle en posant une main chaude sur son visage froid et en sueur.

— Oui, et il était fatigué, répondit sir William. Et mélancolique.

Elle avait une très bonne idée de la raison pour laquelle il était fatigué et triste.

— Puis-je me servir de ce que vous avez à la distillerie ?

— Bien entendu. Prenez tout ce dont vous aurez besoin. Vous savez ce qui s'y trouve. Mais, madame Reekie, pensez-vous que cela pourrait être la peste ?

C'était la question qu'Alinor redoutait plus que tout – plus que celles portant sur un possible accouchement par le siège ou une malformation du bébé. S'il s'agissait de la peste, tous ceux présents dans cette pièce étaient presque certains d'y succomber, ainsi que la moitié des gens présents dans la maison, et la plupart de la population de l'île. Leur arrêt de mort serait déjà signé et ils ne pourraient rien faire pour empêcher cela. Elle n'avait aucun remède contre la peste. Elle serait d'ailleurs probablement la première à être contaminée. C'était ainsi. Tout le monde le savait.

— Je ne peux pas me prononcer, dit-elle. Pas avant d'avoir pu chercher les marques sur son corps.

— Mais est-ce une possibilité ? insista sir William, qui s'était retranché derrière son fauteuil. Il était à Newport. Grand Dieu, il a emmené mon fils Walter à Newport et à Cowes.

— Ainsi que le mien, lui rappela Alinor.

— Ils ont pu rencontrer n'importe qui. Il pourrait avoir contracté la peste à bord d'un navire. Ils pourraient déjà tous les trois l'avoir contractée. Ils sont rentrés en bateau jusqu'à Portsmouth.

— Je vais devoir l'examiner, répéta-t-elle en dissimulant son propre effroi. Je ne peux rien affirmer maintenant.

Sir William ne pouvait pas prendre le risque de laisser le malade chez lui un instant de plus.

— Faites-le porter jusqu'aux écuries, dit-il en se tournant vers M. Tudeley. Transportez-le dans le tapis pour ne pas le blesser. Laissez le tapis avec lui. Nous l'enfermerons là-bas le temps d'être certains. (Il se tourna de nouveau vers Alinor.) Madame Reekie, je dois vous demander, resterez-vous auprès de lui pour le soigner jusqu'à ce qu'il se rétablisse ?

— Je ne peux pas, refusa-t-elle fermement. J'ai un fils et une fille à nourrir. Je l'examinerai, mais si je découvre les marques, je ne peux pas être enfermée avec lui. Je n'ai jamais été soigneuse de la peste.

— Je vous en conjure, insista-t-il. Je vous paierai grassement, très grassement. Allez avec lui dès maintenant et examinez-le. S'il s'avère qu'il l'a – que Dieu nous en préserve –, je ferai venir une soigneuse de la peste de Chichester pour tenir son chevet et vous pourrez sortir avant son arrivée, avant que nous soyons infectés, et retourner chez vous pour ne plus en sortir avant que tout soit terminé. Si ce n'est pas la peste, je vous paierai tout de même trois shillings par jour pour le soigner jusqu'à ce qu'il se rétablisse.

Elle hésita.

— Vous ne voudriez pas qu'il soit porté dans son lit, dans la chambre des garçons, lui dit-il. Pas avec votre fils et le mien.

Il vaut mieux pour nous tous que vous le soigniez dans le grenier à foin.

Elle observa le visage exsangue de James, ses cheveux bouclés lui tombant devant le visage, ses cils noirs reposant sur ses joues pâles et l'ombre d'une barbe naissante, preuve qu'il n'était pas un ange mais un homme. Elle vit sa poitrine se soulever rapidement et les sueurs froides tremper les mèches qui lui tombaient sur le front. Elle savait qu'elle ne supporterait pas de le laisser entre les mains d'une étrangère.

— Dix shillings, renchérit sir William pour le bien-être de sa maisonnée. Dix shillings par jour, jusqu'à l'arrivée de la soigneuse de la peste. Chaque jour.

— D'accord, accepta-t-elle. Rob peut aller chercher ce dont j'ai besoin à la distillerie, mais ensuite il devra rester à l'écart.

Le grenier au-dessus des écuries, évacué à la hâte par les valets, était spacieux et aéré, avec à chaque lucarne une fenêtre non en verre mais en corne fine. En dessous, les chevaux de chasse piaffaient et renâclaient, et la pièce avait une odeur réconfortante de paille et de foin, ainsi que des chauds effluves d'avoine émanant des chevaux. Stuart et deux valets hissèrent James, toujours enveloppé dans le tapis, le long de l'échelle et l'étendirent sur le lit.

— Je vous ferai porter de la nourriture, promit M. Tudeley en se tenant à bonne distance, sur l'échelle. Vous pourrez la monter grâce à la corde.

— Et aussi un seau d'eau chaude pour la toilette, et un pichet d'eau froide. Une grande cruche de petite bière et quelques écuelles pour mélanger. Je vais avoir besoin de pain frais, de fromage et de viande pour quand il se réveillera, et quelqu'un devra apporter le repas à midi, ordonna Alinor. Je vais avoir besoin d'un seau comme pot de chambre, et d'herbes pour en parsemer le sol.

— Bien entendu, il sera traité comme un invité d'honneur, et vous aussi, madame Reekie, lui assura l'intendant. Dois-je dire à votre garçon de venir dormir ici avec vous ?

— Non, répondit-elle vivement. Il doit rester à l'intérieur de la maison avec maître Walter. Je veillerai cette nuit sur M. Summer, et s'il se porte bien demain, avec l'aide de Dieu, il pourra retourner au manoir et je rentrerai chez moi. C'est l'histoire d'une nuit.

— Vous nous ferez savoir sans tarder ? demanda nerveusement M. Tudeley sans oser prononcer le nom de cette maladie.

— Je vous dirai immédiatement si je repère des marques, et vous ferez appeler une autre soigneuse, et moi je le laisserai à ses bons soins, lui assura-t-elle.

— Je vous fais porter tout ce que vous avez demandé, promit l'intendant avant de fermer la trappe et de descendre l'échelle.

Alinor attendit un instant, puis alla verrouiller la trappe de son côté pour que personne ne puisse monter de façon inopinée. James et elle étaient vraiment seuls.

Elle s'avança là où ils l'avaient laissé, étendu mollement dans le tapis, qu'elle déroula comme pour ouvrir un précieux paquet. Dès qu'il fut délivré du tapis, il soupira et sembla chercher de l'air. Elle le souleva légèrement par les épaules pour lui passer un traversin sous la tête, et il parut respirer plus aisément, ses joues retrouvant quelques couleurs. Elle se prit à observer ses lèvres pâles en repensant à leur baiser.

Elle défit les boutons de nacre de sa belle chemise de linon, appréciant leur douceur et la beauté de leur éclat, puis rabattit les pans du vêtement pour découvrir son torse et son ventre.

Il avait de larges épaules, une poitrine et un ventre plats, ainsi que la musculature d'un homme qui chevauche et court tous les jours. Une ligne de poils noirs descendait depuis son nombril jusqu'à la ceinture de ses culottes et Alinor, qui avait déshabillé son ivrogne de mari plus d'une fois, la lui défit sans hésiter avant de lui baisser le pantalon. Elle le vit alors nu pour la première fois – la toison foncée, la vigueur de son sexe au repos, la puissance de ses hanches. Elle ne fit que poser les yeux sur lui, mais elle sentit immédiatement son désir la brûler comme une fièvre. Elle tira délicatement sur les culottes pour les lui enlever, se penchant sur lui et humant son parfum épicé. Elle dut se retenir de lui déposer un baiser sur le ventre et d'appuyer sa joue contre son corps chaud.

Elle tira le vêtement jusqu'à ses mollets, puis défit les lacets de ses bottes et les lui retira, avec ses chausses. Il était nu devant elle, à l'exception de sa chemise et de sa veste ouvertes.

Il n'avait aucune marque rouge caractéristique de la petite vérole. Elle lui souleva un bras après l'autre pour vérifier s'il présentait aux aisselles les grosseurs des bubons typiques de la peste. Elle ne trouva aucun signe sur toute sa peau lisse d'une quelconque maladie, hormis l'extrême chaleur qui se dégageait de son corps : la fièvre le consumait.

Elle le cala délicatement un peu plus haut sur le traversin et le sentit se blottir légèrement contre elle, gémissant sans doute de douleur. Elle lui reboutonna la chemise pour le protéger du froid et ressentit pour lui un élan de tendresse, comme lorsqu'elle s'occupait de Rob ou Alys quand ils étaient bébés. Elle laissa l'onéreux tapis sous lui et le couvrit avec une des couvertures de l'autre lit. La plupart des médecins accumuleraient les couches sur un patient fiévreux, ajoutant aussi une bassinoire pour renforcer la chaleur du corps et tuer la fièvre. Alinor soignait ses patients comme elle avait soigné ses enfants, en les maintenant à une température moyenne sans qu'ils s'agitent. Elle lui posa une nouvelle fois la main sur le front et put presque sentir le feu pulser dans les veines bleues à ses tempes. Elle glissa deux doigts sous le col de sa chemise pour tâter son pouls.

Quelqu'un appela depuis la cour et elle se rendit à la fenêtre pour l'ouvrir. C'était Stuart, le valet, qui apportait des draps et de la petite bière, un seau d'eau chaude et des écuelles, des serviettes et une boîte d'herbes et d'huiles choisies par Rob dans la distillerie. Il y avait une poulie et une corde au-dessus de la fenêtre pour hisser les sacs de grain. Alinor fit descendre le crochet et Stuart y suspendit le panier contenant un plat de soupe, du pain et des fromages sur des assiettes, puis toutes les autres choses qu'il avait apportées, avant de demander si elle avait besoin de quoi que ce soit d'autre, comme si elle était une invitée de marque et non une servante du même rang que lui.

— Ce sera tout, répondit-elle. Dites à Rob de venir après le déjeuner. Je lui parlerai de loin. Mais personne ne doit entrer tant que je ne sais pas quelle maladie a contractée M. Summer.

— J'vous d'mande pardon, madame Reekie, mais vous croyez que ça pourrait être la peste ? s'enquit Stuart dans un murmure apeuré.

— Il n'en montre aucun signe pour le moment, annonça-t-elle avec précaution. Je vais le surveiller aujourd'hui au cas où des symptômes surviendraient. Il n'a pas encore de marques. Attendez ici. (Elle fouilla son panier de plantes et en sortit un bouquet de sauge séchée, qu'elle lança au valet.) Allumez ceci dans la cheminée des cuisines, dit-elle, puis soufflez les flammes et rapportez-le-moi encore fumant.

Il s'en fut et revint seulement quelques instants plus tard, la sauge disposée dans un bol en terre cuite. Alinor descendit la corde et il mit le tout dans le panier pour qu'elle le remonte.

— C'est pour invoquer les esprits ? demanda-t-il tout bas. Est-ce que vous allez les faire venir ?

— Non, répondit fermement Alinor, ça purifie l'air. Je ne travaille pas avec les esprits ni quoi que ce soit de ce genre : juste avec les plantes et les huiles, comme tout le monde. (Il acquiesça sans pour autant la croire.) Ce sera tout, conclut-elle.

Elle supposait qu'elle aurait beau nier les rumeurs tenaces selon lesquelles elle faisait appel à la magie, elles lui colleraient à la peau ainsi qu'à toutes les femmes de sa famille comme la brume sur la vasière.

— Dieu nous bénisse, lança Stuart avant de prendre la poudre d'escampette.

Alinor saisit le bouquet de sauge et fit le tour de la pièce, secouant légèrement les feuilles qui se consumaient afin de propager l'odeur purificatrice dans chaque recoin. Puis elle le reposa dans le bol et le laissa fumer ainsi. Elle ouvrit la boîte de remèdes choisis par Rob et y trouva un bâton de cannelle, un bocal contenant un citron macérant dans l'huile et une distillation de basilic sacré tirée des réserves des Peachey. Alinor se dit que James avait peut-être attrapé la fièvre des marais, cette maladie qui stagnait dans la vasière et s'attaquait à tous les visiteurs, les harassant trois ou quatre fois par an, et ce jusqu'à la fin de leur vie. Le premier accès de cette fièvre était le plus virulent, et souvent fatal ; les autres maintenaient le patient alité tandis qu'il brûlait de fièvre et délirait. La plupart des familles du marais des fous l'attrapaient dans leur enfance : Rob l'avait eue petit et Zachary en souffrait à chaque début de saison. La mère d'Alinor pensait qu'elle était due à la piqûre des moustiques qui bourdonnaient à vos oreilles pendant que vous dormiez, et elle avait conseillé à sa fille de planter des soucis et de la lavande sous ses fenêtres et devant sa porte pour les empêcher d'entrer. Alinor ne fut nullement surprise de voir que l'homme qu'elle aimait avait été empoisonné par les moustiques peuplant les marais qui étaient son monde. Cela prouvait qu'il n'aurait jamais dû venir ; et qu'une fois parti, il n'aurait jamais dû revenir. C'était un signe pour eux deux.

Sa fièvre ne faiblit pas de toute la nuit. La jeune femme lui épongea le front avec un mélange d'eau et de sa propre huile de lavande. Elle ajouta l'huile de citron à la soupe, qu'elle saupoudra de cannelle râpée, puis la lui fit avaler. Il demeura à moitié conscient, quelque peu délirant à cause de la fièvre, tournant la tête d'un côté et de l'autre tout en prononçant des mots en latin qu'elle ne pouvait pas comprendre, et elle craignit qu'il s'agisse de formules magiques ou de paroles hérétiques, ou des deux.

Il ne cessait de remuer que lorsqu'elle le tenait, un bras autour de ses épaules, pour l'aider à boire de la petite bière, qu'elle fortifiait avec davantage d'huile de citron. Ce n'était que dans ces moments-là qu'il se calmait, comme si être contre elle l'apaisait ; elle continua donc de l'étreindre, le dos calé contre le mur de bois, sa tête brûlante contre son épaule, l'entourant de ses bras tandis que la nuit laissait peu à peu place à l'aube. Il enfouit son visage dans le creux de son cou comme s'il voulait profiter de sa fraîcheur contre ses joues, et il s'endormit.

Quand le ciel chargé de nuages fut visible à travers les carreaux de corne, il se mit à gémir de douleur, se leva péniblement et se plaqua les poings contre l'estomac. Elle savait ce qui se préparait et lui plaça donc vivement le seau sous les fesses à temps pour qu'il se soulage dans une vive souffrance.

— Là, dit-elle d'une voix pleine de tendresse, comme s'il s'agissait d'un de ses enfants malades.

Puis elle le lava avec de l'eau de lichen du chêne qu'elle avait apportée. Elle fit descendre le seau souillé grâce à la poulie et héla le garçon d'écurie pour qu'il aille le vider sur le tas de fumier avant de le nettoyer et de le lui rapporter. Puis elle se lava les mains et s'installa aussi confortablement qu'elle put contre les planches qui formaient les murs du grenier. Elle prit de nouveau James dans ses bras et ramena sa tête contre son épaule.

Alinor somnola et fit des rêves incohérents à propos d'amour, d'un homme qui lui disait « une femme comme vous dans un endroit comme celui-ci », d'un monde où les femmes n'étaient pas condamnées par l'Église devant les hommes qui avaient péché tout autant qu'elles, et avec elles. Elle rêva d'Alys et de son aimé, Richard Stoney ; de Rob et de la vie qu'il pourrait avoir s'ils n'étaient pas si pauvres et nés pour le rester ; de Zachary faisant voile vers un pays lointain et lançant dans le vent, comme il le lui avait autrefois dit avec tant d'amertume : « Ton problème, c'est que rien de réel n'est jamais assez bien pour toi. »

Il faisait jour lorsqu'elle se réveilla, les membres douloureux et avec un sentiment de défaite. Toute sa fierté disparue dans les affres de la nuit. Elle se dit que Zachary avait raison, qu'elle avait menti à elle-même et à ses enfants, et qu'il ne s'était pas trompé – pas en affirmant qu'elle dansait avec les fées, mais quand il disait qu'elle rêvait de vivre avec elles. Elle avait toute sa vie voulu davantage que cette vie dans laquelle elle était née ; mais elle comprit ce matin-là qu'elle était tombée bien bas. Elle était une pauvresse sur le point de tomber en disgrâce auprès de ses voisins, qui faisait le métier le plus ingrat qu'un être humain puisse faire : soigneuse de la peste, à peine mieux qu'une toiletteuse de corps, à peine moins indigne qu'un fossoyeur qui récupère les morts sur son chariot, sa clochette tintant pour annoncer son passage. Elle ne connaissait pas de métier plus abject que celui de soigneuse de la peste, et c'était la folie et l'amour qui l'avaient fait tomber si bas : enfermée avec un mourant, un homme qui s'était parjuré et qui ne lui avait jamais dit qu'il l'aimait.

Cela ne l'empêcha pas pour autant de le serrer contre elle ; elle se savait la plus grande des idiotes, et sa bêtise lui faisait honte. Elle se rendit cependant compte que le corps de James était chaud entre ses bras, et non pas glacial et rigide, ni en sueur et à l'agonie. Il était simplement chaud, et il sentait bon, comme un homme qui allait continuer à vivre. Puis elle le vit ouvrir ses yeux, qui avaient un éclat rassurant.

— Alinor, dit-il d'une voix rauque comme s'il prononçait son nom pour la première fois.

— Est-ce que vous vous sentez mieux ? demanda-t-elle d'un air incrédule.

— J'ai du mal à parler. Je ne sais pas. Oui.

— Ne parlez pas. Vous étiez très malade.

— J'ai cru que j'allais mourir.

— Vous n'allez pas mourir. Ce n'est pas la peste.

— Dieu merci. Oh merci, mon Dieu.

— Amen.

Il regarda autour de lui d'un air hagard.

— Sommes-nous encore dans votre cabane ?

— Non ! C'est le grenier à foin du prieuré. Vous êtes tombé malade. Vous vous en souvenez ?

— Non, je ne me souviens de rien, répondit-il. (Il fronça les sourcils.) J'ai ramené les garçons depuis Cowes.

— Oui. Ils vont bien. Puis vous avez eu beaucoup de fièvre.

Il tenta de toutes ses forces de se rappeler les mensonges qu'il devait impérativement maintenir, mais il fut incapable de s'en souvenir. Il ne savait plus avec certitude ce qui était vrai et ce qui ne l'était pas.

— J'ai si soif.

Elle lui servit un gobelet de petite bière, qu'il but avec gratitude, mais elle ne voulut pas le resservir.

— Doucement, doucement, vous en aurez encore tout à l'heure.

— Je ne suis pas sûr de ce que j'ai dit, de ce que j'aurais pu dire pendant mon sommeil...

— Rien de cohérent, le rassura-t-elle. Sir William m'a fait appeler après minuit. Il ne m'a rien dit. Vous étiez étendu sur un tapis devant la cheminée. Il a seulement expliqué que vous aviez perdu connaissance. Quand je suis arrivée, vous étiez brûlant de fièvre.

— Je ne me souviens de rien, répéta-t-il.

Elle se dit qu'il avait dû passer sa vie entière à oublier la moitié de ce qu'il faisait, et à en cacher la majeure partie, et qu'à présent l'oubli s'était abattu sur lui comme une malédiction en réponse à un souhait.

— Sir William m'a fait venir et m'a demandé de rester ici avec vous pour m'assurer que ce n'était pas la peste.

— Vous êtes venue pour moi… Alors que vous disiez…

— Oui, répondit-elle fermement. Mon seigneur m'a fait venir, je devais obéir.

— Mais vous avez accepté de me soigner.

— Mon seigneur me l'a demandé. Je devais obéir.

— Vous êtes venue pour moi, insista-t-il. Vous avez choisi de venir.

Elle lui offrit un sourire radieux, d'une infinie douceur.

— Oui, je suis venue pour vous, admit-elle.

— Et vous m'avez déshabillé.

— Il fallait bien que je regarde si vous aviez des marques de la vérole ou de la peste.

— Et vous êtes restée avec moi toute la nuit.

— Pour surveiller l'évolution de votre fièvre.

— Vous m'avez pris dans vos bras.

— C'était la seule manière de vous empêcher de gigoter et de jeter les couvertures sur le côté.

— J'étais nu dans vos bras.

— Pour votre bien, rétorqua-t-elle avant de pincer les lèvres.

Il garda le silence un instant avant de déclarer :

— Seigneur, ce que j'aimerais encore être nu dans vos bras.

— Taisez-vous, lui dit-elle en s'inquiétant de ce que pourrait entendre quiconque serait aux écuries en bas.

— Je ne me tairai pas, chuchota-t-il. Il faut que je parle. Alinor, je pensais partir et ne plus vous revoir. Je pensais ne jamais plus vous rencontrer. J'ai perdu la foi. Mon Dieu, je me suis parjuré de tant de façons. J'ai perdu mon roi et mon Dieu, ainsi que moi-même. Mais je pensais que ma vie aurait un peu de sens si seulement je pouvais vous revoir – et maintenant vous voilà.

— Je ne suis ni la foi, ni Dieu, ni le roi, répondit-elle avec solennité. Je ne suis même pas une femme de bonne réputation. Je sais que vous avez rencontré Zachary à Newport. Il vous aura raconté… À moins que la fièvre vous ait fait oublier… Il vous aura raconté que je suis vile, que je ne suis ni veuve ni épouse.

— Il a affirmé beaucoup de choses terrifiantes. Je n'y prête aucune attention, promit-il. Je ne l'ai pas écouté, et je ne l'ai pas cru. Je ne me rappelle pas ce qu'il a dit. (Il ne se rendit pas compte qu'il lui mentait.) Je pensais ne jamais vous revoir. Mes ordres sont de vous quitter, de quitter le marais des fous, mais nous voilà ensemble, enfermés tous les deux, presque comme si c'était la volonté de Dieu que nous ne soyons pas séparés. Je jure devant Lui que je ne veux être qu'ici. J'ai tout perdu sauf vous. Je pensais mourir et, à la plus sombre de mes heures, je ne voulais rien d'autre que vous. Je pensais rêver que vous me teniez contre vous. Je pensais que c'était un désir déclenché par la fièvre. Je ne serais pas revenu à la vie si je n'avais pas été dans vos bras.

Ils demeurèrent silencieux un instant, abasourdis par la portée de ses mots.

— Quand je leur dirai que vous allez bien, vous serez libre de partir, lui rappela-t-elle. Et moi je devrai vous laisser. Vous retournerez dans votre chambre au prieuré le temps de vous reposer et de recouvrer des forces, et moi je retournerai chez moi et reviendrai demain pour voir si vous vous rétablissez correctement. Sir William pourra faire appel au médecin de Chichester.

— Alors dites-leur que vous ne pourrez pas être certaine avant demain, suggéra-t-il prestement avant d'insister en la voyant hésiter. Alinor, je vous en supplie. C'est impossible, nous deux. Nous ne pourrons jamais être ensemble, mais nous pouvons toujours profiter d'aujourd'hui et de cette nuit, et nous pouvons nous tenir dans les bras l'un de l'autre, si vous voulez bien accepter de proférer ce petit mensonge. Dites-leur que vous attendez de voir la fièvre tomber, ou l'apparition des marques, ou quoi que ce soit de plausible. Permettez-nous de profiter d'aujourd'hui et de demain, seuls ici. Rien de plus. Je ne vous demande rien de plus. Mais je vous supplie d'accepter cela. (Elle hésita encore.) Vous n'avez pas à faire quoi que ce soit avec moi si vous n'en avez pas envie, ajouta-t-il. Je ne demande rien d'autre qu'être ici avec vous. Comme vous le voyez, je ne suis pas en état de vous forcer à quoi que ce soit. (Il se rendit alors compte qu'il était émasculé, comme Zachary l'avait prédit, mais il secoua la tête pour chasser cette pensée pernicieuse.) Je ne veux pas vous forcer. Vous n'êtes tenue à rien. Je ne vous toucherai même pas sans votre accord. Mais, Alinor, offrez-moi un jour et une nuit avant que j'aille retrouver ce monde où j'ai tout perdu sauf vous.

Elle se leva sans répondre et défit les lacets qui retenaient sa chemise, lui dévoilant pour la première fois le galbe de sa poitrine. Elle délaça ensuite sa jupe, qu'elle laissa tomber au sol, seulement vêtue de sa chemise ouverte sous laquelle il pouvait admirer les courbes de ses hanches et de ses cuisses.

— Nous aurons aujourd'hui et cette nuit, si vous le voulez, accepta-t-elle comme une femme se préparant à sombrer dans les eaux profondes. Aujourd'hui et cette nuit.

Puis elle se pressa entre ses bras, à moitié nue.

À midi, Rob se présenta sous la fenêtre, dans la cour. Alinor passa la tête par l'ouverture et sourit à son fils, puis lui dit être certaine que ce n'était pas la peste, mais vouloir rester pour soigner M. Summer jusqu'à la disparition de la fièvre. Elle le félicita pour son choix des plantes qu'il avait fait envoyer et lui dit qu'elle n'avait plus besoin de rien hormis un autre bocal d'huile de citron pour calmer la fièvre. Elle lui demanda d'aller trouver M. Tudeley pour obtenir plus de petite bière, et de dire à Stuart de leur apporter le panier pour le repas. Elle lui dit que M. Summer dormait et avait de la fièvre, mais rien de grave.

— Et toi, Rob, est-ce que ça va ? Tu n'es pas malade ? lui demanda-t-elle.

— Je vais bien, répondit-il en levant les yeux vers elle. Et Walter aussi. J'ai vérifié s'il avait de la fièvre et j'ai regardé sa gorge. Pas d'inflammation, pas de marques sur le dos, ni sur la poitrine. Quoi que M. Summer ait attrapé, je ne pense pas que Walter ou moi ayons été infectés.

— Dieu soit loué, dit Alinor. Et, Rob. (Elle avait baissé la voix et son fils s'approcha le plus possible en la regardant avec confiance.) Ne t'inquiète pas au sujet de ton père. M. Summer ne dira à personne qu'il l'a rencontré, et personne n'a besoin de savoir. Ne parle pas de Zachary avant que je sorte d'ici et qu'on ait décidé de ce qu'on va dire. Et surtout, Rob, ne sois pas malheureux à cause de lui. Il a fait ses propres choix et vivra sa vie. Nous, on fera les nôtres. Tu devrais être heureux. Tu as tellement à attendre de la vie. (Il hocha la tête en la regardant droit dans les yeux.) Est-ce que tu peux aller dire à Alys de passer la nuit chez Ned ? lui demanda-t-elle. Je rentrerai demain. Et ne lui dis rien pour l'instant.

Elle lui souffla un baiser et il rentra la tête entre les épaules, gêné, puis lui fit signe de la main et s'en alla.

James, dans le lit de fortune, la regarda fermer la fenêtre et se reculer pour ne pas pouvoir être vue depuis la cour.

— Tout va bien pour lui ? demanda-t-il.

— Dieu soit loué, répondit-elle.

Il se trouva incapable de dire « Amen » et craignit de ne plus jamais pouvoir parler à son Dieu.

— Je pense que je devrais faire un nouveau lit avec des draps propres, dit-elle. Est-ce qu'il faut que je demande à Stuart d'apporter de l'eau pour la toilette ?

— Oui, accepta-t-il. Et ensuite nous aurons toute la journée, et toute la nuit. C'est comme un rêve, comme si j'avais encore de la fièvre.

Elle lui posa immédiatement le dos de la main sur le front.

— Non, déclara-t-elle. Pas de fièvre, et ce n'est pas un rêve.

— Et demain…

— Ne pensons pas à demain avant de ne plus avoir le choix, dit-elle tout bas.

Il l'attira contre lui tout en s'allongeant, et il la serra fort.

Les heures filèrent sans qu'ils s'en aperçoivent. Deux ou trois fois, Stuart appela depuis la cour et Alinor enfila précipitamment sa robe pour faire descendre la corde par la fenêtre. Il leur apportait de la nourriture, de l'eau pour la toilette et de la bière pour se désaltérer, mais ils remarquèrent à peine le nombre de fois où il vint, et ce qu'il apportait. Alinor changea les draps et ils s'allongèrent nus, firent l'amour, dormirent, et recommencèrent au réveil. Ils regardèrent le soleil se coucher sur le marais depuis la fenêtre donnant à l'ouest, et ils virent la lune sortir. La nuit ne fut que sommeil et passion, comme si la lune et le soleil n'existaient pas, et qu'ils n'avaient besoin d'aucune autre lumière que celle de la bougie, qui projetait leur ombre tremblotante et faisait rougeoyer leurs corps entrelacés.

— Je n'aurais jamais cru que c'était ainsi, lui confia James. Quand les frères parlaient de l'amour d'une femme au séminaire, ils donnaient l'impression que c'était plus froid et plus cruel.

— Est-ce que c'était ta première fois ? La toute première ? s'enquit Alinor avec un élan de culpabilité.

Elle avait l'impression d'avoir péché contre James en lui volant son innocence.

— J'ai connu la tentation, dit-il. Quand j'allais discrètement d'un refuge à l'autre. Il y a eu une dame à Londres, et une autre dans l'Essex, et j'ai reconnu le désir ; mais j'ai toujours eu le sentiment que c'était péché, et y résister n'a pas été difficile. Aujourd'hui, en revanche, j'ai le sentiment que c'est naturel.

Alinor imaginait que ce charmant jeune prêtre avait dû faire l'objet de la convoitise de plus d'une femme l'ayant accueilli chez elle pour garantir sa sécurité, se délectant de ce secret. Elle partit d'un rire franc en imaginant cela, et elle vit son visage s'illuminer instantanément.

— Tu dois me trouver bien bête, dit-il, d'être encore vierge à mon âge !

— Non, le rassura-t-elle. J'ai appris à mépriser les hommes qui couchent avec de nombreuses femmes sans en aimer aucune. Zachary est le seul homme avec qui j'ai jamais été, et il était un mari dur. Ils ont eu raison de vous apprendre ça au séminaire. Dur et cruel… et ingrat, dit-elle en trouvant le mot juste. Voilà, c'était une tâche ingrate d'être la femme de Zachary.

Il attrapa une boucle de ses cheveux blonds et l'enroula autour de son annulaire comme s'il s'agissait d'une alliance.

—Et tu n'as été avec aucun homme depuis lui ?

—Est-ce qu'il t'a dit le contraire ? demanda-t-elle en le dévisageant.

—Il m'a dit beaucoup de choses affreuses et terrifiantes, répondit-il en secouant la tête. Mais je ne demande pas cela à cause de ses mensonges. Simplement, je ne peux pas croire que personne ne t'ait courtisée.

—Je n'en avais aucune envie. Si qui que ce soit m'avait demandé – même si personne ne parle jamais de ces choses dans le marais des fous –, je lui aurais répondu que je suis une de ces femmes qui ne ressentent pas le désir. Pour moi, ça a toujours été un acte douloureux et pénible. Zachary disait que j'étais plus froide que la pierre avec lui, et je pensais qu'on ne pouvait pas être autrement. Je n'aurais jamais cru que ça pouvait être comme ça. (Il lui sourit et lui caressa la joue du bout du doigt.) Parfois, quand j'aidais à un accouchement, la mère me demandait quand elle pourrait de nouveau rejoindre son époux au lit, et je ne comprenais pas pourquoi elle était impatiente. Je lui disais qu'elle devait attendre deux mois pour les relevailles, et je trouvais étrange qu'elle se plaigne de devoir attendre si longtemps.

—Et maintenant, est-ce que cela te paraîtrait long ?

—Maintenant, même une journée ce serait trop long.

—Tu comprends donc ce qu'est l'amour ?

—Pour la première fois, confirma-t-elle en souriant. Alors c'est la première fois pour moi aussi, dans un sens.

—La femme de pierre a vu son cœur fondre ? la taquina-t-il avant de lui déposer un baiser sur la main.

—Je suis devenue une femme de désir.

Ils se réveillèrent plus tard dans la nuit avec une faim de loup et dévorèrent le reste du pain et du fromage – du bon pain blanc cuit au prieuré et du bon fromage à pâte dure avec une croûte salée, provenant de la laiterie du manoir.

— Zachary a parlé de quelque chose, dit timidement James, qui ne voulait pas la voir se refermer et se détourner de lui.

— Oh, lui, il n'arrête pas d'en dire, des choses, rétorqua-t-elle en souriant. Il a toujours fait plus de bruit que le moulin à marée basse.

— Il a dit que Ned avait une femme…, commença James.

Ces mots figèrent Alinor. Il venait de lui arracher son sourire et elle devint blanche comme un linge.

— Je suis navré. Je ne voulais pas… Ne dis rien, la supplia-t-il. Tu n'as besoin de rien dire. C'était simplement…

— Est-ce que tu l'as cru ? Est-ce que tu comptes répéter à sir William… ce qu'il t'a dit ? Quoi qu'il t'ait dit ? Est-ce que tu es tenu par tes serments d'en référer au ministre du culte à Saint-Wilfrid ?

— Non, je ne dirai jamais rien. Je n'aurais jamais rien dit maintenant, mais…

— Mais il a réussi à te faire douter, devina-t-elle douloureusement. Malgré toutes tes connaissances, et ta maîtrise de toutes les langues, et toute ton érudition – et aussi toute ta foi ! –, il a réussi à te faire douter. Il a instillé en toi… la peur.

— Je n'ai pas peur ! se récria-t-il avant qu'elle lui pose une main sur l'épaule.

— Si le monde était comme le voit Zachary, tout le monde serait mort de peur, dit-elle doucement. Lui, imbécile qu'il est, l'a peuplé de monstres pour s'effrayer lui-même. Il parle de moi comme d'une femme qui donne son corps au peuple des fées. Il renie ses propres enfants. Il dit que je lui ai jeté un sort pour l'émasculer. Il dit que j'ai tué ma pauvre belle-sœur, Mary. Tu sais, si les gens d'ici croyaient à la moindre de ces affirmations, ils m'accuseraient de sorcellerie.

Il secoua la tête, incrédule face à ces terribles accusations envers elle.

— Ils doivent bien savoir que tu es innocente !

— Tu n'en savais rien.

— Si, je le savais. Je le sais !

— Tu sais ce qu'on me ferait ?

— Non.

Et il ne voulait pas le savoir.

— Ils ont recours à l'ordalie par immersion, sur le quai de Sealsea. Ils attachent la femme à une chaise, ligotée comme un chaton qu'on veut noyer. Cette chaise est attachée à une longue poutre en bois et le forgeron – c'est souvent lui qui s'en charge – fait contrepoids pour que la femme se retrouve en l'air, à la vue de tous. Puis elle est plongée dans l'eau. Ils prennent leur temps, et quand ils estiment que l'épreuve a été suffisamment longue, ils la ressortent et la remettent en l'air pour l'examiner. Si elle recrache de l'eau de mer, ils disent que le démon l'a protégée et ils l'envoient à Chichester pour être jugée devant une cour, qui écoutera les accusations et pourra éventuellement la condamner à être pendue. Mais si elle ressort blanche comme l'écume, les lèvres et les doigts tout bleus, la bouche ouverte d'avoir hurlé sous l'eau, les mains crispées d'avoir cherché à arracher les liens, alors ils savent qu'elle était innocente et ils l'enterrent dans la terre sacrée de l'église.

— J'ai entendu parler de tels châtiments, mais…

— La loi veut que chaque paroisse ait le nécessaire pour l'ordalie. Tu dois bien le savoir.

— Je pensais que l'on se contentait de plonger la femme dans l'eau quelques instants.

Elle lui adressa un sourire narquois.

— Oui, ça semble bien inoffensif dit comme ça. C'est le cas pour quelques-unes, mais il y en a évidemment qui se noient.

— Sir William devrait s'assurer que le supplice ne va pas trop loin.

— Il devrait, confirma-t-elle dans un haussement d'épaules. Quand il est là. Mais il vaut mieux pour lui les laisser noyer une sorcière de temps en temps et attribuer tous leurs malheurs à une pauvre femme plutôt qu'ils viennent lui demander dans quel camp il était à Marston Moor, ce qu'il a fait à Newbury, et aussi pourquoi ils doivent lui verser le champart.

— Cela n'a rien à voir ! s'exclama-t-il. Il a payé sa dette pour avoir servi le roi. Le Parlement lui a pardonné.

— Nous, on ne lui pardonnera jamais, dit-elle en parlant au nom de son frère et de tous les hommes qui espéraient une existence meilleure sans seigneur. Il a emmené plus d'une dizaine de garçons de Sealsea, avec la cocarde du roi sur leur chapeau, et il n'en a ramené que sept.

— Mais cela n'a rien à voir, répéta-t-il patiemment. Et il est un homme civilisé – il mettrait un terme à ces ordalies. Il œuvre pour la paix et la justice, et il ferait respecter la loi. Il est un homme instruit, un défenseur des droits. Il ne ferait pas de mal à une femme innocente.

Elle lui sourit comme à un enfant naïf.

— Aucune femme n'est innocente, rétorqua-t-elle. (La violence de ces mots le fit tressaillir comme s'ils émanaient de

Zachary.) Aucune. La Bible désigne la femme comme celle à blâmer pour le péché originel. Tout est notre faute : le péché et la mort nous suivent partout, aujourd'hui et jusqu'au Jugement dernier. Sir William ne va pas risquer d'écorner son autorité pour protéger une pauvre miséreuse de la noyade.

Son cynisme lui faisait froid dans le dos, et il ne voulait pas l'entendre dire ces choses. Il voulait la ramener dans son lit, profiter de sa chaleur et de sa passion. La cruauté de son monde l'avait endurcie, mais il la voulait douce et aimante.

— Mais ça n'a pas d'importance pour nous, avança-t-il. Et je suis sûr que ce qu'a dit Zachary sur ta belle-sœur n'était absolument pas fondé.

— Mary est morte pendant que je veillais sur elle, déclara-t-elle en toute franchise. Et tout le monde savait très bien qu'on se bagarrait comme un chien et un chat enfermés dans une étable, et ça depuis le jour où Ned l'a ramenée à la maison du passeur et lui a donné la place de ma mère. Je n'avais aucune affection pour elle, et elle me détestait. Mais quand même, j'ai veillé sur elle du mieux que je pouvais. Je ne savais pas ce que je pouvais faire pour l'aider : je pense que personne n'aurait su. Son bébé est arrivé trop tôt, mort-né, et ça a été rude pour tout le monde. Après, je n'ai pas réussi à arrêter l'hémorragie. Elle est morte dans mes bras et je n'ai rien pu faire pour la sauver. Je ne sais même pas ce qui a causé leur mort à tous les deux. Je ne suis pas médecin, juste accoucheuse.

— Zachary affirmait que l'enfant était le sien et que tu étais jalouse, déclara-t-il avant de le regretter immédiatement.

Elle lui rendit un regard calme et posé, puis tira les draps autour de ses épaules comme s'il s'agissait d'une écharpe de soie.

— Ça ne m'étonne pas, dit-elle sur un ton soudain glacial. Ma foi, c'est à toi de juger ce que tu as entendu. Je ne me suis jamais défendue des mensonges de Zachary, et je ne répondrai pas à ses infamies qui sortent de ta douce bouche. Mais si l'enfant était de lui – comme il a commencé à s'en vanter auprès de moi après la mort de Mary, quand elle n'était plus là pour se défendre –, alors je ne pense pas qu'elle ait eu le choix.

Il frémit, répugné. Il se rendit compte qu'il n'avait pas l'estomac pour supporter l'horreur de l'existence de ces gens de l'estran, leurs malheurs et leurs amours les frappant en flux et reflux comme la marée remue la vasière, leur colère grondant comme l'eau dans le bief du moulin, leur haine et leurs peurs aussi traîtresses que le puits frémissant. C'était trop : le fait que Zachary ait possiblement violé sa belle-sœur, ou l'ait séduite, qu'il ait forcé sa propre femme à coucher avec lui, que son frère ait toléré cela et, plutôt que de régler la situation, ait préféré partir se battre contre le roi ; le fait que le mari d'Alinor nie être le père de ses propres enfants ! Le frisson qui le saisit lui fit comprendre qu'il ne voulait rien avoir à faire avec ces gens. Il ne voulait rien d'autre que retourner auprès des siens, où la cruauté se passait en secret, où la violence se dissimulait, et où les bonnes manières étaient plus importantes que le crime.

Il tendit une main vers elle d'un geste hésitant. Il voulait qu'elle soit l'amante de ses rêves fébriles et non la femme qui se démenait pour survivre à une existence sordide.

— Je crois en toi. Je crois en toi, Alinor.

Elle posa sur lui un regard plein de tendresse et de confiance, des larmes perlant à ses yeux.

— Tu peux, déclara-t-elle simplement.

Il se sentit alors sombrer dans le plus grand péché quand il déposa un baiser sur ses douces lèvres et que ses cils humides lui caressèrent les joues.

Après cela, ils tinrent leur promesse de ne pas penser au monde au-delà de ce grenier, ni au lendemain ; mais à l'aube, tandis qu'ils faisaient l'amour alors qu'ils n'étaient encore pas pleinement réveillés, qu'elle battait des paupières de plaisir, elle vit la lumière poindre par la fenêtre et déclara d'une voix pleine de regret :

— Ah, mon amour, le matin est là.

— Pas encore, répondit-il sans cesser ses mouvements lancinants et délicats. C'est la lune.

— Non, c'est le soleil, et je vais devoir rentrer chez moi aujourd'hui, et dire à sir William que tu es guéri.

Il laissa reposer la tête sur son épaule tout en se mouvant en elle.

— Cela m'est insupportable.

— Le plaisir ou le départ ?

— Les deux. Ne peut-on pas prétendre que je suis encore malade ? Encore une journée ? Alinor, mon amour, est-ce qu'on ne pourrait pas profiter encore d'un seul jour ensemble ?

— Non. Tu sais qu'on ne peut pas. On ne peut pas se permettre d'éveiller les soupçons.

— Je ne te laisserai pas partir.

Elle leva la tête pour lui déposer un baiser sur les lèvres et sa belle chevelure glissa de son visage.

— Laisse-moi t'embrasser une dernière fois, et après je me lève et je m'habille.

Il aurait voulu la serrer fort, mais elle secoua la tête et le fit rouler sur le côté, le plaquant sur le lit de fortune en lui tenant les mains au-dessus de la tête pour qu'il ne tente pas de la saisir, puis elle se pencha et lui offrit un baiser passionné avant d'appuyer son front contre son torse pour sentir son parfum comme s'il était une rose gorgée de nectar. Ensuite elle se détacha de lui au prix d'un grand effort, comme si leurs corps n'en faisaient plus qu'un, et elle se détourna de lui pour enfiler sa chemise de lin par-dessus sa tête, le tissu retombant pour cacher son corps.

—Je ne peux pas faire ça, dit-il tout bas. Je ne peux vraiment pas être séparé de toi.

Elle ne répondit rien, mais passa sa jupe autour de sa taille et l'attacha avec précaution, puis s'assit sur un banc contre un des murs pour pouvoir mettre ses bas de laine.

—Alinor, souffla-t-il dans un soupir alangui.

—Laisse-moi m'habiller! dit-elle d'une voix étranglée. Je ne peux pas m'habiller et parler. Je ne peux pas t'entendre et réfléchir. Laisse-moi m'habiller.

Il se redressa dans le lit, silencieux, la regardant se tirer les cheveux en arrière pour les attacher en un chignon serré, puis placer dessus son bonnet blanc tout froissé. Quand elle se tourna vers lui, elle était redevenue la respectable accoucheuse de l'île de Sealsea; et l'amante brûlante de désir de la veille se terrait sous les amples vêtements qui dissimulaient ses courbes.

—À toi, maintenant, lui dit-elle.

Il s'avança vers elle, mais elle tendit le bras pour le tenir à distance.

—Ne me touche pas, le supplia-t-elle. Habille-toi simplement.

Il mit sa chemise, et il se rendit compte de la qualité du tissu qu'il portait; il se dit alors que la première chose qu'il ferait quand il serait remis sur pied serait d'aller à Chichester pour lui acheter de splendides vêtements, aussi doux que la peau la plus lisse. Il enfila ses chausses et ses hauts-de-chausses, planta les pieds dans ses bottes d'équitation, puis se tourna face à elle.

— Je suis habillé, déclara-t-il. Satisfaite ?

Ses yeux foncés semblaient gigantesques au milieu de son visage si pâle.

— Non, répondit-elle dans un murmure. J'ai de nouveau envie de toi, déjà. Mais il faut qu'on retourne affronter le monde, survivre à cette journée.

Il revit alors Zachary lui dire qu'elle était une femme qu'aucun homme ne pourrait jamais satisfaire. Il secoua la tête.

— Où vas-tu ? lui demanda-t-il comme si elle avait d'autre endroit à elle que sa petite maison délabrée.

— Chez moi.

— Je resterai ici encore quelques jours, puis je devrai rentrer à Londres, avant de rejoindre mon séminaire, lui dit-il. (Il lui confiait son secret comme il lui avait confié son plus grand péché.) Mais Alinor, mon amour, tout a changé pour moi. J'ai perdu la foi et j'ai échoué dans ma mission. Je vais devoir le leur avouer, et je devrai me confesser ; ensuite, je suppose que je devrai partir. Je vais devoir les supplier de me laisser renoncer à mes vœux.

— Tu vas devoir te confesser ? demanda-t-elle d'un air paniqué. Tu vas devoir leur parler de ça ?

— C'est un péché mortel, se défendit-il avec une grimace contrite. J'ai manqué à tant de mes vœux. Je dois me confesser. Le pire est d'avoir perdu la foi, mais il me faudra aussi confesser cela, puis subir mon châtiment.

— Est-ce qu'ils me puniront, moi aussi ?

Il se retint de rire de sa naïveté.

— Je tairai ton nom, la rassura-t-il. Ils ne sauront même pas où tu vis. Ils ne peuvent pas te dénoncer.

— Est-ce qu'il faut vraiment que tu leur parles de nous ?

— Je dois absolument tout confesser : du plus petit au plus grand péché.

Elle se demanda lequel était le plus grand, et lequel le plus petit, mais elle ne lui posa pas la question. Elle ne chercherait pas à lui faire dire l'importance qu'elle avait à ses yeux.

— Si tu te confesses, est-ce qu'ils ne risquent pas de te garder là-bas ?

— Je ne pense pas qu'ils voudront encore de moi, répondit-il d'un air chagrin. J'ai échoué dans la mission qu'ils m'ont confiée, et j'ai perdu la foi en chemin.

— Mais même, est-ce qu'ils ne risquent pas de te garder ? Est-ce qu'ils peuvent faire ça ? Est-ce qu'ils peuvent t'obliger à rester ? Est-ce qu'ils peuvent t'enfermer ?

— Ils ne me retiendraient pas contre mon gré, j'en suis certain, mais ils feront en sorte qu'il me soit très difficile de partir. Ils voudront s'assurer que je suis sûr de ma décision. Je ne pourrai plus jamais revenir en arrière, vois-tu. Si je renonce à mes vœux, je ne pourrai plus reculer. Ils verront cela comme une trahison envers mon devoir et ma foi. Ils ont été mon père et ma mère, mes professeurs, ainsi que mon chemin vers Dieu. Ils seront navrés, comme je le suis.

— Tu es navré ? demanda-t-elle avec une extrême gravité.

— Mais je reviendrai auprès de toi.

Elle rougit, lui montrant combien cela la touchait, mais elle secoua la tête.

— Ne reviens pas pour moi, dit-elle d'une voix éteinte. Je chérirai toujours ce qu'on a eu, mais tu ne peux pas revenir pour moi. Je ne suis pas faite pour toi. Je ne pourrais pas vivre dans ton monde, et tu ne vivras jamais dans le mien.

— Mais nous avons agi comme des amants à la fin des temps !

— Sauf que le monde continue de tourner, dit-elle avec un petit sourire en gardant la tête froide. Là-dehors, il continue d'avancer. Je dois retourner à ma vie, et toi à la tienne, quoi qu'elle devienne – avec ou sans foi ; avec ou sans roi. Et même si tout a changé pour toi, pour moi ce n'est pas le cas. Rien ne change jamais pour moi.

— Est-ce que je n'ai pas fait de différence à tes yeux ? demanda-t-il. N'es-tu pas une femme de désir, comme tu l'as dit ? Est-ce que tu vas retourner à l'état de pierre ?

— Non, répondit-elle en détournant la tête, mais je ne survivrais pas longtemps dans mon monde en étant femme de désir. Je dois être dure, sinon quelqu'un m'anéantira.

— Ma famille est en exil, lui apprit-il dans un chuchotement. Ma mère et mon père sont en exil, nos terres et nos demeures nous ont été confisquées. Est-ce que tu comprends ? (Elle secoua la tête.) Mon père a été nommé par le roi pour conseiller le prince de Galles, expliqua-t-il. Quand le prince est parti en exil, mes parents l'ont accompagné. Nos possessions ont été confisquées, saisies par le Parlement en représailles. Mes parents sont maintenant à la Cour de la reine à Paris, mais si nous nous coupions de ce monde et passions un accord avec le Parlement, si nous nous en remettions à eux et payions notre dette, comme l'a fait sir William, nous pourrions récupérer nos terres, comme lui. Je pourrais vivre dans la maison de ma famille. Elle se trouve dans le Yorkshire, très loin d'ici – c'est une splendide maison avec de bonnes terres à cultiver. Je pourrais tout récupérer ; mes parents pourraient rentrer en Angleterre.

— Est-ce qu'ils le voudraient ? Est-ce qu'ils voudraient vivre avec un nouveau ministre du culte dans leur église, et un nouveau gouvernement, obéissant au Parlement et non au roi ?

Il balaya son argument d'un geste de la main.

— Ce que je veux dire, c'est que je pourrais récupérer nos possessions, je pourrais rentrer chez moi. Je pourrais revenir en Angleterre, cesser de vivre en exil en tant qu'espion, obligé de me cacher.

— J'aimerais beaucoup t'imaginer vivre chez toi, sur tes terres, dit-elle avec un pâle sourire. Je pourrais regarder la lune et savoir qu'elle brille sur toi aussi. J'aimerais t'imaginer au bord de la mer qui se retire, pendant que moi je serais devant la laisse de mer dans le marais des fous.

— Ce serait une marée différente, et du reste, ma demeure se trouve dans les terres, dit-il, momentanément distrait par son ignorance. Mais ce n'est pas mon propos. Ce que je veux dire, c'est que je ne t'abandonnerai pas ici. Je ne retournerai pas chez moi sans toi. Je t'emmènerai là-bas.

— Quoi ? s'exclama-t-elle en le dévisageant sans comprendre, comme s'il lui parlait en latin.

— Veux-tu venir avec moi dans le Yorkshire ? Veux-tu m'épouser ?

— T'épouser ? répéta-t-elle incrédule. T'épouser ?

— Oui, répondit-il avec assurance. Pourquoi pas ? S'il n'y a plus de roi sur le trône et plus d'évêques dans leurs palais, s'il n'y a plus de royauté, ni de clergé, et si tout est amené au même niveau, qu'il n'y a plus de maîtres et plus de paysans, comme l'affirment les radicaux, alors pourquoi ne pourrais-je pas t'épouser ?

Elle lui présenta les paumes de ses mains pour lui montrer la rudesse de son travail, puis désigna sa jupe marron élimée et couverte de vase à l'ourlet.

— Regarde-moi, lui dit-elle amèrement. Tu verras vite que les radicaux se trompent. Il y a toujours des maîtres et des paysans. Tu ne peux pas me présenter à ta mère et lui demander de m'accepter comme sa belle-fille. Je ne peux pas aller avec toi jouer les grandes dames dans ton manoir. La femme qui est destinée à t'épouser est bien au-dessus de moi. Tu ne peux pas me choisir à sa place.

Il était sur le point de la contredire, mais elle poursuivit :

— Et est-ce que tu as oublié que j'étais déjà mariée ? Je suis mariée à Zachary, et on sait bien tous les deux qu'il est encore en vie. On ne pourrait pas se présenter devant l'autel et prononcer nos vœux. J'ai deux jeunes enfants qui connaissent leur père. Je ne pourrais pas m'installer chez toi en tant qu'honnête femme, ou veuve. Je ne suis pas une honnête femme. Ici, j'ai été ta putain, une fille de passage. J'ai couché avec toi sans aucune promesse. Je ne t'en demande pas une maintenant. Je ne pourrais même pas être ta maîtresse – je ne suis même pas digne de ça.

Il rougit, comme blessé par l'humiliation qu'elle s'infligeait.

— Ne dis pas des choses pareilles ! Tu n'es pas une putain ! Tu n'es pas une fille de passage ! Je n'ai jamais aimé quelqu'un comme je t'aime ! C'était sacré, ce que l'on a eu ! Sacré ! C'est une première et une dernière fois pour moi.

— Je sais ! Je sais !

Ces premiers mots d'amour tempérèrent son emportement. L'espace d'un instant, il vit l'ombre d'un sourire sur ses lèvres.

— Pour moi aussi, continua-t-elle. Oh, James ! Pour moi aussi. Et ce sera mon bonheur secret quand tu seras parti et que je serai seule ici.

— Je ne peux pas te laisser ici. Il faut que je sois avec toi.

Elle haussa les épaules comme si le monde était plein d'incohérences, de déceptions, et que c'en était simplement une de plus.

— J'aimerais que ce soit différent, se contenta-t-elle de dire.

Il s'approcha et elle tendit une main vers lui, sans pour autant lui ouvrir ses bras, se contentant de le maintenir à l'écart avec douceur. Elle lui caressa la joue du bout des doigts. Il lui attrapa la main et la pressa contre ses lèvres.

— Ne me retiens pas, dit-elle d'une voix à peine audible. Je ne pourrai pas te laisser si tu me retiens. Je ne peux pas m'éloigner. Je crois que j'en mourrais si je devais te repousser. S'il te plaît, laisse-moi partir. Je dois te laisser maintenant.

— Je viendrai chez toi cette nuit, dit-il tout bas. On ne peut pas se dire adieu comme ça.

— Si tu viens, il faudra qu'on recommence les adieux.

— Je veux recommencer. Ça ne peut pas être la dernière fois que je te vois.

— Cette nuit, quand il fera noir, accepta-t-elle malgré elle. Mais c'est moi qui viendrai. Ce sera marée haute et tu ne pourras pas venir sans risque. Je te retrouverai dans le pré-salé face au prieuré, où on s'est déjà fait nos adieux.

— « Cette nuit », répéta-t-il tandis qu'elle lui tournait le dos, déverrouillait la trappe et descendait l'échelle pour rejoindre les écuries où des serviteurs ensommeillés donnaient de l'eau aux chevaux et les bouchonnaient.

Il la regarda s'en aller, panier en main, son bonnet blanc sur la tête. Il la vit adresser un « bonjour » amical aux garçons d'écurie, puis il vit ceux-ci se retourner sur son passage et l'observer tandis qu'elle traversait la cour pour rejoindre le manoir. L'un d'eux fit un geste obscène dans son dos, mimant un geste de va-et-vient avec le bassin, mais l'autre fit pis encore : il cracha là où elle avait posé les pieds et serra son pouce dans son poing, geste ancien qui servait à se protéger du mauvais œil.

— Le maître veut vous voir, annonça Mme Wheatley à Alinor quand elle entra. Grand Dieu, madame Reekie ! Je crois que je ne vous ai jamais vue aussi pimpante ! Vous êtes radieuse !

— C'est grâce à votre excellente cuisine, répondit gaiement la jeune femme. J'ai mieux mangé ces deux derniers jours que depuis des semaines. Je reviendrai volontiers soigner au prieuré si j'en ai l'occasion.

— Je prie le Seigneur pour que la maladie nous épargne, s'exclama la cuisinière.

— Amen. Sir William se porte bien ?

— Oui, mais il vous demande de le retrouver dans sa salle d'armes avant de partir. Vous pouvez y aller dès maintenant. Stuart vous y conduira.

— Pourquoi veut-il me voir ? s'enquit-elle avec appréhension.

— Ça ne peut être que pour vous remercier, la rassura Mme Wheatley. Vous nous avez épargné beaucoup de souci à tous, et vous avez peut-être sauvé l'île entière de la maladie. Allez-y, vous n'avez rien à craindre.

— Merci, répondit Alinor en se dirigeant vers la porte du couloir.

— Repassez ici avant de partir, je vous donnerai une miche de pain pour conserver ce teint éclatant.

Alinor lui adressa un sourire, puis suivit Stuart en direction de la porte du jardin et de la salle d'armes de son maître.

Sir William était assis à la table, occupé à nettoyer son mousquet. Il leva la tête et lui fit un signe lorsqu'elle frappa à la porte, puis elle entra et alla se tenir devant lui.

— Madame Reekie, je vous suis reconnaissant, dit-il en lorgnant dans le canon de son arme. Dieu merci, ce n'était rien d'autre qu'une fièvre.

Elle acquiesça. Il prit garde à porter toute son attention sur son arme pour ne pas s'attarder sur la courbe de sa poitrine que l'on devinait sous sa veste bouffante.

— Votre fils, Robert, a fait du bon travail à la distillerie. C'est un bon garçon. A-t-il trouvé tout ce qu'il vous fallait ?

— Oui. Il sait ce qu'il faut contre la fièvre, dit-elle.

Elle trouva sa voix veule, comme si la lumière était trop vive et la voix de sir William trop puissante.

— Personne ne lui a dit quoi prendre. Il a choisi lui-même ? demanda-t-il en prenant un chiffon pour se mettre à polir la crosse superbement émaillée.

— Il m'observe depuis qu'il est tout petit. Il a un don pour les plantes et leurs usages.

— James Summer m'a dit il y a de cela quelque temps qu'il était suffisamment doué pour devenir l'apprenti d'un médecin, ou d'un apothicaire.

— Je le pense, répondit Alinor en baissant la tête, mais je ne peux pas me permettre de lui payer une place.

Le maître de maison mit de côté son chiffon et l'huile, rangea l'arme et s'adossa contre le dossier de son fauteuil. Il regarda la jeune femme de la tête aux pieds et regretta une nouvelle fois qu'elle soit une femme respectable et la sœur d'un homme dévot.

— Voilà ce que nous allons faire, ma bonne dame. Je vais payer son apprentissage. C'est un bon garçon, et cela vous fait honneur. Il a été un agréable compagnon pour maître Walter et vous m'avez été d'une grande aide, ainsi qu'à toute ma maisonnée – ne serait-ce que maintenant, avec notre tuteur si malade… Et je sais ce qu'il s'est passé avant cela.

Elle resta muette quelques secondes.

— Monsieur !

Il hocha la tête pour l'empêcher de protester.

— Je dirai à M. Tudeley de lui trouver une place auprès d'un apothicaire afin qu'il puisse apprendre le métier. À Chichester, ou peut-être à Portsmouth, je suppose.

Elle en avait le souffle coupé, et il se surprit à songer encore à combien elle était belle. Si seulement l'île de Sealsea n'avait pas été peuplée d'incorrigibles commères, et de maudits dévots, il aurait sans doute pu l'engager, faire d'elle une gouvernante et se servir d'elle pour bien d'autres choses.

— Je suis désolée, mais je ne peux pas accepter. Je n'ai pas de quoi lui acheter les vêtements dont il aurait besoin. Je ne peux pas me le permettre…

— Tudeley s'en chargera, l'interrompit-il d'un geste de la main. Qu'en dites-vous ? Nous lui offrirons un complet et une place d'apprenti comme paiement pour votre… aide. Qu'en dites-vous ?

— Vous feriez cela ? s'étonna-t-elle avec une joie incrédule.

Sir William se dit qu'il ferait beaucoup plus que cela, si elle y consentait. Mais il se contenta d'acquiescer.

— Il sera sage. Je sais qu'il travaillera dur, lui assura-t-elle en guise de remerciement maladroit. On vous sera reconnaissants… à jamais… Je ne sais pas comment vous remercier…

— L'affaire est entendue, conclut sir William. Les temps sont durs pour nous tous, vous savez. (Elle hocha la tête avec gravité en se demandant où il voulait en venir.) C'est une époque dangereuse pour certains.

— Oui, monsieur.

— Je suppose que le tuteur n'a pas divagué pendant son accès de fièvre ?

Alinor oublia instantanément sa reconnaissance éternelle et, la tête toujours baissée, lança un coup d'œil à son maître, sachant que cette question était le point le plus important de toute cette entrevue.

— « Divagué », monsieur ?

— Pendant un sommeil fiévreux. Les hommes ont tendance à dire toutes sortes d'inepties quand ils sont touchés par la maladie, n'est-ce pas ? Il n'aurait rien dit, par hasard ? Rien que je n'aurais pas intérêt à entendre répéter ? Pas même ici.

— Je ne l'ai pas entendu dire quoi que ce soit, répondit-elle en choisissant ses mots avec soin. (Elle savait que c'était une chose cruciale et périlleuse, et qu'elle n'était pas préparée à faire face à un homme aussi puissant que sir William.) Monsieur, les malades qui souffrent de fièvre disent souvent des choses qui n'ont pas de sens, qu'ils ne diraient pas en temps normal. Je n'y prête jamais attention, je ne les répète jamais. Je ne dirais jamais rien de ce que je vois ou de ce que j'entends en présence d'un malade que je soigne. Être muette fait partie de mon travail ; et l'ignorance fait partie de la condition d'une femme. Je ne veux aucun problème. Cette journée que j'ai passée à son chevet, je n'en parlerai jamais à personne.

Il hocha la tête, jaugeant la fiabilité de sa promesse.

— Pas même à votre frère, n'est-ce pas ?

Elle le regarda droit dans les yeux en comprenant parfaitement sa question.

— Surtout pas à lui, assura-t-elle.

— Je vois que l'on se comprend. Vous pouvez considérer que votre fils est l'apprenti d'un apothicaire de Chichester.

— Je vous remercie, monsieur, dit-elle simplement en inclinant la tête et en joignant les mains.

Il fouilla dans sa poche pour en tirer une poignée de shillings, avec lesquels il forma une pile qu'il poussa dans sa direction.

— Voici votre paie pour avoir soigné M. Summer. Dix shillings par jour. Voici une livre, avec mes remerciements.

Elle collecta l'argent avec un signe de tête et le rangea dans la poche de son tablier.

— Merci.

Il se leva et fit le tour de la table, se plaçant devant elle et lui posant la main sur le bras.

— Pourriez-vous revenir ce soir ? lui demanda-t-il sans pouvoir s'en empêcher, tout en posant les yeux sur sa chemise et les courbes de sa poitrine. Pour me rejoindre.

Il serra légèrement son bras et l'attira vers lui mais, à sa grande surprise, elle ne bougea pas : elle ne lui céda pas, mais elle ne battit pas non plus en retraite. Elle demeura solide comme un roc.

— Vous savez que je ne peux pas faire cela, monsieur, dit-elle simplement. Si je le faisais, je ne pourrais pas accepter l'argent, car cela ferait de moi une putain. Je ne pourrais plus garder la tête haute, ni laisser Rob à votre service ou être votre débiteur. Je ne me considérerais plus comme une bonne locataire auprès d'un bon seigneur. Je ne veux pas de ça.

Il sentit ses doigts se relâcher, comme engourdis par un froid soudain. Elle refusait toujours de céder, comme si elle prenait racine, comme si elle étendait ses branches à la manière de l'aubépine, et il se trouvait incapable de s'en approcher. Elle restait résolument en place et posa sur lui un regard calme et confiant jusqu'à ce qu'il se sente mal à l'aise et fort bête ; puis il se rappela la rumeur selon laquelle elle était capable de geler le sexe d'un homme d'un seul regard.

— Certes, dit-il. Je suppose que vous avez raison.

Il y eut un léger silence. Elle ne semblait pas choquée – ni flattée, ni craintive. Elle attendait patiemment qu'il lui lâche le bras et la laisse partir. Il s'imaginait qu'elle avait constamment affaire au désir des hommes et qu'elle considérait l'effleurement de son sein ou une légère caresse sur la croupe comme un désagréable aléa, un peu à l'image de la pluie.

— Ah, bien, dit-il en la lâchant avant de retourner à son siège derrière la table comme pour rétablir son autorité. Alors, votre garçon. Il pourra commencer comme apprenti quand Walter ira à l'université.

— Et quand est-ce que ce sera, monsieur ? demanda-t-elle avec un hochement de tête.

Elle était calme et semblait ne pas avoir remarqué qu'il venait de lui faire des avances – comme si c'était là aussi sujet à son mutisme et à son ignorance. En dépit de sa déconfiture, sir William sourit devant cette grâce tout en sérénité.

— Il ira pour le trimestre du carême, après Noël.

Alinor marcha d'un bon pas le long des chemins cachés qui traversaient le marais depuis le prieuré jusque chez elle. C'était le jusant et elle s'enfonçait dans l'estran au long sifflement inquiétant des vagues qui emportaient avec réticence la mer au loin, comme si c'étaient ses peurs qui la talonnaient. En passant devant la cabane, elle entendit le grondement du moulin à marée qui se mettait en marche, et elle vit l'eau se déverser dans le fossé, se précipitant directement sur elle.

Elle dévia sa trajectoire vers l'intérieur des terres et grimpa la sente qui menait chez elle, ouvrit la porte et regarda autour d'elle. Sa maison lui paraissait soudain très petite et très misérable à côté du grenier à foin du prieuré, où logeaient les valets d'écurie. Même le plus humble des serviteurs vivait mieux qu'elle. Elle posa la miche de pain sous le linge qui servait à le maintenir frais et vit que le feu était complètement éteint, les braises froides. Elle souleva la pierre du foyer et prit la petite bourse cachée en dessous, soigneusement enterrée, qui contenait toutes ses économies. Elle sortit de sa poche les vingt shillings qu'elle avait gagnés en soignant James, et les fourra dans la bourse, les pièces tintant dans un bruit fort satisfaisant. Elle la remit ensuite en place et recouvrit le tout de cendre.

Elle se releva, épousseta sa robe et se rendit à la porte. Elle observa un instant la pièce exiguë avec le plafond bas et le sol en terre. Elle se détourna ensuite de la honte que lui procurait sa misère et sortit de là, refermant derrière elle, prenant le chemin du bac.

La porte de la maison du passeur était fermée et le bac tirait sur ses amarres pour tenter de suivre la mer descendante. Le gué pavé était presque à sec et Alinor souleva sa jupe pour traverser dans l'eau froide, puis emprunta le chemin qui menait au moulin.

Alys était dans la cour, portant un seau rempli d'œufs. À présent que les moissons étaient finies, elle travaillait comme bonne à tout faire pour Mme Miller, s'occupant du potager et du jardin aromatique, de nourrir et surveiller les poules, de donner à manger aux canards, de cueillir et ranger les fruits, de fumer le jambon et saler la viande. Elle travaillait aussi à la laiterie, ainsi qu'à la brasserie. S'ils manquaient de bras au moulin, elle aidait à peser les sacs de farine. Mme Miller pouvait à tout moment lui dire d'aller aider à la cuisson du pain aux fours, et il fallait tout le temps récurer, rincer, ébouillanter et sécher les ustensiles utilisés à la laiterie, à la brasserie ou aux cuisines.

Alinor resta aux aguets en voyant Richard Stoney, l'amoureux de sa fille, sortir du moulin en courant et essayer de prendre le seau d'œufs des mains d'Alys pour l'aider. Elle le repoussa, mais il lui attrapa la main et y déposa un baiser. La jeune fille leva les yeux et aperçut sa mère, alors que Richard lui adressait un petit signe de tête et s'inclinait brièvement avant de retourner travailler au pas de course. Alys arriva à hauteur du portail de ferme et baissa la tête pour recevoir la bénédiction de sa mère, puis se redressa et l'embrassa.

— Ce n'était pas la peste, alors, dit-elle.

Elle savait que sa mère n'aurait jamais gardé ses vêtements si elle avait soigné un malade de la peste. Quand Alinor rentrait après un décès, elle se lavait toujours les mains et se coupait les cheveux pour que la malchance ne s'accroche pas à elle.

— Non, Dieu soit loué. Ils étaient soulagés, au prieuré. C'était le tuteur, James Summer, et ils ont dû craindre pour maître Walter, répondit-elle en souriant à sa fille. Je vois que le jeune Richard Stoney a très envie de travailler.

Elle aurait cru qu'Alys rirait, mais elle la vit rougir et baisser les yeux.

— Il n'aime pas me voir faire des tâches trop dures. Il veut que j'aie une meilleure vie – qu'on ait tous les deux une meilleure vie.

— Ah oui ? Est-ce que tu as passé une bonne soirée à sa ferme ?

— Oui. Ils ont été très gentils avec moi, et on a… (Elle n'en dit pas plus, un sourire radieux aux lèvres.) Tu vois ce que je veux dire.

— Je comprends, confirma doucement la jeune femme.

— Alors, qu'est-ce qu'il avait, M. Summer ?

— Une sorte de fièvre. Elle est tombée dans la nuit. Mais, Alys…

— Je peux rentrer à la maison ce soir, alors ?

Elle n'avait aucune raison de lui dire de ne pas le faire, et elle se rendit compte, non sans une certaine culpabilité, qu'elle n'avait jamais auparavant souhaité se retrouver seule chez elle.

— Oui, bien sûr. J'ai une miche de pain du prieuré pour dîner.

— Je rapporterai de la caillebotte, promit Alys. On en fabrique cet après-midi, Jane Miller et moi. Mme Miller m'en donnera un morceau.

— Est-ce qu'elle est là ?

— À la cuisine, de très mauvaise humeur, répondit sa fille dans un murmure.

— C'est son dos qui la fait encore souffrir ?

— Son croupion, déclara Alys avec une vulgarité qui lui valut une petite tape sur la tête de la part de sa mère.

— Tu ferais mieux de parler comme une bonne épouse si tu veux que j'aille parler aux parents de Richard Stoney.

— Tu vas aller les voir ? s'enquit la jeune fille, l'espoir illuminant son visage.

— S'il t'a demandée en mariage et que tu veux l'épouser, je ferais bien d'aller leur parler, oui.

— Oh, m'man ! s'exclama Alys en sautant dans les bras ouverts d'Alinor. Mais pourquoi maintenant ? Pourquoi tu penses qu'on peut leur demander ? Est-ce que sir William t'a bien payée pour tes services ?

— Oui, répondit-elle. Une fortune. Mais il y a mieux encore. Il a dit qu'il ferait engager Rob comme apprenti auprès d'un apothicaire à Chichester. C'est mieux que s'il m'avait donné dix livres d'un coup. Maintenant, je sais que Rob n'aura plus de problèmes, et je peux mettre toutes mes économies dans ta dot.

Alys ne songea pas un seul instant au fait que cela laisserait sa mère sans le sou en cas de problème. Elle ne vit plus alors que la perspective bien réelle de pouvoir épouser le jeune homme qu'elle aimait.

— Combien est-ce que tu as ? lui demanda-t-elle.

— Une livre et quinze shillings, déclara fièrement Alinor. Le fermier Johnson a été généreux pour la naissance de son fils, et le bateau ne m'a coûté que trois shillings. Une livre et quinze shillings, rien que ça ! Sir William m'a donné une livre pour avoir soigné le tuteur. C'est plus que ce que j'ai jamais eu dans ma vie.

— Comment est-ce que tu as réussi à mettre tout ça de côté ?

— Grâce au salaire de Rob. (Elle ne dit rien de l'argent qu'on lui avait donné pour avoir guidé James au prieuré le jour du solstice.) Et au fermier Johnson, et aux soins à M. Summer, et aux herbes et à la pêche, surtout les homards.

— Mais ce ne sera toujours pas suffisant, loin de là.

— Trente-cinq shillings, et ce n'est pas fini. Ils seront surpris qu'on ait autant. On pourra leur dire que Rob va devenir apothicaire. Il gagnera bien sa vie, plus tard. Il promettra de leur verser une partie de son argent.

— Ça ne suffira pas. Ils pensaient trouver une fille qui aurait des terres en héritage. Ils voulaient la fille d'un voisin qui a des champs près de chez eux. Richard m'a juré qu'il n'accepterait jamais de l'épouser. Il a dit à ses parents que c'était moi qu'il voulait. Il faudra simplement les forcer à accepter.

— On fera de notre mieux, dit doucement Alinor. Préviens Richard qu'on passera leur parler demain en allant au marché.

— M'man ! s'extasia sa fille avec bonheur avant de tourner les talons et de traverser la cour en sautillant pour rejoindre le moulin tandis que sa mère frappait à la porte de la cuisine et entrait.

Mme Miller était courbée au-dessus de la table, battant et travaillant à l'aide d'un rouleau glacé une pâte qui allait être aussi dure que le cœur de la meunière.

— Maîtresse Reekie, la salua-t-elle sans joie. Alys m'a dit que vous étiez au prieuré pour des soins.

— C'est le tuteur du jeune maître qui est tombé malade, lui apprit Alinor. Celui qui était là à la fête des moissons : M. Summer.

Il ne fut pas fait mention du regard envieux que Mme Miller avait lancé à la belle jeune femme depuis l'autre bout de la table, ni du fait que le tuteur en question s'était empressé d'aller converser avec Alinor dès que la table avait été débarrassée, et que celle-ci avait quitté la fête, furibonde, laissant sa fille sans surveillance danser toute la nuit avec Richard Stoney.

— Est-ce qu'il est malade ? Est-ce qu'il est tombé malade à Newport ? Ça ne m'étonnerait pas. Il y a toujours la fièvre qui se promène sur l'île en été.

— Oui, il a attrapé la fièvre. Une forte fièvre, très brusquement, mais il va mieux.

— Vous l'avez soigné ?

— Sir William a insisté. Il a tout de suite envoyé quelqu'un me chercher pour s'assurer que ce n'était pas la peste.

— Dieu nous garde !

— Amen.

— Et ce n'était pas ça ?

— Non. Je ne serais pas ici s'il y avait le moindre risque. Je n'apporterais jamais la maladie à votre porte, Mme Miller.

— Ne parlez pas de ça, s'empressa-t-elle de dire avant de toquer sur la surface en bois de la table, comme si Alinor pouvait invoquer la maladie simplement en en parlant.

La jeune femme toucha aussi du bois, poussée par l'irrésistible superstition.

— Bien entendu. J'étais simplement venue voir si vous aviez des plantes à cueillir et à distiller. Je vais en faire pour moi à la maison du passeur ; et je voulais aussi savoir si Alys pouvait prendre sa journée demain.

— Je veux bien de l'huile de basilic et de consoude, répondit Mme Miller. Et bien sûr qu'Alys peut prendre la journée. Je n'ai déjà pas assez de travail à lui donner, de toute façon. Elle ne fait que flâner dans la cour et parler avec les garçons. Je dois vous dire, madame Reekie, qu'elle court après ce Richard Stoney toute la journée.

— J'en suis navrée, dit Alinor en se retenant de prendre la défense de sa fille. Je lui en parlerai. Mais je sais qu'elle apprend tellement avec vous, à la laiterie comme aux cuisines.

— Ah, évidemment. Je peux faire bien plus dans ma grande cuisine que vous dans votre petite maison, se radoucit la meunière à cette flatterie. Je dirais même que ma cuisine fait deux fois la taille de la maison du passeur. Est-ce que vous allez au marché de Chichester ?

— Oui. Est-ce que vous voulez que je vous prenne quelque chose ?

— Non, rien du tout. Je ne peux pas me permettre de m'acheter toutes sortes de choses inutiles. Par contre, si vous trouvez un morceau de dentelle, juste ce qu'il faut pour un col et un tablier, ni trop élaboré, ni trop sophistiqué – vous savez le genre de choses qui me plaisent –, alors vous pouvez m'en acheter, si le prix est correct. Et aussi un morceau pour Jane. Je pourrais le rajouter à son trousseau.

— Très bien, accepta Alinor. Je regarderai.

— Je vais vous donner de l'argent. Vous me le rapporterez si vous ne trouvez rien.

— Oh, je peux acheter avec mon argent, et vous n'aurez qu'à me rembourser si je trouve quelque chose.

— Non, ce serait trop pour vous, décréta l'autre d'un air suffisant. Je veux quelque chose qui vaut au moins trois shillings, et je sais que vous n'avez pas cet argent. Retournez-vous, que je prenne ma bourse.

Alinor obéit et se tourna vers le buffet où les Miller avaient fièrement exposé un broc et un plat en argent parfaitement polis. Elle entendit derrière elle Mme Miller fouiller le tiroir de la grande table de cuisine en bois et en tirer sa bourse, puis émettre un claquement de langue dépité en voyant qu'elle n'avait pas assez d'argent.

— Attendez un instant, dit-elle. Une petite minute.

— Prenez votre temps, lui dit aimablement Alinor.

Son esprit était loin de la cachette de Mme Miller, et elle ne pensait qu'à ce qui lui brûlait les lèvres, son corps tiraillé par l'envie de retrouver James.

— Je n'en ai pas pour longtemps, dit encore la meunière.

Elle était, à présent, juste derrière la jeune femme et sa voix était étrangement caverneuse. Surprise, Alinor leva brusquement les yeux et vit clairement sur la surface du plat en argent le reflet de Mme Miller qui se tenait sur la pierre du foyer, derrière les braises rougeoyantes, et tirait une bourse de cuir rouge d'un trou dans la maçonnerie de la cheminée. Elle se tourna vers elle, les doigts noirs de suie, et son regard croisa celui de la guérisseuse qui lui tournait le dos. Manifestement, sa cachette était découverte. Alinor l'entendit remettre la brique en place.

— Vous pouvez vous retourner, maintenant, dit-elle, mal à l'aise. C'est la dot de Jane. Je n'ai plus assez dans ma propre bourse, alors j'emprunte simplement dans la dot de Jane.

— Je comprends, assura aimablement Alinor en posant son regard sur le sol pour éviter de le poser sur la cheminée.

— C'est quand même mon argent, se justifia la femme avec gêne. C'est moi qui en mets de côté. Alors je peux bien en emprunter un peu, puisque j'économise pour elle depuis qu'elle est bébé.

— Tout à fait, renchérit la guérisseuse. Et je n'ai rien vu.

— C'est la même bourse que votre mère a eue auprès du camelot. On les a achetées ensemble, il y a bien des années. Du cuir rouge.

— Je ne savais pas. Je n'ai rien vu.

— Je sais bien, mentit Mme Miller. Et ça ne me dérangerait pas, de toute façon. Je n'ai jamais voulu la confier à l'orfèvre. Je préfère l'avoir sous les yeux. De temps en temps, je rajoute un peu d'argent. Je le fais depuis toujours. Évidemment, ça ne me dérange pas que vous sachiez où je le mets, puisqu'on se connaît depuis longtemps. C'est même votre mère qui a assisté ma mère à l'accouchement.

— C'est vrai.

— Voilà, dit Mme Miller en déposant trois shillings en argent dans la paume d'Alinor. Si vous trouvez de la belle dentelle, rien de trop chargé, pour un col et un tablier, vous pouvez payer jusqu'à trois shillings.

Les pièces étaient chaudes d'avoir été conservées dans le conduit de cheminée. Alinor se dit que quiconque aurait reçu cet argent aurait compris où la meunière le cachait.

— Je regarderai ça, et je vous rapporterai ce que j'aurai acheté demain après-midi, dit-elle avec légèreté.

— Très bien. Alys peut vous aider à la cueillette maintenant, puis rentrer avec vous si vous voulez. Je n'ai plus de tâche pour elle aujourd'hui.

— Merci, dit la jeune femme en allant chercher sa fille pour l'aider à ramasser la consoude et le basilic pour Mme Miller.

Dans sa chambre au prieuré, James rangeait une chemise et des culottes propres dans une sacoche de selle avec sa bible et une bourse de pièces d'or, tout ce qui lui restait de l'argent que la reine lui avait donné pour acheter la liberté de son époux. Sir William se tenait à la fenêtre et regardait le verger en contrebas.

— Vous pouvez laisser vos objets sacrés ici, dit-il. Je les garderai en sécurité pour vous jusqu'à ce que vous reveniez les récupérer.

— Merci. Si je ne reviens pas, vous pouvez être certain qu'un autre prêtre le fera, répondit James en tentant de sourire. Mon remplaçant. Je prie pour qu'il fasse mieux que moi.

— Ne soyez pas trop dur avec vous-même. Vous avez fait ce que l'on vous a dit de faire. Vous l'avez approché avec un plan solide et un bateau prêt à l'emmener. Vous n'avez pas failli à votre mission. Vous n'avez pas volé l'argent, ni trahi le roi. La moitié de ceux à son service l'auraient vendu à nos ennemis. S'il l'avait souhaité, il serait libre à l'heure qu'il est, et vous seriez le sauveur du royaume.

— Oui, concéda James, mais il ne l'a pas souhaité et je suis très loin d'être le sauveur du royaume. Je ne suis personne. Pis encore, je ne suis personne et je n'ai ni foyer, ni famille, ni foi ; et je n'ai même plus de roi.

— Ah ! Tout semble une catastrophe lorsque l'on est jeune. Mais écoutez-moi : vous n'êtes encore pas rétabli, à peine venez-vous de quitter votre lit. Quand vous serez de retour en France, dites aux pères que vous avez besoin de temps. Reposez-vous, nourrissez-vous correctement, et seulement ensuite abordez avec eux vos doutes. Tout semble moins gris lorsque l'on est en bonne santé. Faites-moi confiance. Tout est différent après une grande nuit de sommeil et un bon repas. Les temps sont durs pour nous tous et nous devons continuer d'avancer, un pas après l'autre. Parfois l'on trébuche, parfois l'on doit se faire violence, mais il faut continuer d'avancer. Vous y arriverez aussi.

James se redressa après avoir attaché les sangles de la sacoche et leva les yeux sur son hôte. Même lui, un homme guilleret et détaché, fut frappé par la fatalité qui se lisait sur le visage blême du jeune homme.

— J'aimerais pouvoir vous croire, mais j'ai l'impression que tout ce que je sais, et tout ce que je suis, m'a été arraché. Je ne peux plus prier que pour avoir la permission de changer d'occupation, changer de vie.

— Ah, eh bien, peut-être est-ce là votre voie, qui sait ? Ce sont des temps de grands bouleversements. Qui sait ce qu'il se passera ? Mais vous serez toujours le bienvenu ici. S'ils vous renvoient en Angleterre, vous trouverez ici une place en tant que tuteur auprès de Walter jusqu'à ce qu'il parte pour Cambridge, et vous pourrez bien sûr nous rendre visite quand vous le voudrez après cela.

— Que va devenir le jeune Robert ?

— Je m'en suis occupé. Nous avons une grande dette envers maîtresse Reekie, n'est-ce pas ? Elle est venue à la seconde où je l'ai demandée, et elle a tenu votre chevet sans hésiter alors que nous ne savions pas ce que vous aviez. Elle aurait pu être enfermée avec un mourant, pour ce que nous en savions. Elle a risqué la peste et Dieu sait comment cela se serait terminé. Elle s'est bien occupée de vous, n'est-ce pas ?

James détourna la tête et ouvrit une porte de placard pour dissimuler sa gêne.

— Avec beaucoup de professionnalisme, déclara-t-il au placard vide.

— Et elle m'a clairement affirmé qu'elle ne répéterait rien. Elle n'a jamais dit qu'elle vous avait trouvé le jour de votre venue. Nous pouvons lui faire confiance. Je lui ai promis que son garçon deviendrait apprenti. M. Tudeley se chargera de lui trouver un maître, un apothicaire à Chichester. C'est onéreux, mais ce n'est pas cher payer pour le silence de notre guérisseuse, car elle nous sera toujours redevable, et ne dira donc jamais rien.

— J'en suis ravi ! s'exclama James en se tournant vers lui. C'est très aimable et généreux de votre part, monsieur. C'est une femme qui mérite un peu de chance. Je ne vous l'ai pas dit, mais j'ai rencontré son mari à Newport. Il m'a dit qu'il ne reviendrait jamais auprès d'elle.

— Zachary Reekie, dit sir William avec un dédain aristocratique. Ce n'est pas une perte, croyez-moi. Il aurait été mieux pour elle qu'il se noie.

— Peut-être, mais cela la place dans une situation délicate.

— Pas du tout, rétorqua l'autre. Pas si elle ne le revoit pas, et que personne ne l'a vu. Si personne n'avoue l'avoir rencontré, alors dans sept ans elle pourra le déclarer mort et se dire veuve.

— « Sept ans » ?

— C'est la loi.

— Le sait-elle ?

— Non ! Comment le pourrait-elle ? Je doute qu'elle sache lire.

— Si, elle sait lire, mais je ne pense pas qu'elle connaisse cette loi. Je n'en avais jamais entendu parler moi-même. Alors, si personne ne le voit pendant sept ans, elle sera libre ?

— Tout à fait, dit sir William en se tapotant le nez pour signifier qu'il s'agissait d'un secret. Sept ans depuis sa disparition. C'était… Que je m'en souvienne… L'hiver dernier, me semble-t-il, à l'époque où la flotte était encore aux ordres du Parlement, avant que l'on ne récupère tous les vaisseaux. Il s'est enfui pour servir dans la Marine – ce qui n'a rien d'étonnant pour un brigand comme lui – et il n'est jamais revenu. Cela fait donc presque un an, au bas mot. Dans six ans, elle sera libre et pourra prendre un autre mari. Elle est jeune. Si elle parvient à maintenir sa réputation pendant six ans, elle aura encore toute la vie devant elle. J'en connais plus d'un qui voudrait volontiers d'elle. J'en connais d'ailleurs plus d'un qui l'épouserait.

— Elle pourrait se remarier ?

— Tant que personne n'a vu Zachary vivant, répondit sir William en lui adressant un clin d'œil complice. Je vous conseille de ne pas l'oublier. Si vous souhaitez lui faire une faveur, je vous conseille de vous le rappeler.

— Personne ne l'a vu, jura fidèlement James.

Il sentit son humeur s'adoucir soudain en songeant au fait qu'elle pourrait être libre, délivrée de ses vœux, et que, malgré ce qu'elle lui avait dit, ils pourraient avoir un avenir ensemble.

— Personne ne l'a jamais vu, répéta-t-il. Il est mort et elle pourra se dire veuve dans six ans.

— Voilà ! Un joli brin de fille. C'est tellement dommage de la voir dépérir ainsi, isolée sur ce bout de terre au bord de la vasière.

— Je n'y ai jamais vraiment prêté attention, affirma James avec prudence.

— C'est impossible ! s'exclama le seigneur. Elle est connue d'ici à Chichester comme la plus belle femme de tout le Sussex. Il y a même un idiot qui lui a écrit une chanson il y a quelques années : *La Belle de Sealsea*. Je lui aurais bien fait son affaire moi-même si Walter ne vivait pas ici et que sa mère n'était pas morte récemment – en plus du fait que tout le monde sur cette fichue île connaît tout de la vie des autres et qu'ils sont devenus si puritains.

James ressentit encore cette répugnance face aux problèmes qui semblaient toujours suivre Alinor, même ici, parmi les nantis.

— Il vaut mieux la laisser faire, s'empressa-t-il de conseiller. Elle pourra peut-être se trouver un bon mari et changer sa fortune.

— Oh, ça oui, admit sir William. Et avec son frère qui est un fier soldat, et qui déverse ses opinions aussi librement qu'un chien le fait avec sa pisse, et par des temps de si grands changements. Ce n'est plus comme au temps jadis, quand tout le monde savait où était sa place. Mon père pouvait trousser la femme d'un paysan dans le foin et personne n'aurait jamais rien dit d'autre que : « Merci, maître ! »

— Oui, rétorqua James sur un ton de reproche. Ce n'est plus du tout comme dans le temps.

— Bref, il se raconte que personne ne peut la forcer, lui confia l'autre. On dit qu'un fou a un jour essayé de la prendre de force alors qu'elle rentrait du marché, et qu'elle lui a murmuré quelque chose à l'oreille qui l'a complètement émasculé. Il racontait que son gourdin était retombé et que son sang s'était glacé. Il affirmait qu'elle l'avait maudit pour qu'il ne puisse pas l'avoir.

— Vraiment ?

— Des rumeurs. Le genre de rumeurs qui restent dans le sillage d'une belle femme – surtout d'une sage-femme. On dit qu'elle sait faire beaucoup de choses. Ils ont commencé à l'appeler « la sorcière de la braguette », parce qu'elle était selon eux capable de faire durcir ou ramollir un homme. Je dois dire que j'aimerais savoir ce qu'il en est.

James était écœuré par ces talents mystiques constamment prêtés à Alinor.

— Elle n'a sans doute fait que parler de notre Seigneur, ce qui a dû ramener l'homme à la raison, avança-t-il.

— Qui sait ce dont elle est capable ?

— Elle ne fait certainement qu'utiliser les plantes pour guérir, insista James.

— Peut-être. Ils sont enclins à croire toutes sortes de sottises sur cette île. Sa mère était à moitié sorcière, c'est une certitude, mais elle est morte et a été enterrée dans un sol consacré sans que personne l'accuse jamais. Sa belle-sœur est morte en couches ; mais évidemment, le frère a étouffé l'affaire. Bah, cela ne fait aucune différence pour nous. Quoi qu'elle soit, elle nous a rendu un fier service et nous l'avons récompensée. Et puis, vous savez que vous êtes le bienvenu ici quand vous voudrez. Vous êtes d'ailleurs libre de rester maintenant si le cœur vous en dit.

— Je partirai demain, dit James, ravi de pouvoir changer de sujet. Je dois rentrer à Londres, puis prendre un bateau pour la France. Je rentrerai à mon séminaire et je me confesserai. S'ils me libèrent de mes vœux, peut-être pourrai-je rentrer en Angleterre. Peut-être que d'ici à notre prochaine rencontre, j'aurai retrouvé mon ancien nom et mes anciennes possessions.

— Je l'espère pour vous. Par Dieu, c'est tout ce que je vous souhaite. Vous le méritez, affirma sir William sur un ton bourru. Souvenez-vous que ce n'est en rien votre faute. Sa Majesté a choisi un autre chemin. Je prie le Seigneur pour qu'il ait fait le bon choix et qu'il remonte sur le trône. Je prie pour que vous regagniez tous les deux la place qui vous revient.

Alinor et Alys plongèrent leur plus beau bonnet et leurs vêtements dans un mélange d'eau et d'urine dès qu'elles revinrent du jardin de la maison du passeur. Elles les laissèrent blanchir toute la soirée, puis les rincèrent à l'eau froide puisée dans la mare, et les accrochèrent à un fil à côté des herbes aromatiques pour les laisser sécher.

— Je ne vais jamais arriver à dormir, déclara Alys.

— Tu devrais te reposer, lui dit sa mère. Je ne veux pas te présenter à tes futurs beaux-parents toute pâlotte.

— « Pâlotte » ? s'insurgea la jeune fille.

— Avec le tour des yeux tout noir, comme cette vieille soûlarde de Joan.

— Très bien, je vais dormir. Je te le promets.

— Je vais aller voir Ned. Je n'en ai pas pour longtemps.

— D'accord.

Alys enleva sa jupe et sa veste de travail, puis les étendit sur les couvertures. Dans sa seule chemise de lin, et les cheveux attachés en une natte, elle se glissa sous les draps et les tira jusqu'à son menton. Elle avait retrouvé son visage d'enfant et Alinor revint auprès du lit pour lui déposer un baiser sur le front.

— Tu es sûre que tu veux l'épouser ? demanda-t-elle. Tu me parais très jeune pour vouloir te marier.

— Je suis sûre, m'man, affirma sa fille avec un sourire resplendissant. Je suis tout à fait certaine. Et tu avais mon âge quand tu as épousé p'pa.

— Et ce n'était pas un très bon choix, dit doucement Alinor.

— Mais j'ai l'âge que tu avais à l'époque.

— Oui.

— Tu crois qu'il va revenir ? P'pa, je veux dire. S'il entend dire par quelqu'un que je vais me marier, peut-être qu'il reviendra pour le jour de mon mariage ?

— Alys, lui dit sa mère après un instant d'hésitation. Je ne pense pas qu'il revienne un jour.

La jeune fille se plaqua immédiatement les mains sur les oreilles.

— Ne me dis rien ! supplia-t-elle sa mère. Les Stoney ont déjà assez de mal à m'accepter en sachant que mon père a disparu, mais avec l'espoir qu'il revienne riche. Si je leur dis qu'il s'est enfui, ils ne voudront jamais que j'épouse Richard. Je ne serai plus qu'une indigente pour eux.

Alinor prit délicatement les mains de sa fille pour les lui écarter des oreilles, puis les serra doucement.

— D'accord, je ne dirai rien. Et tu peux dire que tu n'as pas de certitude.

— Ce qui est vrai. C'est le marais des fous, et il n'y a rien de certain ici.

Alinor attacha sa cape pour se protéger de la brume du soir qui sévissait sur le port, froide et humide, puis elle quitta le jardin et tourna à gauche en direction de la maison du passeur, conformément à ce qu'elle avait dit à sa fille ; mais lorsqu'elle atteignit le haut de la digue, elle tourna encore et s'engagea sur le passage caché qui contournait sa maison et menait au prieuré, puis à la mer. C'était marée haute et l'odeur des embruns flottait dans le brouillard. Quand elle regarda sur sa droite, vers l'intérieur des terres au-delà des champs qui s'étendaient depuis le rivage, elle put voir la silhouette blanche d'une chouette qui chassait dans les haies, silencieuse comme la mort, ses grands yeux perçant les ténèbres.

La jeune femme resta sur la digue, sauta sur la grève pour traverser le banc de sable sec lapé par les vagues, remonta ensuite les marches boueuses pour retrouver le sentier côtier, et choisit précautionneusement son chemin sur les dalles de pierre posées dans un champ marécageux d'où l'eau s'écoulait lentement dans la vasière – prenant appui sur la pierre grise, au milieu de la boue grise, sous un ciel gris. Elle contourna la pointe où le clocher s'élevait tel un poteau d'indication dans le ciel noircissant, puis elle bifurqua vers les terres en atteignant un corps-mort noyé par les eaux et couvert d'algues. Elle traversa la laisse de mer, écrasant une ligne de coquillages qui crissèrent sous ses bottes, et grimpa la berge pour pénétrer dans le pré-salé du prieuré. Elle leva les yeux du sol irrégulier et le vit immédiatement. Il attendait caché derrière une meule de foin pour ne pas être vu depuis les fenêtres du manoir. Il regardait en direction du chemin, la cherchant du regard.

Elle se précipita dans ses bras sans un mot et ils se serrèrent l'un contre l'autre.

— Alinor, souffla-t-il avant de l'embrasser.

Elle s'adossa à la meule, ses jambes menaçant de céder sous elle, et fit un petit geste qui l'incita à s'écarter.

— Pas ici, dit-elle simplement.

— Pas ici. Veux-tu aller au prieuré ?

— Je n'ose pas.

— Est-ce que l'on peut aller chez toi ?

— Alys est là.

Il réfléchit un instant.

— Il n'y a pas quelque part où l'on pourrait aller ? Tu connais les bois, le marais et les petits sentiers.

— On ne peut pas faire ça dans le marais, dit-elle en frissonnant. (Il la prit dans ses bras et lui resserra la cape autour des épaules.) Pas à marée haute. On se noierait. Est-ce qu'on pourrait aller à la chapelle ? On pourrait se contenter de s'asseoir sous le porche.

— J'ai perdu la foi, mais ce serait aller trop loin, refusa-t-il en secouant la tête. Je ne pourrais pas. Pardon, mon amour, mais je ne peux pas.

— Je comprends, dit-elle en songeant qu'il devait la trouver bien basse de ne serait-ce que suggérer une telle chose. Je ne voulais pas dire…

— J'ai tant envie de toi que mon cœur est sur le point d'exploser, dit-il. N'importe où ! Peu importe !

— Je pense qu'on ne pourra rien faire nulle part, dit-elle tristement avant de prendre conscience de cette grande vérité. Oui, c'est tout à fait ça. Tu vois ? Il n'y a nulle part où aller pour nous : ni à Sealsea, ni dans le port, ni ailleurs dans le monde.

— Il doit bien y avoir un endroit !

— Et en plus, on est censés se faire nos adieux.

— Je ne peux pas supporter de te dire encore adieu dans ce pré !

— La dernière fois, tu as tenu ta promesse et tu es revenu, dit-elle timidement.

— La dernière fois, j'avais ordre de revenir. La prochaine fois, ce sera en homme libre que je reviendrai – pour toi.

— Je ne pense pas que ce sera un jour possible.

— Si. Je serai délivré de mes vœux, j'irai trouver mes parents, je rachèterai notre demeure dans le Yorkshire et je reviendrai te chercher.

Elle chercha à retirer ses mains des siennes.

— Tu sais…

— Non, écoute-moi. Je peux confesser mes péchés et renoncer à ma vie religieuse. (Il lui serra plus fort les mains en la voyant secouer la tête.) C'est mon choix. C'est ce que je veux.

— Mais tu as risqué ta vie pour ta foi ! Tu m'as dit qu'elle venait avant tout le reste.

— C'est vrai, mais c'était avant Newport. Mon amour, j'ai échoué dans ma mission et perdu la foi. J'ai perdu la foi en tout : le roi et Dieu. J'abandonnerai la vie religieuse quoi qu'il arrive, et plus jamais je ne reviendrai en Angleterre en tant qu'espion. Je ne servirai plus le roi – que Dieu le bénisse et qu'il soit entouré de meilleurs serviteurs que moi. Je n'ai pas été à la hauteur et je ne pourrais pas supporter un autre échec. Cette partie de ma vie est révolue.

— Même…

— Alinor, je ne changerai pas d'avis. J'ai perdu la foi, j'ai tout perdu. Je ne peux pas t'expliquer, mais il y a un trou abyssal là où il y avait autrefois un puits de lumière. La seule chose qui a encore de l'importance pour moi, c'est toi.

— Oh, mon amour, soupira-t-elle. Ce n'est pas comme ça qu'on choisit une épouse.

— Mais la chose que tu ignores, et que je viens d'apprendre – une excellente nouvelle –, c'est que tu seras délivrée de ton mari. Je ne dirai jamais que je l'ai vu. Robert aussi doit garder le secret. J'ai prévenu Walter. Dans six ans, si personne ne revoit Zachary et que personne ne dit à la paroisse l'avoir vu, alors ton mariage sera annulé, comme s'il n'avait jamais eu lieu. Ton mari sera déclaré mort et tu deviendras veuve.

— Tu es sûr ? lui demanda-t-elle en levant sur lui un regard dubitatif. Vraiment ? C'est possible ? Dans six ans, je peux être libre ?

— La loi dit sept ans, mais la première année est presque passée.

— Il y a une loi qui dit ça ?

— Oui. C'est sir William qui m'en a parlé. Tu seras libre, Alinor, je te le jure. Tu seras libre de m'épouser, et moi de te demander ta main.

— Il nous suffit d'attendre six ans ?

— Est-ce que tu attendras ?

— J'attendrais soixante ans, s'il le fallait ! s'exclama-t-elle en se blottissant dans ses bras. Six cents ans, même. Mais tu ne devrais pas…

Il la serra contre lui, la plaqua contre la meule de foin et l'embrassa fougueusement pour la faire taire, lui tirant ainsi un gémissement de plaisir. Puis il laissa retomber sa tête dans le creux de son cou et elle l'entendit haleter à son oreille :

— Je te le jure. Je le jure.

Alys et Alinor se levèrent de bonne heure, au point du jour. La demoiselle était déterminée à se faire plus belle et plus coquette qu'une fille de la ville. Elles prirent donc une cruche de teinture de saponaire et de l'huile de lavande pour se rendre à la maison du passeur avant le lever du soleil. Red, le chien, bondit vers elles à leur entrée pour les saluer, et il se mit à renifler la cruche.

— Vous êtes matinales, fit remarquer Ned, assis à la table de la cuisine devant une miche de pain et une chope de bière.

— On est venues se laver. On s'en va voir les Stoney, expliqua Alinor. On passe chez eux avant d'aller au marché à Chichester.

— Et pourquoi est-ce qu'ils méritent tant d'efforts ? railla Ned en souriant à Alys, qui était toute rouge. Oh, je vois. Je vais vous chercher la marmite.

Il se leva et se rendit à l'arrière-cuisine récupérer l'énorme marmite qui servait à la lessive une fois par mois. Il passa le bâton usé à travers les deux anneaux sur les côtés pour la soulever avec l'aide d'Alys, puis ils la placèrent sur le feu pendant qu'Alinor prenait deux seaux et se rendait au puits par la porte de derrière. Elle revint verser l'eau dans la marmite et fit un autre voyage.

— Vous voulez manger un petit quelque chose pendant que ça chauffe ? proposa Ned en coupant deux tranches de pain.

— Je ne peux rien avaler ! déclara Alys en prenant tout de même sa tranche de pain pour la grignoter en regardant l'eau sur le feu.

Ned lança un regard à sa sœur, surpris.

— La maladie d'amour, dit-elle tout bas. Seigneur, faites qu'on s'entende sur la dot. Il lui a volé son cœur.

— Il la raccompagne tous les soirs jusqu'au bac depuis la fête des moissons, lui apprit Ned en hochant la tête. Ils s'assoient sur le ponton et ils parlent sans s'arrêter, comme s'il y avait quoi que ce soit de nouveau à dire par ici. Il reste là jusqu'à ce que je prévienne Alys que c'est mon dernier passage de la journée.

— C'est chaud, maintenant, déclara Alys. Ça doit bien être chaud !

Alinor et son frère remirent le bâton pour transporter la marmite dans l'autre pièce et la déposer sur le sol de brique.

— Je vous laisse, dit Ned en partant. Laissez l'eau pour moi. Je ne me rappelle même pas la dernière fois que j'ai pris un bain, et l'eau des vôtres sent toujours si bon.

Il referma la porte et elles se déshabillèrent, se lavèrent mutuellement les cheveux, puis se les rincèrent chacune à leur tour en se versant des cruches d'eau sur la tête. La teinture de saponaire rendait l'eau trouble et savonneuse, et l'huile de lavande embaumait toute la pièce. Elles se séchèrent ensuite, pieds nus sur la brique froide, tremblotantes, avant de s'essorer les cheveux dans une serviette. Elles revêtirent sans tarder leurs habits propres, leurs robes soigneusement brossées, et allèrent à la cuisine, leurs cheveux humides leur tombant sur les épaules.

Ned était assis sur le banc devant sa maison à fumer sa pipe en regardant les vagues scintillantes s'écraser contre le ponton.

La marée montait rapidement, lavant les pavés du gué, formant dans le Rife de l'écume brassée par les courants contraires.

— La journée s'annonce belle, dit-il. Vous avez l'air aussi fraîches que des pâquerettes.

Alys et Alinor, soulevant leurs jupes pour ne pas les salir, rentrèrent d'un pas précautionneux le long du rivage. Les bonnets étaient secs et elles les lissèrent en les posant sur le couvercle de terre cuite dans l'âtre. Elles attachèrent leurs cheveux mouillés en un chignon, qu'elles recouvrirent ensuite de leur bonnet.

— Comment tu me trouves ? demanda Alys en se tournant vers sa mère.

Alinor regarda sa fille, avec son teint sublime rehaussé par le rose de ses joues, ses cheveux blonds cachés sous son bonnet blanc, ses grands yeux bleus et son sourire espiègle.

— Tu es magnifique, répondit-elle. Je pense que personne ne pourrait te résister.

— C'est sa mère qui m'inquiète. Son père est très gentil avec moi, mais elle est dure. Il va falloir la convaincre, m'man. Tu ne peux pas nous faire une potion, ou quelque chose dans le genre ?

— Un philtre d'amour ? plaisanta Alinor en riant. Tu sais bien que je ne fais pas ces choses-là.

— On doit la convaincre d'accepter ce mariage, insista Alys. Il le faut.

— Il est fils unique, et c'est normal qu'ils veuillent ce qu'il y a de mieux pour lui. Mais tout le monde dit qu'ils lui cèdent tout. Est-ce qu'il leur a annoncé que l'on passait chez eux aujourd'hui ?

— Oui, et il leur a dit pourquoi. Il m'a dit qu'ils allaient nous offrir le déjeuner. On ne doit pas être en retard.

— Mais il ne faudrait pas non plus arriver à l'aube et donner l'impression d'être trop pressées.

— Mais je suis pressée ! se récria sa fille.

Alinor fut alors frappée par un souvenir de James, une caresse, le goût de ses lèvres, le tambourinement de son cœur lorsqu'il l'avait plaquée contre la meule de foin.

— Je comprends que tu sois pressée, dit-elle en se détournant. Vraiment. Mais d'abord, on doit préparer les herbes, puis nourrir les poules et couvrir le feu.

— Je sais ! s'exclama la jeune fille avec impatience. Je sais. Je m'occupe des poules.

Tandis qu'Alys les faisait sortir et récupérait deux œufs dans les nids pour les placer dans un pot en terre, Alinor prit une cruche et versa de l'huile de lin dans un grand bocal en verre contenant le reste des feuilles de basilic fraîches, puis elle enfonça profondément le bouchon. Elle réitéra l'opération avec des feuilles de consoude et plaça les deux bocaux sur une étagère à l'extérieur afin que le soleil puisse les frapper de ses rayons et chauffer la préparation toute la journée afin d'extraire les bienfaits de la plante pour les transférer dans l'huile. Elle alla ensuite fouiller le placard dans le coin de la pièce, où elle distillait ses huiles et faisait sécher ses plantes, pour récupérer une dizaine de petites fioles qu'elle mit dans son panier.

— Est-ce que tu es prête ? lui demanda sa fille. Tu as tout ? On peut y aller, maintenant ?

— Est-ce que tu as couvert le feu ?

— Oui, oui !

— Et tu as tracé les runes ?

Alys s'accroupit devant l'âtre, prit une brindille et dessina les runes qui protégeaient contre les incendies.

— Voilà ! dit-elle.

— Laisser une maison bien en ordre…

— … c'est l'assurance d'y revenir avec le cœur léger, termina sa fille à sa place en riant.

— Je sais, je sais ! lâcha Alinor en comprenant combien elle était prévisible. Mais c'est ce que ma mère disait toujours, et c'est encore vrai aujourd'hui.

— Elle est parfaitement en ordre. Mme Miller elle-même admirerait le travail. Allons-y.

Les deux femmes marchèrent l'une derrière l'autre pour retourner une fois de plus à la maison du passeur. C'était marée haute et un fermier menait son cheval de trait par la bride pour le faire descendre du bac, puis il prit appui sur le montoir pour se mettre en selle.

— On va au marché de Chichester, m'dame Reekie ? la salua-t-il.

— Oui. Est-ce que vous vous portez bien, monsieur Chudleigh ? demanda-t-elle en retour.

— Fort bien, dit-il. Mais je serai content d'avoir votre graisse d'oie quand le froid bloquera mes vieux genoux.

— Je vous en apporterai un bocal, promit-elle.

— Vous êtes propres comme un sou neuf, les complimenta Ned quand elles arrivèrent à sa hauteur. Tellement propres que vous m'aveuglez.

Alys gloussa et leva légèrement sa jupe pour éviter les flaques de boue laissées par le cheval massif sur le quai.

— Tu n'emportes pas de laine au marché ? demanda-t-il à sa nièce en maintenant le bac pour qu'elles puissent monter à bord.

— Pas aujourd'hui. On va vendre quelques fioles d'huile, et m'man va acheter de la dentelle pour Mme Miller, si elle trouve quelque chose de joli.

— Et des rubans pour toi ? s'enquit-il.

— La vanité est un péché, mon oncle, rétorqua-t-elle avec un mouvement de tête altier qui tira au passeur un éclat de rire.

La mer montait doucement et calmement, mais Alinor se cramponna tout de même à la rambarde des deux mains et quand Red sauta à bord à côté d'elle, elle fut saisie d'un hoquet de surprise.

— Ce tuteur, James Summer, il est parti vers le nord au milieu de la nuit, leur apprit Ned. Il a passé le gué sur le deuxième cheval de sir William, à la lueur de la lune. Il ne m'a pas appelé, mais je l'ai vu. Il se rendait à Londres, j'imagine. Il n'a pas demandé de lumière, et il ne s'est même pas arrêté pour discuter. Il ne parle pas beaucoup. Il n'enseigne pas beaucoup non plus, d'ailleurs.

— Je ne sais pas, répondit Alinor.

— Est-ce que Rob sait quand il reviendra ?

— Il ne m'a rien dit.

— Il avait l'air en meilleure forme qu'à son retour. Il était malade comme un chien, pas vrai ?

— La fièvre, répondit brièvement Alinor en gardant les yeux rivés sur l'horizon.

— Tu veux bien m'acheter un fromage de chèvre au marché ?

— Oui. On sera rentrées avant l'heure du dîner.

— Vous pourriez vous faire emmener en chariot, avança-t-il en l'aidant à débarquer. Vous devriez attendre ici que quelqu'un passe.

— On va déjà commencer à marcher, dit la jeune femme.

Sa fille et elle se mirent en route tandis que Ned tirait le bac de l'autre côté pour attendre les prochains passagers à vouloir se rendre au marché de Chichester.

Après un certain moment, elles bifurquèrent sur la gauche, laissant la route qui menait à Chichester pour emprunter le sentier en direction de Birdham. Le terrain était marécageux, mais le chemin courait sur les talus bordant les champs, et des pierres permettaient de traverser les ruisseaux. Elles franchirent les échaliers placés au centre des haies pour passer d'un champ inondé à l'autre, approchant de la petite bourgade constituée de quelques maisons rassemblées là.

Elles s'arrêtèrent dans l'herbe sur le côté de l'étroite route.

— Est-ce que je ne suis pas trop ébouriffée ? demanda Alys avec nervosité.

Alinor lui redressa le bonnet et lui rajusta la cape sur les épaules.

— Parfait, dit-elle. Essuyons nos bottes.

Malgré toutes leurs précautions, le bas de leur jupe était sali et leurs bottes crottées. Elles soulevèrent leur habit pour pouvoir essuyer leurs semelles dans l'herbe.

— Je transpire, se lamenta nerveusement Alys. Et je suis toute crasseuse. Je hais cet endroit. J'ai toujours de la boue partout. Il ne m'a encore jamais vue avec un jupon propre !

— Tu es très belle, la rassura sa mère. Et il t'a vue dans bien pire état.

La ferme des Stoney était en retrait de la route, séparée de l'allée par un muret en silex qui empêchait le bétail de s'échapper. Un chemin d'herbe menait à la porte d'entrée par un petit verger, principalement de pommiers aux branches chargées de fruits bien mûrs. Une échelle triangulaire pour la cueillette était appuyée contre le tronc de l'un d'eux.

C'était une demeure de bonne taille, l'une des plus belles de la petite paroisse, avec ses deux chambres et un débarras qui servait de grenier sous le toit de chaume de roseau, avec à l'étage du dessous la cuisine et deux pièces : l'une servant de salon et l'autre d'échoppe. La cuisine occupait toute la largeur de la bâtisse, à l'arrière, et la brasserie ainsi que la laiterie se trouvaient en face, de l'autre côté de la cour pavée. La grange et les écuries formaient le troisième pan de ce corps de ferme. Alors que les deux femmes approchaient de l'entrée, Richard Stoney, dans de beaux habits marron foncé, de solides bottes d'équitation aux pieds, crottées par la boue qui recouvrait la cour des écuries, apparut au détour d'un angle de la maison et les rejoignit en courant.

— Vous êtes venues ! Ah, vous êtes venues !

Il freina des quatre fers et se retint d'embrasser Alys. Il s'inclina devant Alinor.

— Madame Reekie, merci d'être venue. Alys… (Il lui adressa un regard doux et entendu.) Bien le bonjour, Alys.

Dès qu'elle remarqua leur façon de se faire les yeux doux, Alinor comprit ce qu'ils cachaient ; elle était absolument certaine qu'ils étaient amants, que sa fille avait fait fi de toutes ses mises en garde, de tout ce qu'on lui avait appris à l'école et à l'église, et avait réussi à échapper suffisamment longtemps à la surveillance assidue de Mme Miller pour faire ce que son cœur lui dictait, au mépris de la raison, en se donnant entièrement à son jeune aimé.

Alinor comprenait maintenant pourquoi sa fille était aussi résolue à conclure ce mariage. Si Richard ne parvenait pas à convaincre ses parents, alors les deux jeunes gens allaient devoir arrêter de se voir, et ses parents l'empêcheraient certainement de retourner travailler au moulin à marée pour s'assurer qu'ils ne se voient pas en douce. Tout le monde verrait alors Alys comme celle qui avait perdu l'homme qu'elle aimait, et si elle se mariait par la suite, on saurait que ce serait par dépit. S'il venait à se savoir qu'elle avait perdu sa virginité, il lui serait difficile de trouver un jeune homme de bonne réputation à épouser, et Mme Miller aurait toutes les raisons de lui refuser du travail. La plupart des fiançailles de village commençaient par une promesse et l'acte charnel, mais les temps avaient changé et la population puritaine toujours plus nombreuse considérait l'amour juvénile comme à la fois indécent et mauvais pour les affaires.

— Oh, non, dit Alinor dans un soupir dépité.

— Quoi ? demanda Alys en passant la main dans le creux du bras de Richard Stoney avant de se tourner vers elle.

Elle soutint d'un air de défi le regard de reproche de sa mère, qui, en la voyant si heureuse, ne put se résoudre à lui en vouloir. Ils formaient un beau couple, assortis sur tous les plans ; elle ne pouvait pas leur en vouloir de ne pas avoir su attendre le consentement réticent des parents de Richard. Il avait les yeux foncés et la peau tannée par le soleil, et des boucles de ses cheveux foncés tombaient sur son simple col blanc. Alys à côté avait un air délicat, les traits réguliers et fins comme une poupée de porcelaine, le teint pâle et les cheveux blonds – plus encore qu'Alinor –, modestement cachés sous son bonnet blanc.

— Rien, répondit-elle. Tout va bien.

Alys croisa son regard et rougit comme si elle avait compris que sa mère avait deviné son secret.

— M'man ? demanda-t-elle d'une voix mal assurée.

— On parlera plus tard, trancha Alinor.

Sa fille rougit de plus belle et se rencogna contre Richard comme pour défendre son territoire.

— M'man, voici l'homme que je vais épouser, déclara-t-elle.

L'intéressé rougit aussi comme un enfant, mais resta bien droit, la tête fièrement dressée.

— Avec votre permission, dit-il poliment. Je lui en ai fait la promesse. Je lui ai donné ma parole. Nous sommes fiancés.

— Attendons de voir ce que ton père en dit, dit-elle avec précaution.

Le jeune homme les guida dans l'allée jusqu'à l'entrée de la maison tout en tenant Alys par la main. Alinor les suivit en se disant que Ned devait avoir raison, et que ce côté indompté qu'il décelait chez elle se retrouvait aussi chez sa fille. Elle se sentit coupable, car elle n'avait pas réussi à contrôler ce désir qui était la faiblesse de toutes les femmes depuis Ève, et elle n'avait pas non plus réussi à faire en sorte qu'Alys fasse mieux qu'elle.

La porte d'entrée s'ouvrit dans un grincement, preuve qu'elle n'était pas souvent utilisée, et Mme Stoney se campa dans l'encadrement, sa bonne derrière elle.

— Le bonjour, madame Reekie, la salua-t-elle formellement.

— Le bonjour, madame Stoney, retourna Alinor en luttant pour conserver son calme.

— Va donc chercher ton père, demanda la mère à son fils. Il est dans la grange.

Richard parut réticent à l'idée de laisser Alys, mais il obéit tandis que Mme Stoney emmenait leurs deux invitées dans la plus belle pièce, à l'avant de la maison. Les quelques meubles qui s'y trouvaient étaient robustes et d'un bois foncé ; un large placard rempli d'onéreuse vaisselle en étain prenait tout un pan de mur. Il y avait aussi un large siège avec un dossier tressé et des accoudoirs, vraisemblablement réservé au maître de maison, et un autre plus modeste à côté. Alinor déposa son panier de fioles d'huile près de la porte et choisit avec tact de s'installer sur une plus petite chaise devant la table en bois foncé couverte d'une tapisserie maintenue en place par un lourd récipient en étain. Mme Stoney s'assit sur le second siège, tandis qu'Alys se tenait debout à côté de sa mère sans se voir offrir de s'asseoir.

Elles entendirent les hommes entrer par la porte arrière et M. Stoney frapper ses bottes pour en retirer la boue. Il entra ensuite dans la pièce. C'était un homme assez petit au visage rougeaud, qui s'avança avec une attitude franche et un sourire amical en direction d'Alinor pour lui serrer la main. Celle-ci se leva pour le saluer.

— Comment va ? lui demanda-t-il. (Puis il se tourna vers Alys.) Et comment se porte aujourd'hui la plus belle jeune fille du Sussex ?

Celle-ci esquissa une révérence, puis s'approcha de lui pour lui déposer un baiser sur chaque joue.

— Prendrez-vous un verre de bière, madame Reekie ? proposa-t-il.

— Bess en apporte, lui dit sa femme.

— Et ces jeunes gens vont vouloir aller faire un tour dans le verger, je suppose, avança-t-il.

Bess entra avec un plateau de brocs en étain tandis que Richard et Alys s'empressaient de sortir.

— Il adore se promener avec elle sur le domaine, expliqua M. Stoney. Il en est fier. C'est notre fils unique, voyez-vous.

— Je comprends, répondit Alinor en prenant une petite gorgée de bière.

C'était de la petite bière brassée par les Stoney, et la maîtresse de maison y avait ajouté des pommes de son jardin. Le goût était agréable.

— C'est très bon, madame Stoney, dit-elle.

La femme sourit en acceptant ce compliment cordial. Alinor nota son air suffisant, et elle se demanda si elle ferait une douce belle-mère pour Alys, qui allait devoir vivre avec eux ici et partager la maison avec cette femme pour le restant de ses jours.

— Alors, on dirait que nos jeunes gens veulent se passer la bague au doigt, déclara le fermier Stoney. Richard est venu me parler après la fête des moissons et il m'a avoué avoir donné sa parole à votre fille sans même m'en avoir parlé. (Il partit d'un petit rire tout en secouant la tête.) Ah, les garçons ! Il l'a aussi amenée ici plusieurs fois, et nous l'aimons beaucoup. Mais c'est à son père que je devrais parler.

— Comme vous le savez, mon mari est en mer, dit prudemment Alinor. Cela fait près d'un an maintenant qu'il est parti. C'est moi qui dois régler toutes les affaires.

— Ce n'est pas votre frère qui s'en occupe ? s'étonna Mme Stoney.

— Je prends moi-même les décisions en ce qui concerne mes propres enfants, répondit-elle avec beaucoup de grâce et de dignité. Mon frère me conseille quand j'en ressens le besoin.

— Est-ce qu'il sait que vous êtes ici aujourd'hui ? demanda encore Mme Stoney.

— Oui.

— Bien, je suis sûr que vous le savez déjà, reprit le père de famille, mais vous comprenez qu'on pourrait trouver une riche épouse pour Richard. Il est notre seul fils et il héritera de tout, quand on ne sera plus là. Je n'ai pas une seule dette, la ferme m'a été entièrement léguée par mon père, je l'ai améliorée, et je la léguerai à Richard. C'est un héritage de grande valeur.

— Je sais, affirma Alinor. C'est une très belle ferme. Mais Alys s'est entichée de votre fils avant même de savoir qui il était, la première fois qu'elle l'a vu au moulin. Elle n'avait pas pensé à tout ça.

Mme Stoney renifla brièvement comme pour signifier qu'elle en doutait.

— Ce serait un mariage d'amour, poursuivit Alinor. Mais il est bien entendu qu'elle aura une dot.

— Est-ce qu'elle a déjà son trousseau ? demanda la mère de Richard.

— Non, avoua Alinor en pensant à ce coin de chez elle où était rangé le petit coffre à trésors qui ne contenait que le contrat de la maison et la bourse en cuir rouge remplie de choses inutiles. Pas encore. Mais d'ici au jour du mariage, je lui aurai trouvé des draps… (Elle hésita en voyant le regard désapprobateur de la maîtresse de maison.) Et de la laine, ajouta-t-elle.

— Voilà ce que ça donne de l'avoir envoyé travailler à la ferme Miller, se plaignit madame Stoney à son mari. Tu l'as envoyé apprendre le métier de meunier, mais il a seulement appris à désobéir.

— Il peut choisir tout seul, décréta son mari. C'est une jolie fille et elle sait tout ce qu'il y a à savoir pour être une épouse et une aide à la ferme. Pas vrai, madame Reekie ?

— Elle sait tout faire au moulin, confirma Alinor. Mme Miller gère l'affaire d'une bonne main et Alys y a appris tout ce qu'il faut pour pouvoir s'occuper de la maison. Elle travaille à la laiterie, sait traire les vaches, brasser de la bière, cuire du pain, cuisiner, filer évidemment, et coudre. Je lui ai aussi appris à connaître les plantes et leurs usages. Elle sait lire et écrire. Vous verrez qu'elle se débrouille très bien à la laiterie, à la brasserie, à la boulangerie et même ailleurs.

— Est-ce qu'elle aura votre livre de recettes ? demanda Mme Stoney.

Alinor se raidit. Elle tenait de sa mère un livre de recettes avec les remèdes aux maux connus, ainsi que le bon usage des herbes et la façon de les faire pousser, de les utiliser et de les distiller. C'était son trésor le plus précieux et le socle de son métier de guérisseuse.

— J'en ferai une copie, promit-elle. Elle aura une copie du livre. Et, bien entendu, je viendrai au besoin soigner quiconque ici sans rien vous demander en retour, puisque nous serons de la même famille.

Mme Stoney semblait ne pas trouver cela suffisant.

— Et ces économies ? s'enquit-elle. Quel sera le montant de sa dot ?

— J'ai trente-cinq shillings pour l'instant, déclara Alinor avec une fierté contenue. (Ce n'était cependant clairement pas assez, car la femme face à elle haussa un sourcil désabusé.) J'en aurai dix de plus pour le mariage s'il a lieu à Pâques, ajouta-t-elle. Et mon fils, Rob, recevra son salaire trimestriel à la Chandeleur, ce qui fait encore quinze shillings.

Elle essayait de parler calmement de ces sommes astronomiques qui dépassaient de loin tout ce qu'elle avait jamais gagné au cours de sa vie, mais elle vit M. Stoney adresser un regard en coin à sa femme, qui y répondit par un bref hochement de tête et une moue déçue.

— On ne peut pas accepter une si petite dot pour lui, expliqua-t-il.

— Je peux aussi vous verser une partie de ce que je gagne au fur et à mesure, enchaîna Alinor. Je m'occupe de presque toutes les naissances sur l'île de Sealsea. Je pourrais vous verser un paiement mensuel pendant les premières années de leur mariage, disons. (Mme Stoney fit une grimace revêche.) Mon fils va devenir l'apprenti d'un apothicaire de Chichester, poursuivit Alinor d'une voix maîtrisée mais avec le cœur battant la chamade. Il commencera après Noël, quand maître Walter s'en ira à l'université. Je sais qu'il voudra voir sa sœur heureuse et mariée…

— « Un apothicaire » ? répéta Mme Stoney avant d'interrompre la jeune femme quand elle commença à lui expliquer. Mais qu'est-ce que ça va nous apporter ?

— Rob et elle hériteront des droits sur le bac, avec la maison du passeur…

— Je suis navré, conclut M. Stoney, mais on s'attend à une dot plus importante, qui sera versée entièrement le jour du mariage ; peut-être même avec des terres, pourquoi pas celles d'un voisin – mais pas des pennies au fur et à mesure que vous pouvez vous le permettre. Pas selon vos rentrées d'argent, madame Reekie. C'est bien dommage que vous n'ayez pas de mari pour vous en rapporter – fort dommage. On ne peut toutefois pas laisser Richard épouser une fille qui n'apportera pas une dot convenable, même si elle est tout à fait charmante et qu'on l'apprécie beaucoup. Nous l'aurions choisie sans hésiter avec une dot acceptable. Nous nous attendions à davantage, pour être francs. Je suis navré. Nous pensions que vous vous en sortiez mieux.

Alinor serra les dents pour s'empêcher de clamer qu'elle avait autrefois eu plus que cela – l'héritage de sa mère et sa dot dans la bourse de cuir rouge de sa mère – mais que Zachary avait tout pris, comme un mari en a le droit, qu'il avait tout dépensé, comme un mari en a le droit, et qu'il ne pouvait pas l'assumer, à présent qu'il avait disparu ; la bourse de cuir rouge, elle, n'était plus remplie que de vieilles pièces sans valeur.

— Mais elle a aussi ses gages, insista Alinor avec une angoisse décuplée. Si vous permettez qu'elle continue de travailler chez les Miller, elle pourra gagner de l'argent. Et elle sait filer.

— Dans ce cas, autant que Richard épouse la bonne, Bess ! s'insurgea Mme Stoney. Les revenus d'une aide de ferme comme dot ! Non, non, Alys est une fille charmante, mais si elle n'a rien d'autre que trente-cinq shillings et son salaire au moulin… Je vise plus haut que ça pour mon fils.

— Sans vouloir vous manquer de respect, s'empressa d'ajouter son époux qui semblait regretter le ton acerbe de sa femme.

— Quel montant aviez-vous en tête ? demanda Alinor. Parce que mon frère pourrait peut-être…

— Au bas mot quatre-vingts livres, assena Mme Stoney. Je n'accepterai pas moins que ça.

— « Quatre-vingts livres » ? s'exclama Alinor en peinant à imaginer une telle somme.

— On va devoir refuser, lui dit M. Stoney avec douceur. À regret, mais…

— J'ai soixante livres ! intervint soudain Alys sur le pas de la porte. (Elle entra dans la pièce, le visage livide, Richard derrière elle lui agrippant la main.) Je les ai. J'ai mis de l'argent de côté sans le dire à ma mère.

Elle décocha à Alinor un regard dur pour lui intimer de ne rien dire.

— Est-ce que vous écoutiez aux portes ? demanda d'un air sévère M. Stoney à son fils.

— On passait devant la fenêtre et on a entendu, répondit Richard. On n'épiait pas la conversation, monsieur, mais ma mère a la voix qui porte. Il faut qu'on se marie. On s'aime.

— Combien est-ce que tu as ? demanda Mme Stoney à la jeune fille.

— Soixante livres, déclara-t-elle résolument.

Elle sortit ensuite de la poche de sa robe une épaisse bourse en cuir rouge qu'elle posa sur la table en bois foncé, devant sa mère.

— Soixante livres directement, et le reste plus tard. Est-ce que c'est suffisant ?

Ce fut avec beaucoup d'effroi qu'Alinor reconnut instantanément la bourse que Mme Miller avait tirée de derrière une brique de sa cheminée. Il s'agissait de la dot de Jane. Elle ouvrit la bouche, mais se trouva incapable de dire quoi que ce soit.

— Est-ce que c'est suffisant ? demanda encore Alys d'une voix tremblante. Est-ce que ça ira ?

— C'est une surprise, déclara gravement M. Stoney. Comment une aide de ferme comme toi a pu économiser plus que sa mère ? (Il se tourna vers Alinor.) Comment avez-vous gagné une telle fortune ? Est-ce que vous saviez qu'elle avait mis autant de côté ?

— C'est mon père qui m'a envoyé cet argent, déclara vivement la jeune fille avant que sa mère ait le temps de répondre. C'est sa solde. Il l'a gagnée en servant dans la Marine, et quand il est revenu à la maison la dernière fois, il me l'a donnée. J'ai toujours été sa favorite. Il m'a dit que c'était ma dot, au cas où il ne serait pas de retour quand je voudrais me marier.

— Je pense que ta mère aurait bien eu besoin de cet argent, pendant cette année, dit Mme Stoney d'un air méfiant. Tout le monde sait combien elle travaille dur. Tu ne penses pas que tu aurais dû le lui dire, et lui donner l'argent ?

— Mon père et ma mère n'étaient pas toujours d'accord, annonça audacieusement la jeune fille sans oser se tourner vers Alinor. (Elle regardait son interlocutrice droit dans les yeux.) Mon père m'a demandé de veiller sur ses économies jusqu'à son retour, et de ne les utiliser que pour ma dot. Je dois bien obéir à mon père, n'est-ce pas ?

Elle se tourna alors vers M. Stoney, certaine d'obtenir son approbation en matière d'autorité masculine. Celui-ci acquiesça d'un air grave.

— Un ordre direct de ton père ? Oui, tu devais forcément obéir.

— Il ne t'a pas laissée, si ? demanda Mme Stoney à la jeune fille. Il ne t'a pas abandonnée ? Pourquoi donner sa dot à sa fille avant de partir ? Est-ce qu'il prévoyait de ne jamais revenir ?

Alys comprit immédiatement qu'elle en avait trop fait, mais elle interrompit sa mère avant qu'elle puisse répondre.

— Oh, non ! Mon père ne nous abandonnerait jamais ! Il a promis de rentrer. Il a simplement laissé ses économies au cas où je voudrais me marier avant son retour. Il est marin dans la flotte en guerre, et il savait qu'il pourrait être parti longtemps. Il n'y a aucun moyen de savoir dans combien de temps il rentrera. Il voulait simplement faire au mieux pour moi.

— Mais tu disais que tes parents n'étaient pas toujours d'accord.

Alinor, qui savait que Mme Stoney avait bien déjà dû la voir au marché de Chichester avec un œil gonflé ou une pommette tuméfiée, secoua la tête.

— Je n'ai pas à me plaindre de lui et je sais qu'il rentrera, déclara-t-elle avec assurance. Nous n'étions pas toujours d'accord sur tout, comme c'est le cas dans beaucoup de mariages, mais ce n'était rien de grave. Zachary s'est engagé à bord d'un caboteur, et puis on a entendu dire qu'il avait été enrôlé de force dans la Marine. C'est après que la flotte est passée du côté du prince, mais je ne doute pas que les soldats et les marins seront libres de rentrer une fois la paix revenue, leur solde payée en entier. Je sais qu'il rentrera à ce moment-là.

Elle conserva une expression neutre et figée tout en songeant qu'elle avait promis à James de dire à tout le monde que Zachary ne reviendrait jamais, et qu'elle était veuve. Mais voilà qu'elle déclarait le lendemain même tout le contraire. Elle ne pouvait toutefois pas faire autrement, avec sa fille qui faisait de telles déclarations et mentait comme un arracheur de dents.

— Et sa paie, ajouta Alys. Qui sait ce qu'il aura gagné quand il rentrera ? S'il a capturé un vaisseau, il rentrera riche !

— Il est donc au service du prince, maintenant ? souleva M. Stoney. Nous sommes pour le Parlement, ici.

— On ne sait pas sur quel navire il se trouve, contesta Alys. Il se pourrait qu'il soit sur un de ceux qui sont restés fidèles au Parlement. Mon père était de leur côté, comme mon oncle Ned. Vous devez bien le connaître !

— Nous aussi soutenons le Parlement, affirma Alinor qui peinait à prendre part à la conversation et à détacher son regard de la vieille bourse en cuir rouge.

— Dans ce cas, ne devraient-ils pas attendre son retour avant de se marier ? suggéra M. Stoney en se tournant vers elle. S'il rentre quand la paix sera revenue, et puisque le Parlement négocie en ce moment avec le roi ?

— Peut-être...

— Non ! intervint brusquement Alys. Ça n'irait pas du tout. Mon père m'a confié ses économies comme dot pour qu'on n'ait pas à attendre son retour ! Il m'a dit de ne pas repousser mon mariage pour lui. Et on ne peut pas savoir si le roi acceptera un traité de paix.

Alinor hocha la tête, mais fut incapable de dire quoi que ce soit.

— Alors, est-ce que c'est suffisant ? insista Richard auprès de son père. Si on accepte tous les deux de travailler à la ferme sans être payés, et qu'on vous verse ce qu'on gagne ailleurs ? Est-ce que cette dot – celle donnée par Zachary Reekie – suffit ?

Le fermier dévisagea longuement son fils avant de rendre sa décision :

— C'est suffisant, décréta-t-il.

Il prit ensuite la bourse pour la soupeser et juger d'après sa longue expérience la valeur de ce qu'elle contenait. Il la dénoua et jeta un coup d'œil à l'intérieur pour une estimation des pièces en or et en argent.

— Soixante livres. Je ne m'y attendais pas. Mais, oui, c'est suffisant.

— On aurait pu avoir plus, lui rappela son épouse avec raideur.

— C'est vrai, admit-il en souriant à son fils. Mais je préfère le voir heureux. (Il rendit la bourse à Alys avec un sourire amène.) Je vais te rendre cet argent, évidemment. Tu devras le donner à Mme Stoney aux portes de l'église le jour du mariage, avec les économies de ta mère et ce que vous aurez gagné d'ici là. Richard, lui, te donnera une bague et sa promesse. C'est entendu. Tu auras ta part de la ferme à sa mort, et un siège devant cette cheminée pour le restant de tes jours. Ton fils héritera de la ferme après Richard, et son fils ensuite.

Alys fondit en larmes tandis que Richard la prenait dans ses bras et l'embrassait. M. Stoney se leva et embrassa d'abord Alinor, puis sa fille en pleurs. Mme Stoney posa la main sur la tête de son fils en signe de bénédiction, puis embrassa à son tour Alys.

— Voilà qui est fait, dit-elle à Alinor avec une certaine réticence. Il a choisi de lui donner son cœur, et elle a produit devant nous une dot que personne n'aurait pu imaginer. C'est comme s'il était sous le coup d'un enchantement.

— Oui, oui…, répondit Alinor sans trouver les mots, encore choquée par la vision de la bourse contenant la dot de Jane Miller dans les mains de sa fille.

Alys la fourra dans sa poche sans croiser son regard.

— Et votre fils promis à une grande carrière ! se radoucit Mme Stoney. Apprenti d'un apothicaire à Chichester ! Quelle aubaine pour un jeune homme !

— Oui, répéta Alinor en hochant bêtement la tête, toujours à court de mots. C'est ça.

— Comment a-t-il fait pour avoir une telle place ? demanda Mme Stoney, curieuse.

— Ils l'apprécient, au prieuré, expliqua Alinor avec la mâchoire si crispée qu'elle avait du mal à formuler son propos. Il est le compagnon de maître Walter et ils ont offert de payer pour son apprentissage. Il commencera quand Walter ira à l'université, pour le trimestre du carême.

— Prendrez-vous un verre de vin ? Et partagerez-vous un déjeuner avec nous ? proposa M. Stoney avec hospitalité. Maintenant, nous allons faire partie de la même famille. Ensuite, je vous ferai faire le tour des granges et des vergers, madame Reekie, et je suppose que vous voudrez voir le jardin aromatique.

— Oui, merci, accepta Alinor, prise de vertiges. Ça me plairait. Tout à fait. Merci.

Sa fille et elle saluèrent la famille Stoney de loin et reprirent en silence la route de Chichester. Alinor sentait une douleur poignante au creux de son ventre, qu'elle pensait être de la peur, et le goût de la maladie dans sa bouche, qu'elle savait être de l'effroi.

Après une dizaine de minutes de marche, Alys osa enfin prendre la parole :

— Dis quelque chose. Je t'en prie, dis quelque chose.

— Tu es folle, Alys ?

— Je sais ! Je sais ! Oui, je dois être folle !

Elles firent quelques pas de plus en silence, puis Alinor sentit la main froide de sa fille glisser dans la sienne.

— Aide-moi, m'man.

— Comment je pourrais t'aider ? Tu risques la corde. C'est du vol.

— Je sais. Je sais.

— C'est la dot de Jane Miller, pas vrai ? Dans la bourse en cuir rouge de sa mère.

— Oui. Évidemment.

— Qu'est-ce que tu vas faire ?

— La remettre à sa place. Il fallait seulement que je leur montre. Je ne vais pas la voler. Je vais gagner ce dont j'ai besoin pour le jour de mon mariage. Jamais je ne volerais ma dot.

— C'est dans six mois à peine ! On ne gagnera jamais assez. On n'aurait pas assez de six ans. Et si Mme Miller va voir dans sa cachette et s'aperçoit que la dot de sa fille a disparu, elle retournera le moulin de fond en comble et accusera tout le monde, en commençant par toi et moi. Alys, comment tu as pu faire ça ?

— Je la remettrai avant qu'elle s'en aperçoive. Mais il faut que j'épouse Richard.

— Parce que vous êtes déjà amants ?

Sa fille laissa échapper un petit hoquet de surprise qui constituait un aveu.

— Parce que je l'aime plus que tout. Je préférerais être pendue pour vol à Pâques que le perdre maintenant.

— Eh bien pas moi ! se récria Alinor. J'ai passé ma vie à essayer de te protéger, et voilà que toi tu couches avec un homme avant le mariage… (elle cessa de crier pour terminer dans un murmure même si elles étaient seules, entourées de champs à perte de vue) et que tu voles !

— Je n'ai pas volé, j'ai emprunté. Il m'aime. Et elle ne me prendra pas. Je devais prendre ce risque.

— Tu crois ça maintenant, mais tu penseras autrement plus tard.

— Oui, je le crois, et c'est pour ça que je l'ai fait maintenant.

— Tu changeras. Tu repenseras à ça et tu te demanderas comment tu as pu faire une chose aussi insensée. Et tu te diras que j'ai été folle de ne pas t'en empêcher. J'ai eu tort de ne pas le faire. J'aurais dû t'arracher la bourse des mains dès que tu l'as sortie de ta poche. (Alinor avait la gorge nouée et cherchait son souffle, prise de panique.) J'ai d'abord cru que c'était la mienne ! Ma bourse en cuir rouge remplie de mes petites pièces de rien du tout ! J'ai cru que je perdais la raison.

— Et moi je l'aurais perdu. Tu les as entendus.

— Même. Il vaut mieux le perdre que de…

— Je savais que tu irais dans mon sens, m'man. Je savais que tu ne me laisserais pas tomber.

— Je n'aurais jamais dû jouer le jeu. C'est la potence que tu risques, Alys. Si quelqu'un te prend avec cette bourse, tu seras pendue haut et court.

— Personne ne me prendra avec. Je vais la remettre en place. Mais je te jure que si je ne peux pas l'épouser, j'en mourrai. Si tu m'en empêches, je m'enfuirai. S'il venait à me quitter, j'irais me noyer dans le bassin du moulin.

Alinor se dit qu'elle était la dernière femme du Sussex à pouvoir blâmer quelqu'un pour un désir qui valait plus que la vie elle-même. Comment pouvait-elle en vouloir à sa fille alors qu'elle n'avait pas fait mieux ? Elle avait risqué sa vie en s'enfermant dans la pièce au-dessus des écuries avec James, et elle avait depuis cet instant menti à tout le monde.

— On ferait mieux de rentrer tout de suite au moulin pour la remettre à sa place. Si je l'appelle dans la cour, tu pourras te dépêcher d'entrer et…

— Non. Je sais comment je vais faire, je t'assure. Je sais aussi quand. Elle sort toujours au coucher du soleil, chaque soir, pour enfermer les poules. Elle aime le faire elle-même. Elle a peur que je vole la ponte de la journée. Elle est tellement avare. Elle sort le soir, et il n'y a plus personne dans la cuisine. Je pourrai la remettre à ce moment-là.

— Comment est-ce que tu connais sa cachette ?

— J'étais dans la cour quand les marchands de maïs sont passés, et elle leur en a vendu qui aurait dû revenir aux pauvres de la paroisse. Ils lui en ont donné le double, et les pauvres, eux, n'ont rien eu à manger. C'est de l'argent gagné malhonnêtement, m'man. Chaque fois qu'elle fait une vente que M. Miller n'approuverait pas, elle garde l'argent sans le lui dire et elle le met dans la dot de Jane. Des fois, elle va en piquer un peu pour s'acheter quelque chose qui lui fait plaisir, ou pour le trousseau de Jane. Une fois, elle m'a demandé d'aller acheter des chaînes plaquées or au camelot qui s'était présenté. Les pièces étaient chaudes et elle avait de la suie sur les mains. Je ne savais pas où était sa cachette, mais je savais que ça devait être dans la cheminée. J'ai seulement eu à tâter un peu pour trouver la brique descellée.

— Tu as pris un grand risque.

— Je sais, mais il fallait que je le prenne, m'man. Il fallait que j'empêche les Stoney de dire non aujourd'hui. Ils ne reviendront pas sur leur promesse, même si je ne peux pas leur donner l'argent. Richard m'aidera, et M. Stoney m'adore ; lui, il me pardonnera. Je vais remettre la bourse en place et Mme Miller ne s'apercevra de rien. Et quand on sera au marché, j'achèterai plus de laine à filer. Je vais gagner tout ce que je peux avant le jour de mon mariage, et je leur donnerai tout ce que j'ai aux portes de l'église. Ça ne sera pas soixante livres, mais il sera trop tard à ce moment-là. Ils n'iront jamais jusqu'à annuler le mariage. Je leur dirai alors que je leur dois le reste.

Alinor secoua la tête d'un air incrédule.

— C'est de la tromperie. Alys, c'est mauvais pour nous de passer pour des menteuses. Si tu les roules dans la farine le jour de ton mariage, ils ne vont pas arrêter de s'en servir contre toi à chaque dispute. Ils ne te feront plus jamais confiance.

— Richard ne s'en servirait jamais contre moi.

— Mais sa mère, si.

— Et alors ? rétorqua Alys en haussant les épaules. Une fois qu'on sera mariés, elle pourra dire ce qu'elle voudra, je m'en fiche. C'est lui que j'épouse, pas elle. Et il vaut la peine que je vole pour lui, et que je mente aussi. Il vaut tous les sacrifices.

Alinor se plaqua une main sur les yeux comme si le soleil matinal était devenu trop éblouissant. Elle eut la vision très précise d'Alys aux portes de l'église, offrant à ses beaux-parents une bourse bien trop maigre, et des Stoney verts de rage, tandis qu'elle-même mourait de honte.

— Ce n'est pas une manière de débuter un mariage, dit-elle d'un air affligé. Ce n'est pas comme ça que tu dois te montrer le jour de tes noces.

— M'man, je sais que c'est terrible pour toi, et je suis désolée, lança sa fille en lui serrant le bras avec tendresse. Je suis désolée, mais je ne peux pas rester coincée ici sans jamais avoir nulle part où aller. Il faut que j'épouse Richard. Je dois être avec lui. Je suis jeune et je veux vivre ma vie ! Je ne peux pas subir en courbant toujours l'échine comme tu le fais. Je ne peux pas attendre sans arrêt que p'pa revienne, comme si tout allait s'arranger d'un coup alors qu'on sait que ce serait pire encore ! Je ne peux pas ramper tout le temps, faire preuve d'humilité en espérant que les voisins se montreront gentils avec moi en face alors que je sais qu'ils me traitent de pauvresse et de bâtarde des fées dans mon dos.

— Ils ne disent pas ça !

— C'est exactement ce qu'ils disent. Regarde comme tu es obligée de t'aplatir devant Mme Miller. Regarde comment tu t'inclines devant Mme Wheatley, comment tu te prosternes devant M. Tudeley et cet horrible tuteur ! On est constamment à deux doigts de devoir demander l'aumône. On dépend toujours de la charité de quelqu'un. Je ne le supporte plus. Je préfère être une voleuse qu'une mendiante. Je dois saisir ma chance maintenant. Je dois commencer à vivre ma vie maintenant !

— Oh, ne dis pas ça de lui !

— C'est vrai que M. Tudeley est un monstre !

Alinor s'empêcha de répondre, humiliée par sa propre fille, et la dévisagea sans trouver quoi que ce soit à dire pour la réprimander.

— Je ne suis pas lâche, dit-elle d'une voix à peine audible. Je ne m'aplatis pas, et je ne me prosterne pas.

— Si, rétorqua Alys sans pitié. On peut te dire ce qu'on veut, du moment qu'on t'achète un bocal de prunes.

— Je ne savais pas que tu ressentais ça.

— J'ai toujours détesté être pauvre.

— Rob aussi ?

— Rob, on s'en fiche ! s'emporta sa fille. Pour une fois, ça ne concerne pas ton fils adoré.

Jamais auparavant Alinor n'avait pu ouvertement constater l'étendue de la jalousie et du sentiment d'injustice qu'éprouvait Alys, et c'était comme si elle posait les yeux sur le marais des fous pour la toute première fois, contemplant la désolation de ce lieu, et sentant l'odeur de la vase.

— Je ne peux pas me permettre de blesser qui que ce soit, rétorqua-t-elle doucement avec réticence. Si je veux pouvoir gagner suffisamment pour vous nourrir tous les deux, je ne peux pas me permettre de me laisser guider par ma fierté.

— Je sais bien, admit sa fille.

— Et je n'aime pas Rob plus que toi, ajouta-t-elle d'une voix étranglée. Tu es tout ce que j'ai de plus précieux au monde.

— Je sais, répéta Alys en passant un bras autour du cou de sa mère pour la serrer fort. Je sais tout ce que tu as fait pour nous. Je ne sais pas la moitié de tout ce que tu as dû subir, toujours pour nous. Tu as dû être une mère et un père, j'en ai conscience. Et ce serait trop pour n'importe quelle femme seule. Je suis reconnaissante, vraiment. Mais je dis simplement que je ne peux pas être comme toi. Je ne peux pas faire ce que tu fais. Je ne peux pas me plier à ce supplice. J'en suis incapable. Je préférerais tout risquer que d'accepter une vie de misère, comme tu l'as fait.

— Tu crois que je l'ai acceptée, cette vie ?

— Oui, répondit Alys avec la cruelle franchise de la jeunesse.

— Je comprends, dit Alinor d'une petite voix. Je comprends que tu aies envie de défendre ta fierté, ton amour, au mépris du risque.

— Ah bon ?

Elle se contenta de hocher la tête sans rien avouer de son secret. La veille encore, elle avait été fière de son désir, brûlée de passion par l'amour charnel, au mépris de tous les risques.

— Oui, affirma-t-elle.

Elles demeurèrent quelques instants encore à se serrer fort, puis elles reprirent leur route pour Chichester, côte à côte.

— Je suis désolée, déclara Alys dans un murmure. Tu sais que je t'aime. Je ne voulais pas te dire tout ça.

— Je sais.

Elles marchèrent en silence pendant quelques minutes avant qu'Alinor reprenne la parole.

— Cette vie, ce n'est pas celle que je voulais. Ce n'est pas celle que ma mère imaginait pour moi. Elle pensait que, comme Zachary avait son propre bateau, il s'en sortirait bien dans la vie. Elle pensait qu'on serait voisins et qu'on pourrait travailler ensemble toutes les deux, et qu'il m'offrirait une vie meilleure. Elle pensait que Ned hériterait du bac, aurait une bonne épouse, et un enfant, et que moi j'aurais de l'argent grâce à Zachary, et qu'on vivrait tout à côté de mon frère. Elle ne pouvait pas prévoir que Mary mourrait et que ton père finirait ainsi.

Elles poursuivirent leur chemin en silence jusqu'à entendre quelqu'un les héler derrière elles. Elles tournèrent la tête et virent un fermier sur son chariot rempli de toisons, sa femme assise à côté de lui avec des paniers de fromage.

— Vous allez au marché ? leur demanda-t-il alors qu'elles s'arrêtaient sur le côté de la route en se tournant vers lui. Ah, madame Reekie, je ne vous avais pas reconnue. C'est pas votre route, celle de Birdham ? Vous allez au marché de Chichester ?

— Oui, répondit-elle. Et je vous présente ma fille, Alys.

— Tu pousses plus vite qu'une herbe folle, s'exclama-t-il. Je me souviens de toi quand t'étais toute petiote. Vous voulez que je vous emmène ?

— Grimpez et asseyez-vous à côté de moi, proposa la femme du fermier à Alinor. Alys peut s'installer à l'arrière avec la laine, si ça ne la dérange pas.

— Merci, accepta Alinor avec reconnaissance tandis que la fermière se penchait vers elle pour lui tendre la main et l'aider à monter pour s'asseoir sur le banc du conducteur.

Pendant ce temps, Alys posa un pied sur le moyeu et l'autre sur un rai pour se hisser à l'arrière.

— Est-ce que vous allez vendre vos huiles ? demanda la femme en désignant le panier d'Alinor.

— Oui. Et aussi acheter de la dentelle pour Mme Miller, si on en trouve de bonne qualité.

— Bigre. Je me demande pourquoi elle ne la fait pas elle-même, dit l'autre.

Alinor, sachant que tout ce qu'elle dirait serait répété, sourit sans répondre.

— Mais je suppose qu'ils gagnent si bien leur vie qu'elle peut se permettre d'en acheter, continua la femme.

— Je ne sais pas.

— Ah, mais vous n'étiez pas là à la fête des moissons ? On a tous vu que c'était la plus belle récolte qu'ils ont jamais faite. Et puis ils en vendent bien la moitié ailleurs pour gagner de l'argent. Et puis vous l'avez entendue palabrer pendant tout le repas avec le tuteur de maître Walter qui vient de Cambridge, comme s'ils étaient égaux. Comme si elle avait quelque chose à dire qui pouvait l'intéresser !

Alinor conserva son sourire détaché.

— Ma foi, elle n'arrivera à rien avec lui. J'ai entendu dire qu'il retournerait à Cambridge avec maître Walter pour lui apprendre la loi, ou je ne sais pas trop quoi.

— Je ne sais pas, répéta Alinor.

— Il est bel homme !

— Je n'ai pas fait attention.

Son cœur tambourinait tellement fort qu'elle redoutait d'être percée à jour par la femme du fermier.

— Vous avez bien dû voir ! Il est venu vous parler directement après le dîner. On s'est tous demandé ce qu'il pouvait vous vouloir.

— Il m'a parlé de Rob. Mon garçon partage des leçons avec maître Walter. Il est son valet.

— Est-ce que vous espériez qu'ils enverraient votre fils avec maître Walter à Cambridge ? C'est pour ça que vous avez quitté la fête sans même une révérence ? Est-ce que vous lui avez demandé d'emmener Rob et qu'il a refusé ?

— Non, non, répondit Alinor. Ça n'a rien à voir ! Je ne me sentais pas bien. J'avais si peur d'être malade devant tout le monde. Il fallait que je rentre. Je lui ai demandé pardon et j'ai filé à toute vitesse.

— Elle ne prépare pas son jambon comme il faut, même si elle se vante devant tout le monde. Moi non plus, je n'étais pas très bien.

— Qu'est-ce qui vous amène sur cette route, madame Reekie ? demanda le fermier en interrompant sa femme. Vous voudrez que je vous ramène après le marché ?

— Non, on reprendra la route habituelle, répondit-elle. On est venues par ici pour une visite.

— Une visite à qui ? s'enquit la femme d'un air curieux.

— Aux Stoney, répondit Alinor.

— Ah oui ? s'extasia la fermière, ravie d'être enfin parvenue à lui extirper quelque chose à raconter plus tard. Je les ai vus tous les deux à la fête des moissons. Ils font un couple bien assorti. Est-ce qu'il faut s'attendre à l'annonce des bans ?

— Oui, admit la jeune femme. Alys et Richard vont se marier.

— À notre église de Birdham ?

— Non, à Saint-Wilfrid.

— Eh bien, c'est un parti inespéré pour vous ! s'exclama l'autre avec une méchanceté involontaire. Le fils Stoney ! Et cette magnifique ferme. Une chance qu'elle ait hérité de votre beauté, parce que ce n'est pas pour la dot qu'il l'épouse.

— Je pense qu'ils seront très heureux, répondit Alinor d'un air de reproche. C'est un mariage d'amour.

— Et c'est les meilleurs ! intervint le fermier.

— Je parie que Mme Stoney, elle, n'est pas très heureuse, reprit sa femme. Elle avait une autre fille en vue pour son fils, bien riche, depuis qu'il est né.

— Elle s'est montrée très accueillante, la contredit Alinor en priant pour qu'Alys, à l'arrière du chariot avec la laine, n'entende rien de cette conversation. On est tous très contents.

Ils arrivèrent à Chichester moins d'une heure plus tard et elles sautèrent du chariot en remerciant le fermier et son épouse.

— Quelle vieille bique ridicule ! s'exclama Alys tout en souriant et en faisant de grands signes alors que le chariot s'éloignait en cahotant sur les pavés. En plus, je pue le mouton, maintenant.

— Tais-toi.

— Bah, on s'en fiche, de son avis ! dit Alys en riant. Est-ce qu'on va acheter de la laine, en premier ?

— Non, je vais d'abord vendre mes huiles.

Alinor l'emmena jusqu'à un étal spécialisé dans la vente de plantes séchées, de cristaux, d'huiles, d'onguents et de charmes. Elle connaissait bien l'homme qui tenait l'étal et celui-ci la salua avec un sourire concupiscent.

— Ah, madame Reekie, j'espérais vous voir aujourd'hui. Est-ce que vous m'apportez du bon ?

— Une dizaine d'huiles diverses, répondit-elle.

Elle déposa son panier sur l'étal et regarda ce qu'il avait à vendre tandis qu'il passait en revue les fioles étiquetées manuellement.

— Très bien, très bien. Je ne savais pas que vous aviez du tue-loup. Vous ne m'en avez jamais apporté avant.

— J'ai trouvé des plants sauvages, expliqua-t-elle. Et j'ai pensé que ce serait bien d'en faire. C'est un remède utile, mais je doute qu'il y ait beaucoup de demande pour éloigner les loups dans l'estran !

— C'est un poison très efficace, dit-il. C'est étrange de voir une leveuse de sorts vendre du poison à la vue de tous !

— C'est aussi efficace contre la fièvre. Une goutte dans une grande cruche de bière constitue un doux remède. Et on peut aussi l'utiliser contre les piqûres de scorpion.

— On n'en croise pas beaucoup à Chichester, railla l'homme.

— Je peux le récupérer, si vous n'en voulez pas, proposa Alinor en haussant les épaules. Je m'en servirai pour guérir mes patients de la fièvre.

— Non, non, je vous le prends. C'est toujours bien d'en avoir à proposer, même s'il y a peu de demande. Combien voulez-vous pour l'eau d'aconit et les autres huiles ?

— Six shillings, déclara fermement Alinor.

— Allons, allons, se récria l'autre. Je dois louer cette parcelle, et employer quelqu'un pour tenir la boutique. Je ne peux pas me permettre de payer cette somme. Je vous en propose quatre shillings.

— Six shillings, insista Alinor. Pour les douze fioles, avec remplacement des contenants et des bouchons.

— Vous êtes dure en affaires, se lamenta-t-il. Mais une femme aussi jolie que vous peut se le permettre.

Alinor déposa chaque fiole sur l'étal et il lui rendit autant de fioles vides, qu'il tira d'un panier derrière lui.

— Voilà. Je vous donne quelques bouteilles et bouchons en plus, dit-il. Pour l'aconit.

— Merci.

— Rapportez-en-moi encore au prochain marché mensuel. Et je vous achèterai aussi des herbes séchées.

— J'en fais justement sécher en ce moment.

Il se pencha vers elle pour lui parler discrètement.

— Est-ce que vous pouvez me faire quelque chose pour restaurer la virilité ? demanda-t-il tout bas. J'ai un client qui en serait ravi.

— Je n'ai pas de recette pour ça, déclara-t-elle pour l'empêcher d'insister.

— Mais si, je sais que vous devez en avoir. Quelque chose comme de la fleur des elfes, un nerf de bœuf, du gingembre ou d'autres choses de ce genre, qu'on fait bouillir.

— Je n'ai pas de recette, répéta-t-elle en secouant la tête. Je ne trouverai pas ce genre d'ingrédients et, même si je le pouvais, je ne le ferais pas, décréta-t-elle. Je ne fais pas ce genre de choses.

— Ne me dites pas que vous refuseriez une telle affaire ? répondit-il avec un petit rire dubitatif.

— Si, rétorqua-t-elle avec assurance. Je fais des remèdes à base de plantes parce que je sais ce qu'ils font. Le bienfait, celui donné par Dieu, se trouve dans la plante. C'est un don du Seigneur lui-même. Mais tout ce qui fait intervenir un sort ou une incantation appartient à la magie. Ma mère n'a jamais fait ce genre de choses, et moi non plus. Elle m'a appris à utiliser les plantes connues de tous, et pas à m'aventurer sur des chemins de traverse – et qui ne marchent sans doute pas.

— Mais vous êtes une accoucheuse ! repartit-il méchamment. Je ne vois pas pourquoi vous vous estimez au-dessus de ça. Vous faites sortir les bébés, alors pourquoi ne pas aider les pères à les faire entrer ?

— Parce qu'il me faut mon permis, répondit Alinor. Et si l'évêque revient un jour, il ne verra pas d'un bon œil qu'une bonne femme de Sealsea vende des philtres d'amour et ait recours à la magie. Je suis une accoucheuse et une herboriste, et ça s'arrête là. Je dois veiller à ma réputation, qui est toute ma fortune.

— Quelle fortune, très chère ! Votre réputation ne vaut pas tant que cela ! Écoutez, je fournis moi-même les ingrédients et je vous paie pour venir à ma distillerie pour fabriquer ce remède. Pas besoin d'en parler à qui que ce soit. Ça peut rester entre nous – ce sera notre petit secret. Je ne pense pas que vous refuseriez cinq shillings.

Alinor fut extrêmement tentée d'accepter ces cinq shillings qui aideraient à alimenter la dot d'Alys, mais elle ne pouvait se défaire de la crainte de tout ce qui touchait de près ou de loin à la magie.

— Je suis désolée, mais je suis herboriste et je n'utilise que les plantes que je connais. Je ne fais pas dans les arcanes.

Il partit d'un rire tonitruant pour dissimuler son agacement et elle comprit immédiatement que le remède en question aurait été pour lui-même. Il avait le rire forcé d'un homme qui manque d'assurance ; son ton acerbe et vindicatif était dû à sa faiblesse. Cette histoire de client dans le besoin n'était qu'une excuse pour ne pas avouer le mal qui l'affectait.

— Bah, si vous tenez à refuser une affaire en or proposée par un acheteur fidèle…

— Je suis désolée, dit-elle avec douceur, mais je ne peux pas vous aider.

— Ce n'est pas pour moi, s'empressa-t-il de rappeler. Mais je pourrais en vendre des dizaines.

— Dans ce cas, vous trouverez bien quelqu'un pour fabriquer les remèdes.

— Vous avez des herbes de si bonne qualité, dit-il avec une moue de regret. Ce sont les meilleures. Je voulais que ce soit vous qui les fabriquiez. Tout le monde me demande toujours les huiles de la belle sorcière du marais des fous.

— J'espère qu'ils ne m'appellent pas ainsi, dit-elle froidement.

— Seulement pour plaisanter.

— Pour moi, ce n'est pas une plaisanterie.

— Que vous dites, que vous dites. Je vous souhaite une bonne journée. Et si vous changez un jour d'avis, revenez me voir.

Alinor empocha son argent et récupéra son panier. Il lui fit signe de la main et elle serra les dents, sourit et lui dit au revoir. Il ne prit pas la peine de lui répondre mais se tourna vers un client sans la regarder partir. Sa fille et elle se frayèrent un chemin à travers la foule pour rejoindre la partie nord de la place du marché, et le marchand de laine.

Il y avait un petit attroupement devant son étal : des femmes rapportant la laine qu'elles avaient filée et récupérant leur argent, et d'autres achetant des sacs de toison pour filer. Alinor en acheta un petit sac pour un shilling. Le marchand accepta l'argent en la remerciant.

— Bonne journée, madame Reekie. Je pourrai venir récupérer la laine moi-même, si vous faites vite, parce que je dois aller sur l'île de Sealsea le mois prochain.

— D'accord. Je la laisserai chez mon frère, à la maison du passeur, promit-elle. Et si vous acceptez de me laisser un autre sac maintenant et d'en déduire le prix sur ce que vous me devrez, je pourrai vous laisser le double.

— On travaille dur ? demanda-t-il en lui adressant un clin d'œil. On économise pour une occasion spéciale ?

— Pas en particulier, répondit Alinor sans rien laisser paraître malgré la présence à côté d'elle d'Alys qui rougissait et baissait les yeux.

Elles s'éloignèrent alors, essayant de ne bousculer personne avec le gros sac de laine.

— Et maintenant ? demanda sa fille.

— Je dois acheter du sel pour saler le poisson, déclara-t-elle en cherchant l'étal du regard.

— Pourquoi ne pas utiliser celui qu'on fait ?

— Je ne peux pas en faire suffisamment pour un tonneau de poissons, expliqua Alinor. Et c'est un travail difficile de remuer constamment la casserole sur le feu toute la journée, tout ça pour si peu de résultat.

Elle guida la jeune fille jusqu'à l'étal où deux hommes bourrus transvasaient le sel depuis de grands sacs dans d'autres plus petits.

— Je vais en prendre deux, dit-elle en tendant deux pennies.

— L'étal de dentelle est juste là, déclara Alys alors que sa mère récupérait le sel.

Elle vit une vieille femme assise seule sur un tabouret, un drap étalé au sol devant elle pour présenter ses dentelles. Elle avait un coussin sur le genou et ses doigts gonflés travaillaient rapidement les fuseaux, la dentelle prenant forme progressivement. Elle retira une piqûre et en fit une autre, traçant le motif tandis qu'elle croisait les fuseaux dans un rapide cliquetis, comme de petits soldats s'affrontant sur un champ de bataille enneigé.

— Bonjour, maîtresse dentellière, la salua poliment Alinor.

— Bonjour à vous, répondit la femme sans lever les yeux de son ouvrage.

— Je cherche de la dentelle pour un col. C'est pour Mme Miller, du moulin à marée.

— Tout ce que vous voyez là est à vendre, répondit l'aînée. Et je serais ravie de vous vendre quelque chose, ma chère. C'est grâce à ça que je ne dois pas demander l'aumône.

Alys dut se retenir de pouffer en entendant la voix fluette de la vieille femme, et Alinor lui adressa un regard de reproche. Elles s'accroupirent devant le drap et examinèrent les différentes pièces jusqu'à ce qu'Alys déclare :

— Celle-ci est la plus belle, m'man. Regarde un peu.

Elle leva un large morceau de dentelle qui pouvait être utilisé pour un col. Les motifs étaient des ailes de papillon qui se répétaient.

— C'est joli, dit Alys. Beaucoup trop pour elle, ajouta-t-elle à voix basse.

— Combien pour celle-ci ? demanda Alinor à la dentellière.

— C'est quatre shillings la toise.

— Est-ce que vous accepteriez de me la laisser pour moins que ça ? demanda la jeune femme. Je ne suis pas autorisée à en acheter si c'est trop cher.

— Ma chère, une toise de dentelle, c'est tout ce qui me tient à l'écart de la mendicité, se lamenta la vieille dame. Vous êtes trop belle pour comprendre ce que c'est que d'être pauvre et un poids pour vos voisins, mais si je ne vends rien pendant une semaine, ils arrêteront de m'ouvrir leur porte par peur de me voir venir les supplier pour une miche de pain, ou un quart de lait, même s'ils ont tout un troupeau de vaches. Et en moins d'un mois, ils se mettraient à réfléchir à me placer auprès d'une autre paroisse. Ils me demandent des nouvelles de mes enfants, et pourquoi je ne vais pas les voir. Ils voudraient me forcer à vivre à leurs crochets. Ce n'est pas facile d'être vieille et pauvre. Priez pour que Dieu vous épargne ça.

— Amen, souffla Alinor.

La dentellière se tourna alors vers Alys, qui la dévisageait d'un air médusé.

— Tu peux me croire ! Ils peuvent se retourner contre vous en un instant. Un seul mot déplacé et ils font venir un chasseur de sorcières et vous accusent de sorcellerie pour se débarrasser de vous une bonne fois pour toutes ! C'est un crime d'être pauvre dans ce comté ; et c'en est aussi un d'être vieux. Et puis il ne fait jamais bon être une femme.

Ces mots firent froid dans le dos à Alinor.

— Je n'ai que trois shillings pour la dentelle, s'empressa-t-elle de préciser. Je suis navrée de ce qui vous arrive.

— Je vous la laisse à trois shillings la toise, accepta la vieille dame. Et vous reviendrez m'en acheter. (Elle prit la pièce de dentelle et la plia sur elle-même délicatement avant de l'attacher avec un fil de soie rose.) De la belle ouvrage. Deux semaines de travail et j'en tire trois shillings. Priez Dieu de ne jamais être livrée à vous-même et de ne jamais devoir gagner votre vie seule. C'est un monde cruel pour une femme seule.

— Amen, répéta Alinor. J'en sais quelque chose.

Elles s'éloignèrent de l'étal avec la dentelle.

— Quelle horrible vieille femme ! dit Alys d'un air indifférent avant d'observer attentivement le visage de sa mère. Ne l'écoute pas ! Tu gagnes suffisamment bien ta vie. Tu n'es absolument pas comme elle. Entre les plantes et les accouchements, et maintenant le bateau et la pêche, tu t'en sors. Et puis tu travailles au moulin, et dans le jardin et à la maison du passeur. S'ils te reprennent au prieuré pour travailler à la distillerie, ils te paieront bien. Et bientôt, je serai l'épouse d'un riche et jeune fermier, pendant que Rob sera apothicaire. On t'enverra tous les deux de l'argent !

— Elle gagne assez avec sa dentelle aujourd'hui, mais qu'est-ce qui se passera quand elle sera trop vieille pour travailler ? Tu as vu ses mains ? Et si elle tombe malade pendant une semaine ? Qu'est-ce qu'elle mange, alors ? Où est-ce qu'elle va trouver le bois pour se chauffer ? Auprès de ses voisins, comme elle l'a dit, qui s'empresseront de s'en prendre à elle simplement pour avoir demandé de l'aide.

Elle avait dû élever la voix pour se faire entendre dans le vacarme qui s'intensifiait. Elles regardèrent autour pour voir ce qui provoquait ce tapage. C'était un jeune royaliste qui se tenait au pied de la croix du marché, défiant une foule mécontente face à lui.

— On aura la paix quand le roi remontera sur le trône, avant Noël ! cria-t-il.

— Dans ce cas, ce sera de nouveau la guerre avant Pâques ! répondit un autre. Parce que ton roi, c'est un menteur !

Cette repartie déclencha hilarité et acclamations, mais une bonne partie de la foule voulait entendre ce que le jeune royaliste avait à dire.

— Partons, dit Alinor affolée tandis que sa fille ralentissait pour pouvoir écouter.

— Les hommes du Parlement savent qu'ils vont devoir passer un accord avec le roi, et ils vont sur l'île de Wight pour le rencontrer, déclara-t-il. Il ne subira pas la contrainte. Il remontera sur son trône.

— Bière pour tout le monde !

— Ils vont exiger de dissoudre la milice royale et qu'il accepte le pouvoir de la nouvelle armée parlementaire, annonça le jeune homme en marquant une pause pour ménager son effet. Il n'acceptera jamais. Ils exigeront une Église sans évêques. Vous savez ce que ça donne ! (Il dévisagea une nouvelle fois la foule.) Où est-il, l'évêque de Chichester, aujourd'hui ?

— À Slough, lui apprit-on. Tu voulais le voir ? Il est parti en courant aussi vite qu'il a pu avec ses jambes maigrelettes.

Le jeune homme ignora l'importun sans se défaire de son air digne.

— C'est l'Église de Henri VIII, scanda-t-il malgré les rires. L'Église de la reine Élisabeth. Leur héritier légitime, le roi

Charles, ne la laissera pas aux griffes du Parlement. Il rétablira la Chambre des lords, les évêques...

— Ah, et n'oublie pas l'évêque de Rome ! cria quelqu'un tout derrière. Parce que la reine lui obéit mieux qu'à son mari !

— Viens, insista Alinor. Ils vont bientôt commencer à se battre.

— Notre roi n'accédera jamais à ces exigences ! déclara le jeune homme d'une voix plus impérieuse tandis qu'elles s'éloignaient en vitesse. Ils ne peuvent pas le contraindre et l'on devrait défendre son droit d'être roi. L'on devrait dire à notre représentant au Parlement...

— Est-ce qu'ils peuvent vraiment forcer le roi à tout abandonner ? demanda Alys alors qu'elles s'engageaient sur South Street en direction de la route de Sealsea.

— Je l'ignore, répondit Alinor. Je suppose que oui, puisqu'il est leur prisonnier. Mais peut-être qu'on ne peut pas garder un roi en prison.

— Mon oncle dit que le roi devrait être jugé pour trahison ; pour avoir déclaré la guerre et appelé les Écossais à nous envahir. Il dit que c'est une trahison envers le peuple d'Angleterre.

— Facile à dire, rétorqua sa mère, mais il y en a d'autres qui prétendent qu'un roi ne peut pas avoir tort, puisqu'il est roi.

— Qui pense ça ?

Alinor songea à l'homme qu'elle aimait.

— Certaines personnes.

— Eh bien c'est des sottises ! rétorqua farouchement Alys.

Elles prirent la route pour rentrer, portant à tour de rôle le sac de laine et ceux de sel. Un charretier qui se rendait au moulin à marée les prit en chemin et les laissa s'installer à l'arrière, sur les sacs de grain. Le soleil d'après-midi brillait vivement dans le ciel bleu quand ils descendirent l'allée qui menait au moulin. Les vagues léchaient le quai, poussées dans le havre par une brise qui conférait à la surface de l'eau une allure de soie grise plissée.

Alys sauta de la charrette pour ouvrir le portail sur la cour, puis le franchit en premier. Les vannes étaient ouvertes pour que la marée remplisse le bassin, les petits oiseaux voletant au-dessus pour trouver de la nourriture dans l'eau qui entrait là. M. Miller sortit de la grange en entendant les roues battre les pavés, et Mme Miller apparut depuis la cuisine en voyant Alinor descendre du véhicule.

— Ah, vous voilà, dit-elle. Et sans avoir à marcher, grâce à un de nos clients.

— Oui, répondit Alinor. On a eu de la chance.

— Oh, il y a toujours un homme prêt à vous rendre service, lança Mme Miller.

— Ma foi, nous avons eu de la chance aujourd'hui, admit la jeune femme. Et voyez ce que j'ai acheté pour vous.

Le meunier et le charretier déchargèrent les sacs de maïs, qu'ils empilèrent devant les portes du grenier, prêts à être montés quand le bassin serait plein et le bief ouvert pour faire tourner la roue et lever le monte-charge. Alinor tendit le paquet de dentelle et observa Mme Miller le déplier.

— Ah, elle est très belle, déclara-t-elle avec une satisfaction qu'elle ne montrait pas souvent. Très joliment ouvragée. Ne me dites pas que vous avez eu ça pour trois shillings.

— Si ! répondit la jeune femme avec fierté. J'espérais que le prix vous irait. Je trouve que c'était une très bonne affaire. Regardez la finesse des motifs !

— Au marché de Chichester ? s'exclama la meunière. Qui aurait pu penser pouvoir trouver quelque chose d'aussi raffiné là-bas ? Je pensais qu'il fallait aller jusqu'à Londres pour trouver de la dentelle aussi fine.

— C'était une vieille dame qui fabriquait sa dentelle assise sur un petit tabouret au milieu du marché. Elle n'avait même pas de table. Mais tout ce qu'elle faisait était très beau.

— Eh bien, je vous en suis reconnaissante, dit Mme Miller sur un ton étonnamment chaleureux venant d'elle. Avez-vous réussi à vendre vos huiles ?

— Oui, répondit Alinor en montrant son panier avec les fioles vides. Et j'ai rapporté un sac de laine à filer, avec du sel pour le poisson. C'était une très bonne journée.

Alys apparut soudain à côté d'elle et adressa une révérence à Mme Miller.

— Toi aussi, tu as passé une bonne journée ! lui lança la femme d'un air de reproche. À gambader toute la journée et flâner au marché au lieu de travailler.

— On est d'abord allées à la ferme Stoney, expliqua Alinor en sachant que la meunière le savait très probablement déjà et qu'elle aurait été vexée de ne pas l'apprendre tout de suite et par elles. Alys et Richard sont fiancés. Ils se marieront à Pâques.

— Ce n'est pas possible ! s'exclama la femme, rembrunie.

— Je savais que vous seriez contente, dit Alinor. Je savais que vous seriez heureuse pour eux étant donné qu'ils se sont rencontrés en travaillant chez vous et qu'ils étaient reine et roi des moissons à votre fête.

Mme Miller peinait visiblement à réprimer sa jalousie face au bonheur des autres.

— Aucune raison de ne pas l'être, lança-t-elle d'un air contrarié. Ce n'est pas comme si je comptais leur faire obstacle, ni comme si je l'avais en tête pour Jane.

— Non, tout à fait, confirma la jeune femme. Vous n'avez aucune raison de ne pas être heureuse pour eux.

— Et pourtant… Eh bien, c'est un très bon parti pour votre fille. La ferme des Stoney ! Richard Stoney ! Vous seriez chanceuse que personne ne dise qu'elle l'a pris au piège pour lui forcer la main.

— Personne ne serait aussi méchant, affirma Alinor. Il est évident que Richard l'aime énormément, et réciproquement.

— C'est juste que c'est une si grande aubaine pour elle, grommela la meunière. Passer si facilement d'une bicoque de pêcheur à la ferme Stoney.

— Personne ne nie que c'est un bon mariage, admit Alinor, mais elle fera une bonne épouse pour lui. Elle a tant appris de vous ici.

— Elle n'aura rien appris aujourd'hui à part flâner au marché à dépenser l'argent des autres.

— Elle se rattrapera, promit la jeune femme en prenant la main glacée de sa fille. Nous devons partir, à présent.

— Je vous souhaite le meilleur, dit l'autre à contrecœur. Tous mes vœux de bonheur.

— Je n'en doute pas, répondit Alinor en récupérant ses sacs de sel tandis qu'Alys soulevait celui de laine et emboîtait le pas à sa mère.

Elle laissa le portail de la cour ouvert pour le charretier, et elles prirent le chemin du bac.

— J'ai remis la bourse, déclara la jeune fille avec nonchalance.

— Je croyais que tu devais attendre le soir, se récria Alinor avec panique. Je pensais que tu reviendrais quand elle rentrerait les poules.

— Oui, mais quand je l'ai vue venir pour récupérer la dentelle, j'ai su que c'était ma chance. J'ai couru à la cuisine, j'ai retiré la brique, remis la bourse et la brique par-dessus, le tout en un clin d'œil. Elle ne saura jamais qu'elle avait disparu.

— Alors c'est fini, et tu t'en es tirée, soupira la jeune femme en titubant presque sous le coup du soulagement.

— Oui, tout est arrangé, confirma Alys avec un grand sourire.

— Et tu ne le feras plus jamais, lui ordonna sa mère. Promets-le-moi, Alys. C'est trop risqué. Ne lui vole plus jamais rien. Et tu ne lui empruntes plus jamais rien non plus. Tu n'aurais déjà pas dû le faire cette fois-ci. Promets-moi que tu ne le feras plus. Pense un peu au danger !

Sa fille se mit à rire comme si aucun danger ne pouvait jamais l'atteindre.

— Je te promets que je ne me ferai jamais prendre, dit-elle joyeusement. Je promets de ne pas finir au gibet. Une imbécile comme Mme Miller ne m'attrapera jamais, et j'aurai bientôt largement plus d'argent que la dot de Jane Miller. Attends un peu que je devienne Mme Stoney, de la ferme Stoney à Birdham ! Je ne garderai pas mon argent dans la cheminée, moi. J'aurai mon propre coffre chez l'orfèvre de Chichester ! Je serai une femme qui aura les moyens !

Sealsea, septembre 1648

Alinor n'eut aucune nouvelle de James pendant tout le mois de septembre, mais elle ne s'attendait pas à en recevoir et passa donc les journées poussiéreuses de cette fin d'été dans une langueur paisible. Elle comprit qu'elle lui faisait confiance, qu'elle croyait sincèrement qu'il se rendrait dans cet endroit mystérieux et inimaginable qu'il appelait son foyer pour retrouver ces hommes qu'il appelait ses frères afin qu'ils le libèrent de ses vœux. Alinor, qui avait grandi dans un pays où les catholiques romains étaient bannis depuis près d'un siècle, ne pouvait pas imaginer à quels rites et serments James pourrait devoir se soumettre pour s'absoudre de ses péchés passés. Elle s'imaginait qu'ils lui feraient peur avec des menaces de purgatoire pour l'éternité, qu'ils l'immergeraient dans du vin semblable à du sang et lui feraient avaler de force de la viande crue. Elle avait les larmes aux yeux en l'imaginant supplicié par la terrible Église de Rome. Mais elle savait qu'il se montrerait courageux et confiant en ce monde qui était un véritable mystère pour elle. Il lui avait assuré qu'il le serait, elle savait qu'il l'aimait et elle croyait fermement qu'il parviendrait à les convaincre de le laisser partir.

Elle craignait beaucoup plus l'influence de sa famille, notamment celle de sa mère, car elle n'imaginait que trop bien ce qu'une noble dame pourrait avoir à dire à son fils chéri qui lui apprendrait son intention de quitter le clergé sans autre ambition que de se marier avec une épouse abandonnée par son mari, une herboriste, une veuve de pêcheur qui peinait à survivre, coincée au milieu d'une vasière dans un estran au sud de l'Angleterre. Si les Stoney – des roturiers – pouvaient regarder Alys de haut, comment les Summer – des aristocrates – allaient-ils parler de sa miséreuse de mère ?

Les parents de James allaient très certainement lui interdire de revenir auprès d'elle, et ils préféreraient le déshériter plutôt que de le voir s'abaisser à un mariage aussi honteux avec une femme qu'ils accuseraient de n'être guère mieux qu'une sorcière ou qu'une indigente. C'est alors qu'elle se rappela qu'eux non plus n'avaient pas de terres, et qu'ils s'accrochaient aussi au peu qu'il leur restait après six ans de guerre civile, loin de leur splendide demeure, en exil auprès d'une reine vaincue. Ils étaient des papistes et des Cavaliers, sans plus aucun espoir. Ils ne pouvaient pas revenir en Angleterre : leur loyauté religieuse et politique les condamnait. Ils avaient été bien au-dessus d'elle du temps où le roi était sur son trône et leur foi acceptée, mais ce n'était plus le cas. Ce gouffre inimaginable entre leur fils et elle avait disparu à jamais avec la destruction des autels, la rupture du contrat entre le roi et le peuple, et avec la fin de la déférence. Si le roi pouvait être capturé par un simple porte-étendard de l'armée et finir dans une maison de particulier à Newport sur l'île de Wight, alors James et Alinor n'étaient plus aux extrémités opposées de la société, séparés par un fossé aussi infranchissable que la vasière à marée haute. Ses parents devaient savoir, comme chacun le savait maintenant, que le monde avait changé, que les petites gens d'Angleterre s'étaient soulevées et que les dirigeants avaient déserté leurs manoirs. Si un gentleman-farmer comme Oliver Cromwell pouvait diriger l'Angleterre, pourquoi une veuve de pêcheur ne pourrait-elle pas s'élever dans la société et espérer une vie meilleure ?

— Le prince a été vaincu en mer et s'est réfugié en Hollande. Est-ce que tu le savais ? lui demanda Ned un soir alors qu'il était assis sur le banc devant chez elle et fumait sa pipe pour empêcher les moustiques de venir le piquer au visage.

Son chien était couché dans l'ombre du banc et haletait à cause de la chaleur.

Alinor lui apporta un gobelet de petite bière et s'assit à côté de lui pour boire le sien. Elle avait sa quenouille passée à la ceinture afin que le paquet de laine lui arrive au niveau de la tête. Elle filait de sa main libre, donnant au rouet un mouvement constant grâce à des mouvements réguliers du pied. Le fil qu'elle tenait en main était chaud et poisseux de sueur.

— Non, je ne le savais pas. Mais je n'ai vu personne depuis que je suis revenue du marché de Chichester. Je ne suis pas sortie de la brasserie, ou de la distillerie, ou de la cuisine. Qu'est-ce qui s'est passé ?

— Alys et toi travaillez sans arrêt. Est-ce que tu as pu tirer un bon prix de ce tonneau de poisson salé ?

— Vingt shillings ! Il est parti sur le bateau du marchand de grain. Mais qu'est-ce qui s'est passé pour le prince ?

— Je viens seulement de l'apprendre moi-même. On ne reçoit jamais aucune nouvelle, ici. C'est comme si on vivait sous les eaux du port plutôt que sur le rivage. Mais la femme du fermier Gaston a un cousin qui est venu lui rendre visite de

Londres, et c'est lui qui me l'a dit quand je lui ai fait traverser le Rife. Tu savais que le prince de Galles commandait une flotte ?

— Oui, j'avais entendu dire ça, répondit-elle en songeant à l'homme qui lui avait parlé des navires attendant au large, de cette possibilité pour le prince.

— Notre Marine, la flotte du Parlement, l'a chassé sur la Tamise et l'a poursuivi jusqu'en Hollande. Il ne viendra plus rôder près de nos côtes, déclara Ned en ricanant. Il devait espérer que son père s'évaderait de Newport et qu'il pourrait le récupérer en mer pour l'emmener en France. Ils ont dû croire que le roi briserait sa promesse et essaierait une nouvelle fois de s'échapper. Ce plan-là aussi est tombé à l'eau. Les navires du roi ont mis les voiles, et lui il est coincé sur son île, avec les parlementaires qui lui expliquent comment ça va se passer, sans qu'il puisse rien faire d'autre qu'accepter.

— Les navires du roi l'ont abandonné ? s'enquit-elle.

— Ils ont été pourchassés jusqu'en Hollande. Il ne peut plus aller nulle part, maintenant, affirma Ned avec satisfaction. Il devra trouver un accord avec le Parlement et le suivre à Londres. Et je peux te dire qu'il ne va pas être accueilli avec des roses.

— Mais qu'est-ce qui va se passer pour lui ? Et pour les gens qui le soutenaient ? Ceux en France et en Hollande, ceux qui sont partis en exil avec la reine ?

— Quelle importance ?

— C'est seulement que… je me demande ce qui va leur arriver.

— Tu sais, je pense qu'ils vont réprimander le roi, répondit Ned d'un air songeur. Je pense qu'ils vont faire de lui un roi comme on n'en a jamais vu, qui devra travailler main dans la main avec le Parlement et l'Église, et qui ne sera pas au-dessus d'eux. Je pense qu'ils vont lui rendre sa maison, mais pas son trône. Peut-être qu'ils vont le rebaptiser « M. Charles » ! s'exclama-t-il en riant de sa boutade. Je te parie un shilling qu'ils ne lui rendront pas son trône, et c'est certain qu'il ne commandera plus jamais d'armée. On ne peut pas lui faire confiance. Tout le monde le voit, maintenant : on ne peut pas lui faire confiance.

— Dans ce cas, est-ce que la reine reviendra vivre avec lui ? Est-ce qu'elle deviendra Mme Henriette-Marie ? Et le prince ? Et les lords et grandes dames, avec tous ceux qui l'ont suivie à Paris ? Qu'est-ce qu'ils feront ?

— Ils vont tous devoir implorer le pardon du peuple anglais, déclara solennellement Ned. C'est ce que j'exigerais, moi : qu'ils implorent le pardon ; qu'ils paient une amende, jurent de ne plus jamais prendre les armes contre des Anglais, puis qu'ils se retirent de la vie publique sans faire de vagues. On devrait tous les traiter comme des incurables papistes : leur faire payer une amende et les obliger à aller s'enterrer chez eux. Ils peuvent bien vivre en Angleterre sans droits, sans voix : comme les femmes et les enfants, et comme les fous qu'ils sont. Ils pourraient travailler, mais pas commander.

— Mais ils seraient autorisés à rentrer ? insista-t-elle.

— S'ils veulent d'une vie comme celle-là. Mais ce ne sera plus jamais comme avant pour eux. Ni pour nous – ce ne sera plus comme avant pour nous non plus.

Alys sortit de la maison avec sa quenouille chargée de laine à filer. Elle prit place à côté d'eux et fit tourner le rouet pour se mettre au travail.

— Tu files nuit et jour, s'exclama son oncle.

— Ma dot, se contenta-t-elle de répondre.

— Je te donnerai quelques shillings le jour de ton mariage, lui promit-il. Dix.

— Ce serait très gentil de ta part, répondit-elle poliment. Merci.

Elle évita le regard de sa mère, qui de toute façon ne leva pas les yeux de son rouet.

— Ce serait vraiment très gentil, renchérit Alinor. À vrai dire, on a dû promettre plus que ce qu'on peut offrir.

— C'est une très belle ferme, dit-il. C'est normal qu'ils demandent une grosse somme. Quand aura lieu le mariage ?

— Après Pâques, répondit Alinor.

— Peut-être plus tôt, précisa Alys. Si on arrive à gagner l'argent qu'il faut. Peut-être pour l'Épiphanie. J'aimerais bien me marier pour la nuit des rois.

— Il n'y a pas de nuit des rois dans la Bible, déclara Ned en secouant la tête. Et ce n'est pas une fête à célébrer dans une église protestante.

— Et puis c'est bien trop tôt ! s'exclama Alinor. On n'arrivera jamais à gagner autant en si peu de temps.

— Un peu plus tard en janvier, alors, dit Alys. Ou en février. Un jour ordinaire.

— Dans ce cas, tu vas devoir filer plus vite, ou alors filer de l'or, comme cette fille dans le conte.

— Qu'est-ce qui presse ? s'enquit Alinor. Tu veux risquer un mariage par mauvais temps et avec un ciel noir ? Pourquoi ne pas attendre le printemps ?

— Parce que je veux un lit bien chaud pour ces jours de mauvais temps et de ciel noir, rétorqua la belle jeune fille avec son sourire le plus malicieux.

Alinor dévisagea sa fille en fronçant les sourcils tout en lui rappelant d'un signe de tête en direction de son frère de surveiller son langage.

— Le mariage est un engagement sérieux, qu'il faut prendre pour la gloire de Dieu, déclara Ned avec gravité. Il ne doit pas servir à assouvir les envies et la lubricité des jeunes gens. Tu ferais mieux de servir le Seigneur et de lui demander dans tes prières quel serait le meilleur moment, jusqu'à ce qu'Il te réponde.

— Oui, acquiesça Alys en recouvrant son sérieux. Mais combien de temps est-ce que tu voudrais que j'attende, oncle Ned ? Parce que je vous vois là, toi sans épouse et maman sans mari. Je sais qu'on est une famille qui ne se précipite pas, mais quand même…

Son oncle se mit à rire malgré lui, puis se pencha pour caresser la tête de son chien.

— On ne réunira jamais la somme qu'il faut si tu continues d'avancer la date du mariage, la mit en garde sa mère.

— Mais si, lui assura la jeune fille. Parce que Richard va la réunir pour moi.

— Quoi ? s'exclama Ned. Le marié qui se paie la dot à lui-même ?

— Il m'aime si fort, dit Alys avec une fierté manifeste. Il ne veut pas que je m'inquiète.

— Est-ce qu'il a des économies à lui ? demanda Alinor. Est-ce qu'il a tout cet argent de côté ?

— Oui, de son grand-père Stoney qui le lui a légué. C'est tout à lui. Et il va me le donner. Il a promis de compléter la somme si on n'a pas ce qu'il faut.

Alinor remua les épaules comme si elle se sentait débarrassée du poids de l'angoisse.

— Dieu merci, dit-elle. J'étais si…

— Je t'avais dit que tout irait bien.

— Je te trouve très sûre de toi, dit Ned.

— Je suis sûre de ça, rétorqua-t-elle en lui adressant un regard en coin.

Douai, France, septembre 1648

James se réveilla juste avant Prime au son du bourdon appelé « Joyeuse », et il sut qu'il était en sécurité, chez lui, là où il avait été élevé et éduqué, où on le connaissait et l'aimait. Ici, il pouvait employer son nom de baptême, et parler de ses parents ; ici il était libre de prier pour son roi. Il faisait partie d'une communauté passionnément tournée vers Dieu, férocement dévouée à la monarchie, composée d'espions prêts à retourner à tout moment dans leur pays afin de ramener l'Angleterre sur le chemin du Seigneur. Sa première pensée de la journée fut un sentiment glorieux de soulagement : d'avoir survécu à sa mission là où avaient péri tant de jeunes hommes, connus et aimés de leurs frères, éduqués ici comme lui. Avant même d'ouvrir les yeux, il remercia le Seigneur de l'avoir épargné, de n'avoir pas été dénoncé par des traîtres, et de ne s'être pas trahi lui-même par inadvertance. Il n'avait pas eu à affronter la justice, ni la mort, ni le bûcher. Il pouvait, à présent, admettre la terreur dans laquelle il avait vécu. Cela lui fit penser à Alinor et à la protection qu'elle lui avait si spontanément offerte. Elle avait choisi de lui fournir un endroit sûr alors qu'ils venaient tout juste de se rencontrer ; elle avait risqué sa vie pour le soigner. Il se dit qu'elle était guidée par le Seigneur pour faire ce qui était juste et, bien qu'elle soit une hérétique, elle avait accompli l'œuvre de Dieu en le sauvant.

Dès qu'il vit en pensée son regard grave, il ne put plus penser à rien d'autre et se perdit de longs instants dans la contemplation de son souvenir – sa façon de bouger la tête et la manière dont ses cheveux tombaient. Il fut ramené dans le grenier à foin du prieuré, sentant les lèvres d'Alinor sur sa peau, mais il vit soudain sur les murs clairs de sa cellule la lumière d'une bougie tandis qu'un frère s'arrêtait devant sa porte et frappait en disant «*pax vobiscum*», appel auquel il entendit répondre des «Amen» dans tout le couloir de la part des frères et des érudits qui se redressaient dans leur petit lit et accueillaient avec reconnaissance la bénédiction de ce nouveau jour.

James, pourtant, avait le sentiment que la bénédiction ne lui était pas destinée, qu'elle ne lui était pas offerte en toute connaissance de cause. Ses frères et ses supérieurs à l'université et à l'abbaye ne savaient pas qu'il avait échoué, sans quoi ils ne lui auraient jamais offert cette bénédiction. Il craignait qu'ils le tiennent pour responsable, et il savait qu'ils auraient raison de le penser. Sa joie au réveil s'évanouit, comme sa pleine gratitude envers le Seigneur. Il se leva, pieds nus sur le sol de pierre glacé, alla jusqu'au récipient d'eau froide, prit le pain de savon de Castille et se lava le visage, les mains, les aisselles et l'entrejambe. Il enfila ensuite sa chemise et sa bure, qu'il attacha à la taille à l'aide d'une corde. Il enfonça ses pieds encore mouillés dans ses nouvelles sandales de cuir, ouvrit la porte de sa cellule et intégra la file de jeunes hommes, capuche enfoncée sur la tête, les yeux rivés sur le sol, qui se rendaient à l'office de Prime à l'abbaye. Occupés à leurs prières, aucun ne le regarda, ni ne le salua, et James eut le sentiment qu'un abîme le séparait désormais de ceux qui avaient été ses compagnons depuis l'enfance.

— Pardonne-moi, Seigneur, murmura-t-il en marchant, entouré de ces jeunes hommes louant l'Éternel, confiants en ce monde dans lequel ils allaient entrer, certains de parvenir à rétablir la véritable foi. Pardonne-moi, Seigneur. Seigneur, pardonne-moi mes péchés.

Il donna l'impression de prier avec une pénitence authentique pendant tout l'office, marmonnant les réponses tant répétées, et chantant tous les psaumes. Il savait toutefois qu'il n'était pas pénitent, mais aux prises avec ses démons. Il n'avait pas réussi à sauver son roi, ni à respecter ses vœux. Il refusait de considérer Alinor comme un de ses péchés. Avec elle, il avait pu être lui-même, comme il n'avait jamais pu l'être depuis son enfance. Avec elle, il avait pu avoir un aperçu d'une vie pieuse hors du cloître. Il se dit qu'il ferait sans doute un meilleur mari qu'un prêtre ; il savait à tout le moins que le sacerdoce était devenu trop lourd à porter. La passion qu'il ressentait pour elle donnait un sens à sa vie, qui n'en avait plus autrement. C'était une pensée perturbante pour un jeune homme qui avait dédié son existence à l'Église depuis son plus jeune âge, mais il ne pouvait pas s'empêcher de l'avoir. Il ressentait une conviction qu'il n'avait jamais connue auparavant : il ne voulait pas être là, caché derrière ces solides murs dans le nord de la France ; il ne voulait pas garder la foi en un roi qui était incapable de gouverner ; il ne voulait même pas restaurer la vraie religion en Angleterre. La seule chose qu'il voulait véritablement, c'était retrouver sa maison familiale dans le Yorkshire, y emmener la femme qu'il aimait et vivre là-bas comme un bon Anglais, sur ses terres, en paix.

Dès que le service prit fin, les frères se dirigèrent vers le réfectoire pour rompre le jeûne dans un silence renforcé par la discrète litanie de l'Évangile du jour lu en latin. Puis un des prieurs se leva et annonça les tâches de la journée, le travail qu'auraient à accomplir les novices, le nom de ceux qui allaient étudier, jardiner, s'occuper du bétail, nettoyer, cuisiner ou encore aider aux ateliers. James reçut l'ordre de se rendre auprès du recteur. Certains des jeunes séminaristes lui lancèrent des regards envieux, priant pour être eux aussi envoyés en Angleterre pour espionner et se mettre au service de ceux qui étaient secrètement restés fidèles à l'Église catholique romaine, mais il ne leur prêta aucune attention. Il les trouva bien idiots de vouloir s'ériger en martyrs. Ils changeraient d'avis s'ils savaient ce que c'était que d'attendre dans la nuit noire sur le bord du quai en étant à l'affût d'une lumière, sans savoir si la personne qui approchait était un ami ou un ennemi. Ils changeraient d'avis s'ils avaient touché du doigt la réussite la plus glorieuse de toute la guerre et l'avaient finalement vue être balayée par un simple caprice. Mais il évita leurs regards, pencha la tête avec obéissance et alla rejoindre la salle du professeur.

Un clerc lui ouvrit la porte et il trouva le docteur Sean assis à sa table, son étole rouge contrastant avec sa toge noire, son chapeau noir sur la tête, son maigre visage crispé et pâle. Il se leva et fit le tour de la table pour venir le saluer, le prenant dans ses bras et l'embrassant sur les deux joues à la manière française, puis fit le signe de croix et le bénit.

—Assieds-toi, lui dit-il aimablement. Assieds-toi, mon enfant, et raconte-moi tout.

James, absolument certain qu'il ne pourrait jamais tout raconter, prit place sur le bord de la chaise tandis que le professeur allait se rasseoir et saisissait une plume pour prendre des notes.

— Tu es rentré la nuit dernière ? Et tu n'as rien dit à personne de ton périple ?

— À personne, confirma James.

— Tu as laissé le roi en captivité ?

— Oui, que Dieu me pardonne.

— Raconte-moi ce qui s'est passé. N'avais-tu pas reçu pour ordre de l'emmener jusqu'à un bateau pour lui faire rejoindre son fils sur son navire, en sécurité ?

— Si, mon père.

— Alors pourquoi ne l'as-tu pas fait ?

D'une voix hésitante, honteux de lui-même, James fit le récit de son voyage sur l'île de Wight, parlant de sa rencontre avec ses complices, de la façon dont il s'était servi des enfants comme couverture, du marin qui avait manqué à sa parole et du remplaçant qu'il lui avait trouvé en la personne de Zachary. Il raconta que la maison de M. Hopkins n'était plus surveillée et que le roi aurait pu venir avec lui, mais qu'il avait refusé.

Le recteur écouta tout cela, les mains jointes par le bout des doigts, presque comme en prière.

— Pourquoi n'a-t-il pas voulu te suivre ? demanda-t-il.

— Il ne m'a pas donné ses raisons.

— Mais il a refusé de partir ?

— Il a ri, déclara James avec amertume. Ensuite, il s'est mis en colère de voir quelqu'un douter du fait qu'il puisse se sauver lui-même. Il était certain de pouvoir trouver un accord avec le Parlement. Il m'a dit de revenir plus tard s'il avait besoin de moi. Je l'ai averti du danger pour moi et pour les autres, et que nous ne pourrions peut-être pas revenir, mais il ne m'a pas pris au sérieux.

— Tu lui as dit que tu obéissais à sa femme et à son fils, que ce plan était le leur ?

— Je lui ai donné le mot de passe, et je lui ai dit qu'ils m'avaient payé et donné de l'argent pour soudoyer le capitaine. Il a répondu qu'il ne suivrait pas leur plan.

James eut bien du mal à retransmettre l'attitude primesautière du roi tout en conservant le respect dû au souverain élu de Dieu.

— Mais tu as réussi à rentrer auprès de sir William sans être démasqué ?

— Oui, je n'en ai aucun doute.

— Et c'est là que tu es tombé malade ?

James rougit et le recteur remarqua la soudaine plaque écarlate dans son cou.

— Oui. J'ai contracté une sorte de fièvre typique des marais autour de Sealsea. Elle n'a pas duré.

— Était-ce un mal physique uniquement, ou était-ce aussi ta foi qui était touchée, mon enfant ?

James baissa la tête et le professeur eut de la peine à percevoir l'aveu timide de James sur ses doutes et, à vrai dire, la perte de sa foi.

— Ce n'est pas surprenant, déclara le recteur avec compassion. Tu étais très seul, un jeune homme en péril qui avait risqué sa vie au quotidien pendant de nombreuses semaines avant même d'arriver sur cette île. Nous t'avons confié la tâche la plus difficile jamais entreprise par quiconque dans ce collège, et elle n'a pas pu être accomplie.

— Je suis tellement désolé, soupira James. J'ai honte.

— J'ai l'impression que personne n'aurait pu convaincre le roi. S'il ne voulait pas te suivre, il n'y a rien que tu aurais pu faire pour l'y forcer. Je pense que tu as fait de ton mieux et je suppose que personne n'aurait pu mieux faire. (Un long silence s'installa.) Est-ce que tu aurais pu mieux faire, mon fils ?

— J'y ai beaucoup réfléchi, admit James. Je ne vois pas ce que j'aurais pu faire de plus. Je regrette de ne pas avoir réussi à le convaincre. Je pense que s'il avait accepté de me suivre, j'aurais réussi à l'emmener en sécurité. J'en rêve la nuit, et cela tourne dans ma tête comme une ritournelle. Mais il n'y a rien de certain, aucun moyen de savoir ce qui se serait passé en mer, ou même avant d'embarquer. Je ne pense pas que j'aurais pu faire plus – pas face à son refus. Je crains... Je me dis que j'aurais dû insister. Comment s'opposer à la volonté du roi, cependant ?

— Un échec peut ébranler ta foi, mais pas la briser, devisa son aîné. Tu n'as pas manqué à tes vœux ?

Un nouveau silence s'installa dans cette pièce paisible baignée de la lumière du soleil.

— Si, confessa James d'une toute petite voix. Mon père, j'ai péché. J'ai rencontré une femme et je l'aime. Je suis désolé, professeur. J'ai commis un grave péché.

Le recteur hocha lentement la tête.

— Nous sommes tous des pécheurs. C'est ainsi que nous sommes nés, et nous péchons tous les jours. Mais le Seigneur est miséricordieux et nous pardonne si nous nous confessons et revenons sur son chemin. Tu te confesseras et tu reviendras sur son chemin.

— Je demande à être délivré de mes vœux, déclara calmement James en redressant la tête. Je me confesserai et accepterai ma pénitence, bien entendu, mais je prie pour être délivré de mes vœux. Mon père, je l'aime. Je veux être avec elle.

Le bourdon de l'abbaye sonna l'heure, imité par les autres églises de la ville. James écouta cette douce musique annonçant la prière dans cette ville pieuse. Lorsque le dernier écho mourut, le docteur Sean posa un regard bienveillant sur le jeune homme.

— Va à l'église et confesse tes péchés, et nous reparlerons la semaine prochaine.

— « La semaine prochaine » ? se récria James.

— Oui, répondit l'aîné avec un sourire compatissant. Bien évidemment. Pensais-tu partir demain ? Toi et moi parlerons de nouveau la semaine prochaine. En attendant, aucun mot de cela en dehors du confessionnal et du confesseur que je désignerai pour en parler avec toi. Pas un mot à qui que ce soit d'autre, et tu ne dois écrire à personne. Tu es encore tenu d'obéir, mon fils, et c'est ainsi que tu devras passer cette semaine.

James se leva, s'inclina et se dirigea vers la porte. Le docteur Sean baissa les yeux sur ses documents, sachant que le jeune homme allait hésiter avant de quitter la pièce.

— Mon père, je lui ai donné ma parole de retourner auprès d'elle. Elle m'attend.

Le recteur, dans un geste lent et délibéré, leva la tête, sa plume en main.

— Mon fils, elle devra apprendre la patience, tout comme toi. Nous sommes au service d'un Dieu éternel qui ne compte pas les minutes. Il a mis une semaine à créer le monde, et Il te demande maintenant de prendre le même temps pour réfléchir à ce choix déterminant. Je ne pense pas que tu puisses lui refuser cela.

James, décontenancé, baissa la tête.

— Non, en effet, concéda-t-il.

— Si elle est une honnête femme, alors elle priera aussi. Elle devra prendre du temps pour réfléchir à sa propre situation.

— Elle est une honnête femme, affirma-t-il en revoyant son pâle visage sous le porche de l'église alors qu'elle attendait un fantôme. Elle ne partage pas notre foi, ni nos croyances, mais elle est une honnête femme.

— C'est ta foi à toi qui me préoccupe pour l'instant, rétorqua le docteur Sean avec fermeté. Médite sur le sujet. Entretiens-toi avec notre Seigneur.

— Mais elle…

— Ne nous préoccupons pas d'elle pour l'instant. Que Dieu te bénisse, mon fils.

— Amen.

Sealsea, octobre 1648

Même en filant à deux, et en cueillant ensemble les dernières plantes qui poussaient encore sous le soleil de la fin octobre, même si Alinor continuait de vendre ses huiles de l'été, de s'occuper de toutes les naissances et de faire sécher tout ce qu'elle pouvait encore, et même si Alys abattait tout le travail qu'on voulait bien lui donner à la ferme Miller, l'argent rentrait à peine plus vite qu'il devait être dépensé. Ils s'étaient toujours débrouillés seuls, faisant pousser leur nourriture, brassant leur bière, pêchant, fabriquant tout eux-mêmes et réparant pour ne jamais rien devoir acheter de neuf. Mais avec l'approche de l'hiver, tout devenait plus cher : le suif pour le savon et les bougies, toutes les sortes de viandes, le fromage et le lait, le blé et le seigle. Même les choses qu'elles cueillaient – la cardère pour le feutre ou les branches de saule pour les balais – étaient plus dures à trouver. Alinor passait de plus en plus de temps à ramasser du bois de grève pour le feu, arpentant la plage sur laquelle la rosée commençait à geler, les jours raccourcissant et les nuits se faisant de plus en plus noires.

Comme si l'hiver n'apportait déjà pas suffisamment de complications, Alinor était malade, éreintée avant même d'avoir commencé la journée, nauséeuse avant de sortir du lit qu'elle partageait avec sa fille. Elle ne pouvait rien avaler avant midi, ne supportait pas l'odeur du fromage ou du lard, et quand Ned arriva un soir avec un homard bouilli – un paiement pour les passages de la part d'un pêcheur de Sealsea –, elle ne put même pas rester à table tandis que son frère et ses deux enfants se délectaient de ce repas.

— Qu'est-ce que tu as ? demanda Alys avec une légère irritation, la bouche pleine de chair de homard.

Ned était assis face à Rob, qui était venu leur rendre visite depuis le prieuré et avait apporté une miche de pain blanc avec les salutations de Mme Wheatley. Alinor, face à sa fille, grignotait une tranche de pain en buvant un peu de petite bière. Red, le chien, sous la table, la dévisageait comme si elle allait lui laisser la croûte.

— Je ne sais pas, répondit-elle. Je pensais que c'était la fièvre des marais, mais je n'ai aucun des symptômes. Je suppose que ça va passer. C'est peut-être quelque chose que je n'ai pas digéré.

— Ça fait des semaines, rétorqua Alys. Ce serait sûrement déjà passé si tu avais mangé de la crème qui avait tourné ou de la viande avariée.

— Tais-toi, la supplia sa mère en se plaquant le dos de la main sur la bouche. Ne parle pas de ça.

— Elle a toujours eu une santé fragile, déclara Ned dans un petit éclat de rire, indifférent à sa souffrance. Tu aurais dû la voir quand elle vous a eus. (Il pencha la tête sur le homard et brisa une des pinces.) Tiens, Rob, essaie ça.

— C'est bon, dit le jeune garçon en picorant la chair avec son oncle. C'est toujours les pinces le meilleur.

— Est-ce que tu manges du homard au prieuré ?

— Non.

— Les gens boudent le homard ; ils disent que c'est la viande du pauvre, mais moi je préfère ça au bœuf, dit Ned avec la bouche pleine.

Alinor les entendait comme s'ils se trouvaient loin. Les paroles détachées de son frère tournaient en boucle dans sa tête, produisant un bruit lancinant qui résonnait dans son crâne comme le grondement de l'eau dans le bief du moulin. Elle leva la tête et vit les yeux bleu foncé d'Alys rivés sur elle, et elle entendit une voix distante :

— M'man ?

Elle sombra ensuite dans les ténèbres.

Elle se réveilla dans le lit, Alys veillant sur elle. Elle se redressa et s'appuya sur un coude, puis sa fille lui porta un gobelet de petite bière aux lèvres.

— Où est Rob ?

— Oncle Ned le raccompagne jusqu'au prieuré. Je leur ai dit que ça irait, et que tu lui dirais comment tu vas demain. J'ai dit que c'était un problème de femme. (Elle l'observa attentivement.) C'est bien ça, n'est-ce pas ?

Alinor acquiesça sans rien dire.

— Le pire d'entre tous ? Tu es enceinte ?

— Je pense, répondit sa mère en avalant sa salive.

— Tu « penses » ? répéta Alys avec effroi et colère. Tu dois bien savoir si tu as couché avec un homme ou pas. Ou alors tu vas me dire que c'est un seigneur des fées qui t'a forcée ? Dieu du ciel, est-ce que tu as encore batifolé avec des seigneurs des fées ?

Alinor devint rouge de honte.

— Bien sûr, que je sais. Ce que je ne sais pas, c'est si j'attends un enfant. Je n'y avais pas songé avant que Ned dise… ce qu'il a dit.

— Et tu me dis à moi de faire attention à la potence ?

— J'ai très mal agi. Très mal, admit la jeune femme face à cette fille qui se révélait soudain très autoritaire.

Alys se leva et se rendit jusqu'à la porte pour l'ouvrir en grand comme pour inviter la bise glacée de la mer à emporter avec elle les paroles de sa mère.

— Tu es complètement folle, déclara-t-elle amèrement. Après tout ce que tu m'as dit ? (Alinor baissa la tête d'un air contrit.) Comment est-ce que tu as pu ?

— Je sais, Alys. Ne me gronde pas.

— Et tu oses laisser mon oncle me dire que je dois attendre des mois pour me marier ? Toi, tu n'as même pas attendu un an après la disparition de papa.

— Ça fait un an. Ça fait presque un an.

— C'est qui ? M. Miller ?

— Non ! se récria Alinor.

— Cet homme affreux qui tient l'étal de remèdes au marché de Chichester ?

— Non, évidemment que non.

— M. Tudeley, qui s'est occupé de placer Rob comme apprenti ? C'est pour ça que Rob a tellement de chance ?

— Non ! Non ! Alys, je refuse de répondre à tes questions !

— Tu ne vas rien refuser du tout ! repartit la jeune fille avec véhémence. Ça, ce n'est rien ! Tu crois que la paroisse ne va pas t'interroger comme je le fais dès que ta grossesse commencera à se voir ? Tu ne crois pas qu'ils exigeront de connaître le nom du père avant de t'obliger à rester debout en chemise devant la congrégation, humiliée ? Tu crois que M. Miller ne va pas te demander, et que tous les hommes d'Église ne vont pas exiger de savoir, de tout savoir ? Puis ils feront venir une accoucheuse de Chichester, qui posera ses sales mains partout sur ton ventre et ira voir sous tes jupes comme si tu étais une vulgaire catin vérolée.

— Non, non, se lamenta Alinor en secouant vivement la tête, ses cheveux dorés encadrant son pâle visage.

— Ils vont s'en prendre à toi sans arrêt, insister jusqu'à ce que tu leur avoues qui est le père, puis ils iront le chercher et lui feront payer une dette à la paroisse. Toi, ils t'enverront à l'hospice jusqu'à la naissance de ton bâtard, qu'ils te prendront avant de te renvoyer ici avec une réputation de putain.

— Non, s'exclama Alinor. Non, Alys, ne dis pas ce genre de choses.

— Ici avec une réputation de putain ! répéta sa fille en gesticulant follement pour désigner l'intérieur de la petite maison et toute la vasière au-dehors. Qui acceptera Rob comme apprenti, après ça ? Qui voudra encore m'épouser ? Qui t'achètera encore quoi que ce soit à part des remèdes magiques et des philtres d'amour ?

— Je vais vomir, prévint la jeune femme avant de se lever d'un pas chancelant pour se précipiter vers la porte ouverte.

Elle vomit de la bile sur le seuil de sa maison dans un hoquet de douleur à cause de son estomac vide. Ce fut alors qu'elle sentit sa fille lui déposer un linge froid mouillé d'eau et d'huile de lavande sur la nuque.

— Merci, dit-elle avant de s'essuyer la bouche et les mains.

Elle rentra ensuite et s'assit sur le lit, levant des yeux implorants sur Alys, comme si elle était le juge à son procès.

— Est-ce qu'on t'a forcée, m'man ? demanda la jeune fille en se radoucissant. Est-ce que c'est ça qui s'est passé ?

— Non, avoua Alinor en résistant à l'envie de mentir.

— Ils ne vont pas arrêter de te poser des questions. Tu n'auras pas d'autre choix que de parler. Tu n'y as pas pensé, à ça ?

— Jusqu'à maintenant, je ne pensais pas être enceinte. Je ne pensais pas que…

Sa voix se brisa. Elle ne pouvait pas avouer à sa fille si défiante avoir cru que ses nausées étaient dues à sa peine de cœur, que son incapacité à avaler quoi que ce soit venait de la douleur d'être séparée de son aimé ; et qu'elle avait accepté ces maux comme une pénitence – car il aurait peut-être lui aussi à jeûner pour expier son amour pour elle. Elle avait cru qu'ils travaillaient tous les deux pour pouvoir se retrouver, lui à Douai et elle au bord du marais, chacun souffrant pour l'autre, se nourrissant seulement de pain et de bière, l'amour leur donnant des vertiges.

— Penses-y maintenant ! lui cracha Alys à la figure. Pense au fait que ta vie est fichue. La mienne aussi. Tu as gâché ma vie. Tu sais que Richard ne pourra pas m'épouser si ma mère est une catin. Ils ne voudront pas de notre argent, s'ils pensent que tu l'as gagné sur le dos, dans le foin au fond d'une grange. Ils n'accepteront pas un père disparu et une mère avec une réputation aussi honteuse. C'était déjà difficile pour eux que tu aies été abandonnée par ton mari, mais une putain enceinte, ça ferait trop. Tu es fichue, et moi aussi.

— Alys, je ne ferais jamais rien pour te blesser, se défendit-elle.

— Tu m'as anéantie ! Tu n'aurais pas pu faire pire.

— Je ne laisserai rien t'arriver.

— C'est trop tard, le mal est fait.

— Alys, je fais tout pour toi depuis que tu es née, bafouilla Alinor. J'ai essayé d'empêcher Zachary de s'en prendre à Rob et à toi. C'est moi qui prenais les coups pour qu'il ne lève pas la main sur vous. Je n'ai jamais voulu que le meilleur pour vous deux. J'ai fait tout ce que j'ai pu pour vous tirer de l'existence qui est la mienne. Jamais je ne vous entraînerais vers le bas.

— En tout cas tu m'as mise plus bas que terre, déclara la jeune fille qui se laissa tomber sur le bord du lit en regardant droit dans les yeux sa mère qui haletait d'un air désespéré. C'est encore pire que ce que tu penses, parce que moi aussi j'attends un enfant. Contrairement à toi, je peux avouer qui est le père, et on est fiancés. On n'a rien fait avant d'être promis l'un à l'autre. Mais c'est pour ça que je voulais absolument me marier en janvier, avant la venue de l'enfant en mai.

— « En mai » ? répéta Alinor d'un air abasourdi.

— Oui. Il n'y a aucune honte à être enceinte le jour du mariage. On était fiancés. On allait l'annoncer à ses parents et au pasteur le mois prochain. Mais si tu es reconnue comme catin, ils ne le laisseront pas m'épouser et je ne serai jamais acceptée par sa famille ! Moi aussi, je serai fichue, alors.

— Alys ! tenta de la rassurer sa mère en tendant le bras vers sa fille adorée.

Celle-ci l'écarta cependant d'un geste brusque et se jeta sur le lit, se tournant vers le mur de bois pour se cloîtrer dans le silence.

Alys pleura jusqu'à en tomber de fatigue tandis qu'Alinor restait étendue sans pouvoir trouver le sommeil, la porte d'entrée grande ouverte laissant entrer la lumière pâle de la nuit, les étoiles scintillant comme la gelée au soleil. La marée montait, poussée par un vent d'est – le plus froid de tous.

Le son des vagues sur le rivage emplissait la pièce, comme si la mer allait continuer de monter et emporter la maison, transformant le monde entier en estran.

À minuit, Alinor se leva, s'enveloppa dans un châle sans prêter attention aux protestations des poules somnolentes et sortit pour s'asseoir sur le banc grossier installé contre le mur, refermant la porte pour laisser dormir sa fille. Elle contempla la lune, haute dans le ciel, traçant une traînée argentée à la surface de l'eau, et elle commença à penser que c'était pour l'attirer, que c'était un message de la part des anciens dieux de la côte saxonne, qui ne craignaient pas la mort mais l'accueillaient comme leur dernier voyage. Elle se dit que la meilleure chose à faire pour sa fille, son fils, elle-même et l'homme qu'elle aimait était peut-être de descendre sur la grève, de se remplir les poches de galets, et de suivre ce chemin argenté vers les profondeurs glacées, jusqu'à être totalement engloutie et ne plus rien entendre que le cri des mouettes assourdi par la mer.

Elle se leva sans un bruit et traversa le jardin jusqu'au portillon. La main reposant sur le vieux poteau de bois, elle regarda en arrière, observant la petite maison miteuse, puis grimpa sur la berge pour rejoindre le chemin. Elle traversa les tunnels formés par les ronces, passant de l'ombre à la lumière argentée, suivant le rivage jusqu'à atteindre la plage de coquillages blancs sous les branches tombantes du chêne. La berge avait été érigée en digue de nombreuses années plus tôt – des siècles – et la mer avait réussi à en éroder le pied, faisant tomber sur la plage blanche les pierres de fondation – galets de rivière lissés par l'eau. Alinor en prit un et le glissa dans une poche de sa robe, puis un second qu'elle mit dans l'autre poche. Elle souleva ensuite la plus grosse qu'elle put trouver et la garda en main tandis qu'elle entrait dans l'eau glacée qui continuait de monter. Elle songea au fait qu'elle avait craint toute sa vie l'eau profonde et que, dans ses derniers instants, elle allait affronter cette peur pour la laisser derrière elle. Elle songea ensuite au fait que l'eau allait tremper sa misérable jupe, geler son corps chaud, s'écraser contre son ventre et ses côtes, qu'elle tressaillirait quand elle lui arriverait au niveau des aisselles, du cou, mais qu'elle finirait ensuite par être engloutie par l'eau saumâtre en sachant qu'elle s'enfoncerait dans la vase sans peur et sans remords.

Elle resta immobile au bord de l'eau, tenant fermement le lourd caillou, et contempla le reflet piqueté de la lune argentée à la surface des profondeurs noires tandis que les vagues gagnaient du terrain sur la plage. Elle entendit le clapot à ses pieds et ne bougea pas alors que la marée basculait ; elle l'écouta reculer, sans encore bouger d'un pouce. Elle ne s'engagea pas sur cette traînée argentée, n'entra pas dans l'eau. Elle resta debout, silencieuse, entourée des bruits discrets de la nuit, et elle trouva la certitude.

Elle ne pleura pas sur son sort, ni pour Alys, ni même pour Rob. Elle ne pria pas pour être secourue par James, et ne pensa à lui qu'avec amour. Elle l'avait aimé et s'était donnée à lui, elle lui avait fait confiance et continuait de le faire ; mais elle ne s'attendait pas à le voir voler à son secours dans cette nuit noire. Elle ne pensait pas que l'aube arriverait pour chasser les ténèbres, elle ne pria pas un Dieu miséricordieux, car elle ne s'attendait pas à ce qu'Il prête l'oreille à une femme comme elle, dans un endroit comme celui-ci.

Elle n'avait aucune foi en ses intentions, ni en son courage. Elle n'avait aucune foi en elle-même, là, les pieds caressés par l'eau vaseuse. Lentement, toutefois, elle se découvrit une certitude, une seule et unique : elle survivrait à cette nuit, et à toutes celles à venir. Elle savait qu'elle n'allait pas choisir de se noyer. Elle savait qu'elle ne serait pas brisée par cette terrible infortune, pas plus qu'elle ne l'avait été par la cruauté de Zachary ou par la mort de sa mère. Elle se dit qu'elle avait au moins appris une chose au cours de cette existence si ardue et si pauvre en joies : survivre. Elle se savait capable d'endurer sa situation. Toute sa vie – élevée par une femme courageuse dans des circonstances difficiles, battue par un mari violent, comblée par deux enfants qu'elle aimait et qu'elle avait élevés de son mieux malgré la pauvreté – n'avait été qu'une leçon pour maîtriser l'art de survivre. Elle avait l'impression que c'était la seule chose qu'elle savait vraiment faire. Elle se dit qu'elle venait de trouver, enfouie tout au fond de son cœur, à l'image d'un corps-mort englouti par les eaux et la vase, une grande détermination à vivre.

Alys se réveilla au matin avec le visage aussi lumineux que celui d'un enfant, l'œil vif et sa beauté intacte malgré une nuit passée à pleurer. Sa mère préparait un gruau et mettait la table comme si c'était une journée ordinaire.

—M'man ?

—Oui, Alys ?

—Qu'est-ce que tu vas faire ?

—Je vais manger, comme toi.

—Mais…

—Mange d'abord, et on parlera après. Il faut manger. Surtout maintenant.

Alys tira son tabouret et s'assit à table pour manger comme sa mère le lui ordonnait. Quand elle eut fini, elle repoussa son bol et dit :

— Maintenant, dis-moi ce que tu vas faire. Tu ne dois laisser personne apprendre que tu as péché.

— Mais toi si ?

— Ce n'est pas pareil. Richard et moi, on était promis l'un à l'autre devant Dieu. Il va m'épouser. Ses parents ne verront aucune objection à m'accueillir si je porte leur petit-fils dans mon ventre. Ils m'ouvriront leurs bras. Dans le temps, la moitié des filles de la paroisse se mariaient alors qu'elles étaient enceintes, tu le sais bien. Il n'y avait que les gens les plus sévères pour le voir d'un mauvais œil, et ça n'a pas changé. Tout le monde est ravi de voir que la jeune mariée est fertile. Ça n'a rien à voir avec toi et ton adultère.

Alinor courba la tête.

— Tu es certaine que ses parents n'auront rien à redire ? demanda-t-elle.

— Ils ne sont pas puritains, et ils savent que je ne suis pas de petite vertu. On était tous les deux vierges et fiancés. Ils savent qu'il me fait la cour depuis des mois. Mon enfant aura un grand nom et une belle ferme pour foyer. (Sa voix se brisa.) Il aurait dû, en tout cas. Avant. Parce que maintenant, Dieu seul sait ce qui va se passer. Personne ne fera plus appel à tes services, et plus personne n'acceptera que tu mettes son enfant au monde. Tu ne pourras plus jamais obtenir de permis d'accoucheuse, et plus aucun maître respectable n'acceptera Rob comme apprenti. (Elle laissa retomber sa tête entre les mains et se frotta les yeux.) Maman ! Réfléchis ! Même oncle Ned ne prendra pas ta défense, et il te reniera sans doute quand il apprendra. Comment tu vas pouvoir faire, sans son aide ? Comment tu vas pouvoir même trouver à manger si tu ne peux plus avoir accès à son jardin ? (Alinor ne répondit rien.) Tu ne vas plus pouvoir rester ici ! Ils vont te torturer.

Mme Miller et toutes ses amies, le conseil de la paroisse, le tribunal ecclésiastique…

— Je sais, dit doucement sa mère.

— Plus personne n'achètera tes herbes. Ils ne viendront plus chercher aucun remède à part des poisons et des philtres d'amour.

— Je sais.

Comme si la raideur d'Alinor décuplait sa détermination, Alys se leva brusquement et fustigea du regard sa mère assise devant elle.

— Tu ne peux pas mettre cet enfant au monde, c'est impossible, déclara-t-elle dans un murmure. Tu sais quelles plantes utiliser, tu sais comment faire. Tu vas devoir te débarrasser de lui. Tu sais quoi faire. Il le faut. (Alinor leva les yeux sur le visage sévère de sa fille.) Ça ne fait pas longtemps, si ? Tu es malade depuis seulement quelques semaines. (Elle acquiesça, incapable de parler.) Alors pas de problème, et personne n'en saura jamais rien. Je vais au moulin pour travailler, maintenant. Je rentrerai tôt cet après-midi ; je dirai que je suis malade. Tu peux prendre ce qu'il faut à midi, et je m'occuperai de toi. Je ferai tout ce dont tu as besoin. Je prendrai soin de toi, maman, je te le promets. Tu n'auras qu'à me dire ce que tu veux manger ou boire, et je ne te laisserai pas tant que ça ne sera pas fini. Je changerai tes draps et je m'occuperai de toi tout le long.

Alinor restait silencieuse.

— Tu dois t'en débarrasser, insista sa fille. Richard ne pourra pas m'épouser si on jette l'opprobre sur toi, et ça me briserait le cœur, avec le sien ; et notre enfant serait donc illégitime. Tu aurais un bâtard et un petit-fils bâtard. On ne peut pas survivre à ça. Ton enfant causera notre perte à tous : Rob, toi et moi. Il faut que tu fasses quelque chose.

Je ne t'ai jamais rien demandé, m'man. Ça, je te supplie de le faire. (Alinor persistait dans son mutisme, le visage livide.) Ta honte me retombera dessus, insista la jeune fille. Quand les Stoney apprendront que tu attends un enfant, ils me ficheront à la porte. Je ne reverrai plus jamais Richard. On sera toutes les deux coincées ici avec nos bâtards, sans mari. Tu ne crois pas qu'ils se débarrasseront de nous, à ce moment-là ? Tu ne crois pas que Mme Miller et toutes les bonnes femmes dans son genre nous chasseront de la paroisse avant qu'on demande l'aumône ? Et tous les maris nous crieront de déguerpir pour bien montrer que nos bâtards ne sont pas d'eux.

— Deux bébés, parvint seulement à prononcer Alinor.

— Deux *bâtards*, rectifia sa fille. Des bâtards miséreux. Ils mourront ensemble à l'hospice. Personne ne nous laissera les élever.

— Je vais y réfléchir, déclara Alinor dans un souffle. Je vais y réfléchir aujourd'hui et je te dirai ce soir.

— Tu aurais dû réfléchir avant, rétorqua sa fille avec raideur.

Sa mère tressaillit comme si elle venait de recevoir un coup.

— Je sais, dit-elle d'une toute petite voix. Je sais à quel point c'est grave.

— Si tu n'y mets pas un terme aujourd'hui, alors ma vie est finie, et celle de Rob aussi, dit sa fille pour ajouter à sa culpabilité. Oncle Ned n'acceptera même plus qu'on monte sur son bac, et on sera coincées sur cette île à chaque marée haute. Et quand ils viendront pour nous mettre à la porte, personne ne lèvera le petit doigt pour nous. Rob devra les regarder nous jeter des cailloux, de la vase et des entrailles de poisson pour nous chasser.

Alinor acquiesça. Elle pouvait déjà imaginer la lumière des torches se reflétant sur l'eau tandis que les bonnes gens de Sealsea se rassemblaient à la nuit tombée pour se débarrasser de deux indésirables conspuées.

— Je sais, dit-elle.

— Prépare les plantes, lui intima sa fille. Je rentrerai tôt et on le fera ce soir.

Elle enfila ensuite sa veste et prit sa quenouille, de la toison et son fuseau, puis quitta la maison, filant tout en remontant le chemin jusqu'au bac pour se rendre au moulin, où elle travaillerait aussi dur que n'importe quel homme afin de gagner suffisamment d'argent pour la dot de ce mariage qu'elle était bien décidée à voir célébrer.

Seule, Alinor commença ses tâches quotidiennes : faire sortir les poules, récupérer les œufs, balayer le sol, laver les deux bols de gruau et rincer les gobelets de bière. Elle rassembla les braises sous le couvercle en terre cuite, puis noua sa cape autour du cou et sortit pour ramasser du bois. Elle resta un instant immobile à contempler le port comme si elle ne l'avait jamais vu auparavant, scrutant l'horizon en se demandant si elle verrait encore un jour un bateau remonter le chenal avec l'espoir que l'homme qu'elle aimait était à bord.

Elle avait passé si longtemps à se languir de James, perdue dans son chagrin, et confiante en son retour, qu'elle ne pouvait plus infléchir le cours de ses pensées. Elle ne parvenait pas à se rendre à l'évidence qu'elle n'était plus tranquillement occupée à l'attendre ; non, elle était dans l'urgence. Elle ne parvenait pas à se mettre en tête qu'elle devait affronter la situation et trouver une solution. Elle se laissa choir sur le banc et, alors qu'une nuée d'oies venues hiverner obscurcissait le ciel, poussant de grands cris plaintifs tout en battant lourdement des ailes, ses mains glissèrent sans qu'elle en prenne conscience sur son ventre sous sa cape, comme pour protéger le bébé qui s'y trouvait.

Plus tard ce matin-là, Alinor alla râteler l'orge à la malterie de la maison du passeur. Alors qu'elle s'appuyait sur le râteau et humait le doux parfum des grains, un jeune garçon de ferme passa la tête par la porte et lui demanda :

— Vous êtes la sage-femme ?

— Oui, répondit-elle en se sentant toutefois loin d'être sage. Qui me demande ?

— La femme d'un pêcheur d'huîtres à East Beach.

— C'est son mari qui m'a fait appeler ? demanda Alinor en formant rapidement un tas d'orge pour qu'il continue de chauffer.

— Il est en mer. C'est sa mère qui m'envoie vous demander. Elle m'a donné ça, dit-il en lui tendant six pennies en argent.

— Je viens tout de suite, déclara-t-elle, rassurée de savoir qu'elle serait payée pour ses services.

Les pêcheurs d'East Beach étaient bien connus : sur une île pauvre, ils étaient les plus pauvres.

— Je dois aller chercher mes affaires, ajouta-t-elle.

— Je dois vous accompagner et vous aider à porter votre matériel, annonça le jeune garçon avec le teint livide, effrayé à l'idée de devoir assister une leveuse de sorts.

Alinor était connue à East Beach comme une maîtresse des arts occultes. Les pêcheurs de là-bas avaient bu en compagnie de Zachary quand il avait clamé haut et fort que sa femme avait d'étranges pouvoirs. Ensuite, Zachary avait disparu, avec son bateau, sans raison aucune, par une mer calme ; alors quelques-uns avaient raconté qu'elle l'avait envoyé par le fond, et que son amant démon avait dansé sur le gréement comme un feu de Saint-Elme.

— On traversera le marais jusqu'à Saint-Wilfrid, puis on bifurquera sur East Beach, décréta Alinor.

— Par l'estran ? s'inquiéta le garçon d'un air médusé.

— C'est marée basse, et je connais les chemins.

L'autre ravala sa panique et lui emboîta le pas alors qu'elle refermait la porte de la salle de maltage. Elle éleva la voix pour expliquer à Ned qu'elle s'en allait, car celui-ci était sur le ponton, occupé à tresser une nouvelle corde pour le bac, puis elle longea le rivage en direction de chez elle afin de récupérer les plantes et les huiles dont elle aurait besoin. Elle les rangea dans le sac qu'elle prenait à chaque accouchement. Elle guida ensuite le jeune garçon sur la berge jusqu'à la plage de coquillages, puis s'enfonça dans le port, suivant les sentiers dissimulés. Elle l'entendait trottiner derrière elle, marchant parfois dans une flaque résiduelle. Ils coupèrent ensuite à l'angle de l'église, passant par le cimetière, et passèrent devant le portail en fer du prieuré. Alinor scruta l'allée et vit Rob et Walter la remonter à cheval. Elle leur fit signe mais ne ralentit pas l'allure, et elle fut contente de voir son fils faire accélérer sa monture pour la rattraper.

— M'man !

— Que Dieu te bénisse, mon enfant.

— Quelqu'un t'a appelée ? demanda-t-il en remarquant le sac de remèdes et son attitude déterminée.

— Oui, à East Beach.

— On peut vous emmener, déclara-t-il avant de se tourner vers Walter. N'est-ce pas ? Peut-on emmener ma mère et ce garçon là où ils doivent se rendre ?

— Pourquoi pas ? répondit Walter sans hésiter. Madame Reekie, monterez-vous avec moi ?

Alinor était réticente à l'idée de monter avec Walter, mais son fils était déjà auprès du garçon de ferme et lui tendait la main pour l'aider à se hisser en selle derrière lui.

— Je ne pense pas pouvoir monter aussi haut, dit-elle en regardant la puissante monture de Walter.

— Je vais m'approcher de ce mur là-bas, dit celui-ci. Il vous suffira alors de grimper dessus pour pouvoir vous mettre en selle. C'est un gentil cheval, et il restera sagement en place.

— J'ai aussi mon sac de remèdes, insista-t-elle. Est-ce qu'il est facile à monter ?

Elle ne pouvait pas lui avouer qu'elle s'inquiétait pour le bien-être de l'enfant qu'elle portait.

— Je vous promets qu'il a un pas très doux. Vous n'avez qu'à vous placer derrière moi et vous tenir fermement à moi.

Alinor grimpa sur le mur de silex taillé et se mit en équilibre dessus tandis que Walter amenait sa monture à sa hauteur. Elle plaça le pied dans l'étrier vide et passa l'autre jambe par-dessus le dos du cheval pour être à califourchon.

— Tout le monde est installé ? demanda Walter alors que sa passagère se cramponnait à lui avec le précieux bagage entre eux.

— Oui.

— Alors nous pouvons nous mettre en route, décréta-t-il en faisant avancer sa monture à un pas mesuré. Voulez-vous que j'aille plus vite ? lui demanda-t-il ensuite par-dessus son épaule.

— Pas trop vite, l'implora-t-elle nerveusement.

Walter lança sa monture au petit trot tandis que la jeune femme s'agrippait désespérément. Le cheval remonta l'allée et s'engagea sur la piste de Sealsea avant de tourner brusquement à gauche pour descendre sur un chemin de pierre et de sable menant au hameau d'East Beach.

— Vous pouvez me déposer ici, dit-elle en cherchant son souffle. Ce garçon me guidera jusqu'à la bonne maison.

Walter tira sur les rênes de sa monture, sauta de selle et récupéra Alinor à sa descente avant de la déposer au sol.

— Tu veux que je vienne avec toi pour voir si tu as besoin de quelque chose ? proposa Rob.

— Si maître Walter peut se passer de toi, accepta-t-elle.

— Oh, nous ne faisons rien de plus que nous divertir, pour le moment, répondit Walter. Notre tuteur, M. Summer, s'en est allé et reviendra pour m'emmener à Cambridge pour le trimestre du carême.

— Parti ? s'enquit Alinor avec une curiosité douloureuse. Il ne reviendra pas entre-temps ?

Elle se rendit alors compte qu'elle faisait passer son regard sur les deux garçons avec trop d'insistance, qu'elle attendait la réponse avec trop d'impatience. Cela faisait beaucoup trop tard pour elle, car elle serait enceinte de près de six mois à ce moment-là.

— Non, répondit Walter avec légèreté. Pas avant février.

— Est-ce que ça va, m'man ? demanda Rob en la voyant si pâle. Est-ce que tu es de nouveau malade ?

— Simplement une petite fièvre des marais, répondit-elle laconiquement. Mais je vais assez bien pour m'occuper d'une femme sur le point d'accoucher. Est-ce que tu veux bien attendre ici, Rob, et je t'enverrai…

— Jem, se présenta le garçon à contrecœur, comme s'il ne voulait pas que cette inconnue et ces cavaliers apparus de nulle part sachent son nom.

— Je t'enverrai Jem si j'ai besoin de quoi que ce soit. Si tu ne le vois pas revenir après quelques minutes, vous pourrez retourner à votre promenade.

— Est-ce que l'on pourra encore faire du bateau ? demanda Walter. Nous avions passé une agréable journée, n'est-ce pas ?

Elle sentit le rouge monter à ses joues blanches en repensant à cela.

— Oui, c'était une belle journée, confirma-t-elle en conservant un ton neutre. Mais on ne peut plus sortir en mer avant le printemps prochain. Le vent est trop fort et le port est souvent trop agité pour moi. Et puis il fait froid. On pourra recommencer quand il fera chaud et que la mer sera calme.

Les deux jeunes hommes attendirent près de leur monture tandis que Jem emmenait Alinor par les étroits passages entre les maisons de pêcheur. Chacune des petites habitations avait un abri pour les filets qui lui était accolé – certains avaient un cabanon de fortune aménagé en voilerie, d'autres avaient une cahute où ils pouvaient fumer leur prise ou encore saler le poisson dans des tonneaux. À certains endroits se trouvait une piste droite qui servait à la fabrication des cordages, où il en pendait de partout. Des cordes étaient attachées à un poteau à chaque extrémité de la piste, ce qui permettait de les tresser ensemble pour faire des cordages à trois ou cinq torons. Toutes ces constructions formaient un ensemble décousu. Les murs étaient faits de bois de grève et d'argile, tandis que les toits étaient un assemblage de vieilles toiles et de filets recouverts d'algues. L'odeur mélangée de poisson pourri, de la saumure qui imprégnait les filets, et des quelques tas de fumier qui se consumaient emplissait l'air. Pas même le vent venant de la mer ne parvenait à disperser tout cela. Jem conduisit Alinor à l'une des plus riches habitations, légèrement en retrait de la mer, les vagues léchant les galets de la plage en contrebas. Elle avait un petit jardin clos par une barrière de bois flotté. Le toit était en ardoise et la cheminée en brique, tandis que les solides murs peints en blanc étaient faits de bois de bateau et de mortier.

— La mère Auster, là-dedans, dit le jeune garçon en pointant du doigt la porte d'entrée.

Alinor entra. Il y avait au rez-de-chaussée deux pièces sur le devant de la maison, l'une pour les repas et les travaux ménagers, et l'autre, séparée de celle-ci par un mur d'épaisses planches de pont de bateau, était la chambre à coucher. À l'arrière, une pièce en appentis faisait office d'arrière-cuisine et une échelle permettait d'accéder au grenier où dormaient d'autres membres de la famille. Elle vit Mme Grace en descendre.

— Vous avez fait très vite, la félicita cette dernière.

— C'est mon fils qui m'a emmenée sur son cheval, expliqua-t-elle. Il attend pour savoir s'il me manque quelque chose.

— Venez déjà la voir, proposa l'aînée en ouvrant une petite porte afin de permettre à l'accoucheuse d'entrer dans la chambre du bas.

La jeune femme était appuyée contre le mur, les mains plaquées sur le visage, son gros ventre tirant sur sa robe de nuit. Elle ne tourna pas la tête vers Alinor quand elle entra, mais elle frémit en entendant la porte grincer.

— Je veux Joshua, soupira-t-elle.

— Madame Reekie est venue t'aider pour l'accouchement.

— Je veux Joshua, répondit simplement l'autre. Maman, je suis malade comme un chien.

Alinor se sentit gagnée par une confiance en ses propres compétences. Ici, elle n'était plus la femme apeurée qui avait gâché la vie de ses enfants en même temps que la sienne, mais elle était la seule à savoir quoi faire, à avoir déjà assisté à de nombreuses naissances. Elle s'approcha doucement de la future mère et lui appuya le revers de la main sur le front en remarquant combien elle était crispée.

— Est-ce que vous avez mal à la tête ? demanda-t-elle ? Et dans la nuque ?

La jeune femme, les pupilles très dilatées, lança un rapide coup d'œil à Alinor avant de fermer les paupières en appuyant la tête contre le mur de bois.

— Je ne supporte plus la douleur, dit-elle.

L'accoucheuse quitta la pièce en silence et alla trouver Jem, qui attendait devant la maison.

— Va voir mon fils et dis-lui d'aller me chercher de la partenelle, lui ordonna-t-elle. Il m'en faut beaucoup. Dis-lui que je peux me débrouiller pour le reste et qu'il peut s'en aller.

Jem acquiesça et s'en fut à toute vitesse le long du chemin de terre, tandis qu'Alinor retournait à l'intérieur, souriait à Mme Grace et prenait dans les siennes les mains glacées de la future mère.

— Bon, allons nous installer confortablement, dit-elle sur un ton rassurant.

Tout au long de la journée, des jeunes femmes et des moins jeunes vinrent avec toutes sortes de cadeaux : de la bière et du pain, des pommes et du fromage, des langes et des bonnets de naissance qu'elles avaient rangés avec de la lavande. Elles s'attardèrent pour discuter au coin du feu et adresser leurs meilleurs vœux à Lisa Auster, la future mère, chacune espérant recevoir la permission d'entrer. Alinor leur refusa l'accès à toutes et continua de calmer sa patiente. Elle lui donna à boire des tisanes de feuilles de framboisier, et des salades de partenelle à manger. Ce ne fut qu'une fois la fièvre retombée et les maux de tête disparus qu'elle laissa entrer les commères venues lui rendre visite, deux à la fois, jusqu'à ce que les douleurs se fassent suffisamment rapprochées pour qu'Alinor juge la naissance imminente. Lisa fit alors les cent pas dans la pièce, assistée par sa mère et sa belle-mère, ainsi que ses deux meilleures amies qui lui tinrent les mains en louant son courage, avant de s'installer enfin sur le lit tandis qu'elles allumaient les lampes à huile. L'odeur âcre de l'huile de poisson emplit la pièce. Alinor alla se laver les mains.

— Vous vous lavez ? s'inquiéta Mme Grace.

— Oui, confirma simplement l'accoucheuse avant d'aller auprès de la jeune femme agenouillée contre le lit.

Elle la persuada de s'accroupir au-dessus du bol pour pouvoir la laver avec de l'eau infusée au thym et à la lavande.

— Ce n'est pas une génisse en train de vêler ! s'indigna Mme Grace.

— Si je dois aider le bébé à venir au monde, c'est mieux comme ça, répondit tranquillement Alinor.

— Elle va attraper la mort ! prédit l'aînée.

La jeune femme, de plus en plus agitée, ses gémissements de douleur se faisant de moins en moins espacés, demanda :

— Il vient ?

— Bientôt, confirma Alinor. Est-ce que vous voulez vous mettre à genoux sur le lit ?

— Oui. Non. Je ne sais pas…

— Faites comme vous vous sentez le mieux, lui conseilla-t-elle.

Elle la regarda ensuite changer de position, essayant de s'allonger ou de se pencher sur le lit. Elle finit par s'installer sur le plancher, le dos contre le lit, et ses aînées lui fournirent un morceau de bois poli pour qu'elle morde dedans, puis lui proposèrent une corde pour tirer dessus pendant l'accouchement. Alinor laissa faire jusqu'à ce qu'elles se mettent à lui parler de l'épreuve à venir, qui pouvait durer des heures, et même des jours, comme la souffrance qu'elles avaient éprouvée. C'est alors qu'elle intervint :

— Le bébé arrive, dit-elle à la jeune femme. Laissez-le simplement venir. Vous n'avez pas besoin de tirer sur une corde. Tout le travail se fait dans le ventre. (La jeune femme la regarda avec des yeux écarquillés et remarqua l'assurance et le calme de son expression.) C'est la plus grande journée de labeur de notre vie, ajouta-t-elle. Laissez le bébé venir.

La future mère s'accroupit en se cramponnant aux poteaux du lit, son ventre vers le haut, tous les muscles bandés, et elle grogna de douleur. Alinor s'agenouilla devant elle, remarqua son air effrayé et la calma d'une main posée délicatement sur l'épaule. Elle vit son ventre se contracter et elle lui ordonna de pousser, puis de tout relâcher.

— Je le sens ! Je le sens…

Les aînées se mirent à pousser de grands cris avec elle.

— C'est bien, l'encouragea Alinor en la regardant droit dans les yeux.

Après un temps, elle dit :

— Attendez, attendez, je vois la tête !

Toutes les autres femmes laissèrent échapper un hoquet de joie et d'excitation, puis elles s'approchèrent brusquement.

— Te voilà, soupira Alinor avec une immense joie tout en prenant délicatement la tête du bébé et ses épaules glissantes pour accompagner les mouvements de la mère et mettre l'enfant au monde.

Elle le tint par les pieds d'un geste expert, comme un poisson frétillant, et lui donna une petite tape dans le dos pour qu'il pousse son premier cri, puis elle pencha la tête et aspira le nez et la bouche de l'enfant, crachant ensuite le liquide et le sang par terre. Il y eut un bref silence expectatif avant qu'elles entendent le toussotement étouffé et les pleurs de cet enfant qui prenait sa première inspiration.

— C'est une fille, déclara l'accoucheuse. Une fille !

Le cordon ombilical pulsait toujours et le nouveau-né ouvrit la bouche en criant. Alinor examina ses parfaites petites mains, sa peau plissée recouverte de cire blanche et de sang, les cheveux noirs plaqués sur ce minuscule crâne et ce petit visage tout rouge de chagrin. Elle sentit ses larmes monter et se mordit la lèvre inférieure pour ne pas laisser libre cours à sa joie et à sa compassion.

— Une fille, répéta-t-elle encore. Une précieuse petite fille, un véritable don du Seigneur.

— Madame Reekie, est-ce que tout va bien pour vous ? lui demanda une des femmes.

Alinor, rappelée à son devoir, se tourna vers la mère et, tenant toujours le cordon, libéra le placenta. Mme Grace tendit le châle qu'elle avait réservé pour son petit-enfant, et Alinor l'emmaillota soigneusement avant de le lui remettre tandis que la mère s'installait dans le lit pour qu'elle lui éponge l'entrejambe et lui applique de la mousse avec douceur et efficacité, ses pensées tournant vivement dans sa tête et lui faisant comprendre que cet enfant était un don inestimable de la vie, que chaque bébé était ce qu'il y avait de plus précieux au monde, et qu'aucun ne devait être perdu, si ce n'était par la volonté de Dieu, s'il pouvait être aimé et chéri.

Toutes les femmes se rassemblèrent, se passant le nouveau-né et l'admirant dans de grandes exclamations extatiques. Quand il fut rendu à Alinor, elle noua le cordon et le trancha d'un geste précis, puis tendit l'enfant à sa mère.

— Tenez, lui dit-elle, votre petite fille.

C'était comme si le nourrisson avait été envoyé pour délivrer un message à Alinor, comme un rouge-gorge qui chanterait dans sa haie, ou une mouette criant en passant au-dessus de sa maison.

— Que Dieu la bénisse et fasse qu'elle soit forte et en bonne santé, ajouta-t-elle en regardant cette toute petite tête et ces yeux bleu foncé qui clignaient tandis qu'elle voyait le monde pour la première fois.

Lisa Auster était rouge d'effort, mais elle était très fière. Elle s'adossa contre les couvertures mises en tas, ses voisines s'agglutinant autour d'elle pour voir et embrasser son bébé.

— Est-ce qu'on lui donne le sein ? suggéra Alinor avant de patienter le temps que la jeune mère et son enfant se placent timidement l'un contre l'autre.

Elle posa doucement la main sur le bras de Mme Grace pour l'empêcher d'intervenir.

— Comme ça ? demanda la jeune mère. Je ne sais pas si je fais ça comme il faut.

Puis elle esquissa une grimace quand son enfant colla sa bouche contre son sein.

— Parfait ! s'extasia Alinor avec une inexplicable allégresse. Ça va faire encore un peu plus mal avant de devenir moins douloureux, mais vous sentirez le premier lait couler et vous voyez que le bébé tète.

Elle les regarda toutes les deux pendant un instant avant de se rendre compte qu'elle avait un air béat, comme si elle venait d'avoir une épiphanie au chevet de cette pauvre femme de pêcheur qu'elle n'avait jamais vue auparavant.

— C'est un don, dit-elle tout bas. La vie. C'est précieux.

— J'espérais qu'il naîtrait coiffé, regretta Mme Grace. Toutes les femmes de pêcheur espèrent avoir un bébé qui naît coiffé, pour qu'il soit protégé de la noyade.

— Je sais, dit Alinor en hochant la tête.

— Si jamais vous avez gardé une poche des eaux, je veux bien vous l'acheter.

— Non. Je ne fais pas le commerce de ce genre de choses.

— Je pensais que vous étiez une guérisseuse qui utilise les plantes et des choses mystérieuses.

— Seulement les plantes, répondit-elle posément. Rien de mystérieux.

— Pas d'or des fées ? J'ai entendu dire que vous en aviez.

— Je ramasse les petites pièces et les jolis coquillages que je trouve, rien de plus. Des babioles, rien d'intéressant.

— Je pensais qu'une femme pouvait venir vous voir avec toutes sortes de demandes.

— Moi, j'ai une demande. Vous pourriez me faire une potion pour mon vieux mari ? lança une des femmes.

Cela déclencha l'hilarité générale et Alinor sourit comme si elle trouvait cela drôle, alors que ce genre de questions avait tendance à l'agacer.

— Je suis désolée, mais j'emploie seulement les plantes pour guérir les maladies. Je vends des remèdes et j'assiste aux accouchements, je soigne parfois les malades. Je dois faire attention, madame Grace. Vous comprendrez. Je dois veiller à ma réputation.

La femme hocha la tête d'un air dubitatif.

— Mais on raconte que vous pouvez faire toutes sortes de choses. On dit que vous parlez aux créatures de l'autre monde, et qu'elles vous aident.

— Je ne sais rien faire de plus que ce que vous avez vu, insista Alinor en secouant la tête. (Puis elle regarda une nouvelle fois la jeune femme allongée dans le lit, exténuée, la joie lui illuminant le visage, tandis que son enfant tétait son sein.) Je crois qu'il n'y a rien de plus beau au monde – ce monde-ci, parce que je ne sais rien sur aucun autre.

— Est-ce qu'elle va bien ? demanda Lisa. Elle tète bien, n'est-ce pas ?

— Elle va très bien, répondit Alinor en souriant. Et quand votre mari rentrera, il vous aimera toutes les deux. Maintenant, je vais rentrer chez moi, dit-elle en rassemblant ses fioles et ses huiles, avec la boîte de mousse séchée, pour les ranger dans sa besace. Si vous le souhaitez, je reviendrai demain voir comment vous allez.

— Jem peut vous accompagner avec une lanterne, proposa Mme Grace en sortant une pièce de six pence. Je vous paierai un shilling de plus quand vous reviendrez, demain. Je vous suis reconnaissante, madame Reekie. Nous vous remercions toutes les deux. J'espère que tous vos vœux nous accompagnent, ainsi que l'enfant ?

— C'est avec grand plaisir. Dieu soit loué, déclara Alinor sans prêter trop attention à l'étrange question.

Elle souhaita la bonne nuit aux autres femmes, souleva son sac sur son épaule, enroula sa cape autour d'elle et rabattit sa capuche sur la tête, puis suivit Jem dont la lanterne vacillait dans les ruelles étroites d'East Beach.

Il faisait trop sombre pour traverser l'estran avec la marée montante, et ils prirent donc le chemin qui faisait le tour, d'abord vers le nord en direction de Chichester jusqu'à voir les lumières de la maison du passeur. Jem resta tout le temps devant, levant la lanterne bien haut à côté de lui pour lui éclairer la route, comme s'il avait peur de marcher à côté d'une leveuse de sorts. Il marqua une légère pause lorsqu'ils atteignirent la rive du Rife et que la lumière de la lune, jetant un halo argenté sur l'eau, conféra à sa lanterne une teinte jaune et terne.

— Je ne crains plus rien à partir d'ici, dit-elle. Je connais la route, même dans le noir. Tu peux rentrer.

Il enfonça la tête dans les épaules et, alors qu'elle lui tendait un demi-penny, il lui tourna le dos.

— Tiens, insista-t-elle. C'est pour toi. Merci de m'avoir conduite jusque chez Mme Auster et de m'avoir raccompagnée.

— Je n'ose pas le prendre, dit-il en se reculant tout en ramenant vivement les mains derrière le dos.

— Pourquoi ça ? demanda-t-elle en lui tendant toujours l'argent.

— C'est de l'or des fées, je le sais ! s'exclama-t-il brusquement. Je suis content d'avoir bien fait mon travail, dame Reekie. Je vais y aller, maintenant, si vous me le permettez.

Il semblait sur le point de détaler.

— Comment est-ce que tu m'as appelée ? Mon garçon… Jem… Tu sais que je ne suis rien de plus que la veuve du pêcheur Zachary Reekie ? Tu sais que je travaille comme accoucheuse. Je ne fais rien d'autre. Je n'ai pas d'or des fées. Tu n'as aucune raison de m'appeler « dame » !

Il s'éloignait déjà à reculons sans détacher son regard apeuré d'elle, le teint livide dans la lumière de sa lanterne. Il était pressé de s'éloigner d'elle.

— Ils m'ont dit que vous saviez des choses que les mortels ne savent pas, souffla-t-il. Et que votre fils, il vit comme un seigneur au prieuré, et que votre fille va épouser le fermier le plus riche du Sussex.

— Eh bien, ce n'est…, commença Alinor.

— Maîtresse, est-ce que c'est vrai que vous avez sifflé et que ça a invoqué une tempête qui a coulé le bateau de votre mari ?

Alinor tenta de rire, mais la peur du garçon était contagieuse.

— C'est absurde, rétorqua-t-elle d'une voix mal assurée. Et Mme Grace sait que ça n'a pas de sens, parce qu'elle t'a envoyé trouver une honnête accoucheuse, et que je suis venue.

— Non, répondit-il en secouant la tête. C'était pas elle. Ils ont eu peur de demander à quelqu'un d'autre au cas où vous nous jetteriez une malédiction. Je suis venu vous chercher en croisant les doigts, et puis vous êtes arrivée sur le dos d'un cheval comme une reine, et vous avez donné des ordres au propre fils de sir William. Bonne nuit, madame Reekie, votre grâce. Bonne nuit.

Alinor le laissa déguerpir, trop secouée pour le pousser à accepter son argent, et trop effrayée par ses craintes pour rire de sa bêtise et le ramener à la raison. Quand Zachary l'avait accusée d'être mêlée à des pouvoirs qui dépassaient ce monde, elle avait pris cela pour une exagération dans le but de la courtiser, au tout début, puis avait mis cela sur le compte de sa haine quand leur mariage avait tourné au vinaigre. Jamais elle n'aurait cru qu'il irait raconter de si dangereux mensonges à ses compagnons de boisson, et que ses propos seraient déformés en de telles histoires à dormir debout.

Il était évident que la bonne fortune de Rob allait en amener plusieurs à se poser des questions, tout comme les fiançailles d'Alys, mais elle n'avait pas pensé que les gens continueraient de tisser la toile des mensonges haineux de Zachary pour expliquer comment elle survivait, inventant une histoire de vengeance et de disparition mystérieuse. C'était sur une note bien sombre que s'achevait cette journée qui avait commencé avec des pensées de noyade dans les eaux profondes du port. Elle reprit sa route d'un pas traînant, la boue crissant sous ses bottes usées à cause du gel. Elle ouvrit sa porte et entra.

Il faisait noir et le feu était couvert, les bougies éteintes. Alys dormait de son côté du lit et Alinor fut soulagée de ne pas avoir à parler avant le matin.

Douai, France, octobre 1648

James passa une semaine dans un silence pénitent, tenu éveillé par la bataille qui faisait rage en lui entre sa culpabilité et son désir. Il s'entretenait tous les jours avec son confesseur et ils revinrent ensemble, pas à pas, sur sa première rencontre avec Alinor. Il expliqua qu'elle l'avait sauvé et que sans elle il aurait été perdu sur un estran non cartographié. Elle avait été son sauveur.

— Mais elle n'est pas ton sauveur, lui dit le père Paul d'une voix douce alors qu'ils étaient agenouillés côte à côte dans la chapelle, les yeux levés sur l'autel où le Christ en croix baissait les siens sur eux, son visage peint incliné. Elle n'est pas un ange. Elle est une mortelle et donc naturellement prédisposée au péché.

James pencha la tête. Il ne pouvait pas nier qu'elle était prédisposée au péché. Il parla de l'après-midi sur le bateau, et du désir qu'elle avait eu de le revoir. Il décrivit la couleur de ses cheveux et la façon dont des boucles s'échappaient de sous son bonnet pour lui fouetter le visage. Il dépeignit ses mains calleuses et ses habits usés.

— Elle est née pauvre, et c'est Dieu qui l'a placée là. Il ne t'appartient pas de défier le Seigneur et de la sauver. A-t-elle demandé à être baptisée selon la foi véritable ?

— Non, admit péniblement James.

— Tu n'as rien de plus à lui offrir.

D'une voix basse et honteuse, James évoqua la sensation de ses lèvres contre les siennes, de la force de son corps sous les vêtements trop amples. Il raconta son sourire et son léger souffle empli de désir. Il avoua avoir eu pour la première fois le sentiment d'être un homme en lui touchant la main, la taille et la poitrine – d'être devenu lui-même en lui donnant son amour.

— Une femme ne peut pas amener un homme à se connaître lui-même, trancha le père Paul. Tu ne peux pas savoir qui tu es en la connaissant elle. Tout ce qu'elle t'a appris, c'est le désir charnel, qui est tout ce qu'elle connaît.

— Mais c'était absolument tout ! répondit simplement James.

Il ne parla pas du grenier à foin au-dessus des écuries, ni de son visage si beau dans la lumière du matin, alors qu'elle était nue comme Ève et aussi innocente que le paradis.

— Je l'aime, mon père. Péché ou non.

— C'est un péché, assura fermement le prêtre. N'émets aucun doute à ce sujet, toi qui as reçu la formation après avoir entendu l'appel de Dieu. Il s'agit d'un péché, et tu dois t'en défaire.

James s'assit sur les talons, le teint blême.

— Abandonner cette femme signifierait briser ma promesse. Je lui ai demandé de m'épouser.

— Tu n'es pas libre de le faire.

— Et elle n'était pas libre d'y consentir, admit James. Ils médisent d'elle…

— Que disent-ils ?

— Rien, si ce n'est colporter des mensonges et des superstitions, par pure malice. Son propre mari disait qu'elle vendait son corps aux fées. (Il tenta d'émettre un petit rire.) Des balivernes inventées par des ignorants, des idiots de village…

Son confesseur ne partagea pas son hilarité.

— Mon fils, toi et moi, loin de tout cela, ne pouvons pas savoir de quoi ils parlent. Tu ne peux pas affirmer que ce sont des balivernes, car tu ne sais pas ce qu'elle a fait. Il nous faudra nous renseigner. Un chasseur de sorcières devra être envoyé pour enquêter. C'est une affaire très sérieuse. A-t-elle des marques sur son corps ?

— Non ! se récria James d'un air horrifié.

— Craint-elle la parole de Dieu à l'église, ou ce qui est l'œuvre de Dieu, comme l'eau profonde ou les hautes falaises ?

James hésita un instant en songeant à sa hantise de l'eau.

— A-t-elle un familier, un animal communiant avec elle ?

Il revit cette fois ses poules qui caquetaient partout autour d'elle et dormaient dans un coin de sa petite maison, et à Red, le chien, aux abeilles, ainsi qu'au rouge-gorge dans le jardin.

— Mais c'est ainsi qu'elle vit…

— Est-ce que son mari est moins bien placé que toi pour en parler, toi qu'elle est parvenue à séduire ? Et si elle était belle parce que Satan avait jeté un charme sur elle ? Et si elle préparait des sorts en même temps que des remèdes ? Tu m'as raconté qu'elle était dans ce cimetière pour s'entretenir avec les morts ? Et si elle n'était pas une femme sans défense, mais une femme maléfique ?

Sealsea, octobre 1648

Alys se réveilla au son familier de la bière qui coulait dans les gobelets et du raclement de la cuillère en bois sur le fond en fer de la marmite de gruau. Elle se leva du lit et écarta les cheveux qui lui tombaient devant les yeux, puis enfila sa chemise et sa jupe de façon machinale.

Alinor tira son tabouret vers la table et pencha la tête en prière tandis que sa fille s'asseyait en face d'elle en bredouillant un « Amen ».

Elles mangèrent en silence, puis Alys se leva et alla chercher le peigne, qu'elle tendit à sa mère sans un mot, s'asseyant à ses pieds comme si elle était encore une petite fille. Alinor défit délicatement sa tresse et se mit à peigner ses longs cheveux blonds, les démêlant avec douceur et enlevant les quelques brindilles et résidus de paille qui s'y trouvaient.

— Mais qu'est-ce que tu es allée faire ? s'étonna-t-elle en jetant une feuille dans le feu.

— Cueillir les prunelles, répondit sa fille. Depuis que Mme Miller sait que Richard et moi allons nous marier, elle m'envoie travailler dans les champs. Comme si elle pouvait nous empêcher de nous voir ! Et comme si elle gagnait quelque chose à me faire faire des tâches ingrates.

Alinor termina de peigner la longue chevelure blonde d'Alys en y contemplant les reflets du soleil, puis elle lui fit une tresse en commençant par le devant pour la faire s'enrouler autour de la tête de sa si jolie fille.

— Est-ce que tu as pris ta décision ? demanda celle-ci avec douceur en levant un regard confiant sur sa mère. Je suis revenue tôt pour t'aider, mais oncle Ned m'a dit que tu avais été appelée à East Beach. Mais j'ai dit à Mme Miller que j'étais malade. Elle ne s'attend pas à me voir aujourd'hui. Je peux rester à la maison et t'aider à t'en débarrasser.

— J'ai décidé quoi faire, lui dit Alinor en prenant une grande inspiration. Ça m'est venu hier presque comme une révélation, Alys, alors que je mettais la petite fille de Lisa Auster au monde. Je l'ai tenue dans mes bras. Elle était frêle comme un chaton, et j'ai compris à quel point elle était précieuse, un si grand miracle. Tout chez elle était parfait ; c'était une minuscule personne, avec des cils et des ongles aussi petits que le plus petit des coquillages de Wittering Beach, et ses yeux étaient bleu foncé, comme les tiens à la naissance. J'ai pu voir la lumière de la vie briller en elle. Je ne peux pas détruire une chose aussi parfaite, Alys. Ce serait comme casser l'œuf d'un merle. J'ai compris ce qui était sacré pour la première fois de ma vie. Cet enfant est venu à moi alors que je pensais ne plus jamais en avoir, et je refuse de le tuer.

— Mais tu sais comment faire ? insista Alys.

— Oui, répondit sa mère d'une petite voix.

— Est-ce que ta mère l'a déjà fait ?

— Oui. Quand elle jugeait que c'était préférable pour la mère, ou pour l'enfant, pauvre petite chose, parce qu'il était déformé ou de travers – sans avenir. Elle le faisait pour épargner la souffrance. Je le ferais aussi, pour empêcher un autre être de souffrir. Je pense que c'est la bonne chose à faire quand le but est d'épargner de la douleur. Si j'avais mon mot à dire, les femmes seraient libres de choisir si elles veulent concevoir, porter et mettre au monde un enfant. Ça ne devrait pas être aux hommes de décider de ça, parce que c'est la vie de la femme et de son enfant. Mais je ne ferai pas ça au mien. Je préfère la douleur que de le perdre.

— Est-ce qu'il faut des plantes ?

— On commence par des plantes, et si l'enfant ne s'en va pas, alors il faut utiliser un fuseau ou un poinçon, un long couteau fin ou une alêne, qu'on fait entrer dans la femme pour poignarder le bébé recroquevillé dedans, expliqua calmement Alinor alors qu'Alys l'écoutait, horrifiée, les mains plaquées sur la bouche. Il faut enfoncer l'aiguille six fois, sans savoir si on perce la tête du bébé, si ça passe dans l'œil, l'oreille, la bouche, ni même si on ne transperce pas la mère en même temps. C'est aussi impitoyable que de massacrer un veau. Pire, même. Tu ne vois rien de ce que tu fais, et tu ne peux pas savoir ce qui se passe. La femme peut se vider de son sang à l'intérieur, ou bien le bébé peut mourir sans sortir, et il pourrit en elle. Ou alors elle donne l'impression d'avoir expulsé l'enfant mort, mais elle meurt d'une fièvre. C'est la mort pour l'enfant, et parfois aussi pour la mère. Est-ce que c'est ça que tu veux pour moi ?

— Bien sûr que non, répondit Alys en s'appuyant contre le genou de sa mère avant de fermer les yeux.

— Tu veux prendre un poinçon et poignarder ta future sœur qui grandit en moi ?

— Bien sûr que non, répéta sa fille aussi doucement qu'elle.

— Moi non plus. Je ne peux pas faire ça. Je ne peux pas m'y résoudre.

— Mais qu'est-ce qu'on va faire, m'man ? Ce sera notre fin, à toi, Rob et moi.

— Je sais, admit Alinor. Et la honte est entièrement mienne. Je vais réfléchir à un moyen pour que vous soyez épargnés.

— Il n'y en a aucun, dit Alys en s'adossant contre les jambes d'Alinor. Sauf si tu pars, très loin, tout de suite, avant que quelqu'un l'apprenne, mais alors qu'est-ce qu'on deviendra, Rob et moi ? On est trop jeunes pour perdre nos deux parents. Tu ferais de nous des orphelins. Et puis tu irais où ? Et comment je vais pouvoir me marier, sans toi ? Et comment je vais pouvoir avoir mon enfant ?

— Je suis tellement désolée, souffla la mère qui se sentait si petite face à sa fille. Vraiment, Alys. Je vais prier le Seigneur pour qu'il me guide, et je ferai tout ce que je peux. Tout, sauf tuer cet enfant.

— L'enfant de qui ? demanda la jeune fille en levant les yeux sur elle. Il est de qui ? Est-ce que c'est celui de sir William ? Si c'est le cas, il peut te donner de l'argent pour que tu partes. Tout le monde sait que…

— Ce n'est pas le sien, l'interrompit-elle. Et je ne peux pas te dire qui est le père. Le secret ne m'appartient pas, Alys. J'ai très mal agi, mais je refuse de faire pire encore en le trahissant lui comme je me suis trahie moi-même.

— C'est lui qui t'a trahie, rétorqua sa fille avec colère. Il a gâché nos vies à tous les trois. Il ne vaut pas mieux que p'pa.

Elle se tut en voyant sa mère tressaillir.

— Ne dis pas ça, Alys. Tu ne sais pas…

— Non, il est pire que p'pa, persista-t-elle. On aurait moins subi s'il t'avait frappée, comme mon père le faisait. Tu nous protégeais de p'pa, et je t'ai vue récolter des volées de coups auxquelles je pensais impossible de survivre. Tu t'es interposée entre lui et nous. Mais tu ne pourras pas nous sauver de ça. Ça veut dire quoi, si tu ne peux pas nous sauver de ce qu'il a fait ?

Douai, France, novembre 1648

James avait l'impression d'être constamment sous une cloche de verre, à la vue de tous mais réduit au silence, sa voix résonnant intérieurement, l'air autour de lui imprégné d'une étrange absence de foi. Il priait pour que quelque chose de pur, de rare et de puissant émane de ce calvaire constant et quotidien ; mais il ne se sentait pas en voie de purification : il avait l'impression de s'évaporer.

Un matin, le docteur Sean vint le trouver dans la petite chapelle latérale où il priait après la confession et lui dit :

— Je t'apporte une nouvelle qui t'enlèvera un poids, frère James.

— J'en serais très heureux, répondit-il en se levant.

— Le roi a choisi de s'évader. Les propositions que lui a présentées le Parlement sont trop maigres pour sa grandeur divine et le pardon offert à ses partisans est dérisoire. Il leur a annoncé qu'il ne pourrait pas se mettre d'accord avec eux, et il a envoyé un courrier secret pour nous faire savoir qu'il était prêt à rejoindre la reine et son fils le prince Charles en exil.

— Voulez-vous que je me charge de son évasion ? demanda James en ressentant ce sursaut familier de crainte. Dois-je aller le trouver pour l'aider à s'évader ?

Sa voix ne flancha pas, mais il avait la certitude qu'ils l'enverraient cette fois à une mort certaine.

— Non, non. C'est un de nos hommes sur place qui s'en chargera. Quelqu'un de Newport. Le roi est autorisé à sortir prendre l'air, et même à partir à cheval. Ils ne soupçonnent rien. Ils pensent qu'il réfléchit à leur offre, mais des cavaliers vont le rejoindre et ils s'enfuiront tous au galop jusqu'à la côte, où un bateau l'attendra. Il prendra la mer pour rallier Cherbourg. Il se pourrait, par la grâce de Dieu, qu'il soit déjà arrivé. La lettre que j'ai reçue date de plusieurs jours. Que Dieu ait pitié de nous, il se pourrait aussi qu'il vienne jusqu'ici.

— Amen, murmura James en faisant le signe de croix. Amen. (Il était honteux de sentir sa peur le faire vaciller.) Mais ce n'est pas si simple. Sont-ils certains pour le bateau ? Est-ce qu'ils peuvent faire confiance au capitaine ? Et le roi acceptera-t-il de monter à bord ? À combien de personnes a-t-il dévoilé le plan ?

— C'est notre homme sur place qui a tout arrangé, expliqua le recteur. Dieu merci, le roi est enfin prêt à partir.

— Mais ils devront trouver un capitaine fiable et un endroit sûr pour se retrouver en mer. Ce n'est pas facile à…

— C'est un ordre du roi. Il a choisi le capitaine. Dieu le guidera.

— Amen, répéta James en faisant taire ses doutes, sachant que ses craintes lui venaient de sa propre expérience.

Peut-être quelqu'un d'autre pourrait-il réussir là où il avait si lamentablement échoué. Peut-être que tout serait différent, cette fois.

— Amen, conclut-il.

Sealsea, novembre 1648

Alys et Alinor remontèrent ensemble le rivage jusqu'à la maison du passeur. Le sol était dur comme la pierre et glacé sous leurs pieds. Elles s'embrassèrent devant le ponton sans s'adresser la parole et Ned approcha le bac pour que sa nièce puisse embarquer. Il avait un grand sourire aux lèvres et son chien se tenait à côté de lui, remuant gaiement la queue.

— Bonjour, lança-t-il joyeusement. Et c'est un bon jour pour moi et tous les amis de la liberté.

— Qu'est-ce qui s'est passé ? demanda Alinor tandis qu'Alys posait le pied dans le bac. (Elle secoua ensuite la tête à l'intention de son frère qui lui tendait la main pour l'aider à monter à bord.) Non, je ne traverse pas. Je suis venue pour commencer la germination de l'orge.

— L'armée va capturer le roi, je le jure, déclara-t-il d'un air triomphant.

— Pourquoi ? Comment le sais-tu ?

— Le marchand de laine est passé par ici. D'ailleurs il t'a laissé de la laine à filer, que j'ai mise dans la réserve. Il m'a dit qu'on ne parlait que de ça à Chichester. Les hommes du Parlement n'ont pas pu trouver le moindre terrain d'entente avec le roi, et maintenant ils ont découvert que Sa Majesté avait été sur le point de rompre sa royale promesse, de manquer à sa parole, et de s'échapper. Le commandant du château de Carisbrooke, le colonel Hammond, a été rappelé au quartier général pour répondre de cette affaire. Les conspirateurs ont été arrêtés. L'armée en a assez et elle a décidé de s'occuper elle-même du roi.

— Mais comment se fait-il qu'un marchand de laine de Chichester sache que le roi avait prévu de s'échapper ? demanda Alys d'un air sceptique.

— Qui a été arrêté ? s'enquit vivement Alinor, qui craignait déjà pour James. Qui sont les conspirateurs qui ont essayé de faire évader le roi ?

— Ses gardes au château ; mais toute l'île savait, répondit Ned avec dédain. Il y avait une petite dizaine de personnes impliquées dans le complot. Il a dû écrire une lettre à chacun d'eux pour leur dire qu'il ne pouvait pas accepter d'accord avec le Parlement et qu'il était prêt à prendre la fuite.

— Il y a seulement ses gardes qui ont été arrêtés ? insista Alinor qui sentait l'angoisse lui faire tourner la tête.

— Oui. Deux d'entre eux. Alinor, est-ce que ça va ? s'inquiéta Ned.

— Mon oncle, je dois aller travailler, dit Alys en remuant la corde pour détourner l'attention de Ned de la pâleur de sa sœur. Tu veux bien me faire traverser ? M'man, on se voit ce soir. On va faire du pain aujourd'hui au moulin. Je rapporterai une miche.

— Oui, oui, Dieu te bénisse, lança distraitement Alinor avant de se détourner de son frère pour se rendre à la malterie.

La sérénité qui y régnait lui fit recouvrer son calme alors qu'elle s'emparait du râteau au manche lustré d'avoir été manié pendant autant d'années. La pièce à plafond bas était chaude comparée à l'extérieur où sévissait un froid hivernal, et il flottait dans l'air le parfum agréable de l'orge. Les grains formaient un haut tas, ce qui les maintenait à bonne température et leur permettait de se fendre. Ned avait laissé un seau d'eau claire puisée dans la mare d'eau douce de la maison, à l'abri du gel. Elle étala l'orge au sol et la remua pour mélanger les grains. Quand elle eut obtenu une surface bien plane, elle prit une brosse faite de brindilles de genêt et les aspergea copieusement d'eau, fit un nouveau passage au râteau, puis saisit la large pelle en bois pour former un nouveau tas. On ne pouvait pas voir que chacun de ces grains regorgeait de vie, mais elle savait que le miracle allait éclore des centaines, des milliers, des millions de fois dans cette pièce. La vie cachée, une étincelle si petite qu'elle pouvait se dissimuler dans un grain d'orge, et si puissante qu'elle pouvait briser l'écorce et se mettre à pousser. Elle s'appuya sur le manche de la pelle et songea qu'elle était ici, à faire germer de l'orge, cueillir des plantes, procéder à un accouchement, avec le miracle de la vie enfoui en elle telle la flamme d'une bougie ; et très loin, quelque part, peut-être sur l'île de Wight, ou bien dans son collège en France, James pensait à elle, venait à elle, avec le miracle de sa passion enfoui en lui.

Il avait été un temps où elle n'avait pas su s'il était homme à tenir parole, où elle avait douté qu'il revienne ; mais aujourd'hui elle lui faisait confiance. Elle savait qu'elle le reverrait. Et ce jour-là, elle lui annoncerait qu'elle était enceinte, que la vie grandissait en elle à toute vitesse. Elle ne se refuserait plus à lui, et accepterait de le suivre chez lui, dans le lointain comté du Yorkshire, à Londres, en France, et partout où il voudrait.

Elle posa la pelle contre le mur, poussa la porte et l'ouvrit comme avec l'espoir de voir s'approcher au loin les voiles d'un bateau. Face à elle, la mer montait et les mouettes lançaient leurs cris perçants en survolant les vagues. L'eau était d'un bleu rayonnant, le puits frémissant poussant son long soupir au loin, le soleil hivernal jetant sa lumière crue sur ce tableau. Alinor se dit que tout était possible dans ce monde : le roi pouvait s'échapper, James pouvait récupérer sa demeure, revenir la chercher, et elle pouvait mettre son enfant au monde. Pourquoi pas, dans ce nouveau monde où tout était susceptible de basculer ?

—Il faut qu'on parle, déclara Alinor à sa fille, mettant fin à un silence pesant de plusieurs jours.

Elles se préparaient pour la nuit, rassemblant les braises rougeoyantes sous le couvercle en terre cuite, guidant les poules dans leur coin, se mettant en chemise et enfin mouchant les flammes des bougies. L'odeur âcre désagréable de la fumée de suif, pareille à celle du lard rance, envahit toute la pièce plongée dans une épaisse pénombre. Seuls quelques rais de lumière passaient par les volets.

—Enfin, rétorqua Alys d'un air revêche. Je me demandais combien de temps tu allais mettre avant d'accepter de parler. Est-ce que tu as la moindre idée de ce que tu vas pouvoir faire ?

—Alys, je peux seulement te dire que je suis désolée, répondit Alinor d'un air penaud. Mais j'ai bon espoir.

—Cite-moi une seule bonne raison, la mit au défi sa fille en s'asseyant lourdement sur le lit.

—Le père de mon enfant est un homme bien. Il m'a demandé de l'épouser, et quand je le pourrai, je le ferai.

—Tu ne peux pas, tu es mariée à mon père.

— Je peux dire qu'il est mort, et dans six ans je serai libre de me remarier. C'est dans la loi. Quand un homme disparaît pendant sept ans, son épouse peut être considérée comme veuve.

— Dire qu'il est mort ? se récria Alys. Prétendre que p'pa est mort ?

— Ce n'est pas comme souhaiter sa mort ! s'exclama sa mère.

— Si ! C'est exactement ça. Tu vas dire à tout le monde qu'il est mort – noyé, c'est ça ? – et que tu es veuve ?

— Alys, ton père ne reviendra jamais, déclara Alinor d'une petite voix. Rob l'a vu à Newport. Il ne reviendra jamais à la maison.

— Quoi ? Rob l'a vu ?

— Ton père a essayé de s'enfuir, et il n'est pas venu le voir alors qu'il l'avait promis. Il ne voulait pas qu'on le retrouve. Il a dit au tuteur qu'il ne reviendrait pas.

— Et personne ne me l'a dit ?

— Non. Tu t'en souviens ? Tu m'as dit que tu ne voulais pas savoir. Tu voulais te rendre chez les Stoney sans avoir à mentir.

— P'pa ne reviendra pas ? Jamais ?

— Non. Il l'a dit lui-même.

— Comme ça, c'est tout ? se lamenta Alys en se plaquant une main sur les yeux. Et personne ne me dit rien ?

— Je suis désolée, Alys, dit sa mère en tendant ses mains calleuses. Il y a eu tant de… (Elle se tut en voyant sa fille se frotter précipitamment les yeux avec son châle.) Je suis vraiment désolée, Alys. Il n'a pas été un bon père pour Rob et toi. Il n'a pas été un bon mari. Il n'est pas une bonne personne. Tu disais que tu t'en fichais. Tu disais que tu ne voulais pas savoir. (Elle marqua une pause.) Est-ce que tu pleures pour lui ?

— Pas du tout, répondit la jeune fille en levant vers elle un visage morose et sans plus aucune larme.

— Donc, tu vois, je n'ai pas à attendre éternellement qu'il revienne, poursuivit Alinor.

— Apparemment, tu n'as pas attendu du tout, repartit Alys avec méchanceté.

Alinor baissa la tête en recevant cette accusation.

— Mais d'ici six ans, je pourrai épouser le père de mon enfant, enchaîna-t-elle.

— Qui dit que tu peux faire ça ?

— La loi.

— Qui te l'a dit ?

— Le tuteur de Rob, avoua-t-elle en évitant le regard insistant de sa fille.

— Est-ce que tout le monde le sait sauf moi ? Oncle Ned ?

— Non ! Seulement le tuteur, parce qu'il a rencontré ton père avec Rob à Newport.

— Et la loi dit que tu peux te remarier sept ans après la disparition de p'pa ?

— Oui, et c'est ce que je compte faire.

— Ce sera un grand soulagement pour ton bâtard de six ans, dit Alys sans paraître apaisée le moins du monde. Encore faut-il survivre à ces six années.

— C'est pour ça que je ne dirai rien, et personne ne saura que je suis enceinte avant que tu sois mariée. Puis, quand tu seras bien installée chez les Stoney et heureuse, je m'en irai.

— Tu me laisserais, résuma durement sa fille. Et Rob aussi.

Alinor avait une expression aussi calme que celle d'une statue de saint, mais ses yeux se remplirent de larmes.

— Pour vous épargner tous les deux. Ce n'est pas ce que tu veux ?

— Tout ça ne donnera jamais rien de bon, prédit Alys dans un long soupir tout en levant les yeux sur sa mère. Si c'est ça qui se passe quand une femme est libre de ses propres choix, alors ça ne me donne pas une bonne opinion de la nouvelle Angleterre d'oncle Ned.

— Ça n'a rien à voir avec oncle Ned, objecta Alinor d'un air surpris. Et rien non plus avec la nouvelle Angleterre.

— Il dit que les hommes et les femmes peuvent choisir leur propre destin, qu'ils ne doivent pas être soumis aux maîtres, mais tout ce qui s'est passé, c'est que tu as choisi de faire une terrible erreur et qu'on va souffrir plus que quand tu étais une pauvre veuve habitant au bord de la mer, sous la coupe d'un mauvais seigneur répondant aux ordres d'un roi félon. Parce que rien ne change vraiment. On a peut-être réussi à se débarrasser du roi, mais pas du joug des hommes. Ta vie est toujours fichue, et ton amant est libre comme l'air. Et s'il ne revient jamais te chercher ?

Alinor secoua la tête comme pour fermer les yeux sur l'implacable détresse de sa fille.

— L'homme que j'aime reviendra me chercher, affirma-t-elle. Il m'épousera quand il le pourra. Je ne serai pas couverte de honte, et toi non plus. Ton mariage aura lieu et, quand tu seras Mme Stoney, je m'en irai pour mettre mon enfant au monde ; et dans six ans, je serai mariée aussi.

— Ça fait beaucoup d'espoirs, et on n'est pas une famille qui les a souvent vus se concrétiser, railla amèrement Alys. Si c'était moi qui te disais tout ça, je me prendrais une belle gifle.

— Je ne te frapperais jamais, répondit Alinor en esquissant son premier sourire depuis des jours.

— Tu serais dans une colère noire.

— Et toi, tu ne l'es pas ?

Alys refusa de lui rendre son sourire et détourna la tête.

Douai, France, novembre 1648

James frappa à la porte de la chambre des invités au collège de Douai et se raidit en entendant la voix de sa mère :

— *Entrez** ! dit-elle en français avant de se reprendre. Entrez, entrez !

Il ouvrit et la vit à la fenêtre donnant sur la place du marché, avant qu'elle se retourne et se précipite auprès de lui avec les bras ouverts.

— Mon fils ! s'exclama-t-elle avec amour. Mon fils !

James s'agenouilla pour recevoir sa bénédiction et sentit qu'elle lui posait la main sur la tête. Il se releva ensuite pour lui déposer un baiser sur les joues. Elle sentait le parfum et les vêtements de soie frais. Son père se leva de sa chaise devant la table où il avait été affairé à feuilleter un manuscrit superbement enluminé, et James s'agenouilla aussi devant lui. Quand il se releva, ils se regardèrent tous les trois comme s'ils parvenaient à peine à croire qu'ils étaient enfin réunis.

---

* Tous les mots en italique suivis d'un astérisque sont en français dans le texte original. (*NdT*)

— Il paraît que tu es retourné à la maison, dit laconiquement son père en scrutant de son regard perçant l'expression torturée de son fils.

— Oui, répondit James. (Par habitude, il regarda par-dessus son épaule pour vérifier que la porte était bien fermée.) Enfin… en Angleterre, pas chez nous.

— J'ai entendu dire qu'il y avait eu des problèmes.

Le jeune homme acquiesça et son père prit place au bout de la longue table de réfectoire en bois foncé, puis lui fit signe de s'asseoir. Sa mère s'installa à l'autre bout. James calcula que cela faisait trois ans qu'il ne les avait pas vus assis ainsi à la table de leur demeure – trois ans à vivre du peu de rentes qu'ils arrivaient encore à tirer de leurs propriétés en Angleterre ; trois ans à survivre grâce aux Cours royales qui vivaient au jour le jour ; trois ans loin de chez eux.

— Où avez-vous entendu dire cela ? demanda James. En toute logique, personne n'aurait dû en entendre parler.

— C'est ce fichu pays, répondit sa mère avec lassitude. Tout le monde sait tout. Rien n'est jamais privé, personne ne sait faire preuve de discrétion. Tout le monde parle sur tout le monde et invente des histoires.

— Cela me met en grand danger, fit remarquer James. Avec tous ceux qui vont en Angleterre pour servir la foi ou le roi. Les gens ne le comprennent-ils pas ? Et cela met aussi en péril notre cause. Ne comprennent-ils pas qu'ils devraient agir pour elle en secret, et tenir leur langue ?

— As-tu affronté le danger, *chéri** ? lui demanda sa mère.

— Oui, répondit platement James. Bien entendu. Quotidiennement.

— Mais tu n'as pas été blessé ? s'inquiéta-t-elle en blêmissant.

Elle lui prit alors la main et scruta son visage comme pour y déceler une blessure mortelle dissimulée.

— Est-ce que tu as vu Sa Majesté ? lui demanda son père. Est-ce que tu as le droit d'en parler ?

— Oui, je l'ai vu. J'avais organisé son évasion, comme je suppose que vous le savez, étant donné que la Cour de la reine le sait, et tout Paris sans doute, à présent. Mais il n'est pas venu. Il a refusé.

— Il a refusé d'être secouru ? s'enquit son père d'un air incrédule.

— Le bruit n'a pas circulé ?

— J'ai simplement entendu dire que le plan avait échoué. Je suis désolé, je pensais que c'était…

— Que c'était moi qui avais échoué ? termina amèrement James à sa place. Non. On peut dire que l'évasion a échoué, mais c'est uniquement parce qu'il a refusé de quitter ses appartements pour prendre ce bateau qui attendait sur mes ordres, accompagné par les hommes qui risquaient leur vie pour le protéger.

— Vous n'étiez pas en sécurité ?

— La sécurité était assurée autant que faire se peut ! Jamais je n'aurais fait courir de risque à Sa Majesté, rétorqua James avec colère. J'avais tout arrangé, mais il a refusé de me suivre. Il pensait qu'il pourrait manipuler le Parlement à sa guise, qu'il pourrait le monter contre l'armée, l'intimider avec la menace des Irlandais et d'une invasion depuis la France.

— Il n'y aura aucune invasion des Français, affirma son père avec un geste désinvolte de la main. Il n'y a plus d'argent dans les caisses, et Dieu sait…

— Dieu sait quoi ? demanda James en dévisageant son père.

Ce fut au tour de ce dernier de jeter un coup d'œil à la porte pour s'assurer qu'elle était bien fermée.

— Il n'y a aucune cohésion, dit-il, aucun bon sens ne règne à la Cour de la reine, ni aucune discipline à celle du prince. Je ne leur confierais même pas un épagneul, alors une armée… C'est une Cour de favoris où les rumeurs et les médisances vont bon train, où tout le monde se querelle pour un rien, et où le scandale est monnaie courante. Des hommes bons qui dilapident ce qui leur reste de fortune en plans désespérés ; des gens qui rêvent d'un avenir et qui jurent de se venger. Rien de fiable ; personne à qui se fier. De grandes récompenses en promesse, des montagnes d'argent versées pour soudoyer. C'est absolument écœurant.

La mère de James se leva de sa chaise et alla de nouveau regarder par la fenêtre, comme si la place du marché de cette petite ville de province avait de quoi l'émerveiller.

— Ne parle pas ainsi, le sermonna-t-elle. Pas quand James risque sa vie.

— Est-ce qu'il s'est enfui ? demanda tout bas le jeune homme à son père. J'ai entendu dire qu'il devait prendre la fuite à cheval, qu'un bateau l'attendait. Est-il en sécurité ?

— Ça n'a pas eu lieu, répondit son père en secouant la tête. Le complot a été découvert.

— Ce n'est guère surprenant, commenta James sur un ton acerbe.

— Ne sois pas aigri, le tança doucement sa mère en se tournant de nouveau vers lui. Ne te laisse pas abattre par la situation actuelle.

— Oh, mais je suis abattu, confessa James. J'ai perdu la foi. J'ai perdu foi en notre cause, et en Dieu aussi. Mais je suppose que vous le savez. J'imagine que le docteur Sean vous a fait venir à cause de cela. C'est la raison de votre visite ?

Son père était un homme trop honnête pour mentir à son fils unique.

— Ils nous ont prévenus dès que tu es arrivé, admit-il. Ils nous ont dit que tu étais au plus bas. Est-ce ta foi envers le roi et en Dieu qui te préoccupe ? Ou y a-t-il aussi une femme dans l'histoire ?

James hésita, et sa mère s'approcha de la table pour lui poser délicatement une main sur le bras, la splendide dentelle à ses poignets se reflétant sur la surface polie du bois.

— Tu peux parler devant moi, dit-elle. Je suis certaine d'avoir entendu pire au cours de ces dernières années. Nous faisons depuis longtemps partie d'une Cour décousue en exil, dont la morale n'a rien à envier à celle des chats d'étable, et j'ai déjà tout entendu.

— Ne vous laissez pas abattre, lui lança James avec un sourire moqueur.

— Oh, j'ai dû m'endurcir, dit-elle. Tu ne pourras rien me dire que je n'aie pas déjà entendu.

— Il y a une femme, avoua-t-il. Une paysanne, pas une dame, mais elle est vraiment très belle, et très courageuse, et très… (il chercha une description qui rendrait justice à Alinor) intéressante. Oui, elle est intéressante. C'est une herboriste, mais elle n'a pas reçu d'éducation. C'est une femme simple, mais qui a sa propre volonté, ses propres opinions. Elle vit… (Il se tut en songeant qu'il ne pouvait pas décrire sa bicoque au bord du marais des fous, ou la maison du passeur et le frère soldat.) Elle vit de manière très simple, se contenta-t-il d'expliquer pour éviter d'exposer sa misère. Mais elle m'a sauvé la vie la nuit où elle m'a rencontré, et elle m'a offert un abri.

— Et sa famille ? demanda sa mère.

— Elle a deux enfants : une fille et un garçon.

Sa mine consternée lui fit prendre conscience de son erreur.

— Ce n'est pas ce que j'ai demandé ! Je voulais savoir si elle venait d'une bonne famille.

— Elle a des enfants ? Elle est veuve ? s'enquit son père.

James répondit d'abord à sa mère :

— Elle jouit d'une certaine renommée dans son village, auprès de ses voisins. Il y a quelques rumeurs, mais elles sont inévitables dans ces endroits pauvres, tu le sais bien ! Son mari a disparu. Il est probablement mort. Ce sont des gens pauvres. (Il hésita soudain en faisant passer son regard sur ses parents tour à tour.) Je m'exprime mal. Ils n'ont pas de terre, ni de famille, ni de nom.

Il regarda sa mère, comme s'il voulait lui faire voir l'estran comme il le voyait, un lieu d'une beauté irréelle, et Alinor comme une femme de l'estran, à la fois étrange et magnifique.

— Ce ne sont pas des gens comme nous, tenta-t-il d'expliquer.

— Mais elle avait un mari, quand même ? Elle était bien mariée ? Ce n'est pas une…

— Non ! Ses parents sont morts, mais elle a un frère. C'est un homme bon.

— Son mari est-il mort à la guerre ? demanda sa mère. Se battait-il dans notre camp ?

— Euh, non…, répondit James d'un air gêné. Il a simplement disparu.

— C'est une femme abandonnée ? s'étonna sa mère. Abandonnée par son mari ?

— Ce frère ? demanda son père avec espoir. Est-ce qu'il possède ses propres terres ? Ou bien est-il un métayer ?

James secoua la tête, s'astreignant à la vérité.

— Il est le passeur. Ils possèdent les droits sur le bac et la maison du passeur, et ils ont un potager, un verger, et des poules dans un enclos derrière la maison. Ils vendent de la bière directement. Ce sont des gens pauvres, monsieur, sur de pauvres terres, aux confins de l'Angleterre, là où elle se confond avec la mer. Ce sont des marais, l'estran, une terre entre deux états. Et à dire vrai, elle ne possède presque rien. On lui a donné quelques shillings pour m'avoir escorté dans un endroit sûr, et elle s'en est servie pour acheter un bateau. (Il ne se rendit pas compte qu'il souriait en repensant à ce souvenir et au courage de la femme qu'il aimait.) C'était une récompense incroyable pour elle. Avec ce bateau, elle peut pêcher et vendre ses prises. Elle a dit… (Il se rattrapa, car il ne pouvait pas leur dire qu'elle avait en plaisantant comparé le fait de l'avoir sauvé avec celui d'attraper un très gros poisson.) Elle fait pousser des plantes et s'en sert pour faire des remèdes. Elle est une guérisseuse et une accoucheuse dans cette petite bourgade. C'est un village de pêche, peuplé de gens très pauvres.

— Une femme de pêcheur ? souffla sa mère, livide. Une accoucheuse ? Une leveuse de sorts ?

— Oui, répondit-il avec aplomb. Elle n'est guère plus que cela. (Il se tourna ensuite vers son père.) Mais elle m'a secouru quand je n'avais nulle part où aller. Plus tard, elle m'a soigné quand j'étais à l'agonie là où tout le monde m'aurait enfermé et laissé en proie à la maladie, par peur qu'il s'agisse de la peste. Elle a choisi de rester à mon chevet et de s'enfermer avec moi. Et je lui ai demandé de m'épouser.

Sa mère se plaqua la main sur la bouche dans un gémissement horrifié, puis ferma les yeux.

— Ce n'est pas ce que nous avions prévu pour toi, déclara sèchement son père avec la mine fermée.

— Monsieur, je le sais bien. Nous n'avions cependant pas prévu un monde tel que celui-ci.

— Nous sommes en exil et presque sans le sou. Nous sommes vaincus dans ce monde, mais nous ne sommes pas tombés si bas que tu puisses renoncer à tes vœux envers l'Église pour aller épouser une accoucheuse de village entourée d'une marmaille miséreuse.

— Je suis désolé, monsieur mon père. Je suis désolé, madame ma mère.

Cette dernière secoua la tête, sa main recouvrant maintenant ses yeux comme si elle ne supportait pas de le regarder.

— Nous avons accepté que tu entres dans les ordres, reprit son père sur un ton dur. Cela n'a pas été facile pour nous. Nous avons à ce moment-là abandonné tout espoir d'avoir un jour des petits-enfants et une belle-fille. Il s'agissait de ta décision. Tu disais avoir été appelé et nous t'avons cru. C'est la chose la plus dure qu'il m'ait été donné de faire : céder mon fils unique à l'Église. Et aujourd'hui tu nous dis que nous avons fait cela pour rien ? Et tu attends de nous que nous renoncions encore une fois à toi ? Et cette fois pour quelque chose qui n'a absolument aucune valeur ? Pour une femme qui, d'après tes propres mots, n'a aucune valeur ?

James entendait la colère menacer de submerger son père.

— Je sais. Je sais. Vous avez été bons de me laisser entrer dans les ordres. Je ne voulais que cela à l'époque. J'étais sûr de moi. Mais le fait de retourner en Angleterre, et de voir que tout ce en quoi nous croyions était anéanti, et voir le roi si…

— Si quoi ? demanda sa mère comme un avertissement glacial et furieux. Est-ce que tout ceci – tout ! – n'est dû qu'à ta découverte du fait que le roi est un imbécile ? J'aurais pu te le dire il y a dix ans !

Son mari fit mine de lui poser la main sur le bras afin de la calmer, mais elle enchaîna :

— Non ! Je dois le lui dire. Il faut qu'il sache. Il le sait déjà ! Oui, le roi est un imbécile, une marionnette, et son fils est mauvais. Mais il n'en reste pas moins le roi, et cela ne changera jamais ! Et toi, tu es un prêtre, et ça ne changera jamais. Que tu sois un bon prêtre ou un mauvais, ça ne changera jamais ! Exactement comme ton père est et sera toujours sir Roger Avery du manoir de Northside, Northallerton – pour toujours. Que nous vivions là-bas, chez nous, ou non, que notre demeure soit envahie par les petites gens ou non, que tu y vives ou non. Cela reste notre nom, et notre demeure. L'Angleterre ne change jamais, tout comme toi.

Le silence s'abattit sur la petite pièce. Sir Roger fit passer son regard de sa femme à son fils.

— Est-ce que cette femme a accepté ? demanda-t-il comme si c'était une affaire sans importance.

— Pourquoi n'accepterait-elle pas ? lança lady Avery avec colère. Pensez-vous qu'elle préférerait rester où elle est ? Au milieu de nulle part, à moitié sous l'eau de l'estran ?

— Non, elle n'a pas accepté, répondit vivement James. Elle a dit qu'elle n'en était pas digne.

— Et elle avait raison !

— A-t-elle vraiment dit cela ? s'enquit son père avec curiosité.

— Oui, confirma son fils. Je vous avais dit qu'elle n'était pas ordinaire. Mais je lui ai dit que j'allais quitter les ordres, que je vous demanderais si nous pouvions payer notre dette au Parlement et rentrer à Northside, et que je vous demanderais la permission de l'épouser, puis que je l'emmènerais chez nous en tant qu'épouse. Elle devra attendre le temps de pouvoir se déclarer veuve.

— Payer notre dette au Parlement et vivre sous ses ordres ? Renier notre soutien au roi ?

— Oui, confirma James avec assurance. Il ne veut pas de mon soutien. Je ne veux plus jamais le lui proposer.

— Trahir ton serment de loyauté envers lui ?

— Le rompre.

Lady Avery sortit un mouchoir brodé de sa manche cousue de dentelle et le porta à ses yeux tandis que son époux fustigeait leur fils dépité du regard.

— Est-ce qu'elle connaît au moins ton nom ? lui demanda-t-il.

Le jeune homme leva les yeux vers lui et esquissa un sourire enfantin.

— Non, répondit-il. Elle me connaît sous le nom de père James. Je me faisais passer pour un tuteur du nom de M. Summer. Elle a tout risqué pour moi et ne connaît même pas mon nom.

Sealsea, novembre 1648

Alinor frappa à la porte de la laiterie du moulin et entra quand Mme Miller l'y invita d'un cri agacé. Richard Stoney apportait d'autres seaux de lait, précédé par une laitière avec la palanche sur l'épaule.

— Je suis venue voir si vous aviez deux seaux de lait à me vendre, dit Alinor.

— On en a beaucoup trop aujourd'hui, répondit Mme Miller. Le veau de Bessy est tombé dans le fossé et s'est brisé le cou. Bessy est toujours allaitante.

— Oh, la pauvre, compatit la jeune femme.

Mme Miller lui lança un regard de travers.

— Pauvre de moi, rétorqua-t-elle. J'ai perdu un bon veau. Il va falloir que j'aille l'apporter au boucher pour récupérer la viande.

— Oui, acquiesça Alinor, qui n'avait jamais eu le luxe de pouvoir goûter à du veau. Je me suis dit que j'allais faire du fromage pour le marché de Chichester.

— Je vous apporterai le lait à la maison du passeur, madame Reekie, se proposa Richard avec politesse.

— Elle n'est pas encore ta belle-mère, le tança vertement son employeuse. Et c'est pour moi que tu travailles.

— Je vous demande pardon, répondit le jeune homme, penaud et rouge de honte.

— Je pourrai me débrouiller, si je peux vous emprunter la palanche. Vous voulez bien déduire le prix du salaire d'Alys ?

— Vous demandez que je vous fasse crédit ? demanda la meunière avec un air mauvais.

— Je peux vous payer maintenant, si vous préférez, répondit Alinor sans se démonter.

— Non, non, gardez vos petites pièces. Je vais déduire ça de sa paie de la semaine.

— Merci, dit Alinor en souriant.

Elle passa ensuite la vieille palanche usée sur ses épaules, soulevant les deux seaux pleins à ras bord et ajustant le tout pour trouver son équilibre. Richard lui ouvrit la porte de la laiterie.

— Va au moulin, lui ordonna Mme Miller. Il va tourner ce matin et la marée ne va pas attendre, même pour quelqu'un d'aussi important que toi.

Richard rentra la tête dans les épaules et traversa la cour au trot. Alors qu'Alinor marchait lentement avec la palanche sur les épaules, regardant le lait déborder par moments, elle entendit le meunier crier à Richard d'ouvrir les vannes. Elle s'arrêta un instant au portail pour regarder le garçon courir d'un pas sûr le long de la digue et tourner la grande clé en fer pour déverrouiller les vannes. L'eau du bassin se déversa dans le bief et la roue se mit péniblement à tourner. Le bois grinça sous le poids de cette cascade, puis on entendit l'eau s'écouler de l'autre côté de la digue pour retourner en torrent dans le port, telle une marée de mousse verte au milieu du cours d'eau boueuse. Alinor se dirigea vers le gué pavé, se détournant du moulin au moment où le meunier engageait les meules, qui émirent un lourd grondement, la pierre frottant contre la pierre. Elle traversa, évitant les flaques d'eau glacée pour rejoindre la maison du passeur.

Ned était occupé à abattre un vieux pommier, dans le jardin à l'arrière de la maison, dont le tronc était large et noueux. Il avait aiguisé sa hache et donnait de grands coups, torse nu, puis enfonçait les coins pour que les larges branches ne tombent pas sur la maison. Il leva la main à son intention quand elle passa l'angle pour franchir la porte arrière menant à la laiterie.

— La marmite est sur le feu dans la laverie, lui dit-il.

— Merci ! cria-t-elle pour se faire entendre de loin.

Elle entra dans la laiterie, où il faisait très froid. Le sol était encore mouillé d'avoir été nettoyé. Alinor versa les deux seaux dans la cuve en bois, puis fit des allers et retours entre la laiterie et la laverie pour apporter des carafes en terre cuite remplies d'eau chaude, qu'elle plaça dans le lait pour le réchauffer. Puis elle ajouta une petite quantité de présure. Elle entendait dehors les coups réguliers de la hache mordant dans le bois, et les pauses régulières de Ned qui reprenait son souffle, appuyé contre le manche.

Le lait caillait lentement, se solidifiant en se séparant du petit-lait. Alinor s'empara d'un coquillage – une coquille de palourde récurée que sa mère avait toujours utilisée pour tester la consistance du caillage – et effleura la surface avec. Quand elle vit qu'elle était ferme, elle releva les manches et enfonça les mains dans la mixture, les doigts bien écartés. Le caillé commençait à être suffisamment dense et il était temps de l'égoutter.

L'odeur du petit-lait la révulsa, et elle dut ouvrir la porte de la laiterie pour respirer un peu d'air frais. Red s'assit et leva sur elle un regard implorant, espérant avoir la permission de rentrer pour subtiliser un peu de crème.

— Tu es malade ? lui demanda Ned de loin. Encore ? Tu es blanche comme un caillé !

— Je vais bien, mentit-elle avant de retourner au travail.

Elle entendit provenir du devant de la maison le bruit de la barre métallique frappant le fer à cheval suspendu lorsqu'un voyageur de l'autre côté du Rife appela le passeur.

— Alinor, tu peux t'en occuper ? lui demanda Ned en désignant d'un geste sa tenue inappropriée ainsi que l'arbre à moitié tombé. C'est marée basse et sans courant.

— Désolée, Ned, refusa-t-elle en secouant la tête avec véhémence. Tu sais que je ne peux pas.

— Tu es pire qu'un chat qui a peur de l'eau, se lamenta-t-il en enfilant sa chemise. Tu devrais plutôt être comme un chat d'équipage, qui apprend à rester au sec mais qui peut quand même sortir en mer.

— Je suis désolée, répéta Alinor. En plus, je sens le petit-lait.

Ned fit le tour de la maison pour rejoindre le ponton, Red sur les talons, et sa sœur ne put s'empêcher de les suivre pour voir qui était le voyageur. Elle vit un cheval de selle immobile sur l'autre rive, et un homme qui se tenait à côté de lui. Alinor posa inconsciemment la main sur son ventre, tandis que l'autre volait jusqu'à son cœur palpitant. Elle souffla le nom de James, mais s'aperçut dans le même temps que ce n'était pas lui. Il s'agissait d'un prédicateur itinérant vêtu d'un manteau râpé, avec un vieux cheval que James n'aurait jamais monté. C'était un homme pieux venu encourager les puritains de l'île de Sealsea. Elle fit demi-tour sans rien dire et retourna à la laiterie, refusant de se laisser gagner par la déception. Elle savait qu'il viendrait quand il pourrait. Elle lui faisait entièrement confiance pour tenir parole.

Douai, France, décembre 1648

Les parents de James quittaient la dépendance qu'on leur avait attribuée à Douai. Leurs chevaux attendaient dehors dans le froid humide de début décembre, piaffant et soufflant de grands nuages de buée dans l'air glacé. Lady Avery sortit de la maison, emmitouflée dans un manteau de voyage à capuche doublée de fourrure, et son fils l'aida à grimper les quelques marches du montoir, puis à s'installer sur son cheval apaisé. Elle montait en amazone et arrangea son habit d'équitation en laine vert afin qu'il tombe sur ses bottes en cuir. Il s'installa ensuite sur le montoir afin d'être à sa hauteur, pour qu'elle puisse entendre son murmure pénitent.

—Je vous supplie de me pardonner, madame ma mère, dit-il. (Mais elle refusa de le regarder dans les yeux et détourna la tête tout en caressant la crinière de son cheval.) Je ne peux pas délaisser cette femme. Elle détient mon cœur, véritablement. J'y retournerai pour elle et je l'épouserai quand elle le pourra. Je vous implore de me pardonner, et de me permettre de vous la présenter comme votre fille.

Elle tourna lentement la tête vers lui et il vit à son visage pincé et tiré, ainsi qu'à ses yeux rougis, qu'elle n'avait pas fermé l'œil de la nuit.

— Je prierai pour toi et pour moi, se contenta-t-elle de répondre. Mais je ne t'ai pas mis au monde ni donné à la sainte Église pour que tu finisses par prendre une femme de pêcheur dans ton lit.

Il pencha la tête pour recevoir sa bénédiction, mais sentit à peine sa main se poser sur son épaisse chevelure.

— Pardonnez-moi, répéta-t-il. Je lui suis promis.

— Tu es promis à l'Église, rétorqua-t-elle platement. Ton devoir est de nous être dévoué, à ton père et à moi, et nous t'interdisons de t'engager sur cette voie.

— Je vous écrirai, dit-il sur un ton implorant.

— Pas si tu écris à propos d'elle, décréta-t-elle avec fermeté.

La porte de la dépendance de l'abbaye s'ouvrit et sir Roger sortit en trombe, son épais manteau lui tombant lourdement dans le dos. Le docteur Sean le suivait, l'air pressé, avec un document à la main.

— Il s'est passé quelque chose, déclara brusquement sir Roger à son fils. Cela change tout.

Il s'avança vers le cheval de son épouse et saisit la bride, puis lui dit d'une voix douce :

— Nous ne pouvons pas partir maintenant. Viens, rentrons.

— Est-ce le roi ? demanda-t-elle en descendant immédiatement de selle.

Il hocha la tête, mais son regard sombre lui fit comprendre que ce n'était nullement l'annonce d'une évasion réussie de l'île de Wight que le docteur Sean avait reçue. Sans un autre mot, elle tendit la main à James pour qu'il l'aide à descendre du montoir, puis ils rentrèrent au pas de charge.

— Racontez-nous, dit-elle alors que le recteur refermait la porte.

— L'armée s'est emparée du Parlement, annonça-t-il. J'ai ici un rapport d'un de nos espions à Londres. L'un des plus fourbes et des plus radicaux des colonels s'est emparé de l'accès à la Chambre des communes avec un régiment, et il n'a laissé entrer que les parlementaires fidèles à Cromwell jusqu'au bout des ongles, qui le soutiennent en toutes circonstances. Ainsi, il est certain qu'ils ne chercheront aucun accord avec Sa Majesté. Les vrais membres du Parlement ont été évincés. L'armée s'est emparée de la Chambre des communes.

— Cela vise-t-il à obliger le roi à accepter leurs exigences ? demanda lady Avery en se tournant vers son époux.

— Dieu sait quelles vilenies ils préparent ! s'exclama le docteur Sean.

— Ma chère, enchaîna sir Roger en acquiesçant, nous ferions mieux de retourner à la Cour. La reine et le prince de Galles n'accepteront pas de voir le roi tomber entre les mains de l'armée. C'est pis encore que quand il s'est enfui de Hampton Court. L'armée le détenait alors, mais au moins le Parlement pouvait le défendre. À présent, il n'y a plus personne pour parler en sa faveur. C'est une situation sans aucun précédent nulle part sur Terre. Un Parlement qui règne sur le roi ? C'est comme la fin du monde.

— Il se pourrait que les choses soient pires encore. Ils pourraient envisager un procès, les prévint James.

— « Un procès » ? se récria son père en se tournant face à lui. Que veux-tu dire ?

— J'ai rencontré un homme quand j'étais dans le Sussex. Il a combattu dans l'armée de Cromwell et m'a appris que les éléments les plus radicaux, les niveleurs et d'autres dans ce genre, pensent que le roi doit comparaître devant eux pour avoir déclenché la guerre.

— C'est impossible ! s'exclama son père en fronçant les sourcils. Comment les hommes pourraient-ils jamais juger un roi ?

— Qui était cet homme ? demanda sa mère avec clairvoyance. Un de ses amis ?

James devint rouge de honte.

— Acceptes-tu de retourner en Angleterre pour nous tenir informés ? lui demanda brutalement le recteur avant de désigner le document qu'il tenait en main. Le jeune homme qui nous a envoyé ceci est déjà sur le chemin du retour. Il se cachait avec un des membres du Parlement qui a été évincé. Il a déjà quitté Londres. Ceci nous arrive de… (Il se reprit.) D'un autre port. Il reviendra ici dès qu'il pourra traverser en sécurité.

James fut saisi d'un profond effroi. Il regarda tour à tour sa mère, son père et son tuteur.

— Vous savez que j'ai perdu la foi, déclara-t-il. Je ne peux pas faire cela.

— Cela concerne le roi et non Dieu, objecta sèchement son père. Tu peux toujours faire ton devoir envers ton roi. Nous affrontons ici – le Seigneur en est témoin – des difficultés de ce bas monde. Nous devons savoir ce qu'ils préparent. Si tu as raison et qu'il y a la moindre possibilité qu'ils le jugent, alors nous devons le sortir de là.

— Je n'ai pas réussi à le convaincre de me suivre la dernière fois, leur rappela James. J'ai échoué. Il a refusé mon aide.

— Il ne le fera plus cette fois, prédit le recteur. Il sait qu'il ne doit pas tomber entre les mains de l'armée. De plus, tout ce que tu auras à faire sera de prendre la place de notre jeune homme : remettre de l'argent, une lettre, et faire un rapport.

— N'est-il pas dangereux pour lui de repartir en Angleterre ? s'inquiéta lady Avery avant de se tourner vers lui. Et si cette femme te trahit ?

— Elle ne va jamais à Londres. Elle ne quitte jamais le Sussex.

— Tu auras simplement à te rendre à Londres pour remettre l'argent et les ordres, découvrir ce qui se trame et te présenter à La Haye, dit le docteur Sean.

— Ne va pas la voir, lui défendit sa mère. Pas tant que tu travailles pour le roi et que tu es en danger. Je ne lui fais pas confiance.

— Je vais chercher les lettres, l'adresse de la cachette à Londres, et l'or, déclara le recteur en s'empressant de retourner dans sa chambre. J'aurai tout cela d'ici une heure.

— Tu peux prendre mon cheval, offrit le père de James en s'avançant vers lui pour le serrer fort dans ses bras. Laisse-le à l'auberge de Dunkerque. Tiens, prends aussi mon manteau. La journée va être froide et ce sera pire en mer. Va, mon fils. Je suis fier de toi. Fais ton devoir envers le roi et ensuite nous verrons ce que l'avenir nous réserve. Tu es jeune et ce sont des temps qui changent à la vitesse du balancement des marées. Ne promets rien à personne. Nous ne savons pas où nous serons l'an prochain ! Reviens-nous sain et sauf.

James sentit le lourd manteau que son père lui jetait sur les épaules comme un poids supplémentaire à porter, et il vit la mine inquiète de sa mère.

— Reviens-nous, dit-elle simplement. Ne retourne pas la voir.

Sealsea, décembre 1648

Mère et fille marchèrent en silence jusqu'à la maison du passeur, un châle autour de leur tête baissée pour se protéger du vent froid qui soufflait sur la vasière. Elles ressemblaient ainsi à deux étranges créatures progressant lentement sur un désert d'eau. Chacune portait un large panier rempli de fioles d'huiles et de petits paquets de papier ciré contenant des herbes séchées. Une fois arrivées, Alinor ouvrit la porte sur le côté de la maison, entra dans la réserve et remplit un autre panier avec des bocaux de prunes, de pommes séchées, de cassis et de groseilles séchés, et de mûres.

Ned apparut à la porte, Red à ses pieds.

— Je vais venir avec vous, déclara-t-il sans préambule. Je vais porter tout ça. Je pars pour Londres.

— Quoi ? s'exclama Alinor.

Sa première pensée fut qu'il avait appris qu'elle était enceinte et qu'il s'en allait pour toujours en les laissant derrière.

— Quoi ? répéta-t-elle. Ned ? Qu'est-ce que tu veux dire ? Tu ne peux pas partir !

— Le colonel Pride a pris la Chambre des communes, annonça-t-il, l'excitation le faisant bafouiller. Que Dieu le bénisse, c'est un des meilleurs hommes du commandant, donc ça doit être sur ses ordres. Ça ne peut être que ça. C'est une déclaration de guerre contre le Parlement, après celle contre le roi.

— Les ordres de qui ?

— Cromwell en personne ! Noll Cromwell lui-même !

— Qu'est-ce qu'il a encore fait ? demanda Alys qui arrivait à côté de sa mère en retirant le châle de sur sa tête.

— Il a pris les Chambres du Parlement, comme s'il s'agissait d'un palais royal. D'ailleurs c'en était un ! Ça oui ! Les parlementaires ne balaieront plus une victoire de l'armée. L'armée a empêché les hommes du roi d'entrer, et ils ont expulsé les traîtres. Ils n'accepteront pas qu'ils passent un accord avec le roi sans notre aval ! Ils ne vont pas accepter de lui rendre son trône contre une belle promesse qu'il s'empressa de rompre à la première occasion. Nous autres, les hommes de l'armée, on voit depuis le début qu'il ment ; on était là, à Marston Moor et à Naseby.

Alinor posa son panier et prit les mains glacées de son frère dans les siennes pour tenter de le ramener au calme.

— Allons, Ned. Je ne te comprends pas. Tu ne peux pas aller à Londres. Qui s'occuperait du bac ?

— Tu vas devoir le faire, décréta-t-il. Écoute, je t'en supplie. Je suis désolé, mais je dois y aller. Je ne peux pas manquer ça. Le colonel Pride a pris les Chambres du Parlement, Dieu soit loué. L'armée va placer ses propres hommes, qui voteront contre ces accords vides avec le roi ! Je dois y être. S'ils ont besoin d'un vieux soldat, je dois être là. Je dois voir ça. Je ne peux pas rester ici, sur l'estran, à recevoir les nouvelles trois semaines après en me demandant à chaque instant ce qui se passe. Je ne peux pas rester coincé dans le marais des fous comme un mouton congelé dans la boue alors que ce sont les derniers instants de ma guerre. Alinor ! C'est la dernière bataille. C'étaient les moments les plus importants de ma vie. Ce sont les derniers jours du royaume. Je dois y être. J'étais là au début, et je dois voir la fin.

Alinor ferma les yeux pour ne pas voir son visage rouge d'exaltation.

— Je ne peux pas m'occuper du bac, dit-elle. Je ne peux pas. Tu le sais bien.

— Personne ne voudra traverser dans les quelques jours avant Noël, mentit-il. Après le marché de Noël de Chichester, plus personne ne quittera l'île de Sealsea. Et Dieu sait que personne ne viendra par ici. Chacun restera chez soi pour les fêtes.

— Mais si, ils voudront traverser ! s'écria Alinor d'une voix de moins en moins maîtrisée. Personne ne veut traverser le gué en hiver. Tout le monde voudra prendre le bac, même à marée basse, et à marée haute ceux à cheval aussi devront prendre le bac. Je ne peux pas le faire, Ned. Pas dans l'eau glacée. Pas avec les marées d'hiver. Ne me force pas à le faire ! Je ne peux pas… Je te jure que je ne peux pas.

— Moi si, intervint soudain Alys. Je vais m'occuper du bac à ta place, oncle Ned.

— Toi ?

— Oui, mais il faudra me payer. Tu sais que je n'ai pas encore réuni tout l'argent pour ma dot. Je veux bien m'occuper du bac pour cinq shillings. Enfin, en plus de ce que tu m'as promis en cadeau. Cinq shillings et je garde les droits de passage.

— Non, s'interposa Alinor. Tu ne peux pas travailler sur l'eau. Je ne le supporterais pas. Tu n'es pas assez forte, et quand la marée est haute…

— Mais si, elle peut, contra Ned. Qu'est-ce qui pourrait bien lui arriver ? Et Rob peut aussi venir prêter main-forte.

Alinor ferma les yeux en imaginant ses enfants traverser les eaux ténébreuses de l'estran en hiver.

— Je t'en prie, soupira-t-elle. Ne fais pas ça. Tu sais que je ne peux pas les laisser.

— Cinq shillings et je garde tous les revenus, marchanda Alys.

— Marché conclu, accepta Ned en lui serrant la main avant de se tourner vers sa sœur. Je suis désolé, mais je dois y aller. Je sais que l'armée transférera le roi à Londres. Je prie pour qu'ils le condamnent pour trahison envers nous, le peuple. Il est coupable de tout ça et je veux le voir répondre de ses crimes. Il a détruit la paix en Angleterre et causé la mort de milliers d'innocents – et tout ça n'aura servi à rien si on n'est pas délivrés de lui. Et je veux le voir puni comme je voudrais voir une sorcière être noyée. C'est la fin des tyrans en Angleterre ; c'est le début d'une nouvelle ère. Je dois être là pour le voir tomber tout en bas. Alinor, je dois y aller.

Alys, souriant avec insouciance, tendit son panier d'huiles à son oncle.

— Tu peux porter ça pour m'man sur la route jusqu'à Chichester, dit-elle. Moi, je reste ici. Je commence tout de suite.

— Dans ce cas, tu nous fais traverser, répondit Ned avec un sourire goguenard.

— Un demi-penny pour les deux, déclara-t-elle en tendant la main, paume vers le haut.

Elle rangea ensuite dans la poche de sa robe la pièce qu'il lui remit, tandis que Ned prenait Alinor par le bras pour l'emmener vers le bac et l'aider à embarquer. Elle se cramponna à la rambarde avec angoisse, ses ongles s'enfonçant dans le bois.

— N'aie pas peur, lui dit-il. Il ne lui arrivera rien. Qu'est-ce qui pourrait bien se passer, d'ailleurs ? Il n'y a rien à craindre, à part dans tes cauchemars de noyade. Et je reviendrai vite.

— Quand ? demanda-t-elle.

— Quand ce sera fini, répondit-il avec un grand sourire. Quand le roi aura imploré le pardon du peuple anglais.

Alinor et Ned se séparèrent sur la place du marché au milieu de Chichester, où la croix de pierre centrale marquait les axes nord-sud et est-ouest. Ned allait prendre la direction du nord vers Londres, certain que quelqu'un, parmi tous les chariots qui roulaient sur les routes gelées, allait lui proposer de l'emmener.

— Il y aura beaucoup d'anciens soldats qui se rendront à Londres pour avoir des nouvelles, assura-t-il. On est nombreux à avoir attendu ça pendant tout ce temps.

— Mais tu reviendras quand ce sera fini ? s'enquit Alinor en lui posant la main sur le bras. Tu ne vas pas te réengager ? Même si les Irlandais se soulèvent ou que les Écossais tentent encore de nous envahir ? Tu ne retourneras pas dans l'armée de Cromwell ?

— Tout ça, c'est fini, déclara-t-il avec conviction. Il n'y aura plus de guerre, ni d'insurrections. Le roi devra jurer sur sa vie de préserver la paix, et tous les pauvres bougres qui marchaient dans les rangs d'un côté ou de l'autre pourront rentrer chez eux, et les braves femmes qui préservaient leur maison contre l'ennemi retrouveront enfin la paix.

— Je te le demande parce que j'ai des problèmes dont je ne t'ai pas parlé, déclara Alinor en choisissant ses mots avec tact. Je vais avoir besoin de toi, mon frère.

— Zachary est rentré ? s'enquit-il, soudain alerte. Tu as eu de ses nouvelles ?

— Non, Dieu merci. Non, répondit-elle trop vite. Mais il faut que je marie Alys et que j'envoie Rob en apprentissage, et j'ai un ennui – un ennui personnel. Je vais avoir besoin de ton aide.

— Alys est déjà en train de la gagner, sa dot, lui dit-il en posant une imposante main rugueuse sur les siennes pour la rassurer. Tu n'as pas besoin de t'inquiéter pour elle. Et Rob a une place assurée, et c'est les Peachey qui la lui paient. Je vais revenir, mais tu n'as rien à craindre. Est-ce que tu es malade ? C'est ça ?

— Je te dirai tout quand tu reviendras, lui dit-elle en se forçant à sourire. Ça peut attendre.

Seule son excitation avait pu lui faire négliger la pâleur de sa sœur.

— Tu ferais bien de rester chez moi pendant qu'Alys s'occupe du bac.

— Oui, on va faire ça.

— Et veille bien sur Red. Il se fait vieux. Il supporte moins bien le froid.

— Je le laisserai dormir près de la cheminée.

— Et quand je serai rentré, tu pourras rester vivre là. Ça ne servira à rien de retourner chez toi toute seule une fois qu'Alys sera mariée et que Rob sera parti. On dira à tout le monde que Zachary ne reviendra jamais, et tu pourras tenir la maison pour moi. Tu n'auras qu'à revenir à ton ancien chez-toi.

Alinor revit sa maison d'enfance et se l'imagina être de nouveau son foyer, puis elle eut la vision de l'homme qu'elle aimait descendant à cheval la route menant au bac, comme elle l'avait déjà vu faire. Elle pensait qu'il la verrait, debout devant le portillon du jardin derrière la maison du passeur, de l'autre côté des eaux profondes du Rife, et qu'il saurait qu'elle était une femme libre, qui l'attendait. Elle pensait que lorsqu'il aurait fait la traversée et qu'il lui prendrait les mains, elle lui annoncerait qu'elle portait son enfant.

Ned fut ébloui par son sourire plus radieux que le soleil d'hiver.

— Oui, très bien.

Londres, décembre 1648

James embarqua depuis la France par une froide matinée de décembre, un vent d'ouest gonflant les voiles de la barge de la Tamise qui l'emmena jusque dans le bassin de Londres. Il descendit à quai en montrant des papiers qui le présentaient comme un marchand de vin venu faire affaire avec la compagnie des négociants de Londres. Un officier de l'excise lui donna l'autorisation de débarquer d'un signe de la main, son but principal étant de vérifier la cargaison du navire : il n'avait pas de temps à perdre avec quelqu'un qui n'avait rien à raconter sur les extraordinaires Cours royales en exil en France et aux Pays-Bas.

— Non, je n'ai pas de nouvelles, dit James avec un léger accent français. Quelle affaire, hein ? Pourriez-vous m'indiquer la voie vers le Hall des vignerons ?

— Vous passez la Tour et le quai des trois grues, répondit l'autre en agitant vaguement la main dans la direction générale.

— Et comment reconnaîtrai-je le quai des trois grues ?

— Aux trois grues qui sont dessus, dit l'homme avec une patience exagérée.

James, satisfait de l'impression qu'il avait faite à l'officier – qui se rappellerait alors de lui comme d'un marchand de vin français –, jeta son sac sur l'épaule et grimpa les marches trempées creusées dans le mur du quai de Queenhithe. Les abords étaient bondés de vendeurs en tous genres, colporteur, camelots et étaleurs. James disparut dans cette foule de marchands cherchant à lui vendre tout ce qu'ils pouvaient et dont il ne voulait pas, et il gravit la côte de Trinity Lane, puis fit un détour pour atteindre sa destination : un petit comptoir en marge de Bread Street. En arrivant à hauteur de la porte au heurtoir de forme étrange, il frappa deux coups et entra.

Il vit dans la pénombre épaisse une femme entre deux âges se lever derrière une table où elle était affairée à peser des piles de petites pièces dans le peu de lumière que laissait entrer une fenêtre à barreaux.

— Bonjour, monsieur. Puis-je vous aider ? lui demanda-t-elle.

— Oui. Je suis Simon de Porte.

— Soyez le bienvenu, dit-elle. Êtes-vous certain de ne pas avoir été suivi depuis les quais ?

— J'en suis certain, répondit-il. J'ai fait plusieurs détours et je me suis arrêté pour faire demi-tour deux fois. Je n'ai vu personne.

Elle hésita, comme si elle ne savait pas si elle pouvait lui faire confiance.

— Avez-vous déjà fait cela ? s'inquiéta-t-elle.

Elle vit ensuite son air las, et son beau visage de jeune homme creusé de fatigue. Il était évident qu'il n'en était pas à son galop d'essai. Apparemment, même, il en avait déjà trop vu.

— Oui, répondit-il sèchement.

— Vous pouvez poser votre sac dans le cellier, lui dit-elle en désignant une trappe dans le sol sous sa chaise.

Ils décalèrent ensemble la table, puis elle lui fournit une bougie pour qu'il puisse descendre l'échelle en bois. Il trouva en bas un petit lit, une table et une autre bougie.

— Si quelqu'un vient fouiller, tirez le verrou de l'intérieur. Il y a un passage secret qui mène au cellier à côté, derrière ce casier de vin. De là, vous verrez une petite porte de service en face de vous qui donne sur une allée à l'arrière. Si l'on vient et qu'il faut vous échapper, alors dépêchez-vous de sortir par là le plus silencieusement possible, et vous aurez une chance de ne pas vous faire attraper.

— Merci, dit-il en levant les yeux sur son visage fatigué encadré de cheveux gris attachés sous son bonnet. Est-ce que maître Clare est là ?

— Je vais le chercher. Il est dans son atelier.

James remonta par l'échelle et elle laissa retomber la trappe, puis ils remirent la table en place. Le jeune homme remarqua que la femme portait des vêtements très sobres – une robe grise avec un tablier grossier –, contrairement aux riches partisans des Cavaliers par qui il avait été hébergé par le passé.

— Un peu de bière ? lui proposa-t-elle.

— Avec grand plaisir.

Elle alla prendre une cruche sur le buffet et le servit avant de se passer un châle autour de la tête.

— Je vais chercher le maître, dit-elle. Attendez ici.

James s'assit à la table avec cette étrange impression que le sol roulait sous ses pieds, comme s'il était toujours en selle pour rejoindre la côte, ou encore à bord du bateau, sur le roulis des vagues. Ce n'était que le mal du voyage, mais il avait la sensation que cela ne s'arrêterait pas, que le sol ne serait plus jamais stable sous ses pieds. La porte s'ouvrit alors et un homme maigre entra, vêtu d'habits modestes mais de bonne facture à la mode des marchands de Londres. Il serra la main de James d'une poigne ferme.

— Vous ne resterez pas longtemps, déclara-t-il plus qu'il ne posa la question.

— Non, lui promit-il. Je vous suis reconnaissant de m'abriter. (L'autre hocha la tête.) Vous n'êtes pas de l'ancienne foi ? demanda-t-il sur un ton hésitant.

— Non, répondit l'homme. Je suis presbytérien, toutefois je pense, comme Cromwell, que toute personne devrait avoir la liberté de culte. Contrairement aux radicaux, cependant, je pense que le pays est mieux géré par un roi et des seigneurs. Je ne vois pas un homme labourer le jour et statuer sur des lois la nuit. Chacun sa profession, et nous devrions nous en tenir là.

— Est-ce que le roi était un bon frère dans la guilde des monarques ? s'enquit James avec un demi-sourire.

— Pas le meilleur, répondit franchement l'autre. Mais si mon orfèvre fait du mauvais travail, je m'en plains et lui demande de recommencer. Je ne vais pas aller le remplacer par mon boulanger.

— Y a-t-il beaucoup de gens qui partagent votre opinion à Londres ?

— Quelques-uns. Pas suffisamment pour ce qu'il vous faut.

— Ce qu'il me faut, ce sont des informations pour la reine et le prince, ainsi que délivrer une lettre à leurs amis, expliqua prudemment James. C'est tout.

— Ça ne représente que la moitié du travail. Votre tâche devrait consister à le faire remonter sur le trône, pour que vous puissiez récupérer votre propre demeure, quelle qu'elle soit. Chacun de retour à la place qui est la sienne. Chacun faisant le métier qu'on lui a enseigné.

— En définitive, oui, bien entendu, confirma James dans un hochement de tête. (Il songea alors brièvement à sa demeure, au jardin de plantes aromatiques de sa mère et à son rêve d'Alinor apparaissant devant le portail.) J'ai des espoirs, admit-il. Mais pour l'instant, je dois savoir ce qui se passe.

— Je vous emmènerai à Westminster, dit son hôte. Vous verrez par vous-même. C'est une chose incroyable, que je ne pensais jamais voir de ma vie. L'armée tient les portes des Chambres du Parlement, et le roi est contraint de lui obéir.

Sealsea, décembre 1648

Alys s'occupa du bac durant ces jours obscurs et froids de décembre, le tractant du côté nord dès qu'elle entendait le claquement métallique de la barre contre le fer à cheval, et répondant à chaque personne qui frappait à la porte ou la hélait depuis la route. Elle se montrait polie et agréable avec chaque voyageur, et plus d'un charretier lui offrit un penny en plus des trois qu'il devait pour la traversée, et ce uniquement pour son sourire. Sa mère et elle emménagèrent sans tarder dans la maison du passeur. C'était le seul moyen pour Alys de continuer à travailler durant les heures sombres, et elles étaient toutes les deux heureuses de pouvoir profiter d'une demeure plus chaude et plus grande lorsque le vent d'est apportait la gelée sur tout le port et que la pluie se transformait en neige fondue.

En se réveillant dans le lit de son enfance, avec les poutres peintes qu'elle connaissait si bien et ce plafond badigeonné à la chaux, Alinor eut l'impression de n'avoir jamais été mariée et de ne jamais avoir quitté sa maison pour aller vivre avec Zachary dans la petite cahute. Elle ouvrait parfois l'œil en pensant que sa mère se trouvait dans la petite chambre à côté et que son frère Ned ronflait dans le lit voisin du sien, mais elle sentait ensuite son bébé bouger dans son ventre et se rappelait alors qu'elle n'était plus une petite fille – elle avait donné naissance à deux enfants et en attendait désormais un troisième.

Sa fille et elle travaillaient ensemble pendant la majeure partie de la journée, à arracher les mauvaises herbes du jardin d'hiver, à brasser de la bière pour la vendre ensuite à la fenêtre de la cuisine aux gens qui empruntaient le bac, à faire du pain avec la levure récupérée après le brassin, à tremper du jonc dans de la cire d'abeille pour en faire des chandelles, et à trier les semences pour le printemps. Il leur était aisé de dissimuler leur grossesse. Le ventre d'Alinor, qui commençait à s'arrondir, disparaissait sous son épaisse jupe d'hiver et ses tabliers ; Alys, elle, passait ses journées emmitouflée dans le manteau en toile de son oncle pour se préserver du froid et de l'eau.

Il n'y avait que peu de dur labeur à la ferme du moulin lors des mois d'hiver. Les hommes travaillaient principalement à entretenir les haies et les chenaux. Le travail de la terre ne recommencerait qu'au printemps. Alinor remplaça sa fille chez les Miller, travaillant aux cuisines et à la laiterie, à faire du pain, de la bière et du fromage.

Le matin avant le lever du soleil, et à chaque crépuscule lors de ces après-midi d'hiver, Richard Stoney descendait le sentier qui reliait le moulin au bac pour s'asseoir avec Alys dans la cuisine de la maison ou pour tirer le bac à sa place afin qu'elle puisse rester à l'intérieur et filer. Alinor les trouva un jour enlacés à l'heure où Richard devait rentrer chez lui.

— Bientôt, vous ne serez plus séparés, leur dit-elle.

— Et alors on ne le sera plus jamais, promit Richard.

Alinor préparait le dîner – un ragoût de poisson préparé avec la pêche qu'Alys avait faite sur le Broad Rife, quand elle entendit Red aboyer soudainement, puis un lourd coup frappé à la porte à l'arrière de la maison. Elle pensa d'abord que c'était James, mais elle découvrit en ouvrant la porte à la volée un des fermiers de l'île de Sealsea qui se tenait là.

— C'est ma mère, lui dit-il. Grand-maman Hebden. Son état empire rapidement.

— Que Dieu la garde, répondit vivement Alinor.

— On voudrait que vous teniez son chevet et que vous fassiez… tout le reste.

— Est-elle malade ? demanda Alys qui apparut derrière sa mère. Est-ce qu'elle a de la fièvre ?

— Je viens, décida Alinor avant de s'adresser à sa fille. Ce n'est pas la saison pour la peste, et je dois aller voir ce qu'elle a. C'est une dame âgée et ce n'est sans doute rien d'autre que la vieillesse qui l'emporte.

— Je ne veux pas que tu ramènes la maladie ici, s'obstina Alys. Tu sais pourquoi.

— Je ne prendrais pas le risque de tomber moi-même malade, répondit-elle avec un petit sourire. Tu sais aussi pourquoi !

— Je vais te chercher tes affaires, dit sa fille.

Elle alla récupérer le panier rempli de plantes et d'huiles tandis que sa mère mettait son châle et se passait une cape sur les épaules.

— Je te laisserai du ragoût, reprit Alys.

— Je ne vais peut-être pas pouvoir rentrer ce soir, la prévint Alinor. Est-ce que tu veux bien te rendre au prieuré pour chercher Rob ?

— Richard restera avec moi, la rassura Alys.

La jeune femme sortit dans le noir et le fermier leva sa lanterne en corne pour lui éclairer le chemin. Alors qu'elle refermait la porte, Red sortit, bien décidé à l'accompagner.

— J'ai le chien, lança-t-elle à sa fille.

Le fermier et elle, suivis par Red, s'engagèrent sur le sentier partant vers le sud à la lumière de la lanterne. La route était gelée, les ornières blanchies par le givre, et la lune était entourée d'un halo jaunâtre dans ce ciel dégagé. Comme ils voyaient bien la route, ils accélérèrent l'allure, leur souffle s'envolant en volutes blanches dans l'air glacé. Ils atteignirent bientôt une allée et le fermier déclara :

— Voilà, on y est.

Il précéda Alinor pour traverser le verger jusqu'à la petite maison, puis il ouvrit la porte et ils pénétrèrent dans le vestibule de la ferme.

— Attends ici, Red, ordonna Alinor au chien qui se coucha sur le perron.

Elle s'avança ensuite vers la cheminée, devant laquelle une vieille dame, ratatinée par l'âge, ramenée à hauteur d'un enfant, était assise sur un tabouret. L'épouse du fermier se leva de son propre tabouret de l'autre côté du feu.

— Comment elle va ? demanda l'homme à son épouse.

— Toujours pareil.

— Madame Reekie a accepté de venir auprès d'elle.

— Je ne pense pas qu'elle la reconnaîtra.

— Je vais lui parler, déclara Alinor d'une voix douce. Laissez-moi voir avec elle.

Elle s'agenouilla sur le sol de pierre devant la vieille dame et attendit patiemment que celle-ci tourne ses yeux à la pupille laiteuse vers elle et lui sourie.

— Oh, non, ma chère, ils ont tout faux, comme d'habitude. Je vais très bien : je suis juste mourante.

— Ah bon ?

— Oui, mais je veux partir ici, au coin du feu, où il fait bien chaud. J'ai vécu dans cette maison pendant près de quatre-vingts ans, vous savez.

— C'est vrai ? s'étonna Alinor avec délicatesse.

Elle voyait bien que cette dame n'avait pas de fièvre : elle avait le teint pâle et les mains froides. Mais son souffle était court et difficile, un peu rauque à chaque inspiration.

— Ou plus. Ils n'en savent rien.

— C'est bien normal, dit-elle tout bas. Je me rappelle être venue ici avec ma mère quand je n'étais encore qu'une petite fille.

— Et avec votre grand-mère. Elle est venue avec vous quand je me suis cassé la jambe en tombant du pommier. Trois générations de sages-femmes dans votre famille, et avec du sang des fées, ça c'est sûr. Votre fille a-t-elle le don de vision ?

— On n'en parle plus ces temps-ci, avec ce qui se passe.

La vieille dame esquissa une grimace pour dire tout le bien qu'elle pensait de cette génération qui refusait d'appeler un chat un chat.

— Le don des fées est un très grand avantage dans une famille. Mais de nos jours… Bah, on ne peut plus rien faire, pas vrai ?

— C'est le ministre du culte qui doit nous guider, répondit Alinor avec tact.

— Qu'est-ce qu'il en sait ? rétorqua l'aînée dans un haussement d'épaules agacé. Ce n'est pas comme si c'était un vrai prêtre. Il ne lit même pas la messe.

— Attention à ce que vous dites, grand-mère, la mit en garde Alinor en usant de ce terme qui était une marque de respect envers toute femme âgée. Vous savez, il est le ministre qui a été désigné pour nous guider, et tout le reste a été interdit par la loi.

— Je dis bien ce que je veux dans mon dernier souffle.

— Ce souffle vous fait-il souffrir ? demanda la guérisseuse.

— Ça fait des années que je sens comme une boule dans le ventre, répondit l'autre. Ça me fait mourir de l'intérieur.

— Pourquoi ne pas avoir fait appel à moi plus tôt ?

— Qu'est-ce que vous auriez pu y faire, ma chère ?

Alinor hocha la tête, car si cette femme avait effectivement une grosseur dans le ventre, alors il n'y avait rien à faire. Un médecin pouvait choisir d'ouvrir un patient pour enlever un calcul, et un barbier-chirurgien réparer une langue courte ou entailler la gencive pour extraire une dent pourrie. Alinor elle-même avait déjà ouvert le ventre d'une femme morte en couches pour sauver l'enfant ; mais une grosseur loin dans le ventre d'une femme en vie ne pouvait pas être enlevée.

— J'aurais pu vous donner de quoi calmer la douleur.

— Je me soigne avec un peu de brandy, répondit la vieille dame avec dignité. Et parfois, je prends un peu d'usquebaugh [1] écossais. D'autre fois encore – quand c'est pire que les autres jours –, je prends les deux ensemble.

1. Ancien nom du whisky, provenant du gaélique *uisce* « eau » et *beatha* « vie ». (*NdT*)

Alinor lui sourit.

— Est-ce que vous voulez des plantes pour calmer la douleur maintenant ?

— Je vais prendre un peu de brandy, accepta-t-elle. Dans de l'eau chaude, avec vos plantes. Et puis vous n'avez qu'à demander à la fille – je ne me rappelle plus son nom – si le ministre se déplace encore et s'il y a encore des prières pour les mourants, parce que je crois que je suis prête.

— Je vais demander à Mme Hebden, votre belle-fille, répondit la guérisseuse.

— Oui, voilà, c'est elle, acquiesça la vieille dame. Demandez-lui ce que le ministre fait pour les mourants, s'il y a encore quelque chose de prévu de nos jours. À moins que tout ça aussi n'ait changé.

Alinor se releva et s'aperçut que William Hebden s'impatientait à la porte de l'arrière-cuisine.

— Elle demande du brandy dans de l'eau chaude, lui dit-elle.

— On a un tonnelet de brandy, répondit-il. C'était un cadeau, on ne l'a pas acheté.

Elle comprit immédiatement qu'il se l'était procuré par un contrebandier.

— Aucune importance pour moi, lui dit-elle d'un air rassurant. Et elle voudrait savoir si le pasteur peut venir dire une prière pour les mourants ?

— Il ne se déplacera pas pour des gens comme nous, affirma-t-il avec raideur. On n'est pas assez bien pour lui. On ne paie pas suffisamment de dîme pour qu'il veuille bien venir jusqu'ici. Le chapelain du prieuré, ce M. Summer, lui il serait venu sans hésiter. Il est déjà venu deux fois, et pour rien.

— Ah bon ? s'étonna Alinor en rougissant à la mention de ce nom. (Elle craignait d'ailleurs que sa voix ne trahisse ses sentiments amoureux.) Est-ce qu'il allait souvent voir les gens gratuitement ?

— Il venait prier avec elle, admit William, soudain mal à l'aise. Les vieilles prières, précisa-t-il. C'est celles qu'elle veut. C'est sans doute interdit maintenant, mais elle était tellement malade…

— Quoi qu'il en soit, M. Summer est parti.

— Oui, mais il a laissé son livre de prières. Il lui a dit qu'elle pouvait le tenir en main s'il n'y avait personne pour les lui réciter. Il a aussi dit qu'il fallait le cacher, mais qu'elle pouvait le tenir pour lui procurer un peu de réconfort.

— Vraiment ? dit-elle en ressentant un intense désir de voir toute chose ayant appartenu à James.

— Il a dit que n'importe qui pouvait lui lire les prières. Vous êtes une accoucheuse, vous pourriez le faire, non ? Ce serait aussi bien que si c'était un ministre.

— Oui, je peux les lire, accepta Alinor. Si j'ai le livre. Ce ne sera pas aussi bien que si c'était lui, mais ce sont ses prières.

Elle retourna auprès du feu avec un peu de brandy dans une coupe en terre cuite, y ajouta de la teinture de fenouil, puis versa par-dessus de l'eau chaude d'une marmite posée sur un trépied près du feu.

La vieille dame s'en empara avidement, la prenant à deux mains comme un objet précieux.

— Là, dit-elle. Là je suis prête.

Alinor prit le missel de James et commença à prononcer les magnifiques mots en latin, sans en comprendre le sens ; mais le simple fait d'en entendre la musicalité – de savoir qu'il les aurait sus par cœur, qu'il s'agissait de sa foi et de son Dieu – et de croire que son fils dans son ventre pouvait peut-être les entendre, la fit se sentir plus proche de lui qu'elle ne l'avait été pendant ces longues semaines écoulées depuis son départ, en cet instant où elle lisait l'office pour une vieille dame à l'article de la mort.

Londres, décembre 1648

James, qui ne savait pas que ses prières étaient murmurées par la femme qu'il aimait, arpenta silencieusement les rues obscures de la ville de Londres, restant au milieu des voies, choisissant son chemin à travers les amas congelés de détritus plutôt que de risquer de longer les bords dans l'ombre des portes. Il arriva à hauteur d'une grande entrée et s'y engagea, adressant un simple signe de tête au garde, qui resta muet ; puis il remonta le long de la maison jusqu'à un endroit où une unique lanterne était accrochée à un clou recourbé à l'extérieur d'une porte étriquée.

Celle-ci s'ouvrit facilement lorsqu'il tourna le loquet, et il entra dans le couloir au sol de pierre qui menait à la cuisine d'un côté et à la grand-salle de l'autre.

Devant lui se trouvait une petite réserve où brûlait une bougie sur la table. James y pénétra et s'assit sur une chaise.

— Vous êtes Jacques Sauveur ? lui demanda un homme qui était entré si discrètement qu'il n'avait pas entendu un seul bruit de pas.

— Oui.

— Mot de passe ?

— « Par la grâce de Dieu. »

—« Le Seigneur ne nous abandonnera pas », répondit l'homme. Venez-vous de la part de la reine ?

—Oui. J'ai ceci, dit James en lui remettant une épaisse lettre.

L'homme rompit le sceau et la déplia.

—Elle est codée, s'exclama-t-il avec impatience. Savez-vous ce qu'elle dit ?

—Oui, j'ai reçu l'ordre d'en mémoriser chaque mot au cas où il me faudrait la détruire. L'ordre vous est donné d'entrer en contact avec le roi et de l'accompagner à Deptford. Là, un bateau l'attendra, un caboteur qui l'emmènera en France. Le bateau s'appelle le *Dilly*. Si vous me dites quand vous pourrez procéder, j'enverrai un message à la flotte de Son Altesse pour m'assurer qu'elle vienne à vous afin de vous escorter sur les mers.

—Et les deux enfants royaux ?

—Je n'ai reçu aucune instruction les concernant.

—Quoi ? s'étonna l'homme en relevant brusquement les yeux de la lettre. Est-ce qu'ils comprennent que l'armée ne laissera jamais ces enfants quitter le royaume s'il prend la fuite ? Il ne les reverra plus jamais. Allons-nous les abandonner aux mains de leurs ennemis ? Va-t-on simplement les laisser ici ?

—Je ne fais que transmettre les instructions, se défendit calmement James.

L'homme se laissa tomber sur une chaise et le fustigea du regard.

—Il était censé s'évader à Newport.

—Je le sais.

—Le plan a échoué.

—Personne ne le sait mieux que moi.

—Et du château de Hurst aussi.

—« Hurst » ?

— Oui, il devait s'échapper de là-bas aussi. Ça a aussi échoué ? Et à Bagshot, il était censé avoir le cheval le plus rapide de toute l'Angleterre, mais il était boiteux le jour où le plan devait être exécuté et personne n'avait prévu de cheval de secours, ni de second plan.

James s'efforça de ne rien laisser paraître du mépris qu'il avait pour ces plans pitoyables.

— Vous dites cela comme si l'entreprise était vouée à l'échec.

— C'est ce que je pense. J'ai fini par perdre tout espoir au fil des mois. Personne ne décide quoi faire ni ne lève le petit doigt. Tout ce que nous pouvons faire, à présent, est prier pour qu'ils se montrent impartiaux et écoutent ce qu'il a à dire, puis pour qu'il sache se justifier de tous ses actes.

— Et ensuite ?

— Dieu seul le sait. C'est cela d'avoir échoué à le faire évader. Nous ne savons pas ce qu'ils ont prévu pour lui, ni s'ils ont prévu quoi que ce soit d'autre à part l'humilier. Vont-ils limiter ses pouvoirs comme ils le jugent bon, ou va-t-il accepter de céder le trône au prince Charles ? Va-t-il devoir vivre reclus et laisser son fils régner ? Le prince Charles sera-t-il soumis à l'armée ? Et le roi ainsi que le prince vont-ils devoir jurer de ne plus jamais lever d'armée, que ce soit à l'intérieur du pays ou à l'étranger ? Le Parlement n'acceptera pas moins que cela.

— C'est pour anéantir le pouvoir du roi. Pour lui, et pour ses fils. Pour tous les monarques partout dans le monde ?

— Je pense qu'il n'a pas le choix. C'est l'armée qui est au pouvoir, à présent, plus le Parlement, et ils n'ont aucune tendresse pour celui qui a tué tant de leurs camarades, qui s'est rendu, puis a repris les armes. Ce sont des hommes d'action qui ne perdent pas de temps en vaines palabres. L'armée est une tout autre affaire. Ses hommes ne parlent pas le même langage et viennent d'un monde différent.

— Vos ordres sont de le secourir, insista James. Quelles que soient les circonstances. Vous pouvez décoder la lettre pour vous en assurer, mais je ne vous ai pas menti. Je dois recueillir votre réponse. Que dois-je dire dans mon rapport ?

— Dites-leur que je vais essayer, répondit misérablement l'homme. Mais je ne vous ferai pas parvenir de message pour vous dire quand la chose aura lieu. Je ne déciderai pas d'une date. Moins de personnes sauront, mieux cela vaudra.

— Vous ne songez tout de même pas à lui faire prendre la mer sans la protection de la flotte ?

— Quelle protection ? Quelle flotte ? Qui peut dire si les équipages du prince ne le captureraient pas pour le ramener à Londres et réclamer la rançon ? Ils ont déjà changé leur fusil d'épaule, alors qui sait s'ils ne recommenceraient pas ?

James frémit face au cynisme de cet homme.

— Vous n'avez pas confiance en la flotte royale, qui est sous le commandement du prince de Galles ?

— Croyez-vous être le seul homme en Angleterre à avoir perdu la foi ?

— Je n'ai jamais dit que j'avais perdu la foi !

— Cela se voit sur votre visage et dans chacun de vos pas, rétorqua l'autre avec dédain. Vous avez la même allure que nous tous – comme si vous aviez tâté du fouet.

Sealsea, décembre 1648

Alys et Alinor se rendirent à l'église le jour de Noël, un froid mordant recouvrant de givre blanc les prairies humides sur la droite, et bloquant sous la glace le port à gauche. Elles avaient superposé de nombreuses couches de vêtements d'hiver, mais elles n'avaient pas de ruban particulier ni aucune fioriture pour égayer leur cape. Le nouveau Parlement avait décrété que Noël ne devait pas être célébré dans la joie et la bonne humeur, mais devait être un jour comme les autres. Red trottinait un peu devant puis faisait demi-tour pour les rejoindre. C'était le seul qui se montrait gai.

Alinor leva les yeux sur le soleil pâle qui jetait sur ce paysage des ombres soulignant chaque contour de chaque digue, flaque et lit de roseau sur l'estran. Elle se demanda si James était avec sa famille, s'il pensait à elle. Elle espérait qu'il était au chaud et qu'il profitait des fêtes. Elle l'aimait tant qu'elle lui souhaitait le bonheur même sans elle.

L'église était froide, austère et lugubre, et il n'y eut nul chant liturgique ou traditionnel. Le pasteur fit un sermon rappelant qu'il s'agissait de la naissance de Jésus-Christ et que la journée devait être passée en réflexion personnelle – et que le vin chaud, la bière de Noël, les puddings de saison et les repas de bonne chère n'étaient que démonstration matérielle et péché de gourmandise. La venue au monde de notre Seigneur devait être célébrée avec révérence et sagesse. Il était possible, et même impératif, de passer la journée en dévotion. Si l'on ne travaillait pas, ce n'était pas pour aller voir des amis, danser et ripailler. Comment pouvait-on célébrer la naissance de Dieu en commettant moult péchés ? Comment saluer la venue du Seigneur si ce n'était en se réfugiant dans la réflexion et le travail sain ?

Les prières pour les paroissiens malades ou mourants durèrent de longues minutes ; le froid faisait toujours des ravages chez les pauvres gens de l'île de Sealsea. Alinor pencha la tête et remercia Dieu qu'Alys et elle puissent profiter de la maison du passeur et que Rob vive dans le luxe au prieuré. Le pasteur pria pour l'âme de la regrettée Mme Hebden, enterrée dans un sol gelé, et implora l'aide du Seigneur pour les autres hommes et femmes qui ne survivraient pas à la saison froide et qui se privaient de nourriture pour ne pas puiser dans leurs réserves. L'air dans l'église était glacial et l'office n'en finissait pas, s'éternisant plus que d'ordinaire ; puis, quand la congrégation fut enfin libérée et s'empressa de sortir, il se mit à neiger.

— Le chien vous cherche, se plaignit le pasteur quand Alinor passa devant lui. Il reste assis sous le porche de l'église et il vous cherche.

— Il ne fait pas de mal, c'est un bon chien. C'est le chien de mon frère.

— Les gens le remarquent, rétorqua l'autre.

— Ça ne veut rien dire, s'empressa de préciser la jeune femme. C'est seulement un chien qui s'ennuie de son maître.

— Sa façon de vous suivre partout n'est pas naturelle, insista le ministre.

— Je le laisserai à la maison dimanche prochain. Toutes mes excuses. Il est impatient de retrouver mon frère.

— Est-ce qu'Édouard est toujours à Londres ?

— Oui, monsieur, répondit-elle, soulagée de pouvoir parler d'autre chose que d'un animal si loyal qu'il pourrait passer pour un familier.

— Il souhaitait retrouver son ancien régiment en cette période cruciale, je suppose ?

— C'est ce qu'il a prévu.

— Un comportement fort saint, dit-il. Être le témoin de la fin des temps.

— Oui, acquiesça Alinor. Il est très dévot. Dieu soit béni.

Elle effectua une révérence puis avança pour faire ses hommages à la maisonnée du seigneur. Elle fit une autre révérence à sir William et Walter, puis embrassa Rob.

— Joyeux Noël, lui souffla-t-elle à l'oreille.

— Vous feriez bien de repasser au prieuré, lui suggéra Mme Wheatley. Nous allons profiter d'un bon repas, qu'on fête Noël ou pas.

— Oh oui, viens, l'implora Rob.

— Il vaut mieux que je m'abstienne, répondit Alinor. Mon frère n'aimerait pas cela, et Alys doit s'occuper du bac.

— Alors viens seulement pour le dîner, insista son fils. Je reviendrai avec toi pour m'occuper des traversées de la marée du soir.

— Allez, la supplia Alys.

— Oh, très bien, céda leur mère. Mais on doit être rentrés cet après-midi pour la marée haute. Vous savez bien que Noël n'est plus une fête, de nos jours.

— Ce sera au prieuré, lui dit Rob tout bas. On respecte les anciennes traditions. Tu devrais voir ce que Mme Wheatley a cuisiné !

Alinor lui prit le bras et ils suivirent le cortège des Peachey en direction du manoir, Red les suivant d'un pas léger, sa queue battant comme un étendard.

— Ce sera mon seul Noël au prieuré, lui rappela Rob. L'année prochaine, je serai à Chichester.

— Et moi je serai mariée, jubila Alys à côté d'elle.

Alinor, heureuse d'être avec ses deux enfants, passa un bras autour des épaules de son fils tout en prenant la main de sa fille, et elle se demanda où elle serait l'année suivante, si elle allait se rendre à l'église aux côtés de James, leur enfant dans les bras.

La Haye, Pays-Bas, décembre 1648

James passa Noël à La Haye avec les conseillers du prince de Galles à essayer de les convaincre de ne pas faire reposer tous leurs espoirs sur l'évasion du roi pour échapper au procès.

— Pourquoi cela ? C'est ce qu'il souhaite, dit un des lords sur un ton agacé.

Ils étaient dix, assis autour d'une imposante table en bois. C'était trop, jugeait James : dix hommes qui relaieraient chaque mot de leur conversation à leur femme, leurs serviteurs, leurs maîtresses et leurs enfants. Ils avaient autrefois gouverné un pays et ils ne pouvaient pas s'empêcher de se targuer de leur propre importance.

— Naguère, Sa Majesté croyait possible de passer un accord avec nos ennemis, dit un autre en se penchant en avant. Aujourd'hui, nous les savons malhonnêtes, et il est donc disposé à fuir. Avez-vous livré nos instructions ? Nos agents travaillent-ils de concert pour préparer son évasion ?

— Ce n'est pas une question d'instructions, rétorqua James en contenant difficilement son impatience. J'ai transmis les messages, mais l'agent ne m'a pas fait part de son plan. Il ne m'a pas fait confiance, pas plus qu'à qui que ce soit. Il ne voulait pas travailler avec moi, ni avec vos autres agents. Il n'en reste plus beaucoup désormais. À Londres, tous les partisans connus de Sa Majesté sont sous surveillance. Beaucoup d'entre eux ont baissé les bras. Il y a à peine six mois, je rencontrais des hommes qui, aujourd'hui, ne m'ouvriraient plus leur porte.

— Sir William Peachey ? avança un des conseillers.

— Je ne donnerai pas de nom, répondit James en tournant le regard en direction de la porte.

— Vous savez bien de qui je veux parler. Il ne vous aidera pas ? Il a un joli petit port sur ses terres, n'est-ce pas ?

— Rien d'autre qu'un quai sur une digue à marée haute, relativisa James en pensant au moulin à marée et à la cahute d'Alinor qui lui faisait face à l'autre bout de la vasière. De toute manière, il en a déjà assez fait.

— Vous avez de l'argent, intervint l'un des hommes avec amertume. Nous nous sommes ruinés pour cette entreprise. Vous ne pouvez pas engager quelqu'un ?

— J'ai fait ce que vous m'aviez demandé. Je vous ai dit où était retenue Sa Majesté et ce qui était prévu pour son procès. J'ai remis votre or à l'agent qui m'a promis d'essayer de le faire évader. Mais je vous préviens, il se peut qu'il échoue. Sa Majesté est bien gardée, par des soldats qui ne se laisseront pas corrompre. Avant, le gros des troupes respectait la royauté, mais plus maintenant. Je ne pense pas que l'on puisse les acheter. Je ne sais donc pas si vous allez pouvoir le tirer de là. Je vous en conjure, commencez à négocier avec le gouvernement de Cromwell. C'est la seule manière d'être certains que Sa Majesté sera relâchée.

— Une remise en liberté conditionnée par les termes du Parlement ? s'exclama un des conseillers avec incrédulité. Avez-vous oublié qu'il s'agissait du roi d'Angleterre ? Jamais je ne traiterai avec des criminels !

—Négocier avec Cromwell ? s'indigna un des lords en levant des sourcils soigneusement taillés. Avec Cromwell ? Oliver Cromwell d'Ely ?

Un autre pouffa.

—Où l'enfermeraient-ils ? À la Tour ? C'est de toute façon un palais royal ! Vous oubliez qu'il s'agit de Sa Majesté. Ils tomberont à genoux devant lui dès qu'ils seront en sa présence.

—Et si ce n'est pas le cas ? rétorqua James en refrénant sa colère. Ils pourraient tout à fait le jeter en prison. Cela a déjà été fait. Les journaux et les pamphlets à Londres ne parlent que des histoires de Henri VI et d'Édouard II, qui ont été emprisonnés et déposés.

—Henri VI ! se gaussa un des conseillers. Qui peut bien encore se soucier de Henri VI ?

—S'ils décident de l'enfermer à la Tour, il sera très difficile de l'en faire sortir, insista James.

—Pour l'amour de Dieu ! se récria un autre en se levant d'un bond. A-t-on besoin qu'un prêtre vienne nous donner une leçon d'histoire ? Vous ! Summers, ou Avery, ou quel que soit votre nom. Vous a-t-on demandé de venir moucher nos espoirs ?

—Je suis navré de ne pas pouvoir vous apporter de meilleure nouvelle, répondit James en se levant à son tour tout en ravalant sa fureur. Je me suis porté volontaire pour cette mission et c'est une tâche ingrate. Si vous me donnez congé, je partirai sans plus rien dire. Tout ce que je demande est que vous ne parliez pas de moi, que vous ne mentionniez pas mon nom, ni celui des personnes avec qui j'ai collaboré.

—Non, ne partez pas, s'empressa d'intervenir le premier conseiller. Pas de décision hâtive. Ne le prenez pas mal. Nous travaillons tous, comme vous, à garantir la sécurité de Sa Majesté. N'ayez crainte, personne ici ne mentionnera de noms. Il s'agit de notre palais, et tous les serviteurs sont loyaux. Vous ne comprenez pas notre situation. Nous faisons tout ce que nous pouvons. Comme vous l'avez suggéré, la reine s'entretient avec toutes ses relations dans la royauté, dont le roi de France. Quant au prince Charles, il fait appel à tous les monarques d'Europe pour protéger Sa Majesté. Nous exigeons aussi la libération des enfants royaux – la princesse Élisabeth et le prince Henri. Nous devons surtout récupérer le prince et lui faire quitter le sol anglais.

— Les deux enfants, insista James. Ils n'auraient jamais dû être laissés derrière. Elle n'a que treize ans et elle vit comme une prisonnière, faisant de son mieux pour s'occuper de son petit frère. Il faut que les deux enfants rejoignent leur mère.

— Seul le prince importe. Imaginez qu'ils le fassent roi pour se servir de lui comme d'une marionnette ? Nous ne pouvons pas savoir s'il refusera de prendre la place de son père. Vraiment, vous devriez aller trouver le prince Henri et lui dire qu'il doit refuser toute proposition de…

— Il n'a que huit ans ! tonna James. Pensez-vous qu'il soit possible de donner des ordres à un enfant de huit ans ? Qu'attendez-vous de lui ? Il n'aurait jamais dû être laissé entre leurs mains.

— Nous faisons tout notre possible, répéta fermement le conseiller principal. Et il est entendu que nous nous inquiétons de leur bien-être à tous les deux. Nous devons d'abord faire évader le roi, ensuite nous nous occuperons d'eux. Nous voulons que vous y retourniez en observation et que vous nous fassiez parvenir un rapport.

— J'ai promis d'y aller, de remettre de l'or, de rencontrer un homme et de revenir vous faire un rapport. Je ne suis tenu à rien d'autre, rétorqua froidement James.

Il y eut un bref silence.

— Je vous présente mes excuses, déclara l'homme qui l'avait appelé Summers ou Avery. Je n'aurais pas dû mentionner votre nom, ni me plaindre de ce que vous avez fait. Car à vrai dire, nous n'avons personne d'autre. Personne d'autre ne peut faire cela. Nous avons besoin que vous y retourniez.

— Vous n'avez pas été repéré ? demanda le conseiller principal.

— Non, répondit James à contrecœur. Je ne pense pas.

— Dans ce cas nous devons vous demander d'accepter. Ce sera la dernière fois.

James regarda les conseillers assis là, la mine tendue, et sentit monter en lui ce mélange familier de frustration et de désespoir.

— Très bien, dit-il.

— Retournez à Londres et faites-nous parvenir des nouvelles. Nous devons savoir où ils le retiennent et ce qu'ils prévoient de faire de lui. Nous transmettrons vos rapports au prince en personne, qui les portera à l'attention du roi de France. Nous échafauderons un plan d'évasion en nous basant sur ce que vous nous direz.

— Très bien, accepta James en baissant la tête. J'irai, et je vous ferai parvenir un rapport.

Il se leva alors, et le premier conseiller l'imita, puis fit le tour de la table pour venir lui poser une main sur l'épaule et le raccompagner jusqu'à la porte.

— Je vous en suis reconnaissant. Vous serez récompensé. Le prince Charles saura votre nom et ce que vous avez fait pour son père.

James lui lança un regard en coin, la mine fermée et les lèvres pincées.

— Je vous remercie, mais je préférerais que personne ne mentionne mon nom, dit-il. Pas tant que je serai en Angleterre à me faire passer pour un Français, ou un Allemand, ou quoi que ce soit d'autre. Il serait plus prudent envers mes parents, et nos terres aussi, que mon nom ne soit pas révélé.

— Fort bien. Envoyez-nous vos rapports. Quotidiennement si besoin est. Et faites-nous savoir dès que vous pensez que les choses tournent mal pour lui.

— Oh, je peux d'ores et déjà vous le dire, répondit amèrement James. C'est en ce moment même que les choses tournent mal pour lui.

Sealsea, janvier 1649

Dans les premiers jours glacés de janvier, un renard parvint à se frayer un chemin jusque dans la grange de la maison du passeur et massacra trois poules avant que le caquètement paniqué du reste du poulailler réveille Alinor, qui se précipita pieds nus et en chemise à leur secours. Lorsqu'elle ouvrit la porte, elle vit un éclair roux lui filer entre les jambes. Une poule gisait morte, une autre était à l'agonie – elle la saisit donc et lui rompit le cou –, mais la troisième était seulement blessée. Alinor la plaça dans un panier et l'emporta dans la maison, nettoya les morsures sur son abdomen et la laissa dans le panier près de la cheminée. Les poules ne pondaient que très peu par ce froid et cette obscurité, et la jeune femme ne perdrait donc pas grand-chose sur la vente des œufs, mais c'était tout de même une perte. Même s'ils avaient pu se permettre de perdre trois poules, Alinor aurait quand même eu de la peine. Elle connaissait chacune par son nom et était fière de leur bonne santé.

— Je sais que c'est idiot de pleurer pour une poule, mais je ne parviens pas à pardonner à ce renard, dit-elle à Alys.

— Tu n'as qu'à donner aux chasseurs des Peachey l'emplacement de la tanière, et ils se feront un plaisir d'aller le débusquer et le tirer.

— Oh, non, je ne pourrais jamais livrer un animal aux chasseurs.

— Dans ce cas, répondit sa fille en riant, tant que l'heure de la résurrection et de la vie éternelle ne sera pas venue, tu auras toujours de la peine pour un animal qui aura été tué par un autre. Moi, j'ai hâte de la manger. Tu vas en faire un ragoût ?

— Évidemment, répondit Alinor. Je ne suis pas bête au point de gâcher de la viande qui nous tombe entre les mains. Mais je trouve que tu es très dure envers madame Hoppy.

— J'ai faim, se défendit Alys. J'ai tout le temps faim. Pas toi ?

— Si, admit sa mère en remarquant que, pour la première fois depuis cinq mois, sa fille était prête à parler avec elle de sa grossesse. Et j'ai sans arrêt envie de faire pipi.

Alys se mit à rire.

— Comme j'aimerais que ce soit l'été, dit-elle. Je disais à Richard que ça ne me dérangerait pas d'aller vider le pot de chambre s'il ne faisait pas si froid.

— Il sait, alors ? Tu le lui as dit ?

— Je lui ai dit dès que j'ai été certaine. Il est content.

— Est-ce qu'il va le répéter à ses parents ? s'inquiéta Alinor en pensant à la femme redoutable qui allait devenir la belle-mère d'Alys.

— Il le leur a dit, répondit sa fille sans ciller. Et son père respecte les traditions. (Elle affecta une grimace.) Il fait des blagues là-dessus. Il est heureux que sa future bru soit fertile. Elle a dit que c'était une bonne chose de savoir que j'allais faire perdurer la lignée. Lui, il a fait remarquer qu'une bonne vache était une vache allaitante.

Alinor rit de voir l'expression outrée d'Alys.

— Bah, au moins ils ne le voient pas d'un mauvais œil.

— Tant que je leur apporte ma dot. C'est tout ce qu'elle voit, elle. (Elle marqua un instant de pause.) Ils ont dit qu'il faudra que tu viennes auprès de moi quand l'accouchement approchera. Il faudra que tu sois avec moi, m'man, quand je le mettrai au monde.

— C'est tout ce que j'espère, répondit lentement Alinor. Je prie pour que ce soit possible. J'espère et je prie pour nous deux, tout le temps.

— Pourquoi est-ce que tu n'envoies pas une lettre à cet homme ? Pourquoi est-ce qu'il ne vient pas pour arranger les choses, s'il t'aime autant que tu le dis ?

— Il viendra, affirma Alinor. Je n'ai pas besoin de lui envoyer de lettre. Il viendra dès qu'il pourra.

Le lendemain matin, Red ne bougea pas de son coin et refusa d'aller s'installer sur le ponton pour surveiller le bac comme il le faisait habituellement.

— Et on a eu un renard, le tança Alinor. Tu t'empâtes ?

Le pauvre chien leva ses grands yeux brun foncé sur elle avant de détourner la tête. La jeune femme lui posa la main sur le crâne.

— Oh non, Red, dit-elle tout bas. Qu'est-ce que tu as ?

Il soupira comme s'il essayait de lui parler, et Alinor lui prit la truffe en main pour scruter son regard comme elle l'aurait fait avec un patient.

— Tu ne veux pas attendre que Ned rentre ? demanda-t-elle dans un murmure.

Il bougea sa queue en panache et tourna trois fois sur lui-même avant de s'allonger. Alinor lui fit une caresse sur le front, sur ses plis entre les yeux, et le laissa tranquille.

Alys tira sur la corde glacée du bac tandis qu'Alinor traversait le gué à marée basse pour aller travailler au moulin. Il faisait un froid de tous les diables et le sol couvert de givre glissait, tandis que les bancs de sable de l'estran étaient aussi blancs que la neige.

— Retourne au chaud, lança-t-elle à sa fille. Et attention sur l'eau.

— Ça va, répondit Alys avec les joues blanchies par le froid, ses doigts crispés sur la corde. Fais attention de ne pas glisser.

Mme Miller répartit les tâches à la ferme et chez elle afin que ses enfants, Peter et Jane, ainsi qu'elle-même puissent rester à l'intérieur tandis que sa bonne à tout faire et Alinor devraient travailler dans le froid. La guérisseuse commença dans l'étable, où les vaches attendaient patiemment dans leur enclos. Elle prit un tabouret accroché à une patère et le plaça à côté de la première vache. Elle appuya son front contre le ventre chaud de la bête et se mit à lui parler d'une voix douce tout en tirant sur ses mamelles, une main après l'autre, pour en extraire le lait, qui giclait dans le seau. Par ce froid, le lait produisait de la vapeur et la riche odeur lui donnait l'eau à la bouche. Elle apporta le seau à la laiterie et le versa dans un grand récipient pour séparer le lait de la crème qu'elles pourraient transformer en beurre plus tard.

— Je vous demanderai de bien vouloir aller au colombier pour prélever les œufs, dit Mme Miller en passant la tête par la porte de la laiterie. Et après, vous pourrez rentrer. Je n'aurai pas besoin de vous cet après-midi.

Alinor releva son châle sur la tête, saisit le lourd panier et ressortit dans la cour.

Richard Stoney, occupé à soulever des pelletées de blé dans le plateau suspendu de la balance à l'intérieur de la grange, la vit passer par les portes ouvertes tandis qu'elle traversait d'un pas précautionneux la cour aux pavés couverts de verglas.

— Je vais étaler un peu de paille pour que vous ne glissiez pas, s'empressa-t-il de lui proposer.

Elle se tourna vers lui, son châle raidi par la glace formée par l'humidité de son souffle.

— Non, refusa-t-elle vivement. Ils ne le font jamais, à part quand les vaches sortent.

— Donc les vaches ne doivent pas tomber, mais vous ce n'est rien ? s'indigna-t-il. Laissez-moi vous aider à garder l'équilibre, au moins.

— Non, refusa-t-elle encore. Elle épie certainement par la fenêtre. Laisse-moi faire mon travail, Richard. Je ne vais pas geler, et je ne vais pas tomber.

— Vous n'arriverez jamais à grimper à l'échelle !

Avant qu'Alinor ait pu lui répondre, la porte de la cuisine s'ouvrit à la volée et Mme Miller hurla depuis l'autre bout de la cour :

— Richard Stoney, est-ce que tu pèses le blé ou est-ce que tu flânes ?

— Allez, lui dit Alinor. Retourne travailler.

— Est-ce que je peux venir à la maison du passeur en rentrant ? Est-ce qu'Alys va bien aujourd'hui ? demanda-t-il dans un chuchotement tout en faisant un signe de la main à Mme Miller.

— Elle va bien, et évidemment que tu peux venir ! lui lança la jeune femme en reprenant son chemin vers le colombier.

À l'intérieur de la tour circulaire, elle passa la main à l'intérieur de sa veste en peau de mouton et retroussa sa jupe à la ceinture pour qu'elle lui arrive au niveau des genoux, afin de ne pas se prendre les pieds dedans en grimpant à l'échelle.

Elle posa les mains sur le barreau et leva la tête vers le sommet de la tour. Cela lui paraissait bien haut, et l'échelle n'était pas toute neuve, en plus d'être branlante. Elle vit cependant un pigeon nicher. Elle déplaça l'échelle jusque-là, en vérifia la stabilité, cala le panier sur son bras et commença son ascension. Chaque barreau était glacé, et glissait sous ses doigts. Elle continua de monter les échelons un à un sans regarder en bas, et sans écouter les affreux grincements du bois sous son poids. Elle se disait quelque part qu'une chute pourrait entraîner une fausse couche et résoudre tous ses problèmes. Puis elle sourit intérieurement en constatant qu'à l'idée de perdre son enfant, elle avait agrippé l'échelle avec plus de force, ses pieds précautionneusement calés sur les barreaux. Elle tenait autant à sa vie et à celle de son enfant que lors de ce premier matin glacé quand elle avait juré de ne pas succomber au chagrin, mais d'aller jusqu'au bout, de voir naître cet enfant et de lui réserver une place dans ce monde.

Il y avait un pigeon qui nichait dans le boulin, mais il ne s'envola pas lorsque Alinor arriva à portée. Elle tendit donc doucement le bras et passa la main sous son doux plumage.

— Désolée, ma douce colombe, dit-elle dans un murmure, mais j'ai été envoyée pour récupérer ça. Fais-en d'autres pour les couver.

Sans prêter attention aux petits coups de bec outrés de l'oiseau sur ses mains froides, elle récupéra tous les œufs du nid à l'exception d'un, et les déposa délicatement dans le panier. C'étaient de petits œufs blancs encore tout chauds d'avoir été couvés. Alinor descendit précautionneusement l'échelle et scruta le mur de la tour pour voir si un autre pigeon s'y trouvait.

Elle déplaça l'échelle et y grimpa quatre fois encore, puis elle traversa prudemment la cour avec une douzaine d'œufs dans son panier. Mme Miller lui ouvrit la porte et fit l'effort de lui sourire.

— Je pensais que vous auriez envoyé Alys pour travailler par un froid pareil, dit-elle. Mademoiselle est devenue trop précieuse pour aller chercher les œufs de pigeon, hein ? Maintenant qu'elle se prépare à un aussi bon mariage, elle joue les grandes dames ?

— Pas du tout, répondit aimablement Alinor. Elle s'occupe toujours du bac pour Ned.

— Qui pourrait bien vouloir traverser par un temps pareil ? J'ai entendu dire que la Tamise avait gelé et qu'on pouvait traverser à pied. Vous ne collecteriez plus un sou si la même chose arrivait ici !

— J'ai l'impression qu'il fait suffisamment froid pour que ça arrive, répondit Alinor. D'ailleurs, l'eau douce gèle, mais la marée arrive toujours par-dessus.

— Et Ned qui n'est toujours pas revenu ? Je suis surprise qu'il ait le temps et l'argent pour passer du bon temps à Londres.

— C'est si important pour lui.

— Ça ne le regarde pas, tout ça, décréta Mme Miller sur un ton acerbe.

— Ça ne me regarde certainement pas moi, rétorqua Alinor en souriant.

Mme Miller recouvra un peu de bonne humeur en dévoilant les œufs du panier pour les placer dans le pot en terre cuite.

— Oui, je suppose. Ça ne vous intéresse pas ?

— Si, dit-elle prudemment, mais je ne prends pas parti.

— Ils ne sont pas beaucoup à ne pas penser que le roi devrait être puni pour ses péchés, déclara la meunière. Faire la guerre à son propre peuple ! Et les taxes ! Vous voulez deux œufs pour le dîner ?

— Merci, accepta Alinor.

À présent qu'il n'y avait plus d'étranger et d'illustre invité au prieuré, Mme Miller était redevenue cette Tête-Ronde résolument envieuse.

— Merci beaucoup pour les œufs, dit-elle.

Quand elle atteignit la rivière en compagnie d'une fermière de l'île de Sealsea, elle vit que le bac l'attendait.

— Red a disparu, lui apprit Alys lorsqu'elle monta prudemment à bord de l'embarcation qui roulait sous l'effet du reflux. Il n'est pas venu sur le ponton ce matin et il n'était pas dans son coin à midi.

— Oui, je sais, répondit-elle tout simplement. Pauvre Red. Je lui ai dit au revoir ce matin.

— Vous saviez que le chien allait disparaître ? s'étonna la femme du fermier. Comment avez-vous fait ?

— Elle n'en savait rien, rétorqua sèchement Alys. C'est juste qu'il est vieux et qu'il avait du mal à se lever ce matin. Elle ne savait rien de plus. (Alinor leva les yeux sur sa fille, surprise par sa brusquerie.) Personne ne peut savoir ce genre de choses.

La fermière raconta alors qu'il lui arrivait parfois d'avoir des prémonitions et que sa mère avait été hantée par des rêves étranges.

— Et bien sûr, votre grand-mère avait le don de vision, ajouta-t-elle à l'intention d'Alys.

— Mais pas nous, répondit-elle fermement en tirant le bac au niveau du ponton. (Alinor en descendit et se tourna pour aider l'autre femme à débarquer.) On ne croit pas à ce genre de choses. Bonne soirée ! À demain.

— Je le savais pour Red, déclara Alinor sur un ton neutre alors que sa fille amarrait le bac et montait les marches du ponton.

— Je le sais bien, mais on ne peut pas se permettre de le dire, répondit abruptement Alys. Même pas à Mme Bellman. Bref, je suppose qu'il est allé se réfugier sous une haie.

— On va aller le chercher, promit Alinor. Et j'ai un œuf pour manger avec le thé. Un œuf de pigeon.

— Seigneur, mais que lui arrive-t-il ? s'exclama ironiquement sa fille. Que de largesses ! Deux minuscules œufs ? Elle nous gâte, vraiment. Bon, tu vas par là et moi je vais de l'autre côté. On va le retrouver.

Red n'était pas très loin de la maison. Il s'en était allé paisiblement, comme les vieux chiens font toujours, pour mourir seul. Ce fut Alinor qui, sans surprise, le trouva comme endormi, en boule ; mais son poil était froid, comme sa truffe, et il avait les yeux fermés.

— Le sol est trop dur pour l'enterrer, déclara Alys. Qu'est-ce qu'on va faire ? On ne peut quand même pas le brûler ou le mettre à la fosse.

— Je vais creuser un trou dans la boue du marais, annonça sa mère. Toi, va commencer à préparer le repas. Je n'en ai pas pour longtemps.

Elle alla chercher une pelle dans l'appentis du verger et prit un des petits chemins de galets qui s'enfonçaient dans l'estran.

Tout allait être inondé à marée haute, mais le sol était pour l'heure suffisamment sec pour y marcher et creuser un trou dans la terre meuble sur le côté du chemin. Elle s'affaira donc sous la lune basse, un vent froid soufflant sur le marais.

Quand le trou fut suffisamment profond et large, elle souleva le corps raidi, qui lui semblait désormais si petit et léger, et elle le déposa au fond. Elle savait que Ned lui demanderait si son chien avait été enterré comme il fallait, et qu'il lui ferait confiance. Elle recouvrit le corps de galets récupérés sur le chemin pour éviter qu'il remonte quand la vase serait remuée.

— Adieu, Red, dit-elle tout bas. Tu étais un très bon chien.

Elle planta ensuite sa pelle dans un tas de vase et remplit le trou. Au moment où elle commençait à tasser, un éclat argenté attira son attention, plus brillant qu'une étoile dans la nuit noire. Elle se baissa et trouva une vieille petite pièce tout usée, mais qui scintillait vivement dans la boue. C'était de l'or des fées, une pièce d'un autre temps, d'un autre peuple, avec des armoiries d'un côté et une couronne de l'autre – trop abîmée par l'eau pour être clairement identifiable, trop vieille pour être reconnue, et trop légère pour avoir encore de la valeur.

— Merci, dit Alinor à Red.

Elle ne doutait pas un seul instant qu'il s'agissait là d'un cadeau du chien pour la remercier de l'avoir enterré, ni qu'il le lui avait envoyé depuis l'au-delà, d'un pays aussi lointain et brumeux que le bout de l'estran.

— Que Dieu te garde, mon chien. Que Dieu ait ton âme.

Elle glissa la pièce dans sa poche et posa la pelle sur son épaule, puis elle remonta d'un pas lourd le chemin de galets gelés en direction des lumières de la maison du passeur qui brillaient au-dessus de l'eau glacée.

Palais de Westminster, Londres, janvier 1649

Les deux hommes traversèrent les rues bondées, sautant par-dessus les caniveaux remplis d'immondices dans les voies pavées et se frayant un chemin dans les allées boueuses, jusqu'à ce qu'ils se retrouvent au pied des hauts murs du palais et qu'ils puissent voir les soldats de la nouvelle armée parlementaire faire le guet devant les portes. Il y avait une petite assemblée devant et tous les regards étaient tournés vers les murs de pierre grise et la neige sur le toit d'ardoise.

— Où est logé le roi en ce moment ? demanda James à voix basse.

— Au palais Saint-James. Ils ont convoqué cent trente-cinq juges à Londres pour former une haute cour et le faire passer en jugement. Mais je suis certain que la moitié d'entre eux n'oseront pas venir. Et même s'ils le font, il refusera de se défendre face à eux. Comment vont-ils faire pour ne serait-ce que l'obliger à se présenter devant la cour ?

— Mais s'ils viennent et qu'il se défend…

— Il ne le fera pas, l'interrompit l'anonyme. De quel droit pourraient-ils le convoquer ? On ne convoque pas un roi. Personne n'a jamais fait cela. Est-ce que son père le roi Jacques aurait répondu si le Parlement l'avait sifflé ? Est-ce que la reine

Élisabeth aurait accouru comme un bon toutou ? Aucun pays au monde n'a jamais fait passer un roi devant les juges. Aucun monarque anglais n'a jamais obéi au Parlement.

James hocha la tête ; il était incroyable que ce conflit entre le roi et le Parlement, qui aurait dû se résoudre sur le premier champ de bataille, ou à la rigueur à Newport, ait pris si vite une tournure tellement inimaginable.

— Mais supposons qu'ils le convoquent, reprit-il. Ont-ils arrêté une date et un horaire ?

— Demain.

— Vraiment ?

— Oui.

— Pourrais-je avoir le nom des juges ?

— Vous pouvez avoir le nom de ceux qui ont été nommés, mais personne ne sait lesquels viendront. Ils ne le savent pas eux-mêmes. Beaucoup d'entre eux vont rester éveillés toute la nuit à se demander ce qu'ils doivent faire.

— Est-il possible qu'aucun ne se présente et que le procès soit annulé ?

— Seul le diable peut le dire, répondit l'autre en crachant dans le caniveau gelé. C'est sûrement ce qu'il a en tête. Mais je suppose que Noll Cromwell sera là, lui. À votre avis ? Et ceux qui lui sont loyaux et le suivent aveuglément ?

— Le procès est ouvert au public ?

— Oui, mais n'allez pas croire que vous pourrez surgir de la foule et le délivrer. Il sera bien gardé et personne ne pourra l'approcher. Ils s'attendent à une tentative d'évasion. Ils ne prendront aucun risque.

— Le meilleur moment pour le tirer de là serait pendant le trajet entre ses appartements à Saint-James et ici à Westminster, réfléchit James à haute voix. Probablement par la Tamisef…

—Ne me dites rien. Je ne veux pas savoir, s'exclama son guide en se crispant. Et je n'ai aucune opinion.

—Je n'en ai pas non plus, répondit James. Je cherche juste à rester positif. Allons trouver les noms de ces juges.

Sealsea, janvier 1649

Alinor se réveilla dans l'aube tardive et glacée de janvier, au craquement de la glace et au bruit des chevaux qui traversaient le gué à marée descendante en tirant une voiture. Elle frotta le givre qui recouvrait le carreau de sa fenêtre et plissa les yeux pour mieux voir ce qui se trouvait sur la gauche. Elle aperçut dans la semi-clarté l'imposant carrosse des Peachey.

— Alys ! Le carrosse des Peachey passe le gué, déclara-t-elle à sa fille qui dormait toujours dans le lit derrière elle.

— On s'en fiche, répondit-elle sans bouger. Il ne paie pas.

— Je me demande si Rob est avec eux, et où ils vont.

— À Londres, je suppose, à courir après le roi comme tout le monde.

— Dans ce cas, ils auront laissé Rob au prieuré. Ils ne l'emmèneraient certainement pas. (Elles entendirent la porte de la maison grincer et claquer en se refermant.) Ah, ça doit être lui ! C'est toi, Rob ? cria-t-elle avec joie.

— Oui, m'man, répondit-il gaiement. Je dois rester avec vous jusqu'à la Chandeleur, puis M. Tudeley m'emmènera à Chichester. Je dois aller chez M. Sharpe, l'apothicaire de la ville, pour commencer mon apprentissage.

Alinor noua son châle autour de son ventre de plus en plus marqué et descendit le raide escalier. Elle serra son fils dans ses bras et se recula d'un pas pour l'admirer.

— Comme tu as encore grandi !

— Depuis Noël ? Ça ne fait que trois semaines, la taquina-t-il.

— Tu deviens un homme. Et voilà que tu vas t'en aller pour devenir apprenti !

Il posa un genou à terre pour recevoir sa bénédiction.

— Vous avez déjà mangé ? demanda-t-il en se relevant.

— Bien sûr que non. Alys n'est pas encore levée. Tu as faim ?

— Je meurs de faim ! répondit-il.

— Assieds-toi, alors, je vais allumer le feu, dit-elle en le poussant vers une chaise près de la cheminée avant de soulever le couvercle qui protégeait les braises, qu'elle recouvrit de brindilles et de petit bois de grève.

— Est-ce que sir William va à Londres à cause du roi ? s'enquit-elle.

— Oui, il a été appelé pour être juge. Il emmène Walter à Cambridge.

— Le roi va vraiment être jugé ?

— Tout le monde le dit, mais je ne pense pas que sir William siégera à la cour. Il va voir s'il peut se faire dispenser.

— Comment est-ce que le roi pourra être jugé de manière impartiale si les seuls à l'entendre sont des parlementaires ? demanda Alys en descendant de la chambre.

— C'est ça, acquiesça Rob. Il ne le sera pas.

— Il ne sera pas quoi ? s'étonna Alinor.

— Jugé de manière impartiale, affirma Rob. C'est ce que dit sir William. S'ils parviennent seulement à le faire comparaître, le procès ne sera pas équitable.

— Ça veut dire que les royalistes ne seront pas là ? demanda sa mère en songeant à James.

— Ils se tiendront bien à l'écart.

Londres, janvier 1649

En lisant la liste de ceux qui avaient été convoqués comme juges, James vit le nom de sir William et, après avoir bien enfoncé son chapeau sur son crâne, il se rendit au *Golden Cross*, à Charing Cross. C'était l'auberge que les aristocrates du Sussex fréquentaient lorsqu'ils venaient à Londres. Le patron, débordé par une telle affluence de bourgeois de province, lui lança d'une voix tonitruante : « Oui ! Il est là-haut dans le salon privé ! » avant de reprendre son travail sans un regard à James, et sans même chercher à savoir qui il était. Celui-ci parvint à atteindre l'étage sans se faire remarquer et frappa à la porte.

— Dieu merci, souffla sir William quand James entra. Je ne pensais pas vous voir ici. (Il jeta un coup d'œil en direction de la porte close.) Vous êtes sûr de ne pas avoir été suivi ? Nous vivons une époque dangereuse. Chaque homme est un espion.

— J'en suis certain. Je me fais passer pour un tuteur français pour cette mission, et je ne vais voir aucun de nos anciens amis. Je ne fais que glaner des informations dans la rue. Sa femme et ses amis – vous voyez de qui je parle – veulent savoir ce qu'il se passe.

— Bien malin celui qui pourra le dire, n'est-ce pas ? Allons, asseyez-vous, que l'on boive un verre ensemble. Walter est sorti avec mon intendant pour visiter la ville. Nous sommes seuls.

— Êtes-vous venu avec Robert Reekie ?

— Non, je l'ai laissé sur l'île auprès de sa mère.

— L'avez-vous vue ?

— Non, répondit sir William d'un air surpris. Pourquoi ?

— Pour rien, s'empressa d'affirmer James. J'espérais simplement qu'elle n'avait pas attrapé ma maladie.

— Je ne le pense pas. J'en aurais entendu parler.

Sir William alla ouvrir la porte et héla le tavernier pour qu'il apporte une bouteille de vin rouge et deux verres.

— Alors, reprit-il en prenant soin de bien refermer la porte. Savez-vous ce qu'il va arriver au roi ?

— Je pense qu'il n'y a qu'un seul homme qui le sait, et c'est Cromwell lui-même. C'est lui qui est derrière tout cela. Et à moins que quelqu'un fasse quelque chose pour l'arrêter, je pense que les choses continueront d'aller dans son sens.

— Cromwell est un homme juste. Il ne commettrait pas d'injustice.

— Il pense que ce n'est que justice, et il doit satisfaire l'armée aussi bien que le Parlement.

— Est-ce qu'il parviendra à réunir suffisamment de juges pour reconnaître le roi coupable ?

— C'est en tout cas certainement son intention, répondit James en acquiesçant. Il a convoqué plus d'une centaine de gentlemen. Allez-vous œuvrer en la faveur du roi ?

— Cela m'est impossible. Aux yeux de tous, j'ai retourné ma veste et je suis dorénavant un parlementaire. J'ai payé ce qu'on me demandait et j'ai promis à mon fils que son héritage n'était plus menacé. Je ne peux pas aujourd'hui faire encore une fois volte-face pour rejoindre le camp du roi. J'ai trop à perdre.

On frappa doucement à la porte et un garçon entra avec la bouteille de vin et les verres. Il déposa le tout sur la table dans un silence appuyé, puis quitta la pièce.

— Mais que se passera-t-il s'ils le jugent coupable ? demanda James à voix basse en vérifiant que la porte était bien fermée.

— Coupable de quoi ? s'esclaffa sir William. Et ensuite ? Ils vont l'exiler ? Je doute que les Français veuillent de lui ; les Écossais l'ont renvoyé en Angleterre la dernière fois. L'enfermer quelque part ? Encore au château de Carisbrooke ? En quoi cela les dépêtrerait-il du bourbier dans lequel ils se sont mis ? Ils l'ont combattu pendant six ans et l'ont gardé enfermé pendant deux. S'ils veulent du changement, c'est eux qui vont devoir le provoquer.

— Je ne sais pas, répondit James en prenant un verre de vin. Je ne sais vraiment pas.

— À Sa Majesté le roi, déclara sir William tout bas en levant son verre.

Ils trinquèrent et burent, et James fut frappé par le fait qu'ils le fassent avec la même discrétion et la même solennité que s'il s'agissait de funérailles.

— Monsieur, je suis sûr que personne en dehors de Cromwell ne sait ce qu'il se passera, mais il est évident qu'il organise ce procès dans l'intention de voir le roi jugé coupable, sinon pourquoi le faire ?

— Le procès n'aura jamais lieu, prédit sir William avec fermeté. Et je n'y participerai pas. Je n'en serai pas même témoin. Je vais emmener Walter à Cambridge pour qu'il entame le trimestre du carême. Je ne serai ni témoin ni juge dans cette mascarade. D'ailleurs, aucun honnête homme ne le sera, et ils n'auront donc pas leur procès, car ils n'auront personne pour endosser cette responsabilité. Aucun Anglais ne peut juger le roi. Vous feriez mieux de nous suivre à Cambridge et d'y rester pour enseigner à Walter.

— Je dois demeurer ici, répondit doucement James. Son épouse et ses partisans m'ont demandé de leur dire ce qu'il se passait.

— Il ne se passera rien, affirma sir William. Cela n'ira pas jusqu'au procès. Mais venez me voir quand tout sera terminé. Venez au prieuré avant de rentrer.

James hésita en songeant à sa promesse faite à sa mère de ne pas retourner voir Alinor.

— Je suis tenu de rentrer immédiatement au séminaire.

— Vous n'aurez qu'à embarquer au quai du moulin, proposa sir William. Vous pouvez toujours trouver une place à bord d'un caboteur à destination de la France depuis là-bas, si vous souhaitez me rendre visite.

— D'accord, accepta James, qui espérait ardemment revoir Alinor. Volontiers.

James joua des coudes pour atteindre Westminster Hall, paya son entrée et trouva une place dans la tribune afin de pouvoir voir par-dessus la tête des hallebardiers qui encadraient un espace dégagé au centre de la salle. Le plafond voûté répercutait le vacarme des spectateurs qui se bousculaient et s'invectivaient pour s'entasser toujours davantage. Dans les galeries à l'étage, les gens s'installaient en se pressant les uns contre les autres pour faire de la place sur les bancs. Au milieu de l'espace délimité par les soldats se trouvait une grande table recouverte d'une tapisserie, avec une épée et une masse placées devant le lord président de la cour. Derrière lui se trouvaient les bancs des juges, au nombre de soixante-huit, assis la mine sévère, formant une cour extraordinaire. Plus d'une centaine avaient été convoqués, mais beaucoup avaient refusé de venir ou s'étaient terrés quelque part. En face du lord président, qui siégeait seul telle une petite île de majesté, se trouvaient un fauteuil de velours rouge et une table d'appoint sur laquelle étaient posés du papier, une plume et un encrier, le tout entouré par une demi-cloison en bois. James n'arrivait pas à croire que le roi, qui avait détenu toute l'Angleterre, allait comparaître devant cette cour formée par ses ennemis, comme un homme ordinaire. Malgré la présence des juges sous serment, de témoins préparés, et un procès sur le point de commencer, la moitié des gens présents étaient venus en s'attendant à voir celui-ci annulé.

Le brouhaha augmenta subitement avant qu'un silence ébahi se propage depuis les juges, qui tournèrent la tête en direction de l'entrée comme un seul homme, ou comme les danseurs d'une mascarade. Le murmure assourdissant dans la salle mourut brusquement alors que tout le monde se penchait en avant et tendait le cou pour apercevoir les portes. Charles, le roi, se tenait dans l'encadrement, tel un danseur maintenant la pose avant d'effectuer une entrée grandiose. Il était habillé tout en noir, avec un col blanc d'une étoffe somptueuse, brodé de splendide dentelle. Il avança d'un pas lent, comme pour irradier la salle de sa présence. Chapeau sur la tête, canne à la main, il se dirigea vers le fauteuil de velours et s'arrêta devant la cloison, attendant qu'on lui ouvre le portillon ; il fit passer son regard sur toute l'assemblée – les juges, le lord président, les soldats et l'audience dans les gradins et les balcons. Après un long moment de gêne, voyant que personne ne se levait pour lui ouvrir, il poussa lui-même le portillon et s'assit sans y avoir été invité dans le fauteuil rouge, aussi calme et détendu que s'il s'était trouvé dans sa grande salle des banquets à Whitehall. Il n'enleva pas son chapeau devant la cour, car il ne le faisait pour personne. Il le garda comme s'il s'agissait de sa couronne.

James vit immédiatement la différence qu'il y avait entre l'homme assis si sereinement là, à toiser les juges du regard, et celui qu'il avait supplié de le suivre à Newport. Le roi avait vieilli. Son épaisse chevelure foncée était striée d'argent, son visage était plus rond, plus fatigué et beaucoup plus ridé. Il n'était plus l'homme primesautier qui s'était cru capable de se jouer de ses ennemis. Il avait, à présent, l'air d'un saint fier d'être persécuté. Le roi, qui s'était délecté de ses duperies envers le Parlement, qui s'était vanté de mener celui-ci par le bout du nez, avait remisé son insouciance pour commencer à goûter la défaite. La comédie avait assez duré, et il anticipait dorénavant la tragédie.

— Que Dieu nous vienne en aide, soupira tout bas James en reconnaissant l'attitude d'un homme impatient de connaître la gloire de son martyre.

Un hoquet de stupeur s'empara de l'assemblée lorsque le roi se leva brusquement, comme s'il s'apprêtait à partir. James et tous ceux autour de lui se levèrent précipitamment en signe de respect envers le roi, et il se dit que si celui-ci sortait de la salle avec la même prestance qu'il y était entré, personne n'oserait l'arrêter – et le procès serait terminé avant même d'avoir commencé.

Mais le roi se retourna et scruta toute la salle, faisant passer son regard sur les gens dans la tribune, sur les juges, sur ses sujets qui avaient payé leur place, certains s'étant levés à son entrée et recommençant sans bien savoir quoi faire. Il regarda chacun d'eux, comme s'il passait en revue sa garde rapprochée. James rentra la tête dans les épaules tandis que ce regard morose balayait l'assemblée. Il ne faisait pas confiance au roi pour contenir sa réaction en le voyant. Il ne lui faisait confiance pour rien.

Le roi se remit face à la table centrale et se rassit. Tous ceux qui étaient encore debout, la tête découverte, l'imitèrent timidement.

Un homme se leva pour s'adresser à la cour.

— Qui est-ce ? demanda James à son voisin, un marchand londonien ayant fait fortune.

— John Cook, grommela ce dernier. Procureur.

Cook se mit à prononcer les charges, tourné face au lord président et à la table recouverte de la belle tapisserie, tournant presque le dos au roi.

— Tenez-vous correctement, intervint ce dernier.

Il n'avait jamais été assis derrière qui que ce soit depuis la mort de son père, Jacques, son prédécesseur. L'étiquette voulait que tout le monde soit tourné vers lui pour s'incliner devant sa grandeur ; il fallait s'éloigner à reculons et esquisser encore une courbette en atteignant la porte. Il n'avait pas dû voir de nuque depuis vingt-trois ans. James lui-même, humilié et terrorisé, avait reculé dans la pièce à Newport avant de quitter le roi. Il rougit en y repensant et se dit qu'il avait dû avoir l'air bien bête. Chaque fois que quelqu'un prenait congé de Charles, il était rappelé à sa propre infériorité, et la grandeur du monarque était assise. Même dans la pire situation de sa vie, ce dernier refusait de transiger avec ce protocole.

— Tenez-vous correctement, répéta-t-il en élevant la voix derrière Cook.

Résolument sourd aux protestations du plus grand homme du monde, le procureur poursuivit sa lecture, légèrement à bout de souffle, comme s'il faisait au plus vite pour en terminer avec cette pénible tâche. James se rendit compte qu'il serrait les dents en voyant Cook ignorer si effrontément son roi et poursuivre cette liste d'actes de traîtrise et de grandes infamies.

— Tenez-vous correctement, répéta le roi avant de choquer tout le monde en se penchant en avant et en levant sa canne en ébène pour donner un coup sec dans l'épaule du procureur.

— Seigneur, non, se lamenta James tout bas.

Cook reprit son souffle, mais poursuivit la liste des accusations, et le roi lui donna un autre coup, puis encore un, et soudain, comme on voit au ralenti une tragédie se dérouler, l'embout en argent de la canne tomba au sol dans un bruit sourd, puis roula bruyamment sur quelque distance. Cook n'avait prêté aucune attention à la canne contre son épaule, ni à l'intervention du roi, mais lorsque le morceau d'argent roula au sol, il se figea en même temps que l'objet, comme s'il avait peur de se retourner pour voir ce que le roi allait faire ensuite. Il prit une longue inspiration comme pour poursuivre sa lecture, mais garda le silence.

Personne ne bougea d'un pouce. James se rendit compte qu'il était cramponné à son siège pour s'empêcher de se lever et d'aller ramasser l'embout pour son roi. La moitié de l'assemblée en faisait autant pour ne pas se trahir en se précipitant au secours d'un homme qui n'avait jamais rien eu à faire lui-même. Plus personne ne faisait attention au procureur, et tous les regards passaient du morceau de métal au roi, qui ne s'était jamais baissé pour ramasser quoi que ce soit.

L'embout d'argent gisait au sol à côté de la chaussure impeccablement cirée du procureur, figé comme une statue.

Les juges étaient pétrifiés sur leurs bancs et le lord président semblait comme paralysé. Personne ne savait quoi faire et tout le monde avait le sentiment que ce moment était capital.

Dans ce silence pesant, Charles se leva avec une lenteur délibérée et ouvrit le portillon, puis s'avança vers Cook et se pencha pour ramasser l'embout massif de sa canne, qu'il remit en place sur l'élégant fût. Il posa le regard sur le lord président, puis sur le procureur, comme s'il ne comprenait pas pourquoi ils n'avaient pas tout arrêté pour lui venir en aide. Toute sa vie, l'on s'était baissé à sa place et l'on avait tout fait pour lui ; mais là, malgré la présence d'un millier de ses sujets dans la salle, pas un n'avait levé le petit doigt. Il esquissa un demi-sourire et inclina très légèrement la tête comme s'il venait d'apprendre une leçon aussi importante que désagréable, puis il retourna s'asseoir dans un silence plus épais que si l'on avait prononcé une peine de mort.

James quitta la salle à la fin de cette première journée d'audience, nauséeux de n'avoir rien mangé et d'avoir entendu et vu autant d'horreurs. Il retourna au refuge et, encore sous le choc, écrivit son rapport, le crypta avec le code convenu et apporta la lettre à Queenhithe, au capitaine qui l'attendait.

— On lève l'ancre à la prochaine marée, le prévint-il.

— Vous pouvez y aller, dit James, c'est tout ce que j'ai à transmettre. Quelqu'un vous attendra sur les quais à votre arrivée. Il demandera les documents transmis par *monsieur** Saint-Jean.

— J'imagine que ce ne sont pas de bonnes nouvelles, devina le capitaine en scrutant son air lugubre.

— Transmettez-lui simplement la lettre, répondit James avec lassitude avant de tourner le dos aux bateaux qui dodelinaient sur la Tamise, ainsi qu'à sa subite envie d'embarquer.

Ned était présent dans la foule qui se pressait dans Westminster Hall en ce jour d'ouverture du procès, mais il ne vit pas James. James non plus ne vit pas le passeur, car il avait gardé la tête baissée et son chapeau profondément enfoncé sur le crâne. Les deux hommes étaient, sans s'en rendre compte, témoins du même événement, partageant la même incrédulité de voir le procès avoir lieu, et le même doute de voir un verdict accablant être rendu. L'ancien soldat Tête-Ronde ne pensait pas que les juges auraient les nerfs assez solides pour aller jusqu'au bout d'une condamnation pour trahison à l'encontre de leur roi. Et même s'ils allaient jusque-là, Ned était certain qu'ils n'opteraient jamais pour la peine de mort. Comment les sujets pourraient-ils décider d'exécuter leur propre roi ? Toutes les cours du pays étaient constituées par le roi, pour défendre ses lois. Qui avait le pouvoir de juger celui qui faisait les lois ? Pour la première fois de sa vie, en ce jour glacé de janvier, Ned vit le roi en chair et en os semi-divins, assis sur son fauteuil de velours, portant son haut chapeau comme une couronne, et il se dit, dérouté, qu'un homme suffisamment arrogant pour finir devant une cour à cause de son refus de répondre de ses actes ou de tenir ses promesses méritait qu'on le traîne en justice. Cela ne l'empêchait pour autant pas dans le même temps de penser qu'un homme aux doigts si graciles, habillé d'une manière aussi exquise et possédant une beauté si mélancolique devait en effet être, comme il le prétendait, à moitié divin, et bien au-dessus des lois.

Samedi,

Il est peu probable qu'une tentative pour le faire évader puisse aboutir. Il est escorté jusqu'à Westminster depuis une demeure privée, sous bonne garde et par la Tamise. Je pense que sa seule chance de recouvrer la liberté est que les princes d'Europe fassent pression et menacent de déclarer la guerre à ce Parlement qui semble participer de bien mauvaise grâce à ce procès. Nombreux sont ceux qui ont été évincés, moins de la moitié des juges convoqués ont répondu à l'appel, et le peuple n'exige pas de voir le roi condamné. La décision de la cour n'est en rien certaine, le roi refuse de se défendre devant elle, et il affirme qu'elle n'a sur lui aucune autorité. Je pense que le procès pourrait être ajourné sans qu'un verdict soit rendu si les monarques d'Europe et les membres de la famille royale le demandent instamment. Si le procès se poursuit, nous risquons de voir le roi reconnu coupable ; et même si un verdict n'est pas une condamnation, Son Altesse Royale le prince de Galles serait bien avisé d'exiger la promesse que ce verdict ne se transformera jamais en condamnation à l'exil ou à la prison.
Ils entendront des témoins qui attesteront que Sa Majesté a bafoué des traités de paix, manqué à sa parole, renié ses promesses et menti au Parlement ; et cela ne fera qu'ajouter à un ressentiment croissant. L'humeur de la salle se fait plus sombre. Le roi a eu tort de ne rien dire. Étant donné qu'il ne fournit aucune explication et ne se défend pas, il donne l'impression de n'avoir rien à dire pour sa défense.

Pis encore, il semble assumer totalement ces accusations. Mais cela ne les arrête pas. Nous n'avons plus qu'un seul avantage désormais : le fait qu'ils aient ajourné jusqu'à lundi. Cela vous laisse le temps de les sommer de mettre un terme à ce procès.

James envoya sa lettre de conseils codée au beau milieu de la nuit, la remettant à un capitaine effectuant la traversée mouvementée de la Manche en hiver. Il ne reçut nulle réponse, mais il n'en attendait aucune. Il n'y avait aucune raison pour que les gentlemen en exil le rassurent sur le fait qu'ils agissaient bien pour sauver le roi. Le dimanche, il se rendit à l'église pour assister au service vide de sens de la communion protestante, et il pria avec ferveur dans sa propre chambre. Il descendit trois fois à Queenhithe au cas où le navire serait revenu avec une lettre pour lui. Personne, pas même son père, ne lui avait écrit.

Le lundi, il envoya une autre lettre à ses maîtres à La Haye pour leur dire que la cour s'était réunie et que le roi refusait toujours de s'exprimer.

Demain, ils se rassembleront en l'absence de Sa Majesté pour entendre les témoins. Il est crucial que quelqu'un contredise leurs témoignages. Un lord ou un gentleman pourrait-il procéder à une contre-interrogation des témoins ? S'ils affirment que le roi est un menteur, alors peu importe que la cour ne soit pas constitutionnelle – c'est une chose qui ne devrait jamais être proférée. Si nous laissons dire cela, nous apprenons au peuple d'Angleterre qu'il peut dire ce qu'il veut.

Au fil des jours et des rapports envoyés quotidiennement par James sans recevoir de réponse, ni même de confirmation de bonne réception, il eut de plus en plus le sentiment d'avoir été, comme le roi, abandonné à son sort. Il avait l'impression que le monarque et lui allaient poursuivre éternellement cette existence étrange où chaque mot prononcé était d'une importance capitale, chaque parole comme un serment. Mais l'ennui et la banalité de ces jours passés dans la Chambre peinte de Westminster, avec toujours plus de témoins lançant d'affreuses accusations les unes après les autres, étaient aussi douloureux que de croquer sur une mauvaise dent.

Ned, écoutant avec toute l'attention qu'il pouvait, poussé dans un coin au fond de la salle, ne parvenait pas à comprendre comment des juges pouvaient trouver le courage de siéger au procès de leur roi, mais pas celui de le forcer à répondre. Alors que ce mois de janvier particulièrement froid touchait à sa fin, il commença à craindre de voir le roi échapper à la justice par sa simple stratégie consistant à nier à quiconque le droit de le juger. Il refusait à tous le droit de parler de lui, d'écouter, et même d'être.

— C'est comme si aucun de nous n'était là, se plaignit-il à la patronne de la petite auberge bondée ce soir-là. C'est comme si rien de tout ça n'avait jamais eu lieu. Il n'écoute même pas les preuves contre lui. Il n'est même pas présent pour écouter les témoins. Ils l'ont dispensé de présence à son propre procès. Il… Bah, je ne sais même pas ce qu'il fait. Peut-être du billard à Saint-James ?

— On n'est rien aux yeux de ces gens-là, répondit-elle.

— Je ne suis pas rien, déclara Ned d'un air dubitatif. Pas sur mon bac, et sur l'estran ; je ne suis pas rien là-bas.

Le soir du samedi 27 janvier, James écrivit sa dernière lettre codée et l'envoya à l'anonyme qui lui avait demandé un rapport sans lui dire quoi faire en cas de désastre. Maintenant que le désastre avait eu lieu, James écrivait lentement, convaincu qu'il n'y avait plus urgence – soit ils avaient un plan d'évasion dont ils n'avaient pas daigné lui parler, soit ils avaient reçu ses avertissements mais n'avaient rien fait. Dans un cas comme dans l'autre, son long chemin de croix n'avait servi à rien.

Je regrette de vous annoncer qu'ils l'ont reconnu coupable et qu'ils ont prononcé avec ce verdict une peine de mort. Il a été jugé tyran, traître, meurtrier et ennemi public du bon peuple d'Angleterre, et condamné à être mis à mort par séparation de sa tête et de son corps.
Si vous avez la possibilité d'exercer une quelconque influence pour le faire gracier ou évader, cela doit être fait immédiatement. Ils n'ont pas encore annoncé de date pour l'exécution, mais il doit voir ses enfants, la princesse Élisabeth et son frère cadet le prince Henri, ce lundi. Son exécution devrait suivre, à moins que vous ne l'empêchiez.

James marqua une pause. Il voulait croire que son rôle dans tout cela n'avait été que de l'esbroufe et qu'un arrangement avait été trouvé pour garantir la sécurité du roi. Peut-être son rôle n'avait-il été que de détourner l'attention pendant qu'un conspirateur haut placé, ou un homme d'une grande fortune, ou l'ambassadeur de France ou encore le prince de Galles lui-même, rencontrait les juges, ou Oliver Cromwell en personne. Peut-être le roi était-il en ce moment conduit dans des passages secrets du palais de Whitehall jusqu'à la Tamise pour monter à bord d'un bateau qui l'emmènerait loin.

Je pense sincèrement qu'ils prévoient de l'exécuter dans les jours qui viennent. Bien entendu, je vous implore de le sauver et d'empêcher ce terrible martyre. Transmettez-moi mes ordres s'il y a quoi que ce soit que je puisse faire. Faites-moi au moins savoir que vous avez reçu cette lettre.

Sealsea, février 1649

La barre cogna lourdement contre le fer à cheval. Alys bondit de son tabouret, abandonnant son petit déjeuner, et s'essuya la bouche du revers de la main avant de se diriger vers la porte. Elle sortit et la referma difficilement, le vent glacé s'engouffrant à l'intérieur.

— Doux Jésus, c'est toi, oncle Ned ? l'entendit crier Alinor. Je pensais que tu ne reviendrais jamais !

Alinor ouvrit la porte d'entrée à la volée pour voir au-dehors, se protégeant les yeux du cruel soleil d'hiver, affleurant à l'horizon. Dans cette lumière crue, elle ne put voir que la silhouette d'un homme, sac sur l'épaule, chapeau sur la tête, bottes de soldat aux pieds, mais elle reconnut son frère quand il avança sur le ponton, embrassa sa nièce et se laissa tirer dans le bac, payant son passage d'un geste solennel.

— Sois le bienvenu chez toi, mon cher frère, lui dit-elle quand Ned débarqua.

Il lui ouvrit ses bras et elle se réfugia dans la chaleur de sa cape. Il portait sur lui l'odeur de Londres, d'écuries lointaines, de draps moites, de la vraie bière plutôt que de celle qu'ils brassaient là, et de charbon plutôt que de feu de bois.

— Tu es parti depuis si longtemps. On n'avait aucune nouvelle. Qu'est-ce qui s'est passé ? Est-ce que le procès est terminé ? On a simplement entendu dire qu'il avait commencé.

— Oui, il est terminé, répondit-il en s'asseyant sur son tabouret pour ôter ses bottes.

— C'est pas vrai ? s'exclama Alys. Je pensais qu'ils n'iraient jamais jusqu'au bout.

— Oh si, et plus loin encore, dit-il d'un air abasourdi. Pendant tout le trajet, je n'ai pas arrêté de me demander comment c'était possible. Mais ils ont fait plus que le juger pour avoir manqué à sa parole : ils l'ont accusé de trahison et l'ont condamné à mort. Et c'est fait. Il est mort et on est un royaume sans roi.

Alinor laissa échapper un hoquet de stupeur et se plaqua la main sur la poitrine, sentant son cœur cogner à tout rompre.

— Vraiment ? Sans rire ? Il est mort ? Le roi est mort ?

— Oui. Tous ceux à qui je l'ai annoncé en chemin ont réagi pareil que toi. Tout le monde fait comme si c'était incroyable, mais il était jugé par une cour de justice, devant son peuple, et il a tout fait pour en arriver là depuis Nottingham. Pourquoi est-ce que ça surprend qui que ce soit que son heure soit venue ?

— Parce qu'il s'agit du roi, répondit simplement Alinor.

— Mais il s'avère qu'il n'était pas au-dessus des lois comme il le pensait.

— Comment est-ce qu'ils ont fait ? demanda Alys avec curiosité.

Alinor se rendit jusqu'à l'escalier et héla Rob pour le réveiller et lui dire de descendre car son oncle était rentré, puis elle servit à Ned un gobelet de petite bière et s'assit à côté de lui. Elle avait bien du mal à écouter ce récit, sachant ce que cela signifiait pour James, mais il fallait qu'elle sache ; un royaume sans roi était une énigme que le peuple anglais allait devoir résoudre. Et comment un peuple avec des gens aussi différents que le pasteur, Mme Wheatley et l'apothicaire de Chichester pourrait arriver à s'entendre sur la manière dont il devait être gouverné ? À moins que tout ne soit décidé par des gens comme sir William, et que rien ne change vraiment ?

— Ils l'ont fait dans le respect de la loi, répondit Ned à sa nièce. Ils l'ont fait devant une cour de justice, même si le roi a nié sa légitimité jusqu'au bout.

— Je veux dire, pour l'exécution, précisa Alys. On savait qu'il était jugé, mais personne ne pensait qu'il serait exécuté. On a vu passer un journal après le premier jour du procès, puis plus rien.

— J'étais content d'y être pour voir ça, soupira-t-il. Et il fallait qu'ils le fassent. Ce n'était que justice. Cela dit, c'est toujours triste de voir un homme mourir.

Rob dévala les marches tout en nouant ses culottes, serra la main de son oncle et s'assit pour écouter.

— Où est Red ? demanda soudain Ned en regardant sous la table avec le sentiment que tout n'était pas à sa place.

— Je suis désolée, Ned, dit Alinor en posant une main sur la sienne. Il est mort. Il n'a pas souffert. Il s'est simplement réveillé très fatigué un matin, et il s'est endormi dans la journée.

— Ah, dit-il en secouant tristement la tête. Mon chien.

Personne ne parla pendant quelques instants, et Alinor coupa une tranche de pain qu'elle mit dans une assiette en bois avant de la placer devant son frère.

— Qu'est-ce qui est arrivé au roi ? demanda Rob après un temps.

— Ils l'ont décapité ? s'enquit Alys.

— Oui. Ç'a été rapide et bien fait, par une froide matinée. Il est sorti par une fenêtre en verre si grande et large que ç'aurait pu être une porte de son palais de Whitehall. Donc il n'a jamais été mis en prison, même s'ils l'ont reconnu coupable. Il n'a jamais été mis aux fers, malgré ce verdict qui en a fait un criminel. Il a dit quelque chose, mais personne ne l'a entendu – on était des milliers amassés dans la rue –, puis il a posé la tête sur le billot et le bourreau a abattu sa hache. Un seul coup. Du travail bien fait. Il n'a pas pardonné au bourreau, ce qui n'était pas très correct. Il a dit qu'il était un « martyr du peuple ». Ça, je l'ai entendu. Quel imbécile. (Il toussa et cracha dans le feu.) Il est mort en proférant un mensonge, ce qui lui va bien. C'était nous qui étions ses martyrs. Il a menti jusqu'à son dernier souffle.

— Que Dieu lui pardonne, dit Alinor dans un murmure.

— Moi, je ne lui pardonnerai jamais, déclara Ned avec verve. Pas plus que n'importe quel homme qui s'est battu contre lui, encore et encore, alors qu'il refusait de baisser les armes même après avoir déclaré la paix et admis sa défaite. Encore et toujours. Ne l'oublions jamais.

— Que Dieu lui pardonne, répéta sa sœur.

— Qu'est-ce qui va se passer, maintenant, oncle Ned ? demanda Rob. Est-ce que tout va changer pour nous ?

— C'est la grande question, répondit-il. Tout a changé, et tout doit changer. Mais est-ce que ce sera le cas ? Et de quelle manière ?

Londres, février 1649

James attendit une journée et une nuit au cas où il recevrait des instructions, mais, en ne voyant rien venir de Paris ni de La Haye, que ce soit de son supérieur, de son professeur ou de son père, il conclut que sa mission était terminée et qu'il ne pouvait rien faire de plus. Il pensa amèrement qu'il n'y avait jamais rien eu pour lui à faire, si ce n'était enterrer le roi – et d'autres s'en occupaient. Il pesta en songeant au fait que personne n'avait même pris la peine d'accuser bonne réception de ses lettres ou de le remercier pour son travail ; mais il repensa à la description de sa mère affirmant que le roi était un imbécile et le prince un fourbe, et que servir la royauté était une tâche ingrate mais dont on ne pouvait pas se détourner.

Il traversa la ville silencieuse, qui ressemblait à un village en deuil, à une famille en état de choc. Il prit le bac pour rejoindre la rive sud de la Tamise, loua un cheval à Lambeth et s'élança sur les routes en direction de Chichester et l'île de Sealsea.

Sa monture était une vieille rosse fatiguée et James fut ravi de la laisser traîner les sabots. Il ne demandait rien de mieux que de prendre le temps de se couper de cette angoisse subie lors de ces journées imprévisibles au cours desquelles aucune parole n'aurait pu sauver le roi, et aucune parole n'aurait pu être prononcée ; il en profita pour réfléchir en silence à son avenir, à ce que serait sa vie dans ce nouveau monde dans lequel l'Angleterre avait basculé. Il ne serait plus jamais un homme de paroles. Il savait que tout avait changé pour lui, et ce depuis ce fameux jour à Newport, quand le roi avait refusé de le suivre alors qu'un bateau l'attendait pour lui faire rejoindre la flotte de son fils au large.

James s'arracha à cette rêverie de victoire, un songe éveillé crucial pour supporter cette âpre défaite. Il craignait que penser à ce qui aurait pu être empêche les royalistes de rompre leur exil, qu'ils se retrouvent piégés à tout jamais, espérant la venue de temps meilleurs, ressassant les erreurs du passé. Il essaya au lieu de cela de s'imaginer comment serait cette nouvelle Angleterre pour lui, pour ses parents, et pour Alinor. Il doutait que ses parents demeurent à la Cour de la reine, à présent qu'elle était certaine de ne pas recevoir de bonne nouvelle de son mari, et de ne jamais retourner en Angleterre victorieuse. Il doutait aussi que leur loyauté aille au prince Charles, malgré son insistance pour se faire appeler Charles II – même s'il était difficile de l'imaginer être couronné à l'abbaye de Westminster, si près du palais de Westminster où son père avait été exécuté. L'Angleterre semblait devoir demeurer éternellement sans monarque. Les parents de James reconnaîtraient-ils la défaite ? Rentreraient-ils plutôt que de rêver et espérer ? James pensait que oui. Ceux qui avaient juré loyauté à leur roi et risqué leur vie ainsi que leur fortune pour lui n'en feraient pas automatiquement autant pour son fils, surtout quand il n'avait pour lui que le charme désuet d'un prince en exil, entouré de ses favoris, de conseillers corrompus et de femmes volages, à distribuer des promesses qu'il était certain de ne jamais pouvoir honorer. À présent qu'il était censé devenir roi, sa Cour allait devenir plus pitoyable encore, plus fataliste. Seuls ceux qui ne pouvaient guère espérer mieux allaient continuer à le soutenir. Seuls ceux qui n'avaient pas de toit allaient continuer de le suivre dans son exil.

James pensait peu probable que sa mère, lady Avery, accepte de demeurer à une telle Cour et de servir un roi sans couronne. Son père n'allait certainement pas se battre pour obtenir une place au sein du gouvernement aux côtés d'opportunistes sans scrupules, et s'il n'avait aucune fonction auprès du prince, pourquoi resteraient-ils en exil ? James était persuadé qu'ils rentreraient. Ils allaient devoir rentrer à Northallerton dans le Yorkshire, et James pourrait aller les retrouver, ainsi que le domaine de son enfance, ses terres natales, avec ce vent froid soufflant sur les marais, et les cris des vanneaux fonçant en piqué dans le ciel bleu.

Il présenterait Alinor à ses parents comme la femme qu'il aimait et souhaitait épouser, et ils allaient certainement l'autoriser à vivre avec elle, dans une nouvelle maison qu'il construirait, peut-être dans les champs en contrebas de la grande demeure : peut-être une petite maison, un manoir, adossé à un jardin clos pour ses plantes, avec un verger. Il la présenterait à tout le village et à la paroisse comme sa femme, admettant qu'ils ne pouvaient encore pas se marier légalement mais affirmant leur engagement solennel et exigeant qu'on lui montre le respect dû à tout Avery du manoir de Northside. Et il ne doutait pas que, malgré les rumeurs qui circuleraient à voix basse, malgré la désapprobation de sa mère, on oublierait vite le fait que la future lady Avery n'était pas encore mariée à l'héritier, dans un monde de si grands changements dans lequel tout était bouleversé – dans un monde qui pouvait être dirigé par un fermier du comté de Cambridge.

Alors que la route serpentait au sommet des hautes collines du sud, offrant à la vue un paysage si pâle, gris et brumeux dans ce matin si froid, James se dit que tout ce qu'il aurait à faire serait de convaincre Alinor de quitter sa cahute de pêcheur, sa fille bien-aimée et son fils adoré, pour venir avec lui dans le Nord. Il était certain d'y arriver. Elle pourrait aussi venir avec ses enfants, si elle le désirait, et si c'était là le prix à payer. Ou alors ils pourraient toujours venir lui rendre visite. N'importe quoi, se dit-il avec passion – à n'importe quelle condition, tant qu'elle acceptait de le suivre.

Sealsea, février 1649

Ned, Rob, Alinor et Alys longèrent la grève, dépassant la vieille maison d'Alinor et l'abri de pêcheur, franchirent le tunnel de ronces pour se laisser glisser sur la plage de galets, baissant la tête pour éviter les longues branches tombantes du chêne, puis grimpèrent les marches sommairement taillées dans la digue pour rejoindre le sentier de l'église. Le grondement des meules de l'autre côté de la vasière et le flot de l'eau dans le bief résonnaient durement dans l'air glacial et Alinor regarda par-dessus son épaule comme si elle craignait de voir la marée les rattraper. Ned aida les deux femmes à passer l'échalier pour entrer dans l'enceinte de l'église et ils avancèrent en file indienne le long du chemin qui serpentait entre les tombes. Ned et Alinor s'arrêtèrent devant la simple stèle qui marquait celle de leurs parents.

— J'aurais aimé qu'il soit là pour voir ça, dit Ned à propos de leur père. Il n'aurait jamais cru ça possible.

Sa sœur pencha la tête.

— Elle me manque, dit-elle simplement.

Ils reprirent ensuite leur chemin et entrèrent dans l'église, les deux femmes empruntant l'escalier qui menait au balcon de bois où les travailleuses de la paroisse se tenaient en silence, Ned et Rob allant se placer sur la gauche de la nef où les hommes attendaient, chapeau en main, que les Peachey entrent et que sir William prenne place. Ce ne serait qu'une fois le seigneur de ces terres installé que le service allait pouvoir débuter. Ned se lamenta auprès de Rob du fait que rien ne changerait jamais sur l'estran, quoi qu'il puisse se passer dans le reste du pays.

Il n'y avait qu'un seul fauteuil, réservé à sir William et placé devant les marches du chœur, tel un trône. Walter était à Cambridge et il n'y avait aucun invité au prieuré pour s'asseoir sur le banc des Peachey. Les gens de maison se tenaient donc derrière le banc vide. Alinor, depuis la tribune, vit le sublime chapeau de feutre foncé orné d'une plume noire et d'une épingle en argent du seigneur qui remontait lentement l'allée, et elle se demanda si son fils lui manquait, et s'il avait reçu quelque nouvelle de l'ancien tuteur de Walter. Elle savait qu'elle ne pourrait jamais le lui demander, ni à personne parmi ses employés. Elle resserra son épais châle d'hiver autour de son ventre et regarda le pasteur s'avancer vers le pupitre, s'incliner devant le seigneur, puis entamer l'office.

Le service, dans sa nouvelle forme décidée par le Parlement et officiée par l'église qui lui obéissait, se déroula avec les habituelles prières et lectures, mais, lorsque l'heure du sermon arriva, le pasteur posa le regard sur le fond de la salle et demanda :

— Édouard le passeur, es-tu là ?

— Oui ! répondit Ned avec la promptitude d'un ancien soldat durant l'appel.

— Voudrais-tu nous raconter ce dont tu as été témoin à Londres, afin que nous comprenions bien tous ce qu'il est arrivé au roi qui a trahi son peuple ?

Les hommes qui entouraient Ned s'écartèrent pour le laisser passer et il s'avança d'un pas timide vers le chœur.

— Je n'étais pas dans la confidence des débats ou des délibérations, déclara-t-il. Je ne peux donc dire que ce que j'ai vu.

— Le point de vue d'un honnête homme. Un rapport fidèle, voilà tout ce que nous attendons de toi, lui assura le pasteur.

Plusieurs membres de la congrégation parmi les plus puritains murmurèrent un « Amen ».

Alinor se rendit compte qu'elle avait les poings crispés sous son châle. Elle ne savait pas ce que sir William ferait à la suite du rapport de Ned ; elle ne savait pas si son frère allait, ainsi encouragé, dépasser les limites de la déférence. Rob leva les yeux vers elle, perchée dans la tribune, et elle comprit qu'il craignait la même chose. Il ne commencerait son apprentissage que le lendemain, et il se pouvait encore que cela lui passe sous le nez.

Ned s'approcha du pasteur, puis se tourna pour faire face à l'assemblée. Il s'inclina légèrement devant sir William, qui lui fit signe qu'il pouvait parler.

— Le procès du roi Charles a duré huit jours, commença-t-il. J'étais présent tout du long. Je l'ai vu, ce premier jour à Westminster Hall, quand ils l'ont fait entrer.

Alinor vit sir William se tortiller légèrement sur son fauteuil.

— Il y avait plus de soixante juges sur les bancs pour écouter le roi se défendre des accusations de tyrannie et de trahison envers son peuple.

Les portes de l'église s'ouvrirent sur un retardataire, mais personne ne se retourna en sentant cette soudaine bourrasque glacée tant la congrégation était pendue aux lèvres de Ned.

— Le roi n'a rien dit quand ils ont lu les charges et, quand il a ouvert la bouche, il a refusé de plaider coupable ou non coupable.

— Pourquoi ? demanda quelqu'un. Pourquoi ne pas avoir parlé ?

— Oh, il a parlé, rectifia Ned. Ça oui, mais il a refusé de plaider.

— Pourquoi ?

— Je n'en suis pas certain, admit-il. C'était une subtilité d'avocat.

La congrégation échangea des murmures désapprobateurs.

— Mais pourquoi n'ont-ils pas laissé le roi répondre ?

— C'est lui qui n'a pas voulu leur répondre. Ils ont fait comparaître des témoins contre lui, dans une salle plus petite, mais il ne s'est même pas présenté. C'étaient des hommes qui l'avaient vu sur le champ de bataille prendre les armes contre son propre peuple. Ils avaient beaucoup de témoins pour ça. Je l'ai vu moi-même.

— Puis-je parler ?

Tous ceux présents dans l'église se tournèrent en direction des portes pour observer le retardataire, qui se tenait sous la tribune, si bien qu'Alys et Alinor ne purent pas voir de qui il s'agissait.

— Moi aussi, j'ai assisté au procès. Moi aussi, j'arrive tout droit de Londres.

Alinor reconnut immédiatement sa voix et se colla la main sur la bouche pour s'empêcher de crier, puis se mordit les doigts pour ne pas s'évanouir.

— Qui est-ce ? demanda Alys en donnant un petit coup de coude à sa mère.

— Je ne sais pas, répondit-elle dans un murmure.

Il remonta la nef, le col de sa cape de voyage bien droit sur ses épaules et l'ourlet caressant le haut de ses bottes d'équitation. Alinor ne put voir que son chapeau depuis le balcon de bois, puis les boucles foncées de ses cheveux lorsqu'il se décoiffa. Elle ne put observer que sa démarche assurée jusqu'au chœur et les ondulations de sa riche cape.

— Est-ce vous, monsieur Summer ? demanda le pasteur.

James s'inclina devant sir William, puis se campa devant le ministre.

— C'est bien moi, James Summer, tuteur de Walter, le fils de sir William. J'étais à Londres pour le travail et ai assisté au procès du roi. Je suis revenu pour rendre une brève visite à sir William. Je serais ravi de vous livrer mon point de vue et d'ajouter mon témoignage à celui d'Édouard le passeur.

Le pasteur l'invita d'un geste à raconter ce qu'il avait vu, et James se tourna face à la congrégation avant de saluer Ned d'un signe de la tête. Alinor put alors voir son visage. Il était pâle. Son expression déterminée le faisait paraître plus vieux que la dernière fois qu'elle l'avait vu, ivre de désir, risquant tout par amour. Elle se plaqua la main sur le ventre et sentit son enfant bouger comme s'il savait que son père était venu pour lui.

— Tout est comme Édouard ici présent l'a dit, confirma-t-il. Le roi a refusé de plaider pour deux raisons. Il affirmait que la cour n'avait pas été formée légalement, car jamais aucune cour ne l'a été par le Parlement – seulement par le roi ; et il disait aussi qu'aucune cour ne pouvait juger un roi, qui l'est de droit divin. (Il marqua une pause.) D'un point de vue légal, je trouve cet argument valable, mais cela signifierait qu'aucun roi ne pourrait jamais être jugé par son peuple ; et le Parlement et les juges étaient convaincus que le roi devait répondre des accusations à son encontre.

— Il nous a fait la guerre, rappela Ned, et il a brisé sa promesse de paix. Il a lâché les Écossais sur nous et il prévoyait de le faire aussi avec les Irlandais. Que pensez-vous que fait son épouse, sa femme papiste, à Paris, si ce n'est essayer de convaincre les Français de nous envahir ? Que pensez-vous que son fils fasse à La Haye si ce n'est comploter avec nos ennemis ? Tous des ennemis de l'Angleterre ! Dites-moi un peu : s'il était en guerre contre les Anglais, allié à nos ennemis, commandant leur armée, alors comment pouvait-il être notre roi ?

Il y eut un murmure d'assentiment. Tout le monde avait souffert durant les guerres, beaucoup avaient perdu un père, un frère ou un fils mené au désastre par sir William, à Marston Moor.

— Je pense que c'est une tragédie, déclara franchement James. Je pense qu'il était dans l'erreur depuis le début, mais j'aurais aimé qu'à la fin il plaide coupable et soit envoyé en exil.

— D'accord, mais serait-il resté en exil ? repartit Ned en perdant patience. Il a été en prison pendant des années et il n'y est pas resté.

James baissa la tête un instant avant de la relever pour regarder Ned dans les yeux.

— Sans doute pas, dit-il sur un ton calme qui contrastait avec la colère du passeur. Mais je sais qu'il a perdu de bons hommes, quand il a perdu la loyauté d'hommes tels que vous.

— Ça n'a rien à voir avec moi ! rétorqua Ned dans un haussement d'épaules, indifférent à ce compliment. Et ça n'a rien à voir avec ce que vous pensez de moi, ou de lui. Un roi ne doit pas se montrer tyrannique envers son peuple, et on a réussi à l'arrêter. À partir de maintenant, plus aucun Anglais ne sera gouverné par un tyran. On sera libres.

James acquiesça sans rien dire, et sir William remua dans son fauteuil, la tête baissée, comme plongé en pleine réflexion.

— Est-ce que sa fin a été pieuse ? demanda le pasteur.

Ned lança un regard à James, mais ce fut lui qui répondit pour eux deux.

— Oui. Il y avait des milliers de personnes dans la rue devant le palais et on nous a dit qu'il avait passé la nuit à prier. Il est sorti sans beaucoup trembler, a posé la tête sur le billot et fait signe qu'il était prêt. Le bourreau lui a tranché la tête en un seul coup.

Un soupir s'éleva de toute la congrégation. Quelque part dans la tribune, une femme se mit à pleurer.

— C'est à Dieu de le juger, à présent, ajouta James. Et c'est une cour devant laquelle nous devrons tous comparaître.

— Amen, dit le pasteur. À présent, je vais publier les bans d'un mariage pour la troisième et dernière fois.

Le frère et l'amant d'Alinor tournèrent les talons sans s'adresser un autre regard, et Ned alla reprendre sa place au fond de l'église avec les travailleurs, tandis que James allait se tenir à côté de sir William.

— J'annonce donc le prochain mariage d'Alys Reekie, demoiselle de notre paroisse, et de Richard Stoney, jeune homme de Sidlesham.

Alinor sentit la main de sa fille glisser dans la sienne et elle la serra en adressant un sourire à Alys.

— Voici le troisième appel.

Il y eut un soubresaut d'intérêt et de bonne humeur au sein de la congrégation, et le futur époux, venu à Saint-Wilfrid pour entendre ses bans annoncés, tourna la tête en direction de la tribune pour adresser un clin d'œil à sa future femme.

— Si l'un d'entre vous connaît une raison d'empêcher cette union, qu'il parle maintenant.

— Est-ce que c'est déjà arrivé que quelqu'un le fasse ? demanda Alys à sa mère dans un murmure.

— Non, répondit Alinor. Qui serait assez bête pour essayer de se marier à deux femmes sur l'île de Sealsea, où tout le monde sait ce qui se passe chez tout le monde ?

— Le mariage aura lieu dimanche prochain, déclara le pasteur.

Alinor savait qu'elle devrait aller faire ses hommages à sir William à la sortie de l'église, et qu'elle se retrouverait donc devant James sous les regards attentifs de toute la congrégation. Entourée de ses deux enfants, et suivie à contrecœur par Ned, elle avança dans l'herbe gelée pour se planter devant son seigneur et lui adresser une révérence, les yeux rivés sur son visage neutre.

— Madame Reekie, la salua-t-il en hochant la tête à son intention et à celle de Ned. (Mais il sourit à Rob.) Comment va, Robert ?

— Bien, monsieur. Je pars pour Chichester demain.

— Tout est arrangé, alors ? demanda sir William à M. Tudeley derrière lui.

— Oui, Robert est attendu demain, et j'irai moi-même payer son maître, dès que sa mère aura signé son contrat.

— Nous vous en sommes très reconnaissants, dit Alinor.

— Et voici votre patient. Le trouvez-vous pleinement rétabli ?

La jeune femme fit une révérence à James et leva enfin les yeux sur lui. Elle fut ébranlée par la force de son sourire et l'intensité de son regard. Elle resta comme pétrifiée, incapable d'avancer vers lui pour se laisser tomber dans ses bras ou de s'enfuir à toutes jambes. Elle déglutit, mais ne parvint pas à prononcer le moindre mot. Elle sentit le poids de l'enfant de James dans son ventre et n'arrivait pas à croire qu'il ignorait être en passe de devenir père. Elle resserra son châle comme pour protéger cette vie en elle.

—Je suis contente de vous voir en si bonne santé, monsieur Summer, dit-elle.

—Je suis content de vous revoir. Et comment se porte mon élève ?

—Je progresse en latin, répondit Rob avec un sourire en coin. Sir William me laisse emprunter des livres de sa bibliothèque. Avez-vous vu Walter, monsieur ?

—Il n'est pas peu fier d'être à Cambridge, dit James en riant. Mais j'espère pouvoir lui rendre visite après le début du trimestre.

—Et vous, vous allez vous marier ? demanda sir William à Alys. À un jeune homme de la paroisse de Sidlesham ?

Alys tourna la tête et fit signe à Richard de venir. Il s'approcha et s'inclina respectueusement devant le seigneur. Alinor remarqua chez lui une déférence moins marquée : Richard Stoney était le fils d'un paysan propriétaire, et non en tenure pour les Peachey, et c'était une différence qu'il n'oublierait jamais.

—Meilleurs vœux de bonheur, leur souhaita sir William d'un air indifférent. (Il fit un signe de tête à M. Tudeley pour lui signifier de remettre un shilling à Alys, puis se tourna de nouveau vers Rob.) Vous êtes le bienvenu à dîner.

Il se garda bien d'inviter Alinor et Alys, qui étaient des femmes de la même famille qu'un Tête-Ronde. Il allait manifestement ignorer complètement Ned, qui se tenait sur le côté, chapeau à la main, refusant obstinément de s'incliner.

— Merci, répondit jovialement Rob. Et je vous écrirai, monsieur, quand j'aurai commencé à travailler à Chichester.

Le seigneur hocha la tête et se détourna d'eux. James lança un dernier regard à Alinor, puis emboîta le pas à sir William tandis que la congrégation, après avoir présenté ses respects, se réunissait autour de Ned pour lui poser d'autres questions sur le procès, l'exécution, le Parlement et sur la vie à Londres, maintenant que la ville royale n'avait plus de roi.

Alys et Alinor rentrèrent jusqu'à la maison du passeur par la grève, Ned derrière elles accompagné pendant une partie du trajet par ceux qui voulaient en savoir davantage sur le procès et l'exécution. Ned répondit à toutes les questions avec patience. Il était très fier d'avoir été le témoin de grands événements, et c'était donc avec joie qu'il répétait inlassablement son histoire. Les gens de l'estran n'avaient jamais rien entendu de tel. C'était la fin d'un monde et le début d'un nouveau.

La marée montait et les gens habitant hors de l'île, qui avaient traversé le gué verglacé pour se rendre à l'église, devaient alors prendre le bac pour rentrer. Alys laissa Ned reprendre sa place.

— Tu te rappelles encore comment on fait ? le taquina-t-elle. Tu n'as pas les mains trop sensibles pour tirer sur la corde ?

— En tout cas, j'avais oublié combien il faisait froid, rétorqua-t-il.

Il rentra en soufflant entre ses mains, puis se campa devant le feu alors que sa sœur remuait les braises et ajoutait une grosse bûche de bois flotté.

— Avant que je parte, tu m'as dit que tu aurais besoin de mon aide et que tu me dirais tout quand je reviendrais, dit-il tout bas afin qu'Alys n'entende pas depuis la chambre à l'étage.

Alinor ne savait pas quoi lui dire. Il était évident qu'elle devait parler à James. Ils décideraient ensemble de ce qu'il convenait de faire et de la façon d'annoncer cela à tout le monde.

— C'est Alys, dit-elle. Elle est enceinte.

Ned ne parut pas choqué. À la campagne, et surtout dans un endroit aussi reculé que l'estran, beaucoup de couples faisaient à l'ancienne : une promesse de mariage, puis une longue période de cour, sans s'empêcher de faire l'amour, le temps de réunir l'argent pour le mariage. Beaucoup de mariées étaient enceintes le jour de leurs noces. Certaines avaient même un enfant ou deux derrière elles en remontant l'allée.

— Est-ce qu'ils se sont promis l'un à l'autre devant Dieu ? Est-ce qu'ils se sont liés l'un à l'autre et ont prié ensemble ? Est-ce que c'est une union pieuse ? Elle ne s'est pas montrée indécente ou débauchée ? Il ne l'a pas forcée ?

— Oh, non, lui assura-t-elle. Ils sont certains de leur amour et ils sont fiancés comme il faut. Et il lui a offert une bague. Ils n'attendent plus que d'avoir réuni la dot. C'est ça qui m'inquiète. Les parents de Richard insistent sur la dot. C'est pour ça qu'on a fait tout ce qu'on pouvait pour gagner de l'argent à droite et à gauche.

— Pourquoi ça presse ?

— Alys veut accoucher chez les Stoney, à la ferme dont il héritera. Elle aimerait qu'il naisse dans sa famille, avec le nom de son père.

— Je suis désolé de ne pas être rentré avec plus d'argent. La vie est très chère à Londres. Mais elle a pu en gagner un peu avec le bac. Elle n'a qu'à rajouter ça et nous dire ce qu'il manque. J'irai avec toi chez les Stoney demain pour leur parler, si tu veux. Mais le jeune Richard n'a pas mis son héritage en gage ?

— Si. Je préférerais faire autrement, mais il a promis de verser le reste.

— Seigneur ! Celle-là ! Elle emprunte sa dot à son fiancé ?

— C'est le seul moyen qu'elle a de réunir la somme. Ils ont demandé une fortune. On a gagné tout ce qu'on a pu. Il va mettre la différence. Elle est déterminée à ce que le mariage ait lieu dimanche prochain.

— Ma foi, c'est une bonne chose de savoir qu'il va y avoir une nouvelle vie dans ce monde bouleversé, dit-il en souriant. Si c'est un garçon, elle n'aura qu'à l'appeler Oliver en hommage au vieux Noll !

— Elle pourrait, acquiesça Alinor en se disant que James n'accepterait jamais une telle chose.

— Ça te plaît d'être revenue vivre dans ton ancienne maison ?

— Évidemment. Mais si jamais tu te trouves une femme que tu veux installer ici, je serai heureuse de retourner vivre dans ma petite maison, ou ailleurs.

— Pas moi, rétorqua-t-il dans un éclat de rire. Et puis, ce serait où, « ailleurs » ?

— Oh, je ne sais pas, répondit Alinor en souriant.

James se dit que le moyen le plus facile de voir Alinor serait de raccompagner Rob après le dîner, par les sentiers cachés du port, sous le ciel obscur de la nuit précoce en hiver. Il prétexta avoir besoin de plantes pour le préserver d'une nouvelle fièvre.

— Elle ne vendra rien un dimanche, lui rappela Rob.

— Je n'aurai qu'à lui dire ce dont j'ai besoin, et elle m'apportera cela la prochaine fois qu'elle passera par le prieuré.

Au-dessus de leurs têtes, plus haut que les épais nuages gris, il entendait les nuées des oies venues nicher pour l'hiver sur les bancs de galets du port, et même à une occasion le bruit mystérieux des battements d'ailes d'un cygne. Il faisait trop sombre pour voir quoi que ce soit d'autre que le sentier sous leurs pieds et parfois le croissant de lune par une trouée dans les nuages qui s'amoncelaient. Rob avançait d'un pas sûr, mais James devait procéder avec une grande attention. Il ne parvenait même pas à distinguer la direction générale que prenait le jeune homme.

— Et comment se porte ta mère ? lui demanda-t-il en essayant de ne pas se laisser distancer.

— L'hiver n'est jamais facile sur l'estran, répondit Rob. Et Alys a dû travailler tous les jours sur le bac, même par le froid le plus rigoureux, et ma mère avait peur pour elle sans arrêt quand elle était sur le Rife. C'était encore pire quand je venais la remplacer. Elle a une peur bleue de l'eau profonde. Mais elle va plutôt bien. Elle est mieux installée à la maison du passeur que dans sa vieille maison.

— Elle vit là-bas ? Pourquoi a-t-elle changé ?

Rob détourna timidement le regard, honteux du comportement de son père.

— On va dire à tout le monde qu'on croit que mon père est mort. Après le mariage d'Alys. Mais pour que ma mère garde son travail et sa réputation, il ne faut pas qu'on pense qu'elle vit seule. (Il s'arrêta, mal à l'aise, et se tourna vers son tuteur.) Il vaut mieux qu'on la voie comme une veuve sous la protection de son frère, surtout quand Alys aura quitté la maison. Je suis désolé de mentir, monsieur, mais il le faut vraiment.

En voyant les épaules affaissées du jeune garçon, James posa une main dessus.

— C'est la bonne décision, dit-il. Tu n'as pas à avoir honte, et ta mère non plus. Ton père a choisi de ne pas revenir auprès de vous. Ce n'est pas un mensonge d'affirmer que tu ne le reverras pas, et je ne dirai à personne que je l'ai vu à Newport. Pour moi aussi, il est mort.

— C'est une si petite île, se défendit encore Rob, visiblement rasséréné. Elle ne peut pas vivre ici sans une bonne réputation.

— Et Alys va se marier ? demanda James pour changer de sujet et épargner à Rob trop de gêne.

— Oui, répondit-il alors qu'ils se remettaient en route. Dimanche prochain. Elle a dû mettre de côté jusqu'au dernier penny pour sa dot.

— Ta mère doit être heureuse pour elle.

— Ça lui a coûté tout ce qu'elle avait.

James s'en voulut de ne pas avoir envoyé d'argent. Mais il ne savait pas comment il aurait pu justifier cela. Il aurait par ailleurs dû voler dans la bourse qui lui avait été fournie pour faire évader le roi. Il n'avait pas d'argent à lui. Comment aurait-il pu voler ceux qu'il avait juré de servir, et ce pour un amour interdit ? Imaginer les difficultés d'Alinor, cependant, le faisait rougir de honte.

— Ton oncle Ned n'aurait jamais dû la laisser si longtemps, déclara-t-il sèchement.

— C'est Alys qui s'est occupée du bac. Ma mère n'aurait jamais pu. Pensez-vous vraiment que mon père ne reviendra pas, monsieur ?

James fut à cet instant soulagé d'avoir atteint la digue qui menait à la rivière, et de voir la silhouette noire de la maison du passeur dans l'obscurité.

— C'est ce qu'il a dit. D'ailleurs il vaut mieux pour ta mère qu'il ne revienne pas, tu ne crois pas ?

— Et pour Alys aussi. Les Stoney ne l'accepteraient jamais si mon père était encore là.

— Et pour toi ?

— L'apothicaire ne me prendrait jamais comme apprenti s'il rencontrait mon père, admit Rob en rougissant.

— Ta mère sera une femme libre dans six ans.

— Ça fait très long.

Cela paraissait effectivement très long pour un jeune garçon comme Rob, et James – qui n'avait lui-même que vingt-deux ans – ne pouvait lui donner tort.

Ils arrivèrent devant la porte de la maison du passeur. Rob l'ouvrit et cria en entrant :

— M. Summer m'a accompagné.

Après l'obscurité qui régnait dans le port, l'intérieur de la maison semblait inondé de lumière malgré les seules flammes du feu dans la cheminée et des bougies de jonc. Ned était assis à table, occupé à aiguiser un couteau de poche tandis qu'Alys et Alinor filaient devant l'âtre, leur quenouille posée à côté d'elles et le fuseau tourbillonnant à leurs pieds. En voyant James entrer dans la pièce, Alinor bondit de sa chaise dans un hoquet de surprise, son fuseau roulant sous l'archebanc.

— Soyez le bienvenu, se reprit-elle.

— J'ai pensé que je pourrais raccompagner Robert, bafouilla James. J'ai pensé que je pourrais vous demander des plantes contre la fièvre… Au cas où je tomberais encore malade. Je ne voulais surtout pas vous déranger.

Ned leva à peine les yeux, mais il hocha légèrement la tête.

— Voudriez-vous un peu de bière ? proposa Alinor. Je vous en prie, asseyez-vous, ajouta-t-elle en désignant son tabouret près du feu.

— Merci, et ensuite je rentrerai par la route.

— On n'y voit rien, dehors, dit Ned.

— Effectivement.

Le silence s'installa le temps qu'Alinor aille jusqu'au cellier à l'arrière de la maison pour verser deux verres de bière pour James et Rob, puis un autre pour Ned. Rob s'assit sur le banc contre le mur.

— Cela ne vous paraît pas étrange d'être de retour chez vous ? demanda James à Ned.

— Ce n'est pas la vie que j'aurais choisie, répondit-il en haussant les épaules, mais personne ne peut vivre la vie qu'il aurait choisie. (Il marqua une pause.) Peut-être que vous oui. Peut-être aussi notre bon seigneur.

— Plus maintenant, admit James avec franchise. Je ne pensais pas qu'une telle chose arriverait un jour, et je ne pensais pas non plus que cela finirait de cette manière.

Ned remit précautionneusement son couteau dans la poche en cuir usé et mit la pierre à aiguiser de côté.

— C'est dommage, dit-il sur un ton bourru. Ça aurait pu finir il y a des années.

— Je suis d'accord, dit James pour essayer de trouver un terrain d'entente. Je pense que l'on aurait dû depuis longtemps chercher à avancer sans se faire la guerre, que nous aurions dû trouver un arrangement pour régler nos différends et continuer de vivre ensemble.

— Eh bien, on en a trouvé un, maintenant, rétorqua Ned avec un petit sourire. Même si je ne pense pas que c'est le genre d'arrangement que vous aviez en tête. Est-ce que vous arriverez à vivre dans cette nouvelle Angleterre ?

— Je l'espère, répondit James. J'espère récupérer ma demeure et aller y vivre avec ma famille, et aider…

— Quoi ?

— À la gestion du royaume… du pays.

Ned leva les yeux sur lui comme s'il ne pouvait pas croire ce qu'il affirmait si paisiblement.

— Et pourquoi aideriez-vous, vous et ceux de votre rang, à gouverner alors que vous nous avez empêchés de vivre en paix pendant près de dix ans ?

— Parce que je suis un Anglais qui veut vivre en paix, déclara James en avalant sa salive.

— Je suis sûre qu'on veut tous la paix, intervint Alinor.

— Oui. Je sais que toi oui, dit son frère en lui souriant. Et j'espère qu'on va l'avoir, maintenant. Comment penses-tu personnellement que le pays devrait être géré ?

— Ah, Ned, tu sais que je ne connais rien d'autre que mon métier de guérisseuse, répondit Alinor en rougissant légèrement. Je pense que les accoucheuses devraient avoir un permis, et que les femmes devraient avoir droit aux relevailles après l'accouchement. Pour le reste… Comment est-ce que je le saurais ?

James fut à cet instant frappé par le souvenir vif de la grande clairvoyance de sa mère, qui leur avait permis de résister aux nombreux changements au fil des ans ; elle connaissait le monde aussi bien que son mari et pouvait jauger l'avantage politique plus vite que n'importe quel homme.

— Êtes-vous favorable à un gouvernement en jupons ? demanda James au passeur en essayant de sourire.

— Je préférerais être gouverné par une femme qui a bon cœur que par tous les Cavaliers qui retourneront leur veste et iront retrouver leur manoir maintenant qu'ils ont perdu.

— Je ne suis pas de votre avis, déclara James en rougissant de colère. Je ne suis pas d'accord avec vous.

— Je savais qu'on n'était pas du même avis, lança Ned en se levant brusquement. C'est comme je pensais. Vous êtes ce que je pensais. Si vous n'étiez pas au service des Cavaliers ou du pape, alors vous étiez secrètement en mission, et pour une mauvaise cause. Pour ma part, je me fiche bien de ce que vous faisiez, tant que vous vous arrêtez tout de suite.

— M. Summer était mon tuteur, le défendit Rob. Jamais je n'aurais pu entrer en apprentissage sans ses enseignements.

— Je sais, dit Ned en lui posant la main sur l'épaule. Je sais qu'il a été bon avec toi. (Il garda le silence un instant.) Je vais me coucher, déclara-t-il. Certains ici doivent travailler tôt demain matin. Et on a un bonhomme qui doit partir pour Chichester et commencer une grande aventure. Il devrait aller se coucher de bonne heure pour pouvoir se lever tôt.

— Oui, acquiesça James en se levant. Je m'en vais. J'étais simplement venu pour des plantes contre la fièvre. Je suis navré que nous ne puissions pas nous entendre.

— Je vais vous raccompagner, proposa Alinor en s'empressant de rejoindre la porte d'entrée. Je vais vous montrer comment récupérer la route.

— Fais attention qu'il ne tombe pas dans la rivière, ce serait dommage, dit Ned avec un rictus si mauvais que cela ressemblait plus à une menace qu'à une plaisanterie. Ce serait une grande perte pour le futur gouvernement. Bonne nuit, monsieur Summer – à moins que vous comptiez changer de nom quand vous aurez récupéré vos terres ? Est-ce votre vrai nom ?

James se tourna vers lui et lui tendit la main.

— J'aurai un autre nom, et je suis désolé de m'être présenté sous une fausse identité. Cela fait quelque temps que j'ai perdu la foi, et nous avons tous deux vu la tête de mon roi tomber. J'attends depuis de pouvoir faire amende honorable envers mes concitoyens et envers vous. J'espère que vous pourrez un jour me pardonner mes péchés comme je vous pardonne les vôtres envers moi.

Ned se surprit à accepter de lui serrer la main.

— D'accord, très bien, dit-il. Et plus de faux-semblants à l'avenir ?

— Plus aucun, accepta James. La guerre est finie pour nous deux, et pour le roi.

— Oui, elle est bel et bien finie pour lui, répondit le passeur avec une douce satisfaction.

Alinor attendait devant la porte, son châle autour de la tête.

— Je vais rentrer les poules, dit-elle à l'intention de son frère.

Quand ils furent sortis, James put voir dans la nuit noire et froide le pâle contour de son visage et ses yeux sombres dans la lumière du croissant de lune. Il se dit qu'il n'avait jamais vu de plus belle chose de sa vie que cette femme dans ce décor, avec la mer en arrière-plan qui brillait autant qu'une feuille d'étain, et la lune argentée au-dessus d'elle.

— Tu n'as pas froid ? demanda-t-il en lui passant les bras autour des épaules comme pour resserrer son châle dans une étreinte naturelle, comme s'ils ne s'étaient jamais quittés.

Elle se laissa aller contre lui, mais il décela immédiatement quelque chose de différent en elle. Il pouvait sentir son corps sous les couches de vêtements grossiers, mais il n'était pas comme avant. Quelque chose dans ce changement l'horrifia ; c'était comme s'il avait devant lui une effrayante créature de légende capable de changer de forme à volonté. Il tressaillit et recula d'un pas pour la dévisager. C'est alors qu'il remarqua que la pâleur de son teint n'était pas entièrement due à celle de la lune.

— J… James ? bredouilla-t-elle.

— Mon amour ?

— Tu es revenu pour moi ?

— Comme je te l'avais promis, dès que j'ai pu.

Elle laissa échapper un soupir et il se rendit compte qu'elle avait retenu son souffle depuis qu'il avait franchi le pas de la porte. Son anxiété ne fit que renforcer ses craintes. Il lança un regard en arrière à la porte de la maison du passeur plongée dans les ténèbres. Alinor lui prit alors la main pour l'emmener sur le côté de la demeure et lui faire franchir un portail menant au potager qui longeait la route déserte.

— Il faut que je te dise quelque chose, annonça-t-elle.

En entendant le son de sa voix, les poules bien au chaud dans leur abri se mirent à caqueter paresseusement. Elle se pencha et verrouilla le haut et le bas de la porte du poulailler.

— Non, à moi de te dire quelque chose en premier, s'empressa-t-il de lui dire. J'ai vu mes parents et je leur ai parlé de toi. Je leur ai dit que je paierais ce qu'il faudrait au Parlement pour récupérer nos terres. Je t'y emmènerai et, dans six ans, quand tu seras reconnue veuve, nous nous marierons.

Il vit ses lèvres blanches se mettre à trembler et il eut peur qu'elle refuse.

— Oui, accepta-t-elle d'une douce voix sans aucune hésitation, à son étonnement. Oui, je veux t'épouser, et on pourra vivre où tu veux. Oui. Et j'ai quelque chose à t'annoncer.

— Tu veux bien venir avec moi ?

Il avait du mal à croire qu'il avait bien entendu.

— Oui, mais il faut que…

— Mon amour ! Ah, mon amour ! Tu veux bien venir avec moi !

— Il faut que je te dise quelque chose.

— Oui, tout ce que tu veux !

Les poules se mirent à pester contre ces importuns.

— Doucement, dit-elle en lui prenant le bras pour l'emmener à l'écart du poulailler. Il faut que je te dise…

— Bien sûr, l'interrompit-il encore en lui prenant les mains. Qu'y a-t-il, mon amour ?

Elle prit une profonde inspiration, comme si parler demandait un effort considérable. Quand elle ouvrit la bouche, il se pencha vers elle pour saisir ce qu'elle lui soufflait tout bas :

— J'attends un enfant.

Il ne comprit tout d'abord pas ce qu'elle lui disait ; le sens de ses mots lui échappait. Ils étaient parfaitement compréhensibles indépendamment, mais ils formaient un ensemble parfaitement incohérent dans sa bouche et à son oreille.

— Quoi ?

— Je suis tombée enceinte.

— Comment ? demanda-t-il bêtement.

— De la manière habituelle, répondit-elle avec l'ombre d'un sourire. Quand on était dans le grenier à foin.

— Mais comment ? répéta-t-il. Comment se peut-il ?

— On ne peut pas empêcher la nature.

— Je pensais que toi, tu l'empêcherais ! repartit-il d'une voix trop forte.

— Doucement, lui répéta-t-elle en l'emmenant encore un peu plus loin dans l'allée jusqu'au portillon en contrebas afin qu'ils ne puissent pas être entendus depuis la maison.

Il se dit alors, de façon parfaitement incongrue, qu'il détestait voir un potager l'hiver : ce n'était que boue et plantes mortes. Il songea ensuite à combien celui-ci était misérable et laid, et qu'il n'appréciait guère la manière dont les poules avaient reconnu la voix d'Alinor et s'étaient mises à piailler contre elle. La future lady Avery ne devait pas planter ses navets et nourrir ses poules elle-même ; il sentait par ailleurs les callosités de sa main dans la sienne.

— Tu es sûre ?

— Évidemment, s'exclama-t-elle avec un grand sourire.

Sa réaction l'agaça, car il avait l'impression qu'elle le prenait pour un idiot.

— Je sais comment ça marche, dit-il avec hargne. Ce n'est pas comme si je n'y connaissais rien. C'est juste que je pensais que tu aurais fait en sorte que ça n'arrive pas, toi qui es déjà une épouse et une accoucheuse.

— Je ne fais pas ce genre de travail, dit-elle en secouant la tête d'un air parfaitement serein, et exaspérant pour lui.

— Ce n'est pas du travail si c'est pour toi ! argumenta-t-il comme un jésuite. Ce serait du travail, et un péché, si tu empêchais la venue d'un enfant chez quelqu'un d'autre – une pécheresse ou une femme adultère. Mais pour toi-même, ce n'aurait pas été un péché que de décider de prendre des plantes ou d'avaler un breuvage dès que tu l'as su ; ou mieux encore, avant l'acte !

— « Avant l'acte » ? répéta-t-elle comme si elle ne comprenait pas ses mots.

— Ce ne serait pas du tout un péché, puisqu'il n'y aurait pas d'intention. Tu vois ? S'il n'y a pas de mauvaise intention, il ne peut pas y avoir de péché. Pourquoi est-ce que tu n'as pas pris de plantes au matin après notre séparation ?

— Je ne pensais à rien d'autre qu'à nous, nous deux dans le grenier, comme si c'était un moment en dehors du temps, admit-elle. J'attendais avec impatience la fin du jour pour qu'on se revoie. Après tu es parti, et j'ai simplement attendu, dit-elle en serrant son châle autour de son ventre renflé. Évidemment, dès que j'ai compris, j'ai pensé à ce que je devais faire. J'y ai pensé toute la nuit. C'était une nuit longue, et glacée…

Elle laissa sa phrase en suspens. Elle aurait voulu lui décrire combien la plage de coquillages avait brillé sous la lune, combien les pierres qu'elle avait ramassées avaient été lourdes, comment elle avait envisagé d'avancer dans le marais, se préparant à être engloutie, puis comment elle s'était rendu compte que la vie de leur enfant lui apportait une grande joie. Ce fut alors qu'elle vit son expression fermée et rageuse, et elle reprit :

— Mais jamais je n'aurais pu le faire. Je n'aurais pas pu utiliser les plantes pour empoisonner un bébé, et certainement pas le mien. Je préférerais mourir que de faire du mal à notre enfant.

— Ce n'est pas encore un enfant, rétorqua-t-il en contractant les épaules comme sous le coup de l'écœurement. Pas aux yeux de la loi. Pas tant qu'il n'a pas bougé. Pas aux yeux de Dieu. Est-ce qu'il a déjà bougé ? Non ?

Elle le dévisagea sans comprendre, notant la dureté de son regard et la crispation de sa mâchoire.

— Oui, dit-elle doucement. Bien sûr que oui. Il a été conçu en septembre. Je l'ai senti bouger à Noël. Je sais qu'il est en vie. Il dort et se réveille en moi, je peux le sentir. Peut-être même qu'il rêve.

— Ce n'est pas un garçon !

Alinor planta ses yeux foncés dans les siens.

— Bien sûr, personne ne peut le savoir avec certitude. Mais c'est un enfant, et je crois qu'il s'agit d'un garçon.

— Non ! Ce n'est rien du tout. Il n'est pas trop tard…

— Trop tard pour quoi ?

— Pour que tu prennes ces plantes ou que tu boives ce breuvage, je ne sais pas, moi. Il n'est pas trop tard pour ça.

— Pas trop tard pour que je m'enfonce un poinçon dans le ventre pour le poignarder, précisa-t-elle.

Il déglutit.

— Bien évidemment, je ne veux pas que tu fasses ce genre de choses. Mais, Alinor…

— Quoi ?

— Alinor, je veux t'emmener chez moi, et que tu sois mon épouse. Tu seras la prochaine lady Avery.

— C'est comme ça que tu t'appelles ? demanda-t-elle avec surprise.

— Oui, oui, et après ? Ce n'est pas ça l'important. Ce que j'essaie de te dire, c'est que je ne peux pas te présenter à ma mère et à mon père si tu attends un enfant alors que tu es encore mariée à un autre homme. Si tu le laisses venir au monde, il portera le nom de Zachary. Je ne peux pas élever un Reekie dans ma propre maison ! C'est déjà assez dur d'imaginer ma mère accepter Alys et Robert comme petits-enfants ! Je ne peux pas, Alinor. Il faut bien que tu le comprennes. Ça reviendrait à te couvrir de honte, moi avec, et mon nom aussi.

— Je ne savais pas que c'était ton nom, continua-t-elle avec émerveillement. « Avery » ? Est-ce qu'on t'appelle « lord Avery » ?

— Non. Mon père est un baronet. Non que ça ait la moindre importance.

— Mais j'ai toujours pensé à toi en tant que James Summer. Est-ce que c'est vraiment ton prénom, « James » ? Comment je pourrais un jour arriver à t'appeler autrement ?

Elle se montrait si proprement ridicule et insouciante qu'il la saisit par les épaules pour la ramener à la réalité. Elle se recroquevilla brutalement pour éviter de recevoir un coup, car elle savait d'expérience qu'après avoir été secouée, il fallait s'attendre à être cognée, et que si elle avait le malheur de tomber au sol après le premier coup, ils continueraient de pleuvoir sur son ventre ou son visage. Il la lâcha subitement, horrifié par sa réaction, et écarta les bras pour lui montrer qu'il n'avait pas l'intention de lever la main sur elle.

— N'aie pas peur, lui dit-il. Grand Dieu, n'aie pas peur ! Je ne suis pas une brute. Je ne te ferais jamais de mal. Pardonne-moi. Pardon ! Mais je n'arrive pas à te faire entendre raison ! Alinor, tu dois m'écouter.

— Mais je t'écoute, répondit-elle en se reprenant plus rapidement que lui. Je t'écoute, mais je ne peux pas faire ce que tu me demandes.

— Pardonne-moi… (Il tentait de calmer son cœur qui s'était emballé.) Ça a été un mois horrible, une année effroyable. Au moment même où j'ai vu mes parents – qui étaient très en colère –, nous avons appris l'arrestation du roi. Je n'ai donc pas pu quitter le séminaire comme je prévoyais de le faire, parce que j'ai dû repartir en mission. Depuis, je suis allé à Londres, à La Haye, et de nouveau à Londres pour essayer désespérément – tu n'as pas idée à quel point – de travailler avec des gens désabusés, d'obtenir de l'argent de gens sans plus un sou, de leur demander d'agir quand ils n'en avaient pas le courage, d'envoyer des messages pour lesquels je ne recevais aucune réponse, et maintenant – que Dieu nous pardonne – il est mort et tout est fini, et nous avons perdu bien plus que jamais auparavant, et je dois laisser ton frère me houspiller…

— Ned ne t'a pas houspillé.

— Si. Tu ne comprends pas. C'est une histoire d'hommes. Nous parlions de notre pays, de notre guerre.

— Et la mienne aussi, lui fit-elle remarquer. Et mon pays aussi.

Il s'éloigna brusquement d'elle en direction du portillon, comme s'il allait l'ouvrir d'un coup et partir dans un accès de rage.

— Ce n'est pas le problème ! Tu ne m'écoutes pas !

Elle se figea, aussi frêle et craintive qu'une biche percevant des odeurs dans le vent. Il revint vers elle, les poings serrés de frustration, et chercha les mots justes pour lui faire comprendre.

— Je suis sous le choc. Je ne sais pas quoi dire.

Une chouette effraie survola la haie en bordure de l'allée dans leur direction et, d'un coup de ses grandes ailes blanches, prit de l'altitude avant de disparaître dans le champ de l'autre côté du jardin. James remarqua la façon dont Alinor l'observa, comme si c'était un présage, et il se dit qu'il serait impossible pour un homme comme lui – éduqué et religieux – de comprendre une femme comme elle, dans un endroit comme celui-là.

— Quoi ? dit-il pour la tirer de sa contemplation.

— Je regardais simplement la chouette, se défendit-elle en comprenant qu'il était agacé sans pourtant en comprendre la raison. J'étais attentive, mais je regardais juste la chouette.

— Tu as froid, décréta-t-il alors que c'était lui qui grelottait. Et Ned va se demander où tu es.

— Il sait où je suis. Je lui ai dit que je fermais le poulailler.

Il se mordit la langue pour résister à son irritation.

— Ce que je voulais dire, c'est que nous ne pouvons pas parler maintenant. Nous ne pouvons pas parler ici. Nous devons remettre cette discussion à demain. Nous devons nous retrouver quelque part où nous serons libres de parler. Où peux-tu me retrouver ?

— Je dois emmener Rob à Chichester demain.

Il se mordit une nouvelle fois la langue et sentit le goût du sang.

— Édouard ne peut pas l'emmener ?

— Oh, non ! s'offusqua-t-elle à cette suggestion. Je veux rencontrer le maître de Rob et voir sa demeure, et son atelier. M. Tudeley réglera les frais. Je dois signer le contrat. Ils accepteront que ce soit une femme qui signe, parce que j'ai bonne réputation à Chichester.

— Je n'en doute pas, répondit-il en luttant pour conserver son calme. Dans ce cas, je viendrai à Chichester et je t'y retrouverai.

Elle hocha la tête sans répondre et lui ouvrit le portillon tandis qu'il restait médusé face à son calme.

— Alinor, nous devons être ensemble. Nous devons redevenir amants. Je ferai de toi ma femme. Je te donnerai mon nom, mon véritable nom. Et tu t'y feras ! Je t'aime, je te veux – plus que tout au monde. Tu es tout ce qu'il me reste ! J'ai tout perdu.

Elle hocha de nouveau la tête en silence.

Il la trouvait d'une sérénité incompréhensible tandis que lui était emporté par un sentiment mitigé entre colère et désir frustré.

— Où veux-tu que l'on se retrouve ?

— Sur la place du marché ? proposa-t-elle. Avant midi ?

— J'y serai. Personne ne le sait, n'est-ce pas ? s'enquit-il en désignant son ventre. Tu ne l'as dit à personne ?

— Non, lui mentit-elle pour la première fois sans même réfléchir.

— Dans ce cas tout ira bien, tenta-t-il de la rassurer avant de se dire que c'était lui qui semblait paniqué.

Elle était aussi placide que le croissant de lune.

— Tout ira bien, confirma-t-elle avant de refermer le portillon et de remonter le potager sous le givre.

En s'éloignant, il l'entendit parler doucement aux poules, de la même voix feutrée avec laquelle elle l'avait consolé.

Alys fit part à sa mère de son intention de les accompagner, Rob et elle, pour rencontrer le nouvel employeur de son frère, récupérer plus de laine à filer et peut-être même acheter un ruban à coudre sur sa robe de mariée.

— C'est seulement le marché du lundi, tenta de la décourager Alinor. C'est beaucoup mieux achalandé le samedi pour les rubans. Et puis le marchand de laine en apportera la semaine prochaine, et il en laissera pour nous.

— Bah, je suppose que je ferais mieux d'aller travailler au moulin, céda Alys avec une grimace.

— Tout à fait, confirma sa mère.

— Je préférerais presque travailler sur le bac plutôt que de passer la journée avec Mme Miller.

— Tu n'as qu'à demander à ton oncle de prendre ta place à la laiterie. (Alys rit malgré elle.) Allez, elle n'est pas si infâme. Et puis c'est le jour du pain, alors les autres femmes seront là pour lancer le four, et tu pourras nous cuire une miche.

Alys noua son châle autour de ses épaules et resserra son tablier autour de son large ventre.

— J'irai à la ferme Stoney après le travail, dit-elle. Je mangerai là-bas et je reviendrai plus tard.

— Oui, d'accord, répondit distraitement Alinor en se rendant au pied de l'escalier pour appeler Rob. Tu veux bien m'aider à préparer son bain ?

Les deux femmes passèrent le bâton dans les anneaux pour soulever la lourde marmite remplie d'eau chaude et la déplacer au centre de la pièce. Ensuite Alinor embrassa sa fille et l'accompagna jusqu'à la porte, puis retourna au pied de l'escalier pour héler une nouvelle fois son fils.

Il descendit en chemise et se déshabilla, puis se lava avec le savon gris tandis que sa mère lui versait des cruches d'eau chaude sur les épaules et la tête.

Il passa ses jambes – longues comme celles d'un agneau – par-dessus le rebord, puis Alinor déposa un petit tapis au sol pour qu'il se place dessus, et il s'essuya. Il s'assit sur le tabouret devant la cheminée, enveloppé dans sa serviette, et Alinor coupa quelques mèches de son épaisse chevelure, qu'elle sécha ensuite et enduisit d'un mélange préparé par ses soins, à base d'huile d'olive et de vinaigre de cidre, avant d'y passer un peigne fin. Rob enfila la chemise propre qu'on lui avait fournie au prieuré, puis une paire de culottes appartenant à Walter Peachey.

— Mange quelque chose, l'incita sa mère en posant du pain et de la bière sous son nez sur la table de la cuisine.

Quand il eut terminé, il aida Alinor à rapporter la marmite dans l'arrière-cuisine.

— Tu veux que je vide l'eau ? lui demanda-t-il. Ça fait lourd pour toi.

— Non, je m'en servirai pour laver les sols plus tard, répondit-elle. Laisse tout là.

Alinor avait acheté à Rob de bonnes culottes de seconde main au marché de Chichester et il rentrait encore dans les chaussures qu'il avait reçues pour Noël au prieuré, bien qu'elles soient un peu étroites au niveau des orteils. Il possédait une veste qui avait jadis appartenu à Walter.

— L'étoffe est très belle, dit Alinor en caressant la manche de laine.

— Ça, c'est rien. Il en a une plus belle encore. Il avait du velours pour partir à l'université.

— Je suis désolée…, commença-t-elle.

— Désolée que je n'aie pas de veste de velours ? demanda Rob avec un sourire. Désolée que je ne puisse pas goûter la nourriture de Cambridge ? M'man, c'est moi qui suis désolé que tu n'aies plus les revenus du prieuré et qu'Alys n'ait pas assez pour sa dot et que tu doives travailler tôt le matin jusqu'à tard le soir. Je sais que j'ai beaucoup de chance. Je sais combien on a été bénis. Et dès que je gagnerai mes premiers gages, je te donnerai tout.

Alinor lui tendit les bras et il inclina la tête pour se laisser étreindre, mais il ne se cramponnait désormais plus à elle comme il avait l'habitude de le faire enfant.

— Tu grandis, dit-elle d'un air mélancolique.

— Je suis un apprenti, maintenant ! s'exclama-t-il fièrement.

— J'ai l'impression de te perdre, dit-elle, de te voir t'éloigner de moi.

— Ce n'est que Chichester, lui rappela-t-il. Je ne pars pas en mer.

— Non, et j'en remercie le ciel. Je passerai te voir en allant au marché, et tu reviendras dimanche pour le mariage de ta sœur, et après pour l'Annonciation.

— Bien sûr, dit-il en se dégageant de son étreinte. On se revoit dans moins d'une semaine.

— Tu es prêt à y aller ? demanda-t-elle en espérant qu'il lui dirait non pour pouvoir profiter de lui encore un peu plus longtemps.

— Je vais chercher ma besace.

Il grimpa l'échelle qui menait à sa chambre sous les combles et redescendit avec son sac contenant quelques vêtements propres, sa cuillère, son gobelet, son couteau, des bas et un cahier – cadeau de sir William – avec des pages blanches pour pouvoir commencer son propre livre de recettes et de remèdes au fur et à mesure qu'il les apprendrait auprès de l'apothicaire. Il possédait sa propre plume, un couteau pour la tailler et un encrier qui provenaient du prieuré.

— Tu as tout ?

— Oui.

— Bon, et si tu as besoin de quoi que ce soit, tu n'as qu'à m'écrire.

Ils sortirent et refermèrent derrière eux. Ned était occupé à raccrocher le fer à cheval qui servait de cloche à l'autre bout de la vasière, mais il les vit et s'empressa de tirer le bac, puis de le stabiliser pour laisser Alinor monter à bord.

— Fin prêt ? demanda-t-il à son neveu. Tu es le premier de la famille à devenir apprenti, et le premier à ne pas devoir te salir les mains toute ta vie; le premier à ne pas travailler dehors.

— Je suis prêt, affirma Rob.

— Tu imagines notre mère, comme elle aurait été fière ? lança Ned à Alinor. Ça montre à quel point ça paie d'étudier... et d'être privilégié.

— Rob a toujours été brillant, même tout jeune, le défendit-elle. Maman l'a vu tout de suite, même si elle n'aurait jamais imaginé qu'il en arrive là. Et il a mérité cette faveur des Peachey, il ne l'a pas volée. Il a suffisamment bien travaillé à l'école pour pouvoir étudier avec maître Walter, et ils sont devenus amis – bons amis.

— Né pour devenir un seigneur ? la taquina son frère en tirant rapidement le bac avant de l'aider à descendre.

— Bien sûr que non, s'exclama-t-elle, mais ça en dit long de savoir que Rob et maître Walter étudiaient ensemble et que maître Walter va maintenant devenir un avocat, ou au moins un gentleman.

— Ça montre seulement que ce seront toujours les mêmes qui auront leur place en haut, et que rien ne change.

— Tout change, intervint Rob à leur grande surprise tout en sautant du bac sur le ponton. Tout est en train de changer. On a un Parlement au lieu d'un roi. On peut parler à nos maîtres en se tenant debout devant eux plutôt qu'agenouillés. Je vais avoir un salaire au lieu de devoir glaner quelques pennies où je peux. On n'aura plus jamais faim. (Il étreignit alors son oncle pour lui dire au revoir.) Merci, oncle Ned, dit-il. Je reviendrai dimanche.

— Tiens, prends ça en attendant, lui ordonna le passeur en lui fourrant une pièce de six pence dans la main. Tu pourrais en avoir besoin. S'ils ne te donnent pas suffisamment à manger, tu pourras t'acheter une tourte ou une miche de pain. Et s'ils ne te traitent pas comme il faut, tu dois nous le dire, d'accord ? Tu as raison : on n'est pas pauvres au point de se laisser faire par tout le monde, et on ne se laisse pas marcher sur les pieds, par qui que ce soit.

— Ça ira, promit-il.

Alinor lui prit le bras et ils se mirent en route, s'éloignant du marais et du moulin pour avancer en direction de Chichester.

— Que Dieu te garde, mon neveu, lui lança Ned. Qu'Il veille sur toi.

Un charbonnier qui travaillait dans la forêt de l'île de Sealsea et allait faire une livraison aux cuisines de Chichester leur proposa de les emmener. Il leur dit de s'asseoir avec lui sur le banc du conducteur plutôt que de risquer de se salir avec la suie sur les sacs. Il les déposa à la croix du marché et poursuivit sa route jusqu'à la porte est pour se rendre aux fourneaux du fabricant d'aiguilles.

Rob et Alinor remontèrent North Street jusqu'à la maison de l'apothicaire. Comme beaucoup de marchands, il utilisait la pièce donnant sur la rue comme boutique, avec des volets en bois aux fenêtres qui pouvaient être relevés aux heures d'ouverture. Dans l'arrière-boutique, derrière le comptoir, il avait quelques flacons, le nécessaire pour la distillation et un séchoir pour les herbes et les épices. Son épouse, fort bien habillée avec une coiffe et un tablier blancs, s'occupait des clients et appelait son mari quand il fallait un avis expert, mais c'était elle qui emballait les pilules et versait les préparations. Elle élaborait les sirops et préconisait les gouttes. Elle fabriquait dans la brasserie à l'arrière de la maison des bières spéciales, avec des plantes et des épices destinées à stimuler la digestion, à augmenter la chaleur du corps ou à réduire la fatigue.

Alinor frappa à la porte et entra. Rob la suivit et cligna des yeux pour les habituer à la pénombre du lieu, insondable après la lumière vive de la rue ensoleillée.

—Ah, madame Reekie, la salua l'apothicaire.

—Le bonjour, madame Reekie, dit son épouse. Alors, voilà votre garçon ?

Alinor se décala, mais elle n'eut pas à pousser Rob pour l'obliger à se présenter, comme elle aurait eu à le faire un an plus tôt. Il s'avança de lui-même, avec l'assurance acquise au prieuré, et il s'inclina poliment devant la maîtresse et son nouveau maître.

—Je suis Robert Reekie. Merci de m'avoir accepté en tant qu'apprenti, dit-il.

Sa mère vit Mme Sharpe sourire avec satisfaction face à ses bonnes manières, tandis que son époux tendait la main pour serrer celle de son apprenti. La clochette à l'entrée de la boutique tinta et M. Tudeley, l'intendant du prieuré, entra.

—Ah, bonjour, bonjour, dit-il. Content de vous voir si ponctuelle, madame Reekie. Robert. Bonjour à vous, monsieur et madame Sharpe. Avez-vous l'acte d'apprentissage de Robert ?

—Juste ici, répondit M. Sharpe en présentant un contrat d'apprenti délivré par sa guilde, avec le nom de Robert et le sien déjà inscrits dans une écriture soignée.

Il posa des poids en cuivre de la balance aux coins du parchemin afin que tout le monde puisse voir le document officiel avec les sceaux de cire rouge et les rubans au pied. Rob s'avança et prit la plume. Alinor le regarda faire, le cœur débordant d'amour, tandis qu'il apposait sa signature sans hésitation ni rature, et non un « X » griffonné en bas de la page comme l'aurait fait son père analphabète. Ce fut ensuite au tour de M. Tudeley de signer en tant que responsable, puis celui de M. Sharpe en qualité de maître et de membre de la guilde des apothicaires ; c'était lui qui aurait la tâche de faire entrer Rob dans leurs rangs à la fin de son apprentissage.

Alinor s'avança ensuite pour la signature de la veuve Reekie, mère de Rob, accoucheuse de profession.

— Voilà, c'est fait, déclara l'intendant. Robert, j'attends de vous que vous fassiez honneur au prieuré et à votre mère.

— Je vous le promets, monsieur Tudeley, répondit le garçon. Veuillez remercier sir William de ma part pour m'avoir offert une si belle opportunité.

— Vous voudrez sans doute voir sa chambre ? dit Mme Sharpe à Alinor.

— Je vous en serais reconnaissante, accepta-t-elle.

La femme guida mère et enfant dans l'escalier pour rejoindre les deux pièces que comptait l'étage au-dessus de l'échoppe. Une échelle sur le palier menait aux combles, séparés en deux parties, l'une réservée à la bonne, et l'autre à Rob, sous l'avant-toit.

Ils se pressèrent tous les trois dans la petite pièce et Alinor se pencha pour observer par la fenêtre la rue en contrebas.

— Il mangera à notre table, déclara maîtresse Sharpe. Et il aura un après-midi de libre, un dimanche par mois.

— Est-ce que je pourrai venir le voir quand j'irai au marché ?

— Vous pourrez venir ici s'il n'est pas occupé avec des clients, mais il ne pourra pas aller vous retrouver. Nous avons déjà eu des apprentis, et il faut qu'ils s'adaptent.

— Il a déjà vécu ailleurs, la rassura-t-elle. Il était au prieuré pendant les deux derniers trimestres. Mais je vous remercie de lui laisser la journée ce dimanche, pour le mariage de sa sœur.

— Elle épouse le fils Stoney, c'est bien cela ?

— Oui.

— C'est M. Tudeley qui me l'a appris quand il est venu proposer Rob en apprentissage. Vous devez être fière de vos deux enfants !

Ils redescendirent des combles jusqu'au rez-de-chaussée. L'intendant s'était déjà éclipsé, avec un sachet de pétales de rose en cadeau. Alinor fit une révérence à M. Sharpe, fit la bise à Mme Sharpe, puis Rob la raccompagna jusqu'à la porte et sortit avec elle pour lui dire au revoir.

Alinor se plaça face à son jeune fils, qui lui arrivait à présent à l'épaule. Il était encore son petit garçon, celui qui s'était accroché à ses jupons, et à son cœur, mais il était en même temps sur le point de devenir un jeune homme : ses épaules s'élargissaient et il avait plus d'assurance. Il possédait déjà une érudition qu'elle n'aurait jamais, et une aisance en société qu'il ne tenait pas d'elle. Il irait loin dans la vie, et loin d'elle, mais elle devait être heureuse de le voir partir. Sa tâche en tant que mère n'était plus de le protéger et de le garder auprès d'elle, mais de le laisser prendre son envol comme si elle était une fauconnière relâchant un magnifique oiseau dans la nature.

— Que Dieu te bénisse, Rob, dit-elle d'une voix tremblante d'émotion. Je sais que tu seras un bon garçon, et que tu me donneras de tes nouvelles. Tu m'écriras pour me dire comment ça va ?

— Ne t'en fais pas pour moi, lui dit-il d'un air enjoué. Je serai à la maison dimanche pour le mariage !

Rob resta là à attendre qu'elle s'en aille, tout comme les Sharpe attendaient à l'intérieur. Alinor savait qu'il ne lui restait à présent plus qu'à partir, mais ses jambes refusaient de bouger.

— Vas-y, maintenant, lui dit son fils, tel un homme et plus comme un enfant, en l'embrassant. Tu peux y aller. Tout ira bien, tu verras.

Alinor lui offrit un sourire tremblotant, puis tourna les talons et s'en alla.

La croix du marché était en plein cœur de la ville et les rues étaient bondées d'habitants, de livreurs divers et de vendeurs installant leurs étals ou proposant simplement leur marchandise dans un panier ou un sac de colporteur posé à leurs pieds tandis qu'ils annonçaient haut et fort ce qu'ils avaient à vendre. Alinor, capuche sur la tête pour dissimuler son visage, approcha des marches du monument et vit James Summer apparaître à côté d'elle, comme sorti de nulle part.

Il lui prit la main sans rien dire et l'emmena dans le vestibule de l'auberge la plus proche. Elle hésita devant la porte.

— Je ne peux pas entrer là-dedans, se récria-t-elle. Et si quelqu'un me voyait ?

— Ce n'est pas une taverne, rétorqua-t-il, c'est une auberge. Les dames qui voyagent peuvent s'y arrêter et s'y restaurer, cela n'a rien de…

— Personne ne me prendrait pour une honnête femme en me voyant là-dedans avec toi.

— Pas du tout ! Regarde, dit-il alors qu'une famille descendait de son carrosse et traversait le hall pour se rendre à la salle à manger privée sans lui accorder la moindre attention. Ma propre mère mange dans des auberges. C'est tout à fait normal.

— Je n'ai jamais mis les pieds dans ce genre d'endroits, persista-t-elle.

Il se rendit alors compte qu'il était effectivement impossible qu'une pauvresse connaisse ce genre d'établissement, ou comprenne la différence entre la taverne malfamée d'un petit village miteux et une auberge de passage respectable dans une petite ville comme Chichester. Il se rendit aussi compte qu'il allait devoir apprendre la patience avec elle et lui faire découvrir son monde pas à pas.

— Alinor, s'il te plaît, nous devons trouver un endroit pour parler. Viens. Je te promets que personne ne te verra, et que, dans le cas contraire, ce ne serait pas bien grave. Tu dois me faire confiance. Je jugerai pour toi, désormais.

Il la prit par la main et l'emmena jusqu'à la table qu'il avait réservée dans un coin de la salle à manger, sur laquelle se trouvaient une cruche de bière épicée pour eux deux et une assiette de pain et de viande.

Elle prit place sur le bord de la chaise qu'il tira pour elle et regarda autour d'elle avec une grande nervosité. Il fit taire son irritation de voir que cette Alinor n'était pas l'étrangère sortie d'un conte de fées qu'il avait rencontrée dans le cimetière, ni la paysanne libre qui avait fait cuire du poisson sur un bâton. Ici, elle n'était qu'une femme pauvre qui craignait le jugement des autres.

— Est-ce que Robert a commencé son apprentissage ? Est-il heureux ?

Il s'aperçut alors qu'il parlait fort, comme à quelqu'un d'un peu sourd ou simplet.

— Oui, oui, répondit-elle en prenant entre ses deux mains froides le gobelet de bière chaude pour se réchauffer. Je pense qu'il se plaira beaucoup là-bas. Ils ont une jolie boutique et la maîtresse brasse elle-même sa… (Elle se tut en voyant son air neutre, comprenant qu'il n'était pas véritablement intéressé par le bien-être de Rob.) Ça t'est égal.

— Il faut que nous décidions de ce que nous allons faire.

Elle acquiesça, posa son gobelet et croisa les mains sur les genoux. Elle n'avait encore pas bu une seule gorgée et il se dit que son désintérêt pour Rob l'avait blessée, et qu'elle avait choisi de masquer cela derrière un voile de sérénité.

— Tu es déterminée à ne pas t'inquiéter ?

— Bien sûr que je m'inquiète, se défendit-elle avec un pâle sourire. J'ai pensé à toi jour et nuit. Si j'avais pu te faire parvenir un message, je l'aurais fait. Je n'arrivais plus à dormir, à me demander ce que tu en penserais. Je ne voulais pas t'annoncer ça comme ça, mais qu'est-ce que j'aurais pu faire d'autre ? J'attendais dans l'espoir que tu reviendrais.

— Mon amour, mon tendre amour…

À présent qu'il devait faire face à sa beauté lumineuse, resplendissante malgré ses vieux habits, aussi incongrue ici que sur l'estran, il perdit ces mots auxquels il avait pensé toute la nuit, dans ces heures où il avait prié pour qu'Il lui montre le chemin, sachant malgré tout que ses prières étaient un péché.

— Je peux imaginer un avenir avec toi, dit-il, mais pas avec un enfant. C'est impossible.

Il l'observa tandis qu'elle inspirait lentement comme pour ressentir toute la portée de son propos. Elle resta silencieuse l'espace d'un instant, puis baissa ses yeux gris foncé sur ses chaussures usées avant de les ramener sur lui.

— Pas d'enfant ? Et qu'est-ce que tu veux que je fasse, alors ?

— Tu ne pourrais pas prendre quelque chose qui le fasse disparaître ? avança-t-il avec une sensation de malaise.

— Non, répondit-elle simplement. Il n'existe rien au monde qui fasse disparaître un enfant.

— Tu sais bien ce que je veux dire.

— Je sais que je refuse de jouer sur les mots.

Il prit son gobelet et but une gorgée de bière chaude pour calmer la colère qu'il sentait monter.

— Je ne cherche pas à jouer sur les mots, c'est simplement que…

— C'est affreux d'en parler, et c'est bien pire de le faire, l'interrompit-elle comme s'ils étaient d'accord sur ce point.

— Mais il n'est pas trop tard pour faire quelque chose ?

Elle secoua la tête d'un air grave.

— Il n'est jamais trop tard pour faire quelque chose.

— Que veux-tu dire ?

— Certaines femmes étouffent leur enfant à la naissance et prétendent qu'il est mort-né. C'est ça que tu veux que je fasse ?

— Non ! s'exclama-t-il dans un éclat de voix. (Il regarda autour de lui d'un air gêné, mais personne ne les avait remarqués.) Mais accepterais-tu de faire quelque chose maintenant ? Pour nous ? Pour notre vie ensemble ?

— Si je le faisais, on aurait une vie ensemble ?

— Je te le promets, dit-il, étonné d'avoir gagné si facilement. Je veux bien me rendre à la cathédrale avec toi maintenant pour t'en faire le serment.

— Tu veux que l'enfant meure.

— Seulement pour pouvoir être avec toi, admit-il en scrutant son visage impassible.

Elle prit une profonde et douloureuse inspiration, et finit par secouer tristement la tête, comme incapable de parler.

— C'est un lourd tribut à payer, dit-elle. Non. Non, je ne pourrais pas.

— Parce que tu te dis que c'est un péché ? Je peux t'expliquer…

— Non, l'interrompit-elle. Parce que je ne pourrais pas le supporter, que ce soit un péché envers Dieu ou non. Quoi que tu puisses dire. Ce serait… (Elle chercha le mot juste.) Ce serait une offense envers moi-même. (Elle leva brièvement les yeux sur lui.) Ce serait une terrible offense envers moi-même.

— Ce n'est pas important…

— Ça l'est pour moi. Je suis importante. Dans cette histoire, j'ai mon mot à dire.

— Nous aurons d'autres enfants.

— On ne pourrait plus en avoir, le contredit-elle. Aucun enfant ne grandirait plus dans mon ventre si j'avais empoisonné son frère.

— Ce ne sont que superstitions et balivernes ! s'exclama-t-il dans un rire sans joie. C'est de la folie !

Son rire forcé mourut face au silence d'Alinor et ils restèrent muets un instant, chacun attendant que l'autre parle. Ce fut alors qu'il brandit la pire menace pour elle :

— Sais-tu ce que tu dis ? Tu refuses de venir avec moi, d'être mon amour et ma femme ? Tu choisis cette chose, qui n'est rien du tout, plutôt que moi ? Plutôt que la vie que nous aurions, et tout ce que l'on pourrait faire pour Rob et Alys ? Tu les laisserais passer pour les enfants d'un père qui a disparu, ou pire, alors qu'ils pourraient être les beaux-enfants d'un baronet ? Tu préfères cette chose à eux ? Et à moi ?

Elle devint si pâle qu'il craignit de la voir perdre connaissance, mais il se dit qu'il devait se montrer cruel envers elle pour espérer sauver ce qu'ils avaient.

Il l'avait toutefois sous-estimée. Quand elle répondit, ce fut d'une voix maîtrisée et forte, loin de trembler :

— Oui, s'il le faut.

La gravité de sa réponse les laissa tous les deux muets. Il se dit que même la mort du roi ne l'avait pas si misérablement abasourdi.

— Alinor, je ne pourrais pas accueillir un enfant qui porte le nom de ton mari dans mon honorable demeure – même si je le voulais. Je ne pourrais pas te prendre pour épouse.

Elle hocha la tête. Il la vit alors chercher à tâtons son gobelet et s'aperçut qu'elle était aveuglée par les larmes, mais elle gardait la tête baissée pour qu'il ne le voie pas. Sa peine ne fit que renforcer son implacabilité.

— J'irai récupérer mes terres, où j'irai vivre sans toi, et plus jamais je ne te reverrai. Tu me condamnes à une vie solitaire alors que je me voyais heureux avec toi à mes côtés, jusqu'à la fin de mes jours. (Sa main trouva le gobelet et elle le serra de toutes ses forces, ses jointures blanchissant sous l'effort.) Je t'ai aimée plus que tout au monde, et je passerai le restant de ma vie sans toi. (Elle hocha la tête sans pouvoir rien répondre.) J'épouserai quelqu'un et j'aurai un fils pour faire perdurer mon nom, mais je n'aimerai pas cette femme comme je t'ai aimée, et je passerai ma vie à te regretter. (Sa main tremblait si fort qu'elle renversa de la bière sur sa robe.) C'est ce que tu veux ? demanda-t-il avec incrédulité. C'est ce que tu veux pour moi ? Cette vie de misère ?

La serveuse de l'auberge s'approcha d'eux.

— Est-ce que tout va bien ? demanda-t-elle d'une voix forte qui brisa l'enchantement qu'il tissait autour d'Alinor. Vous voulez un autre pichet ?

— Non, rien du tout, répondit-il.

Il la chassa d'un geste de la main avant de poursuivre dans un murmure :

— Dis-moi que tu veux m'épouser. Dis-moi que tu m'aimes comme je t'aime : plus que tout au monde.

Alinor parvint enfin à lever les yeux sur lui et il vit qu'ils étaient embués de larmes.

— Je ne tomberais pas assez bas pour épouser un homme qui irait jusqu'à tuer son propre enfant, se contenta-t-elle de répondre. Ce n'est pas un honneur que tu me fais. Si tu es homme à tuer ton propre bébé dans le ventre, alors tu n'es pas celui que je croyais et tu n'es pas fait pour moi.

Il resta un instant sous le coup, comme si elle venait de le gifler.

— Ne t'avise pas de me juger ! tonna-t-il.

— Je ne te juge pas, assura-t-elle sans aucune peur. Je te dis simplement que je suis d'accord avec toi. Tu ne veux pas de moi avec l'enfant que je porte ; et moi je ne veux pas de toi sans lui. Nous sommes tous les deux perdants, je crois.

Elle se leva et il bondit instantanément de sa chaise pour lui saisir le bras.

— Tu ne peux pas t'en aller ainsi !

— Je ne peux pas rester, rétorqua-t-elle doucement.

— Ce que je veux dire…

Ce qu'il voulait dire, c'était qu'il ne parvenait pas à croire qu'elle ose le défier, refuser sa fortune, son nom et son amour. Il n'arrivait pas à croire qu'elle puisse le rejeter et lui préférer cette chose minuscule, qui n'était encore même pas un bébé, cet homoncule qui bougeait à peine. C'était une chose insignifiante, plus encore qu'un œuf de poule qu'il mangerait au déjeuner, mais elle choisissait de la mettre entre eux. Il n'était pas imaginable qu'elle choisisse une vie dans l'indigence et la honte, affublée d'un enfant sans père, plutôt que le confort et la richesse qu'il lui proposait, et son nom prestigieux qui faisait sa fierté.

— Mais je t'aime ! se récria-t-il.

Elle lui offrit un sourire contenant toute la tristesse du monde.

— Oh, mais je t'aime aussi, renchérit-elle. Je t'aimerai toujours. Et je me consolerai avec ça, quand tu seras parti vivre dans ta belle maison et que je resterai seule ici.

Elle tourna les talons sans rien ajouter et s'éloigna, comme s'il n'était pas un jeune gentleman, ni le fils d'un grand de ce monde, ni la plus belle perspective de mariage de sa vie : un parti d'une richesse et d'un statut inimaginables, et son salut face à l'opprobre. Elle s'éloigna de lui sans se retourner, comme si elle ne devait jamais revenir vers lui, et le laissa seul à cette table devant un bon déjeuner dans la meilleure auberge de Chichester.

Alinor demeura plongée dans ses pensées durant tout le trajet, marchant mécaniquement. Elle ne héla aucun des chariots sur la route pour se faire déposer. Un seul la dépassa, et elle ne le vit et ne l'entendit pas. Il se mit à neiger sur le trajet, de petits flocons blancs tournoyant autour d'elle comme un nuage de poussière, et elle souleva la capuche de son manteau pour la laisser retomber sur sa tête et ses épaules. Elle ne sentait même pas le froid ; elle ne remarqua pas la neige.

Elle regardait ses pieds, dans ses chaussures usées, alors qu'elle avançait inlassablement vers le sud, traversant le village de Hunston par Street End, et elle sentait à l'arrière de son talon le frottement familier de sa botte gauche légèrement trop grande. Elle serrait son manteau autour de sa taille et passait son panier d'une main glacée à l'autre, sans vraiment sentir son poids sur le côté, ni la douleur dans son dos.

Elle s'assit sur une borne pour reprendre son souffle après une heure de marche, et elle regarda la neige tomber sur sa robe, touches de blanc sur la laine marron. Elle se leva après quelques instants et balaya la couche de flocons de ses vêtements, qu'elle resserra ensuite autour de ses épaules avant de se remettre en marche. Elle ne prit pas garde au fait que ses mains calleuses étaient aussi blanches que la neige, et que ses ongles étaient bleus à cause du froid.

Le bac était arrimé de l'autre côté de la rivière, devant la maison, et Alinor dut prévenir Ned en tirant sur la barre neuve pour faire tinter le fer à cheval. Elle le vit ouvrir le battant supérieur de la porte, puis sortir avec un morceau de toile de jute lui couvrant la tête et les épaules. Il tira sur la corde pour faire traverser le bac, qu'il maintint en place dans le reflux le temps qu'elle monte à bord.

— Tu ramènes la neige, dit-il.

— Depuis Chichester, répondit-elle en prenant place dans l'embarcation légèrement instable.

Il remarqua qu'elle ne se cramponnait pas à lui ni à la rambarde comme à son habitude. Il la supposa perturbée par le départ de Rob.

— Comment va notre gars ? Tout s'est bien passé, là-bas ?

— Ça va. Ce sont des gens bien.

— Et les au revoir se sont bien passés ?

— Ça va, répéta-t-elle avec un petit sourire en coin. Il ne s'est pas accroché à moi en me suppliant de rester.

— Bon garçon. Il s'en sortira bien.

— Je n'en doute pas du tout.

Ned tira de nouveau de toutes ses forces sur la corde glacée pour rallier l'île et maintint le bac contre le ponton pour que sa sœur puisse descendre d'un pas leste. Il sécurisa l'amarre et ils rentrèrent ensemble dans la maison par la porte laissée entrebâillée. Alinor enleva sa cape et la secoua à l'extérieur pour en faire tomber la neige, puis l'accrocha à la patère. Elle posa son panier et alla se réchauffer près du feu. Chaque geste lui était si familier qu'elle n'eut pas besoin de réfléchir à ce qu'elle faisait, comme si elle avait décidé de ne pas penser.

— Tu veux que je te prépare de la bière chaude ? proposa-t-il en observant son expression figée tout en se demandant si elle allait se mettre à pleurer ou si elle était vraiment aussi sereine qu'elle voulait le faire croire.

— Je ne dis pas non, accepta-t-elle. Je suis congelée.

— Tu n'aurais pas pu te faire emmener ? demanda-t-il en imaginant combien elle devait être épuisée par la longue marche.

— Non. Je n'ai vu personne passer.

— Tu dois être fatiguée alors.

Il essayait de la faire parler, mais elle gardait le silence. Le tisonnier siffla lorsqu'il le plongea dans la cruche de bière. Il servit ensuite un gobelet à sa sœur et en prit un aussi.

— Ça va te redonner des couleurs, dit-il avec une certaine inquiétude.

Elle ne dit rien, mais attrapa le gobelet à deux mains pour se les réchauffer et prit une gorgée, le regard perdu dans les flammes.

— Alinor, est-ce qu'il y a un problème ? s'enquit-il.

Elle poussa un soupir, comme si elle était sur le point de tout lui avouer, mais il la vit esquisser un sourire à travers la buée qui montait de son gobelet, et elle lui répondit simplement :

— Ça va.

Richard et Alys rentrèrent tard le lundi soir de la ferme Stoney et, le mardi matin, Alys eut du mal à se réveiller quand Alinor l'appela. Elle resta assise en silence, la tête penchée sur son bol de gruau, et fustigea son oncle du regard lorsque celui-ci chercha à savoir si elle avait bien assuré les passages des premières marées quand elle l'avait remplacé.

— Est-ce que tu viens avec moi au moulin aujourd'hui ? demanda-t-elle à sa mère. Elle va laver le linge.

Les jours de lessive au moulin étaient redoutés par tous à cause de la mauvaise humeur de Mme Miller.

— Seigneur, ça ne m'étonne pas que tu veuilles que je t'accompagne, dit Alinor en souriant.

— Et elle nous achètera des œufs. Elle n'en a pas eu assez. Même ses poules ne la supportent pas.

— Alors, est-ce que tu as ta dot ? lui demanda Ned en s'asseyant sur le tabouret en bout de table.

— En grande partie, répondit Alys.

— J'ai les cinq shillings que je t'ai promis, déclara-t-il. Et je vais même en rajouter un.

— Je prends ! s'exclama-t-elle avec un sourire. Et vendredi, on va recevoir notre paie de la semaine.

— Tu vas prendre celle de ta mère avec la tienne ?

— Oncle Ned, je n'ai pas le choix, se défendit Alys avec gravité. Et puis je la lui rendrai. Quand je serai madame Stoney de la ferme Stoney, je lui offrirai un cadeau par jour.

— De l'huile de rose, nomma Alinor (le seul ingrédient qu'elle n'avait pas les moyens d'acheter à l'herboriste du marché de Chichester). Je prendrai des bains à l'huile de rose.

— Ah, il n'y en a pas une pour rattraper l'autre, se lamenta faussement Ned. Allez, venez, je vous emmène de l'autre côté.

Le mercredi, le garçon de ferme qui s'occupait des haies tomba malade, si bien que mère et fille durent le remplacer. Elles passèrent donc le plus clair de la journée les pieds dans la boue jusqu'aux genoux ou dans l'eau saumâtre du fossé pour plier et casser les tiges qui poussaient un peu partout ; elles avaient les mains couvertes d'innombrables coupures.

Alys se redressa avec une grimace de douleur.

— J'ai mal au dos, se plaignit-elle.

— Repose-toi, l'incita Alinor. Je vais finir ce qu'il reste.

— Tu n'es pas fatiguée, toi ?

— Non, mentit-elle. Presque pas.

— Je vais finir, déclara Alys d'un air maussade en se penchant de nouveau pour arracher les pousses.

Le vendredi, au moulin, était consacré à la fabrication du fromage, et Alinor passa la journée dans le froid mordant de la laiterie à baratter le beurre, à faire cailler le lait et à mouler le fromage tandis qu'Alys s'occupait des tâches lourdes à l'extérieur. Tout devait être prêt pour le soir, pour que Mme Miller puisse le vendre au marché de Chichester du lendemain matin.

Quand Alys eut terminé les corvées du matin, elle rejoignit sa mère à la laiterie pour l'aider. À midi, quand la meunière sonna la cloche dans la cour, elles se rendirent à la cuisine, les mains rouges de froid, et s'assirent à table pour manger leur ration de pain et de caillé frais. Elles glissèrent leurs mains engourdies sous leurs bras pour les baigner de chaleur tandis que M. Miller disait le bénédicité pour son bon repas. Richard Stoney et l'autre garçon de ferme s'assirent en face d'elles, le visage tiré par le froid. Mme Miller, assise en bout de table, avait du bon pain blanc à manger avec du fromage. Elle était entourée de sa fille Jane d'un côté et de son petit Peter de l'autre. Le meunier, après avoir profité de l'unique part de jambon, quitta la table dès qu'il eut terminé afin de s'assurer que les travailleurs à l'extérieur ne prenaient pas une pause trop longue. Richard adressa un clin d'œil à Alys, un hochement de tête poli à Mme Miller et Alinor, puis emboîta le pas à son patron avec son camarade.

—Vous allez brasser de la bière de noces? demanda la meunière à Alinor.

—Je vais la filtrer et la rincer demain, répondit-elle. Je pense qu'elle sera très bonne. M. Stoney la récupérera sur le chemin de l'église dimanche matin.

—Ils ont une bonne table, à la ferme Stoney. Tu es chanceuse, dit la meunière à Alys, qui s'efforça de sourire. (Mme Miller se tourna alors de nouveau vers Alinor.) Je ne pense pas qu'ils auraient accepté cette union si elle n'avait pas travaillé aussi longtemps ici. Ils savent que je lui ai bien enseigné.

— Ils ne se seraient même jamais rencontrés si elle n'avait pas travaillé ici, renchérit Jane.

— C'est vrai, acquiesça Alinor en s'appuyant légèrement de l'épaule sur sa fille pour l'empêcher de répondre. Nous sommes toutes les deux reconnaissantes.

— Les Stoney n'auraient confié leur Richard à personne d'autre que nous. Il n'y a pas d'autre meunerie dans tout le Sussex qui réponde à leurs exigences.

— Je me souviendrai toujours de la fête des moissons que vous avez organisée, déclara Alinor pour changer de sujet. Qu'ils étaient beaux en roi et reine ! C'était un jour vraiment joyeux.

Son but avait été de flatter Mme Miller sur le banquet qu'elle avait offert, mais elle avait au lieu de cela ravivé le souvenir de James Summer se tenant face à elle, et de la colère qui l'avait saisie quand il lui avait dit qu'elle ne devait en aucun cas danser.

Elle pencha la tête comme pour dire le bénédicité, mais elle cherchait en réalité à dissimuler une douleur si vive qu'elle avait l'impression de sentir son cœur se briser. Elle prit une profonde respiration pour résister au chagrin et orienta ses pensées vers la laiterie et le travail qui les attendait encore. Elle s'était promis de ne pas songer au fait qu'elle avait perdu James, ni à la manière dont elle allait pouvoir s'en sortir sans lui. Elle ne penserait à rien tant que dimanche ne serait pas passé. Ce ne serait qu'à ce moment-là, une fois Alys mariée et en sécurité, qu'elle s'autoriserait à contempler son existence dévastée par sa seule faute.

— J'organise tous les ans de belles fêtes des moissons, dit-elle avec morgue. Sir William le dit chaque fois. Il dit qu'il préfère être à ma table que n'importe où ailleurs. Vous souvenez-vous qu'il était venu avec le tuteur, M. Summer ?

— Oui, répondit Alinor sans ciller. M. Summer. Est-ce que vous voulez vérifier le beurre avant que je le moule ?

Mme Miller se leva et laissa Jane et Alys débarrasser la table.

— Vous pouvez laver les assiettes, lança-t-elle par-dessus son épaule avant de suivre Alinor à la laiterie.

Elle referma la porte derrière elle pour empêcher l'air chaud d'entrer, bien qu'il fasse déjà plus froid que dans la glacière du prieuré.

— C'est en bonne voie, dit-elle en regardant dans la baratte où le beurre blanc et crémeux commençait à se séparer du babeurre. Ça va toujours plus vite pour vous, Alinor.

La jeune femme sourit, sachant que cela allait plus vite pour elle parce qu'elle travaillait plus dur et barattait plus rapidement que la meunière, mais que celle-ci ne l'avouerait jamais.

— Je dis toujours à mon mari que vous devez avoir une formule magique, enchaîna Mme Miller. De la bonne magie, je veux dire. Je n'irais jamais dire que vous pratiquez…

— C'est seulement parce que le lait est riche, affirma Alinor avec naturel. Pas besoin de magie. Si ça vous convient ainsi, je vais en faire des plaques pour le marché.

— Oui, mais pas trop grosses, exigea l'autre. Une livre par plaque seulement. Inutile d'aller en faire cadeau.

— Tout à fait, répondit patiemment Alinor.

— Il vaut mieux un tout petit peu moins qu'un tout petit peu plus. Ils ne pèsent pas, au marché.

— Entendu. Et je les emballe.

— Et vous viendrez demain matin pour charger le chariot ?

— Oui. Et Alys sera avec moi. Est-ce que vous aurez besoin de nous toute la journée ?

— Vous n'aurez qu'à vous occuper de la ferme et du moulin pendant qu'on sera au marché. La marée sera basse à l'heure du dîner, mais je ne vais pas vous demander d'aller ouvrir les vannes et de lancer la roue.

Alinor sourit de cette légère plaisanterie alors que la porte de la cuisine s'ouvrait sur Alys, qui demanda :

— Est-ce que je dois aller ramasser les œufs ?

— Tu ne l'as pas déjà fait ? se récria Mme Miller avec colère. Dépêche-toi, alors, petite paresseuse.

Le samedi matin, Alinor se leva à l'aube pour procéder aux derniers filtrage et rinçage de la bière de noces. Alys aida sa mère et elles humèrent ensemble les riches arômes du moût.

— Elle va être bonne, annonça Alinor avec satisfaction.

— J'espère qu'elle ne sera pas trop forte, dit Ned en passant la tête par la porte de la brasserie.

— C'est de la bière de noces, rétorqua sa sœur. Elle est comme elle doit être.

— Je ne veux voir personne de soûl, ni aucun jeu paillard, les prévint-il.

— Pour quel genre de femme est-ce que tu me prends ? s'indigna Alinor.

— Tu es une femme qui aime les traditions, et tu le sais bien. Mais cette cérémonie devra se faire dans le respect du Seigneur, sans excès.

— Pas de bière de noces ? s'enquit sa sœur. Tu veux que je vide ça dans la rivière ?

— Je veux dire, pas de vin, rectifia-t-il. Et pas de liqueurs.

— Dans ce cas, dit Alinor avec regret, il va falloir que j'implore Mme Stoney de bien vouloir se retenir de boire, pour une fois.

Ned ne put s'empêcher de ricaner. Mme Stoney avait déjà gagné son respect grâce à sa rigueur puritaine.

— C'est une femme pieuse, la réprimanda-t-il. Tu ne devrais pas te moquer d'elle.

— Je sais bien, dit-elle en brassant une dernière fois la bière avant d'enfiler sa cape pour se rendre au moulin.

Quand Alys et elle arrivèrent dans la cour, elles virent que le chariot était déjà en place, jonché de paille fraîche. Quelques flocons tombaient et il était donc possible de déposer les plaques de beurre dans leurs paniers sans craindre de les voir fondre. Les deux femmes, aidées de Jane, chargèrent de grosses meules de fromage, et des œufs dans des paniers, jusqu'à ce que Mme Miller sorte de la maison, seuls ses yeux demeurant visibles sous les épaisses couches de fourrure, comme si elle était en partance pour la Russie. Elle grimpa sur le banc du conducteur, et ses enfants s'installèrent à côté d'elle.

M. Miller s'empressa de prendre les rênes, car il savait que son épouse ne tolérerait aucun retard.

— Bonjour ! lança-t-il à Alinor avant d'adresser un sourire à Alys. C'est vous qui êtes responsables du moulin, vous savez ! On sera rentrés pour le dîner !

Travailler au moulin sans les constantes critiques de la meunière ou la supervision de son mari au regard de chien battu était comme travailler dans leur propre jardin. Richard et l'autre garçon de ferme nettoyèrent la grange où les bœufs de labour étaient parqués, tandis qu'Alys et Alinor leur donnaient du foin et de l'eau. Elles sortirent ensuite les chevaux dans les pâturages givrés pendant quelques heures, et les deux hommes récurèrent les écuries. Alinor remplit des seaux d'eau à la pompe et Alys les porta. Elles ratissèrent le chenil et le poulailler, l'enclos des oies et des vaches. Après avoir trait celles-ci, elles emportèrent les seaux pleins à la laiterie, puis allèrent récolter les œufs dans le poulailler et vérifier dans les petits recoins chauds où les poules allaient parfois pondre ; mais Mme Miller avait déjà fait le tour au matin pour emporter absolument tout ce qu'elle pouvait au marché.

Chaque fois que l'un d'eux tombait sur une branche morte, il la rapportait dans la cour et la jetait sur le tas pour que le garçon de ferme les fende en petit bois ou en bûches selon la taille.

Ils chargèrent le four pour les villageois qui allaient venir cuire leur pain ou leurs plats au soir, et Alys pétrit la pâte pour leur propre pain. Ils travaillèrent toute la journée durant, jusqu'à ce que le soleil commence à se coucher sur la vasière à l'ouest, puis Alinor déclara avec soulagement :

— Il est l'heure de rentrer.

— Pas avant d'avoir récupéré notre paie, dit sa fille. J'en ai besoin pour demain.

— Alys, combien est-ce que tu as réuni, au juste ? On ne peut pas leur donner moins que prévu demain. Ils ne vont pas annuler le mariage s'il manque un shilling, mais il ne faut pas qu'on leur donne l'impression qu'on les vole juste à l'entrée de l'église, le jour de ton mariage.

— Richard va me donner ce qu'il manque, mais j'aimerais payer le plus possible de ma poche. Je veux récupérer l'argent de notre journée, puisqu'on a travaillé si dur. Et Richard me donnera aussi ce qu'il a gagné.

Alinor était sur le point de répondre quand elles entendirent un cri depuis le portail, ainsi que le fracas d'un chariot en approche. Alys s'empressa d'aller ouvrir puis héla sa mère :

— Viens voir qui ils ramènent de Chichester !

Alinor releva brusquement la tête avec la folle certitude qu'il s'agissait de James Summer venu lui déclarer publiquement son amour.

— Qui ?

— Rob !

— Oh, Rob ! Oh, mon chéri ! s'exclama-t-elle en accourant.

— Allons, allons, dit M. Miller avec douceur. On dirait qu'il s'en est allé pour un périple en Afrique. Il n'est parti que depuis une semaine.

— Mais je ne l'attendais pas avant demain matin pour le mariage de sa sœur ! s'écria Alinor. Comment est-ce que tu vas, mon fils ? Comment s'est passée ta première semaine ?

Rob, élégamment vêtu, tout sourires, bondit du banc du chariot et prit sa mère dans ses bras, se pencha pour recevoir sa bénédiction, puis embrassa sa sœur.

— Mme Miller est venue au magasin pour acheter de la mort-aux-rats et elle leur a demandé s'ils pouvaient me ramener, et ils ont accepté avec joie. Je dois être rentré pour lundi à 8 heures, ce qui fait que je pourrai passer la nuit ici après le mariage.

— C'est très gentil à vous, dit Alinor en se tournant vers Mme Miller avec l'expression même du bonheur. Je vous remercie beaucoup pour cette attention.

— Bah, ce n'est rien, répondit l'autre avec une générosité qui ne lui ressemblait guère. C'est un jeune homme très bien, qui vous fait honneur. Est-ce que tout va bien ici ?

— Oh, oui, assura-t-elle. Nous vous avons préparé une tourte à la viande pour le repas. Je ne savais pas ce que vous alliez trouver au marché.

— Il a déjà pris son dîner, déclara la meunière en désignant d'un signe de tête son mari dont le visage rougeaud trahissait un passage relativement long à la taverne du marché pendant que sa femme et ses enfants vendaient le fromage, le beurre et les œufs. Mais nous mangerons avec plaisir.

— Moi aussi, je goûterai avec plaisir à une tourte faite par madame Reekie, dit M. Miller d'un air guilleret. Personne n'en fait d'aussi bonnes qu'elle.

Alinor secoua la tête d'un air réprobateur tandis que la meunière rejoignait en vitesse la cuisine. Alys et sa mère récupérèrent les rênes du cheval et l'emmenèrent aux écuries, où elles suspendirent le lourd collier et la bride au crochet pendant que Richard et l'autre jeune homme poussaient le chariot à son emplacement avant de le décharger. Mme Miller avait acheté des sacs de laine à filer, un nouveau tabouret de traite, quelques bols en bois et deux oreillers de plume.

— Elle a dépensé tout ce qu'elle a gagné, lui confia le meunier.

— Vous devriez avoir honte, le réprimanda loyalement Alinor. Mme Miller est une des femmes qui sait le mieux tenir une maison sur cette île.

— Et votre fille ? demanda-t-il en donnant au passage à Alys une tape sur les fesses. Est-ce qu'elle fera une bonne épouse pour Richard Stoney ?

— Je l'espère bien, répondit Alinor en tirant sa fille vers elle pour l'éloigner du meunier.

— Est-ce que tu as rentré le cheval ? beugla Mme Miller depuis la porte de la cuisine.

— Oui ! brailla l'homme. J'ai fini mon travail de la journée. Et elles aussi, alors est-ce qu'elles vont être payées aujourd'hui ?

Son épouse disparut à l'intérieur de la maison, puis en ressortit avec leur paie : un shilling en tout.

— Merci beaucoup, dit Alinor.

Puis Mme Miller retourna à sa cuisine tandis que mère et fille se dirigeaient vers le portail.

— Est-ce que c'est juste ? demanda soudain M. Miller. Un shilling, alors que vous avez tout fait aujourd'hui ?

— Oui, ça l'est, affirma Alinor avec raideur.

Elle aurait pu ajouter « même si ce n'est pas très généreux pour une fille qui se marie demain », mais elle se garda bien de dire quoi que ce soit. Elle sentit Rob se crisper à côté d'elle et elle lui passa une main sous le bras, qu'elle serra légèrement afin de l'empêcher d'intervenir.

— Non, ce n'est pas juste, se renfrogna M. Miller avec l'insistance belliqueuse d'un homme pris de boisson. Tiens ! Betty Miller ! Sors de là tout de suite !

— Non, vraiment, tenta Alinor. C'est très bien ainsi, monsieur Miller. Un shilling par jour, pour toute la journée parce qu'on a arrêté au coucher du soleil.

Elle poussa légèrement son fils en direction du portail, et ce fut à cet instant que Mme Miller sortit en trombe de la maison.

— Qu'y a-t-il à m'appeler comme si j'étais une fille de laiterie ? demanda-t-elle.

— Merci de m'avoir emmené, monsieur Miller, dit alors Rob avec un signe de tête au meunier. Bonne soirée, madame Miller.

Puis il s'éloigna avec tact et attendit sa mère hors de portée de voix tandis que la meunière se tenait les poings sur les hanches, lançant à son mari et à Alinor un regard furibond.

— Qu'est-ce qu'il y a ? demanda-t-elle avec hargne.

— Rien, répondit vivement Alinor. Vraiment, ce n'est rien.

— Tu n'as pas bien payé les Reekie, déclara M. Miller d'un air buté. La mère et la fille.

— Six pence chacune, comme je l'ai toujours fait.

— Tout ! éructa-t-il comme s'il s'agissait d'une formule magique. Elles ont tout fait à la ferme aujourd'hui, et donc elles ont fait comme un journalier, ou un aide. Elles ont tout fait. Aussi bien qu'un homme. Aussi bien que deux.

— Tu veux payer une femme et une fille autant que deux journaliers ? demanda son épouse avec une colère froide.

— Non, répondit-il. Bien sûr que non. Mais elles devraient avoir… Et cette belle jeune fille qui se marie…

Alinor s'avisa de l'erreur fatale que venait de commettre le meunier en qualifiant Alys de « belle » devant sa femme à la mine revêche.

— Qui est-ce qui les paie ? lui demanda-t-elle brusquement en s'approchant de lui avant de l'empoigner par le col comme si elle allait l'étrangler.

— Mais enfin, c'est toi !

— Et qui est-ce qui les surveille, qui supervise leur travail et qui répare leurs erreurs ?

Alinor laissa son regard dériver du visage hébété de M. Miller au ciel rosé sur le port, puis jeta un coup d'œil à son fils qui l'attendait au portail. Elle aurait voulu être chez elle, avec ses enfants, et profiter d'un repas en famille.

— C'est toi, répondit le meunier d'un air boudeur.

— Donc, je dirais qu'il vaut mieux me laisser voir avec elles, non ? Sans qu'un homme vienne me houspiller pour réclamer une pièce en plus parce qu'une fille est « belle » ?

Cela faisait vingt ans que M. Miller était réduit au silence par la volonté de fer et le mauvais caractère chronique de sa femme.

— Je disais simplement que…

— Il vaut mieux ne rien dire, l'avertit sévèrement Mme Miller.

— Il faut nourrir les chevaux, déclara-t-il comme pour lui-même avant de faire demi-tour pour s'enfuir vers les écuries.

— Et nous devons partir, dit Alinor en sautant sur l'occasion.

— Quel âne, celui-là, pesta la meunière.

— Bonne nuit, madame Miller. À demain à l'église.

— Bonne nuit, madame Reekie, répondit l'autre en recouvrant son calme à présent qu'elle avait remporté la victoire. Et que Dieu te bénisse demain, Alys.

Alinor et ses deux enfants remontèrent le sentier jusqu'au bac et Rob courut comme un petit garçon pour avoir le plaisir de faire tinter le fer à cheval.

Sealsea, février 1649

Le mariage allait être sobre. Alys et Richard allaient être unis devant la même assemblée qui se tenait tous les dimanches à l'église Saint-Wilfrid, Alys vêtue de sa plus belle robe, avec son nouveau tablier et son nouveau bonnet blancs. Richard, lui, porterait sa meilleure veste. Ce serait Ned qui conduirait la mariée jusqu'à l'autel. La cérémonie respecterait la nouvelle doctrine, comme prévu par le Parlement : Richard ferait quelques brèves promesses et Alys ferait ensuite part de ses vœux. Après le mariage à Saint-Wilfrid, ils traverseraient tous la rivière pour le vin d'honneur au moulin à marée, puis poursuivraient jusqu'à la ferme Stoney pour le repas de noces. Ils feraient bonne chère et trinqueraient à la santé des mariés, qui ensuite iraient se coucher dans la grande chambre sous les combles du toit de chaume.

Alys ne parvint pas à fermer l'œil avant d'entendre le chant du coq, signalant que le jour allait bientôt se lever. Alors elle se tourna sur le côté, poussa un soupir d'impatience, et dormit profondément.

Ce fut une matinée glacée, mais avec un ciel dégagé. Le givre dans le port était si blanc que les mouettes tournoyant au-dessus semblaient briller dans le ciel bleu, puis disparaître dans le paysage éblouissant. Alys se réveilla tard et dévala l'escalier pour manger son gruau à la table de la cuisine ; elle jura qu'elle ne porterait pas sa cape, mais entrerait dans l'église dans sa belle robe, avec son tablier et son bonnet neufs.

— Tu vas attraper froid, se récria sa mère. Il faut que tu mettes ta cape, Alys.

— Laisse-la avoir froid, lui conseilla Ned. Aujourd'hui, elle se marie.

Alinor accorda à sa fille la seule requête à laquelle elle tenait vraiment.

— Bon, mais c'est bien ça le problème avec les mariages en hiver – en plus de ne pas avoir de fleurs à part des bouquets d'herbes séchées !

— Tant que je peux porter mon nouveau tablier.

— Eh bien porte-le ! accepta sa mère, mais tu mettras ta cape dans le chariot quand tu partiras pour la ferme Stoney.

— D'accord ! D'accord !

Rob descendit l'échelle des combles, vêtu de sa nouvelle veste de travail et de ses chaussures reçues à Noël.

— Oh, comme tu es bien habillé, mon garçon ! le flatta Ned en lui donnant une tape dans le dos. C'est un grand jour pour la famille.

Les enfants ne mentionnèrent pas leur père et Alinor, resserrant sa cape autour de sa taille en constante expansion, se dit que sans la nécessité de donner un nom à son enfant, elle n'aurait peut-être plus jamais entendu parler de celui de Zachary Reekie.

— Ça va, m'man ? demanda Rob d'une voix douce.

— Je vais bien, lui répondit-elle avec un sourire.

— Alys lui manque déjà alors qu'elle n'est pas encore partie, avança Ned.

Mais Rob scrutait son pâle visage avec attention.

— Ça va vraiment ?

Alinor retint son souffle. Son fils avait depuis l'enfance la capacité de voir au-delà des apparences les maux du corps et du cœur. Elle se demanda s'il pouvait déceler son chagrin, s'il percevait la vie qui grandissait en elle – son demi-frère.

Elle secoua la tête et sourit.

— C'est comme dit ton oncle, lui mentit-elle. Je vous vois tous les deux quitter la maison la même semaine et j'ai l'impression d'être comme une poule qui couve et à qui on enlève tous ses œufs.

— Je travaille au moulin avec toi demain, lui rappela Alys. Tu me verras à l'aube, et Rob rentrera pour l'Annonciation.

— Je sais bien, lança Alinor. Et je ne pourrais jamais être plus heureuse pour vous deux. Allez viens, Rob, il faut que tu manges. Alys, est-ce que tu as avalé quelque chose, au moins ?

— Je ne peux pas, décréta-t-elle fermement. Je n'ai absolument pas faim.

— Tu n'as pas intérêt à t'évanouir devant l'autel parce que tu n'auras rien mangé, la prévint Ned.

— Tiens, prends un peu de petite bière et de pain, l'incita sa mère. Et des œufs aussi.

Alys céda et s'assit à table, entourée de son oncle et de son frère, puis elle sourit à sa mère.

— Mon dernier déjeuner ici, dit-elle. Mon dernier déjeuner en tant qu'Alys Reekie.

— Arrête, lui conseilla Ned, où tu vas encore rendre ta mère nostalgique.

M. Stoney, son épouse et son fils, venus en chariot, firent tinter le fer à cheval pour prévenir Ned de leur arrivée alors que la famille terminait juste de manger, et le passeur alla les chercher. Quand ils débarquèrent sur l'île, Alinor sortit les barils de bière de noces en les faisant rouler et les deux hommes les chargèrent à l'arrière du chariot. Elle avait aussi deux grandes meules de fromage et deux bons pains, cuits dans le four du moulin.

— Alors, est-ce que tu es prête ? demanda M. Stoney à Alys. Tu as fini de préparer toutes tes petites affaires ?

— Oui, oui, je suis prête, répondit-elle avec le souffle court.

Richard descendit du chariot, les joues rouges à cause du froid et de la timidité. Il lui prit les mains et y déposa des baisers, puis en réserva un dernier pour ses lèvres.

Mme Stoney descendit du banc du conducteur et Alys adressa une révérence à sa belle-mère avant de l'embrasser puis, quand les adultes se saluèrent, elle glissa sa main gracile dans celle bien plus imposante de Richard.

— Je vais aller chercher ses affaires, dit Ned à sa sœur. Tout est prêt ?

Alinor et Ned retournèrent à l'intérieur et ressortirent avec une petite pile de linge de qualité, le meilleur qui se trouvait à la maison du passeur, ainsi qu'une besace contenant tous les effets personnels d'Alys. Mme Stoney lança un bref coup d'œil au petit sac, mais ne fit pas de commentaire. Richard tendit la main à sa future belle-mère pour l'aider à s'installer à l'arrière du chariot, puis souleva sa fiancée pour la hisser à bord.

— Avec Rob, on va passer par le marais, dit Ned. On se retrouve devant l'église !

— Ne traînez pas ! leur dit Alys. Et n'allez pas salir vos chaussures… Passez par la grève !

— Je ne me laisserai pas distraire par les sirènes, plaisanta Rob. On y sera avant vous !

M. Stoney, d'un claquement de langue, donna l'ordre aux deux chevaux d'avancer, et ils firent route vers le sud tandis que Ned couvrait le feu, fermait la porte de derrière et s'engageait dans le marais avec Rob, empruntant les petits chemins entre les mares jusqu'à l'église.

Toute la paroisse s'était déplacée pour assister au mariage entre la si jolie fille Reekie et le riche fils Stoney. Beaucoup étaient heureux de voir la fille d'Alinor faire un si bon mariage, et quelques-uns regrettaient même de la voir quitter l'île. Ned était connu de tous à Sealsea en raison des nombreuses années où il avait été leur passeur, après son père, et la plupart des femmes avaient déjà eu affaire à Alinor pour un problème de santé ou un accouchement. Ce mariage était une véritable aubaine pour la famille qui tenait le bac depuis toujours, mais tout le monde s'accordait à dire que si quelqu'un méritait un si bon mari simplement par sa beauté, c'était bien Alys.

De nombreux commentaires furent échangés sur Rob, qui avait pris place sur les bancs des hommes à l'arrière. Certains, qui l'avaient vu arriver en grande pompe au cours de l'été et s'installer sur le banc des Peachey, étaient contents de le voir retrouver une place plus modeste, mais les plus jeunes, surtout les filles, remarquaient une grande différence entre leur ancien compagnon de jeu, le fils de Zachary Reekie le pêcheur disparu, et ce nouveau Rob qui parlait le latin et portait une veste bien taillée en sa qualité d'apprenti d'un apothicaire à Chichester.

Personne ne souligna publiquement le fait que les deux enfants Reekie avaient eu une chance extraordinaire, eux qui étaient nés dans une cahute de pauvre pêcheur, élevés par la fille du passeur et un bon à rien que plus personne n'avait jamais revu. Personne n'affirma que tout cela ne pouvait pas être entièrement dû à la chance, ni à la beauté, ni aux grandes compétences. Pas une personne ne rappela cette ancienne histoire selon laquelle ils étaient des enfants de fées, aux dires mêmes de leur père, et que leur beauté et leur bonne fortune leur venaient de leur mère : la concubine des êtres magiques, l'amante du monde invisible, par lequel elle était guidée. Tout le monde, pourtant, se demandait comment les enfants Reekie pouvaient bien avoir eu toute cette chance sans même la mériter. Comment leur mère aurait-elle pu échapper à un mari violent la tête haute et sans une égratignure sinon ainsi ? Comment Zachary aurait-il pu disparaître de façon si commode, sinon ? Pas un n'aurait osé dire de telles choses le jour du mariage d'Alys, mais certains les pensèrent et échangèrent des regards entendus, comprenant que leur opinion était partagée.

Alys était sur le point d'entrer dans l'église, suivie de sa mère, quand Mme Stoney les arrêta.

— Avez-vous la dot ? demanda-t-elle. Vous êtes censées me la remettre ici.

Alinor se figea et se tourna vers sa fille, qui rougit légèrement avant de plonger la main dans la poche de sa robe, sous son tablier.

— S'il en manque, vous feriez mieux de me le dire tout de suite, avant de faire un seul pas de plus, déclara Mme Stoney avec rudesse.

— Il ne manque rien, affirma Alys.

Alinor essaya de hocher la tête comme pour confirmer les dires de sa fille. Elles avaient travaillé très dur au moulin, en plus de filer, mais même avec l'argent du bac et les revenus de Rob, elle se dit que Richard devait avoir fait don de tout son héritage.

Alys, l'air triomphant, remit la bourse à Mme Stoney, qui la soupesa avant de l'ouvrir pour regarder à l'intérieur. Le visage de la mariée était comme une sculpture de pierre lorsqu'elle regarda sa belle-mère, qui versa les pièces dans le creux de sa main. Elle vit des couronnes en or, des shillings en argent, mais aucun penny, rien en bronze ; c'était une véritable fortune.

— Tout est là, déclara Mme Stoney comme si elle n'en croyait pas ses yeux.

— Évidemment, répondit Alys.

— Évidemment, répéta Alinor.

— Alors nous pouvons y aller, dit la femme en fourrant la bourse dans la poche de son manteau. Je mettrai ceci dans notre coffre à la ferme, ce soir.

Elle tourna alors les talons et pénétra dans l'église, passant devant l'espace réservé aux travailleurs qui se tiendraient debout derrière les bancs, puis alla s'installer près du chœur, l'occupant habituel du banc lui faisant de la place bien à contrecœur. Alys prit la main de sa mère et alla se placer tout derrière en attendant d'être appelée devant l'autel. Richard, lui, était déjà à l'avant.

— Dimanche prochain, c'est là que j'irai m'asseoir, dit Alys tout bas à sa mère en désignant d'un signe de tête Mme Stoney qui occupait d'un air important le prestigieux premier banc. Et toi tu seras assise à côté de moi. Ça valait le coup d'économiser le moindre penny, non ? On aura notre propre banc.

— Ce n'étaient pas des pennies, rétorqua Alinor encore abasourdie d'avoir vu sa fille fournir à sa belle-mère une bourse contenant la totalité de la dot.

— Richard, dit Alys pour toute explication. Je t'avais dit qu'il ne prendrait pas le risque de me perdre.

La porte de l'église s'ouvrit derrière elles et sir William remonta l'allée en adressant des signes de tête à ses tenanciers des deux côtés, sans montrer aucun signe de deuil ou de tristesse pour le roi et la cause qu'il avait perdus, conservant son flegme habituel. Il fit passer son regard sur l'assemblée des hommes à l'arrière et ignora totalement Ned ainsi que d'autres Têtes-Rondes notoires. Derrière lui, comme toujours, rangés par ordre d'importance, se trouvaient ses gens de maison, et devant ceux-ci arrivait son invité : James Summer.

Alinor, qui se tenait auprès de sa fille, discrètement positionnée derrière tout le monde, ferma les yeux. Elle se sentit plus raide qu'une barre de fer sur une enclume. Elle n'aurait jamais pensé que James serait encore au prieuré ; elle n'aurait jamais pensé qu'il viendrait à l'église le jour du mariage d'Alys. Elle agrippa le dossier du banc quand sa tête se mit à tourner furieusement, et elle se mordit la lèvre inférieure. Elle se tint comme elle put, comme une petite chose fragile sur le point de se briser et de disparaître, comme si elle allait s'évaporer dans un souffle à la prochaine expiration.

Le pasteur annonça un premier cantique peu connu de la paroisse, qui buta sur les mots, accompagnée par un musicien au tambourin et un autre au violon. Alinor ouvrit les yeux, recouvra ses esprits et se mit à articuler silencieusement comme si elle chantait aussi.

Elle était extrêmement soulagée de ne pas s'être confiée à Alys, qui posait un regard indifférent sur la maisonnée du prieuré. Si elle avait su que James était le père de son futur frère et qu'elle l'avait vu passer devant sa mère sans lui adresser le moindre regard, elle n'aurait pas pu supporter cette honte et cette humiliation. Alinor tourna légèrement la tête afin que son regard ne soit pas dirigé vers le banc des Peachey. Peut-être était-ce là sa punition pour avoir fait confiance à un jeune homme qui promettait un amour précieux mais qui vivait dans un monde d'argent, et qui se disait fou d'elle mais gardait la tête froide lorsqu'il s'agissait de son avenir. Elle se rendit compte que le cantique était terminé et elle s'agenouilla comme tout le monde pour les prières. Elle ne pouvait rien faire pour empêcher l'homme qui l'avait trahie d'assister au mariage de sa fille. La meilleure chose qui lui restait à faire était d'essayer de partager la joie d'Alys sans se laisser aveugler par son propre chagrin. Elle ferma les yeux et pencha la tête. Aucune prière ne lui vint, mais elle demanda que cette cérémonie se termine vite, et de ne pas se trahir au cours de la journée.

James, à l'avant de la nef, sentait la présence d'Alinor derrière lui et dut résister à la tentation de se retourner pour voir si elle le regardait. Il n'aurait pas pensé avoir la force de passer devant elle ; il ne pensait pas pouvoir survivre à cette longue cérémonie. Il avait oublié que c'était le jour du mariage d'Alys, et sir William ne considérait pas l'occasion comme d'une grande importance. Mme Wheatley, la cuisinière, aurait pu le lui rappeler en lui annonçant qu'elle avait préparé un magnifique gâteau à apporter à la ferme Stoney pour le repas de mariage, mais elle ignorait qu'il s'intéressait à Alinor. Elle n'aurait jamais pu imaginer qu'il tremblait de désir tandis qu'il s'agenouillait, le front posé sur ses mains jointes, et qu'il priait Dieu de le préserver du péché et de la folie.

Quand l'office fut enfin terminé, le pasteur n'alla pas se planter devant les portes de son église pour saluer ou réprimander ses ouailles comme à l'ordinaire. James attendit en trépignant de voir la maisonnée du prieuré sortir en premier afin d'être libéré de ce supplice, mais il s'aperçut alors que personne ne bougeait.

— Aujourd'hui, nous célébrons un mariage, déclara le pasteur. Ceux d'entre vous qui ne souhaitent pas y assister peuvent partir. Je vous prie de ne pas vous attarder dans l'enceinte de l'église, et de ne pas laisser les enfants jouer dans le cimetière.

Les marguilliers marmonnèrent leur assentiment sur le fait que l'usage traditionnel de l'église comme endroit de rassemblement n'était pas pieux.

— Ceux qui seront les témoins de cette union sont priés de s'avancer, dit le pasteur.

James, tournant la tête d'un air surpris, aperçut le pâle visage d'Alinor du coin de l'œil et ce fut seulement alors qu'il se rappela, dans un sursaut horrifié, qu'elle mariait sa fille ce jour-là. Il pria intérieurement pour que sir William guide sa maisonnée vers les portes de l'église, mais il le vit immobile dans son grand fauteuil, honorant les mariés de sa présence.

Richard Stoney alla prendre sa place au pied des marches du chœur, juste devant la table austère et dépouillée qui bloquait le passage vers le jubé et la partie vide à l'extrémité est de l'église.

Alinor se concentra sur le mariage, chassant complètement James de son esprit, et adressa à sa fille un sourire plein d'amour.

— Que Dieu te bénisse, lui dit-elle. Allons-y.

Ned sortit du rang des hommes de la congrégation et offrit son bras à Alys avec toute la dignité d'un seigneur. Sa nièce, le teint blême mais un sourire aux lèvres, lissa son nouveau tablier sur son ventre rebondi et posa la main sur le bras de son oncle. Alinor, qui portait le manteau de sa fille, les suivit alors qu'ils remontaient l'allée jusqu'à la table de communion. Ned et Alys s'arrêtèrent devant le pasteur et Alinor se retrouva donc juste à côté de James, assis sur le banc du prieuré. C'était presque comme s'ils se retrouvaient l'un à côté de l'autre à leur propre mariage. James porta résolument son regard droit devant sans voir le lutrin en bois sur lequel reposait la bible. Alinor, elle, gardait les yeux rivés sur le ruban du bonnet de sa fille, qu'elle voyait trembloter.

Le pasteur procéda au mariage comme nouvellement convenu par le Parlement, et Richard et Alys échangèrent leurs vœux. Ned déposa la petite main de sa nièce dans celle de Richard, qui lui passa l'alliance au doigt. Ils étaient mari et femme. Sous le couvert du manteau d'Alys, avec lequel elle cachait son ventre, Alinor desserra les mains et sentit un immense soulagement l'envahir. C'était fait : Alys était désormais Mme Stoney, une femme mariée. Quoi qu'il arrive désormais à sa mère, sa réputation était sauve et son avenir garanti. Alinor sentit des larmes lui brûler les yeux. Enfin, Alys était une femme mariée. Elle était Mme Stoney, de la ferme Stoney. Alys était en sécurité.

—Amen, dit sir William d'une grosse voix, imité par tout le monde.

Richard embrassa son épouse et tout le monde s'approcha pour féliciter le jeune couple. Les joues roses et un grand sourire aux lèvres, Alys fit la bise à tout le monde. Richard reçut de grandes tapes amicales dans le dos et les félicitations de tous. Ils s'arrêtèrent devant sir William, qui embrassa la mariée. James sourit en les félicitant et serra la main de Richard. Puis tout le monde s'éloigna soudain et James se retrouva face à Alinor. Elle eut alors l'impression qu'ils étaient tout seuls dans un monde réduit au silence.

—Je vous félicite pour le bonheur de votre fille, madame Reekie, déclara-t-il en peinant à articuler le moindre mot, comme si on l'avait frappé au visage et que sa mâchoire était enflée.

—Merci.

Il put à peine entendre sa réponse dans le vacarme de cette congrégation en liesse, du grincement des portes de l'église, et des gens qui sortaient de l'édifice en pestant contre le froid. Elle lui adressa un rapide regard avant de baisser les yeux.

—Nous passerons pour le repas de noces, annonça sir William d'un air jovial. Nous devons nous rendre à Chichester quoi qu'il en soit.

—Merveilleux! s'exclama Mme Stoney en rougissant de fierté. Nous en serions honorés.

Alinor ne posa pas les yeux sur James pour l'inciter à refuser. C'était comme s'il n'y avait rien entre eux – aucun secret, aucun amour – et qu'il n'aurait pas compris pourquoi elle ne voulait pas de lui au repas de noces de sa fille. C'était comme si tout était oublié et qu'ils étaient redevenus des étrangers, conformément à ce qu'il avait annoncé. Elle adressa une révérence à son seigneur, puis à l'homme qu'elle avait tant adoré, et tourna les talons sans rien ajouter pour sortir après Alys dans le soleil glacé de l'hiver.

Ned et Rob étaient déjà repartis pour assurer le passage des nombreuses personnes qui se rendaient à pied jusqu'à la ferme

Stoney. Le père de Richard attendait sur le chariot devant le portillon.

— Une journée bien remplie, madame Reekie, lui dit-il d'un air ravi alors qu'elle quittait l'enceinte de l'église.

— Tout à fait, confirma-t-elle en souriant.

— Je ne pensais pas que vous arriveriez à réunir la somme complète, avoua-t-il avec une étincelle amusée dans le regard. En réalité, Rob n'est pas apprenti, avouez ? Vous l'avez vendu en Virginie ?

— Ah, non, répondit Alinor en essayant de rire. C'est une gentille fille. Elle a travaillé tous les jours et filé toutes les nuits.

— Même ainsi, dit-il. Je sais que ça n'aurait pas été suffisant. J'espère que vous n'avez pas contracté de dette.

— Alys avait l'argent donné par son père, et mon frère nous a aidés, admit-elle en taisant le rôle de Richard.

— Allez, montez, l'invita-t-il en lui tendant la main. Ah, et voilà notre petite mariée.

Alys s'installa à la place d'honneur, à côté de son beau-père qui tenait les rênes.

Mme Stoney s'assit à côté d'elle, au bord du banc, et Alinor et Richard restèrent à l'arrière, avec quelques-uns des voisins des Stoney qui souhaitaient éviter de rentrer à pied. Mme Wheatley arriva du prieuré avec le valet, Stuart, portant un grand cake aux fruits, et on l'aida à grimper aussi dans le chariot, puis elle prit le gâteau sur ses genoux.

— Tout le monde est à bord ? demanda M. Stoney avant de secouer les rênes pour faire avancer les montures.

Alinor tourna la tête vers l'église et vit sur la route que James était déjà en selle, mais que quelqu'un retenait sir William. C'était un de ses tenanciers, qui lui parlait avec conviction, chapeau à la main. Ils passèrent un virage et elle ne put donc plus les voir. Elle espérait grandement que sir William et James allaient être retenus si longtemps qu'ils finiraient par se raviser et ne pas venir du tout. Elle ne savait pas comment elle allait pouvoir tenir pendant toutes les noces si James était présent et continuait à l'ignorer, comme s'il ne la connaissait pas, ou pire : comme un homme qui avait choisi de se débarrasser d'elle et n'en montrait pas le moindre remords.

La marée était suffisamment basse pour que M. Stoney passe à gué, et ceux qui étaient à pied traversèrent en bac grâce à Ned, qui ne leur fit rien payer étant donné que c'était le mariage de sa nièce – mais les gens dirent en plaisantant qu'il leur ferait payer deux fois plus cher au retour. Ned allait rester au bac jusqu'à ce que tous les invités aient traversé, puis Rob et lui rejoindraient tout le monde au moulin.

— À tout à l'heure ! lui dit Alys. Ne soyez pas en retard !

Ned lui fit un signe de la main et ramena le bac sur l'île tandis que le chariot s'éloignait. Au moulin les attendait M. Miller, devant le portail de ferme ouvert sur la cour.

— Entrez ! Entrez donc ! Venez boire à la santé de la mariée ! s'exclama-t-il. On aura aussi un jambon à vous donner pour le repas de noces.

— Merci beaucoup, dit M. Stoney en faisant pénétrer les montures dans la cour de la ferme.

— On ne peut pas rester longtemps, le prévint Mme Stoney en descendant du banc. On doit être rentrés à la ferme avant l'arrivée de sir William, qui se joindra à nous pour le repas.

— Vous le verrez passer, lui assura le meunier. Il s'arrêtera aussi pour prendre un verre ici, n'en doutez pas. Il n'est jamais passé là sans s'arrêter.

Richard Stoney remit les rênes des chevaux de son père au garçon d'écurie. Mme Wheatley déposa avec précaution le gâteau sur les planches de la voiture et descendit à son tour.

— Je ne pense pas que leur bière soit si bonne que ça, dit-elle discrètement à Alinor. Sir William n'a pas besoin de quitter le prieuré pour en boire de la bonne.

— Évidemment, acquiesça distraitement Alinor, par simple loyauté. Mais je suis contente que Mme Miller boive à la santé d'Alys, parce qu'elle la fait travailler si dur !

— C'est une vraie mégère, confirma la cuisinière à voix basse.

Alinor sourit. Elle sentait son enfant bouger dans son ventre et s'appuya un instant contre le cadre de la porte en songeant à combien elle était fatiguée et combien la journée s'annonçait longue.

— Vous allez bien ? s'enquit Mme Wheatley.

— Oh, oui, répondit-elle gaiement. Je suis heureuse pour Alys ; mais ça n'a pas été facile, vous voyez ?

Elles entrèrent dans la cuisine et poursuivirent vers le salon où Alinor n'était jamais allée que pour nettoyer et polir. Mais cette pièce était à présent ouverte à tous les convives, qui étaient aussi leurs invités. Des verres et des collations étaient répartis sur la table en bois ronde, et Mme Miller portait ses plus beaux tablier et bonnet. Son époux chauffait la bière près du feu et Jane en versa une petite coupe à chacun.

— Où est Peter ? demanda Alinor à la jeune fille.

— Il est allé jouer avec les enfants Smith, répondit-elle.

— À la santé de la mariée, la nouvelle Mme Stoney ! déclara le meunier en levant son broc en étain. Et à leur bonheur à tous les deux.

— Santé ! reprirent les invités en levant leur verre. Santé et bonheur !

— Merci, dit Alys en souriant, la main posée sur le bras de Richard.

— Que Dieu nous bénisse tous, ajouta ce dernier.

M. Miller, ravi de ne pas avoir à partager l'attention avec sa femme qui s'en était allée à la cuisine, s'apprêta à se lancer dans un discours.

— Je me rappelle bien le jour de mon propre mariage…, commença-t-il avant d'être interrompu lorsqu'un grand cri provint soudain de la cuisine.

— Voleurs, voleurs, hurla Mme Miller. Des voleurs dans ma…

Elle entra brusquement dans le salon avec la bourse de cuir rouge en main, ses doigts couverts de suie et le visage blême.

— Que le Seigneur nous vienne en aide, s'exclama Mme Wheatley. Asseyez-vous, madame Miller. Asseyez-vous. Que se passe-t-il ?

— Regardez ! s'écria la meunière en la repoussant tout en montrant la bourse. Regardez !

— Qu'est-ce donc, ma chère ? s'enquit son mari. Ça ne peut pas…

— La bourse qui contenait mes économies, bredouilla-t-elle. L'argent de la dot de Jane. Je l'ai sortie pour donner à Alys une demi-couronne pour son mariage. Pas que je lui doive quoi que ce soit, mais je tenais à lui faire un cadeau, pour son mariage… et…

— Ne me dis pas qu'on te l'a volé ! s'inquiéta son mari.

Elle secoua la bourse pour toute réponse et il y eut un tintement de pièces rassurant, en plus du poids manifeste de ce qui se trouvait à l'intérieur.

— Il ne te manque rien, dit-il avant de lui prendre la bourse des mains pour la soupeser. Il doit y avoir quarante, peut-être cinquante livres là-dedans, d'après le poids et le bruit des pièces. Ce n'est pas…

— On ne m'a rien volé, rétorqua-t-elle furieusement. Pas volé. J'aurais préféré qu'on me vole de l'argent plutôt que ça… J'ai été ensorcelée.

Un hoquet d'effroi superstitieux s'empara de tous ceux réunis dans le salon.

— Quoi ? s'exclama M. Miller.

— Quoi ? demanda aussi Mme Wheatley. Allons, madame Miller, asseyez-vous. Vous ne savez pas ce que vous dites.

La cuisinière du prieuré aida la meunière à s'asseoir sur une chaise et Alinor s'avança pour lui poser une main sur le front afin de déterminer si elle avait de la fièvre, puis elle jeta un coup d'œil en coin à Alys. Sa fille était aussi blanche que si elle venait de voir un fantôme. Elle entrouvrit les lèvres et se tourna vers sa mère comme pour lui dire quelque chose, mais elle se ravisa.

Alinor sentit son sang se glacer et elle laissa sa main retomber du crâne de Mme Miller.

— Que s'est-il passé ? demanda-t-elle d'une voix douce. Racontez-nous, madame Miller.

— M'man…, murmura Alys.

La meunière arracha la bourse des mains de son mari et l'ouvrit en grand.

— Vous voyez ? Regardez à l'intérieur ! Regardez. Je vais vous montrer.

Elle fit un geste à Alinor, qui mit machinalement les mains en coupe pour qu'elle puisse y vider le contenu de la bourse. Les pièces étaient chaudes d'être restées dans le conduit de cheminée, mais elles étaient étrangement légères. Alinor tenait deux poignées d'or des fées, ces petites piécettes sans valeur qu'elle aimait collectionner, qui avaient jadis appartenu à d'anciens peuples, du temps où ces côtes étaient habitées par les Saxons. Elles avaient tinté dans la bourse comme de véritables pièces, et leur poids correspondait aussi, mais une fois sorties, le doute n'était plus permis. Les mains pleines de sa propre collection, Alinor posa les yeux sur le visage pétrifié d'horreur de sa fille et elle comprit immédiatement ce qu'elle avait fait.

— De l'or des fées, déclara Mme Miller en tremblant. Dans ma maison. Un trésor échangé par les fées contre mon argent. J'avais une bourse entière de vrai argent et d'or de bon aloi, pour la dot de Jane. Je n'y touche que rarement. Je la garde à l'abri dans ma chem… dans une cachette, et une sorcière a échangé ces pièces contre de l'or des fées. Elle a fait ça pour que je ne m'en aperçoive pas ! Au premier regard, on dirait que rien n'a changé. J'ai été ensorcelée, et je ne l'ai même pas remarqué. Une sorcière m'a tout volé. Tout mon argent !

— Combien de fois est-ce que je t'ai dit que c'était bête de le cacher là ? dit M. Miller.

— Ah oui ? Et c'est mieux dans le coffre sous le lit ?

Il blêmit soudain et fit volte-face pour quitter la pièce à toutes jambes. On entendit le bruit lourd de ses pas dans l'escalier, puis le grincement de la porte de la chambre, deux autres pas rapides sur le plancher et le frottement du coffre traîné au sol.

Alinor, les mains pleines d'or des fées, resta pétrifiée, comme toute l'assemblée, et tendit l'oreille.

— Que Dieu nous protège, que Dieu nous garde, se lamenta tout bas Mme Miller dans le silence tendu. C'est tout ce qu'il nous reste au monde. On se retrouverait ruinés si la sorcière nous avait aussi volé ça.

Ils écoutèrent le meunier chercher précipitamment la bonne clé sur son trousseau, puis ouvrir le coffre. Enfin, il poussa un grand soupir de soulagement après avoir remué les pièces apparemment toujours bien là. Il referma brusquement le coffre, le verrouilla et redescendit lentement l'escalier en rangeant la clé dans la poche de son gilet.

— Dieu merci, l'argent n'a pas disparu, déclara-t-il, l'air épouvanté. L'argent du moulin n'a pas bougé. Seules tes économies ont été volées. La dot de Jane. Combien est-ce qu'il y avait ?

Même dans une situation aussi terrible, Mme Miller refusa d'avouer à son mari combien elle avait mis de côté au fil des années.

— Plusieurs livres, déclara-t-elle avec hargne. Plus que quarante livres. Comment est-ce que je vais bien pouvoir récupérer ça des mains d'une sorcière ?

— Ça pourrait être un voleur, avança Mme Wheatley. Quelqu'un de passage.

— Quel genre de voleur remplace son larcin par de l'or des fées ? Personne n'est passé par ici ; et personne ne sait où je cache mon argent. C'est une sorcière. Ça ne peut être qu'une sorcière. Elle a jeté un sort sur mes économies et elle m'a laissé les siennes en échange. C'est de l'or de sorcière. C'est de la sorcellerie.

Le silence retomba et s'alourdit considérablement. Puis, avec la lenteur d'une idée qui germe progressivement, tout le monde se tourna vers Alinor. Tous savaient qu'elle travaillait pour les Miller depuis qu'elle était jeune, qu'elle était une leveuse de sorts aux dons surnaturels, qu'elle avait eu besoin de beaucoup d'argent pour la dot de sa fille et pour placer son fils en apprentissage, et que son propre mari avait affirmé qu'elle donnait son corps aux seigneurs des ténèbres. Alors, lentement, tout le monde se tourna vers elle tandis qu'elle restait figée, le visage livide, les mains pleines de fausses pièces.

— Vous m'avez vue prendre ma bourse dans la cheminée le jour où vous êtes allée au marché pour m'acheter de la dentelle, dit la meunière.

Alinor se rappela avoir tourné la tête et aperçu sur la surface du plat en argent le reflet de la femme récupérant la bourse dans la cheminée. Elle déglutit péniblement.

— C'était il y a des mois, se défendit-elle. À l'automne de l'année dernière.

— Mais vous connaissiez l'emplacement de sa cachette ? demanda Mme Wheatley.

— Oui, admit-elle en se tournant vers son amie. Comme beaucoup de gens, je suppose.

— Mais vous la connaissiez, Alinor ?

— Et vous aviez besoin de cet argent, souligna Mme Stoney. Je n'ai jamais cru que vous arriveriez à récolter la dot.

— On a travaillé, s'exclama subitement Alys. Tout le monde a vu combien on a travaillé dur. Toutes les deux. Comme des chiens. Ici, au moulin. Tout le monde l'a vu. Et on a filé de la laine, et j'ai travaillé sur le bac. Et mon père m'a donné… Et mon oncle nous a prêté…

— Je n'ai jamais pensé que tout ça suffirait, répondit M. Stoney. Je me disais que vous aviez dû emprunter de l'argent à quelqu'un.

— Non ! rétorqua fièrement Alinor avant de se dire qu'elle aurait sans doute dû prétendre l'inverse.

— J'ai aidé Alys, intervint Richard.

Cela lui valut un regard assassin de la part de sa mère.

— Tu n'avais pas à faire ça, le critiqua-t-elle.

— Et même, renchérit son époux, tu n'avais que ton salaire.

— Et son héritage ? contra Alinor avec l'or des fées qui brillait dans ses mains tremblantes.

— Quel « héritage » ? Il n'en a pas, déclara M. Stoney.

Alys regarda sa mère avec de grands yeux tristes et secoua la tête. Il n'y avait jamais eu d'héritage.

— Madame Reekie, dites-moi que ce n'est pas ça ! l'implora doucement le meunier. Je vous connais depuis des années. Dites-moi que ce n'est pas ça.

— Bien sûr que non ! s'insurgea-t-elle.

Mais son ton, même à ses oreilles, manquait de conviction, et son démenti était peu convaincant. Elle tendit les mains vers M. Miller comme pour lui remettre l'or des fées.

— Non, je n'en veux pas ! refusa-t-il en se reculant tout en mettant précipitamment les mains derrière le dos. Je ne veux pas de ça chez moi.

— Laissez-moi les jeter dehors, alors ! dit Alinor en se tournant vers la cuisine et la porte ouverte sur la cour.

Mais Mme Miller lui barra soudain le chemin.

— Pas si vite. D'abord, vous allez nous fournir une explication. Vous ne vous enfuirez pas. Gardez ça en main jusqu'à ce que vous nous prouviez que ce n'est pas à vous !

— Et où est ma dot ? demanda Jane.

Alinor essaya de rire de cette situation, les mains chargées de fausses pièces.

— Madame Miller, nous avons toujours été voisines. C'est ma mère qui s'est occupée de vous…

— Et tout le monde dit que c'était une sorcière.

— Non, ce n'est pas vrai.

— Elle faisait des potions. C'était une leveuse de sorts. Elle pouvait retrouver des objets perdus. Elle pouvait prendre des choses, lui rappela la meunière. Elle pouvait jeter des…

— Mais pas moi. Vous savez que je ne fais pas ça.

— Vous avez les mains pleines d'or des fées ! D'où est-ce qu'il vient ?

— Je n'ai pas pris votre argent ! s'exclama Alinor. Je ne l'ai pas changé en ça !

— Saisissez-la ! s'exclama Mme Miller comme si le fait qu'elle hausse le ton avait tout changé. Elle nous jette un sort à tous. (Elle se tourna vers son mari.) Et toi, va chercher l'autre marguillier ou le pasteur. Il faudra la juger.

— Tu veux que je retourne à l'église ?

— Tu essaies de négocier avec moi ? hurla Mme Miller. On a une sorcière sous notre toit avec de l'or des fées plein les mains, et tu oses essayer de négocier ?

Le meunier lança un regard incrédule à Alinor, puis quitta le salon pour rejoindre la cuisine et enfila sa cape d'hiver. Il ouvrit la porte donnant sur la cour et l'on entendit un cheval approcher.

— Sir William, s'exclama M. Miller avec un soulagement évident. Notre seigneur est arrivé. C'est un magistrat. Il pourra décider de ce qu'il faut faire.

Tout le monde se rassembla autour d'Alinor et la guida jusque dans la cour à la rencontre du cavalier solitaire, mais ce n'était pas sir William. Il s'agissait de James Summer.

— Le seigneur est en chemin, dit-il en souriant.

Mais il retrouva un air grave en voyant Alinor, des pièces plein les mains, encerclée par des gens affolés.

— Qu'est-ce donc ? demanda-t-il. Que se passe-t-il ici ?

— C'est Mme Reekie qu'on accuse de sorcellerie, expliqua simplement Mme Wheatley en approchant du cheval avant de lever les yeux sur James. Mme Miller a découvert que ses économies avaient été échangées contre de l'or des fées, et elle accuse Alinor Reekie, qui ne s'en défend pas.

— Quoi ? s'écria James, abasourdi.

Alinor n'eut pas la force de le regarder dans les yeux, ni de lui adresser la parole.

— Ce n'est pas vrai, objecta Alys en jouant des coudes pour s'avancer. Bien sûr, que ce n'est pas vrai.

— Alors comment est-ce que mes économies se sont transformées en or des fées, tout mon argent disparu ? demanda Mme Miller. Qui ferait ça, à part une sorcière ? Qui d'autre pourrait faire une telle chose ? Et puis tout le monde sait bien qu'Alinor a toujours aimé l'or des fées. Déjà quand elle était petite, elle gardait chaque piécette qu'elle trouvait.

— Je n'ai pas volé votre argent ! Je savais évidemment où vous le cachiez. Ça fait des mois que je le sais – comme probablement tout le monde – mais je ne l'ai pas volé. Jamais je ne vous volerais, ni qui que ce soit ! Je viens ici depuis mon plus jeune âge. Je vais chez les gens sans arrêt. Il n'y a pas beaucoup de maisons sur Sealsea dans lesquelles je ne suis pas déjà entrée, et je n'ai jamais rien pris. Je suis une accoucheuse, avec un permis…

— Vous n'en avez plus, contra un homme.

Elle se tut brusquement et le fustigea du regard.

— Ce n'est pas ma faute ! tempêta-t-elle. Comment pouvez-vous me reprocher ça ?

— Et pour la femme et l'enfant de Ned ?

— Elle a perdu son enfant, répondit Alinor dans un hoquet indigné. J'ai fait tout ce que j'ai pu…

D'autres invités étaient arrivés dans la cour après James, et Alinor regarda autour d'elle ces voisins qui semblaient à la fois perplexes et effrayés.

— Vous me connaissez bien. Vous me connaissez tous. Je ne ferais jamais…

Elle arrivait à peine à parler, même pour se défendre.

— Pourtant, il y a bien un coupable, dit Mme Miller d'un air grave avant de lever les yeux sur James. (Celui-ci était toujours en selle sans savoir quoi faire, alors que tout le monde se tournait vers lui dans l'attente de sa décision.) Qu'est-ce que vous en pensez, monsieur ?

— Mme Reekie devra être entendue par un magistrat pour se défendre de ces accusations, déclara-t-il malgré lui.

— Est-ce que sir William va arriver ? demanda M. Stoney.

— Oui, répondit James. Il est en chemin.

— C'est un magistrat. Il pourra s'en charger. Il n'aura qu'à écouter ce qu'on a à dire dès qu'il sera là, décréta M. Miller, qui était marguillier et connaissait la loi. (Il s'approcha de James et prit les rênes de son cheval.) On ne veut pas qu'elle soit emmenée à la prison de Chichester, murmura-t-il rapidement. C'est une gentille femme. On ne veut pas la voir jugée pour vol. Elle serait pendue s'il manque plus de trois livres, et il s'agit ici de quelque cinquante livres. On ferait mieux de régler ça ici, au village. Ce serait plus facile si notre seigneur voulait bien rendre son verdict ici, où l'on pourrait garder ça pour nous. On ferait bien de commencer tout de suite, avant que quelqu'un ne propose de l'emmener à Chichester.

Ce fut pour James comme une gifle qui le tira de sa paralysie. Il descendit de selle et le garçon d'écurie emmena son cheval.

— Je vais écouter les témoignages ici, déclara-t-il d'une voix forte pour que tout le monde entende. Sir William et moi-même délibérerons à son arrivée.

Il tenta d'échanger un regard avec Alinor, mais elle regardait ailleurs, vers sa fille. Alys était blanche comme un linge et la dévisageait en se cramponnant désespérément au bras de Richard.

— Où est le frère de l'accusée ? demanda James en se disant que l'avis d'Édouard aurait beaucoup de poids au sein de cette communauté en proie à la peur.

— On n'a pas besoin de lui, intervint Mme Miller. Il n'a absolument aucun contrôle sur elle. Elle ne fait que ce qu'elle veut. Il n'a même pas pu sauver sa propre femme. Elle n'a pas de père, et maintenant elle affirme qu'elle n'a pas de mari, même si Zachary Reekie n'a pas de tombe.

— Il a simplement disparu, ajouta quelqu'un à l'arrière de la foule. Il a dit des choses sur elle un jour, et le lendemain il a disparu.

— Son frère est un témoin important, trancha James. Que l'on aille le chercher.

Sa voix posée et son ton autoritaire calmèrent la panique qui menaçait de s'emparer des villageois. M. Miller, en regardant tous ces gens amassés dans sa cour, sentit le désir de violence qui vibrait dans l'air commencer à s'atténuer.

— Oui, ce serait mieux ainsi. Va le chercher, mon gars, dit-il au garçon d'écurie avant de se tourner vers James. Il vous faut une table et du papier, monsieur, déclara-t-il avec une discrète déférence. Il vaudrait mieux vous installer dans la cuisine, si ça ne vous fait rien. C'est la plus grande pièce et il y a déjà la table, avec un fauteuil à dossier haut.

James approuva ce choix et le meunier le guida jusqu'à la cuisine, puis donna l'ordre de tirer la table au fond de la pièce et d'installer le fauteuil derrière, puis il invita James d'un geste à siéger à cette cour tandis qu'il allait se tenir auprès de lui pour s'improviser greffier.

— Je n'ai pas autorité ici, marmonna James en prenant place.

— Vous connaissez le latin ?

— Oui, évidemment.

— Alors ça fera l'affaire.

James s'installa bien droit sur ce siège et plaça les mains à plat sur la table devant lui alors que tous se rassemblaient dans la pièce en poussant Alinor, qui tenait toujours en main ses fausses pièces. Mme Miller déposa une feuille de papier devant James, et Jane un encrier et une plume. Les invités du mariage s'amassèrent là, comme assistant à la représentation d'un mystère. Ils continuèrent de pousser Alinor jusqu'à ce qu'elle se tienne seule devant la grande table. Alys fit mine d'aller la rejoindre, mais Richard lui prit délicatement le bras et la tira vers ses parents sur le côté de la pièce.

— Je veux…, lui dit-elle tout bas.

— Il vaut mieux attendre ici et voir comment les choses se passent, lui répondit-il à voix basse. Qu'est-ce qui lui a fait croire que j'avais un héritage ?

— Oh, je ne sais pas, répondit timidement Alys.

James trempa la plume dans l'encre, espérant que Ned arriverait bientôt, suivi de près par sir William. Il ne cherchait plus qu'à gagner du temps.

— Votre nom ? demanda-t-il comme s'il avait affaire à une étrangère.

Un petit soupir de soulagement plana sur l'assemblée. La profonde terreur de la sorcellerie était désormais sous le contrôle de l'autorité. Ils n'avaient plus besoin de chercher dans l'urgence paniquée un moyen de se protéger contre les forces inconnues de l'autre monde : un gentleman qui connaissait le latin avait endossé cette responsabilité.

— Vous connaissez déjà mon nom, répondit Alinor sur un ton revêche.

Sa défiance déclencha un murmure outré.

— C'est la mère Alinor Reekie, intervint Mme Miller. La sœur d'Édouard le passeur.

James baissa les yeux sur sa feuille de papier et inscrivit le nom de son aimée en haut de la page.

— Âge ? demanda-t-il ensuite.

— J'ai vingt-sept ans, répondit Alinor.

— Profession ?

— Accoucheuse officielle et guérisseuse.

— Sans permis, rappela quelqu'un au fond de la pièce.

— Je suis une accoucheuse et une guérisseuse, affirma clairement Alinor en redressant la tête. Et de bonne réputation.

— De quoi vous accuse-t-on ?

Mme Miller fit un pas en avant, tremblante de colère, et déclara d'une voix grave et vindicative :

— Je suis madame Miller, de la ferme Miller. Je garde mes économies, la dot de ma fille Jane, cachées dans ma cuisine. (Elle désigna dans un geste théâtral la cheminée de la pièce.) Là-bas ! Juste là ! Derrière une brique descellée de la cheminée.

Tout le monde se tourna vers l'endroit qu'elle désignait et la brique manquante, puis ramena son regard sur le visage livide d'Alinor.

— Il y a plusieurs mois, à l'automne, en septembre, elle devait faire une course pour moi au marché du vendredi à Chichester. Je lui ai confié de l'argent pour qu'elle m'achète une bricole. Je lui ai fait confiance ! (Les gens échangèrent à voix basse sur le manque de confiance notoire de la meunière.)

Je lui ai dit de se retourner le temps que je sorte la bourse avec mes économies de sa cachette. Ma cachette secrète. Mais elle m'a vue. Elle me tournait le dos, mais elle a quand même réussi à me voir!

L'assemblée jugea cette prouesse incroyable.

— Comment se peut-il? s'enquit James d'un air sceptique, la pointe de sa plume sur le papier.

— Grâce à son don de vision. Quand elle s'est retournée vers moi, j'ai compris à sa tête qu'elle avait découvert ma cachette. C'était une certitude. Elle m'avait vue, avec ses yeux de sorcière.

Les gens échangèrent encore des murmures effarés. Tout le monde à part Mme Wheatley et la famille Stoney tomba d'accord pour dire qu'il s'agissait d'une preuve. M. Miller secoua tristement la tête.

— Vous ne devez pas affirmer qu'elle est une sorcière tant qu'elle n'est pas jugée comme telle, la réprimanda James d'une voix maîtrisée qui imposa le silence. (Puis il se tourna vers Alinor.) Avez-vous vu l'emplacement de la cachette?

— J'ai vu son reflet dans le plat en argent, admit-elle en désignant celui-ci, qui trônait fièrement sur le grand buffet en bois. Elle m'a dit de me mettre face à ça et j'ai pu voir son reflet, comme si c'était un miroir. Je ne cherchais pas à découvrir sa cachette, mais je l'ai vue quand même. Mais beaucoup de gens savent où elle garde son argent. Il lui arrivait de nous payer avec des pièces chaudes, et ses doigts étaient noirs de suie. C'était évident.

Quelques glaneuses des Miller confirmèrent dans un murmure qu'elles avaient effectivement déjà été payées avec des pièces chaudes.

— Est-ce vrai ? demanda James avec un peu trop d'insistance. La cachette de Mme Miller était-elle largement connue ?

— Seule une sorcière aurait pu voir ce reflet, affirma Mme Miller avec virulence. Personne d'autre n'aurait pu comprendre.

Mme Wheatley traversa la foule pour se rendre devant le buffet et regarder dans le plat en argent.

— Non, on peut voir le reflet, confirma-t-elle à James. On voit clairement dedans.

— Pourquoi ne pas avoir changé de cachette, si vous craigniez qu'elle ait été découverte ? demanda James à la meunière.

— Je ne l'ai pas fait, admit Mme Miller après un instant d'hésitation. (Cet aveu sapa quelque peu sa véhémence et elle chercha désespérément un moyen de préserver sa crédibilité.) Parce qu'elle m'a envoûtée ! affirma-t-elle. J'avais tout oublié de cette histoire avant aujourd'hui. J'avais tout simplement oublié, et je n'ai pas arrêté de lui faire confiance, parce que j'avais oublié qu'elle m'avait vue. Cela ne peut s'expliquer qu'avec un sort !

— Le niez-vous ? demanda James à l'accusée.

Mais celle-ci ne le regardait pas. Elle avait les yeux tournés vers sa fille, plus loin dans la pièce, qui se tenait le visage blême, Richard la retenant fermement. Alinor entendit à peine son juge ; elle dévisageait sa fille bien-aimée en se demandant ce qu'elle allait bien pouvoir faire pour qu'il ne lui arrive rien.

— Vous devez me répondre, insista James.

Elle tourna lentement la tête vers lui pour le regarder avec indifférence.

— Oui, je l'ai vue dans le reflet, confirma-t-elle. Mais je n'ai rien fait. Je ne suis pas une voleuse. Je me fiche de l'endroit où elle peut bien garder sa petite monnaie.

— De la « petite monnaie » ? s'indigna Mme Miller. Il y avait plus de quarante livres là-dedans !

— Toute ma dot ! rappela Jane à l'assemblée.

Alinor haussa les épaules telle une dame de la Cour pleine de morgue.

— Je n'en sais rien, je n'ai jamais vu ce que contenait cette bourse. Je ne l'ai jamais tenue en main. Je ne savais pas ce qu'elle pesait, ni combien vous aviez mis de côté. Je n'ai vu que ce que vous m'avez remis pour vous acheter de la dentelle. Je n'ai jamais tenu la bourse en main, n'est-ce pas ?

Le mépris d'Alinor était insupportable pour Mme Miller.

— Je n'ai aucun doute sur le fait que vous avez échangé mon argent contre de l'or des fées sans même y toucher ! Sans même sortir la bourse de sa cachette ! hurla-t-elle. Je n'en doute pas un seul instant ! Je suis sûre que vous ne l'avez jamais tenue en main, mais que vous avez fait ça à minuit, dans le marais où vous êtes toujours seule, marchant sous la lune, sur des chemins que personne d'autre ne prend jamais, vous parlant à vous-même.

Alinor recula sous la violence et la haine contenues dans la voix de la meunière.

— Elle n'a rien volé ! intervint soudain Alys dans le vacarme grandissant. (Elle dégagea son bras de la poigne de son mari et s'avança.) Je sais qu'elle n'a rien volé !

Alinor leva la tête et regarda sa fille dans les yeux.

— Alys, ne dis rien, lui ordonna-t-elle. (Puis elle leva les yeux sur Richard derrière elle.) Emmène-la, dit-elle calmement. C'est le jour de son mariage et elle ne devrait pas être ici. Ramène-la chez toi. Ramène-la à sa nouvelle maison.

Il acquiesça d'un air effaré qui plissait son visage juvénile, puis tenta d'emmener Alys vers la porte, mais celle-ci refusa de bouger.

— Je n'irai nulle part, décréta-t-elle.

— Alors au moins ne dis rien, lui ordonna Richard. Écoute ta mère.

— M'man, dit la jeune femme en regardant sa mère avec désespoir. Tu sais que…

— Oui, je sais, dit Alinor en hochant la tête. Je sais. Pars, Alys.

— Elles complotent ! s'exclama Mme Miller. Alors elles ont fait ça à deux !

James fut soulagé de voir Ned entrer dans la cuisine et regarder d'un air médusé autour de lui. Rob le suivait.

— Qu'est-ce que c'est que ça ? s'enquit le passeur. Qu'est-ce qui se passe ?

— Mme Reekie a été accusée d'avoir volé les économies de Mme Miller en utilisant la sorcellerie, et d'avoir laissé à la place de l'or des fées, résuma James.

Ned se faufila à travers la foule pour rejoindre la table.

— Seigneur, mais qu'est-ce qui vous prend ? jeta-t-il à l'assemblée d'un air sévère. Vous n'êtes même pas capables de vous rendre à un repas de noces sans vous écharper ?

Il se planta à côté de sa sœur, qui se tourna vers lui, les mains pleines de pièces, et il se figea brusquement.

— Qu'est-ce que c'est ? demanda-t-il d'une voix transformée. Qu'est-ce que tu fais avec tes pièces, Alinor ?

— Est-ce que ce sont ses pièces ? Ses pièces à elle ? Est-ce que vous les reconnaissez ? s'enquit Mme Miller d'une voix rendue aiguë par l'excitation.

— Est-ce que vous les reconnaissez ? insista son mari.

— Oui, répondit simplement Ned. Je dirais que oui, mais elles se ressemblent toutes pour moi. Je ne m'y intéresse pas. Alinor, dis-moi ce qui se passe.

Rob se plaça à côté d'elle et elle fit de son mieux pour lui offrir un sourire rassurant, malgré cette preuve accablante qu'elle avait entre les mains.

Tout le monde se tourna vers James. Plus personne ne nourrissait de doute, désormais. Ned venait d'apporter la preuve irréfutable de la culpabilité de sa sœur.

— Madame Reekie, comment vos pièces sont-elles arrivées dans la bourse de Mme Miller ? demanda James d'une voix calme.

Alinor secoua la tête sans répondre. Ned enleva son chapeau pour qu'elle y dépose les pièces. Deux d'entre elles, tant érodées qu'elles n'étaient plus que de fines lamelles de métal, restèrent collées à ses paumes moites et elle dut tirer dessus pour les enlever. Il y eut un hoquet effaré, comme si cet or des fées était une seconde peau qu'il lui fallait s'arracher. Ned posa son chapeau sur la table devant James comme s'il s'agissait d'une pièce à conviction et qu'il refusait d'y toucher.

— Je ne sais pas, répondit fermement Alinor. Je n'en ai pas la moindre idée.

— Je pense que nous ferions bien d'attendre l'arrivée de sir William, déclara James.

— C'est vous qui êtes assis là, lui dit Alys avec un regard de désespoir. C'est à vous de décider. C'est une erreur, c'est évident. Laissez ma mère rentrer. Reprenons le cours du mariage.

— Tais-toi, Alys, lui ordonna sa mère dans un soupir.

— Ma mère est entièrement innocente, monsieur, affirma Rob d'une voix tremblante. Je vous implore de la laver de tout soupçon.

— Oh, Dieu du ciel, se lamenta Mme Wheatley tout bas. Les pauvres enfants.

— Il s'agit de son propre or des fées, déclara platement Mme Miller. C'est son frère qui l'affirme. De fausses pièces faites à partir de mes propres pièces. C'est comme de l'alchimie. De l'or transformé en métal sans valeur. Qu'est-ce que ça pourrait être d'autre que de la magie ? Elle ne peut être qu'une sorcière.

— Qu'on lui pique la peau, lança quelqu'un depuis le fond de la pièce.

Cela incita tous ses congénères à s'exprimer.

— Et qu'on cherche les marques sur elle.

— Enlevez-lui ses vêtements.

— Que les femmes l'inspectent…

— Le mamelon du diable…

— Qu'on lui présente une bible !

— Des verrues…

— Le diable laisse toujours sa marque.

Alinor était aussi blanche que son col, et elle restait pétrifiée de peur.

— Monsieur, supplia Rob. Ils n'ont pas le droit. Ne les laissez pas s'emparer d'elle. Ne les laissez pas…

James tenta de se faire entendre malgré le tapage.

— Je n'ai pas terminé, prévint-il. Ce n'est qu'après avoir recueilli tous les témoignages que je prendrai une décision.

— Par écrit, le soutint M. Miller. Un verdict sur papier.

— Qu'on la plonge dans l'eau ! réclama quelqu'un, qui reçut l'approbation générale.

— Qu'on la plonge dans l'eau.

— C'est la seule façon de savoir !

— Qu'on l'inspecte, et puis qu'on la plonge dans l'eau.

Alinor leva pour la première fois les yeux sur James, avec une terreur indicible dans le regard.

— Pas ça, implora-t-elle calmement. Tout mais pas ça.

— L'eau la terrifie, expliqua rapidement Ned à James. C'est viscéral. Elle en a même peur quand elle est sur le bac. Il ne faut pas qu'elle soit immergée.

— Arrêtez ! supplia Alys d'une voix crispée par la panique. Arrêtez !

— Monsieur ? supplia Rob avec angoisse. Monsieur Summer ?

— Ce n'est ni le lieu ni le moment, décida-t-il en se levant brusquement. Je vais ordonner qu'on l'arrête...

— On l'a déjà arrêtée ! cria quelqu'un. Il faut qu'elle passe l'épreuve !

— Oui, et maintenant !

— L'ordalie !

La foule se précipita vers Alinor, et Ned et Rob tentèrent de résister à l'assaut brutal. L'aîné essaya de prendre sa sœur dans ses bras pour l'extirper de cette situation tandis que son neveu tentait de repousser cette vague d'assaillants. Il balaya férocement les mains qui tentaient de saisir sa mère et s'interposa tant qu'il put entre les villageois et elle, mais il en venait de toutes parts et il ne pouvait pas tous les arrêter. Richard Stoney avait saisi Alys pour l'éloigner de sa mère et l'emmener à la suite de ses propres parents qui remontaient à contre-courant cette marée humaine pour rejoindre la cour, craignant ce qui allait suivre.

— Arrêtez immédiatement ! ordonna James avec une autorité qui s'effaçait face à la grogne populaire. Je vous ordonne de vous tenir tranquilles !

Ned saisit sa sœur par la taille et la traîna plus loin dans la pièce, en direction des portes du salon. Des mains lui accrochèrent la robe et le tablier, lui arrachèrent son bonnet, si bien que ses cheveux tombèrent devant son visage tordu de terreur alors qu'elle luttait de toutes ses forces pour s'extirper avec lui, bataillait pour se dégager de ces griffes qui cherchaient à la saisir. James, en voyant ce qu'ils tentaient de faire, fit le tour de la table et alla ouvrir la porte, puis il empoigna Ned par la veste et tira en arrière, tous les trois collés. Ce fut alors qu'il sentit Ned saisi d'un mouvement de recul.

— Ton ventre, il a grossi ! s'exclama-t-il.

Alinor, blanche comme un linge, sa veste déchirée à l'épaule, son bonnet perdu dans la bataille et son tablier laissant voir son ventre gonflé, croisa le regard de son frère et souffla discrètement, dans le chaos :

— Oui. Que Dieu me pardonne.

— Ton ventre ?

— Pas maintenant, déclara subitement James.

Mais il était trop tard : quelqu'un à proximité avait entendu.

— La sorcière attend un rejeton ! s'écria-t-il.

— Non ! s'exclama Mme Wheatley avant de se frayer un chemin jusqu'à son amie. (Il lui suffit d'un coup d'œil à son visage blême et à son tour de taille pour confirmer les soupçons.) Oh ! Alinor ! Que Dieu vous pardonne. Qu'avez-vous fait ?

— Elle est enceinte ? s'étonna M. Miller, déconcerté. Alinor Reekie ?

À cette annonce, tous se turent et se figèrent. Alinor se tourna face à cette foule hostile et atterrée. Rob la dévisageait d'un air abasourdi.

— Quoi ? M'man ?

— C'est l'enfant de qui ? demanda Mme Miller d'une voix de crécelle à cause de ses craintes renouvelées. Moi, c'est ça que je demande. L'enfant de qui ? L'enfant de quoi ? Qu'est-ce qu'elle est encore allée faire ?

Dans le silence empreint de terreur, ils entendirent sir William arriver dans la cour et descendre de selle. Puis il entra dans la cuisine.

Il analysa la scène d'un seul regard : Alinor coincée entre son frère et James Summer, sans bonnet, ses cheveux défaits, son tablier déchiré, et son gros ventre poussant sa robe. Tout le monde resta silencieux.

— Monsieur Summer, commença le seigneur sur un ton glacial. Venez ici et expliquez-moi ce qu'il se passe, que diable.

Tous se mirent à parler en même temps, mais sir William leva brusquement la main pour les faire taire.

— Monsieur Summer, si vous voulez bien.

James adressa un regard anxieux à Alinor, puis sortit de la pièce, les gens s'écartant sur son passage. Ned demeura entre sa sœur et leurs voisins mais il n'était plus nécessaire de la protéger, car plus personne n'osait la toucher. Plus personne ne fit un geste, pas même pour remuer les lèvres. Tous tendaient l'oreille pour essayer d'entendre ce qui se disait à voix basse entre les deux hommes sur le pas de la porte. Puis ils entendirent sir William claquer des doigts à l'intention du garçon d'écurie des Miller, qui emmena son cheval. Alinor planta son regard au sol. De longs instants passèrent ainsi tandis qu'une abeille fort en avance sur la saison bourdonnait à la fenêtre du salon. La jeune femme, distraite par ce bruit, tourna la tête et fit mine d'aller lui ouvrir pour qu'elle s'en aille.

— Laisse-la, lui ordonna sèchement son frère.

Ce fut alors que sir William réapparut dans l'encadrement de la porte.

— Braves gens, n'allez pas vous étouffer les uns les autres. Inutile de tous vous entasser ici. Il vaudrait mieux que vous sortiez dans la cour, déclara-t-il.

Tous s'exécutèrent comme un seul homme et sortirent sous le soleil hivernal. C'était le jusant et les mouettes poussaient leurs grands cris au-dessus de l'estran. Les vannes étaient fermées, poussées par l'eau du bassin de retenue, mais un filet s'écoulait tout de même par l'interstice entre la plaque et la digue.

— Madame Reekie, ces bonnes dames vont devoir vous examiner, vous le savez, décréta le seigneur.

Alinor inclina la tête avec déférence.

— Madame Wheatley, veuillez sélectionner trois femmes pour vous isoler avec madame Reekie et l'examiner de près afin de déterminer si oui ou non elle possède sur le corps quelque marque du diable. Demandez-lui aussi de nommer le père de l'enfant et quand elle pense devoir aller en couches.

La cuisinière, les lèvres durement pincées, fit passer son regard sur tous ses voisins, certains de vieux amis, d'autres de vieux ennemis. Mme Stoney se rencogna contre son chariot, mais Mme Wheatley l'ignora complètement.

— Madame Jaden, Madame Smith et Madame Huntley, dit-elle en désignant ainsi une cousine, une amie et une femme qui travaillait comme accoucheuse dans le sud de l'île.

Sir William leur fit signe de retourner à l'intérieur avec Alinor, qui suivit péniblement.

— Je refuse qu'elle entre chez moi ! s'indigna Mme Miller avec fureur. Vous devriez le faire ici, dans la cour. Déshabillez-la ici !

— Vous voudrez bien accepter cela pour moi, madame Miller, je n'en doute pas un instant, dit sir William. Nous ne sommes pas de parfaits sauvages.

Il lui tourna alors le dos et se mit à parler à James. Alys tenta de se rapprocher pour épier leur conversation, mais Richard Stoney la retint fermement. Il se cramponnait à elle comme pour la sauver de la noyade, tandis que ses parents se tenaient légèrement à l'écart, dévisageant cette belle-fille au visage livide qu'ils n'avaient jamais jugée digne de leur fils.

Mme Stoney se tourna vers son époux et lui glissa discrètement à l'oreille :

— La dot. Je l'ai dans ma poche. Ne devrait-on pas…

— Ne fais rien, dit-il tout bas. Nous regarderons ça en rentrant, quand tout sera fini. Ils sont mariés, et c'est la dot qu'elle a versée. Tu l'as vu, les pièces étaient vraies. Ne parle pas de ça pour le moment.

Elle hocha la tête et attendit en silence comme tous les autres voisins.

Après un quart d'heure, les femmes désignées pour inspecter la sorcière présumée ressortirent de la maison, suivies d'Alinor toujours sans son bonnet, ses cheveux blonds ébouriffés comme si elles avaient passé les doigts dedans à la recherche de marques. Elle avait dans le cou une fine égratignure fraîche, et quelques gouttes de sang perlaient, tachant son col déchiré.

— M'man ! s'inquiéta Rob.

Mais elle lui adressa un regard las.

— Ce n'est rien, tenta-t-elle de le rassurer. Rien du tout.

Mme Wheatley s'avança vers son employeur et se planta devant lui.

— Avez-vous examiné Mme Reekie ? lui demanda-t-il.

— Oui.

— Est-elle enceinte ?

— Oui, monsieur. Elle pense que l'enfant viendra dans le courant du mois de mai.

La famille Stoney laissa échapper un hoquet de surprise. Richard regarda Alys comme s'il voulait lui poser une question mais se ravisa en voyant la colère dans ses yeux bleus.

— Ce qui signifie que l'enfant a été conçu... ?

— En août ou septembre, monsieur.

— A-t-elle donné le nom du père ?

James s'éclaircit la voix comme s'il était sur le point d'intervenir, mais Mme Wheatley livra son rapport :

— Non, monsieur. Elle refuse catégoriquement. Nous l'avons suppliée de parler, pour l'amour de Dieu et pour son honneur, mais elle n'a rien dit.

— Se peut-il que ce soit l'enfant de son mari disparu ? demanda le seigneur à tout hasard.

— Cela fait plus d'un an que personne n'a vu Zachary le pêcheur, répondit la cuisinière sans hésiter. Mais il se peut bien sûr qu'il soit revenu en secret la voir.

— Est-ce là ce qu'il s'est passé ? demanda sir William directement à Alinor pour lui offrir ainsi une échappatoire à ces accusations de comportement licencieux. Réfléchissez à ce que vous allez dire, madame Reekie. Réfléchissez bien. Est-ce là ce qu'il s'est passé ?

— Non, nia-t-elle sans hésiter.

Sir William la dévisagea attentivement pendant quelques instants.

— En êtes-vous certaine ?

— M'man ! l'implora doucement Alys.

Alinor regarda droit devant elle.

— Oui, déclara-t-elle.

Le seigneur porta son attention sur les quatre femmes qui l'avaient inspectée.

— Est-ce que vous l'avez griffée pour voir s'il s'agissait d'une sorcière ?

— Oui, répondit Mme Wheatley. Avec l'aiguille à repriser trouvée dans la boîte à couture dans le salon. (Elle se tourna vers Mme Miller avec courtoisie.) Nous l'avons laissée sur la table, si vous souhaitez la jeter.

— Non, prenez-la avec vous, répondit la meunière en frémissant de manière exagérée. Elle doit être maudite.

— Et a-t-elle saigné ? poursuivit sir William.

— Comme un être mortel, et elle a ressenti la douleur. Pas beaucoup, mais son sang était rouge comme celui de n'importe quelle femme, répondit-elle en désignant l'égratignure dans le cou d'Alinor qui restait immobile, la tête baissée.

— Et avez-vous cherché sur elle des marques de sorcière ?

— Oui, répondit cette fois Mme Smith. Nous n'avons trouvé aucun mamelon supplémentaire ; mais elle a sur les côtes un grain de beauté très étrange et suspect, en forme de lune.

— « En forme de lune » ? s'étonna le seigneur.

— De croissant de lune, précisa la femme. La lune des sorcières.

La foule aux aguets laissa échapper un soupir satisfait et sir William se tut face à cette preuve irréfutable. Les villageois, les yeux rivés sur Alinor, attendaient la décision du seigneur, heureux de s'en remettre à son jugement, puisque le verdict ne faisait aucun doute. C'était comme s'ils savouraient cette attente avant l'ultime acte de ce mystère, cette chance d'entendre la sentence qui allait s'abattre, et cette excitation anticipée pour la violence qui allait se déchaîner.

— La bourse, reprit doucement sir William. Avez-vous volé l'argent qu'elle contenait ? Avez-vous remplacé les économies de Mme Miller par ces vieilles pièces ?

— Non, nia Alinor.

— Et ces vieilles pièces et ces bouts de métal, sont-ils à vous ?

Alinor posa le regard sur le chapeau de son frère, qu'une des femmes l'ayant inspectée tendit à M. Miller, qui le tint à bout de bras comme si le contenu risquait de le brûler.

— Elles ressemblent aux miennes.

— Et vous les gardez à la maison du passeur ?

Elle adressa un regard à Ned.

— Oui, dit-il d'un air meurtri.

— Dans ce cas, comment sont-elles arrivées de chez vous à ici ?

Alinor voulut répondre mais eut la gorge nouée. Elle leva les yeux sur le ciel au-dessus du visage de marbre de sir William, puis sur le sol sous ses bottes parfaitement cirées. Il y eut un long silence.

— Sir William..., commença Alys d'une voix ténue et tremblante. Seigneur...

Elle se dégagea des bras de Richard et s'avança d'un pas.

— Je les ai remplacées, avoua Alinor en coupant la parole à sa fille.

— Sorcellerie ! éructa Mme Miller. Comme je le disais. Sorcière !

— Oh, Alinor, que Dieu vous pardonne ! s'exclama M. Miller.

— Est-ce qu'elle comptait faire passer son enfant pour le nôtre ? demanda Richard en tenant Alys fermement contre lui, des flammes dans le regard. Est-ce que tu es vraiment enceinte ? De notre enfant ? Est-ce que tu allais me berner deux fois en plaçant dans mon berceau ce rejeton des fées dont ma femme n'est même pas la mère ?

— Quoi ? s'indigna M. Stoney.

Sir William et James échangèrent un regard médusé, car les choses allaient beaucoup trop vite pour eux.

— Non, non ! se défendit Alys en tentant de dégager sa main de la sienne. (Il la serrait toutefois bien trop fort.) Pour l'amour de Dieu, bien sûr que non !

— Mais tu savais que ta mère aussi était enceinte ? Que son enfant avait été conçu au même moment ? Comment est-ce que c'est possible ?

Alys dévisagea sa mère livide avec un profond désespoir.

— Ça n'a rien à voir avec nous, Richard. Et l'argent…

— Tais-toi, l'interrompit fermement sa mère.

Elle semblait sereine, à présent, comme si l'égratignure l'avait purgée de toute honte. Elle hocha la tête à l'intention de Richard.

— Emmène-la, dit-elle. Je te l'ai déjà demandé. Ramène-la chez toi. Je ne veux pas qu'elle reste ici.

— M'man ! Je dois le leur dire…

— Jamais, trancha Alinor. Tu n'as rien à dire qui pourrait m'aider. Alors va-t'en.

— Nous n'avons pas à obéir à vos ordres ! se révolta M. Stoney.

— Grand Dieu ! Emmenez-la loin d'ici, le supplia Alinor.

Richard hocha la tête et traîna sa femme en la soulevant à moitié pour lui faire rejoindre le chariot. Ses parents le suivirent, partagés entre l'envie de rester avec leurs voisins pour le procès d'une sorcière et l'horreur de savoir que cette sorcière faisait désormais partie de leur famille.

Ils s'installèrent dans le chariot et lancèrent les chevaux au trot alors que quelqu'un dans la foule criait : « Qu'on l'immerge ! »

— Ce n'était pas de la sorcellerie, j'ai simplement échangé les pièces, précisa vivement Alinor à sir William. C'était un emprunt. C'est pour ça que j'ai laissé tout ce que j'avais, pour montrer que j'allais rembourser. C'était pour montrer que c'était moi et que j'allais rembourser.

— De l'or des fées, s'exclama quelqu'un. Ça disparaîtrait si qui que ce soit d'autre qu'elle essayait de le toucher.

— Et c'est qui, le père de l'enfant ? demanda quelqu'un d'autre.

— On devrait l'emmener à Chichester pour qu'on la pende ! suggéra même une personne.

— C'est l'enfant de Satan ! (La foule tressaillit et tous prirent une inspiration sifflante.) Un prince démon.

— Son mari disait toujours que Rob n'était pas de lui, rappela une autre personne.

Rob se tourna vers sa mère d'un air horrifié.

— Ce n'est pas vrai ! s'écria Alinor. Non, ce n'est pas vrai ! Rob est un bon garçon, d'un mauvais père !

Elle se tourna vers sir William et dans sa panique se mit à bredouiller à toute vitesse :

— Monsieur, ne les laissez pas dire ces horreurs sur Rob ! Vous savez qu'il est un bon garçon. (Elle s'adressa ensuite à Ned.) Fais-le partir, l'implora-t-elle. Emmène-le loin d'ici.

— Il suffit ! tonna sir William en réduisant au silence les villageois qui voulaient voir Alinor se balancer au bout d'une corde à Chichester. Nous procéderons à l'ordalie, déclara-t-il ensuite dans le brusque silence expectatif. Dans le bassin du moulin. Si elle remonte vivante, elle sera entièrement innocentée, et plus personne ne pourra dire quoi que ce soit sur elle. Elle devra rembourser Mme Miller comme elle dit en avoir eu l'intention. Compris ? Nous l'immergerons pour voir ce que Dieu décide ! Compris ? C'est mon verdict, ma décision ! Sommes-nous d'accord ?

— Qu'on l'immerge, reprirent une dizaine de personnes pour valider ce jugement.

— D'accord, se réjouirent-ils. L'ordalie.

Alinor, livide d'effroi, se tourna vers son frère sans croiser son regard, car Ned avait les yeux rivés au sol, humilié devant tous.

— Ned, emmène Rob, lui dit-elle tout bas. Ned ! (Il redressa brusquement la tête en percevant l'urgence dans son ton.) Emmène Rob !

Cette supplique le tira de son désespoir face à la honte dont elle était couverte.

— Oui, marmonna-t-il. Viens, Rob. Filons d'ici. Ce sera vite fini.

— Ils ne la toucheront pas, je ne le permettrai pas ! s'exclama le jeune homme en s'interposant entre sa mère et la foule.

Mais les femmes qui avaient procédé à l'examen l'avaient déjà saisie et il ne put rien faire. James lui prit le bras.

— Il vaut mieux ça que d'être reconnue coupable de vol, lui expliqua-t-il vivement. Ça ne sera pas long. Mais s'ils l'emmènent à Chichester, ils la pendront haut et court.

— Monsieur, elle ne pourra pas le supporter ! L'eau est profonde dans le bassin. Elle ne le supportera pas ! Vous savez…

— Si, je le supporterai, l'interrompit sa mère avec le visage blanc comme le givre sur l'estran et les yeux écarquillés de terreur. Mais tu dois partir, Rob. Ce que je ne supporterais pas, c'est que tu voies ça.

Les gens couraient déjà jusqu'au moulin pour récupérer des cordes afin de la ficeler. Ils semblèrent mal à l'aise et hésitants, comme s'ils ne savaient pas vraiment comment l'approcher, par peur de ses sorts, mais d'autres arrivant après eux les incitèrent à se lancer. Sir William observa ce spectacle à regret, puis dit à Ned :

— Emmenez le garçon. C'est un ordre. Il ne devrait pas assister à cela.

Ned prit Rob par l'épaule et l'emmena de force dans la cour en direction du bac, qui ballottait sur le reflux.

— Viens, lui dit-il sur un ton bourru. On va attendre juste là, près du bac. Après on y retournera et on s'occupera d'elle quand ce sera fini.

— Comment peut-elle être enceinte ? demanda Rob d'une toute petite voix.

— En ayant commis une faute, répondit simplement Ned en secouant la tête.

— Mais comment a-t-elle pu ?

Ned serra le garçon dans ses bras et lui appuya la tête contre l'étoffe rugueuse de sa veste.

— Prie, lui conseilla-t-il. Et ne me demande pas, je n'en ai pas la force. Ma propre sœur ! Sous mon toit !

James les regarda s'éloigner.

— Comment pouvons-nous empêcher cela ? s'empressa-t-il de demander.

— Nous ne le pouvons pas, répondit sir William. Laissons-les faire. Qu'on en finisse.

Alinor n'adressa pas le moindre regard aux deux hommes tandis que la foule l'encerclait et lui liait les mains dans le dos, puis les jambes ensemble, avec de nombreuses longueurs de corde. Puis ils l'emmenèrent en direction du moulin, l'aidant dans sa progression peu aisée, la portant même par moments. Elle se laissa faire, le visage si exsangue et cendreux qu'elle semblait déjà noyée. Mme Wheatley suivait de loin, secouant la tête, et c'était Mme Miller qui guidait la foule, furibonde.

Ils arrivèrent au bord du bassin et baissèrent les yeux sur l'eau sous laquelle on voyait onduler les algues verdâtres. Le bassin était au plus haut, retenu là par les vannes fermées qui frottaient l'une contre l'autre dans un grincement de bois mouillé sous la pression de toute cette eau claire – c'était comme un étang au-dessus du marais. Les vieux murs étaient verts et glissants, les vannes couvertes d'algues ondulant dans l'eau telle une chevelure. Il n'y avait toutefois pas de marches pour entrer dans l'eau, et le bassin était trop large pour qu'on la traîne d'un bout à l'autre avec une corde. Personne ne voulait s'approcher du bord. L'eau était en soi menaçante, si noire et profonde, et si glacée en hiver.

— On a besoin de plus de corde ! lança quelqu'un.

— Jetez-la depuis le bord comme ça, ligotée, proposa-t-on. On va voir si elle arrive à remonter à la surface toute seule.

— La roue du moulin, s'exclama Mme Miller avec une inspiration née de la haine. Qu'on l'attache à la roue.

— À ma roue ? demanda son mari en se tournant vers elle, l'air incrédule.

— Deux tours ! décida une personne dans la foule. Qu'on l'attache à la roue et qu'on lui fasse faire deux tours. Il faut au moins ça, je dis.

— Ma roue ? geignit encore le meunier avant de se tourner vers sir William avec horreur.

— Tourne-t-elle vite ? lui demanda ce dernier. Est-ce qu'elle ressortira suffisamment vite pour pouvoir survivre ?

— Elle peut rouler vite si ce n'est pas pour moudre, répondit-il. Si les meules ne sont pas engagées. Elle ira à la vitesse où l'eau arrive dans le bief.

— Deux tours, décréta le seigneur en haussant la voix afin de couvrir les murmures impatients. Et si elle en ressort vivante, alors c'est qu'elle n'est pas une sorcière. Elle remboursera ce qu'elle doit et elle sera libre. Compris ?

— D'accord. Très bien, oui. C'est compris, répondirent-ils.

Ils trépignaient d'impatience de pouvoir procéder à l'ordalie, leurs yeux passant de cette frêle femme à l'énorme roue à aubes, pour l'heure immobile, ses pales inférieures trempant dans le bief, et les supérieures couvertes de givre.

Alinor sentit ses genoux flancher et elle vacilla, la terreur lui donnant des vertiges. Elle avait perdu sa langue et ne savait même plus où elle était. James n'eut pas le courage de la regarder quand deux des femmes qui l'avaient inspectée l'attrapèrent sous les bras pour la traîner du bord du bassin jusqu'à la plate-forme à côté de la roue. Elles resserrèrent ses liens dans le dos et enroulèrent plus de corde encore autour de sa poitrine et de son ventre gonflé.

— Il vaut mieux cela plutôt qu'elle soit pendue, rappela sir William à James tandis qu'ils s'avançaient sur la plate-forme.

— L'eau la terrifie, lui apprit James à voix basse.

— Cela vaut quand même mieux.

Les hommes durent la soulever tant elle était flasque comme un cadavre frais, et ils la plaquèrent contre la roue.

— Posez-la sur les pales, suggéra Mme Miller en tête de cortège. Ligotez-la pour qu'elle reste accrochée.

M. Miller, sans un mot, fit signe au garçon de ferme de maintenir la roue en place en se tenant debout dessus, se penchant d'un côté pour faire contrepoids tandis qu'on soulevait encore Alinor par les bras et les jambes et qu'on l'allongeait sur une des pales. Ils se servirent d'une autre corde pour l'y attacher.

— Prenez garde à ce que les nœuds soient bien solides, dit sir William.

Puis il ajouta à l'intention de James :

— Il ne faudrait pas qu'elle se détache et reste coincée sous la roue.

James pouvait voir le ventre arrondi d'Alinor alors qu'on la déposait sur le dos le long d'une pale, la suivante juste au-dessus de sa tête, ses cheveux blonds tombant sur le vert poisseux du bois. Elle n'émit pas un cri, ni aucune supplique ; elle n'avait pas dit le moindre mot depuis qu'elle avait exigé qu'on emmène Rob. Il comprit alors que c'était la terreur qui la réduisait au silence.

— Allez-y, dit sir William à M. Miller. Finissons-en.

Le meunier se tourna vivement.

— J'ouvre la vanne d'entrée, déclara-t-il bien fort pour la prévenir de la brusque arrivée d'eau.

Puis il tourna la grande clé en métal qui souleva le panneau retenant l'eau dans le bassin. Une cascade se déversa dans le bief sous la roue, ce qui tira à la jeune femme un petit sanglot que seul James entendit. Elle pouvait désormais sentir l'odeur de sel et d'algue de l'eau glacée qui remplissait à toute vitesse le canal sous elle, et le souffle froid lui remonter dans le cou. Elle savait qu'elle se rapprochait dangereusement. Bientôt, le meunier allait ouvrir la vanne de sortie et enlever le frein de la roue, tandis que l'eau se mettrait à courir dans le bief avant de retourner dans l'estran, entraînant les pales, et elle avec, sous la surface.

— Prêt ! cria M. Miller depuis l'intérieur du moulin.

Le garçon de ferme descendit alors précautionneusement de la roue, qui bascula légèrement, entraînant Alinor vers le bas. Tous autour laissèrent échapper un petit hoquet d'excitation.

—Allez, cria quelqu'un.

—Libérez la roue! cria sir William à l'intention de M. Miller.

Celui-ci répondit d'une voix tonitruante:

—J'enlève le frein!

—Non! s'écria James en s'avançant vers la pale où l'on voyait la chevelure blonde prise par le vent. Alinor! cria-t-il.

Pour la première fois ce jour-là, elle tourna la tête et le regarda droit dans les yeux, mais il comprit à ses traits tirés et son effroi manifeste qu'elle n'était plus en état de l'entendre, ni de le voir. Ligotée à la roue, affrontant la plus grande terreur de sa vie, elle était rendue aveugle à tout, et sourde au torrent dans le bief ainsi qu'aux grincements de la roue qui la soulevait.

James ne put qu'observer, pétrifié, son inexorable ascension jusqu'au sommet de la roue, puis sa descente de l'autre côté. Il s'avança vers elle et trouva son regard terrifié tandis qu'elle approchait de l'eau bouillonnante. Elle plongea sous le flot impitoyable du bief et il vit ses cheveux ondoyer avec lourdeur, toujours plus loin, jusqu'à ce que, dans un effroyable grincement, la roue s'arrête de tourner, la maintenant sous l'eau. Il y eut un grand silence, comme si le temps se figeait.

—C'est la volonté de Dieu, s'exclama quelqu'un d'un air ébahi. Le Seigneur a arrêté la roue pour noyer la sorcière.

—Non! Non! C'est le poids! s'affola M. Miller, toujours à l'intérieur du moulin. C'est son poids qui retient la roue.

Il sortit en trombe du bâtiment alors que tout le monde penchait la tête pour tenter d'apercevoir les cheveux blonds qui flottaient sous la surface, tirés vers la mer par le courant dans le bief.

James comprit alors et se jeta sur les pales, en agrippa une, ses pieds glissant sur une autre, se cramponnant désespérément pour entraîner la roue par la force. Il la sentit bouger, puis se débloquer, reprenant son cours lancinant. Alinor revint très lentement vers la surface.

Il se recula. La roue prenait à présent de la vitesse et avait déjà ramené la suppliciée au sommet. Il put l'apercevoir brièvement lorsqu'elle repassa devant lui. Elle était blanche, avec des algues partout sur le visage, de l'eau s'écoulant de ses vêtements, de ses bottes et de sa bouche ouverte. Malgré l'horrible grondement de la roue à aubes, il l'entendit tousser et chercher son souffle, puis elle repartit sous l'eau une nouvelle fois, et disparut.

La roue, qui prenait de la vitesse dans le fort courant, la ramena de l'autre côté et le garçon de ferme referma la vanne pour contenir l'eau tandis que M. Miller, qui était retourné dans le moulin, engageait la meule pour retenir la roue après le second tour. Alinor avait des algues dans les cheveux et crachait de l'eau. Ses yeux étaient noirs de terreur et sa robe lui collait à la peau, soulignant la rondeur de son ventre. Le meunier ressortit du moulin, son visage crispé de colère, et tira un grand couteau de travail de sa botte pour trancher les cordes qui la retenaient à la pale. Il la souleva sur son épaule comme un sac de farine et recula. La foule, hébétée, se fendit pour le laisser rejoindre la cour, où il la déposa au sol sans beaucoup de douceur, face contre les pavés.

Mme Wheatley arriva avec un tapis des écuries pour l'enrouler dedans tandis qu'elle était prise de haut-le-cœur et vomissait de l'eau saumâtre, encore et encore, s'étouffant et cherchant son souffle.

— Cela signifie donc qu'elle n'est pas une sorcière, déclara sir William en descendant de la plate-forme pour se tenir au-dessus d'elle. (Il s'adressa ensuite à ses tenanciers sur son ton le plus magistral.) Elle a survécu à l'ordalie. Quant au vol, je juge qu'elle n'a fait qu'emprunter les économies de Mme Miller et qu'elle prévoyait de les lui rembourser, en atteste sa décision de laisser tout son or des fées. Elle le fera, je m'en porte garant. Cette épreuve nous prouve que Mme Reekie n'est pas une sorcière, qu'elle est innocente.

—Amen, dirent-ils tous avec autant de dévotion qu'ils avaient précédemment eu de peur.

—Et pour l'enfant ? demanda Mme Miller. Elle ne peut être qu'une catin.

—Le tribunal ecclésiastique, décida vivement sir William. Dimanche prochain.

Le bruit d'un chariot détourna l'attention de tout le monde. C'était celui des Stoney, avec Alys sur le banc, et son frère Rob à côté d'elle, Ned à l'arrière. Alys mena le chariot dans la cour là où sa mère était étendue, recroquevillée sur les pavés, enveloppée dans un tapis de selle, dégoulinante, entourée de ses voisins qui refusaient de s'approcher trop. Elle remit les rênes à Rob, sauta du chariot et passa juste sous le nez de sir William, comme s'il était insignifiant. Elle s'agenouilla à côté de sa mère et l'aida à se redresser. Alinor ne pouvait pas se mettre debout, mais M. Miller aida Alys à la soulever par les bras. Personne d'autre ne leur vint en aide. Ensemble, ils la traînèrent jusqu'au chariot alors qu'elle continuait de recracher de l'eau verdâtre. Ned tendit les bras pour la récupérer et la hisser sur le plateau comme un poisson échoué. Il la plaça sur le côté pour qu'elle puisse vomir sans s'étouffer.

—Mme Reekie a passé l'épreuve et n'est pas une sorcière, déclara bien fort sir William. Elle est innocente.

Alys le fustigea du regard ainsi que James, une colère noire dans ses yeux bleus.

— Compris, dit-elle en serrant les dents avant de claquer les rênes et de quitter la cour.

En rentrant au prieuré dans le crépuscule précoce de l'hiver, James aperçut le feu dans la cheminée de la maison du passeur par un interstice entre les volets fermés et il arrêta sa monture, attacha les rênes à la clôture et toqua à la porte de la cuisine. Alys vint ouvrir, une lanterne en corne à la main.

— Vous ? l'accueillit-elle sèchement.

— Comment se porte votre mère ?

— Elle a vomi toute l'eau qu'elle a avalée, mais elle pourrait bien sûr encore se noyer plus tard, quand ses rêves reviendront l'engloutir. Elle pourrait aussi mourir empoisonnée par la saleté du marais, ou faire une fausse couche et se vider de son sang.

— Alys, je suis navré que…

Le regard haineux qu'elle lui lança aurait fait taire n'importe quel homme. Il ne finit donc pas sa phrase.

— S'il vous plaît, souhaitez-lui un bon rétablissement de ma part. Je reviendrai demain et…

— Non, vous ne reviendrez pas. Vous allez me donner une bourse bien remplie pour elle, déclara-t-elle calmement. Elle va s'en aller d'ici. Je vais partir avec elle. On va aller à Londres pour lancer une affaire de transport. Vous allez nous acheter un entrepôt avec un endroit où vivre. J'ai pris le chariot et le cheval de la famille de mon mari. On partira demain à l'aube, et on lancera notre activité, et on veillera l'une sur l'autre.

Il resta abasourdi face à l'autorité de cette jeune fille.

— Vous quittez votre mari ?

— C'est entre lui et moi. Je n'ai pas à me justifier auprès de vous. On ne reviendra jamais. Vous ne la reverrez plus jamais.

— Vous savez que l'enfant est de moi.

— Non, rétorqua-t-elle. Vous avez renoncé à lui dès que vous les avez laissés attacher la mère de votre enfant à la roue du moulin pour qu'ils la coulent.

— Je dois lui dire…

— Rien du tout. Vous n'avez rien à lui dire. Vous n'avez rien dit quand la femme que vous aimiez était traitée de catin, de sorcière, et qu'ils lui faisaient subir l'ordalie. Vous n'avez plus rien à faire à part nous donner l'argent que je vous ai demandé, sinon je dirai à tout le monde que vous êtes l'homme qui l'a prise de force. Je vous accuserai de l'avoir violée et vous serez humilié comme elle l'a été. Je dirai à tout le monde que vous êtes un espion papiste et je vous ferai brûler sur le bûcher devant la cathédrale de Chichester.

— Il valait mieux l'ordalie qu'être pendue pour vol !

— C'est moi qui aurais dû être pendue pour vol ! rétorqua-t-elle avec rage. Je lui dois la vie, tout comme vous lui devez votre honneur. Elle a protégé mon secret et le vôtre, et ça a failli la tuer.

Il inspira tristement en songeant à ses secrets qu'elle avait gardés.

— Par amour, continua Alys en serrant les dents. Parce qu'elle vous aime si fort, et moi aussi, elle a affronté sa pire terreur et elle a frôlé la mort. Je la remercierai en lui donnant tout mon amour. Et vous la récompenserez : vous paierez pour l'enfant qu'elle porte par amour, pour votre trahison, et pour notre silence. Tout ça vaut bien une bourse de pièces d'or. Alors allez la chercher sur-le-champ.

— Je dois la revoir, plaida-t-il désespérément.

— Je vous crèverais les yeux avec mon fuseau plutôt que de vous laisser la revoir, cracha-t-elle avec toute la haine d'une furie. Allez chercher l'argent. Laissez-le sur le pas de la porte et disparaissez.

— Je n'ai pas une telle somme.

— Alors volez-le, l'invectiva-t-elle. C'est ce que j'ai fait, moi.

C'était une aube glacée sur l'estran, où la marée montait rapidement jusqu'aux lits de roseaux couverts de neige et aux mares emprisonnées sous la glace. Les mouettes, blanches sur le gris du ciel, poussaient leurs cris stridents. La chouette effraie survolait la haie qui longeait le port, contrastant d'abord avec la végétation noircie, avant de disparaître sur le fond blanc de la berge givrée. Quelques flocons de neige tombaient des nuages amoncelés tandis qu'Alys aidait sa mère à prendre place sur le siège du chariot avant de monter à côté d'elle.

Alinor grelottait, en plus de tousser régulièrement dans le revers de son manteau. Sa fille tint les rênes d'une main et passa l'autre bras autour d'elle pour qu'elle pose la tête sur son épaule. Dans un claquement de langue, elles prirent la route de Londres.

Note de l'autrice

Il y a quelques années, je me suis rendu compte que, bien qu'aimant toujours mes biographies romancées de femmes célèbres ou moins célèbres, je souhaitais écrire une autre sorte de fiction historique : et plus précisément une série de romans décrivant l'essor d'une famille depuis la pauvreté jusqu'à la prospérité. J'ai relu *La Dynastie des Forsyte* et j'ai découvert que mes passages préférés étaient ceux, rares et secondaires, où le protagoniste retournait explorer la demeure de ses aïeux. En tant que lectrice, j'avais envie d'en apprendre davantage sur l'histoire précédant la saga ; en tant qu'autrice, j'ai compris que j'avais envie d'écrire une fiction historique suivant l'évolution d'une famille ordinaire sur plusieurs générations.

Nous sommes si nombreux désormais à fouiller l'histoire de notre famille pour découvrir qui sont nos ancêtres et ce qu'ils ont fait. Certains d'entre nous vont plus loin encore en explorant l'épigénétique. Certains veulent retrouver ce qui nous relie à des peuples et des lieux qui nous sont aujourd'hui inconnus. Nous trouvons des échos remarquables à notre vie moderne dans l'histoire de notre passé, comme si nous avions hérité de dons, d'aptitudes ou de préférences. La plupart des familles sont comme la mienne : les premières traces attestent d'une origine modeste et humble ; puis, par de petits actes ordinaires de courage et des années de persévérance, pour la plupart oubliés de l'histoire, elles s'élèvent dans la société jusqu'à prospérer – et bien sûr parfois à péricliter.

Pour l'historienne que je suis, il est surprenant de voir comment le destin de chaque famille reflète, à sa manière, le destin de la nation. Nous sommes tous le produit de l'histoire à la fois nationale et familiale ; pour la féministe, il est intéressant de voir à quel point cette histoire est si souvent guidée de manière invisible par les femmes ; pour la romancière, il est passionnant de tester la possibilité de raconter une fiction qui reflète une réalité historique : à quoi ressemblaient le monde et la nation à un moment donné, quel était le système de pensée de l'époque, ce que les gens faisaient et ressentaient, et comment les changements les ont bouleversés.

C'est un projet ambitieux et ce sera, je l'espère, une longue série. Elle commence dans un lieu obscur et isolé de l'Angleterre durant la guerre civile anglaise, puis on suivra la famille durant la Restauration, le siècle des Lumières, et le temps de l'Empire. Je ne sais pas encore jusqu'où voyagera ma famille, ni quand son histoire s'arrêtera. Je ne sais pas combien de romans je lui consacrerai, ni dans combien de pays elle s'installera. Ce que je sais, toutefois, c'est qu'en écrivant à propos de gens ordinaires plutôt que sur des acteurs de la royauté, l'histoire devient soudain plus surprenante ; et lorsque j'écris sur les femmes, je m'engage dans une histoire qui souvent n'a jamais été écrite avant.

En même temps que l'écriture des ouvrages de cette série, je m'attelle à celle d'une histoire des femmes en Angleterre. Mon intérêt pour les femmes de la Cour prises individuellement s'est récemment orienté vers les millions de femmes des villes et des campagnes. Je pars à la découverte de celles qui ont été ignorées par les historiens car trop « ordinaires », celles dont la vie a été perdue dans les méandres de l'histoire, effacée par le temps – puisque ces femmes étaient largement considérées comme indignes de figurer dans les archives. Ce sont pourtant nos aïeules, et elles sont donc dignes d'intérêt ne serait-ce qu'en cela. Ce sont les femmes qui ont fait la nation, tout autant que leurs pères, frères et fils, qui ont eu droit à une bien plus grande reconnaissance. Réfléchir ainsi à l'histoire des femmes m'a inévitablement amenée au désir d'écrire une autre sorte de fiction historique, la fiction d'une histoire qui n'a jamais été écrite.

Beaucoup d'auteurs ont franchi le pas pour raconter sous couvert de fiction une histoire peu connue. Le roman *Down the Common* d'Ann Baer en est un exemple particulièrement poignant : un récit romancé sur une travailleuse qui d'ordinaire ne serait jamais mise en lumière, n'appartiendrait jamais à l'histoire, et ne laisserait donc pas de trace pour qu'un auteur lui redonne vie. Pour la partie de mon histoire se déroulant sur l'île de Wight, j'ai puisé beaucoup d'inspiration chez Jan Toms, *To Serve Two Masters: Colonel Robert Hammond, the King's Gaoler*, un sublime exemple d'histoire locale finement détaillée qui apporte beaucoup à l'histoire nationale. Je dépeins Charles et son procès en me basant principalement sur deux biographies : *The Life and Times of Charles I* de D.R. Watson ; et *The Personal Monarch* de Charles Carlton, ainsi que son poignant *Going to the Wars: The Experience of the British Civil Wars, 1638-1651*. Pour ce qui est de l'histoire générale j'ai consulté, entre beaucoup d'autres ouvrages, celui de Robert Ashton : *The English Civil War: Conservatism and Revolution,*

1603-1649. Lady Fanshawe's Receipt Book: The Life and Times of a Civil War Heroine, de Lucy Moore, m'a inspirée à la fois pour les recettes et pour l'histoire d'une femme en exil avec la famille royale, à l'instar de la mère de James. J'ai, bien entendu, lu de nombreux autres documents, et je remercie tous les éminents historiens, ainsi que l'équipe des archives du Sussex de l'Ouest, pour leur accueil et pour le soin qu'ils apportent à leurs cartes et documents locaux. J'ai pu trouver parmi ces ouvrages de très bons travaux réalisés par des associations d'histoire, un rappel de toute l'importance des bibliothèques et des sources de connaissances locales à disposition.

Mon histoire se déroule sur l'île de Selsey, près de Chichester. C'est un endroit où j'ai vécu pendant quelque temps dans les années 1980. J'y suis retournée pour mes recherches en vue de l'écriture de ce roman et j'ai redécouvert un endroit d'une extraordinaire beauté et d'une grande diversité. Le personnage principal, Alinor, a été créé de toutes pièces, mais elle est à l'image des femmes qui travaillaient à son époque : tenues à l'écart du pouvoir, de la richesse et de l'éducation, mais se débrouillant pour vivre du mieux qu'elles pouvaient. Les femmes n'avaient aucun pouvoir politique officiel à une époque où tout le pays se revendiquait pour ou contre la monarchie, mais l'on voit bien avec les débats, les manifestations, la désobéissance civile et les importantes pétitions exclusivement féminines présentées au Parlement qu'elles avaient leurs opinions, étaient actives et s'exprimaient. Quand nous rendons hommage à celles qui se sont battues pour le droit de vote, pour celui de disposer comme chacune l'entend de son argent et de son corps, nous devrions nous souvenir qu'avant elles, c'étaient des millions de femmes ordinaires qui s'octroyaient le pouvoir qu'elles souhaitaient et vivaient leur vie au mépris discret des lois et des conventions. Leurs accomplissements ne sont que rarement consignés (à part dans les recherches des spécialistes) parce qu'elles ont choisi la victoire personnelle et sans bruit à la reconnaissance. Il ne s'agissait pas de victoires féministes exemplaires – celles d'une femme au bénéfice de toutes – mais de triomphes personnels : ceux d'une femme pour sa liberté individuelle et éventuellement pour celle de ses filles. Nous voyons cependant dans ces accomplissements personnels le modèle de persévérance et de réussite des femmes qui, au quotidien, défient et mettent à bas l'oppression de leur époque. Pendant la majeure partie de l'histoire d'Angleterre, les femmes sont restées des entités juridiques inexistantes, mais elles ont toujours vécu comme si elles comptaient.

Alinor est une femme comme celles-là. Selon les apparences – ce à quoi James s'arrête finalement –, elle se trouve dans une situation sans espoir. Le mieux qu'elle puisse souhaiter est de survivre sans sombrer dans l'indigence à une époque où ceux qui étaient dans le besoin mouraient de faim. Même pauvre et humiliée, néanmoins, Alinor ne perd pas de vue sa valeur. Elle garde ses espoirs, son ambition, ne tombe pas dans la fatalité et œuvre pour un avenir meilleur. Ce genre de terrible procès n'était pas une chose tellement inhabituelle pour les femmes de son époque – il y a eu d'innombrables procès pour sorcellerie partout dans le pays au XVIIe siècle ; plus de trois mille personnes ont été accusées de sorcellerie et ont été exécutées en Angleterre ; bien plus encore ont été interrogées et ont dû subir l'ordalie, en grande majorité des femmes.

Mais les rumeurs sur Alinor ne la définissent pas, pas plus que les difficultés qu'elle traverse. Elle ne transige pas avec son jugement moral personnel et sa pensée propre, ni avec son droit à ressentir. Elle dépend de ses voisins pour survivre, et d'un homme pour son statut, mais elle n'en reste pas moins un être qui pense, ressent et vit pour et par lui-même. À une époque où les femmes n'avaient aucune importance, elle s'en attribue. Elle est – au moins pour elle-même – une héroïne. Toutes les femmes de l'histoire qui ont, comme elle, réussi à trouver leur voie à une époque aussi troublée et périlleuse sont à mon sens des héroïnes, et *La Sorcière de Sealsea* est leur histoire.

Achevé d'imprimer en août 2021
par Aubin Imprimeur à Ligugé
N° d'impression 2105.0117
Dépôt légal, septembre 2021
Imprimé en France
38122437-1